E. Hardy

Anguttara-Nikaya

Part 4

E. Hardy

Anguttara-Nikaya
Part 4

ISBN/EAN: 9783337384791

Printed in Europe, USA, Canada, Australia, Japan

Cover: Foto ©Andreas Hilbeck / pixelio.de

More available books at **www.hansebooks.com**

Pali Text Society

THE

AṄGUTTARA-NIKĀYA

PART IV

EDITED BY

PROF. E. HARDY, PH.D., D.D.

LONDON

PUBLISHED FOR THE PALI TEXT SOCIETY BY HENRY FROWDE

OXFORD UNIVERSITY PRESS WAREHOUSE, AMEN CORNER, E.C.

PREFACE

To prepare this edition, I have made use of the same MSS. that had been previously employed (see Preface to Part III). M. = Morris-MS. in the Royal Asiatic Society, however, was of help only for the two former Nipātas.

As to the counting of the Suttas a slight difference exists between the Commentary and the present edition. In the Sattaka-Nipāta, Vagga II the Commentary counts No. XVII as sattame, atthame, navame. Following it, we should therefore substitute Nos. XVII—XIX for our No. XVII, and accordingly XX for XVIII and so on till we come to our XXVIII—XXX which, of course, is counted by the Commentary simply as No. XXX. In every Vagga the Commentary counts from one to ten or eleven, if there are more Suttas than ten in a Vagga.

In one instance, where both sets of MSS. differ about some details in two corresponding Suttas (No. VII and VIII of the Navaka-Nipāta, see p. [illegible]/379), the Commentary is in favour of the manner of distributing the respective words as I have done it. The passage (Commentary on Sutta VII) runs as follows: — buddham paccakkhātun ti buddho ayan ti evaṃ paṭikkhipituṃ, dhammādisu pi eseva nayo. Evaṃ tāva aṭṭhakathāyaṃ āgataṃ, pāliyaṃ pana imasmiṃ sutte agatigamanāni kathetvā aṭṭhame buddhādīnaṃ paccakkhānaṃ kathitaṃ.

I need not say much on the prolific results to be won from the Commentary, not only for a better understanding of the sense in general, but also for the special meaning of many words and locutions. The reader will find a list of such words as, in my opinion, would deserve an explanation and Index I, but, I regret to say, these are only a few sheaves of the rich harvest of information to be got from the Commentary.

I have to tender my warmest thanks to those Libraries which were kind enough to allow me to use at home the MSS. required for this edition, prolonging the loan of them again and again, viz. the India Office Library and the Library of the Royal Asiatic Society, both in London.

Würzburg (Bavaria).

September 1898.

The Editor.

TABLE OF CONTENTS.

AṄGUTTARA-NIKĀYA.

SATTAKA-NIPĀTA.

Namo Tassa Bhagavato Arahato Sammāsambuddhassa.[1]

I.

1. Evaṃ me sutaṃ. Ekaṃ samayaṃ Bhagavā Sāvatthiyaṃ viharati Jetavane Anāthapiṇḍikassa ārāme. Tatra kho Bhagavā bhikkhū āmantesi: — Bhikkhavo ti. Bhadante ti te bhikkhū Bhagavato paccassosuṃ. Bhagavā etad avoca: —

2. Sattahi[2] bhikkhave dhammehi samannāgato bhikkhu sabrahmacārīnaṃ appiyo ca hoti amanāpo ca agaru ca[3] abhāvanīyo ca[4]. Katamehi sattahi?

3. Idha bhikkhave bhikkhu lābhakāmo ca hoti sakkārakāmo ca[5] anavaññattikāmo ca[6] ahiriko ca[3] anottappī ca pāpiccho[6] ca micchādiṭṭhi ca.

Imehi kho bhikkhave sattahi dhammehi samannāgato bhikkhu sabrahmacārīnaṃ appiyo ca hoti[7] amanāpo ca agaru ca abhāvanīyo ca.

Sattahi bhikkhave dhammehi samannāgato bhikkhu sabrahmacārīnaṃ piyo ca[8] hoti manāpo ca garu ca bhāvanīyo[9] ca. Katamehi sattahi?

---

[1] M. Ph. °buddhassa. [2] T. santi hi. [3] omitted by T.
[4] M₆ adds hoti. [5] M. Ph. M₆ add hoti.
[6] Ph. mahiccho. [7] omitted by M₆. [8] omitted by M₆.
[9] T. bhāva°

5. Idha bhikkhave bhikkhu na lābhakāmo ca hoti na sakkārakāmo ca[1] na anavaññattikāmo ca[2] hirimā[3] ca[4] ottappī[5] ca appiccho ca sammādiṭṭhi ca.

Imehi kho bhikkhave sattahi dhammehi samannāgato bhikkhu sabrahmacārīnaṃ piyo ca hoti manāpo ca garu ca bhāvanīyo ca ti.

II.

1. Sattahi bhikkhave dhammehi samannāgato bhikkhu sabrahmacārīnaṃ appiyo ca hoti amanāpo ca agaru ca abhāvanīyo ca. Katamehi sattahi?

2. Idha bhikkhave bhikkhu lābhakāmo ca hoti sakkārakāmo ca[6] anavaññattikāmo ca[7] ahiriko ca anottappī ca issukī ca maccharī ca.

Imehi kho bhikkhave sattahi dhammehi samannāgato bhikkhu sabrahmacārīnaṃ appiyo ca hoti amanāpo ca agaru ca abhāvanīyo ca[8].

3. Sattahi bhikkhave dhammehi samannāgato bhikkhu sabrahmacārīnaṃ piyo ca hoti manāpo ca[9] garu ca bhāvanīyo ca. Katamehi sattahi?

4. Idha bhikkhave bhikkhu na lābhakāmo ca[10] hoti na sakkārakāmo ca[10] na anavaññattikāmo ca[10] hirimā[11] ca[12] ottappī[13] ca anissukī[14] ca amaccharī ca.

Imehi[15] kho bhikkhave sattahi dhammehi samannāgato bhikkhu sabrahmacārīnaṃ piyo ca hoti manāpo ca garu ca bhāvanīyo ca ti.

---

[1] M6 adds hoti; T. M6. M7 omit ca.
[2] M6. T. M6. M7 add hoti.
[3] omitted by M6.
[4] S. hiri°
[5] M7 ottapi.
[6] M. Ph. M6 add hoti.
[7] M. M6 add hoti.
[8] M. Ph. M6 ca ti.
[9] M6 adds hoti.
[10] omitted by T. M6. M7; M. Ph. M6 add the second and third time hoti.
[11] S. hirimā; M6 hiriko.
[12] all MSS. exc. S. add hoti.
[13] T. M7 ottapi.
[14] M6 ana°; T. M7 anu°; M6 anussuki.
[15] M6 iti.

III.

1. Satt' imāni[1] bhikkhave balāni. Katamāni satta?

2. Saddhābalaṃ viriyabalaṃ, hiribalaṃ[2], ottappabalaṃ[3], satibalaṃ, samādhibalaṃ, paññābalaṃ.

Imāni kho bhikkhave satta balānī ti.

Saddhābalaṃ viriyañ ca[4] hirī[5] ottappiyaṃ balaṃ
satibalaṃ samādhī ca[6] paññā ve sattamaṃ balaṃ.
Etehi balavā bhikkhu sukhaṃ jīvati paṇḍito,
yoniso vicine[7] dhammaṃ, paññāy' atthaṃ[8] vipassati.
pajjotass'[9] eva nibbānaṃ, vimokho[10] hoti cetaso ti.

IV.

1. Satt' imāni bhikkhave balāni. Katamāni satta?

2. Saddhābalaṃ, viriyabalaṃ, hiribalaṃ[2], ottappabalaṃ, satibalaṃ, samādhibalaṃ, paññābalaṃ. Katamañ ca bhikkhave saddhābalaṃ?

3. Idha bhikkhave ariyasāvako saddho hoti, saddahati Tathāgatassa bodhiṃ 'iti pi so Bhagavā arahaṃ sammāsambuddho vijjācaraṇasampanno[11] sugato lokavidū anuttaro purisadammasārathi Satthā devamanussānaṃ buddho Bhagavā' ti. Idaṃ vuccati bhikkhave saddhābalaṃ. Katamañ ca bhikkhave viriyabalaṃ?

4. Idha bhikkhave ariyasāvako āraddhaviriyo viharati akusalānaṃ dhammānaṃ pahānāya, kusalānaṃ dhammānaṃ upasampadāya, thāmavā daḷhaparakkamo anikkhittadhuro kusalesu dhammesu. Idaṃ vuccati bhikkhave viriyabalaṃ. Katamañ ca bhikkhave hiribalaṃ[2]?

5. Idha bhikkhave ariyasāvako hirimā[5] hoti, hiriyati kāyaduccaritena vacīduccaritena manoduccaritena, hiriyati

---

[1] M. Ph. M_6 *repeat before* satt' imāni *the initial phrase of No. I till* ārāmaṃ *after which* M. *has* la *and* Ph pa.
[2] S. hiri° [3] T. otappa°
[4] M_6 T. M_7 M_8 S. viriyabalaṃ. [5] S. hiri.
[6] S. samādhibalaṃ. [7] M_6 vicini. [8] M_6 °yatti.
[9] Ph. S. paje° [10] M. S. vimokkho.
[11] *for* vijjā° . . . sārathi M. *has* la; Ph. M_6 pa.

pāpakānaṃ akusalānaṃ dhammānaṃ samāpattiyā. Idaṃ vuccati bhikkhave hiribalaṃ[1]. Katamañ ca bhikkhave ottappabalaṃ?

6. Idha bhikkhave ariyasāvako ottappī hoti, ottappati[2] kāyaduccaritena vacīduccaritena manoduccaritena, ottappati pāpakānaṃ akusalānaṃ dhammānaṃ samāpattiyā. Idaṃ vuccati bhikkhave ottappabalaṃ. Katamañ ca bhikkhave satibalaṃ?

7. Idha bhikkhave ariyasāvako satimā hoti paramena satinepakkena samannāgato, cirakatam pi cirabhāsitam pi saritā anussaritā. Idaṃ vuccati bhikkhave satibalaṃ. Katamañ ca bhikkhave samādhibalaṃ?

8. Idha bhikkhave ariyasāvako vivicc' eva kāmehi . . . pe[3] . . . catutthaṃ[4] jhānaṃ[4] upasampajja viharati. Idaṃ vuccati bhikkhave samādhibalaṃ. Katamañ ca bhikkhave paññābalaṃ?

9. Idha bhikkhave ariyasāvako paññavā hoti, udayatthagāminiyā paññāya samannāgato ariyāya nibbedhikāya sammādukkhakkhayagāminiyā. Idaṃ vuccati bhikkhave paññābalaṃ.

Imāni kho bhikkhave satta balānī ti.

Saddhābalaṃ viriyañ ca[5] hiri ottappiyaṃ balaṃ
satibalaṃ[6] samādhiñ ca[7] paññā ve sattamaṃ balaṃ.
Etehi balavā bhikkhu sukhaṃ jīvati paṇḍito,
yoniso vicine dhammaṃ, paññāy' atthaṃ vipassati,
pajjotass'[8] eva nibbānaṃ, vimokho[9] hoti cetaso ti.

V.

1. Satt' imāni bhikkhave dhanāni. Katamāni satta?

2. Saddhādhanaṃ, sīladhanaṃ, hiridhanaṃ, ottappadhanaṃ, sutadhanaṃ, cāgadhanaṃ, paññādhanaṃ.

---

1 S. hiri° 2 omitted by M. Ph.; T. M. ottapati throughout.
3 M. la; Ph. M. pa; omitted by M.
4 T. M. M. catutthajjh° 5 M. T. M. M. S. viriyabalaṃ.
6 T. °balañ ca; omitted by M. 7 S. samādhibalaṃ.
8 S. pajj° 9 M. M. S. vimokkho.

Imāni kho bhikkhave satta dhanānī ti.[1]

Saddhādhanaṃ sīladhanaṃ hiri ottappiyaṃ dhanaṃ[2]
sutadhanañ ca cāgo ca paññā ve sattamaṃ dhanaṃ.
Yassa ete[3] dhanā atthi itthiyā purisassa vā,
adaliddo[4] ti taṃ āhu, amoghaṃ tassa jīvitaṃ.
Tasmā saddhañ ca sīlañ ca pasādaṃ dhammadassanaṃ
anuyuñjetha medhāvī saraṃ[5] buddhānasāsanan ti.

VI.

1. Satt' imāni bhikkhave dhanāni. Katamāni satta?
2. Saddhādhanaṃ, sīladhanaṃ, hiridhanaṃ, ottappadhanaṃ, sutadhanaṃ, cāgadhanaṃ, paññādhanaṃ. Katamañ ca bhikkhave saddhādhanaṃ?
3. Idha bhikkhave ariyasāvako saddho hoti, saddahati Tathāgatassa bodhiṃ 'iti pi so Bhagavā arahaṃ sammāsambuddho . . . pe[6] . . . buddho Bhagavā' ti. Idaṃ vuccati bhikkhave saddhādhanaṃ. Katamañ ca bhikkhave sīladhanaṃ?
4. Idha bhikkhave ariyasāvako pāṇātipātā paṭivirato hoti . . . pe[6] . . . surāmerayamajjapamādaṭṭhānā paṭivirato hoti. Idaṃ vuccati bhikkhave sīladhanaṃ. Katamañ ca bhikkhave hiridhanaṃ?
5. Idha[6] bhikkhave ariyasāvako hirimā hoti, hirīyati kāyaduccaritena vacīduccaritena manoduccaritena, hirīyati pāpakānaṃ akusalānaṃ dhammānaṃ samāpattiyā. Idaṃ vuccati bhikkhave hiridhanaṃ. Katamañ ca bhikkhave ottappadhanaṃ?
6. Idha bhikkhave ariyasāvako ottappī[7] hoti, ottappati[8] kāyaduccaritena vacīduccaritena manoduccaritena, ottappati pāpakānaṃ akusalānaṃ dhammānaṃ samāpattiyā. Idaṃ vuccati bhikkhave ottappadhanaṃ. Katamañ ca bhikkhave sutadhanaṃ?

---

[1] M. M₆ without ti. [2] omitted by T.
[3] S. sta. [4] Ph. M₆ S. adal° [5] M. varaṃ.
[6] M. hi; Ph. M₆ pa. [7] T. M. ottapi.
[8] T. M. ottapati *throughout*.

7. Idha bhikkhave ariyasāvako bahussuto hoti sutadharo sutasannicayo, ye te dhammā ādikalyāṇā majjhe kalyāṇā pariyosānakalyāṇā sātthaṃ[1] savyañjanaṃ[2] kevalaparipuṇṇaṃ parisuddhaṃ brahmacariyaṃ abhivadanti, tathārūpāssa[3] dhammā bahussutā honti dhātā[4] vacasā paricitā manasānupekkhitā diṭṭhiyā suppaṭividdhā. Idaṃ vuccati bhikkhave sutadhanaṃ. Katamañ ca bhikkhave cāgadhanaṃ?

8. Idha bhikkhave ariyasāvako vigatamalamaccherena cetasā agāraṃ ajjhāvasati muttacāgo payatapāṇi vossaggarato yācayogo dānasaṃvibhāgarato. Idaṃ vuccati bhikkhave cāgadhanaṃ. Katamañ ca bhikkhave paññādhanaṃ?

9. Idha bhikkhave ariyasāvako paññavā hoti ... pe[5] ... sammādukkhakkhayagāminiyā. Idaṃ vuccati bhikkhave paññādhanaṃ.

Imāni kho bhikkhave satta dhanānī ti.

Saddhādhanaṃ sīladhanaṃ hirī ottappiyaṃ dhanaṃ
sutadhanañ ca cāgo ca paññā ve sattamaṃ dhanaṃ.
Yassa ete[6] dhanā[7] atthi itthiyā purisassa vā,
adaliddo[8] ti taṃ āhu, amoghaṃ tassa jīvitaṃ.
Tasmā saddhañ ca sīlañ ca pasādaṃ dhammadassanaṃ
anuyuñjetha medhāvī saraṃ[9] buddhānasāsanan ti.

VII.

1. Atha kho Uggo rājamahāmatto yena Bhagavā ten'upasaṅkami, upasaṅkamitvā Bhagavantaṃ abhivādetvā ekamantaṃ[10] nisīdi[10]. Ekamantaṃ nisinno kho Uggo rājamahāmatto Bhagavantaṃ etad avoca 'acchariyaṃ bhante abbhutaṃ bhante, yāva aḍḍho cāyaṃ[11] bhante Migāro Rohaṇeyyo yāva mahaddhano yāva mahābhogo' ti. 'Kīva[12]

[1] M. satthā; T. satthā.
[2] M. savyañjanā; T. vyañjanā.
[3] M. Ph. M. M. °rūpassa.
[4] M. Ph. M. dhatā.
[5] M. la; Ph. M. pa.
[6] S. eta.
[7] T. dhanaṃ.
[8] Ph. S. adal°
[9] M. M. varaṃ.
[10] omitted by T.
[11] M. yāvāyaṃ; S. cāyaṃ.
[12] M. Ph. kiṃ va; M. S. kiñca; M. kiñci.

addho pan' Uggo[1] Migāro Rohaṇeyyo kīva[1] mahaddhano kīva[1] mahābhogo' ti? 'Satam bhante satasahassānam[2] hiraññassa, ko pana vādo rūpiyassā' ti. 'Atthi kho etam[3] Ugga dhanam? N' etam[4] natthī ti vadāmi[5], tañ ca kho etam Ugga dhanam sādhāraṇam agginā udakena rājūhi corehi appiyehi dāyādehi. Satta kho imāni Ugga dhanāni asādhāraṇāni agginā udakena rājūhi corehi appiyehi dāyādehi. Katamāni satta? Saddhādhanam, sīladhanam, hiridhanam, ottappadhanam, sutadhanam, cāgadhanam, paññādhanam. Imāni kho Ugga satta dhanāni asādhāraṇāni agginā udakena rājūhi corehi appiyehi dāyādehī' ti.

Saddhādhanam sīladhanam hiri ottappiyam dhanam
sutadhanañ ca cāgo ca paññā ve sattamam dhanam.
Yassa ete[6] dhanā atthi itthiyā purisassa vā,
sa ve[7] mahaddhano loke ajeyyo devamānuse[8].
Tasmā saddhañ ca sīlañ ca pasādam dhammadassanam
anuyuñjetha[9] medhāvī saram[10] buddhānasāsanan[11] ti.

VIII.

1. Satt' imāni[12] bhikkhave saññojanāni. Katamāni satta?
2. Anunayasaññojanam, paṭighasaññojanam, diṭṭhisaññojanam, vicikicchāsaññojanam, mānasaññojanam, bhavarāgasaññojanam, avijjāsaññojanam.

Imāni kho bhikkhave satta saññojanāni ti.

IX.

1. Sattannam bhikkhave saññojanānam pahānāya samucchedāya brahmacariyam vussati[13]. Katamesam sattannam?

---

[1] M. Ph. kīva va; M₆ S. kīva.
[2] M₆ sahassānam; S. sahassāni; M₈ sahassānam sahassānam.
[3] omitted by T.
[4] T. no tam.
[5] M. M₆ add ti.
[6] S. etā.
[7] M₆ sacco; T. sace.
[8] M. °mānuse.
[9] M. °yuñjeyya.
[10] M. M₆ varam.
[11] T. buddhāna°
[12] M₆ inserts kho.
[13] S. vuccati throughout.

2. Anunayasaññojanassa pahānāya samucchedāya brahmacariyaṃ vussati, paṭighasaññojanassa ... pe[1] ... diṭṭhisaññojanassa[2] ... vicikicchāsaññojanassa ... mānasaññojanassa ... bhavarāgasaññojanassa ... avijjāsaññojanassa pahānāya samucchedāya brahmacariyaṃ vussati.

Imesaṃ kho bhikkhave sattannaṃ saññojanānaṃ pahānāya samucchedāya brahmacariyaṃ vussati. Yato[3] kho[4] bhikkhave bhikkhuno anunayasaññojanaṃ pahīnaṃ hoti ucchinnamūlaṃ tālāvatthukataṃ anabhāvakataṃ āyatiṃ[5] anuppādadhammaṃ, paṭighasaññojanaṃ ... pe[6] ... diṭṭhisaññojanaṃ ... vicikicchāsaññojanaṃ ... mānasaññojanaṃ ... bhavarāgasaññojanaṃ ... avijjāsaññojanaṃ pahīnaṃ hoti ucchinnamūlaṃ tālāvatthukataṃ anabhāvakataṃ āyatiṃ anuppādadhammaṃ; ayaṃ vuccati bhikkhave bhikkhu acchejji[7] taṇhaṃ vivattayi[8] saññojanaṃ sammāmānābhisamayā antam akāsi dukkhassā ti.

X.

1. Satt' imāni bhikkhave saññojanāni. Katamāni satta?

2. Anunayasaññojanaṃ, paṭighasaññojanaṃ, diṭṭhisaññojanaṃ, vicikicchāsaññojanaṃ, mānasaññojanaṃ, issāsaññojanaṃ, macchariyasaññojanaṃ.

Imāni kho bhikkhave satta saññojanānī ti.

Dhanavaggo paṭhamo[9].

Tass' uddānaṃ[10]:

---

[1] M. la; Ph. M_6 pa; *omitted by* T.
[2] T. diṭṭhiyā sa°
[3] M. Ph. M_6 S. *insert* ca.
[4] *omitted by* T. M_7.
[5] M_6 T. °ti.
[6] M. la; Ph. M_6 pa.
[7] T. M_6 M_7 acchecchi; Ph. acchijji; M. acchindi.
[8] T. M_7 va°
[9] M. satta nipātassa dhanaṃ; M_6 M_7 satta nipāta; T. satta nipātassa.
[10] Ph. M_6 T. M_6 M_7 vaggass' udd°

Dve piyam dve[1] balam dhanam[2] (samkhittah c'eva vitthatam)[3]
Ugga saññojanañ c'eva pahāna maccheriyena[4] ti.

XI.

1. Satt' ime bhikkhave anusayā[5]. Katame satta?

2. Kāmarāgānusayo, paṭighānusayo, diṭṭhānusayo, vicikicchānusayo, mānānusayo, bhavarāgānusayo, avijjānusayo. Ime kho bhikkhave satta anusayā ti.

XII.

1. Sattannam bhikkhave anusayānam pahānāya samucchedāya brahmacariyam vussati. Katamesam sattannam?

2. Kāmarāgānusayassa pahānāya samucchedāya brahmacariyam vussati, paṭighānusayassa . . . pe[6] . . . diṭṭhānusayassa . . . vicikicchānusayassa . . . mānānusayassa . . . bhavarāgānusayassa . . . avijjānusayassa pahānāya samucchedāya brahmacariyam vussati.

Imesam kho bhikkhave sattannam anusayānam pahānāya samucchedāya brahmacariyam vussati. Yato kho bhikkhave bhikkhuno kāmarāgānusayo pahīno hoti ucchinnamūlo tālāvatthukato anabhāvakato āyatim anuppādadhammo, paṭighānusayo . . . pe[7] . . . diṭṭhānusayo . . . vicikicchānusayo . . . mānānusayo . . . bhavarāgānusayo . . . avijjānusayo pahīno hoti ucchinnamūlo tālāvatthukato anabhāvakato āyatim anuppādadhammo: ayam vuccati bhikkhave bhikkhu acchejji[8] taṇham vivattayi[9] saññojanam sammā mānābhisamayā antam akāsi dukkhassā ti.

---

[1] M. B. piyañ ca.
[2] M. Ph. M_7 have for this Pāda: dve pi dhammā (Ph. M_7 dhammo) balam (M_7 bale) dhanam.
[3] only in B.; T. M_6. M_7 have apamāṇā va.
[4] M. Ph. T. °yena cā; M_6 °yena ca (without ti).
[5] T. anusayā. [6] M. M_6 la; Ph. pa.
[7] M. la; Ph. M_7 pa; omitted by T. M_6 M_7.
[8] M_6 acchecchi; T. M_6 M_7 acchecchi; T. inserts before acch°: virāgānusayo, M_6 virāga°, M_7 virāgānusayo.
[9] T. M_6 M_7 vāra°

XIII.

1. Sattahi bhikkhave aṅgehi samannāgataṃ kulaṃ anupagantvā vā nālaṃ upagantuṃ upagantvā vā nālaṃ upanisīdituṃ[1]. Katamehi sattahi?

2. Na manāpena paccuṭṭhenti[2], na manāpena abhivādenti, na manāpena āsanaṃ denti, santam[3] assa pariguhanti, bahukamhi[4] thokaṃ denti, paṇītamhi[5] lūkhaṃ denti, asakkaccaṃ denti no sakkaccaṃ.

Imehi kho bhikkhave sattahi aṅgehi samannāgataṃ kulaṃ anupagantvā vā nālaṃ upagantuṃ upagantvā vā nālaṃ upanisīdituṃ[6].

3. Sattahi bhikkhave aṅgehi samannāgataṃ kulaṃ anupagantvā vā alaṃ upagantuṃ upagantvā vā alaṃ upanisīdituṃ[1]. Katamehi sattahi?

4. Manāpena paccuṭṭhenti[7], manāpena abhivādenti, manāpena āsanaṃ denti, santaṃ assa na pariguhanti, bahukamhi[8] bahukaṃ denti, paṇītamhi[9] paṇītaṃ denti, sakkaccaṃ denti no asakkaccaṃ.

Imehi kho bhikkhave sattahi aṅgehi samannāgataṃ kulaṃ anupagantvā vā alaṃ upagantuṃ upagantvā vā alaṃ upanisīdituṃ[10] ti.

XIV.

1. Satt' ime bhikkhave puggalā āhuneyyā pāhuneyyā dakkhiṇeyyā añjalikaraṇīyā anuttaraṃ puññakkhettaṃ lokassa. Katame satta?

2. Ubhato bhāgavimutto, paññāvimutto, kāyasakkhī, diṭṭhippatto, saddhāvimutto, dhammānusārī, saddhānusārī[11].

---

[1] M. Ph. M_6 S. -nisīdituṃ. [2] M_6 paccupaṭṭhenti.
[3] T. santim; M_6 na santaṃ.
[4] M. Ph. M_6 T. M_7 M_8 bahukam pi.
[5] M. Ph. M_6 M_7 M_8 paṇītam pi.
[6] M. Ph. M_7 S. nisīdituṃ; M_6 upanisīdituṃ ti. *then follows* No. XIV. [7] M_6 paccupaṭṭhenti.
[8] M. Ph. M_6 T. bahukam pi. [9] M. Ph. M_6 °tam pi.
[10] M. Ph. M_6 T. M_7 S. nisīdituṃ ti.
[11] M_6 *puts* saddhā° *before* dhammā°

Ime kho bhikkhave satta puggalā āhuneyyā pāhuneyyā dakkhiṇeyyā añjalikaraṇīyā anuttaraṃ puññakkhettaṃ lokassā ti.

XV.

1. Satt' ime bhikkhave udakūpamā puggalā santo saṃvijjamānā lokasmiṃ. Katame satta?

2. Idha bhikkhave ekacco puggalo sakiṃ nimuggo nimuggo 'va hoti, idha pana bhikkhave ekacco puggalo ummujjitvā nimujjati, idha pana bhikkhave ekacco puggalo ummujjitvā ṭhito hoti, idha pana bhikkhave ekacco puggalo ummujjitvā vipassati viloketi, idha pana bhikkhave ekacco puggalo ummujjitvā patarati, idha pana bhikkhave ekacco puggalo ummujjitvā patigādhappatto hoti, idha pana bhikkhave ekacco puggalo ummujjitvā tiṇṇo hoti pāraṅgato[1] thale tiṭṭhati brāhmaṇo. Kathañ ca bhikkhave puggalo sakiṃ nimuggo nimuggo 'va[2] hoti?

3. Idha[3] bhikkhave ekacco puggalo samannāgato hoti ekantakāḷakehi[4] akusalehi dhammehi. Evaṃ kho bhikkhave puggalo sakiṃ nimuggo nimuggo 'va hoti. Kathañ ca bhikkhave puggalo ummujjitvā nimujjati?

4. Idha bhikkhave ekacco puggalo ummujjati[5] 'sādhu saddhā kusalesu dhammesu, sādhu hiri ... sādhu ottappaṃ ... sādhu viriyaṃ ... sādhu paññā kusalesu dhammesū' ti. Tassa sā saddhā neva tiṭṭhati no vaḍḍhati, hāyati yeva[6]. Tassa sā hiri ... pe[7] ... tassa taṃ ottappaṃ ... tassa taṃ viriyaṃ ... tassa sā paññā neva tiṭṭhati no vaḍḍhati, hāyati yeva[8]. Evaṃ kho bhikkhave puggalo ummujjitvā nimujjati. Kathañ ca bhikkhave puggalo ummujjitvā ṭhito hoti?

---

[1] M. Ph. M. pāraṅg° throughout.
[2] omitted by M. T.; M. reads also nimuggo.
[3] M. M. insert pana.
[4] M. ekantakāḷikehi.
[5] T. M. M. ummujjitvā; M. ummujjati.
[6] T. M. hāyatam eva.
[7] Ph. M. pa; omitted by M. S.
[8] M. Ph. ne va; T. M. neva; M. eva.

5. Idha bhikkhave ekacco puggalo ummujjati[1] 'sādhu saddhā kusalesu dhammesu, sādhu hiri . . . sādhu ottappaṃ . . . sādhu viriyaṃ . . . sādhu paññā kusalesu dhammesū' ti. Tassa sā saddhā n' eva hāyati no vaḍḍhati, ṭhitā[2] hoti. Tassa sā hiri . . . pe[3] . . . tassa taṃ ottappaṃ . . . tassa taṃ viriyaṃ . . . tassa sā paññā n' eva hāyati no vaḍḍhati, ṭhitā[4] hoti. Evaṃ kho bhikkhave puggalo ummujjitvā ṭhito hoti. Kathañ ca bhikkhave puggalo ummujjitvā vipassati viloketi?

6. Idha[5] bhikkhave ekacco puggalo ummujjati 'sādhu saddhā kusalesu dhammesu, sādhu hiri . . . sādhu ottappaṃ . . . sādhu viriyaṃ . . . sādhu paññā kusalesu dhammesū' ti. So tiṇṇaṃ[6] saññojanānaṃ parikkhayā sotāpanno hoti avinipātadhammo niyato sambodhiparāyano. Evaṃ kho bhikkhave puggalo ummujjitvā vipassati viloketi. Kathañ ca bhikkhave puggalo ummujjitvā patarati?

7. Idha bhikkhave ekacco puggalo ummujjati 'sādhu saddhā kusalesu dhammesu, sādhu hiri . . .[7] sādhu ottappaṃ . . . sādhu viriyaṃ . . . sādhu paññā kusalesu dhammesū' ti. So tiṇṇaṃ saññojanānaṃ parikkhayā rāgadosamohānaṃ tanuttā sakadāgāmī hoti sakid-d-eva imaṃ lokaṃ āgantvā dukkhass' antaṃ karoti[8]. Evaṃ kho bhikkhave puggalo ummujjitvā patarati. Kathañ ca bhikkhave puggalo ummujjitvā patigādhappatto hoti?

8. Idha bhikkhave ekacco puggalo ummujjati 'sādhu saddhā kusalesu dhammesu, sādhu hiri . . .[7] sādhu ottappaṃ . . . sādhu viriyaṃ . . . sādhu paññā kusalesu dhammesū' ti[9]. So pañcannaṃ orambhāgiyānaṃ saññojanānaṃ parikkhayā opapātiko hoti, tattha parinibbāyī anāvattidhammo tasmā lokā. Evaṃ kho bhikkhave puggalo[10] ummujjitvā patigādhappatto hoti. Kathañ ca bhikkhave puggalo ummujjitvā tiṇṇo hoti pāraṅgato thale tiṭṭhati brāhmaṇo?

---

[1] T. M. ummujjitvā. [2] M., S. °to; T. no hoti.
[3] Ph. M. pa; omitted by M. S. [4] S. °to.
[5] T. M₆ M. insert pana. [6] T. tiṇṇo. [7] M. la; Ph. M. pa.
[8] M. Ph. M. dukkhass' antakaro hoti.
[9] omitted by Ph. M. S.
[10] In M. here a leaf (cho) is missing.

9. Idha bhikkhave ekacco puggalo ummujjati 'sādhu saddhā kusalesu dhammesu, sādhu hiri[1] . . . sādhu ottappaṃ . . . sādhu viriyaṃ . . . sādhu paññā kusalesu dhammesū' ti. So āsavānaṃ khayā anāsavaṃ cetovimuttiṃ paññāvimuttiṃ diṭṭh' eva dhamme sayaṃ abhiññā sacchikatvā upasampajja viharati. Evaṃ kho bhikkhave puggalo ummujjitvā tiṇṇo hoti pāragato thale tiṭṭhati brāhmaṇo.

Ime kho bhikkhave satta udakūpamā[2] puggalā santo saṃvijjamānā lokasmin ti.

XVI.

1. Satt' ime bhikkhave puggalā āhuneyyā pāhuneyyā dakkhiṇeyyā añjalikaraṇīyā anuttaraṃ puññakkhettaṃ lokassa. Katame satta?

2. Idha bhikkhave ekacco puggalo sabbasaṅkhāresu aniccānupassī viharati aniccasaññī aniccapaṭisaṃvedī satataṃ samitaṃ abbokiṇṇaṃ cetasā adhimuccamāno paññāya pariyogāhamāno. So āsavānaṃ khayā . . . pe[3] . . . sacchikatvā upasampajja viharati. Ayaṃ[4] bhikkhave paṭhamo puggalo āhuneyyo pāhuneyyo dakkhiṇeyyo añjalikaraṇīyo anuttaraṃ puññakkhettaṃ lokassa.

3. Puna ca paraṃ bhikkhave idh' ekacco puggalo sabbasaṅkhāresu aniccānupassī viharati aniccasaññī aniccapaṭisaṃvedī satataṃ samitaṃ abbokiṇṇaṃ cetasā adhimuccamāno paññāya pariyogāhamāno. Tassa apubbaṃ acarimaṃ āsavapariyādānañ ca hoti[5] jīvitapariyādānañ ca. Ayaṃ[6] bhikkhave dutiyo puggalo āhuneyyo . . . pe[7] . . . anuttaraṃ puññakkhettaṃ lokassa.

4. Puna ca paraṃ bhikkhave idh' ekacco puggalo sabbasaṅkhāresu aniccānupassī viharati aniccasaññī aniccapaṭisaṃvedī satataṃ samitaṃ abbokiṇṇaṃ cetasā adhimuccamāno paññāya pariyogāhamāno. So pañcannaṃ orambhā-

---

[1] T. saddhā hiriyā; M6 omits sādhu hiri.
[2] T. upakūpamā. [3] M6 la; Ph. pa; omitted by T. M6 M7.
[4] M6 inserts vuccati.
[5] M6 M7 insert jīvitapariyādānañ ca hoti.
[6] T. inserts kho; M6 vuccati. [7] M6 la; Ph. pa.

giyānaṃ saṃyojanānaṃ parikkhayā antarāparinibbāyī[1] hoti . . . pe[2] . . . upahaccaparinibbāyī hoti . . .[3] asaṅkhāraparinibbāyī hoti . . .[3] sasaṅkhāraparinibbāyī hoti . . .[3] uddhaṃsoto hoti akaniṭṭhagāmī. Ayaṃ[4] bhikkhave sattamo puggalo āhuneyyo pāhuneyyo dakkhiṇeyyo añjalikaraṇīyo anuttaraṃ puññakkhettaṃ lokassa.

Ime kho bhikkhave satta puggalā āhuneyyā pāhuneyyā[5] dakkhiṇeyyā añjalikaraṇīyā anuttaraṃ puññakkhettaṃ lokassā ti.

XVII.

1. Satt' ime bhikkhave puggalā āhuneyyā . . . pe[3] . . . anuttaraṃ puññakkhettaṃ lokassa. Katame satta?

2. Idha bhikkhave ekacco puggalo sabbasaṅkhāresu dukkhānupassī viharati . . . pe[3] . . . sabbesu dhammesu anattānupassī viharati . . .[6] nibbāne sukhānupassī viharati sukhasaññī sukhapaṭisaṃvedī satataṃ samitaṃ abbokiṇṇaṃ cetasā adhimuccamāno paññāya pariyogāhamāno. So āsavānaṃ khayā . . . pe[6] . . . sacchikatvā upasampajja viharati. Ayaṃ bhikkhave paṭhamo puggalo āhuneyyo . . . pe[6] . . . anuttaraṃ puññakkhettaṃ lokassa.

3. Puna ca paraṃ bhikkhave idh' ekacco puggalo nibbāne sukhānupassī viharati sukhasaññī sukhapaṭisaṃvedī satataṃ samitaṃ abbokiṇṇaṃ cetasā adhimuccamāno paññāya pariyogāhamāno. Tassa apubbaṃ acarimaṃ āsavapariyādānañ ca hoti jīvitapariyādānañ ca. Ayaṃ bhikkhave dutiyo puggalo āhuneyyo . . . pe[6] . . . anuttaraṃ puññakkhettaṃ lokassa.

4. Puna ca paraṃ bhikkhave idh' ekacco puggalo nibbāne sukhānupassī viharati sukhasaññī sukhapaṭisaṃvedī satataṃ samitaṃ abbokiṇṇaṃ cetasā adhimuccamāno paññāya pariyogāhamāno. So pañcannaṃ orambhāgiyānaṃ saṃyojanānaṃ parikkhayā antarāparinibbāyī hoti . . . pe[6] . . .

---

[1] T. antarāyapari°

[2] M_6 la; Ph. pa; T. M_6. M_7 omit pe; T. M_6 omit also upa° hoti. [3] M_6 la; Ph. pa. [4] M_6 inserts vuccati.

[5] T. M_6. M_7 pe: anu°

[6] M_6 la; Ph. pa; *omitted by* T. M_6. M_7.

upahaccaparinibbāyī[1] hoti . . . asaṅkhāraparinibbāyī hoti . . . sasaṅkhāraparinibbāyī hoti . . . uddhaṃsoto hoti akaniṭṭhagāmī. Ayaṃ bhikkhave sattamo puggalo āhuneyyo . . . pe[2] . . . anuttaraṃ puññakkhettaṃ lokassa.

Ime kho bhikkhave satta puggalā āhuneyyā . . . pe[3] . . . anuttaraṃ puññakkhettaṃ lokassā ti.

XVIII.

1. Satt' imāni bhikkhave niddasavatthūni. Katamāni satta?

2. Idha bhikkhave bhikkhu sikkhāsamādāne tibbacchando hoti āyatiñ ca sikkhāsamādāne avigatapemo[4], dhammanisantiyā tibbacchando hoti āyatiñ ca dhammanisantiyā avigatapemo, icchāvinaye tibbacchando hoti āyatiñ ca icchāvinaye avigatapemo, paṭisallāne[5] tibbacchando hoti āyatiñ ca paṭisallāne[5] avigatapemo, viriyārambhe tibbacchando hoti āyatiñ ca viriyārambhe avigatapemo, satinepakke tibbacchando hoti āyatiñ ca satinepakke avigatapemo, diṭṭhipaṭivedhe[6] tibbacchando hoti āyatiñ ca diṭṭhipaṭivedhe[6] avigatapemo.

Imāni kho bhikkhave satta niddasavatthūnī ti.

Anusayavaggo[7] dutiyo.

Tass' uddānaṃ

Dve anusayā[8] kusalaṃ[9] puggalaṃ udakūpamaṃ[10]
Aniccā[11] dukkhā[12] anattā ca nibbānaṃ[13] niddasavatthunā[14] ti.

---

[1] omitted by M. Ph. [2] M. la; Ph. pa.
[3] M. la; Ph. pa; omitted by T. M6 M7.
[4] M6 S. add ti throughout. [5] T. M7 °no.
[6] T. °pavedhe; M6 once °paṭisaṃvedhe.
[7] Ph. M6 °vaggassa uddānaṃ; M8 M7 °vaggassa udd°; T. anusayavaggassa udd°.
[8] Ph. M6 M8 M7 °sayaṃ; T. anusayaṃ.
[9] M. M8 S. kalaṃ.
[10] T. M8 M6 °pamaṃ ca pañcamaṃ; also M. Ph. M6 add pañcamaṃ. [11] Ph. M6 anicca; T. M8 M7 aniccaṃ.
[12] T. M8 M7 dukkhaṃ. [13] omitted by T.; M8 M7 sukhaṃ.
[14] T. niddesavatthu te dasā ti; M8 M7 niddasavatthūni te dasā ti.

XIX.

1. Evaṃ[1] me sutaṃ. Ekaṃ samayaṃ Bhagavā Vesāliyaṃ viharati Sārandade[2] cetiye. Atha kho sambahulā Licchavī yena Bhagavā ten' upasaṅkamiṃsu, upasaṅkamitvā Bhagavantaṃ abhivādetvā ekamantaṃ nisīdiṃsu. Ekamantaṃ nisinne kho te Licchavī Bhagavā etad avoca satta vo[3] Licchavī aparihāniye dhamme desessāmi[4], taṃ suṇātha sādhukaṃ manasikarotha, bhāsissāmī' ti. 'Evaṃ bhante' ti kho te Licchavī Bhagavato paccassosuṃ. Bhagavā etad avoca: —

2. Katame ca[5] Licchavī satta aparihāniyā dhammā? Yāvakīvañ ca Licchavī Vajjī abhiṇhaṃ sannipātā[6] bhavissanti[6] sannipātabahulā, vuddhi[7] yeva Licchavī Vajjīnaṃ pāṭikaṅkhā, no parihāni. Yāvakīvañ ca Licchavī Vajjī samaggā sannipatissanti[8], samaggā vuṭṭhahissanti, samaggā Vajjī karaṇīyāni karissanti, vuddhi yeva Licchavī Vajjīnaṃ pāṭikaṅkhā, no parihāni. Yāvakīvañ ca Licchavī Vajjī appaññattaṃ na paññāpessanti[9], paññattaṃ na samucchindissanti, yathā paññatte porāṇe Vajjidhamme samādāya vattissanti, vuddhi yeva Licchavī Vajjīnaṃ pāṭikaṅkhā, no parihāni. Yāvakīvañ ca Licchavī Vajjī, ye te Vajjīnaṃ Vajjimahallakā[10], te sakkarissanti garukarissanti mānessanti[11] pūjessanti[12] tesañ ca sotabbaṃ maññissanti, vuddhi yeva Licchavī Vajjīnaṃ pāṭikaṅkhā, no parihāni. Yāvakīvañ ca Licchavī Vajjī, yā tā kulitthiyo kulakumāriyo, tā na okkassa[13] pasayha[14] vāsessanti[15], vuddhi yeva Licchavī Vajjīnaṃ pāṭikaṅkhā, no parihāni. Yāvakīvañ ca Licchavī Vajjī[16], yāni[16] tāni[16] Vajjīnaṃ Vajjicetiyāni abbhantarāni c' eva bāhirāni ca, tāni sakkarissanti garukarissanti

---

[1] omitted by S. [2] M. Ph. M6 Ānandake. [3] M6 satt' ime. [4] M6 desissāmi. [5] omitted by M6. [6] omitted by T. M7 M8. [7] S. vuḍḍhi; Ph. M6 buddhi. [8] T. M7 °patissanti. [9] T. M6 paññā°. [10] T. °yā. [11] M. Ph. M6 mānessanti throughout. [12] M. Ph. M6 pūjessanti. [13] M6 T. M7 okassa. [14] Ph. pasayha. [15] Ph. M6 vāsissanti; T. M6 M7 vāsenti. [16] omitted by T.

mānessanti[1] pūjessanti tesañ ca dinnapubbaṃ katapubbaṃ[2] dhammikaṃ baliṃ no parihāpessanti[3], vuddhi yeva Licchavī Vajjīnaṃ pāṭikaṅkhā, no parihāni. Yāvakīvañ ca Licchavī Vajjīnaṃ arahantesu dhammikā rakkhāvaraṇagutti susaṃvihitā bhavissati[4] 'kinti anāgatā ca[5] arahanto[6] vijitaṃ āgaccheyyuṃ, āgatā ca arahanto vijite phāsuṃ vihareyyun' ti, vuddhi yeva Licchavī Vajjīnaṃ pāṭikaṅkhā, no parihāni.

Yāvakīvañ ca Licchavī ime satta aparihāniyā dhammā Vajjīsu ṭhassanti[7] imesu ca sattasu aparihāniyesu dhammesu Vajjī sandississanti, vuddhi yeva Licchavī Vajjīnaṃ pāṭikaṅkhā, no parihānī ti.

XX.

1. Evaṃ[8] me sutaṃ. Ekaṃ samayaṃ Bhagavā Rājagahe viharati Gijjhakūṭe pabbate. Tena kho pana samayena rājā Māgadho Ajātasattu Vedehiputto Vajjī abhiyātukāmo hoti. So evam āha 'ahaṃ ime Vajjī evaṃmahiddhike evaṃmahānubhāve ucchejjissāmi[9] Vajjī[10] vināsessāmi[10] Vajjī anayavyasanaṃ āpādessāmi[11] Vajjī[12] ti[13]. Atha kho rājā Māgadho Ajātasattu Vedehiputto Vassakāraṃ brāhmaṇaṃ Magadhamahāmattaṃ[13] āmantesi 'ehi tvaṃ brāhmaṇa, yena Bhagavā ten' upasaṅkami, upasaṅkamitvā mama vacanena Bhagavato pāde sirasā[14] vanda[15]; appābādhaṃ appātaṅkaṃ lahuṭṭhānaṃ balaṃ phāsuvihāraṃ puccha: rājā bhante Māgadho Ajātasattu Vedehiputto Bhagavato pāde sirasā[14] vandati, appābādhaṃ appātaṅkaṃ lahuṭṭhānaṃ balaṃ phāsuvihāraṃ pucchatī ti, evañ ca vadehi: Rājā bhante Māgadho Ajātasattu Vedehiputto Vajjī abhiyātukāmo. So evam āha ahaṃ ime[16] Vajjī evaṃmahiddhike evaṃmahānubhāve ucchejjissāmi[9] Vajjī vināsessāmi Vajjī anayavyasanaṃ

---

1 T. M6 mānissanti. 2 omitted by M6.
3 M6 parihāpessanti. 4 M. Ph. M6 bhavissanti.
5 T. va; omitted by Ph. M6. 6 M6 arahanta.
7 S. ṭha°; M. M6 vattissanti. 8 omitted by S.
9 M. Ph. M6 ucchijj°; T. M6 ucchecchāmi.
10 omitted by M6; M. vināsessāmi. 11 Ph. M6 apādes°
12 omitted by T. M6. 13 M6 Māga° 14 M6 sirasā.
15 M. Ph. M6 vandāhi. 16 M. Ph. M6 ahaṃ h'ime.

āpādessāmi Vajjī' ti. Yathā te Bhagavā vyākaroti, taṃ sādhukaṃ uggahetvā mama āroceyyāsi. Na hi Tathāgatā vitathaṃ bhaṇantī' ti.

'Evaṃ bho' ti kho Vassakāro brāhmaṇo Magadhamahāmatto[1] rañño Māgadhassa[2] Ajātasattussa[3] Vedehiputtassa paṭisuṇitvā[4] yena Bhagavā ten' upasaṅkami, upasaṅkamitvā Bhagavatā saddhiṃ sammodi, sammodanīyaṃ kathaṃ sārāṇīyaṃ vītisāretvā ekamantaṃ nisīdi. Ekamantaṃ nisinno kho Vassakāro brāhmaṇo Magadhamahāmatto[1] Bhagavantaṃ etad avoca: Rājā bho Gotama Māgadho[5] Ajātasattu Vedehiputto bhoto Gotamassa pāde sirasā[6] vandati, appābādhaṃ appātaṅkaṃ lahuṭṭhānaṃ balaṃ[7] phāsuvihāraṃ pucchati evañ[1] ca[1] vadeti[1]: Rājā bho Gotama Māgadho Ajātasattu Vedehiputto Vajjī abhiyātukāmo. So evam āha: ahaṃ ime[8] Vajjī evaṃmahiddhike evaṃmahānubhāve ucchejjissāmi[9] Vajjī vināsessāmi Vajjī anayabyasanaṃ āpādessāmi Vajjī[1]' ti.

2. Tena kho pana samayena āyasmā Ānando Bhagavato piṭṭhito ṭhito[10] hoti Bhagavantaṃ vījamāno[11]. Atha kho Bhagavā āyasmantaṃ Ānandaṃ āmantesi: —

Kinti te Ānanda sutaṃ 'Vajjī abhiṇhaṃ sannipātā sannipātabahulā' ti? Sutaṃ me taṃ bhante 'Vajjī abhiṇhaṃ sannipātā sannipātabahulā' ti. Yāvakīvañ ca Ānanda Vajjī abhiṇhaṃ sannipātā bhavissanti sannipātabahulā, vuddhi yeva Ānanda Vajjīnaṃ pāṭikaṅkhā, no parihāni[12]. Kinti te Ānanda sutaṃ 'Vajjī samaggā[1] sannipatanti[13], samaggā vuṭṭhahanti, samaggā Vajjikaraṇīyāni karontī' ti? Sutaṃ me taṃ bhante 'Vajjī samaggā sannipatanti[1], samaggā vuṭṭhahanti, samaggā Vajjikaraṇīyāni karontī' ti. Yāvakīvañ ca Ānanda Vajjī samaggā sannipatissanti[14], samaggā

[1] omitted by S. [2] M. Māga° [3] M. Magadhassa.
[4] M. Ph. M. paṭisu°; T. M. paṭisutvā; M. paṭisuṇitvā (sic); T. M. M. insert uṭṭhāyāsanā.
[5] M. Magadho. [6] M. sirasā. [7] M. phalaṃ.
[8] M. Ph. M. h'ime. [9] T. M. M. ucchecchāmi.
[10] omitted by M. M. M. [11] M. Ph. M. bījayamāno.
[12] M. pāri° [13] omitted by T.; M. has sa° patanti.
[14] T. M. °pat°

vuṭṭhahissanti, samaggā Vajjikaraṇīyāni karissanti, vuddhi yeva Ānanda Vajjīnaṃ pāṭikaṅkhā, no parihāni[1]. Kinti te Ānanda sutaṃ 'Vajjī appaññattaṃ na paññāpenti, paññattaṃ na samucchindanti, yathā paññatte porāṇe Vajjidhamme samādāya vattantī'[2] ti? Sutaṃ me taṃ bhante 'Vajjī appaññattaṃ na paññāpenti, paññattaṃ na samucchindanti, yathā paññatte porāṇe Vajjidhamme samādāya vattantī' ti. Yāvakīvañ ca Ānanda Vajjī appaññattaṃ na paññāpessanti, paññattaṃ na samucchindissanti, yathā paññatte porāṇe Vajjidhamme samādāya vattissanti, vuddhi yeva Ānanda Vajjīnaṃ pāṭikaṅkhā, no parihāni. Kinti te Ānanda sutaṃ 'Vajjī, ye te Vajjīnaṃ Vajjimahallakā, te sakkaronti garukaronti mānenti pūjenti tesañ ca sotabbaṃ maññantī' ti? Sutaṃ me taṃ bhante 'Vajjī, ye te Vajjīnaṃ Vajjimahallakā, te sakkaronti garukaronti mānenti pūjenti tesañ ca sotabbaṃ maññantī' ti. Yāvakīvañ ca Ānanda Vajjī, ye te Vajjīnaṃ Vajjimahallakā, te sakkarissanti garukarissanti mānessanti[3] pūjessanti[4] tesañ ca sotabbaṃ maññissanti[5], vuddhi yeva Ānanda Vajjīnaṃ pāṭikaṅkhā, no parihāni. Kinti te Ānanda sutaṃ 'Vajjī, yā tā kulitthiyo kulakumāriyo, tā na okkassa pasayha[6] vāsentī' ti? Sutaṃ me taṃ bhante 'Vajjī, yā tā kulitthiyo kulakumāriyo, tā na okkassa pasayha[6] vāsentī' ti. Yāvakīvañ ca Ānanda Vajjī, yā tā kulitthiyo kulakumāriyo, tā na okkassa pasayha[6] vāsessanti[7], vuddhi yeva Ānanda Vajjīnaṃ pāṭikaṅkhā, no parihāni. Kinti te Ānanda sutaṃ 'Vajjī, yāni tāni Vajjīnaṃ Vajjicetiyāni abbhantarāni c'eva bāhirāni ca, tāni sakkaronti garukaronti mānenti pūjenti tesañ ca dinnapubbaṃ katapubbaṃ dhammikaṃ baliṃ no parihāpentī' ti? Sutaṃ me taṃ bhante 'Vajjī, yāni tāni Vajjīnaṃ Vajjicetiyāni abbhantarāni c'eva bāhirāni ca, tāni sakkaronti garukaronti mānenti pūjenti tesañ ca dinnapubbaṃ katapubbaṃ dhammikaṃ baliṃ no parihāpentī' ti. Yāvakīvañ ca Ānanda Vajjī,

---

1 M6 pari° 2 M6 samvattanti
3 M. Ph. M6 mānessanti. 4 M. Ph. M6 pūjissanti.
5 in M6 here four leaves are missing. 6 M. pasayha.
7 Ph. vāsissanti.

yāni tāni Vajjīnaṃ Vajjicetiyāni abbhantarāni c'eva bāhirāni ca, tāni sakkarissanti garukarissanti mānessanti[1] pūjessanti[2] tesañ ca dinnapubbaṃ katapubbaṃ dhammikaṃ baliṃ no parihāpessanti, vuddhi yeva Ānanda Vajjīnaṃ pāṭikaṅkhā, no parihāni. Kinti te Ānanda sutaṃ 'Vajjīnaṃ arahantesu dhammikā rakkhāvaraṇagutti susaṃvihitā: kinti anāgatā ca arahanto vijitaṃ āgaccheyyuṃ, āgatā[3] ca arahanto vijite phāsuṃ vihareyyun' ti? Sutaṃ me taṃ bhante 'Vajjīnaṃ arahantesu dhammikā rakkhāvaraṇagutti[4] susaṃvihitā[5]: kinti anāgatā ca arahanto vijitaṃ āgaccheyyuṃ, āgatā[6] ca arahanto vijite phāsuṃ vihareyyun' ti. Yāvakīvañ ca Ānanda Vajjīnaṃ arahantesu dhammikā rakkhāvaraṇagutti[4] susaṃvihitā bhavissati[7]: kinti anāgatā ca arahanto vijitaṃ āgaccheyyuṃ, āgatā ca arahanto vijite phāsuṃ vihareyyun ti, vuddhi yeva Ānanda Vajjīnaṃ pāṭikaṅkhā, no parihāni ti.

3. Atha kho Bhagavā Vassakāraṃ brāhmaṇaṃ Magadhamahāmattaṃ āmantesi: —

Ekam idāhaṃ brāhmaṇa samayaṃ Vesāliyaṃ viharāmi Sārandade cetiye, tatrāhaṃ[8] Vajjīnaṃ ime satta aparihāniye dhamme desesiṃ. Yāvakīvañ ca brāhmaṇa ime satta aparihāniyā dhammā Vajjīsu ṭhassanti[9], imesu ca sattasu aparihāniyesu dhammesu Vajjī sandissanti, vuddhi yeva brāhmaṇa Vajjīnaṃ pāṭikaṅkhā, no parihāni ti.

4. Evaṃ[10] vutte Vassakāro brāhmaṇo Magadhamahāmatto Bhagavantaṃ etad avoca: —

'Ekamekena pi[11] bho Gotama aparihāniyena dhammena samannāgatānaṃ Vajjīnaṃ, vuddhi yeva pāṭikaṅkhā, no parihāni, ko pana vādo sattahi aparihāniyehi dhammehi? Akaraṇīyā[12] ca[13] bho Gotama Vajjī raññā Māgadhena Ajātasattunā Vedehiputtena, yad idaṃ yuddhassa, aññatra

---

[1] M. Ph. T. mānissanti. [2] M. pūjissanti.
[3] T. anāgatā. [4] T. °guttikā.
[5] T. °taṃ; M. adds bhavissanti. [6] T. agatā.
[7] M. Ph. bhavissanti. [8] M. Ph. insert brāhmaṇa.
[9] M. vattissanti. [10] M. Ph. S. *omit all from* Evaṃ *to* avoca.
[11] M. pi tena kho bho; Ph. pi kho bho; T. M6. M. pi ce bho.
[12] M. °nīyāni. [13] Ph. va.

upalāpanāya[1] aññatra mithubhedā. Handa ca[2] dāni mayaṃ bho Gotama gacchāma, bahukiccā mayaṃ bahukaraṇīyā[3] ti. Yassa dāni tvaṃ brāhmaṇa kālaṃ maññasī ti. Atha kho Vassakāro brāhmaṇo Magadhamahāmatto Bhagavato bhāsitaṃ abhinanditvā anumoditvā uṭṭhāyāsanā pakkāmī ti.

XXI.

1. Evaṃ me sutaṃ. Ekaṃ samayaṃ Bhagavā Rājagahe viharati Gijjhakūṭe pabbate. Tatra kho Bhagavā bhikkhū āmantesi: — Satta vo bhikkhave aparihāniye dhamme desessāmi, taṃ suṇātha sādhukaṃ manasikarotha, bhāsissāmī ti. Evaṃ bhante ti kho te bhikkhū Bhagavato paccassosuṃ. Bhagavā etad avoca: —

2. Katame ca bhikkhave satta aparihāniyā dhammā?

Yāvakīvañ ca bhikkhave bhikkhū abhiṇhaṃ sannipātā bhavissanti sannipātabahulā, vuddhi yeva bhikkhave bhikkhūnaṃ pāṭikaṅkhā, no parihāni. Yāvakīvañ ca bhikkhave bhikkhū samaggā sannipatissanti, samaggā[4] vuṭṭhahissanti[4], samaggā saṅghakaraṇīyāni karissanti, vuddhi yeva bhikkhave bhikkhūnaṃ pāṭikaṅkhā, no parihāni. Yāvakīvañ ca bhikkhave bhikkhū appaññattaṃ na paññāpessanti[5], paññattaṃ na samucchindissanti, yathā paññattesu sikkhāpadesu samādāya vattissanti, vuddhi yeva bhikkhave bhikkhūnaṃ pāṭikaṅkhā, no parihāni. Yāvakīvañ ca bhikkhave bhikkhū, ye te bhikkhū therā rattaññū cirapabbajitā saṅghapitaro saṅghapariṇāyakā[6], te sakkarissanti garukarissanti mānessanti[7] pūjessanti[8] tesañ ca sotabbaṃ maññissanti, vuddhi yeva bhikkhave bhikkhūnaṃ pāṭikaṅkhā, no parihāni. Yāvakīvañ ca bhikkhave bhikkhū uppannāya taṇhāya ponobhavikāya na[9] vasaṃ gacchissanti[10], vuddhi yeva bhikkhave bhikkhūnaṃ pāṭikaṅkhā, no parihāni. Yāvakīvañ ca bhikkhave bhikkhū āraññakesu[11] senāsanesu sāpekhā

---

[1] S. °nāya; Ph. upalapanā. [2] T. handa.
[3] omitted by Ph. S. [4] omitted by T.
[5] T. M. paññāp°, M. °pissanti. [6] T. M., M. °nāyikā.
[7] M. Ph. mānissanti. [8] M. pūjissanti. [9] M. Ph. S. na.
[10] M. gacchanti. [11] S. ar°; M. M. araññesu.

bhavissanti, vuddhi yeva bhikkhave bhikkhūnaṃ pāṭikaṅkhā, no parihāni. Yāvakīvañ ca bhikkhave bhikkhū paccattaṃ yeva satiṃ upaṭṭhapessanti[1] 'kinti anāgatā ca pesalā sabrahmacārī āgaccheyyuṃ, āgatā ca pesalā sabrahmacārī phāsuṃ vihareyyun' ti, vuddhi yeva bhikkhave bhikkhūnaṃ pāṭikaṅkhā, no parihāni.

Yāvakīvañ ca bhikkhave ime satta aparihāniyā dhammā bhikkhūsu ṭhassanti, imesu ca sattasu aparihāniyesu dhammesu bhikkhū sandissanti, vuddhi yeva bhikkhave bhikkhūnaṃ pāṭikaṅkhā, no parihāni ti.

XXII.

1. Satta vo bhikkhave[2] aparihāniye dhamme desessāmi[3] . . . pe . . .

2. Katame ca bhikkhave satta aparihāniyā dhammā?

Yāvakīvañ ca bhikkhave bhikkhū na kammārāmā[4] bhavissanti na[5] kammaratā[6] na kammārāmataṃ anuyuttā, vuddhi yeva bhikkhave bhikkhūnaṃ pāṭikaṅkhā, no parihāni. Yāvakīvañ ca bhikkhave bhikkhū na bhassārāmā bhavissanti . . .[7] na niddārāmā bhavissanti . . . na saṅgaṇikārāmā bhavissanti . . . na pāpicchā bhavissanti na[8] pāpikānaṃ icchānaṃ vasaṃ gatā . . . na pāpamittā bhavissanti na pāpasahāyā na pāpasampavaṅkā . . . na oramattakena visesādhigamena antarā vosānaṃ āpajjissanti, vuddhi yeva bhikkhave bhikkhūnaṃ pāṭikaṅkhā, no parihāni.

Yāvakīvañ ca bhikkhave ime satta aparihāniyā dhammā bhikkhūsu ṭhassanti, imesu ca sattasu aparihāniyesu dhammesu bhikkhū sandississanti, vuddhi yeva bhikkhave bhikkhūnaṃ pāṭikaṅkhā, no parihāni ti.

XXIII.

1. Satta vo bhikkhave aparihāniye dhamme desessāmi . . . pe . . .

---

[1] M. upaṭṭha° [2] T. inserts bhikkhu.
[3] T. M. M. add taṃ suṇātha and omit pe; M. Ph. give this phrase till manasikarotha. [4] T. M. °rāmatā.
[5] Ph. has na kammārāmatā; T. M. S. omit it.
[6] T. °ta. [7] S. pe. [8] omitted by T.

2. Katame ca bhikkhave satta aparihāniyā dhammā? Yāvakīvañ ca bhikkhave bhikkhū saddhā bhavissanti, vuddhi yeva bhikkhave bhikkhūnaṃ pāṭikaṅkhā, no parihāni. Yāvakīvañ ca bhikkhave bhikkhū hirimanto[1] bhavissanti ...[2] ottappino bhavissanti ... bahussutā bhavissanti[3] ... āraddhaviriyā bhavissanti ... satimanto[4] bhavissanti ... paññavanto bhavissanti, vuddhi yeva bhikkhave bhikkhūnaṃ pāṭikaṅkhā, no parihāni.

Yāvakīvañ ca bhikkhave ime satta aparihāniyā dhammā bhikkhūsu ṭhassanti, imesu ca sattasu aparihāniyesu dhammesu bhikkhū sandississanti, vuddhi yeva bhikkhave bhikkhūnaṃ pāṭikaṅkhā, no parihānī ti.

XXIV.

1. Satta vo bhikkhave aparihāniye dhamme desessāmi ... pe ...

2. Katame ca bhikkhave satta aparihāniyā dhammā? Yāvakīvañ ca bhikkhave bhikkhū satisambojjhaṅgaṃ bhāvessanti, vuddhi yeva bhikkhave bhikkhūnaṃ pāṭikaṅkhā, no parihāni. Yāvakīvañ ca bhikkhave bhikkhū dhammavicayasambojjhaṅgaṃ bhāvessanti ...[5] viriyasambojjhaṅgaṃ bhāvessanti ... pītisambojjhaṅgaṃ bhāvessanti[6] ... passaddhisambojjhaṅgaṃ bhāvessanti ... samādhisambojjhaṅgaṃ bhāvessanti ... upekhāsambojjhaṅgaṃ[7] bhāvessanti, vuddhi yeva bhikkhave bhikkhūnaṃ pāṭikaṅkhā, no parihāni.

Yāvakīvañ ca bhikkhave ime satta aparihāniyā dhammā bhikkhūsu ṭhassanti, imesu ca sattasu aparihāniyesu dhammesu bhikkhū sandississanti, vuddhi yeva bhikkhave bhikkhūnaṃ pāṭikaṅkhā, no parihānī ti.

---

1 M. Ph. hirino; T. M., M. hirimā.
2 S. pe; M. la; Ph. pa.
3 *omitted by* T.
4 T. M., M. satimā.
5 T. M., M. here have pe; *as for the rest, as above.*
6 *omitted by* M.
7 M. Ph. S. upekkhā°

XXV.

1. Satta vo bhikkhave aparihāniye dhamme desessāmi . . . pa[1] . . .

2. Katame ca bhikkhave satta aparihāniyā dhammā? Yāvakīvañ ca bhikkhave bhikkhū aniccasaññaṃ bhāvessanti, vuddhi yeva bhikkhave bhikkhūnaṃ pāṭikaṅkhā no parihāni. Yāvakīvañ ca bhikkhave bhikkhū anattasaññaṃ bhāvessanti . . .[2] asubhasaññaṃ bhāvessanti . . . ādīnavasaññaṃ[3] bhāvessanti[3] . . . pahānasaññaṃ bhāvessanti . . . virāgasaññaṃ bhāvessanti . . . nirodhasaññaṃ bhāvessanti; vuddhi yeva bhikkhave bhikkhūnaṃ pāṭikaṅkhā, no parihāni.

Yāvakīvañ ca bhikkhave ime satta aparihāniyā dhammā bhikkhūsu ṭhassanti, imesu ca sattasu aparihāniyesu dhammesu bhikkhū sandississanti, vuddhi yeva bhikkhave bhikkhūnaṃ pāṭikaṅkhā, no parihānī ti.

XXVI.

1. Satt' ime[4] bhikkhave dhammā sekhassa bhikkhuno parihānāya saṃvattanti. Katame satta?

2. Kammārāmatā, bhassārāmatā, niddārāmatā, saṅgaṇikārāmatā, indriyesu aguttadvāratā, bhojane amattaññutā. Santi kho pana saṅghe saṅghakaraṇīyāni, tatra sekho[5] bhikkhu na[6] iti paṭisañcikkhati 'santi kho pana[7] saṅghe therā rattaññū cirapabbajitā bhāravāhino, te[8] tena[9] paññāyissanti' ti, attanā[10] va[11] yogaṃ āpajjati.

Ime kho bhikkhave satta dhammā sekhassa bhikkhuno parihānāya saṃvattanti.

3. Satt' ime bhikkhave dhammā sekhassa bhikkhuno aparihānāya saṃvattanti. Katame satta?

---

[1] as *before* p. 23 n. 3. [2] S. pe; M. la; Ph. pa.
[3] *omitted by* T.
[4] M. Ph. *have before* satt' ime: Evaṃ me sutaṃ. Ekaṃ sa° Bh° Sāvatthiyaṃ vi° Jetavane Anā° ā°. Tatra kho Bh° bh° ā° [5] *omitted by* M., S.
[6] T. naṃ; *omitted by* M. Ph. [7] *omitted by* M. Ph.
[8] M. na te; M. tena. [9] M. na. [10] M., M. attano.
[11] M. tesu; Ph. te.

4. Na kammārāmatā, na bhassārāmatā, na niddārāmatā, na saṅgaṇikārāmatā, indriyesu guttadvāratā, bhojane mattaññutā. Santi kho pana saṅghe saṅghakaraṇīyāni, tatra sekho[1] bhikkhu iti paṭisañcikkhati 'santi kho pana[2] saṅghe therā rattaññū cirapabbajitā bhāravāhino, te[3] tena paññāyissanti' ti, attanā na tesu[4] yogaṃ āpajjati.

Ime kho bhikkhave satta dhammā sekhassa bhikkhuno aparihānāya saṃvattanti ti.

XXVII.

1. Satt' ime bhikkhave dhammā upāsakassa parihānāya saṃvattanti. Katame satta?

2. Bhikkhudassanaṃ[5] hāpeti, saddhammassavanaṃ[6] pamajjati, adhisīle na sikkhati, appasādabahulo hoti bhikkhūsu theresu c'eva[7] navesu ca majjhimesu ca, upārambhacitto dhammaṃ suṇāti randhagavesī, ito bahiddhā dakkhiṇeyyaṃ gavesati, tattha ca[8] pubbakāraṃ karoti.

Ime kho bhikkhave satta dhammā upāsakassa parihānāya saṃvattanti.

3. Satt' ime bhikkhave dhammā upāsakassa aparihānāya saṃvattanti. Katame satta?

4. Bhikkhudassanaṃ na hāpeti, saddhammassavanaṃ[9] na ppamajjati, adhisīle sikkhati, pasādabahulo[10] hoti bhikkhūsu theresu c'eva navesu ca majjhimesu[11] ca, anupārambhacitto dhammaṃ suṇāti na randhagavesī, na[12] ito bahiddhā dakkhiṇeyyaṃ gavesati, idha ca pubbakāraṃ karoti.

Ime kho bhikkhave satta dhammā upāsakassa aparihānāya saṃvattanti ti[13].

---

[1] omitted by S. [2] omitted by M. Ph.
[3] omitted by M. [4] M. tena; Ph. ta. [5] T. M. °māya.
[6] S. saddhammaṃ° throughout. [7] M. Ph. ca.
[8] omitted by T. M6 M7. [9] M. °ca.
[10] T. M. insert ca. [11] omitted by T. M.
[12] M. Ph. insert ca.
[13] M. Ph. add Idam avoca Bh°. idaṃ vatvā ca Sugato athāparaṃ etad avoca Satthā.

Dassanaṃ bhāvitattānaṃ yo hāpeti upāsako
savanañ ca[1] ariyadhammānaṃ adhisīle na sikkhati
appasādo ca bhikkhūsu bhiyyo bhiyyo pavaḍḍhati
upārambhacitto ca saddhammaṃ sotum icchati
ito ca bahiddhā aññaṃ dakkhiṇeyyaṃ gavesati
tatth' eva[2] ca pubbakāraṃ yo karoti upāsako:
ete kho parihāniye satta dhamme sudesite
upāsako sevamāno saddhammā parihāyati.

Dassanaṃ bhāvitattānaṃ yo na hāpeti upāsako
savanañ ca[3] ariyadhammānaṃ adhisīle ca sikkhati
pasādo c' assa bhikkhūsu bhiyyo bhiyyo pavaḍḍhati
anupārambhacitto ca saddhammaṃ sotum icchati
na ito[4] bahiddhā aññaṃ dakkhiṇeyyaṃ gavesati
idh' eva[5] ca pubbakāraṃ yo karoti upāsako:
ete kho aparihāniyo[6] satta dhamme sudesite
upāsako sevamāno saddhammā na parihāyati ti.

XXVIII—XXX.

1. Satt' imā bhikkhave upāsakassa vipattiyo ...[7] satt' imā bhikkhave upāsakassa sampattiyo[8] ... satt' ime bhikkhave upāsakassa parābhavā[9] ... satt' ime bhikkhave upāsakassa sambhavā. Katame satta?

2. Bhikkhudassanaṃ na hāpeti[10], saddhammasavanaṃ na ppamajjati, adhisīle[11] sikkhati, pasādabahulo hoti bhikkhūsu theresu c' eva[12] navesu[12] ca majjhimesu ca, anupārambhacitto dhammaṃ suṇāti na randhagavesī, na ito[13] bahiddhā dakkhiṇeyyaṃ gavesati, idha[5] ca[5] pubbakāraṃ karoti.

Ime kho bhikkhave satta upāsakassa sambhavā ti.

---

[1] *omitted by* Ph. [2] T. M₆ M₇ tattha.
[3] *omitted by* M. Ph. [4] M. ca ito; M₆ M₇ c'ito.
[5] T. M₆ M₇ idh' eva ca. [6] Ph. ariyavinaye.
[7] M. *inserts* la; Ph. pa.
[8] Ph. saddh. *and it adds* pa; M. la; M₆ S. sampadā.
[9] S. sambhavā; M. *adds* la; Ph. pa. [10] Ph. pahā'
[11] T. *inserts* na. [12] *omitted by* T.
[13] T. M₆ M₇ c'ito.

Dassanaṃ bhāvitattānaṃ yo hāpeti upāsako
savanañ ca ariyadhammānaṃ adhisīle na sikkhati[1]
appasādo ca bhikkhūsu bhiyyo bhiyyo pavaḍḍhati
upārambhacitto ca saddhammaṃ sotuṃ icchati
ito ca bahiddhā aññaṃ dakkhiṇeyyaṃ gavesati
tatth' eva ca pubbakāraṃ yo karoti upāsako:
ete kho parihāniyā satta dhammā sudesitā
upāsako sevamāno saddhammā parihāyati.

Dassanaṃ bhāvitattānaṃ yo na hāpeti upāsako
savanañ ca ariyadhammānaṃ adhisīle ca sikkhati
pasādo c' assa bhikkhūsu bhiyyo bhiyyo pavaḍḍhati
anupārambhacitto ca saddhammaṃ sotuṃ icchati
na ito bahiddhā aññaṃ dakkhiṇeyyaṃ gavesati
idh' eva ca pubbakāraṃ yo karoti upāsako:
ete kho aparihāniyā satta dhammā sudesitā
upāsako sevamāno saddhammā na parihāyati ti.

Vajjivaggo[2] tatiyo[3].

Tass'[4] uddānaṃ:

Sārandado[5] Vassakāro[6] bhikkhu kammañ[7] ca saddhiyaṃ[8]
Bodhisaññaṃ[9] sekho[10] ca hāni[11] vipatti ca[12] parābhavo ti[13].

XXXI.

1. Atha kho aññatarā devatā abhikkantāya rattiyā abhikkantavaṇṇā kevalakappaṃ Jetavanaṃ obhāsetvā yena

---

[1] T. M. M. have after sikkhati: pe | na parihāyati ti.
[2] Ph. Vajjisattakavaggassa udd° [3] omitted by T.
[4] T. M. M. tassa. [5] T. M. Sarandālo; M. Ph. Ānanda.
[6] M. Ph. insert ca. [7] T. M. kamaṇ; M. maṇ.
[8] T. M. M. saddha; M. has tisattakāni bhikkhu kā and Ph. bhikkhu ka satta palānam instead of bhikkhu and so on.
[9] S. bodhiyapaññāṇaṃ; T. M. abodhayiṃhasaññā; M. abhiodhayiṃhasaññā. [10] T. M. M. sekha; M. dve.
[11] T. M. M. parihāni ti ca hāni. [12] omitted by T. M. M.
[13] S. vipattiyasambhave for vi° ca parā°; T. M. parābhave (M. °bhavo) ca; in Ph. this line runs atha bodhiyaṃ apanūnam sekhaparihāni vipatti parābhavena cā.

Bhagavā ten' upasaṅkami, upasaṅkamitvā Bhagavantaṃ abhivādetvā ekamantaṃ aṭṭhāsi. Ekamantaṃ ṭhitā kho sā devatā Bhagavantaṃ etad avoca 'satt' ime bhante dhammā bhikkhuno aparihānāya saṃvattanti. Katame satta? Satthugāravatā, dhammagāravatā[1], saṅghagāravatā[1], sikkhāgāravatā, samādhigāravatā, appamādagāravatā, paṭisanthāragāravatā[2]. Ime kho bhante satta dhammā bhikkhuno aparihānāya saṃvattantī' ti. Idam avoca sā devatā. Samanuñño[3] Satthā[3] ahosi[3]. Athā[3] kho[3] sā[3] devatā[3] 'samanuñño me Satthā' ti Bhagavantaṃ abhivādetvā padakkhiṇaṃ katvā tatth' ev' antaradhāyi.

2. Atha kho Bhagavā tassā rattiyā accayena bhikkhū āmantesi: —

Imaṃ[4] bhikkhave rattiṃ aññatarā devatā abhikkantāya rattiyā abhikkantavaṇṇā kevalakappaṃ Jetavanaṃ obhāsetvā yenāhaṃ ten' upasaṅkami, upasaṅkamitvā maṃ abhivādetvā ekamantaṃ aṭṭhāsi. Ekamantaṃ ṭhitā kho bhikkhave[5] sā devatā maṃ etad avoca 'satt' ime bhante dhammā bhikkhuno aparihānāya saṃvattanti. Katame satta? Satthugāravatā, dhammagāravatā, saṅghagāravatā, sikkhāgāravatā, samādhigāravatā, appamādagāravatā, paṭisanthāragāravatā. Ime kho bhante satta dhammā bhikkhuno aparihānāya saṃvattantī' ti. Idam avoca bhikkhave sā devatā, idaṃ vatvā maṃ abhivādetvā padakkhiṇaṃ katvā tatth' ev' antaradhāyī ti.

Satthugaru dhammagaru saṅghe ca tibbagāravo
samādhigaru[6] ātāpī[6] sikkhāya[7] tibbagāravo
appamādagaru bhikkhu paṭisanthāragāravo
abhabbo parihānāya nibbānass' eva santike ti.

XXXII.

1. Imaṃ bhikkhave rattiṃ aññatarā devatā abhikkantāya rattiyā abhikkantavaṇṇā kevalakappaṃ Jetavanaṃ obhāsetvā

---

[1] omitted by T. [2] M. Ph. °santhāra° throughout.
[3] omitted by M. [4] T. inserts kho. [5] omitted by M. Ph.
[6] M. Ph. samādhigāravatāpi ca. [7] M. Ph. sikkhaya.

yenāhaṃ ten' upasaṅkami, upasaṅkamitvā maṃ abhivādetvā ekamantaṃ[1] aṭṭhāsi[1]. Ekamantaṃ ṭhitā kho bhikkhave sā devatā maṃ etad avoca 'satt' ime bhante dhammā bhikkhuno aparihānāya saṃvattanti. Katame satta? Satthugāravatā, dhammagāravatā, saṅghagāravatā, sikkhāgāravatā, samādhigāravatā, hirigāravatā[3], ottappagāravatā. Ime kho bhante satta dhammā bhikkhuno aparihānāya saṃvattantī' ti. Idam avoca bhikkhave sā devatā, idaṃ vatvā maṃ abhivādetvā padakkhiṇaṃ katvā tatth' ev' antaradhāyī ti.

Satthugaru dhammagaru saṅghe ca tibbagāravo
samādhigaru[2] ātāpī[2] sikkhāya tibbagāravo
hiri[3]-ottappasampanno sappatisso sagāravo
abhabbo parihānāya nibbānass' eva santike ti.

XXXIII.

1. Imaṃ bhikkhave rattiṃ aññatarā devatā ... pe[4] ... maṃ etad avoca 'satt' ime bhante dhammā bhikkhuno aparihānāya saṃvattanti. Katame satta? Satthugāravatā, dhammagāravatā, saṅghagāravatā, sikkhāgāravatā, samādhigāravatā, sovacassatā, kalyāṇamittatā. Ime kho bhante satta dhammā bhikkhuno aparihānāya saṃvattantī' ti. Idam avoca bhikkhave sā devatā, idaṃ vatvā maṃ abhivādetvā padakkhiṇaṃ katvā tatth' ev' antaradhāyī ti.

Satthugaru dhammagaru saṅghe ca tibbagāravo
samādhigaru[5] ātāpī[5] sikkhāya tibbagāravo
kalyāṇamitto suvaco sappatisso sagāravo
abhabbo parihānāya nibbānass' eva santike ti.

---

[1] *omitted by* T.
[2] M. °gāravatāpi ca; Ph. °garu [illegible]
[3] T. M6. M7. hiri
[4] M. la; Ph. pe. T. M6. M7. *give the phrase in full.*
[5] M. Ph. °gāravatāpi.

XXXIV.

1. Imaṃ bhikkhave rattiṃ aññatarā devatā ... pe[1] ... maṃ etad avoca 'satt' ime bhante dhammā bhikkhuno aparihānāya saṃvattanti. Katame satta? Satthugāravatā, dhammagāravatā, saṅghagāravatā, sikkhāgāravatā, samādhigāravatā, sovacassatā, kalyāṇamittatā. Ime kho bhante satta dhammā bhikkhuno aparihānāya saṃvattantī' ti. Idam avoca bhikkhave sā devatā, idaṃ vatvā maṃ abhivādetvā padakkhiṇaṃ katvā tatth' ev' antaradhāyī ti.

2. Evaṃ vutte āyasmā Sāriputto Bhagavantaṃ etad avoca: —

3. Imassa kho ahaṃ[2] bhante Bhagavatā saṃkhittena bhāsitassa evaṃ vitthārena atthaṃ ājānāmi[3]. Idha bhante bhikkhu[4] attanā ca satthugāravo hoti satthugāravatāya ca vaṇṇavādī, ye c' aññe bhikkhū na satthugāravā te ca satthugāravatāya samādapeti, ye c' aññe bhikkhū satthugāravā tesañ ca vaṇṇaṃ bhaṇati bhūtaṃ tacchaṃ kālena. Attanā ca dhammagāravo hoti ... pe[5] ... saṅghagāravo hoti ... sikkhāgāravo hoti ... samādhigāravo[6] hoti[7] ... suvaco hoti ... kalyāṇamitto hoti kalyāṇamittatāya ca[8] vaṇṇavādī, ye c' aññe bhikkhū na kalyāṇamittā te ca kalyāṇamittatāya[9] samādapeti, ye c' aññe bhikkhū kalyāṇamittā tesañ ca vaṇṇaṃ bhaṇati bhūtaṃ tacchaṃ kālena. Imassa kho ahaṃ bhante Bhagavatā[2] saṃkhittena bhāsitassa evaṃ vitthārena atthaṃ ājānāmī[3] ti.

4. Sādhu sādhu Sāriputta, sādhu kho tvaṃ Sāriputta imassa mayā[2] saṃkhittena bhāsitassa evaṃ vitthārena atthaṃ ājānāsi[3]. Idha Sāriputta bhikkhu attanā ca[8] satthugāravo hoti satthugāravatāya ca[10] vaṇṇavādī, ye c' aññe bhikkhū na satthugāravā te ca satthugāravatāya

---

[1] M. Ph. *in full till* abhikantavaṇṇā, *then* la (Ph. pa) satt' ime; T. M_6. M_7 *give the whole phrase in full.*
[2] S. puna. [3] T. M_6. M_7 ajā° [4] T. bhikkhunā.
[5] M. la; Ph. pa; *omitted by* T. M_6.
[6] *omitted by* T. M_6. M_7.
[7] M_7 °mittā, *then* te ca kalyāṇamittatā tesañ ca vaṇṇaṃ (*sic*) *and so on.* [8] *omitted by* M_7. [9] *omitted by* M.
[10] *omitted by* T. M_6.

samādapeti, ye c' aññe bhikkhū satthugāravā tesañ ca vaṇṇaṃ bhaṇati bhūtaṃ tacchaṃ kālena. Attanā ca dhammagāravo hoti . . . pe[1] . . . saṃghagāravo hoti . . . sikkhāgāravo hoti[2] . . . samādhigāravo hoti . . . ; suvaco hoti . . . kalyāṇamitto hoti kalyāṇamittatāya ca vaṇṇavādī, ye c' aññe bhikkhū na kalyāṇamittā te ca kalyāṇamittatāya samādapeti, ye n' aññe bhikkhū kalyāṇamittā tesañ ca[3] vaṇṇaṃ bhaṇati bhūtaṃ tacchaṃ kālena. Imassa kho Sāriputta mayā saṃkhittena bhāsitassa evaṃ vitthārena attho daṭṭhabbo ti.

XXXV.

1. Sattahi bhikkhave aṅgehi samannāgato bhikkhu[3] mitto sevitabbo. Katamehi sattahi?

2. Duddadaṃ dadāti, dukkaraṃ karoti, dukkhamaṃ khamati, guyham[4] assa[5] āvikaroti, guyham[6] assa[6] pariguyhati[7], āpadāsu[8] na jahati[9], khīṇena[10] nātimaññati[11].

Imehi kho bhikkhave sattah' aṅgehi samannāgato bhikkhu[11] mitto sevitabbo ti.

Duddadaṃ dadāti[12] mitto[13], dukkarañ c' api[14] kubbati,
atho pi 'ssa duruttāni khamati dukkhamāni pi.
guyhañ ca tassa[15] akkhāti, guyhassa[16] pariguyhati[17],
āpadāsu na jahati[18], khīṇena[19] nātimaññati[20],
yasmiṃ[20] etāni ṭhānāni saṃvijjant' idha[21] puggale
so mitto mittakāmena bhajitabbo tathāvidho ti.

---

[1] M. la; Ph. pa; omitted by T. M6. [2] omitted by M6.
[3] omitted by T. M6 M7. [4] omitted by T. M6 M7 S.
[5] M. guhassa; Ph. guhassa. [6] M. Ph. guyhassa.
[7] S. °gūhati; M7 °gūhati. [8] T. °dāsu. [9] T. jahāti.
[10] M. Ph. T. M6 M7 khīṇenāti° [11] omitted by M7 S.
[12] S. dadaṃ. [13] T. M6 mittaṃ; M7 S. cittaṃ.
[14] T. M6 M7 ca pi.
[15] T. M6 guyhañ c'assa; S. guyhaṃ assa ca.
[16] M. guhassa. [17] M. Ph. S. °gūhati.
[18] M. Ph. T. M6 M7 jahāti.
[19] M. Ph. M6 M7 khīṇenāti° [20] M. Ph. yasmiṃ.
[21] M7 S. °vijjant'idha; M. Ph. ca l. 'dha.

XXXVI.

1. Sattahi bhikkhave dhammehi samannāgato bhikkhu mitto sevitabbo bhajitabbo payirupāsitabbo api panujjamānena pi. Katamehi sattahi?

2. Piyo[1] hoti manāpo ca, garu ca, bhāvanīyo ca, vattā ca, vacanakkhamo ca, gambhīrañ[2] ca[3] kathaṃ kattā hoti, no ca[4] aṭṭhāne[5] niyojeti.

Imehi kho bhikkhave sattahi dhammehi samannāgato bhikkhu mitto sevitabbo bhajitabbo payirupāsitabbo api panujjamānena pi ti.

Piyo ca garu bhāvanīyo vattā ca vacanakkhamo
gambhīrañ ca kathaṃ kattā no c' aṭṭhāne[5] niyojaye[6]:
yasmiṃ[7] etāni ṭhānāni saṃvijjanti 'dha[8] puggale,
so mitto mittakāmena atthakāmānukampako[9]
api nāsiyamānena bhajitabbo tathāvidho ti.

XXXVII.

1. Sattahi bhikkhave dhammehi samannāgato bhikkhu na cirass' eva catasso paṭisambhidā sayaṃ abhiññā sacchikatvā upasampajja vihareyya. Katamehi sattahi?

2. Idha bhikkhave bhikkhu 'idaṃ[10] me cetaso līnattan[11]' ti yathābhūtaṃ pajānāti, ajjhattaṃ saṃkhittaṃ vā[12] cittaṃ 'ajjhattaṃ me saṃkhittaṃ cittan' ti yathābhūtaṃ pajānāti, bahiddhā vikkhittaṃ vā cittaṃ 'bahiddhā me vikkhittaṃ cittan' ti yathābhūtaṃ pajānāti. Tassa viditā vedanā uppajjanti viditā[12] upaṭṭhahanti[12] viditā abbhatthaṃ[13] gacchanti, viditā saññā uppajjanti viditā upaṭṭhahanti[14]

---

[1] M6 M7 S insert ca. [3] T. M7 vo.
[2] omitted by M. Ph. [4] T. M6 M7 c' aṭṭhāne.
[5] Ph. caṭṭh°; M. ca ṭhāne. [6] M. °jako; Ph. °jito.
[7] M. Ph. yamhi.
[8] M6 S. °vijjantidha; M. Ph. ca f. 'dha.
[9] M. Ph. °pito. [10] T. idaṃ ca.
[11] T. ṭhitattan; M. ṭhānattan. [12] omitted by T.
[13] T. ahattaṃ; M. abbhattaṃ.
[14] T. upaṭṭha°; M. Ph. continue: la (Ph. pa) ... viditā vitakkā.

viditā abbhatthaṃ[1] gacchanti, viditā vitakkā uppajjanti viditā upaṭṭhahanti viditā abbhatthaṃ gacchanti, sappāyāsappāyesu kho pan' assa dhammesu hīnappaṇītesu[2] kaṇhasukkasappaṭibhāgesu nimittaṃ suggahitaṃ hoti sumanasikataṃ sūpadhāritaṃ[3] suppaṭividdhaṃ paññāya.

Imehi kho bhikkhave sattahi dhammehi samannāgato bhikkhu na cirass' eva catasso paṭisambhidā sayaṃ abhiññā sacchikatvā upasampajja vihareyya[4].

3. Sattahi bhikkhave[5] dhammehi samannāgato Sāriputto catasso paṭisambhidā sayaṃ abhiññā sacchikatvā upasampajja viharati. Katamehi sattahi?

4. Idha bhikkhave Sāriputto 'idaṃ me cetaso līnattan' ti yathābhūtaṃ pajānāti, ajjhattaṃ saṃkhittaṃ vā[6] cittaṃ[7] 'ajjhattaṃ me saṃkhittaṃ cittan' ti yathābhūtaṃ pajānāti, bahiddhā vā[8] vikkhittaṃ[8] cittaṃ 'bahiddhā me vikkhittaṃ cittan' ti yathābhūtaṃ pajānāti. Tassa viditā vedanā uppajjanti viditā upaṭṭhahanti viditā abbhatthaṃ gacchanti, viditā saññā[9] uppajjanti viditā upaṭṭhahanti viditā abbhatthaṃ gacchanti, viditā vitakkā uppajjanti viditā upaṭṭhahanti viditā abbhatthaṃ gacchanti, sappāyāsappāyesu kho pan' assa dhammesu hīnappaṇītesu kaṇhasukkasappaṭibhāgesu nimittaṃ[10] suggahitaṃ hoti sumanasikataṃ sūpadhāritaṃ suppaṭividdhaṃ paññāya.

Imehi kho bhikkhave sattahi dhammehi samannāgato Sāriputto catasso paṭisambhidā sayaṃ abhiññā sacchikatvā upasampajja viharatī ti.

---

[1] T. °ttaṃ throughout.
[2] T. na paṇītesu; M. paṇappaṇītesu.
[3] M. Ph. T. M₆ M₇ su° throughout.
[4] Ph. S. add ti; M. M₆ °yyan ti.
[5] omitted by M.
[6] omitted by M. Ph. M₆.
[7] omitted by M₆.
[8] M. Ph. M₆ insert vā; also T. M₇ insert here vā, omitting it before cittaṃ.
[9] M. has after saññā; &c.; Ph. M₆ pa, then vitakkā upp°
[10] M₆ S. cittaṃ.

sannipatitānaṃ ayaṃ antarākathā udapādi: yo hi koci āvuso dvādasa vassāni paripuṇṇaṃ parisuddhaṃ brahmacariyaṃ carati, «niddaso bhikkhu» ti alaṃ vacanāyā ti. Atha khvāhaṃ bhante tesaṃ aññatitthiyānaṃ paribbājakānaṃ bhāsitaṃ n'eva abhinandiṃ[1] na ppaṭikkosiṃ[2]; anabhinanditvā appaṭikkositvā uṭṭhāy' āsanā pakkamiṃ[3]: Bhagavato santike etassa bhāsitassa atthaṃ ājānissāmī[4] ti. Sakkā nu kho bhante imasmiṃ dhammavinaye kevalaṃ vassagaṇanamattena 'niddaso bhikkhu'[5] paññāpetun' ti? 'Na kho Sāriputta sakkā imasmiṃ dhammavinaye kevalaṃ vassagaṇanamattena niddaso bhikkhu[6] paññāpetuṃ[7]. Satta kho imāni Sāriputta niddasavatthūni mayā sayaṃ abhiññā sacchikatvā paveditāni. Katamāni satta?

4. Idha Sāriputta bhikkhu sikkhāsamādāne tibbacchando hoti āyatiñ ca sikkhāsamādāne avigatapemo[8], dhammanisantiyā[9] tibbacchando hoti āyatiñ ca dhammanisantiyā[9] avigatapemo, icchāvinaye tibbacchando hoti āyatiñ ca icchāvinaye avigatapemo, paṭisallāne[10] tibbacchando hoti āyatiñ ca paṭisallāne[10] avigatapemo, viriyārambhe tibbacchando hoti āyatiñ ca viriyārambhe avigatapemo, satinepakke tibbacchando hoti āyatiñ ca satinepakke avigatapemo, diṭṭhipaṭivedhe[11] tibbacchando hoti āyatiñ ca diṭṭhipaṭivedhe[11] avigatapemo.

Imāni kho Sāriputta satta[12] niddasavatthūni mayā sayaṃ abhiññā sacchikatvā paveditāni[8].

5. Imehi[13] kho Sāriputta sattahi[14] niddasavatthūhi[15] samannāgato bhikkhu dvādasa ce[16] pi[16] vassāni paripuṇṇaṃ parisuddhaṃ brahmacariyaṃ carati, 'niddaso bhikkhu' ti alaṃ vacanāya, catuvīsati[17] ce pi vassāni paripuṇṇaṃ parisuddhaṃ brahmacariyaṃ carati, 'niddaso[18] bhikkhu' ti

---

[1] M. M₆. M₇ °di. [2] M. °si. [3] M. M₆ °mi.
[4] T. M₆. M₇ ajā° [5] T. M₆. M₇ bhikkhū ti.
[6] M₆ adds ti. [7] Ph. M₆ add ti. [8] S. adhi° throughout.
[9] T. M. °nisantiyā. [10] T. M₆. M₇ °no.
[11] Ph. T. °vedo; M₇ °pavedhe. [12] omitted by T. M₆.
[13] T. imāni; M₇ ima. [14] T. M₇ satta; omitted by M₆.
[15] M₆. M₇ °vatthūni. [16] omitted by M. Ph. S.
[17] T. M₆ °tiṃ. [18] T. niddhaso; M₇ nibbiso

alaṃ vacanāya. chattiṃsañ[1] ce pi vassāni paripuṇṇaṃ parisuddhaṃ brahmacariyaṃ carati, 'niddaso[2] bhikkhū' ti alaṃ vacanāya. aṭṭhacattārīsañ[3] ce pi vassāni paripuṇṇaṃ parisuddhaṃ brahmacariyaṃ carati, 'niddaso[4] bhikkhū' ti alaṃ vacanāyā ti.

XL.

1. Evaṃ[5] me sutaṃ. Ekaṃ samayaṃ Bhagavā Kosambiyaṃ viharati Ghositārāme. Atha kho āyasmā Ānando pubbaṇhasamayaṃ nivāsetvā pattacīvaraṃ ādāya Kosambiyaṃ[6] piṇḍāya pāvisi. Atha kho āyasmato Ānandassa etad ahosi 'atippago kho tāva Kosambiyaṃ piṇḍāya carituṃ; yan nūnāhaṃ yena aññatitthiyānaṃ paribbājakānaṃ ārāmo ten' upasaṅkameyyan' ti. Atha kho āyasmā Ānando yena aññatitthiyānaṃ paribbājakānaṃ ārāmo[7] ten' upasaṅkami, upasaṅkamitvā tehi aññatitthiyehi paribbājakehi saddhiṃ sammodi, sammodanīyaṃ kathaṃ[8] sārāṇīyaṃ[8] vītisāretvā ekamantaṃ nisīdi.

2. Tena kho pana samayena tesaṃ aññatitthiyānaṃ paribbājakānaṃ sannisinnānaṃ sannipatitānaṃ[4] ayaṃ antarākathā udapādi 'yo[9] hi koci āvuso dvādasa vassāni paripuṇṇaṃ parisuddhaṃ brahmacariyaṃ carati, niddaso bhikkhū ti alaṃ vacanāyā' ti. Atha kho āyasmā Ānando tesaṃ aññatitthiyānaṃ paribbājakānaṃ bhāsitaṃ n' eva abhinandi na paṭikkosi[10]; anabhinanditvā[11] appaṭikkositvā[10] uṭṭhāy' āsanā pakkāmi 'Bhagavato santike etassa bhāsitassa atthaṃ ājānissāmī'[12] ti.

3. Atha kho āyasmā Ānando Kosambiyaṃ piṇḍāya caritvā pacchābhattaṃ piṇḍapātapaṭikkanto yena[8] Bhagavā[8] ten' upasaṅkami, upasaṅkamitvā Bhagavantaṃ abhivādetvā ekamantaṃ nisīdi. Ekamantaṃ nisinno kho āyasmā Ānando

---

[1] S. -sati. [5] T. M₆. M₇ nitthaso.
[2] Ph. -ssaṃ; S. -ssā.
[3] T. M₇ niccattāriso; M₆ sattariso. [5] omitted by S.
[4] M. Ph. S. -bhiṃ. [7] M₆ adds hoti. [8] omitted by M₆.
[9] T. ko pa. [10] M₇ -khositvā. [11] omitted by M₇.
[12] T. M₆. M₇ ajā-

Bhagavantaṃ etad avoca: idhāhaṃ bhante pubbaṇhasamayaṃ nivāsetvā pattacīvaraṃ ādāya Kosambiyaṃ[1] piṇḍāya pāvisiṃ[2]. Tassa mayhaṃ bhante etad ahosi: atippago kho tāva Kosambiyaṃ piṇḍāya carituṃ; yan nūnāhaṃ yena aññatitthiyānaṃ paribbājakānaṃ ārāmo ten' upasaṅkameyyan ti[3]. Atha khvāhaṃ bhante yena aññatitthiyānaṃ paribbājakānaṃ ārāmo ten' upasaṅkamiṃ[4], upasaṅkamitvā tehi aññatitthiyehi paribbājakehi saddhiṃ sammodiṃ[5], sammodanīyaṃ kathaṃ[6] sārāṇīyaṃ[6] vītisāretvā ekamantaṃ nisīdiṃ[7]. Tena kho pana bhante samayena tesaṃ aññatitthiyānaṃ paribbājakānaṃ sannisinnānaṃ sannipatitānaṃ ayam antarākathā udapādi: yo hi koci āvuso dvādasa vassāni paripuṇṇaṃ parisuddhaṃ brahmacariyaṃ carati, niddaso bhikkhū ti alaṃ vacanāyā ti. Atha khvāhaṃ bhante tesaṃ aññatitthiyānaṃ paribbājakānaṃ bhāsitaṃ neva abhinandiṃ[8] na ppaṭikkosiṃ[9]; anabhinanditvā appaṭikkositvā uṭṭhāyāsanā pakkāmiṃ[10]: Bhagavato santike etassa bhāsitassa atthaṃ ājānissāmī[11] ti. Sakkā nu kho bhante imasmiṃ dhammavinaye kevalaṃ vassagaṇanamattena niddaso bhikkhu paññāpetun' ti? Na kho Ānanda sakkā imasmiṃ dhammavinaye kevalaṃ vassagaṇanamattena niddaso bhikkhu paññāpetuṃ[12]. Satta kho imāni Ānanda niddasavatthūni mayā sayaṃ abhiññā sacchikatvā paveditāni. Katamāni satta?

4. Idh' Ānanda bhikkhu saddho hoti, hirimā[13] hoti, ottappī[14] hoti, bahussuto hoti, āraddhaviriyo hoti, satimā hoti, paññavā hoti.

Imāni kho Ānanda satta niddasavatthūni mayā sayaṃ abhiññā sacchikatvā paveditāni.

---

[1] M. Ph. S. °biṃ. [2] M. T. °si.
[3] M. has *after* ti: la. Ph. pe; M_6 *omits it, then all three MSS. have* tehi saddhiṃ *and so on.* [4] T. M_6 M_7 °mi.
[5] M. M_6 T. M_7 °di. [6] *omitted by* T. M_6.
[7] M. M_6 T. M_7 °di; M_6 °diṃsu.
[8] M. T. °di; M_7 *has* na abhinandi *for* neva a°
[9] M. M_6 °si. [10] M. Ph. M_6 T. °mi
[11] T. M_6 M_7 ājā°; M_6 jā° [12] T. M_6 M_7 *add* ti.
[13] Ph. S. hirimā [14] T. ottāpī.

5. Imehi kho Ānanda sattahi niddasavatthūhi samannāgato bhikkhu dvādasa[1] ce pi vassāni paripuṇṇaṃ parisuddhaṃ brahmacariyaṃ carati, niddaso bhikkhū ti alaṃ vacanāya[2], catuvīsati[3] ce pi vassāni paripuṇṇaṃ parisuddhaṃ brahmacariyaṃ carati, niddaso[4] bhikkhū ti alaṃ vacanāya[5], chattiṃsa[6] ce pi vassāni paripuṇṇaṃ parisuddhaṃ brahmacariyaṃ carati, niddaso[7] bhikkhū ti alaṃ vacanāya, aṭṭhacattārīsaṃ[8] ce pi vassāni paripuṇṇaṃ parisuddhaṃ brahmacariyaṃ carati, niddaso[9] bhikkhū ti alaṃ vacanāyā ti.

Devatāvaggo[10] catuttho.

Tass'[11] uddānaṃ:

Appamādo hirimā ca dve suvacā duve sukhā
Dve paṭisambhidā dve vasā niddasavatthū 'pare dve ti[12].

XLI.

1. Satt' imā bhikkhave viññāṇaṭṭhitiyo. Katamā satta?

2. Santi bhikkhave sattā nānattakāyā nānattasaññino, seyyathā pi manussā ekacce ca[13] devā[14] ekacce ca[15] vinipātikā. Ayaṃ paṭhamā viññāṇaṭṭhiti.

[1] T. °sato. [2] T. M. M. °nāya ti. [3] T. M. °tiṃ.
[4] T. M. M. niddaso. [5] M. °yā ti.
[6] T. °saṃ; S. °sati. [7] T. M. M. nittiṃsa.
[8] M. °visa; M. °līsa; Ph. °līsaṃ; S. °līsā.
[9] T. niccattārīsaṃ; M. M. niccattārīsa.
[10] Ph. °vaggassa uddānaṃ; M. ekacco devatāvaggassa udd°.
[11] S. tass°.
[12] M. Ph. M. *give the Uddāna as follows, viz.* appamādaṃ (Ph. °do; M. °do) hirottappaṃ suvaco (M. sukha) ca (Ph. °ca) sovacassaṃ (Ph. ca sovacassaṃ; M. °vaccaṃ) vitthatam (Ph. M. tev' assa vaso [M. yaso] ca vaso [M. vasaṃ] bhavitabba[ṃ] taṃ) dve mittā ; (M. *inserts* dve paṭisambhidā) dve sambodhi (Ph. M. samāna) ca niddiṭṭhā (Ph. M. niddiṭṭhā) niddasavatthu (M. niddasavatthuṃ) apare dve ti; T. M. *have:* appamādā (M. M. °do) hiri ca (*or* hirimā) sodhana (M. so ca dhana; M. sovadana) vittha vitthā (M. M. vitthā) ca pi ca vittā (M. cittā; M. ca paṭicca *for* ca pi vi°) paṭisambhidā ca niddasavatthu apare dve ti.
[13] *omitted by* Ph. M. [14] M. devatā. [15] *omitted by* Ph.

3. Santi bhikkhave sattā nānattakāyā ekattasaññino, seyyathā pi devā brahmakāyikā¹ paṭhamābhinibbattā. Ayaṃ dutiyā viññāṇaṭṭhiti.

4. Santi bhikkhave sattā ekattakāyā nānattasaññino, seyyathā pi devā ābhassarā. Ayaṃ tatiyā viññāṇaṭṭhiti.

5. Santi bhikkhave sattā ekattakāyā ekattasaññino, seyyathā pi devā subhakiṇhā². Ayaṃ catutthā³ viññāṇaṭṭhiti.

6. Santi bhikkhave sattā sabbaso rūpasaññānaṃ samatikkamā paṭighasaññānaṃ atthaṅgamā nānattasaññānaṃ amanasikārā 'ananto⁴ ākāso' ti ākāsānañcāyatanūpagā. Ayaṃ pañcamī⁵ viññāṇaṭṭhiti.

7. Santi bhikkhave sattā sabbaso ākāsānañcāyatanaṃ samatikkamma 'anantaṃ viññāṇan' ti viññāṇañcāyatanūpagā. Ayaṃ chaṭṭhā viññāṇaṭṭhiti.

8. Santi bhikkhave sattā sabbaso viññāṇañcāyatanaṃ samatikkamma 'natthi kiñci' ti ākiñcaññāyatanūpagā. Ayaṃ sattamā⁶ viññāṇaṭṭhiti.

Imā kho bhikkhave satta viññāṇaṭṭhitiyo ti.

XLII.

1. Satt' ime bhikkhave samādhiparikkhārā. Katame satta?

2. Sammādiṭṭhi, sammāsaṅkappo, sammāvācā, sammākammanto, sammā-ājīvo, sammāvāyāmo, sammāsati. Yā kho bhikkhave imehi sattah'⁷ aṅgehi⁸ cittassa' ekaggatā parikkhatā⁹, ayaṃ vuccati bhikkhave ariyo sammāsamādhi¹⁰ sa¹¹-upaniso iti pi saparikkhāro¹² iti pi ti.

¹ M₆ °yikadevā. ² T. M₆ °kiṇṇā.
³ M₆ °tthi. ⁴ M₆ anando.
⁵ T. M₇ M₈ °mi. ⁶ M₆ °mi.
⁷ M. Ph. M₆ satta. ⁸ M₆ *inserts* ca.
⁹ *omitted by* M₆
¹⁰ M. M₆ °dhissa; S. *omits* sammā *before* samādhi.
¹¹ *omitted by* M. M₆ M₇. ¹² M. M₆ *insert* ti.

XLIII.

1. Satt' ime bhikkhave aggī. Katame satta?

2. Rāgaggi, dosaggi, mohaggi, āhuneyyaggi[1], gahapataggi, dakkhiṇeyyaggi, kaṭṭhaggi.

Ime kho bhikkhave satta aggī ti.

XLIV.

1. Ekaṃ[2] samayaṃ Bhagavā Sāvatthiyaṃ viharati Jetavane Anāthapiṇḍikassa ārāme. Tena kho pana samayena Uggatasarīrassa brāhmaṇassa mahāyañño[3] upakkhaṭo[4] hoti: pañca usabhasatāni thūṇūpanītāni[5] honti yaññatthāya, pañca vacchatarasatāni thūṇūpanītāni honti yaññatthāya, pañca vacchatarīsatāni thūṇūpanītāni honti yaññatthāya, pañca ajasatāni thūṇūpanītāni honti yaññatthāya, pañca urabbhasatāni thūṇūpanītāni honti yaññatthāya. Atha kho Uggatasarīro brāhmaṇo yena Bhagavā ten' upasaṅkami, upasaṅkamitvā Bhagavatā saddhiṃ sammodi; sammodanīyaṃ kathaṃ sārāṇīyaṃ vītisāretvā ekamantaṃ nisīdi. Ekamantaṃ nisinno kho Uggatasarīro brāhmaṇo Bhagavantaṃ etad avoca 'sutaṃ me taṃ bho Gotama: aggissa ādhānaṃ[6] yūpassa ussāpanaṃ mahapphalaṃ hoti mahānisaṃsan' ti. 'Mayā pi kho etaṃ brāhmaṇa sutaṃ: aggissa ādhānaṃ yūpassa ussāpanaṃ mahapphalaṃ hoti mahānisaṃsan' ti. Dutiyam pi kho[7] ...[8] tatiyam pi kho Uggatasarīro brāhmaṇo Bhagavantaṃ etad avoca 'sutaṃ me taṃ bho Gotama: aggissa ādhānaṃ yūpassa ussāpanaṃ mahapphalaṃ hoti mahānisaṃsan' ti. 'Mayā pi kho etaṃ[9] brāhmaṇa sutaṃ: aggissa ādhānaṃ yūpassa ussāpanaṃ mahapphalaṃ hoti mahānisaṃsan' ti. 'Tayidaṃ[10] kho

---

[1] M_6 T. āhup°

[2] in M. Ph. M_6 the introductory phrase is missing.

[3] T. yañño.

[4] M_6 °kkhaṭṭho; M_7 M_8 °kkhamo.

[5] T. M_6 thuṇūpanītāni throughout.

[6] M. Ph. M_6 T. M_6 M_7 ādānaṃ throughout.

[7] M. Ph. M_6 add Uggatasarīro (sic) br°

[8] M. la; S. pe.

[9] T. M_6 M_7 evaṃ.

[10] T. na ci taṃ.

Gotama samenti[1] bhoto c'eva Gotamassa amhākañ[2] ca, yad idaṃ sabbena sabban' ti[3].

2. Evaṃ vutte[4] āyasmā Ānando Uggatasarīraṃ brāhmaṇaṃ etad avoca[5] 'na kho brāhmaṇa Tathāgatā evaṃ pucchitabbā: sutaṃ me taṃ bho Gotama aggissa ādhānaṃ yūpassa ussāpanaṃ mahapphalaṃ hoti mahānisaṃsan' ti. Evañ ca kho[6] brāhmaṇa Tathāgatā pucchitabbā[7]: ahañ hi bhante aggiṃ[8] ādhātukāmo[9] yūpaṃ ussāpetukāmo; ovadatu maṃ bhante Bhagavā, anusāsatu maṃ bhante Bhagavā, yaṃ mama assa dīgharattaṃ hitāya sukhāyā' ti.

3. Atha kho Uggatasarīro brāhmaṇo Bhagavantaṃ etad avoca 'ahañ hi bho Gotama aggiṃ[8] ādhātukāmo yūpaṃ ussāpetukāmo; ovadatu maṃ bhavaṃ Gotamo, anusāsatu maṃ bhavaṃ Gotamo, yaṃ mama assa dīgharattaṃ hitāya sukhāyā' ti. Aggiṃ brāhmaṇa ādahanto[10] yūpaṃ ussāpento pubb' eva yaññā[11] tīṇi satthāni ussāpeti[12] akusalāni dukkhudrayāni[13] dukkhavipākāni. Katamāni tīṇi?

4. Kāyasatthaṃ, vacīsatthaṃ, manosatthaṃ. Aggiṃ brāhmaṇa ādahanto yūpaṃ ussāpento pubb' eva yaññā[14] evaṃ cittaṃ uppādeti 'ettakā usabhā haññantu yaññatthāya, ettakā vacchatarā haññantu yaññatthāya, ettakā vacchatariyo haññantu yaññatthāya, ettakā ajā haññantu yaññatthāya, ettakā urabbhā haññantu yaññatthāyā' ti. So[15] 'puññaṃ karomī' ti apuññaṃ karoti, 'kusalaṃ karomī' ti akusalaṃ karoti, 'sugatiyā[16] maggaṃ pariyesāmī'[17] ti duggatiyā maggaṃ pariyesati. Aggiṃ brāhmaṇa ādahanto yūpaṃ

---

1 T. sace pi. 2 M₇ °kaṃ santrañ.
3 *omitted by* M. Ph. M₆.
4 M₆ *exhibits a great disorder in the sequel of the sentences, and a part of them is missing.* 5 M₆ *inserts* hi.
6 *omitted by* T. M₇. 7 M₆ °bbā ti.
8 M. Ph. M₆ aggissa.
9 M. Ph. M₆. T. M₇. M₇ ādātu° *throughout.*
10 M. Ph. M₆. T. M₇. M₇ ādento *throughout.*
11 M₆ T. M₇ yaññe; S. yañño. 12 T. M₇ °penti.
13 Ph. M₆ dukkhindriyāni. 14 M₆ yañño; S. yañña.
15 M₆ *inserts* puna. 16 M₆ sugg°; T. sugata; M₇ sugati.
17 M₇ M₇ pariyo°

ussāpento pubb' eva yaññā[1] idaṃ paṭhamaṃ manosatthaṃ ussāpeti akusalaṃ[2] dukkhudrayaṃ[3] dukkhavipākaṃ.

5. Puna ca paraṃ brāhmaṇa aggiṃ ādhento yūpaṃ ussāpento pubb' eva yaññā evaṃ vācaṃ bhāsati 'ettakā usabhā haññantu yaññatthāya, ettakā vacchatarā haññantu yaññatthāya, ettakā vacchatariyo haññantu yaññatthāya, ettakā ajā haññantu yaññatthāya, ettakā urabbhā haññantu yaññatthāyā' ti. So 'puññaṃ karomī' ti[4] apuññaṃ karoti, 'kusalaṃ karomī' ti akusalaṃ karoti, 'sugatiyā[5] maggaṃ pariyesāmī' ti duggatiyā maggaṃ pariyesati. Aggiṃ brāhmaṇa ādhento yūpaṃ ussāpento pubb' eva yaññā idaṃ dutiyaṃ vacīsatthaṃ ussāpeti akusalaṃ dukkhudrayaṃ dukkhavipākaṃ.

6. Puna ca paraṃ brāhmaṇa aggiṃ ādhento yūpaṃ ussāpento pubb' eva yaññā sayaṃ paṭhamaṃ samārabhati[6] 'usabhā haññantu yaññatthāyā', sayaṃ paṭhamaṃ samārabhati 'vacchatarā haññantu yaññatthāyā', sayaṃ paṭhamaṃ samārabhati 'vacchatariyo haññantu yaññatthāyā', sayaṃ paṭhamaṃ samārabhati 'ajā haññantu yaññatthāyā', sayaṃ paṭhamaṃ samārabhati 'urabbhā haññantu yaññatthāyā' ti. So 'puññaṃ karomī' ti[7] apuññaṃ karoti, 'kusalaṃ karomī' ti akusalaṃ karoti, 'sugatiyā[8] maggaṃ pariyesāmī' ti duggatiyā maggaṃ pariyesati. Aggiṃ brāhmaṇa ādhento yūpaṃ ussāpento pubb' eva yaññā idaṃ tatiyaṃ kāyasatthaṃ ussāpeti akusalaṃ dukkhudrayaṃ[3] dukkhavipākaṃ.

Aggiṃ brāhmaṇa ādhento yūpaṃ ussāpento pubb' eva yaññā imāni tīṇi satthāni ussāpeti akusalāni dukkhudrayāni[9] dukkhavipākāni.

7. Tayo 'me brāhmaṇa aggī pahātabbā parivajjetabbā, na sevitabbā. Katame tayo?

---

[1] M. yañño; S. yaññā *throughout*. [2] *omitted by* T.
[3] M. M. dukkhuddayaṃ; M. dukkhindriyaṃ.
[4] *omitted by* T.; M. *inserts* punaṃ; M. puna.
[5] M. sugg°; T. M. M. sugati.
[6] S. samārabhati; M. samādadhāti *throughout*.
[7] M. *inserts* puna; M. puna. [8] M. sugg°; M. sugati.
[9] M. dukkhuddayāni; Ph. M. dukkhindriyāni.

8. Rāgaggi, dosaggi, mohaggi. Kasmā cāyaṃ brāhmaṇa rāgaggi pahātabbo parivajjetabbo, na sevitabbo?

9. Ratto kho brāhmaṇa rāgena abhibhūto pariyādinnacitto kāyena duccaritaṃ carati, vācāya duccaritaṃ carati, manasā duccaritaṃ carati. So kāyena duccaritaṃ caritvā vācāya duccaritaṃ[1] caritvā[1] manasā duccaritaṃ caritvā kāyassa bhedā parammaraṇā apāyaṃ duggatiṃ vinipātaṃ nirayaṃ upapajjati[2]. Tasmāyaṃ[3] rāgaggi pahātabbo parivajjetabbo, na sevitabbo. Kasmā cāyaṃ brāhmaṇa dosaggi[4] pahātabbo parivajjetabbo, na sevitabbo?

10. Duṭṭho[5] kho brāhmaṇa dosena abhibhūto pariyādinnacitto kāyena duccaritaṃ carati, vācāya[6] duccaritaṃ[7] carati[7], manasā duccaritaṃ[7] carati[7]. So kāyena duccaritaṃ caritvā vācāya duccaritaṃ[8] caritvā[9] manasā duccaritaṃ caritvā kāyassa bhedā parammaraṇā apāyaṃ duggatiṃ vinipātaṃ nirayaṃ upapajjati. Tasmāyaṃ[10] dosaggi pahātabbo parivajjetabbo, na sevitabbo. Kasmā cāyaṃ brāhmaṇa mohaggi pahātabbo parivajjetabbo, na sevitabbo?

11. Muḷho kho brāhmaṇa mohena abhibhūto pariyādinnacitto kāyena duccaritaṃ carati, vācāya duccaritaṃ carati, manasā duccaritaṃ carati. So kāyena duccaritaṃ caritvā vācāya[11] duccaritaṃ caritvā manasā duccaritaṃ caritvā kāyassa bhedā parammaraṇā apāyaṃ duggatiṃ vinipātaṃ nirayaṃ upapajjati[2]. Tasmāyaṃ[10] mohaggi pahātabbo parivajjetabbo, na sevitabbo.

Ime kho brāhmaṇa tayo aggī pahātabbā parivajjetabbā, na sevitabbā.

12. Tayo kho[12] 'me[12] brāhmaṇa aggī sakkatvā garukatvā[13] mānetvā pūjetvā sammā sukhaṃ pariharitabbā. Katame tayo?

---

[1] omitted by M. T. M. M.   [2] T. M. M. uppa°
[3] T. tassāyaṃ; M. tassa yaṃ; S. tasmā cāyaṃ.
[4] T. M. add mohaggi.   [5] T. M. M. omit this section.
[6] M. inserts la.   [7] omitted by M. Ph. M.
[8] M. M. insert la; Ph. pa.   [9] omitted by Ph. M.
[10] S. tasmā cāyaṃ.
[11] M. pe | manasā; M. M. likewise omit ducc° car°
[12] omitted by S.   [13] M. Ph. M. garuṃ k° throughout.

13. Āhuneyyaggi[1], gahapataggi, dakkhiṇeyyaggi. Katamo ca brāhmaṇa āhuneyyaggi?

14. Idha brāhmaṇa yassa[2] te honti 'mātā' ti[3] vā[3] 'pitā' ti vā: ayaṃ vuccati brāhmaṇa āhuneyyaggi. Taṃ kissa hetu?

Ato[4] hāyaṃ[5] brāhmaṇa āhuto sambhūto[6]. Tasmāyaṃ[7] āhuneyyaggi sakkatvā garukatvā mānetvā pūjetvā sammā sukhaṃ parihātabbo[8]. Katamo ca brāhmaṇa gahapataggi?

15. Idha brāhmaṇa[9] yassa[2] te honti 'puttā' ti vā 'dārā' ti vā 'dāsā' ti vā[10] 'pessā[11]' ti vā 'kammakarā' ti vā[12]: ayaṃ vuccati brāhmaṇa[13] gahapataggi. Tasmāyaṃ[14] gahapataggi sakkatvā garukatvā mānetvā pūjetvā sammā sukhaṃ parihātabbo. Katamo ca brāhmaṇa dakkhiṇeyyaggi?

16. Idha brāhmaṇa ye te samaṇabrāhmaṇā madappamādā[15] paṭiviratā khantisoracce niviṭṭhā ekam attānaṃ damenti[3] ekam[3] attānaṃ[3] samenti[3] ekam[3] attānaṃ[3] parinibbāpenti: ayaṃ vuccati brāhmaṇa dakkhiṇeyyaggi. Tasmāyaṃ[16] dakkhiṇeyyaggi[19] sakkatvā garukatvā mānetvā pūjetvā sammā sukhaṃ parihātabbo.

Ime kho brāhmaṇa tayo aggī sakkatvā garukatvā mānetvā pūjetvā sammā sukhaṃ[17] parihātabbā.

Ayaṃ kho[18] pana brāhmaṇa kaṭṭhaggi kālena kālaṃ ujjaletabbo, kālena kālaṃ ajjhupekkhitabbo, kālena kālaṃ nibbāpetabbo, kālena kālaṃ nikkhipitabbo ti.

17. Evaṃ vutte Uggatasarīro brāhmaṇo Bhagavantaṃ etad avoca 'abhikkantaṃ bho Gotama abhikkantaṃ[19] bho Gotama. upāsakaṃ maṃ bhavaṃ Gotamo dhāretu ajja-t-agge

---

[1] Ph. M6 āhun° throughout; T. sometimes.
[2] omitted by T. [3] omitted by M6.
[4] M. Ph. M6 ito; omitted by M6.
[5] M. Ph. M6 pāyaṃ; S. hāyaṃ. [6] omitted by M. Ph. M6.
[7] M. Ph. M6 tasmā pāyaṃ; S. tasmā cāyaṃ.
[8] T. M6 °tabbā. [9] T. M6 brāhmaṇassa.
[10] T. inserts dāso ti vā. [11] M. Ph. M6 pessā.
[12] S. omits ka° ti vā. [13] M6 inserts ca.
[14] S. tasmā cāyaṃ. [15] M. Ph. M6 parappasāda.
[16] T. M6 insert brāhmaṇa before dakkh°; M6 omits tasmāyaṃ da° [17] M6 dukkhaṃ. [18] M6 so.
[19] S. has pe instead of repeating these words.

pāṇupetaṃ saraṇaṃ gataṃ. Esāhaṃ[1] bho Gotama pañca[2] usabhasatāni muñcāmi jīvitaṃ[3] demi[4], pañca vacchatarasatāni muñcāmi jīvitaṃ demi, pañca vacchatarisatāni muñcāmi jīvitaṃ demi, pañca ajasatāni muñcāmi jīvitaṃ demi, pañca[2] urabbhasatāni muñcāmi jīvitaṃ demi; haritāni c'eva tiṇāni khādantu sītāni ca pānīyāni pivantu, sīto ca nesaṃ[5] vāto upavāyatū[6] ti.

XLV.

1. Satt' imā bhikkhave saññā bhāvitā bahulīkatā mahapphalā honti mahānisaṃsā amatogadhā amatapariyosānā. Katamā sattā?

2. Asubhasaññā, maraṇasaññā, āhāre paṭikkūlasaññā, sabbaloke anabhiratasaññā, aniccasaññā, anicce dukkhasaññā, dukkhe anattasaññā[7].

Imā kho bhikkhave satta saññā bhāvitā bahulīkatā mahapphalā honti mahānisaṃsā amatogadhā amatapariyosānā ti.

XLVI.

1. Satt' imā bhikkhave saññā bhāvitā bahulīkatā mahapphalā honti mahānisaṃsā amatogadhā amatapariyosānā. Katamā sattā?

2. Asubhasaññā, maraṇasaññā, āhāre paṭikkūlasaññā, sabbaloke anabhiratasaññā, aniccasaññā, anicce dukkhasaññā, dukkhe anattasaññā[8].

3. Asubhasaññā bhikkhave bhāvitā bahulīkatā mahapphalā honti mahānisaṃsā amatogadhā amatapariyosānā ti iti kho pan' etaṃ vuttaṃ, kiñ c' etaṃ paṭicca vuttaṃ?

4. Asubhasaññāparicitena bhikkhave bhikkhuno[9] cetasā bahulaṃ viharato methunadhammasamāpattiyā cittaṃ

---

[1] Ph. esāni. [2] omitted by T. M_6.
[3] T. jīvitaṃnomi; M_7 °nomi throughout.
[4] M_6 omits this passage. [5] T. M_6. M_7 tesaṃ.
[6] T. M_6. M_7 vāyantu. [7] T. M_7 add maraṇasaññā.
[8] M. adds imā kho bh° satta saññā and so on.
[9] T. °nā.

patilīyati patikuṭati[1] pativaṭṭati[2] na sampasāriyati, upekhā[3] vā pāṭikkulyatā[4] vā saṇṭhāti. Seyyathā pi bhikkhave kukkuṭapattaṃ vā nhārudaddulaṃ[5] vā aggimhi pakkhittaṃ patilīyati patikuṭati[6] pativattati[7] na sampasāriyati, evam eva kho bhikkhave bhikkhuno asubhasaññāparicitena cetasā bahulaṃ viharato methunadhammasamāpattiyā cittaṃ patilīyati patikuṭati[8] pativaṭṭati[9] na sampasāriyati, upekhā[3] vā pāṭikkulyatā[10] vā saṇṭhāti. Sace bhikkhave bhikkhuno asubhasaññāparicitena cetasā bahulaṃ viharato methunadhammasamāpattiyā cittaṃ anusandati[11], appāṭikkulyatā vā[12] saṇṭhāti, veditabbam etaṃ bhikkhave bhikkhunā 'abhāvitā me asubhasaññā, natthi me pubbenāparaṃ visesaṃ, appattaṃ me bhāvanāphalan' ti. Iti ha tattha sampajāno hoti. Sace pana bhikkhave bhikkhuno asubhasaññāparicitena cetasā bahulaṃ viharato methunadhammasamāpattiyā cittaṃ patilīyati patikuṭati[8] pativaṭṭati[9] na sampasāriyati, upekhā[3] vā pāṭikkulyatā vā saṇṭhāti, veditabbam etaṃ bhikkhave bhikkhunā 'bhāvitā me asubhasaññā, atthi me pubbenāparaṃ visesaṃ, pattaṃ me bhāvanāphalan' ti. Iti ha tattha sampajāno hoti. Asubhasaññā bhikkhave bhāvitā bahulīkatā mahapphalā hoti mahānisaṃsā amatogadhā amatapariyosānā ti iti yan taṃ vuttaṃ, idam etaṃ paṭicca vuttaṃ.

5. Maraṇasaññā bhikkhave[13] bhāvitā bahulīkatā maha-

---

[1] M. °kuṭeti; S. °kujjati.
[2] M. M6 S. °vattati; T. °vaḍḍhati, *corrected from* °vaṭṭati, *but the reading is not quite clear*; M6 °vuccati; M7 °vaḍḍhati.
[3] M. Ph. S. upekkhā. [4] T. paṭikulyatā; M6 paṭikkulatā.
[5] M. Ph. S. nhāru°; M6 nhārudalaṃ.
[6] T. °kūṭati; S. °kujjati; M6 °kukkati.
[7] M. S. °vattati; *omitted by* M6.
[8] T. °kuṭati; M6 °kulati *and* °kuttati; S. °kujjati.
[9] M. M6 S. °vattati. [10] T. paṭikulyatā.
[11] M6 sampasandati; M. Ph. °sandahati; T. M7 *have* patilīyati (*sic*) patikūṭati pativaṭṭati na sampasāriyati, upekhā vā paṭikkulyatā vā saṇṭhāti, *as below, omitting therefore all from* °samāpattiyā *to* cittaṃ *in the next phrase.*
[12] *omitted by* M. Ph.
[13] M6 *continues:* bhikkhuno cetasā bahulaṃ *and so on, as in the next sentence.*

pphalā hoti mahānisaṃsā amatogadhā amatapariyosānā ti iti kho pan' etaṃ vuttaṃ, kiñ c' etaṃ paṭicca vuttaṃ?

6. Maraṇasaññāparicitena bhikkhave bhikkhuno cetasā bahulaṃ viharato jīvitanikantiyā cittaṃ patilīyati paṭikuṭati[1] paṭivaṭṭati[2] na sampasāriyati, upekhā[3] vā pāṭikkūlyatā vā saṇṭhāti. Seyyathā pi bhikkhave kukkuṭapattaṃ vā nahārudaddulaṃ[4] vā aggimhi pakkhittaṃ patilīyati paṭikuṭati[5] paṭivaṭṭati[6] na sampasāriyati, evam eva kho[7] bhikkhave bhikkhuno maraṇasaññāparicitena cetasā bahulaṃ viharato jīvitanikantiyā cittaṃ patilīyati paṭikuṭati[8] paṭivaṭṭati[2] na sampasāriyati, upekhā[3] vā pāṭikkūlyatā[9] vā saṇṭhāti. Sace bhikkhave bhikkhuno maraṇasaññāparicitena cetasā bahulaṃ viharato jīvitanikantiyā cittaṃ sandati[10], appaṭikkūlyatā[11] vā[12] saṇṭhāti, veditabbaṃ etaṃ bhikkhave bhikkhunā[13] 'abhāvitā[14] me[14] maraṇasaññā, natthi me pubbenāparaṃ visesaṃ, appattaṃ me bhāvanāphalan'[15] ti. Iti ha tattha sampajāno hoti. Sace pana bhikkhave bhikkhuno maraṇasaññāparicitena cetasā bahulaṃ viharato jīvitanikantiyā[16] cittaṃ patilīyati paṭikuṭati[8] paṭivaṭṭati[2] na sampasāriyati, upekhā[17] vā pāṭikkūlyatā[18] vā saṇṭhāti, veditabbaṃ etaṃ bhikkhave bhikkhunā[13] 'bhāvitā me maraṇasaññā, atthi me pubbenāparaṃ visesaṃ, pattaṃ me bhāvanāphalan'[15] ti. Iti ha tattha sampajāno hoti. Maraṇasaññā bhikkhave bhāvitā bahulīkatā maha-

---

1 T. °kuṭati; M_6 °kuṭṭati; S. °kujjati.
2 M. M_6 S. °vaṭṭati.
3 M. Ph. S. upekkhā.
4 M. Ph. S. nhāru°; M_6 nhārudalaṃ; M_7 nahārudaddulaṃ.
5 T. °kūṭati; M_6 °kuṭṭati; S. °kujjati.
6 M. S. °vaṭṭati; *omitted by* M_6.
7 *omitted by* M. M_6.
8 T. M_7 °kūṭati; M_6 °kuṭṭati. S. °kujjati.
9 T. paṭi°; M_7 paṭikullatā; M_6 paṭikulatā.
10 M. Ph. °sandahati.
11 M. Ph. appaṭi°; M_6 appaṭikkulatā; M_7 appaṭikulyatā; M_8 appaṭikulyatā.
12 *omitted by* M. Ph.
13 M. Ph. M_6. M_7 °nā.
14 *omitted by* M_6.
15 M. Ph. °phalan.
16 T. °nikkantiyā.
17 M. Ph. M_6. S. upekkhā.
18 T. paṭikkullyatā; M_6 paṭikkulatā; M_7 paṭikulyatā.

pphalā hoti mahānisaṃsā amatogadhā amatapariyosānā ti iti yan taṃ vuttaṃ, idam etaṃ paṭicca vuttaṃ.

7. Āhāre paṭikkūlasaññā[1] bhikkhave bhāvitā bahulīkatā mahapphalā hoti mahānisaṃsā amatogadhā amatapariyosānā ti iti kho pan' etaṃ vuttaṃ, kiñ c' etaṃ paṭicca vuttaṃ?

8. Āhāre paṭikkūlasaññāparicitena bhikkhave bhikkhuno cetasā bahulaṃ viharato rasataṇhāya cittaṃ patilīyati ... pe[2] ... upekhā[3] vā pāṭikkulyatā[4] vā saṇṭhāti. Seyyathā pi bhikkhave kukkuṭapattaṃ vā nahārudaddulaṃ vā aggimhi pakkhittaṃ patilīyati patikuṭati[5] pativaṭṭati[6] na sampasāriyati, evam eva kho bhikkhave bhikkhuno āhāre paṭikkūlasaññāparicitena cetasā bahulaṃ viharato rasataṇhāya[7] cittaṃ patilīyati ... pe[2] ... upekhā[3] vā pāṭikkulyatā[8] vā saṇṭhāti. Sace bhikkhave bhikkhuno āhāre paṭikkūlasaññāparicitena cetasā bahulaṃ viharato rasataṇhāya cittaṃ anusandati[9], appāṭikkūlyatā[10] vā[11] saṇṭhāti, veditabbaṃ etaṃ bhikkhave bhikkhunā[12] 'abhāvitā me āhāre paṭikkūlasaññā, natthi me pubbenāparaṃ visesaṃ, appattaṃ me bhāvanāphalan[13]' ti. Iti ha tattha sampajāno hoti. Sace pana bhikkhave bhikkhuno āhāre paṭikkūlasaññāparicitena cetasā bahulaṃ viharato rasataṇhāya cittaṃ patilīyati ... pe[14] ... upekhā[3] vā pāṭikkulyatā[15] vā saṇṭhāti, veditabbaṃ etaṃ bhikkhave bhikkhunā[16] 'bhāvitā me āhāre paṭikkūlasaññā, atthi me pubbenāparaṃ visesaṃ, pattaṃ me bhāvanāphalan' ti. Iti ha tattha sampajāno hoti. Āhāre

---

[1] M. Ph. M_6 paṭikula° *throughout*.
[2] M. M_6 la; Ph. pa; S. *gives it in full*.
[3] M. Ph. M_6 S. upekkhā.
[4] M. paṭikūlyatā; M_6 paṭikulyatā; M_7 paṭikkulatā.
[5] T. M. °kuṭati; M_6 °kuṭṭati; S. °kujjati.
[6] M. M_6 S. °vattati. [7] T. taṇhāya *alone*.
[8] T. paṭi°; M_6 paṭikulatā; M_7 paṭikulatā.
[9] M. Ph. °sandati *throughout*.
[10] M. Ph. appaṭi°; M_6 T. M_7 appaṭikulyatā. M_8 appaṭikulatā. [11] *omitted by* M. Ph. M_6. [12] M. Ph. °no.
[13] M. Ph. M_6 °phalan. [14] M. la; Ph. M_6 pa.
[15] M_6 T. paṭikulyatā: M_7 paṭikkulatā.
[16] M. Ph. M_6 M_7 °no.

paṭikkūlasaññā bhikkhave bhāvitā bahulīkatā mahapphalā hoti*) mahānisaṃsā amatogadhā amatapariyosānā ti iti yan taṃ vuttaṃ, idam etaṃ paṭicca vuttaṃ.

9. Sabbaloke anabhiratasaññā[1] bhikkhave bhāvitā bahulīkatā mahapphalā hoti mahānisaṃsā amatogadhā amatapariyosānā ti iti kho pan' etaṃ[2] vuttaṃ, kiñ c' etaṃ paṭicca vuttaṃ?

10. Sabbaloke anabhiratasaññāparicitena bhikkhave bhikkhuno cetasā bahulaṃ viharato lokacitresu cittaṃ paṭilīyati[3] paṭikuṭati[4] paṭivaṭṭati[5] na sampasāriyati, upekhā vā paṭikkūlyatā[6] vā saṇṭhāti. Seyyathā pi kukkuṭapattaṃ vā nhārudaddulaṃ vā aggimhi pakkhittaṃ paṭilīyati paṭikuṭati[4] paṭivaṭṭati[7] na sampasāriyati, evam eva kho bhikkhave bhikkhuno sabbaloke anabhiratasaññāparicitena cetasā bahulaṃ viharato lokacitresu cittaṃ paṭilīyati[8] paṭikuṭati[4] paṭivaṭṭati[9] na sampasāriyati, upekhā[10] vā paṭikkūlyatā[11] vā saṇṭhāti. Sace[12] bhikkhave bhikkhuno sabbaloke anabhiratasaññāparicitena cetasā bahulaṃ viharato lokacitresu cittaṃ anusandati, appaṭikkūlyatā[13] vā[14] saṇṭhāti, veditabbaṃ etaṃ bhikkhave bhikkhunā[15] 'abhāvitā me sabbaloke anabhiratasaññā, natthi[16] me pubbenāparaṃ visesaṃ, appattaṃ[17] me bhāvanāphalan' ti. Iti ha tattha sampajāno hoti. Sace pana bhikkhave

---

[1] Ph. °rati° throughout.
[2] M. continues: la ... paṭilīyati, as in the second place where that passage occurs (in § 10 of the text).
[3] Ph. pa ... paṭi° [4] T. M_7 °kuṭati; S. °kujjati.
[5] M_6 M_7 °vaddhati; S. °vattati.
[6] T. paṭi°; M_6 paṭikkulatā; M_7 paṭikūlyatā.
[7] M_6 °vaddhati; M. S. °vattati.
[8] M. anusandahati; Ph. continues: pa ... up'
[9] M_6 °vaddhati; M. S. °vattati; omitted by M_7.
[10] M. Ph. S. upekkhā.
[11] T. M_7 henceforth mostly paṭi°; M_6 paṭikkulatā throughout.
[12] T. M_6 M_7 add pana.
[13] T. M_7 appaṭi°; M_6 uppaṭikkulatā.
[14] omitted by M. Ph. [15] M. °no. [16] M. atthi.
[17] M. pattaṃ.
*) in M_6 two letters are missing.

bhikkhuno sabbaloke anabhiratasaññāparicitena cetasā bahulaṃ viharato lokacittesu[1] cittaṃ patilīyati[2] patikuṭati[3] pativattati[4] na sampasāriyati, upekhā[5] vā pāṭikkūlyatā vā saṇṭhāti, veditabbaṃ etaṃ bhikkhave bhikkhunā[6] 'bhāvitā me sabbaloke anabhiratasaññā, atthi me pubbenāparaṃ visesaṃ, pattaṃ me bhāvanāphalan' ti. Iti ha tattha sampajāno hoti. Sabbaloke anabhiratasaññā bhikkhave bhāvitā bahulīkatā mahapphalā hoti mahānisaṃsā amatogadhā amatapariyosānā ti iti yan taṃ vuttaṃ, idam etaṃ paṭicca vuttaṃ.

11. Aniccasaññā bhikkhave bhāvitā bahulīkatā mahapphalā hoti mahānisaṃsā amatogadhā amatapariyosānā ti iti kho pan' etaṃ vuttaṃ, kiñ c' etaṃ paṭicca vuttaṃ?

12. Aniccasaññāparicitena bhikkhave bhikkhuno cetasā bahulaṃ viharato lābhasakkārasiloke cittaṃ patilīyati[7] patikuṭati[3] pativattati[4] na sampasāriyati, upekhā[5] vā pāṭikkūlyatā vā saṇṭhāti. Seyyathā pi bhikkhave kukkuṭapattaṃ vā nhārudaddulaṃ vā aggimhi pakkhittaṃ patilīyati patikuṭati[3] pativattati[4] na sampasāriyati, evam eva kho bhikkhave bhikkhuno aniccasaññāparicitena cetasā bahulaṃ viharato lābhasakkārasiloke cittaṃ patilīyati[7] patikuṭati pativattati[4] na sampasāriyati, upekhā[5] vā pāṭikkūlyatā vā saṇṭhāti. Sace bhikkhave bhikkhuno aniccasaññāparicitena cetasā bahulaṃ viharato lābhasakkārasiloke cittaṃ saṃsandati, appāṭikkūlyatā[8] vā[9] saṇṭhāti, veditabbaṃ etaṃ bhikkhave bhikkhunā[10] 'abhāvitā me aniccasaññā, natthi me pubbenāparaṃ visesaṃ, appattaṃ me bhāvanāphalan' ti. Iti ha tattha sampajāno hoti. Sace pana bhikkhave bhikkhuno aniccasaññāparicitena cetasā bahulaṃ viharato lābhasakkārasiloke cittaṃ patilīyati

---

[1] M. °cittesu; M₆ M₇ loke cittaṃ.
[2] M. continues: upekkhā and so on; Ph. pa | upekkhā.
[3] T. °kutati; M₆ °kūṭati and °kuṭati; S. °kujjati.
[4] M. S. °vattati; M₆ M₇ °vaddhati.
[5] M. Ph. S. upekkhā. [6] M. su°.
[7] M. la | upekkhā; Ph. pa | up°.
[8] M. Ph. T. M₆ appaṭi°; M₇ appaṭikkulatā.
[9] omitted by M. Ph. [10] M. Ph. °ssa.

paṭikuṭati[1] paṭivaṭṭati[2] na sampasāriyati, upekhā[3] vā pāṭikkulyatā vā saṇṭhāti, veditabbaṃ etaṃ bhikkhave bhikkhunā[4] 'bhāvitā me aniccasaññā, atthi me pubbenāparaṃ viseso, pattaṃ me bhāvanāphalan' ti. Iti ha tattha sampajāno hoti. Aniccasaññā bhikkhave bhāvitā bahulīkatā mahapphalā hoti mahānisaṃsā amatogadhā amatapariyosānā ti iti yan taṃ vuttaṃ, idam etaṃ paṭicca vuttaṃ.

13. Anicce dukkhasaññā bhikkhave bhāvitā bahulīkatā mahapphalā hoti mahānisaṃsā amatogadhā amatapariyosānā ti iti kho pan' etaṃ vuttaṃ, kiñ c' etaṃ paṭicca vuttaṃ?

14. Anicce dukkhasaññāparicitena bhikkhave bhikkhuno cetasā bahulaṃ viharato ālasye[5] kosajje[6] vissaṭṭhiye[7] pamāde ananuyoge appaccavekkhaṇāya tibbā bhayasaññā paccupaṭṭhitā hoti, seyyathā pi[8] ukkhittāsike vadhake. Sace bhikkhave bhikkhuno anicce dukkhasaññāparicitena cetasā bahulaṃ viharato ālasse[10] kosajje vissaṭṭhiye pamāde ananuyoge appaccavekkhaṇāya tibbā bhayasaññā na[11] paccupaṭṭhitā hoti, seyyathā pi ukkhittāsike vadhake, veditabbaṃ etaṃ bhikkhave bhikkhunā[4] 'abhāvitā me anicce dukkhasaññā, natthi me pubbenāparaṃ viseso, appattaṃ me bhāvanāphalan' ti. Iti ha tattha sampajāno hoti. Sace pana bhikkhave bhikkhuno anicce dukkhasaññāparicitena cetasā bahulaṃ viharato ālasse kosajje vissaṭṭhiye pamāde ananuyoge appaccavekkhaṇāya tibbā bhayasaññā paccupaṭṭhitā hoti, seyyathā pi[12] ukkhittāsike vadhake, veditabbaṃ etaṃ bhikkhave bhikkhunā[4] 'bhāvitā me anicce dukkhasaññā, atthi me pubbenāparaṃ viseso, pattaṃ me bhāvanāphalan' ti. Iti ha tattha sampajāno hoti. Anicce dukkhasaññā bhikkhave bhāvitā bahulīkatā mahapphalā

1 T. M. °kuṭati; S. °kujjati.
2 M. S. °vattati; M., M. °vaddhati.
3 M. Ph. S. upekkhā.
4 M. Ph. °no.
5 T. M. ālasse; M. Ph. ālasye *throughout.*
6 T. kosajja.
7 M. Ph. visa° *throughout.*
8 M. *inserts* bhikkhuno.
9 *omitted by* T.
10 M. ālasso.
11 *omitted by* T. M., M..
12 M. Ph. *insert* bhikkhave.

hoti mahānisaṃsā amatogadhā amatapariyosānā' ti iti yan taṃ vuttaṃ, idam etaṃ paṭicca vuttaṃ.

15. Dukkhe anattasaññā bhikkhave bhāvitā bahulīkatā mahapphalā hoti mahānisaṃsā amatogadhā amatapariyosānā ti iti kho pan' etaṃ vuttaṃ, kiñ c' etaṃ paṭicca vuttaṃ?

16. Dukkhe anattasaññāparicitena bhikkhave bhikkhuno cetasā bahulaṃ viharato imasmiñ ca saviññāṇake kāye bahiddhā ca sabbanimittesu ahaṃkāramamaṃkāramānāpagataṃ[1] mānasaṃ hoti vidhāsamatikkantaṃ santaṃ suvimuttaṃ. Sace bhikkhave bhikkhuno dukkhe[2] anattasaññāparicitena cetasā bahulaṃ viharato imasmiñ ca saviññāṇake kāye bahiddhā ca sabbanimittesu[3] ahaṃkāramamaṃkāramānāpagataṃ[4] mānasaṃ na[5] hoti vidhāsamatikkantaṃ santaṃ suvimuttaṃ, veditabbam etaṃ bhikkhave bhikkhunā[6] 'abhāvitā me dukkhe anattasaññā, natthi me pubbenāparaṃ visesaṃ, appattaṃ me bhāvanāphalan' ti. Iti ha tattha sampajāno hoti. Sace pana bhikkhave bhikkhuno dukkhe anattasaññāparicitena cetasā bahulaṃ viharato imasmiñ ca saviññāṇake kāye bahiddhā ca sabbanimittesu ahaṃkāramamaṃkāramānāpagataṃ[7] mānasaṃ hoti vidhāsamatikkantaṃ santaṃ suvimuttaṃ, veditabbam etaṃ bhikkhave bhikkhunā[8] 'bhāvitā me dukkhe anattasaññā, atthi me pubbenāparaṃ visesaṃ, pattaṃ me bhāvanāphalan' ti. Iti ha tattha sampajāno hoti. Dukkhe anattasaññā bhikkhave bhāvitā bahulīkatā mahapphalā hoti mahānisaṃsā amatogadhā amatapariyosānā ti iti yan taṃ vuttaṃ, idam etaṃ paṭicca vuttaṃ.

Imā kho bhikkhave satta saññā bhāvitā bahulīkatā mahapphalā honti mahānisaṃsā amatogadhā amatapariyosānā ti.

---

[1] M7 ahiṃkāramamiṃkāramānāpagata; T. ahiṃkāramamiṃkāramānāpahata; M8 °pagata° [2] T. dukkhena.
[3] M. Ph. M8 add *na here, but omit it before* hoti.
[4] M7, M8 ahiṃkāramamiṃkāramānāpagata°; T. *na before* h. [5] *omitted by* M8 [6] M. Ph. °nu.
[7] T. ahiṃkāramamiṃkāramānāpagata°; M7 M8 °mānā-pagata° [8] Ph. °no.

XLVII.

1. Atha kho Jāṇussoṇi[1] brāhmaṇo yena Bhagavā ten' upasaṅkami, upasaṅkamitvā Bhagavatā saddhiṃ ... pe[2] ... etad avoca 'bhavam pi no[3] Gotamo brahmacārī paṭijānātī' ti. 'Yaṃ hi taṃ brāhmaṇa sammā vadamāno vadeyya akhaṇḍaṃ[4] acchiddaṃ asabalaṃ akammāsaṃ paripuṇṇaṃ parisuddhaṃ brahmacariyaṃ caratī ti; mam' eva taṃ brāhmaṇa sammā vadamāno vadeyya. ahaṃ hi brāhmaṇa akhaṇḍaṃ acchiddaṃ asabalaṃ akammāsaṃ paripuṇṇaṃ parisuddhaṃ brahmacariyaṃ carāmī' ti. 'Kiṃ pana bho Gotama brahmacariyassa khaṇḍam[5] pi chiddam[6] pi sabalam[7] pi kammāsam[8] pī' ti?

2. Idha brāhmaṇa ekacco samaṇo vā brāhmaṇo vā sammābrahmacārī paṭijānamāno na h'eva kho mātugāmena saddhiṃ dvayaṃdvayasamāpattiṃ[9] samāpajjati, api ca kho mātugāmassa ucchādanaparimaddananhāpanasambāhanaṃ[10] sādiyati. So taṃ[11] assādeti[12] taṃ[13] nikāmeti tena ca vittiṃ āpajjati. Idam pi kho brāhmaṇa[14] brahmacariyassa khaṇḍam pi chiddam pi sabalam pi kammāsam pi. Ayaṃ vuccati brāhmaṇa aparisuddhaṃ brahmacariyaṃ carati saṃyutto methunena saṃyogena, na parimuccati jātiyā jarāmaraṇena[15] sokehi paridevehi dukkhehi domanassehi upāyāsehi, na parimuccati dukkhasmā ti vadāmi.

---

[1] M. Jāṇussoṇi; Ph. Jāṇussoṇi *throughout*; M. M. Jānussoṇi.

[2] M. Ph. S. *have the phrase in full*; M. *omits also* etad avoca.

[3] Ph. kho; T. M. M. *insert* samaṇo.

[4] M. akkh° *throughout*.

[5] M. akkhaṇḍaṃ; Ph. akhaṇḍaṃ. [6] M. Ph. acchiddaṃ.

[7] M. Ph. asa° [8] M. Ph. aka°

[9] M. Ph. M. dvayaṃ dvaya°; T. dvayaṃdvaya°; M. *has only* samāpattiṃ.

[10] S. *separates the single words, viz.* ucchādanaṃ *and so on.*

[11] *omitted by* T. M. M.

[12] M. assādeti; T. dussādeti; M. M. na dussādeti.

[13] T. M. M. tan. [14] *omitted by* T.

[15] M. Ph. jarāya mar°

3. Puna ca paraṃ brāhmaṇa idh' ekacco samaṇo vā brāhmaṇo vā sammābrahmacārī paṭijānamāno na h' eva kho mātugāmena saddhiṃ dvayaṃdvayasamāpattiṃ[1] samāpajjati, na pi mātugāmassa ucchādanaparimaddananahāpanasambāhanaṃ sādiyati, api ca kho mātugāmena saddhiṃ sañjagghati saṃkīḷati saṃkelāyati[2] . . . pe[3] . . . na pi mātugāmena saddhiṃ sañjagghati saṃkīḷati saṃkelāyati, api ca kho mātugāmassa cakkhunā cakkhuṃ upanijjhāyati pekkhati . . .[4] na pi mātugāmassa cakkhunā cakkhuṃ upanijjhāyati pekkhati, api ca kho mātugāmassa saddaṃ suṇāti tirokuḍḍaṃ[5] vā tiropākāraṃ vā hasantiyā vā bhaṇantiyā vā gāyantiyā vā rodantiyā vā . . .[4] na pi mātugāmassa saddaṃ suṇāti tirokuḍḍaṃ vā tiropākāraṃ vā hasantiyā vā bhaṇantiyā vā gāyantiyā vā rodantiyā vā, api ca kho yāni 'ssa tāni pubbe mātugāmena saddhiṃ hasitalapitakīḷitāni[6] anussarati . . .[4] na pi yāni 'ssa tāni pubbe mātugāmena saddhiṃ hasitalapitakīḷitāni[7] anussarati, api ca kho passati gahapatiṃ vā gahapatiputtaṃ vā pañcahi kāmaguṇehi samappitaṃ samaṅgibhūtaṃ paricāriyamānaṃ[8] . . .[4] na pi passati gahapatiṃ vā gahapatiputtaṃ vā pañcahi kāmaguṇehi samappitaṃ samaṅgibhūtaṃ paricāriyamānaṃ[9], api ca kho aññataraṃ devanikāyaṃ paṇidhāya brahmacariyaṃ carati 'iminā 'haṃ sīlena vā vatena vā tapena vā brahmacariyena vā devo vā bhavissāmi devaññataro vā' ti. So taṃ[10] assādeti[11] taṃ[12] nikāmeti tena[13] ca vittiṃ[14] āpajjati. Idam pi[15] kho brāhmaṇa brahmacariyassa khaṇḍam pi chiddam pi sabalam pi kammāsam pi. Ayaṃ vuccati brāhmaṇa

---

[1] M. Ph. M, dvayaṃ dvaya°; T. dvayaṃdvaya°; M. yaṃ va samā° [2] T. saṃkilāyati. [3] M. la; Ph. pa.
[4] M. inserts la; Ph. pa.
[5] M. Ph. °kuṭṭaṃ (or kuṭṭaṃ) throughout.
[6] M. Ph. S. add tāni. [7] S. adds tāni.
[8] T. parivā°; M. parivārayamānaṃ; M. S. paricārayamānaṃ.
[9] M. S. paricāray°; T. M. parivāraya°
[10] omitted by T; M. M. here na or ta.
[11] M. nā°; T. M. dassādeti. [12] T. M. M. tan.
[13] T. te. [14] M. patti. [15] omitted by M.

aparisuddhaṃ brahmacariyaṃ carati saṃyutto methunena saṃyogena, na parimuccati jātiyā jarāmaraṇena[1] sokehi paridevehi dukkhehi domanassehi upāyāsehi, na parimuccati dukkhasmā ti vadāmi. Yāvakīvañ cāhaṃ brāhmaṇa imesaṃ sattannaṃ methunasaṃyogānaṃ aññataraññataraṃ[2] methunasaṃyogaṃ[3] attani appahīnaṃ samanupassiṃ[4], n'eva tāvāhaṃ[5] brāhmaṇa sadevake loke samārake sabrahmake sassamaṇabrāhmaṇiyā pajāya sadevamanussāya anuttaraṃ sammāsambodhiṃ[6] abhisambuddho[7] paccaññāsiṃ[8]. Yato ca kho ahaṃ[9] brāhmaṇa imesaṃ sattannaṃ methunasaṃyogānaṃ aññataraññataraṃ[10] methunasaṃyogaṃ[11] attani appahīnaṃ na[12] samanupassiṃ[13], athāhaṃ brāhmaṇa sadevake loke samārake sabrahmake sassamaṇabrāhmaṇiyā pajāya sadevamanussāya anuttaraṃ sammāsambodhiṃ abhisambuddho[7] paccaññāsiṃ[14]. Ñāṇañ ca pana me dassanaṃ udapādi 'akuppā me cetovimutti[15], ayam antimā jāti natthi dāni punabbhavo' ti.

Evaṃ vutte Jāṇussoṇi brāhmaṇo Bhagavantaṃ etad avoca 'abhikkantaṃ[16] bho Gotama . . . pe[17] . . . upāsakaṃ[18] maṃ bhavaṃ Gotamo dhāretu ajja-t-agge pāṇupetaṃ saraṇaṃ gatan' ti.

---

[1] M. Ph. M. jarāya ma°
[2] S. aññataraṃ.
[3] M. T. °gānaṃ; M. °gā.
[4] Ph. °passi; *omitted by* M.; M. na °passi.
[5] M. tāva.
[6] T. *inserts* abhisambodhiṃ.
[7] M. Ph. M. *add* ti.
[8] T. °si.
[9] M. Ph. M. M. 'haṃ; M. ayaṃ.
[10] M. na aññ°; M. Ph. M. S. aññataraṃ.
[11] M. °gānaṃ.
[12] *omitted by* M. T. M. M.
[13] M. °passaṃ; T. M. °passi; M. °passihi.
[14] M. M. °si.
[15] Ph. S. vimutti.
[16] M. Ph. M. *repeat these three words.*
[17] M. la; Ph. M. pa.
[18] T. M. M. *omit all from* upāsakaṃ *to* ajja-t-agge.

XLVIII.

1. Saṃyogavisaṃyogaṃ[1] vo bhikkhave dhammapariyāyaṃ desessāmi[2], taṃ suṇātha . . . pe[3] . . . Katamo ca[4] bhikkhave saṃyogavisaṃyogo[5] dhammapariyāyo?

2. Itthī[6] bhikkhave ajjhattaṃ itthindriyaṃ manasikaroti itthikuttaṃ[7] itthākappaṃ itthividhaṃ itthicchandaṃ itthissaraṃ[8] itthālaṃkāraṃ. Sā tattha rajjati tatrābhiramati, sā tattha rattā tatrābhiratā bahiddhā purisindriyaṃ manasikaroti purisakuttaṃ purisākappaṃ purisavidhaṃ purisacchandaṃ purisassaraṃ[8] purisālaṃkāraṃ. Sā tattha rajjati tatrābhiramati[9], sā tattha rattā tatrābhiratā bahiddhā saṃyogaṃ ākaṅkhati; yañ c'assā[10] saṃyogapaccayā uppajjati sukhaṃ somanassaṃ, tañ ca[11] ākaṅkhati. Itthatte bhikkhave abhiratā sattā purisesu saṃyogaṃ gatā. Evaṃ kho bhikkhave itthī itthattaṃ nātivattati.

3. Puriso bhikkhave ajjhattaṃ purisindriyaṃ manasikaroti purisakuttaṃ purisākappaṃ purisavidhaṃ purisacchandaṃ purisassaraṃ purisālaṃkāraṃ. So tattha rajjati tatrābhiramati[12], so tattha ratto tatrābhirato[13] bahiddhā itthindriyaṃ manasikaroti itthikuttaṃ itthākappaṃ[14] itthividhaṃ itthicchandaṃ itthissaraṃ itthālaṃkāraṃ[15]. So tattha rajjati tatrābhiramati[12], so tattha ratto tatrābhirato[13] bahiddhā saṃyogaṃ ākaṅkhati; yañ c'assa saṃyogapaccayā uppajjati sukhaṃ somanassaṃ, tañ ca ākaṅkhati. Purisatte bhikkhave abhirato[16] satto[16] itthīsu saṃyogaṃ gato[16].

---

[1] T. saṃyogaṃ vi° [2] M. Ph. M₆. T. desissāmi.
[3] M. la; Ph. M₆ pa; S. gives it in full.
[4] T. M₆. M₇ insert ca. [5] T. °gā.
[6] T. M₆. M₇ itthiṃ. [7] M₇ °guttaṃ throughout.
[8] M. Ph. M₆ °saraṃ throughout.
[9] M. Ph. M₆. T. M₆. M₇ tattha°
[10] Ph. M₆. M₈ c'assa; T. c'assaṃ.
[11] M. Ph. taṃ (without ca); T. M₆. tava.
[12] M. Ph. M₆ tattha° [13] T. M₇ tattha°
[14] T. itthi° [15] M₆ itthi°
[16] M. Ph. M₆. M₇. S. have °ratā sattā and gatā; T. M₇ °ratā sattā, but gato.

Evaṃ kho bhikkhave puriso purisattaṃ[1] nātivattati[2]. Evaṃ kho bhikkhave saṃyogo hoti. Kathañ ca bhikkhave visaṃyogo hoti?

4. Itthī bhikkhave ajjhattaṃ itthindriyaṃ[3] na[4] manasikaroti itthikuttaṃ itthākappaṃ itthividhaṃ itthicchandaṃ itthissaraṃ itthālaṃkāraṃ. Sā tattha na rajjati tatra[5] nābhiramati, sā tattha arattā tatra anabhiratā bahiddhā purisindriyaṃ na[6] manasikaroti purisakuttaṃ purisākappaṃ purisavidhaṃ purisacchandaṃ purisassaraṃ purisālaṃkāraṃ. Sā tattha na rajjati tatra[7] nābhiramati, sā tattha arattā tatra anabhiratā bahiddhā saṃyogaṃ nākaṅkhati; yañ c'assā[8] saṃyogapaccayā uppajjati[9] sukhaṃ somanassaṃ, tañ ca nākaṅkhati. Itthatte kho bhikkhave anabhiratā sattā[10] purisesu visaṃyogaṃ gatā. Evaṃ kho bhikkhave itthī itthattaṃ ativattati.

5. Puriso bhikkhave ajjhattaṃ purisindriyaṃ na manasikaroti purisakuttaṃ[11] purisākappaṃ purisavidhaṃ purisacchandaṃ purisassaraṃ purisālaṃkāraṃ. So tattha na rajjati tatra nābhiramati, so tattha aratto[12] tatra anabhirato bahiddhā itthindriyaṃ na[13] manasikaroti[14] itthikuttaṃ itthākappaṃ itthividhaṃ itthicchandaṃ itthissaraṃ itthālaṃkāraṃ. So tattha na rajjati tatra nābhiramati, so tattha aratto[15] tatra[16] anabhirato[16] bahiddhā saṃyogaṃ nākaṅkhati; yañ c'assa saṃyogapaccayā uppajjati sukhaṃ somanassaṃ, tañ ca nākaṅkhati. Purisatte bhikkhave anabhirato[17] satto[17] itthīsu visaṃyogaṃ gato[17]. Evaṃ

---

[1] T. M₇ °attaṃ. [2] T. °vattanti. [3] M₆ indriyaṃ.
[4] *omitted by* Ph. M₈.
[5] M. Ph. M₈ T. M₆ M₇ tattha; M. M₈ *insert* na *before* tattha.
[6] *omitted by* Ph. M₈ T. [7] T. M₆ M₇ tattha.
[8] M. Ph. c'assa. [9] M. uppajjanti.
[10] M. Ph. M₈ S. satta.
[11] M₆ *here* °kuttaṃ; M₇ °kuttaṃ; Ph. M₈ *have after* °kuttaṃ: pa . . . purisālaṅkāraṃ (M₈ so tattha aratto).
[12] M. nāratto; M₈ aratto. [13] Ph. M₈ *omit* na.
[14] M₆ manasi°. [15] M₈ ar°. [16] *omitted by* M₈.
[17] M. Ph. M₈ S. °tā.

kho bhikkhave puriso purisattaṃ ativattati. Evaṃ kho bhikkhave visaṃyogo hoti[1].

Ayaṃ kho bhikkhave saṃyogavisaṃyogo dhammapariyāyo ti.

XLIX.

1. Ekaṃ samayaṃ Bhagavā Campāyaṃ viharati Gaggarāya pokkharaṇiyā tīre. Atha kho sambahulā[2] Campeyyakā upāsakā yenāyasmā Sāriputto ten' upasaṅkamiṃsu, upasaṅkamitvā āyasmantaṃ Sāriputtaṃ abhivādetvā ekamantaṃ nisīdiṃsu. Ekamantaṃ nisinnā kho te[3] Campeyyakā upāsakā āyasmantaṃ Sāriputtaṃ etad avocuṃ 'cirassutā[4] no bhante[5] Bhagavato sammukhā dhammikathā, sādhu mayaṃ bhante labheyyāma Bhagavato sammukhā[6] dhammikathaṃ[7] savanāyā' ti. 'Tena h' āvuso[8] tadahu 'posathe āgaccheyyātha, app[9] eva[9] nāma[9] labheyyātha[9] Bhagavato sammukhā[10] dhammikathaṃ savanāyā' ti. 'Evaṃ bhante' ti kho te[11] Campeyyakā upāsakā āyasmato Sāriputtassa paṭissutvā[12] uṭṭhāyāsanā āyasmantaṃ Sāriputtaṃ abhivādetvā padakkhiṇaṃ katvā pakkamiṃsu. Atha[13] kho te[11] Campeyyakā upāsakā tadahu 'posathe yenāyasmā Sāriputto ten' upasaṅkamiṃsu, upasaṅkamitvā āyasmantaṃ Sāriputtaṃ abhivādetvā ekamantaṃ aṭṭhaṃsu. Atha kho āyasmā Sāriputto tehi Campeyyakehi upāsakehi saddhiṃ yena Bhagavā ten' upasaṅkami, upasaṅkamitvā Bhagavantaṃ abhivādetvā ekamantaṃ nisīdi. Ekamantaṃ nisinno kho āyasmā Sāriputto Bhagavantaṃ etad avoca: —

---

1 M₆ omits all from hoti to visaṃyogo.
2 omitted by M₆.
3 is missing in all MSS. excepting M₆.
4 M. cirassutaṃ sutā; Ph. ciraṃ sutā.
5 T. M₆. M₇ insert Sāriputta.
6 T. M₇ santike; M₆ °ka; omitted by S.
7 T. dhammaṃ kathaṃ.
8 M₆ hi ave; M₇ tenāv°
9 omitted by M. Ph. M₆.
10 T. M₆. M₇. S. santike.
11 is missing in all MSS.
12 M. M₆ paṭisutvā; S. paṭisuṇitvā.
13 M₇ tataha.

2. Siyā nu kho bhante idh' ekaccassa tādisaṃ yeva dānaṃ dinnaṃ na[1] mahapphalaṃ[2] na mahānisaṃsaṃ, siyā pana bhante idh' ekaccassa tādisaṃ yeva dānaṃ dinnaṃ mahapphalaṃ[3] mahānisaṃsan ti?

Siyā Sāriputta idh' ekaccassa tādisaṃ yeva dānaṃ dinnaṃ mahapphalaṃ[2] na mahānisaṃsaṃ, siyā pana Sāriputta idh' ekaccassa tādisaṃ yeva dānaṃ dinnaṃ mahapphalaṃ[3] mahānisaṃsan ti.

3. Ko nu kho bhante hetu ko paccayo, yena -m-[4] idh' ekaccassa tādisaṃ yeva dānaṃ dinnaṃ[5] mahapphalaṃ hoti[6] na mahānisaṃsaṃ; ko pana[7] bhante hetu ko paccayo, yena -m-[8] idh' ekaccassa tādisaṃ yeva dānaṃ dinnaṃ mahapphalaṃ hoti[6] mahānisaṃsan ti?

Idha Sāriputta ekacco sāpekho dānaṃ deti, paṭibaddhacitto[9] dānaṃ deti, sannidhipekkho[10] dānaṃ deti, imaṃ pecca[11] paribhuñjissāmī ti dānaṃ deti[12]. So[13] taṃ[14] dānaṃ[14] deti[14] samaṇassa vā brāhmaṇassa vā annaṃ pānaṃ vatthaṃ yānaṃ mālāgandhavilepanaṃ seyyāvasathapadīpeyyaṃ. Taṃ kiṃ maññasi Sāriputta: dadeyya idh' ekacco evarūpaṃ[15] dānan ti?

Evaṃ bhante.

Tatra Sāriputta yvāyaṃ sāpekho dānaṃ deti[16], paṭibaddhacitto[9] dānaṃ deti, sannidhipekkho[17] dānaṃ deti, imaṃ[18] pecca paribhuñjissāmī ti dānaṃ deti: so taṃ dānaṃ datvā kāyassa bhedā parammaraṇā Cātummahārājikānaṃ[19] devānaṃ sahavyataṃ[20] upapajjati[21]. So taṃ

---

[1] *omitted by all MSS. exc.* T. M.
[2] M. Ph. *add* hoti. [3] M. Ph. M. *add* hoti.
[4] M. Ph. M. yena; S. yena pi. [5] Ph. M. *insert* na.
[6] *omitted by* S. [7] M. Ph. M. S. nu kho.
[8] Ph. yena; S. yena pi.
[9] M. Ph. M. paṭibandha°; T. paṭivaṭṭa°
[10] M. sannidhiya pekkho; M. sannidhisāpekkho; T. *omits this passage.* [11] Ph. M. pacca *throughout.*
[12] *omitted by* T. [13] *omitted by* M. [14] *omitted by* M. T.
[15] M. rūpaṃ. [16] M. *omits the next three words.*
[17] T. M. M. sannidhirapekkho. [18] T. evaṃ.
[19] S. dānaṃ; M. citama° [20] T. M. °tāyu.
[21] T. M. M. uppa°; M. upajj°

kammaṃ khepetvā taṃ iddhiṃ taṃ yasaṃ taṃ adhipateyyaṃ[1] āgāmī[2] hoti āgantā[3] itthattaṃ.

4. Idha pana[4] Sāriputta ekacco na h'eva kho sāpekho dānaṃ deti, na paṭibaddhacitto dānaṃ deti, na sannidhipekho dānaṃ deti, na 'imaṃ pecca[5] paribhuñjissāmī' ti dānaṃ deti, api ca kho 'sāhu dānan' ti dānaṃ deti . . . pa[6] . . . na pi 'sāhu dānan' ti dānaṃ deti, api ca kho 'dinnapubbaṃ[7] katapubbaṃ pitupitāmahehi[8], na[9] arahāmi porāṇaṃ kulavaṃsaṃ[10] hāpetun' ti dānaṃ deti . . .[11] na pi 'dinnapubbaṃ katapubbaṃ pitupitāmahehi, na arahāmi porāṇaṃ kulavaṃsaṃ hāpetun' ti dānaṃ deti, api ca kho 'ahaṃ pacāmi, ime[12] na pacanti, na arahāmi[13] pacanto apacantānaṃ dānaṃ[14] adātun[15]' ti dānaṃ deti . . .[16] na pi 'ahaṃ pacāmi[17], ime na pacanti, na arahāmi pacanto apacantānaṃ dānaṃ[18] adātun' ti dānaṃ deti, api ca kho 'yathā tesaṃ pubbakānaṃ isīnaṃ tāni mahāyaññāni ahesuṃ, seyyathīdaṃ Aṭṭhakassa Vāmakassa Vāmadevassa Vessāmittassa[19] Yamataggino[20] Aṅgīrasassa Bhāradvājassa Vāseṭṭhassa Kassapassa Bhaguno, evaṃ me ayaṃ dānasaṃvibhāgo bhavissatī' ti dānaṃ deti . . .[21] na pi 'yathā tesaṃ pubbakānaṃ isīnaṃ tāni mahāyaññāni ahesuṃ, seyyathīdaṃ Aṭṭhakassa Vāmakassa Vāmadevassa Vessāmittassa Yamataggino Aṅgīrasassa Bhāradvājassa Vāseṭṭhassa Kassapassa Bhaguno, evaṃ me ayaṃ dāna-

---

[1] M. adhipp°; M. S. adhi°; M. adhipaccaṃ; Ph. adhipaccaṃ. [2] T. agāmi; M. anāgāmi; M. Ph. adhogāmi.
[3] M. anāgantvā. [4] omitted by T.
[5] omitted by M.
[6] M. M. la; omitted by Ph. T. M. M.; Ph. omits also the following words till api ca. [7] T. dinnaṃ p°
[8] M. Ph. M. pitūhi pitāmahehi always; T. M. M. only once. [9] T. M. M. narah° throughout.
[10] M. porāṇakula° throughout. [11] M. la; Ph. M. pa.
[12] T. M. M. ne ime; M. omits na. [13] M. arahati.
[14] omitted by Ph. M. T. M. M.
[15] T. M. ada°; M. dātuṃ. [16] M. Ph. M. pa.
[17] M. apacāmi. [18] Ph. M. twice.
[19] M. Ph. Vessā° throughout; M. Vissā°
[20] M. Ph. S. Yamad° [21] M. la; Ph. pa.

saṃvibhāgo bhavissatī' ti dānaṃ deti, api ca kho[1] 'imaṃ me dānaṃ dadato cittaṃ pasīdati, attamanatāsomanassaṃ[2] upajāyatī[3]' ti dānaṃ deti . . .[4] na pi 'imaṃ me[5] dānaṃ dadato cittaṃ pasīdati, attamanatāsomanassaṃ upajāyatī[3]' ti dānaṃ deti, api ca kho cittālaṅkāraṃ cittaparikkhāratthaṃ[6] dānaṃ deti. So taṃ dānaṃ deti samaṇassa vā brāhmaṇassa vā annaṃ pānaṃ vatthaṃ yānaṃ mālāgandhavilepanaṃ seyyāvasathapadīpeyyaṃ. Taṃ kiṃ maññasi Sāriputta: dadeyya idh' ekacco evarūpaṃ dānan ti?

Evaṃ bhante.

Tatra Sāriputta yvāyaṃ na h' eva kho sāpekho dānaṃ deti, na paṭibaddhacitto dānaṃ deti, na[7] sannidhipekho dānaṃ deti, na 'imaṃ pecca paribhuñjissāmī' ti dānaṃ deti, na pi 'sāhu[8] dānan' ti dānaṃ deti, nā pi 'dinnapubbaṃ katapubbaṃ pitupitāmahehi, na arahāmi porāṇaṃ kulavaṃsaṃ hāpetun' ti dānaṃ deti, na pi 'ahaṃ pacāmi, ime na pacanti, na[9] arahāmi[10] pacanto[11] apacantānaṃ[12] dānaṃ[13] adātun[14]' ti dānaṃ deti, na pi 'yathā tesaṃ pubbakānaṃ isīnaṃ tāni mahāyaññāni ahesuṃ, seyyathīdaṃ Aṭṭhakassa Vāmakassa Vāmadevassa Vessāmittassa Yamataggino[15] Aṅgīrasassa Bhāradvājassa Vāseṭṭhassa Kassapassa Bhaguno, evaṃ me ayaṃ dānasaṃvibhāgo bhavissatī' ti dānaṃ deti, na pi 'imaṃ me dānaṃ dadato cittaṃ pasīdati, attamanatāsomanassaṃ upajāyatī[16]' ti dānaṃ deti, api ca kho cittālaṅkāraṃ cittaparikkhāratthaṃ[17] dānaṃ deti: so taṃ dānaṃ datvā kāyassa bhedā parammaraṇā Brahmakāyikānaṃ devānaṃ sahavyataṃ[18] upapajjati[19]. So taṃ kam-

---

[1] omitted by S. [2] T. attamanaso°
[3] T. M₇ uppādiyati; M₆ upa° [4] M. la: M₆ pa.
[5] omitted by T.
[6] M. M₆ S. °parikkhāraṃ; M₆ M₇ °kkhārattaṃ.
[7] T. api ca kho na. [8] M₆ na sāhu.
[9] omitted by M₆. [10] M. arahati. [11] T. M₆ M₇ apa°
[12] M₆ paca° [13] omitted by Ph. M₆ M₇
[14] M₆ dātun. [15] M. Ph. S. Yamad°
[16] T. uppādiyati; M₆ M₇ upā°
[17] M₆ °rattaṃ; M. Ph. S. °kkhāraṃ. [18] T. °tānaṃ.
[19] T. M₆ M₇ uppa°

sāmaṃ khepetvā taṃ iddhiṃ taṃ yasaṃ taṃ ādhipateyyaṃ[1], āgāmī hoti āgantā[2] itthattaṃ[3].

Ayaṃ kho Sāriputta hetu ayaṃ paccayo, yena -m[4]- idh' ekaccassa tādisaṃ yeva dānaṃ dinnaṃ na[5] mahapphalaṃ hoti[6] na[7] mahānisaṃsaṃ, ayaṃ pana Sāriputta hetu ayaṃ paccayo, yena -m[4]- idh' ekaccassa tādisaṃ yeva dānaṃ dinnaṃ mahapphalaṃ hoti[8] mahānisaṃsaṃ.

I.

1. Evaṃ[9] me sutaṃ. Ekaṃ samayaṃ[8] āyasmā ca Sāriputto āyasmā ca Mahāmoggallāno Dakkhiṇāgirismiṃ[9] cārikaṃ caranti mahatā bhikkhusaṅghena saddhiṃ. Tena kho pana samayena Veḷukaṇṭakī[10] Nandamātā upāsikā rattiyā paccūsasamayaṃ paccuṭṭhāya[11] pārāyanaṃ sarena bhāsati[12]. Tena kho pana samayena Vessavaṇo[13] mahārājā uttarāya[14] disāya[15] dakkhiṇaṃ disaṃ gacchati kenacid-eva karaṇīyena. Assosi kho Vessavaṇo mahārājā Nandamātāya upāsikāya pārāyanaṃ[16] sarena bhāsantiyā, sutvā kathāpariyosānaṃ āgamayamāno aṭṭhāsi. Atha kho Nandamātā upāsikā pārāyanaṃ[16] sarena bhāsitvā tuṇhī ahosi. Atha kho Vessavaṇo mahārājā Nandamātāya upāsikāya kathāpariyosānaṃ viditvā abbhanumodi[17] 'sādhu bhagini sādhu bhagini' ti. 'Ko pan' eso[18] bhadramukhā' ti. 'Ahan te[19] bhagini bhātā Vessavaṇo mahārājā' ti. 'Sādhu bhadramukha, tena hi yo me ayaṃ dhammapariyāyo bhaṇito, idan te hotu ātitheyyan[20]' ti. 'Sādhu bhagini, etañ c'eva me[21]

---

[1] S. adhi°; M. Ph. adhipaccayaṃ. [2] M. °gantvā.
[3] M. °ttham. [4] S. yena pi.
[5] omitted by M. Ph. M. S. [6] omitted by S.
[7] omitted by M. [8] M. Ph. S. insert Bhagavā.
[9] M. °nagirismiṃ; T. M. °nagiri°; M. °ssi°
[10] T. M. °kandaki; M. °kaṇṭaki. [11] T. paccupaṭṭhāya.
[12] M. bhāsi. [13] Ph. M. S. °vaṇo throughout.
[14] T. M. M. uttarādisā° [15] M. T. par° [16] T. °na.
[17] M. abbhanu°; T. anumodi. [18] T. M. M. esa.
[19] M. Ph. M. put te after bha°
[20] Ph. aṭhiteyyan; M. ati° throughout. [21] M. ma.

hotu ātitheyyaṃ: sve ca[1] Sāriputta-Moggallānapamukho bhikkhusaṅgho akatapātarāso Veḷukaṇṭakaṃ āgamissati, tañ ca bhikkhusaṅghaṃ parivisitvā mamaṃ[2] dakkhiṇaṃ ādiseyyāsi[3], etañ ca[4] me bhavissati ātitheyyan' ti.

2. Atha kho Nandamātā upāsikā tassā[5] rattiyā accayena sake nivesane paṇītaṃ khādanīyaṃ bhojanīyaṃ paṭiyādāpesi. Atha kho Sāriputta-Moggallānapamukho bhikkhusaṅgho akatapātarāso yena Veḷukaṇṭako[6] tad avasari. Atha kho Nandamātā upāsikā aññataraṃ[7] purisaṃ āmantesi 'ehi tvaṃ ambho purisa, ārāmaṃ gantvā bhikkhusaṅghassa kālaṃ ārocehi[8]: kālo bhante, ayyāya Nandamātāya[9] nivesane niṭṭhitaṃ bhattan' ti. 'Evaṃ ayye[10]' ti kho so[4] puriso Nandamātāya upāsikāya paṭissutvā[11] ārāmaṃ gantvā bhikkhusaṅghassa kālaṃ ārocesi: kālo bhante, ayyāya Nandamātāya[12] nivesane niṭṭhitaṃ bhattan ti. Atha kho Sāriputta-Moggallānapamukho bhikkhusaṅgho pubbaṇhasamayaṃ nivāsetvā pattacīvaram ādāya yena Nandamātāya[13] upāsikāya nivesanaṃ ten' upasaṅkami, upasaṅkamitvā paññatte āsane nisīdi. Atha kho Nandamātā upāsikā Sāriputta-Moggallānapamukhaṃ bhikkhusaṅghaṃ paṇītena khādanīyena bhojanīyena sahatthā santappesi sampavāresi. Atha kho Nandamātā upāsikā āyasmantaṃ Sāriputtaṃ bhuttāviṃ[14] onītapattapāṇiṃ[15] ekamantaṃ nisīdi. Ekamantaṃ nisinnaṃ kho Nandamātaraṃ upāsikaṃ āyasmā Sāriputto etad avoca 'ko pana te[16] Nandamāte bhikkhusaṅghassa abbhāgamanaṃ[17] ārocesī' ti? 'Idhāhaṃ bhante rattiyā paccūsasamayaṃ paccuṭṭhāya pārāyanaṃ[18] sarena bhāsitvā tuṇhī ahosiṃ[19]. Atha kho[5] bhante Vessavaṇo

---

[1] M. M_6. S. 'va; omitted by M_7.
[2] M. Ph. M_6. S. mama. [3] M_6 ādhitheyyaṃ.
[4] M. evaṃ c'eva; Ph. evaṃ c'eva; M_6. M_7. S. evañ ca; T. evaṃ. [5] omitted by T. [6] S. °kaṃ.
[7] T. akukalaraṃ. [8] T. M_6. M_7. °si.
[9] M_6. S. °mātāya.
[10] Ph. M_7 ayye; M_6 ayyo; T. pe; M_7 po or pho.
[11] M. Ph. M_7 paṭisutvā; S. paṭissunitvā. [12] S. °mātāya.
[13] T. M_6. M_7 mātuyā. [14] M_6. T. °vi. [15] M_7 °ṇi.
[16] T. pan' ete. [17] M_7 abbha° [18] T. M. pāra°.
[19] M. Ph. M_7 °si.

mahārājā mama[1] kathāpariyosānam viditvā abbhānumodi[2] «sādhu bhagini[3] sādhu bhagini» ti. «Ko pan' eso bhadramukhā[4]» ti? «Ahan te[5] bhagini bhātā Vessavaṇo mahārājā» ti. «Sādhu bhadramukha, tena hi yo me[6] ayam dhammapariyāyo bhāsito, idan te hotu ātitheyyan» ti. «Sādhu bhagini, etañ c' eva me hotu ātitheyyam, sve[7] ca[8] Sāriputta-Moggallānappamukho bhikkhusangho akatapātarāso Veḷukaṇṭakam āgamissati, tañ ca bhikkhusangham parivisitvā mamam[9] dakkhiṇam ādiseyyāsi, etañ ca[10] me bhavissati ātitheyyan» ti. 'Yaṃ idam bhante dāne puññam[11] hitam[12] Vessavaṇassa mahārājassa sukhāya hotū' ti.

3. 'Acchariyam Nandamāte abbhutam Nandamāte, yatra hi nāma Vessavaṇena mahārājena evammahiddhikena[13] evammahesakkhena devaputtena sammukhā sallapissasī' ti. 'Na kho me bhante[14] es' eva[15] acchariyo abbhuto dhammo, atthi me añño pi acchariyo abbhuto dhammo: idha me bhante Nando[15] nāma ekaputtako[16] piyo manāpo, tam rājāno kismiñci-d-eva[17] kāraṇe[18] okassa[19] pasayha jīvitā voropesum. tasmim kho panāham bhante dārake gahite vā[20] gayhamāne vā vadhe[21] vā vajjhamāne vā hate vā haññamāne vā nābhijānāmi[22] cittassa aññathattan' ti.

4. 'Acchariyam Nandamāte abbhutam Nandamāte, yatra hi nāma cittuppādam[23] pi parisodhessasī' ti. 'Na kho me

[1] T. M. mam. [2] T. M. abhā°
[3] omitted by Ph. M.; M. sādhu bhaginī ti (bis).
[4] T. M. M. °mukho.
[5] M. Ph. M. put te after bha°; M. puts it also before bha°. [6] M. mam. [7] T. svo.
[8] M. Ph. S. 'va; omitted by M.
[9] M. Ph. M. T. M. S. mama; omitted by M.
[10] S. etañ ca; M. Ph. M. etañ c'eva.
[11] M. Ph. M. add va puññam; S. adds puññam.
[12] T. M. hita; M. hitam; M. Ph. ahi va; M. ahi; S. ahitam.
[13] omitted by T. [14] Ph. eso. [15] M. M. Nandako.
[16] M. M. eko p°.
[17] M. kismiñ ca-d-eva; M. kismiñ-d-eva; T. kismici.
[18] M. M. karaṇe; T. M. pakaraṇe. [19] M. M. okasam.
[20] omitted by M.
[21] T. M. baddhe; M. vaddhe; Ph. M. omit vadhe vā.
[22] M. na jānāmi. [23] S. °ppādamattam.

bhante es' eva acchariyo abbhuto dhammo, atthi me añño pi acchariyo abbhuto dhammo: idha me bhante sāmiko kālakato[1] aññataraṃ yakkhayoniṃ[2] upapanno[3], so me ten' eva[4] purimena attabhāvena uddassesi[5]. Na kho panāhaṃ bhante abhijānāmi tato nidānaṃ cittassa aññathattan' ti.

5. 'Acchariyaṃ Nandamāte abbhutaṃ Nandamāte, yatra hi nāma cittuppādam[6] pi parisodhessasī' ti. 'Na kho me[7] bhante es' eva acchariyo abbhuto dhammo, atthi me añño pi[8] acchariyo abbhuto dhammo: yato 'haṃ bhante sāmikassa daharass' eva daharā ānītā[9], nābhijānāmi sāmikaṃ[10] manasā pi aticaritā[11], kuto pana kāyenā' ti?

6. 'Acchariyaṃ Nandamāte abbhutaṃ Nandamāte, yatra hi nāma cittuppādamattam pi parisodhessasī' ti. 'Na kho me bhante es' eva acchariyo abbhuto dhammo, atthi me añño pi acchariyo abbhuto dhammo: yadāhaṃ[12] bhante upāsikā paṭidesitā[13], nābhijānāmi kiñci sikkhāpadaṃ sañcicca vītikkamitā[14]' ti.

7. 'Acchariyaṃ Nandamāte abbhutaṃ Nandamāte' ti[15]. 'Na kho me bhante es' eva acchariyo abbhuto dhammo, atthi me añño pi acchariyo abbhuto dhammo: idhāhaṃ bhante yāvad-eva ākaṅkhāmi, vivicc' eva kāmehi[16] vivicca[16] akusalehi dhammehi savitakkaṃ savicāraṃ vivekajaṃ pītisukhaṃ paṭhamaṃ[17] jhānaṃ[17] upasampajja viharāmi; vitakkavicārānaṃ vūpasamā ajjhattaṃ sampasādanaṃ cetaso ekodibhāvaṃ avitakkaṃ avicāraṃ samādhijaṃ[18] pītisukhaṃ dutiyaṃ[19] jhānaṃ upasampajja viharāmi; pītiyā ca virāgā upekhakā[20] ca[4] viharāmi, satā[21] ca sampajānā[22] sukhañ ca

[1] T. M₆ M₇ insert assa. [2] Ph. M₆ °yoniyam.
[3] T. M₆ M₇ upp° [4] omitted by M. M₆.
[5] T. M₇ °ti; M₇ uddasseti. [6] S. °ppādamattam.
[7] M. T. °ti. [8] T. inserts pana; M₆ inserts it before me.
[9] M₆ T. anitā. [10] omitted by S.
[11] M. Ph. M₆ aticārittam; S. aticaritum; M₇ aticaritva.
[12] M₆ yadāham. [13] T. M₆ M₇ pāṭi°
[14] M. Ph. M₆ °tam (without ti). [15] omitted by T. M₆.
[16] omitted by T. [17] T. M₆ M₇ paṭhamajjh°
[18] M₆ vivekajam. [19] T. M₆ M₇ dutiyajjh°
[20] M. Ph. T. M₆ M₇ upekkhako; S. upekkhikā.
[21] M. Ph. M₆ T. M₇ sato. [22] M. Ph. M₆ M₇ °no; T. °nam.

kāyena paṭisaṃvedemi, yan taṃ ariyā ācikkhanti 'upekhako satimā sukhavihārī' ti tatiyaṃ[1] jhānaṃ[2] upasampajja viharāmi; sukhassa ca pahānā dukkhassa[4] ca[4] pahānā[4] pubb' eva somanassadomanassānaṃ atthaṅgamā adukkham asukhaṃ upekhāsatipārisuddhiṃ catutthaṃ[3] jhānaṃ[2] upasampajja viharāmi' ti.

8. 'Acchariyaṃ Nandamāte abbhutaṃ Nandamāte' ti. 'Na kho me bhante os' eva acchariyo abbhuto dhammo, atthi me añño pi acchariyo abbhuto dhammo: yānimāni bhante Bhagavatā[4] desitāni pañcorambhāgiyāni[5] saṃyojanāni, nāhaṃ tesaṃ kiñci attani appahīnaṃ samanupassāmī' ti.

'Acchariyaṃ Nandamāte abbhutaṃ Nandamāte' ti.

Atha kho āyasmā Sāriputto Nandamātaraṃ upāsikaṃ dhammiyā kathāya sandassetvā samādapetvā samuttejetvā sampahaṃsetvā uṭṭhāyāsanā pakkāmī ti.

Mahāyaññavaggo[6] pañcamo.[6]

Tass'[7] uddānaṃ:

Ṭhiti[7]-parikkhāraṃ[8] dve aggi[9] saññā[10] aparā[11] duve[12]
Methunā[13] saṃyogo[14] dānaṃ[15] Nandamātena[16] te[17] dasā[18] ti.

LI.*)

1. Atha kho aññataro bhikkhu yena Bhagavā ten' upasaṅkami, upasaṅkamitvā Bhagavantaṃ abhivādetvā

---

[1] T. M_6 M_7 tatiyajjh° [2] omitted by T.
[3] T. M_6 M_7 catutthajjh° [4] M. M_6 °to.
[5] T. M_6 M_7 pañca or°
[6] Ph. °vaggassa uddānaṃ; M_6 M_8 M. °vaggassa udd°; T. Mahāyaññassa vaggass' udd°
[7] Ph. ṭhiti; M_6 S. citta; T. M_6 M_7 vini; M. adds ca.
[8] T. M_6 °ra; M. parikkha. [9] M_6 abhi.
[10] T. M_6 M_7 saññā; M. adds ca. [11] M. dve para.
[12] M_6 T. M_7 dve. [13] Ph. M_6 M_8 S. add ca; T. M_7 'va.
[14] Ph. M_6 add ca. [15] T. M_6 M_7 dānaṃ; omitted by Ph. M_6
[16] M. Nandamātā ca. [17] omitted by M. Ph. M_6
[18] M_7 dasanni; M. M_6 tena; S. adds Paṇṇāsako samatto.
*) S. gives as title Paṇṇāsakāsaṅgahitā vaggā.

ekamantaṃ nisīdi. Ekamantaṃ nisinno kho so bhikkhu Bhagavantaṃ etad avoca: 'Ko nu kho bhante hetu ko paccayo, yena sutavato ariyasāvakassa vicikicchā n' uppajjati avyākatavatthūsū' ti?

2. 'Diṭṭhinirodhā kho bhikkhu sutavato ariyasāvakassa vicikicchā n' uppajjati avyākatavatthūsu. «Hoti Tathāgato parammaraṇā» ti kho bhikkhu diṭṭhigatam etaṃ; «na hoti Tathāgato parammaraṇā» ti kho bhikkhu diṭṭhigatam etaṃ; «hoti ca na ca hoti Tathāgato parammaraṇā» ti kho bhikkhu diṭṭhigatam etaṃ; «n'eva hoti na na hoti Tathāgato parammaraṇā» ti kho bhikkhu diṭṭhigatam etaṃ. Assutavā bhikkhu puthujjano diṭṭhiṃ na ppajānāti, diṭṭhisamudayaṃ na ppajānāti, diṭṭhinirodhaṃ[1] na[1] ppajānāti[1], diṭṭhinirodhagāminiṃ paṭipadaṃ[1] na ppajānāti. Tassa ca[2] diṭṭhi pavaḍḍhati. So na parimuccati jātiyā jarāya[3] maraṇena sokehi paridevehi dukkhehi domanassehi upāyāsehi, na parimuccati dukkhasmā ti vadāmi. Sutavā ca kho bhikkhu ariyasāvako diṭṭhiṃ pajānāti, diṭṭhisamudayaṃ pajānāti, diṭṭhinirodhaṃ pajānāti, diṭṭhinirodhagāminiṃ paṭipadaṃ pajānāti. Tassa[4] sā diṭṭhi nirujjhati. So parimuccati jātiyā jarāya[5] maraṇena sokehi paridevehi dukkhehi domanassehi upāyāsehi, parimuccati dukkhasmā ti vadāmi. Evaṃ jānaṃ[6] kho bhikkhu sutavā ariyasāvako evaṃ passaṃ «hoti Tathāgato parammaraṇā» ti pi na[7] vyākaroti; «na hoti Tathāgato parammaraṇā» ti pi na vyākaroti; «hoti ca na ca hoti Tathāgato parammaraṇā» ti pi na vyākaroti; «n'eva hoti na na hoti Tathāgato parammaraṇā» ti pi na vyākaroti. Evaṃ jānaṃ[6] kho bhikkhu sutavā ariyasāvako evaṃ passaṃ evaṃ avyākaraṇadhammo[8] hoti avyākatavatthūsu. Evaṃ jānaṃ kho bhikkhu sutavā ariyasāvako evaṃ[9] passaṃ[9] na chambhati na kampati[10] na vedhati na santāsaṃ āpajjati avyākatavatthūsu. «Hoti Tathāgato parammaraṇā» ti kho bhikkhu taṇhāgatam etaṃ[11] saññā-

[1] omitted by M6. [2] T. sā. [3] M6. T. jarā-
[4] T. M6. M7 tassā for tassa sā. [5] T. jarā-
[6] M7 jānā; T. jāna. [7] omitted by M6. [8] M7 byāk-
[9] T. evaṃsaṃ. [10] T. M6. M7 insert na calati.
[11] M. M6 add ti.

gataṃ[1] etaṃ[2] maññitaṃ[3] etaṃ[4] papañcitaṃ etaṃ[5] upādānagataṃ etaṃ[6] vippaṭisāro eso; 'na hoti Tathāgato parammaraṇā' ti kho bhikkhu[7] vippaṭisāro eso; 'hoti ca na ca hoti Tathāgato parammaraṇā' ti kho bhikkhu vippaṭisāro eso; 'neva hoti na na hoti Tathāgato parammaraṇā' ti kho bhikkhu vippaṭisāro eso. Assutavā bhikkhu puthujjano vippaṭisāraṃ nappajānāti, vippaṭisārasamudayaṃ nappajānāti, vippaṭisāranirodhaṃ nappajānāti, vippaṭisāranirodhagāminiṃ paṭipadaṃ nappajānāti. Tassa so vippaṭisāro pavaḍḍhati. So na parimuccati jātiyā jarāya[8] maraṇena sokehi paridevehi dukkhehi domanassehi upāyāsehi, na parimuccati dukkhasmā ti vadāmi. Sutavā ca[9] kho bhikkhu ariyasāvako vippaṭisāraṃ pajānāti, vippaṭisārasamudayaṃ pajānāti, vippaṭisāranirodhaṃ pajānāti, vippaṭisāranirodhagāminiṃ paṭipadaṃ pajānāti. Tassa so vippaṭisāro nirujjhati[10]. So parimuccati jātiyā[11] jarāya[8] maraṇena sokehi paridevehi dukkhehi domanassehi upāyāsehi, parimuccati dukkhasmā ti vadāmi. Evaṃ jānaṃ kho bhikkhu sutavā ariyasāvako evaṃ passaṃ 'hoti Tathāgato parammaraṇā' ti pi na vyākaroti[12]; 'na hoti Tathāgato parammaraṇā' ti pi na vyākaroti; 'hoti ca na ca hoti Tathāgato parammaraṇā' ti pi na vyākaroti; 'neva hoti na na hoti Tathāgato parammaraṇā' ti pi na vyākaroti. Evaṃ jānaṃ kho bhikkhu sutavā ariyasāvako evaṃ passaṃ evaṃ avyākatadhammo hoti avyākatavatthūsu. Evaṃ jānaṃ kho bhikkhu sutavā ariyasāvako evaṃ passaṃ na chambhati na kampati[13] na vedhati na santāsaṃ āpajjati avyākatavatthūsu.

---

[1] M_6 saññā° [2] M. adds la; Ph. M_6 add pa.
[3] Ph. maññagataṃ; T. saññitaṃ; M_7 maññitagataṃ.
[4] M. adds la; M_6 pa; Ph. pa . . . maññitaṃ etaṃ papa°
[5] M. adds la. [6] T. M_6 M_7 insert pa.
[7] M. Ph. M_6 T. M_7 M_8 °u throughout.
[8] T. M_7 jarā°. [9] omitted by T.
[10] M_6 continues: ariyasāvako evaṃ and so on: S. pe Evaṃ . . . na chambhati and so on.
[11] M. la; Ph. pa . . . dukkhasmā ti vadāmi.
[12] M. la; Ph. pa . . . neva hoti and so on.
[13] M_6 inserts na calati.

Ayaṃ kho bhikkhu hetu ayaṃ paccayo, yena sutavato ariyasāvakassa vicikicchā n' uppajjati avyākatavatthūsū' ti.

LII.

1. Satta[1] bhikkhave purisagatiyo desessāmi[2] anupādā[3] ca parinibbānaṃ, taṃ suṇātha sādhukaṃ manasikarotha, bhāsissāmī ti. 'Evaṃ bhante' ti kho te bhikkhū Bhagavato paccassosuṃ. Bhagavā etad avoca. Katamā ca bhikkhave satta purisagatiyo?

2. Idha bhikkhave bhikkhu evaṃ paṭipanno hoti 'no c'assa[4], no ca me siyā, na bhavissati, na me bhavissati, yad atthi yaṃ bhūtaṃ, taṃ pajahāmī' ti; upekhaṃ paṭilabhati. So bhave na rajjati, sambhave na rajjati[5], atth-uttariṃ[6] padaṃ santaṃ sammappaññāya passati; tañ ca khvassa[7] padaṃ na sabbena sabbaṃ sacchikataṃ hoti, tassa na[8] sabbena sabbaṃ mānānusayo pahīno hoti, na sabbena sabbaṃ bhavarāgānusayo pahīno hoti, na[9] sabbena sabbaṃ avijjānusayo pahīno hoti. So pañcannaṃ orambhāgiyānaṃ saṃyojanānaṃ parikkhayā antarāparinibbāyī hoti. Seyyathā pi bhikkhave divasasantatte[10] ayokapāle[11] haññamāne, papaṭikā nibbattitvā[12] nibbāyeyya, evam eva kho bhikkhave bhikkhu evaṃ paṭipanno hoti 'no c'assa[4], no ca me siyā, na bhavissati, no[9] me[9] bhavissati[9], yad atthi yaṃ bhūtaṃ, taṃ pajahāmī' ti; upekhaṃ paṭilabhati. So bhave na rajjati, sambhave[13] na rajjati[5], atth-uttariṃ[6] padaṃ santaṃ sammappaññāya passati; tañ ca khvassa[14] padaṃ na

---

[1] M. Ph. M_6 M_7 S. *add* ca; M. Ph. *add also* vo, M_8 kho.
[2] M_6 S. desess°; M. M_8 °mi ti.
[3] Ph. °dāya; M_8 *omits all from* anu° *to* bhāsissāmi ti.
[4] T. M_6 M_7 c'assaṃ.
[5] M_6 S. sajjati; Ph. surajjati; M_8 *omits* sambh° na r° *at the first place.*
[6] T. M_8 atth' uttariṃ; M. Ph. atth' uttari.
[7] M_6 M_7 khvāssa. [8] *omitted by* T. [9] *omitted by* M_6.
[10] M_7 °tena; M_6 °sasantato; M. Ph. M_8 divasaṃ san°
[11] M_8 ayoguḷale. [12] Ph. M_8 °tetvā.
[13] M_8 *omits* sambh° na rajjati. [14] T. M_6 M_7 khvāssa.

sabbena sabbaṃ sacchikataṃ hoti, tassa na sabbena sabbaṃ mānānusayo pahīno hoti, na sabbena sabbaṃ bhavarāgānusayo pahīno hoti, na sabbena sabbaṃ avijjānusayo pahīno hoti. So pañcannaṃ orambhāgiyānaṃ saṃyojanānaṃ parikkhayā antarāparinibbāyī hoti.

3. Idha pana bhikkhave bhikkhu evaṃ paṭipanno hoti 'no c'assa[1], no ca me siyā, na bhavissati, na[2] me[2] bhavissati[2], yad atthi yaṃ bhūtaṃ, taṃ pajahāmī' ti; upekhaṃ paṭilabhati. So bhave na rajjati, sambhave[3] na rajjati[4], atthuttariṃ[5] padaṃ santaṃ sammappaññāya[6] passati, tañ ca khvassa[7] padaṃ[8] na sabbena sabbaṃ sacchikataṃ hoti, tassa na sabbena sabbaṃ mānānusayo pahīno hoti, na sabbena sabbaṃ bhavarāgānusayo pahīno hoti, na sabbena sabbaṃ avijjānusayo pahīno hoti. So pañcannaṃ orambhāgiyānaṃ saṃyojanānaṃ parikkhayā antarāparinibbāyī hoti. Seyyathā pi bhikkhave divasasantatte[9] ayokapāle[10] haññamāne papaṭikā[11] nibbattitvā uppatitvā nibbāyeyya, evam eva kho bhikkhave[12] bhikkhu evaṃ paṭipanno hoti[13] 'no c'assa[14], no ca me siyā' . . . pe[15] . . . So pañcannaṃ orambhāgiyānaṃ saṃyojanānaṃ parikkhayā antarāparinibbāyī hoti.

4. Idha pana bhikkhave bhikkhu evaṃ paṭipanno hoti[13] 'no c'assa[14], no ca me siyā' . . . pe[15] . . . So pañcannaṃ orambhāgiyānaṃ saṃyojanānaṃ parikkhayā antarāparinibbāyī hoti. Seyyathā pi bhikkhave divasasantatte[9] ayokapāle[16] haññamāne papaṭikā[11] nibbattitvā[17] uppatitvā[18] anupahaccatalaṃ[18] nibbāyeyya[19], evam eva kho bhikkhave bhikkhu evaṃ paṭipanno hoti[13] 'no c'assa[14], no ca me siyā'

---

[1] T. c'assaṃ; M. c'assaṃ. [2] omitted by T.
[3] T. omits sambh° na ra° [4] Ph. ārajjati; S. sajjati.
[5] S. °ri; M. Ph. atth' uttari; M₆ tattar° [6] T. sammapaññāya.
[7] T. M₆. M₇ khvassa throughout. [8] M₆ inserts santaṃ.
[9] M. Ph. M₆ divasaṃ sant° [10] M₆ ayogule.
[11] S. pappa° throughout; M₆ uppaṭikā.
[12] omitted by Ph. M₆. [13] S. pe ? Sa.
[14] T. M₆ c'assaṃ; M₇ c'assaṃ and c'assa.
[15] M. M₆ la; Ph. pa. [16] M. pavaṭikā. [17] Ph. M₆ °ttetvā.
[18] M₆ °tala. [19] T. °peyya; M. parinibbāyeyya.

. . . pe[1] . . . So pañcannaṃ orambhāgiyānaṃ saṃyojanānaṃ parikkhayā[2] antarāparinibbāyī hoti.

5. Idha pana bhikkhave bhikkhu evaṃ paṭipanno hoti[3] 'no c'assa[4], no ca me siyā' . . . pe[5] . . . So pañcannaṃ orambhāgiyānaṃ saṃyojanānaṃ parikkhayā[6] upahaccaparinibbāyī hoti. Seyyathā pi bhikkhave divasasantatte[7] ayokapāle haññamāne papaṭikā nibbattitvā uppatitvā upahaccatalaṃ nibbāyeyya, evam eva kho bhikkhave bhikkhu evaṃ paṭipanno hoti[3] 'no c'assa[4], no ca me siyā' . . . pe[5] . . . So pañcannaṃ orambhāgiyānaṃ saṃyojanānaṃ parikkhayā upahaccaparinibbāyī hoti.

6. Idha pana bhikkhave bhikkhu evaṃ paṭipanno hoti[3] 'no c'assa[4], no ca me siyā' . . . pe[5] . . . So pañcannaṃ orambhāgiyānaṃ saṃyojanānaṃ parikkhayā asaṅkhāraparinibbāyī hoti. Seyyathā pi bhikkhave divasasantatte[8] ayokapāle[9] haññamāne papaṭikā[10] nibbattitvā uppatitvā paritte tiṇapuñje vā kaṭṭhapuñje vā nipateyya[11], sā tattha aggim[12] pi[13] janeyya dhūmam pi janeyya, aggim pi[13] janetvā dhūmam pi janetvā tam eva parittaṃ tiṇapuñjaṃ vā kaṭṭhapuñjaṃ vā pariyādiyitvā anāhārā nibbāyeyya, evam eva kho bhikkhave bhikkhu evaṃ paṭipanno hoti[3] 'no c'assa[4], no ca me siyā' . . . pe[5] . . . So pañcannaṃ orambhāgiyānaṃ saṃyojanānaṃ parikkhayā asaṅkhāraparinibbāyī hoti.

---

[1] M. la; Ph. M. pa.

[2] T. M. M. M. *continue after* parikkhayā: upahacca parinibbāyī hoti. Seyyathā pi . . . papaṭikā (M. paṭikā) nibbattitvā uppatitvā (*om.* M.) upahaccatalā (*sic*) nibbāyeyya (M. parinibbāyeyya). evam eva . . . siyā | pe | (M. pa). So . . . parikkhayā (M. °yaya) upahacca (M. asaṅkhārapari-nibbāyī *as in* 6.) parinibbāyī hoti.

[3] S. pe | So pañcannaṃ.

[4] T. M. c'assaṃ; M. c'assa *and* c'assaṃ.

[5] M. la; Ph. pa.

[6] Ph. T. M. M. *continue:* asaṅkhāraparinibbāyī hoti. Seyyathā pi *and so on.*

[7] M. divasaṃ san°

[8] M. Ph. M. divasaṃ san° *throughout.* [9] M. °gule.

[10] M. paṭipaṭikā. [11] T. pateyya. [12] T. M. aggimhi.

[13] *omitted by* T. M.

7. Idha pana bhikkhave bhikkhu evaṃ paṭipanno hoti[1] 'no c'assa[2], no ca me siyā' . . . pe[3] . . . So pañcannaṃ orambhāgiyānaṃ saṃyojanānaṃ parikkhayā asaṅkhāraparinibbāyī hoti. Seyyathā pi bhikkhave divasasantatte[4] ayokapāle[5] haññamāne papaṭikā[6] nibbattitvā uppatitvā vipule tiṇapuñje vā kaṭṭhapuñje vā nipateyya, sā tattha aggim pi janeyya dhūmam pi janeyya, aggim pi[7] janetvā dhūmam pi janetvā tam eva vipulaṃ tiṇapuñjaṃ vā kaṭṭhapuñjaṃ[8] vā[8] pariyādiyitvā anāhārā nibbāyeyya[9], evam eva kho bhikkhave bhikkhu evaṃ paṭipanno hoti[1] 'no c'assa[2], no ca me siyā' . . . pe[3] . . . So pañcannaṃ orambhāgiyānaṃ saṃyojanānaṃ parikkhayā asaṅkhāraparinibbāyī hoti.

8. Idha pana bhikkhave bhikkhu evaṃ paṭipanno hoti[1] 'no c'assa[10], no ca me siyā, na bhavissati, na me bhavissati, yad atthi yaṃ bhūtaṃ, taṃ pajahāmī' ti upekhaṃ paṭilabhati. So bhave na rajjati, sambhave[11] na[11] rajjati[11], atthuttariṃ[12] padaṃ santaṃ sammappaññāya[13] passati; taṃ ca khvassa padaṃ na sabbena sabbaṃ sacchikataṃ hoti, tassa na sabbena sabbaṃ mānānusayo pahīno hoti, na sabbena sabbaṃ bhavarāgānusayo pahīno hoti, na sabbena sabbaṃ avijjānusayo pahīno hoti. So pañcannaṃ orambhāgiyānaṃ saṃyojanānaṃ parikkhayā uddhaṃsoto hoti akaniṭṭhagāmī. Seyyathā pi bhikkhave divasasantatte ayokapāle[14] haññamāne, papaṭikā nibbattitvā uppatitvā mahante[15] tiṇapuñje[16] vā kaṭṭhapuñje[16] vā nipateyya[17], sā tattha aggim pi janeyya dhūmam[18] pi janeyya, aggim pi janetvā dhūmam pi janetvā tam[19] eva[19] mahantaṃ[20]

[1] S. pe | So pañcannaṃ.
[2] T. M₆ c'assaṃ; M₇ c'assa and c'assaṃ.
[3] M. la; Ph. M₆ pa.
[4] M. Ph. M₆ divasaṃ san° throughout.
[5] M₆ °gule.
[6] M₆ papati.
[7] M₇ aggimhi; T. aggiṃ.
[8] omitted by T.
[9] M₇ parini°
[10] M₆ M₇ c'assaṃ.
[11] omitted by T.; Ph. sam°; S. rajjati.
[12] S. °ri; M₆ ath' uttariṃ; M. Ph. ath' uttari.
[13] T. sampaññāya.
[14] M₆ °pāla.
[15] M. Ph. M₆ °taṃ.
[16] Ph. M₆ °jaṃ.
[17] Ph. M₆ nipa°
[18] M₆ omits dhūmaṃ . . . janetvā before dh°
[19] omitted by M. Ph. M₆ S.

tiṇapuñjaṃ vā kaṭṭhapuñjaṃ vā pariyādiyitvā gacchaṃ[1] pi daheyya dāyaṃ[2] pi[3] daheyya[3], gacchaṃ[1] pi dahitvā dāyaṃ pi dahitvā haritaṃ taṃ vā pathaṃ[4] taṃ vā selaṃ taṃ vā udakaṃ taṃ vā ramaṇīyaṃ vā bhūmibhāgaṃ āgamma anāhārā[5] nibbāyeyya. evam eva kho bhikkhave bhikkhu evaṃ paṭipanno hoti[6] 'no c'assa[7] no ca me siyā' . . . pe[8] . . . So pañcannaṃ orambhāgiyānaṃ saṃyojanānaṃ parikkhayā uddhaṃsoto hoti akaniṭṭhagāmī.

Imā kho[9] bhikkhave satta purisagatiyo. Katamañ[10] ca bhikkhave anupādā parinibbānaṃ?

9. Idha bhikkhave bhikkhu evaṃ paṭipanno hoti 'no c'assa[7], no ca me siyā, na bhavissati, na me bhavissati, yad atthi yaṃ bhūtaṃ, taṃ pajahāmī' ti, upekhaṃ paṭilabhati. So bhave na rajjati sambhave na rajjati[11], atthuttariṃ[12] padaṃ santaṃ sammappaññāya[13] passati; tañ ca khvassa padaṃ[14] sabbena sabbaṃ sacchikataṃ hoti, tassa sabbena sabbaṃ mānānusayo pahīno hoti, sabbena[15] sabbaṃ bhavarāgānusayo pahīno hoti, sabbena sabbaṃ avijjānusayo pahīno hoti. So āsavānaṃ khayā . . . pe[8] . . . sacchikatvā upasampajja viharati. Idaṃ vuccati bhikkhave[16] anupādā parinibbānaṃ. Imā kho bhikkhave satta purisagatiyo anupādā ca parinibbānan ti.

LIII.

1. Evaṃ[16] me sutaṃ. Ekaṃ samayaṃ Bhagavā Rājagahe viharati Gijjhakūṭe pabbate. Atha kho dve devatā abhikkantāya rattiyā abhikkantavaṇṇā kevalakappaṃ Gijjha-

---

[1] M_6 M_7 kacchaṃ; T. ga° and ka° [2] omitted by M_6
[3] M. Ph. M_6 °hitvā throughout.
[4] M. Ph. pathan; M_6 pathaṃ; M_6 S. omit pathan taṃ vā.
[5] T. an° [6] S. pe | So pañcannaṃ.
[7] T. M_6 M_7 c'assaṃ. [8] M. M_6 la; Ph. pa.
[9] omitted by S. [10] S. kathañ.
[11] Ph. sarā°; S. sajjati. [12] Ph. T. M_6 M_7 atth' utt°
[13] M_6 sabbaṃ aññāya [14] M_6 paraṃ.
[15] M_6 na sabbena; T. omits this phrase.
[16] M_6 continues: Atha kho dve. as in the next sutta.

kūṭaṃ[1] obhāsetvā yena Bhagavā ten' upasaṅkamiṃsu. upasaṅkamitvā Bhagavantaṃ abhivādetvā ekamantaṃ aṭṭhaṃsu. Ekamantaṃ ṭhitā kho ekā devatā Bhagavantaṃ etad avoca 'etā bhante bhikkhuniyo vimuttā' ti. Aparā devatā Bhagavantaṃ etad avoca 'etā bhante bhikkhuniyo[2] anupādisesā suvimuttā' ti. Idam avocuṃ[3] tā[4] devatā. Samanuñño Satthā ahosi. Atha kho tā devatā 'samanuñño Satthā' ti Bhagavantaṃ abhivādetvā padakkhiṇaṃ katvā tatth' ev' antaradhāyiṃsu. Atha kho Bhagavā tassā rattiyā accayena bhikkhū āmantesi 'imaṃ bhikkhave rattiṃ dve devatā abhikkantāya rattiyā abhikkantavaṇṇā kevalakappaṃ Gijjhakūṭaṃ obhāsetvā yenāhaṃ ten' upasaṅkamiṃsu, upasaṅkamitvā maṃ abhivādetvā ekamantaṃ aṭṭhaṃsu. Ekamantaṃ ṭhitā kho bhikkhave ekā devatā maṃ etad avoca «etā bhante bhikkhuniyo vimuttā» ti. Aparā devatā maṃ etad avoca «etā bhante bhikkhuniyo[2] anupādisesā suvimuttā» ti. Idam avocuṃ[3] bhikkhave tā devatā, idaṃ vatvā maṃ abhivādetvā padakkhiṇaṃ katvā tatth' ev' antaradhāyiṃsū' ti.

2. Tena kho pana samayena āyasmā Mahāmoggallāno[5] Bhagavato avidūre nisinno hoti. Atha kho āyasmato Mahāmoggallānassa etad ahosi 'katamesānaṃ kho devānaṃ evaṃ ñāṇaṃ hoti: sa-upādisese[6] vā sa-upādiseso[7] ti, anupādisese[7] vā anupādiseso[7] ti. Tena kho pana samayena Tisso nāma bhikkhu adhunā kālakato aññataraṃ Brahmalokaṃ upapanno[8] hoti. Tatrāpi[9] naṃ evaṃ jānanti 'Tisso Brahmā mahiddhiko mahānubhāvo' ti. Atha kho āyasmā Mahāmoggallāno, seyyathā pi nāma balavā puriso sammiñjitaṃ[10] vā bāhaṃ pasāreyya, pasāritaṃ vā bāhaṃ sammiñjeyya[11], evam eva Gijjhakūṭe pabbate antarahito tasmiṃ Brahmaloke pāturahosi. Addasā kho Tisso Brahmā āyasmantaṃ Mahāmoggallānaṃ dūrato 'va āgacchantaṃ, disvā

---

1 M. °kuṭapappataṃ (sic).
2 omitted by T. M_6 M_7 S.
3 T. M_6 M_7 avocuṃsu.
4 omitted by M_6.
5 Ph. M_6 Moggallāna.
6 M_6 M_7 °sā; T. saupādiseso.
7 T. M_6 °so; M_7 °sā.
8 T. M_6 M_7 uppa°
9 Ph. M_7 tatra pi.
10 M. Ph. sammi°; M_6 samu°
11 M. Ph. M_6 sammi° throughout.

āyasmantaṃ Mahāmoggallānaṃ etad avoca 'ehi kho mārisa Moggallāna, svāgataṃ[1] mārisa Moggallāna, cirassaṃ[2] kho mārisa Moggallāna imaṃ pariyāyam akāsi, yad[3] idaṃ idhāgamanāya, nisīda mārisa Moggallāna, idam āsanaṃ paññattan' ti. Nisīdi kho āyasmā Mahāmoggallāno paññatte āsane. Tisso pi kho Brahmā āyasmantaṃ Mahāmoggallānaṃ abhivādetvā ekamantaṃ nisīdi. Ekamantaṃ nisinnaṃ kho Tissaṃ Brahmānaṃ āyasmā Mahāmoggallāno etad avoca 'katamesānaṃ kho Tissa devānaṃ evaṃ ñāṇaṃ hoti: sa-upādiseso[4] vā sa-upādiseso[5] ti anupādiseso[6] vā anupādiseso' ti. 'Brahmakāyikānaṃ kho mārisa Moggallāna devānaṃ evaṃ ñāṇaṃ hoti: sa-upādiseso[4] vā sa-upādiseso ti anupādiseso[6] vā anupādiseso' ti. 'Sabbesaṃ yeva kho Tissa Brahmakāyikānaṃ devānaṃ evaṃ ñāṇaṃ hoti: sa-upādiseso[4] vā sa-upādiseso ti anupādiseso[6] vā anupādiseso' ti?

3. Na kho mārisa Moggallāna sabbesaṃ Brahmakāyikānaṃ devānaṃ evaṃ ñāṇaṃ hoti: sa-upādiseso vā sa-upādiseso ti anupādiseso[6] vā anupādiseso ti. Ye kho[8] te mārisa Moggallāna Brahmakāyikā devā brahmena[9] āyunā santuṭṭhā, brahmena[10] vaṇṇena brahmena[11] sukhena brahmena[11] yasena brahmena ādhipateyyena[12] santuṭṭhā tassa[13] ca uttariṃ[14] nissaraṇaṃ yathābhūtaṃ nappajānanti, tesaṃ[15] na evaṃ ñāṇaṃ hoti: sa-upādiseso[4] vā sa-upādiseso ti anupādiseso[6] vā anupādiseso ti; ye ca[16] kho te mārisa Moggallāna Brahmakāyikā devā brahmena āyunā asantuṭṭhā, brahmena vaṇṇena brahmena sukhena brahmena yasena brahmena ādhipateyyena asantuṭṭhā tassa[17] ca[18] uttariṃ[14] nissaraṇaṃ

[1] T. M6. M7 sā°
[2] M6 omits all from ci° to °lāna.
[3] omitted by M6.
[4] T. savupādiseso.
[5] T. °anupā°
[6] T. °so.
[7] T. M6. M7 insert na.
[8] T. M6. M7 put te before kho.
[9] M6 brahmuna.
[10] M6 brahmaṇena.
[11] M6 brāhmaṇa.
[12] M. Ph. M6. M7 adhi° throughout.
[13] M. Ph. M6 te instead of tassa ca.
[14] M. Ph. M6 °ri; M7 °riṃ and °ri.
[15] M6 tesu.
[16] M. Ph. ye pana; M6 yena.
[17] M. Ph. M6 te.
[18] omitted by T. M6. M7.

yathābhūtaṃ pajānanti[1], tesaṃ[2] evaṃ ñāṇaṃ hoti: sa-upādiseso[3] vā an-upādiseso ti anupādiseso[3] vā anupādiseso ti.

4. Idha mārisa Moggallāna bhikkhu ubhato bhāgavimutto hoti, tam enaṃ te devā evaṃ jānanti: ayaṃ kho āyasmā ubhato bhāgavimutto, yāv' assa kāyo ṭhassati, tāva naṃ dakkhinti[4] devamanussā, kāyassa bhedā na[5] naṃ[5] dakkhinti devamanussā ti. Evaṃ pi[7] kho mārisa Moggallāna tesaṃ devānaṃ[8] ñāṇaṃ hoti: anupādiseso[3] vā anupādiseso ti[7].

5. Idha pana mārisa Moggallāna bhikkhu paññāvimutto hoti, tam enaṃ te devā evaṃ jānanti: ayaṃ kho āyasmā paññāvimutto, yāv' assa kāyo ṭhassati, tāva naṃ dakkhinti devamanussā, kāyassa bhedā[8] na[9] naṃ dakkhinti devamanussā ti. Evaṃ pi kho mārisa Moggallāna tesaṃ devānaṃ ñāṇaṃ hoti: anupādiseso[3] vā anupādiseso ti[7].

6. Idha pana[10] mārisa Moggallāna bhikkhu kāyasakkhī hoti, tam enaṃ te devā evaṃ jānanti[11]: ayaṃ kho āyasmā kāyasakkhī, app eva nāma ayaṃ āyasmā anulomikāni senāsanāni paṭisevamāno kalyāṇamitte bhajamāno indriyāni samannānayamāno, yass' atthāya kulaputtā samma-d-eva agārasmā anagāriyaṃ pabbajanti, tad anuttaraṃ brahmacariyapariyosānaṃ diṭṭh' eva dhamme sayaṃ abhiññā sacchikatvā upasampajja vihareyyā ti. Evaṃ pi kho mārisa Moggallāna tesaṃ devānaṃ ñāṇaṃ hoti: sa-upādiseso vā an-upādiseso ti[12].

7. Idha pana[13] mārisa Moggallāna bhikkhu diṭṭhippatto hoti . . . pe[14] . . . saddhāvimutto hoti . . .[15] dhammānusārī hoti, tam enaṃ te devā evaṃ jānanti: ayaṃ kho āyasmā

---

[1] M. na paj°; M. Ph. M. jānanti; T. pajānāti.
[2] M. tesaṃ; omitted by T. [3] T. °so.
[4] M. Ph. S. dakkhanti; M. rakkhanti throughout.
[6] omitted by M. [7] T. M. M. insert evaṃ.
[7] M. Ph. M. have sa-upā° vā an-upā° ti anupā° vā anup° ti.
[8] T. M. M. insert paramamaraṇā. [9] M. M. naṃ na.
[10] omitted by M. [11] M. jānāti.
[12] M. Ph. M. add anupā° vā anupā° ti.
[13] M. la; Ph. M. pa; omitted by T. M. M.
[14] M. la; Ph. M. pa; M. adds saddhānusārī | pa |

dhammānusārī, app eva nāma ayaṃ āyasmā anulomikāni senāsanāni paṭisevamāno kalyāṇamitte bhajamāno indriyāni samannānayamāno, yass' atthāya kulaputtā samma-d-eva agārasmā anagāriyaṃ pabbajanti, tad anuttaraṃ brahmacariyapariyosānaṃ diṭṭh' eva dhamme sayaṃ abhiññā sacchikatvā upasampajja vihareyyā ti. Evaṃ pi kho mārisa Moggallāna tesaṃ devānaṃ[1] ñāṇaṃ hoti: sa-upādisese vā sa-upādiseso ti.

8. Atha kho āyasmā Mahāmoggallāno Tissassa Brahmuno bhāsitaṃ abhinanditvā anumoditvā, seyyathā pi nāma balavā puriso sammiñjitaṃ vā bāhaṃ pasāreyya, pasāritaṃ vā bāhaṃ sammiñjeyya, evam eva Brahmaloke antarahito Gijjhakūṭe pabbate pāturahosi. Atha kho āyasmā Mahāmoggallāno yena Bhagavā ten' upasaṅkami, upasaṅkamitvā Bhagavantaṃ abhivādetvā ekamantaṃ nisīdi. Ekamantaṃ nisinno kho āyasmā Mahāmoggallāno, yāvatako[2] ahosi Tissena Brahmunā saddhiṃ kathāsallāpo, taṃ sabbaṃ Bhagavato ārocesi. 'Na hi pana te Moggallāna Tisso Brahmā sattamaṃ animittavihāriṃ[3] puggalaṃ desesī' ti. 'Etassa Bhagavā kālo, etassa Sugata kālo, yaṃ Bhagavā sattamaṃ animittavihāriṃ puggalaṃ deseyya, Bhagavato sutvā bhikkhū dhāressantī[4]' ti. 'Tena hi Moggallāna suṇāhi[5] sādhukaṃ manasikarohi, bhāsissāmī' ti. 'Evaṃ bhante' ti kho āyasmā Mahāmoggallāno Bhagavato paccassosi. Bhagavā etad avoca: —

9. Idha Moggallāna bhikkhu sabbanimittānaṃ amanasikārā animittaṃ cetosamādhiṃ upasampajja viharati, tam enaṃ te devā evaṃ jānanti: ayaṃ kho āyasmā sabbanimittānaṃ amanasikārā animittaṃ cetosamādhiṃ upasampajja viharati, app eva nāma ayaṃ āyasmā anulomikāni senāsanāni paṭisevamāno kalyāṇamitte[6] bhajamāno[6] indriyāni samannānayamāno, yass' atthāya kulaputtā samma-d-eva agārasmā anagāriyaṃ pabbajanti, tad anuttaraṃ brahmacariyapariyosānaṃ diṭṭh' eva dhamme sayaṃ abhiññā

[1] T. M., M. *insert* evaṃ. [2] M. S. yāvatako.
[3] M. animittaṃ vi° *throughout.* [4] Ph. M. dhāri°
[5] M. suṇohi. [6] *omitted by* M.

sacchikatvā upasampajja vihareyyā ti. Evam kho Moggallāna tesam devānam[1] ñāṇam hoti: sa-upādiseso vā[2] sa-upādiseso ti.

LIV.

1. Evam[3] me sutam. Ekam samayam Bhagavā Vesāliyam viharati Mahāvane Kūṭāgārasālāyam. Atha kho Sīho senāpati yena Bhagavā ten' upasaṅkami, upasaṅkamitvā Bhagavantam abhivādetvā ekamantam nisīdi. Ekamantam nisinno kho Sīho senāpati Bhagavantam etad avoca 'sakkā nu kho bhante sandiṭṭhikam dānaphalam paññāpetun' ti?

2. Tena hi Sīha tam yev' ettha[4] paṭipucchissāmi, yathā te khameyya, tathā nam vyākareyyāsi[5]. Tam kim maññasi Sīha? Idh' assa[6] dve purisā, eko puriso assaddho macchari kadariyo paribhāsako, eko puriso saddho dānapati anuppadānarato[7]. Tam kim maññasi Sīha? Kam[8] nu kho arahanto paṭhamam anukampantā anukampeyyum[9]: yo[10] vā[11] so puriso assaddho macchari kadariyo paribhāsako, yo vā so puriso saddho dānapati anuppadānarato ti? 'Yo so bhante puriso assaddho macchari kadariyo paribhāsako, kin tam[12] arahanto paṭhamam anukampantā[13] anukampissanti? Yo ca[14] kho so bhante puriso saddho dānapati anuppadānarato, tam yeva arahanto paṭhamam anukampantā anukampeyyum'.

3. Tam kim maññasi Sīha? Kam[15] nu kho arahanto paṭhamam upasaṅkamantā upasaṅkameyyum: yo vā so puriso assaddho macchari kadariyo paribhāsako, yo vā so

---

[1] T. M₆ M₇ insert evam.
[2] omitted by T. M₆; M₇ has only sa-upādiseso ti.
[3] omitted by T. M₆ M₇ S. [4] M₇ atitha; M₆ etra.
[5] T. M₇ °yya. [6] M. Ph. M₆ idha.
[7] M₆ anuppa° throughout, M₇ very often.
[8] M. Ph. M₆ T. M₇ kim.
[9] M₇ °peyyam; T. °peyya; Ph. °pissanti. [10] T. so.
[11] Ph. kho so bhante bhante saddho anupp° tam here and so on. [12] M₇ kinti. [13] M₆ °to.
[14] omitted by M. M₆ T. M₇ M₈.
[15] M. Ph. kim; M₇ katham.

puriso saddho dānapati anuppadānarato ti? 'Yo so bhante puriso assaddho macchari kadariyo paribhāsako, kin tam[1] arahanto paṭhamaṃ upasaṅkamantā[2] upasaṅkamissanti? Yo ca kho[3] so bhante puriso saddho dānapati anuppadānarato, taṃ yeva arahanto paṭhamaṃ upasaṅkamantā[5] upasaṅkameyyuṃ'.

4. Taṃ kiṃ maññasi Sīha? Kassa nu kho arahanto paṭhamaṃ paṭiggaṇhantā[5] paṭiggaṇheyyuṃ: yo vā so puriso assaddho macchari kadariyo paribhāsako, yo vā so puriso saddho dānapati anuppadānarato ti? 'Yo so bhante puriso assaddho macchari kadariyo paribhāsako, kin[6] tassa arahanto paṭhamaṃ paṭiggaṇhantā[7] paṭiggaṇhissanti? Yo ca kho so bhante puriso saddho dānapati anuppadānarato, tass' eva[4] arahanto paṭhamaṃ paṭiggaṇhantā paṭiggaṇheyyuṃ'.

5. Taṃ kiṃ maññasi Sīha? Kassa nu kho arahanto paṭhamaṃ dhammaṃ desentā[5] deseyyuṃ: yo vā so puriso assaddho macchari kadariyo paribhāsako, yo vā so puriso saddho dānapati anuppadānarato ti? 'Yo so bhante puriso assaddho macchari kadariyo paribhāsako, kin[6] tassa arahanto paṭhamaṃ dhammaṃ desentā[7] desissanti[8]? Yo ca kho so bhante puriso saddho dānapati anuppadānarato, tass' eva arahanto paṭhamaṃ dhammaṃ desentā[7] deseyyuṃ'.

6. Taṃ kiṃ maññasi Sīha? Kassa nu kho kalyāṇo kittisaddo abbhuggaccheyya: yo vā so puriso assaddho macchari kadariyo paribhāsako, yo vā so puriso saddho dānapati anuppadānarato ti? 'Yo so bhante puriso assaddho macchari kadariyo paribhāsako, kin tassa kalyāṇo kittisaddo abbhuggacchissati[9]? Yo ca kho so bhante puriso saddho dānapati anuppadānarato, tass' eva kalyāṇo kittisaddo abbhuggaccheyya'.

7. Taṃ kiṃ maññasi Sīha? Ko nu kho yaṃ kañci eva parisaṃ upasaṅkameyya, yadi khattiyaparisaṃ yadi brāhmaṇaparisaṃ yadi gahapatiparisaṃ yadi samaṇaparisaṃ.

---

[1] M. Ph. kinti. [2] M6 °to. [3] omitted by T. M6 M7. [4] S. tañ ñeva. [5] Ph. M6 T. M7 S. °to. [6] M. kinti. [7] M6 T. M6 M7 °to. [8] S. dese°. [9] M. abbhuggacchati.

visārado upasaṅkameyya amaṅkubhūto: yo vā so puriso assaddho maccharī kadariyo paribhāsako, yo vā so puriso saddho dānapati anuppadānarato ti? 'Yo so bhante puriso assaddho maccharī kadariyo paribhāsako, kiṃ so yaṃ yad eva parisaṃ upasaṅkamissati, yadi khattiyaparisaṃ yadi brāhmaṇaparisaṃ yadi gahapatiparisaṃ yadi samaṇaparisaṃ, visārado[1] upasaṅkamissati amaṅkubhūto? Yo ca kho so bhante puriso saddho dānapati anuppadānarato, so yaṃ yad eva parisaṃ upasaṅkameyya, yadi khattiyaparisaṃ yadi brāhmaṇaparisaṃ yadi gahapatiparisaṃ yadi samaṇaparisaṃ, visārado upasaṅkameyya amaṅkubhūto'.

8. Taṃ kiṃ maññasi Sīha? Ko nu kho kāyassa bhedā parammaraṇā sugatiṃ saggaṃ lokaṃ upapajjeyya[2]: yo vā[3] so puriso assaddho maccharī kadariyo paribhāsako, yo vā so puriso saddho dānapati anuppadānarato ti? 'Yo so bhante puriso assaddho maccharī kadariyo paribhāsako, kiṃ so kāyassa bhedā parammaraṇā sugatiṃ saggaṃ lokaṃ upapajjissati[4]? Yo ca kho so bhante puriso saddho dānapati anuppadānarato, so kāyassa bhedā parammaraṇā sugatiṃ saggaṃ lokaṃ upapajjeyya[4]'.

9. 'Yānimāni bhante Bhagavatā cha[5] sandiṭṭhikāni dānaphalāni[6] akkhātāni, nāhaṃ ettha Bhagavato saddhāya[7] gacchāmi, aham p' etāni[8] jānāmi. Ahaṃ bhante dāyako dānapati, maṃ arahanto paṭhamaṃ saṅkamantā saṅkamanti. Ahaṃ bhante dāyako dānapati, maṃ arahanto paṭhamaṃ upasaṅkamantā upasaṅkamanti. Ahaṃ bhante dāyako dānapati, mayhaṃ arahanto paṭhamaṃ paṭigaṇhantā[9] paṭigaṇhanti. Ahaṃ bhante dāyako dānapati, mayhaṃ arahanto paṭhamaṃ dhammaṃ[10] desentā[11] desenti. Ahaṃ bhante dāyako dānapati, mayhaṃ kalyāṇo kittisaddo abbhuggato: Sīho senāpati dāyako kārako saṅghupaṭṭhāko[12]

---

[1] T. M_6. M_7 avi° [2] T. M_6. M_7 upapajjissati.
[3] T. ca; M_6. M_7 ca kho. [4] T. M_6. M_7 uppa°
[5] omitted by M. Ph. [6] M_7 balani.
[7] M_7 saddapaṭṭhiya (sic).
[8] S. pi etani; Ph. M_7 p' etaṃ (M_7 not taṃ) jānāmi ahaṃ pi etāni jānāmi. [9] M_7 °to. [10] omitted by Ph.
[11] M_6. T. M_7 °to. [12] M. Ph. °ṭṭhako; M_7 °ppaṭṭhaku.

ti. Ahaṃ bhante dāyako dānapati yañ ñad eva parisaṃ upasaṅkamāmi, yadi khattiyaparisaṃ[1] yadi brāhmaṇaparisaṃ yadi gahapatiparisaṃ yadi samaṇaparisaṃ, visārado upasaṅkamāmi amaṅkubhūto. Yānimāni bhante Bhagavatā cha[2] sandiṭṭhikāni dānaphalāni akkhātāni, nāhaṃ ettha Bhagavato saddhāya[3] gacchāmi, aham p' etāni[4] jānāmi. Yañ ca kho maṃ bhante[5] Bhagavā evam āha: dāyako Sīha[6] dānapati kāyassa bhedā paraṃ maraṇā sugatiṃ saggaṃ lokaṃ upapajjatī[7] ti, etāhaṃ na[8] jānāmi, ettha ca panāhaṃ[9] Bhagavato saddhāya[10] gacchāmī ti.

Evam[11] etaṃ Sīha, evam etaṃ Sīha, dāyako Sīha[12] dānapati kāyassa bhedā paraṃ maraṇā sugatiṃ saggaṃ lokaṃ upapajjatī[7] ti.

LV.

1. Cattārimāni bhikkhave Tathāgatassa arakkheyyāni[13], tīhi[13] ca[13] anupavajjo[14]. Katamāni cattāri Tathāgatassa arakkheyyāni?

2. Parisuddhakāyasamācāro bhikkhave Tathāgato. Natthi Tathāgatassa kāyaduccaritaṃ, yaṃ Tathāgato rakkheyya 'mā me idaṃ paro aññāsī' ti. — Parisuddhavacīsamācāro bhikkhave Tathāgato. Natthi Tathāgatassa vacīduccaritaṃ, yaṃ Tathāgato rakkheyya 'mā me idaṃ paro aññāsī' ti. — Parisuddhamanosamācāro[15] bhikkhave Tathāgato. Natthi Tathāgatassa manoduccaritaṃ, yaṃ Tathāgato rakkheyya 'mā me idaṃ paro aññāsī' ti. — Parisuddhājīvo[16] bhikkhave Tathāgato. Natthi Tathāgatassa micchā-ājīvo[17], yaṃ Tathāgato rakkheyya 'mā me idaṃ paro aññāsī' ti.

Imāni cattāri Tathāgatassa arakkheyyāni. Katamehi tīhi[18] anupavajjo?

---

[1] M. la; Ph. M6 pa / yadi samaṇa° [2] omitted by M. Ph.
[3] M6 satthāya. [4] S. pi etāni. [5] omitted by S.
[6] M6 M7 Sīha. [7] T. M6 M7 uppa° [8] omitted by M6.
[9] M6 nāhaṃ. [10] M6 satthā.
[11] M6 etaṃ etaṃ Sīha dāy° Sī°; T. M6 M7 have this phrase only once. [12] omitted by T. M6.
[13] T. °yyāni ti ca. [14] T. °vajja. [15] Ph. T. °mano°
[16] M6 corr. into °suddhasammājīvo. [17] Ph. micchāj°
[18] omitted by T.

3. Svākkhātadhammo[1] bhikkhave Tathāgato. Tatra vata maṃ samaṇo vā brāhmaṇo vā devo vā Māro vā Brahmā vā koci[2] vā lokasmiṃ sahadhammena paṭicodessati 'iti pi[3] te[4] na svākkhātadhammo[5]' ti. Nimittam etaṃ bhikkhave na[6] samanupassāmi[7], etaṃ p' ahaṃ[8] bhikkhave nimittaṃ asamanupassanto khemappatto abhayappatto vesārajjappatto[9] viharāmi. Supaññattā kho pana me[10] bhikkhave sāvakānaṃ nibbānagāminī paṭipadā, yathā[11] paṭipannā mama sāvakā āsavānaṃ khayā anāsavaṃ cetovimuttiṃ paññāvimuttiṃ diṭṭh' eva dhamme sayaṃ abhiññā sacchikatvā upasampajja viharanti[12]. — Tatra vata maṃ samaṇo vā brāhmaṇo vā devo vā Māro vā Brahmā vā koci vā lokasmiṃ sahadhammena paṭicodessati[13] 'iti pi te[14] na supaññattā sāvakānaṃ nibbānagāminī paṭipadā, yathā[15] paṭipannā tava[16] sāvakā āsavānaṃ khayā . . . pe[17] . . . sacchikatvā upasampajja viharantī' ti. Nimittam etaṃ bhikkhave na[18] samanupassāmi. Etaṃ p' ahaṃ[8] bhikkhave nimittaṃ asamanupassanto[19] khemappatto abhayappatto vesārajjappatto viharāmi. Anekasatā kho pana me bhikkhave sāvakaparisā āsavānaṃ khayā . . . pe[17] . . . sacchikatvā upasampajja viharanti[20]. — Tatra vata maṃ samaṇo vā brāhmaṇo vā devo vā Māro vā Brahmā vā koci vā lokasmiṃ sahadhammena paṭicodessati 'iti pi te na anekasatā[21] sāvakaparisā āsavānaṃ khayā anāsavaṃ cetovimuttiṃ paññāvimuttiṃ diṭṭh' eva dhamme sayaṃ abhiññā sacchikatvā upasampajja viharantī[22]' ti. Nimittam etaṃ bhikkhave na[6] samanupassāmi, etaṃ p' ahaṃ[8] bhikkhave

---

1 M. Ph. -to dh- *throughout;* M_6 svākhyāto dh-
2 T. koma. 3 M_6 *inserts* so. 4 M. Ph. M_8 S. tena.
5 M_6 svākhyāto dh- 6 *omitted by* M_7.
7 T. samanu- 8 M. Ph. M_6 etam ahaṃ.
9 M_6 vesā-; T. vesārappatto. 10 *omitted by* M. Ph. M_8.
11 T. M_8 yathā. 12 T. M_8 M_7 viharati.
13 M. Ph. M_8 T. M_8 M_7 -dissati, *here and in the next place.* 14 M_6 me. 15 M_6 tathā; T. M_8 *only* ya.
16 T. Tathāgatassa; M_6 mama.
17 M. la; Ph. M_6 pa; T. M_8 M_7 *give it in full.*
18 *omitted by* T. 19 M_6 anupassanto.
20 M_6 vihareyyan ti. 21 T. -taṃ 22 *omitted by* M_8 M_7.

nimittaṃ asamanupassanto khemappatto abhayappatto vesārajjappatto viharāmi. Imehi tihi anupavajjo.

Imāni kho bhikkhave cattāri Tathāgatassa arakkheyyāni, imehi ca tihi anupavajjo ti.

LVI.

1. Evaṃ[1] me sutaṃ. Ekaṃ samayaṃ Bhagavā Kimbilāyaṃ[2] viharati Veḷuvane. Atha kho āyasmā Kimbilo yena Bhagavā ten' upasaṅkami, upasaṅkamitvā Bhagavantaṃ abhivādetvā ekamantaṃ nisīdi. Ekamantaṃ nisinno kho āyasmā Kimbilo Bhagavantaṃ etad avoca 'ko nu kho bhante hetu ko paccayo, yena Tathāgate parinibbute saddhammo na ciraṭṭhitiko hotī' ti? 'Idha Kimbila Tathāgate parinibbute bhikkhū[3] bhikkhuniyo upāsakā upāsikāyo Satthari agāravā viharanti appatissā[4], dhamme agāravā viharanti appatissā, saṅghe agāravā viharanti appatissā, sikkhāya agāravā viharanti appatissā, samādhismiṃ agāravā viharanti appatissā, appamāde agāravā viharanti appatissā, paṭisanthāre[5] agāravā viharanti appatissā. Ayaṃ kho Kimbila hetu ayaṃ paccayo, yena Tathāgate parinibbute saddhammo na ciraṭṭhitiko hotī' ti.

2. 'Ko pana bhante hetu ko paccayo, yena Tathāgate parinibbute saddhammo ciraṭṭhitiko hotī' ti? 'Idha Kimbila Tathāgate parinibbute bhikkhū bhikkhuniyo upāsakā upāsikāyo Satthari sagāravā viharanti sappatissā[6], dhamme sagāravā viharanti sappatissā, saṅghe sagāravā viharanti sappatissā, sikkhāya sagāravā viharanti sappatissā, samādhismiṃ sagāravā viharanti sappatissā, appamāde sagāravā viharanti sappatissā, paṭisanthāre sagāravā viharanti sappatissā. Ayaṃ kho Kimbila hetu ayaṃ paccayo, yena Tathāgate parinibbute saddhammo ciraṭṭhitiko hotī' ti.

[1] *omitted by* S.
[2] M. Ph. S. Kimi°; M_6 Kimbi° *throughout.*
[3] *omitted by* T.; M_6 idha bhikkhu.
[4] Ph. appaṭi° *throughout;* T. M_6. M_7 pe . . paṭisanthāre.
[5] M. Ph. M_6 °santhāre. [6] Ph. sappaṭi° *throughout.*

LVII.

1. Sattahi bhikkhave dhammehi samannāgato bhikkhu na cirass' eva āsavānaṃ khayā . . . pe[1] . . . sacchikatvā upasampajja vihareyya. Katamehi sattahi?

2. Idha bhikkhave bhikkhu saddho hoti, sīlavā hoti, bahussuto hoti, paṭisallīno hoti, āraddhaviriyo hoti, satimā hoti, paññavā hoti.

Imehi kho bhikkhave sattahi dhammehi samannāgato bhikkhu na cirass' eva āsavānaṃ khayā . . . pe[2] . . . sacchikatvā upasampajja vihareyyā ti.

LVIII.

1. Evaṃ[3] me sutaṃ. Ekaṃ samayaṃ Bhagavā Bhaggesu viharati Suṃsumāragire[4] Bhesakaḷāvane Migadāye. Tena kho pana samayena āyasmā Mahāmoggallāno Magadhesu Kallavāḷamuttagāme[5] pacalāyamāno[6] nisinno hoti. Addasā kho Bhagavā dibbena cakkhunā visuddhena atikkanta-mānusakena āyasmantaṃ Mahāmoggallānaṃ Magadhesu Kallavāḷamuttagāme[7] pacalāyamānaṃ[6] nisinnaṃ, disvā, seyyathā pi nāma balavā puriso sammiñjitaṃ vā bāhaṃ pasāreyya, pasāritaṃ vā bāhaṃ sammiñjeyya, evam eva Bhaggesu Suṃsumāragire Bhesakaḷāvane Migadāye antarahito Magadhesu Kallavāḷamuttagāme[7] āyasmato Mahāmoggallānassa pamukhe[8] pātur ahosi. Nisīdi Bhagavā paññatte āsane. Nisajja kho Bhagavā āyasmantaṃ Mahāmoggallānaṃ etad avoca 'pacalāyasi[9] no tvaṃ Moggallāna, pacalāyasi[10] no tvaṃ Moggallānā' ti? 'Evaṃ bhante'.

2. Tasmā ti ha tvaṃ[11] Moggallāna, yathā saññissa[12] te viharato taṃ middhaṃ okkamati, taṃ saññaṃ manasākāsi[13]

---

1 M. la; Ph. M_6 pa; T. M_6 give it in full.
2 M. M_6 la; Ph. pa; T. M. in full.
3 omitted by T. M_6 S.
4 M. Ph. Susu°; M_6 Saṃsu°
5 M_6 Kallavāḷamutta°
6 T. pala°; S. capalāy°
7 M. Ph. M_6 °mutta°
8 M. sammukhe; Ph. M_6 samukhe.
9 T. pacalāy°; S. capalāy°
10 S. capalāy°
11 omitted by M. Ph. M_6. S.
12 M. saññāhi; T. santi hi.
13 T. M_6 manasi 'kāsi; S. manasi kareyyāsi; M. has mā before manasi 'kāsi and hi."

taṃ saññaṃ bahulaṃ akāsi[1]: ṭhānaṃ kho pan' etaṃ[2] vijjati, yaṃ te evaṃ viharato taṃ middhaṃ pahīyetha.

3. No ce te evaṃ viharato[3] taṃ[4] middhaṃ pahīyetha, tato tvaṃ Moggallāna yathāsutaṃ yathāpariyattaṃ dhammaṃ[5] cetasā anuvitakkeyyāsi anuvicāreyyāsi manasānupekkheyyāsi: ṭhānaṃ kho pan' etaṃ vijjati, yaṃ te evaṃ viharato taṃ middhaṃ pahīyetha.

4. No ce te evaṃ viharato taṃ middhaṃ pahīyetha, tato tvaṃ Moggallāna yathāsutaṃ yathāpariyattaṃ dhammaṃ vitthārena sajjhāyaṃ kareyyāsi: ṭhānaṃ kho pan' etaṃ vijjati, yaṃ te evaṃ viharato taṃ[6] middhaṃ[6] pahīyetha[6].

5. No ce te evaṃ viharato taṃ middhaṃ pahīyetha, tato tvaṃ Moggallāna ubho kaṇṇasotāni āviñjeyyāsi[7] pāṇinā[8] gattāni anumajjeyyāsi: ṭhānaṃ kho pan' etaṃ vijjati, yaṃ te evaṃ viharato taṃ middhaṃ pahīyetha.

6. No ce te evaṃ viharato taṃ middhaṃ pahīyetha, tato tvaṃ Moggallāna uṭṭhāyāsanā udakena akkhīni anumajjitvā[9] disā anuvilokeyyāsi nakkhattāni tārakarūpāni ullokeyyāsi: ṭhānaṃ kho pan' etaṃ vijjati, yaṃ te evaṃ viharato taṃ middhaṃ pahīyetha.

7. No ce te evaṃ viharato taṃ middhaṃ pahīyetha, tato tvaṃ Moggallāna[10] ālokasaññaṃ manasikareyyāsi divā saññaṃ adhiṭṭhaheyyāsi[11]; yathā divā tathā rattiṃ, yathā rattiṃ tathā divā. Iti vivaṭena[12] cetasā apariyonaddhena sappabhāsaṃ cittaṃ bhāveyyāsi: ṭhānaṃ kho pan' etaṃ vijjati, yaṃ te evaṃ viharato taṃ middhaṃ pahīyetha.

---

[1] S. kareyyāsi. [2] M. Ph. *insert* Moggallāna.
[3] T. viharanto. [4] *omitted by* T.
[5] T. *continues:* vitthārena sajjhāyaṃ ... pahīyetha, *then* tato tvaṃ M° ubho kaṇṇasotāni.
[6] *omitted by* M_6.
[7] M_7 āvijj°; M_6 āviñj°; M. M_8 āvicc°; Ph. āviñch°
[8] M_6 °no; M_7 °ni.
[9] T. M_6 M_7 apaṇijjitvā; M. Ph. paṇiñjitvā.
[10] M_6 *continues:* pacchāpuresaññī *and so on, omitting the rest.*
[11] S. adhiṭṭhaheyyāsi.
[12] S. vivaṭṭena; M. M_6 middhavigatena.

8. No ce te evaṃ viharato taṃ middhaṃ pahīyetha, tato tvaṃ Moggallāna pacchāpuresaññī[1] caṅkamaṃ[2] adhiṭṭhaheyyāsi[3] antogatehi[4] indriyehi abahigatena[5] mānasena: ṭhānaṃ kho pan' etaṃ vijjati, yaṃ te evaṃ viharato taṃ middhaṃ pahīyetha.

9. No ce te evaṃ viharato taṃ middhaṃ pahīyetha, tato tvaṃ Moggallāna dakkhiṇena passena sīhaseyyaṃ kappeyyāsi pādena[6] pādaṃ accādhāya sato sampajāno uṭṭhānasaññaṃ manasikaritvā[7], paṭibuddhena[8] ca[8] te Moggallāna khippaṃ yeva paccuṭṭhātabbaṃ[9] 'na seyyasukhaṃ na[10] passasukhaṃ[11] na[12] middhasukhaṃ anuyutto viharissāmī' ti. Evaṃ hi te Moggallāna sikkhitabbaṃ.

10. Tasmā ti ha Moggallāna evaṃ sikkhitabbaṃ 'na[13] uccāsoṇḍaṃ paggahetvā kulaṃ upasaṅkamissāmī' ti. Evaṃ hi te Moggallāna sikkhitabbaṃ. Sace Moggallāna bhikkhu uccāsoṇḍaṃ paggahetvā kulāni upasaṅkamati, santi hi Moggallāna kulesu kiccakaraṇīyāni, yena[14] manussā āgataṃ bhikkhuṃ na manasikaronti. Tatra[15] bhikkhuno evaṃ hoti 'ko su nāma idāni maṃ imasmiṃ kule paribhindi, virattarūpā dān' ime mayi manussā' ti[16]. Iti 'ssa alābhena maṅkubhāvo[17], maṅkubhūtassa uddhaccaṃ, uddhatassa asaṃvaro, asaṃvutassa ārā cittaṃ samādhimhā. Tasmā ti ha[18] Moggallāna evaṃ sikkhitabbaṃ 'na viggāhikakathaṃ kathessāmī' ti. Evaṃ hi te Moggallāna sikkhitabbaṃ. Viggāhikāya Moggallāna kathāya sati kathābāhullaṃ pāṭikaṅkhaṃ[19], kathābāhulle sati uddhaccaṃ, uddhatassa asaṃvaro, asaṃvutassa ārā cittaṃ samādhimhā. Nāhaṃ Moggallāna sabbeh' eva saṃsaggaṃ[20] vaṇṇayāmi, na[21]

---

[1] M. Ph. M6 pacchimena passena.
[2] M. Ph. M6 sīhaseyyaṃ; T. M7 taṃ kamaṃ.
[3] M. Ph. S. adhiṭṭhaheyyāsi.
[4] M. Ph. M6 °gadhehi.
[5] M. bahi°
[6] Ph. T. M7. M8 pāde.
[7] M. °karitvā.
[8] S. °buddhena' eva; T. paṭipabuddhena ca.
[9] M. °paccuṭṭhātabbaṃ.
[10] omitted by M. M6. T. M7. M8.
[11] omitted by M. M6; T. passa°
[12] omitted by T. M7. M8.
[13] omitted by M6.
[14] M. Ph. M6 yehi.
[15] M6 tañ ca.
[16] M6 pi.
[17] M. maṅkula°
[18] T. kaṅkhā va.
[19] T. M7. M8 °khā.
[20] M. Ph. M6 saṃsaggaṃ throughout.
[21] M. omits this phrase.

panāhaṃ Moggallāna sabbeh' eva saṃsaggaṃ na[1] vaṇṇayāmi, sagahaṭṭhapabbajitehi[2] kho ahaṃ Moggallāna saṃsaggaṃ na vaṇṇayāmi[3], yāni ca kho tāni senāsanāni appasaddāni appanigghosāni[4] vijanavātāni manussarāhaseyyakāni[5] paṭisallānasāruppāni, tathārūpehi senāsanehi saṃsaggaṃ vaṇṇayāmī' ti.

11. Evaṃ vutte āyasmā Mahāmoggallāno Bhagavantaṃ etad avoca 'kittāvatā nu kho bhante bhikkhu saṅkhittena taṇhāsaṅkhayavimutto hoti accantaniṭṭho accantayogakkhemī accantabrahmacārī accantapariyosāno seṭṭho devamanussānan' ti? 'Idha Moggallāna bhikkhuno sutaṃ hoti: sabbe[6] dhammā nālaṃ abhinivesāyā ti. evañ c' etaṃ Moggallāna bhikkhuno sutaṃ hoti: sabbe dhammā nālaṃ abhinivesāya ti. So[7] sabbaṃ dhammaṃ abhijānāti, sabbaṃ dhammaṃ abhiññāya sabbaṃ dhammaṃ parijānāti[8], sabbaṃ dhammaṃ pariññāya yaṃ kiñci vedanaṃ vediyati sukhaṃ vā[9] dukkhaṃ vā adukkhamasukhaṃ vā. So tāsu vedanāsu aniccānupassī viharati, virāgānupassī viharati, nirodhānupassī viharati, paṭinissaggānupassī viharati. So tāsu vedanāsu aniccānupassī viharanto virāgānupassī viharanto nirodhānupassī viharanto paṭinissaggānupassī viharanto[7] na ca[9] kiñci loke upādiyati, anupādiyaṃ na paritassati, aparitassaṃ paccattaṃ yeva parinibbāyati: khīṇā jāti, vusitaṃ brahmacariyaṃ, kataṃ karaṇīyaṃ, nāparaṃ itthattāyā ti pajānāti. Ettāvatā kho Moggallāna bhikkhu saṅkhittena taṇhāsaṅkhayavimutto hoti accantaniṭṭho accantayogakkhemī accantabrahmacārī accantapariyosāno seṭṭho devamanussānan' ti.

[Mā[10] bhikkhave puññānaṃ bhāyittha, sukhass' etaṃ

---

[1] omitted by Ph. M.

[2] T. sagahaṭṭha pa°; M. saṅgahaṭṭha°; M. saṅgahaṭṭhaṃ pa°; Ph. saṃgahaṭṭhā pa°; M. saṃgahaṭṭhānaṃ pa°

[3] Ph. M. repeat after °yāmi: saṅgahaṭṭhā (M. saṅgahaṭṭhaṃ) pa° kho ahaṃ M° (M. °no) saṃsaggaṃ vaṇṇayāmi.

[4] B. M. °nughosāni; M. °niggosāni. [5] T. °tani.

[6] M. sabbe 'va. [7] omitted by M.. [8] M. paṭi°

[9] omitted by M.. [10] T. M. insert ca.

bhikkhave adhivacanaṃ, yad idaṃ puññānan[1] ti. Abhijānāmi kho panāhaṃ bhikkhave dīgharattaṃ katānaṃ puññānaṃ dīgharattaṃ iṭṭhaṃ[2] kantaṃ manāpaṃ vipākaṃ paccanubhūtaṃ. Satta vassāni mettacittaṃ[3] bhāvesiṃ[4], satta vassāni mettacittaṃ[3] bhāvetvā satta saṃvaṭṭavivaṭṭakappe na yimaṃ lokaṃ punāgamāsiṃ[5], saṃvaṭṭamāne[6] sudāhaṃ[6] bhikkhave loke Ābhassarūpago[7] homi[8], vivaṭṭamāne loke suññaṃ Brahmavimānaṃ upapajjāmi[9]. Tatra sudaṃ bhikkhave Brahmā homi Mahābrahmā abhibhū[10] anabhibhūto[11] aññadatthudaso[12] Vasavatti. Chattiṃsakkhattuṃ kho panāhaṃ bhikkhave Sakko ahosiṃ[13] devānam indo. Anekasatakkhattuṃ[14] rājā ahosiṃ[15] Cakkavatti dhammiko dhammarājā cāturanto[16] vijitāvī janapadatthāvariyappatto sattaratanasamannāgato. Tassa mayhaṃ bhikkhave imāni satta ratanāni ahesuṃ, seyyathīdaṃ cakkaratanaṃ hatthiratanaṃ assaratanaṃ maṇiratanaṃ itthiratanaṃ gahapatiratanaṃ, pariṇāyakaratanam eva sattamaṃ. Parosahassaṃ kho pana me bhikkhave puttā ahesuṃ sūrā vīraṅgarūpā parasenappamaddanā[17]. So imaṃ pathaviṃ[18] sāgarapariyantaṃ adaṇḍena asatthena dhammena abhivijiya ajjhāvasiṃ ti.

Passa puññānaṃ vipākaṃ kusalānaṃ sukhesino[19]:
mettacittaṃ[3] vibhāvetvā[20] satta vassāni bhikkhave[21]

---

1 M. Ph. M_6 puññāni (without ti); M_8 puññaṃ.
2 M_6 iddhaṃ. 3 T. M_7 mettaṃ c°
4 Ph. M_7 °si. 5 Ph. M_6 °si.
6 Ph. M_6 °mānasmiṃ ahaṃ; T. M_6. M_7 °mānasmiṃ sudāhaṃ; M. °mānasmiṃ sudahaṃ.
7 Ph. M_6 °rūpago; M_6 Ābhassarako.
8 M_6 hoti; 9 T. M_7 uppa°
10 T. abhibhavyya; M. M_6 abhibhūto; M_6 °bhūta.
11 omitted by M. M_6; M_6 °bhūta. 12 T. aññavattibhu°
13 M. M_6 M_6 M_7 °si.
14 M. Ph. M_6. S. anekasata°
15 M. °si. 16 M. Ph. M_6 T. catur°
17 M. Ph. °maddanasamatthā; M_6 °samattā.
18 M_6 °vi pi. 19 M. Ph. °no; M_6 °na.
20 T. bhāvetvā. 21 Ph. T. M_6. M_7 °vo.

satta[1] saṃvaṭṭavivaṭṭakappe na yimaṃ lokaṃ punāgamaṃ[2].
saṃvaṭṭamāne[3] lokamhi[4] homi Ābhassarūpago[5],
vivaṭṭamāne[6] lokamhi[7] suññaṃ[8] Brahmūpago[9] ahuṃ[10],
sattakkhattuṃ Mahābrahmā Vasavatti[11] tadā ahuṃ[12],
chattiṃsakkhattuṃ devindo devarajjaṃ akārayiṃ,
cakkavatti ahuṃ[13] rājā Jambusaṇḍassa[14] issaro.
Muddhābhisitto[15] khattiyo manussādhipati ahuṃ
adaṇḍena asatthena vijeyya[16] paṭhaviṃ imaṃ
asāhasena[17] dhammena[18] samena manusāsiya[19],
dhammena rajjaṃ kāretvā asmiṃ*) paṭhavimaṇḍale
mahaddhane mahābhoge aḍḍhe[20] ajāyihaṃ[21] kule
sabbakāmehi sampanne[22] ratanehi ca sattahi.
Buddhā saṅgāhakā loke, tehi[23] etaṃ sudesitaṃ.
esa[24] hetu mahantassa, paṭhabyo[25] me na[26] vuccati.
Pahūtavittūpakaraṇo rājā homi[27] patāpavā,
iddhimā yasavā homi Jambusaṇḍassa[28] issaro.
Ko sutvā na ppasīdeyya api kaṇhābhijātiyo?

---

[1] *omitted by* Ph. [2] M. °mi; Ph. °miṃ.
[3] Ph. viva°; T. °māno.
[4] M. lokasmiṃ; T. lokaṃ pi.
[5] T. °rupago. [6] T. °māno. [7] Ph. M6 lokasmiṃ.
[8] M. Ph. S. suñña° [9] S. °ūpago.
[10] M. Ph. M6 M7 aho. [11] M7 S. °tti.
[12] M. Ph. M6 T. aho.
[13] M. Ph. M6 aho; T. ahaṃ; M7 ayaṃ.
[14] M. Ph. M6 Jambumaṇḍassa; M7 Jambusaṇḍassa.
[15] T. M6 M7 muddhāva°
[16] Ph. °yyaṃ; M6 °yyuṃ.
[17] T. *inserts* va. [18] M. kammena.
[19] M6 siya; M7 manusāsiya; Ph. °siyaṃ; M6 °sisaṃ; M6 °si °haṃ; S. °si taṃ.
[20] T. ajjhena. [21] T. ā°
[22] T. M6 °pamo.
[23] M. Ph. M6 M7 tehi etaṃ; M. *adds* pi; T. tena h'etaṃ.
[24] M. Ph. esa.
[25] S. path°; M. pathabbo; M7 patabbya.
[26] M. Ph. *add* pi. [27] M. Ph. hoti.
[28] M. Ph. °maṇḍassa.
*) *in* M6 *one leaf is missing.*

Tasmā hi[1] attakāmena[2] mahattam[3] abhikaṅkhatā
saddhammo garukātabbo saraṃ buddhānasāsanan ti[4].]

LIX.

1. Ekaṃ[5] samayaṃ Bhagavā Sāvatthiyaṃ viharati Jetavane Anāthapiṇḍikassa ārāme. Atha kho Bhagavā pubbaṇhasamayaṃ nivāsetvā pattacīvaraṃ ādāya yena Anāthapiṇḍikassa gahapatissa nivesanaṃ ten' upasaṅkami, upasaṅkamitvā paññatte āsane nisīdi. Tena kho pana samayena Anāthapiṇḍikassa gahapatissa nivesane manussā uccāsaddā mahāsaddā honti. Atha kho Anāthapiṇḍiko gahapati yena Bhagavā ten' upasaṅkami, upasaṅkamitvā Bhagavantaṃ abhivādetvā ekamantaṃ nisīdi. Ekamantaṃ nisinnaṃ kho Anāthapiṇḍikaṃ gahapatiṃ Bhagavā etad avoca 'kin nu kho[6] te[7] gahapati nivesane manussā uccāsaddā mahāsaddā kevaṭṭā[8] maññe macchavilope[9] ti?' 'Ayaṃ bhante Sujātā gharasuṇhā aḍḍhā aḍḍhakulā[10] ānītā, sā neva[11] sassuṃ[12] ādiyati na sasuraṃ[13] ādiyati na sāmikaṃ ādiyati. Bhagavantam pi[14] na sakkaroti na garukaroti na māneti na pūjeti' ti.

2. Atha kho Bhagavā Sujātaṃ gharasuṇhaṃ āmantesi 'ehi Sujāte[15]' ti. 'Evaṃ bhante' ti kho[16] Sujātā gharasuṇhā Bhagavato paṭissutvā[17] yena Bhagavā ten' upasaṅkami, upasaṅkamitvā Bhagavantaṃ abhivādetvā ekamantaṃ nisīdi. Ekamantaṃ nisinnaṃ kho Sujātaṃ gharasuṇhaṃ Bhagavā

---

[1] *omitted by* M. [2] T. M_6. M_7 atta°
[3] M. Ph. mahantaṃ.
[4] M. Ph. *put after* ti: sattasuttaṃ; *in* M. *here too the usual uddāna is missing.*
[5] *This phrase is missing in* M. Ph.
[6] *omitted by* M_6. M_7. S. [7] *omitted by* M. Ph.
[8] S. °ṭṭo; T. °ṭṭhā; M_7 °ddhā.
[9] T. M_6. M_7 macche vi°; S. °vilopeti.
[10] M. Ph. S. kulā. [11] Ph. na. [12] T. sassuṃ.
[13] M. Ph. S. sassu°; M_7 sassuraṃ.
[14] T. M_6. M_7 na pi. [15] T. °te. [16] *omitted by* S.
[17] M. Ph. M_7 paṭisutvā; S. paṭissuṇitvā.

etad avoca 'satta kho imā Sujāte purisassa bhariyā. Katamā satta? Vadhakasamā[1], corasamā[2], ayyasamā, mātusamā[3], bhaginisamā, sakhīsamā, dāsīsamā[4]. Imā kho Sujāte satta purisassa bhariyā[5]. Tāsaṃ[6] tvaṃ nu[7] katamā' ti? 'Na[8] kho ahaṃ bhante imassa Bhagavatā saṃkhittena bhāsitassa evaṃ[9] vitthārena atthaṃ ājānāmi[10]. Sādhu me bhante Bhagavā tathā dhammaṃ desetu, yathāhaṃ[11] imassa Bhagavatā saṃkhittena bhāsitassa vitthārena atthaṃ ājāneyyan[12]' ti. 'Tena hi Sujāte suṇāhi sādhukaṃ manasikarohi, bhāsissāmī' ti. 'Evaṃ bhante' ti kho Sujātā gharasuṇhā Bhagavato paccassosi. Bhagavā etad avoca: —

Paduṭṭhacittā ahitānukampinī
aññesu rattā atimaññate patiṃ
dhanena kītassa vadhāya ussukā,
yā evarūpā purisassa bhariyā
'vadhakā[13] ca bhariyā' ti ca[14] sā pavuccati[15].

Yaṃ itthiyā vindati sāmiko dhanaṃ
sippaṃ vaṇijjañ ca kasiṃ adhiṭṭhahaṃ[16]
appam pi tasmā[17] apahātum[18] icchati,
yā evarūpā purisassa bhariyā
'corī[19] ca[20] bhariyā' ti ca sā pavuccati.

Akammakāmā alasā mahagghasā
pharusā ca caṇḍī[21] duruttavādinī[22]
uṭṭhāyakānaṃ[23] abhibhuyya vattati,
yā evarūpā purisassa bhariyā
'ayyā ca bhariyā[24]' ti ca sā pavuccati.

---

1 S. vadhasamā. 2 S. cora°. 3 M. Ph. mātā°.
4 *omitted by* T. 5 M. Ph. M_6 M_7 bhariyāyo.
6 T. so (*for* yo ta bhariyāyo?) tāsaṃ.
7 *omitted by* M. Ph. S. 8 S. nahaṃ *for* na kho ahaṃ.
9 *omitted by* S. 10 T. M_6 M_7 āj°. 11 T. M_6 yathā ahaṃ.
12 M. jān°; T. M_6 M_7 āj°. 13 M. vadha.
14 *omitted by* Ph. 15 T. ca vuccati. 16 S. °hi.
17 M. Ph. tassa. 18 M_6 °hāsuṃ; Ph. pahatum.
19 S. corā. 20 Ph. *puts* ca *after* bhariyā.
21 T. vaddha; T. M_6 M_7 S. *add* ca.
22 T. duranuttaravādinīti. 23 T. M_6 M_7 uṭṭhayi°
24 Ph. *inserts* ca.

Yā sabbadā hoti hitānukampinī
mātā[1] va puttaṃ[2] anurakkhate patiṃ
tato dhanaṃ sambhataṃ assa rakkhati,
yā evarūpā purisassa bhariyā
'mātā ca bhariyā' ti ca sā pavuccati.

Yathā pi jeṭṭhā bhaginī kaniṭṭhakā[3]
sagāravā hoti sakamhi[4] sāmike
hirīmanā[5] bhattuvasānuvattinī[6],
yā evarūpā purisassa bhariyā
'bhaginī ca bhariyā' ti ca sā pavuccati.

Yā cīdha disvāna patiṃ pamodati
sakhī sakhāraṃ va cirassaṃ[7] āgataṃ
koleyyakā sīlavatī patibbatā,
yā evarūpā purisassa bhariyā
'sakhī ca bhariyā' ti ca sā pavuccati.

Akkuddhasantā[8] vadhadaṇḍatajjitā
aduṭṭhacittā[9] patino titikkhati
akkodhanā bhattuvasānuvattinī,
yā evarūpā purisassa bhariyā
'dāsī ca bhariyā' ti ca sā pavuccati.

Yā cīdha bhariyā 'vadhakā[10]' ti vuccati
'corī[11] ca ayyā' ti ca sā[12] pavuccati
dussīlarūpā pharusā anādarā
kāyassa bhedā nirayaṃ vajanti tā.

Yā cīdha 'mātā bhaginī sakhī' ti ca[13]
'dāsī ca[14] bhariyā' ti ca sā[15] pavuccati
sīle ṭhitattā cirarattasaṃvutā
kāyassa bhedā sugatiṃ vajanti tā ti.

Imā kho Sujāte satta purisassa bhariyā. Tāsaṃ tvaṃ katamā ti?

---

[1] T. vātanti. [2] T. puttā. [3] T. M_6 M_7 S. kaniṭṭhā. [4] T. sakam pi. [5] all MSS. acc. S. have hiri°. [6] T. M_6 M_7 °bhatta°. [7] T. M_6 M_7 cirassa. [8] T. M_7 akkuṭṭha°; M. Ph. akuddhasanti. [9] S. aruddha°. [10] Ph. vadhā. [11] M. Ph. corī. [12] T. yā. [13] omitted by T. M_6 M_7 S. [14] omitted by Ph.

Ajja-t-agge maṃ bhante Bhagavā dāsisamaṃ samikassa bhariyaṃ dhāretu ti.

LX.

1. Satt' ime bhikkhave dhammā sapattakantā sapattakaraṇā[1] kodhanaṃ āgacchanti[2] itthiṃ vā purisaṃ vā. Katame satta?

2. Idha bhikkhave sapatto sapattassa evaṃ icchati 'aho vatāyaṃ dubbaṇṇo assā' ti. Taṃ kissa hetu? Na bhikkhave sapatto sapattassa vaṇṇavatāya[3] nandati. Kodhano 'yaṃ[4] bhikkhave purisapuggalo kodhābhibhūto kodhapareto[5], kiñ cāpi so[6] hoti sunhāto[7] suvilitto kappitakesamassu odātavatthavasano[8], atha kho so dubbaṇṇo va hoti kodhābhibhūto. Ayaṃ bhikkhave paṭhamo dhammo sapattakanto sapattakaraṇo[9] kodhanaṃ āgacchati itthiṃ vā purisaṃ vā.

3. Puna ca paraṃ bhikkhave sapatto sapattassa evaṃ icchati 'aho vatāyaṃ dukkhaṃ sayeyyā' ti. Taṃ kissa hetu? Na bhikkhave sapatto sapattassa sukhaseyyāya nandati. Kodhano 'yaṃ bhikkhave purisapuggalo kodhābhibhūto kodhapareto, kiñ cāpi so pallaṅke seti goṇakatthate paṭikatthate[9] paṭalikatthate[10] kadalimigapavarapaccattharaṇe[11] sa-uttaracchade[12] ubhato-lohitakūpadhāne, atha kho so dukkhaṃ[13] yeva seti[14] kodhābhibhūto. Ayaṃ bhikkhave dutiyo dhammo sapattakanto sapattakaraṇo[1] kodhanaṃ āgacchati itthiṃ vā purisaṃ vā.

4. Puna ca paraṃ bhikkhave sapatto sapattassa evaṃ icchati 'aho vatāyaṃ na pacurattho[15] assā' ti. Taṃ kissa hetu? Na bhikkhave sapatto sapattassa pacuratthatāya

---

[1] Ph. S. °kar° [2] M. āgacchati.
[3] Ph. S. vaṇṇatāya; T. °vatāya.
[4] M. Ph. M. °nāyaṃ *throughout.* [5] Ph. M. kodhā°
[6] T. yo. [7] M. Ph. S. sunh°; M. M. sunh°
[8] M. S. °vasano; M. odātavasano.
[9] *omitted by* M. M.
[10] M. pāṭali°; M. paṭilakatthate; T. paṭili°; *omitted by* Ph.
[11] S. kādali°; M. M. °migavara°; T. kadalimibharapavara°
[12] S. °ccharaṇe; M. uttañcate; M. °cchade.
[13] T. dukkha. [14] *omitted by* M. [15] T. pacurato.

nandati. Kodhano 'yaṃ[1] bhikkhave purisapuggalo kodhâbhibhūto kodhapareto anatthaṃ pi gahetvā 'attho me gahito' ti maññati, atthaṃ pi gahetvā 'anattho me gahito'[2] ti maññati. Tass' ime dhammā aññaṃ abhivipaccanīkā gahitā dīgharattaṃ ahitāya dukkhāya saṃvattanti kodhâbhibhūtassa. Ayaṃ bhikkhave tatiyo dhammo sapattakanto sapattakaraṇo[3] kodhanaṃ āgacchati itthiṃ vā purisaṃ vā.

5. Puna ca paraṃ bhikkhave sapatto sapattassa evaṃ icchati 'aho vatâyaṃ na bhogavā assā' ti. Taṃ kissa hetu? Na bhikkhave sapatto sapattassa bhogavatāya nandati. Kodhanassa bhikkhave purisapuggalassa kodhâbhibhūtassa kodhaparetassa, ye pi 'ssa[4] te honti bhogā uṭṭhānaviriyâdhigatā bāhābalaparicitā sedâvakkhittā dhammikā dhammaladdhā, te pi rājāno[5] rājakosaṃ pavesenti kodhâbhibhūtassa. Ayaṃ bhikkhave catuttho dhammo sapattakanto sapattakaraṇo[3] kodhanaṃ āgacchati itthiṃ vā purisaṃ vā.

6. Puna ca paraṃ bhikkhave sapatto sapattassa evaṃ icchati 'aho vatâyaṃ na yasavā assā' ti. Taṃ kissa hetu? Na bhikkhave sapatto sapattassa yasavatāya[6] nandati. Kodhano 'yaṃ[7] bhikkhave purisapuggalo kodhâbhibhūto kodhapareto, yo pi 'ssa so[8] hoti yaso appamādâdhigato, tamhā pi dhaṃsati kodhâbhibhūto. Ayaṃ bhikkhave pañcamo dhammo sapattakanto sapattakaraṇo[3] kodhanaṃ āgacchati itthiṃ vā purisaṃ vā.

7. Puna ca paraṃ bhikkhave sapatto sapattassa evaṃ icchati 'aho vatâyaṃ na mittavā assā' ti. Taṃ kissa hetu? Na bhikkhave sapatto sapattassa mittavatāya nandati. Kodhanaṃ[9] bhikkhave purisapuggalaṃ[10] kodhâbhibhūtaṃ[11] kodhaparetaṃ[11], ye pi 'ssa te honti mittāmaccā ñātisālohitā, te pi ārakā[12] parivajjenti kodhâbhibhūtaṃ. Ayaṃ bhikkhave chaṭṭho[13] dhammo sapattakanto sapattakaraṇo[3] kodhanaṃ āgacchati itthiṃ vā purisaṃ vā.

---

[1] *also* M. M₆ °nâyaṃ; T. °naṃ yaṃ.
[2] M₆ *continues:* vipaccanīkā gahitā, *as farther on.*
[3] Ph. S. °kar° [4] *omitted by* T. M. M₆. [5] T. *inserts* ca.
[6] T. °tā; Ph. M. yasavāya. [7] *also* T. M. M₆ °nâyaṃ.
[8] *omitted by* S. [9] S. °no 'yaṃ. [10] S. °lo. [11] S. °taṃ.
[12] M. Ph. S. *add* taṃ. [13] M. M₆ chaṭṭhamo.

8. Puna ca paraṃ bhikkhave sapatto sapattassa evaṃ icchati 'aho vatāyaṃ[1] kāyassa bhedā parammaraṇā apāyaṃ duggatiṃ vinipātaṃ nirayaṃ upapajjeyyā'[2] ti. Taṃ kissa hetu? Na bhikkhave sapatto sapattassa sugatigamanena nandati. Kodhano 'yaṃ[3] bhikkhave purisapuggalo kodhābhibhūto kodhapareto kāyena duccaritaṃ carati vācāya[4] duccaritaṃ carati manasā duccaritaṃ carati. So kāyena duccaritaṃ caritvā . . . pe[5] . . . kāyassa bhedā parammaraṇā apāyaṃ duggatiṃ vinipātaṃ nirayaṃ upapajjati[6] kodhābhibhūto. Ayaṃ bhikkhave sattamo dhammo sapattakanto sapattakaraṇo[7] kodhanaṃ āgacchati itthiṃ vā purisaṃ vā. Ime kho bhikkhave satta dhammā sapattakantā sapattakaraṇā[7] kodhanaṃ āgacchanti[8] itthiṃ vā purisaṃ vā ti.

Kodhano dubbaṇṇo hoti atho[9] dukkham pi seti so,
atho[10] atthaṃ gahetvāna[11] anatthaṃ[12] adhipajjati[13],
tato kāyena vācāya vadhaṃ[14] katvāna kodhano
kodhābhibhūto puriso dhanajāniṃ[15] nigacchati,
kodhasammadasammatto[16] āyasakyaṃ[17] nigacchati.
Ñātimittā[18] suhajjā ca[19] parivajjenti kodhanaṃ.
Anatthajanano kodho, kodho[20] cittappakopano[21],
bhayam antarato jātaṃ[22], taṃ jano[23] nāvabujjhati.
Kuddho atthaṃ na jānāti, kuddho dhammaṃ na passati,
andhatamaṃ[24] tadā hoti, yaṃ kodho sahate naraṃ.

---

[1] Ph. vatāhaṃ. [2] M. upapajj°; T. M. M. uppajj°
[3] also T. M. M. °nāyaṃ.
[4] M. la; M. pa ; manasā; Ph. omits pa.
[5] M. la; M. pa; Ph. S. give it in full.
[6] T. M. M. upp° [7] Ph. S. °kar°
[8] T. M. M. °cchati. [9] M. M. aho; T. M. atha kho.
[10] M. Ph. M. attho. [11] T. °naṃ. [12] omitted by T.
[13] S. patt°; also M. (Com.)
[14] T. vaṇṇaṃ; M. M. vaṇaṃ; Ph. M. vaṇṇaṃ.
[15] M. kodhanaja; T. once °jātiṃ then °jāniṃ; M. °dhāniṃ.
[16] S. °sammada° [17] S. °sakkhaṃ.
[18] T. M. M. °mitta. [19] T. M. taṃ; M. naṃ.
[20] M. °ppakodhano. [21] S. jātiṃ.
[22] M. inserts ca. [23] omitted by M.
[24] T. M. andhaṃ t°; M. andhan t°

Yaṃ kuddho uparodheti[1] sukaraṃ viya[2] dukkaraṃ[3],
pacchā so vigate kodhe aggidaḍḍho[4] va tappati.
Dummaṅkuyaṃ[5] padasseti[6] dhūmaggini[7] va pāvako[8],
yato patāyati[9] kodho yena kujjhanti[10] mānavā[11].
Nāssa[12] hiri[13] na ottappaṃ[14] na vā[15] cā[16] hoti gāravo,
kodhena abhibhūtassa na dīpaṃ[17] hoti kiñcanaṃ[18].
Tapanīyāni kammāni yāni dhammehi ārakā,
tāni ārocayissāmi, taṃ suṇātha yathātathaṃ:
kuddho hi pitaraṃ hanti, kuddho[19] hanti samātaraṃ,
kuddho hi brāhmaṇaṃ hanti, hanti kuddho puthujjanaṃ,
yāya[20] mātu bhato poso imaṃ lokaṃ avekkhati,
tam pi pāṇadadiṃ[21] santiṃ[22] hanti kuddho puthujjano.
Attūpamā[23] hi te sattā, attā hi paramo piyo,
hanti kuddho puthuttānaṃ[24] nānārūpesu mucchito[25].
Asinā hanti attānaṃ, visaṃ[26] khādanti mucchitā,
rajjuyā bajjhā[27] miyanti[28] pabbatām api kandare[29].

[1] M. °roceti [2] Ph. S. viyaṃ. [3] M. dukkhara.
[4] M. °daḍḍhaṃ.
[5] M. dummakuḍḍhaṃ; M. has for this line: dasseti (sic) dhummaggiṃ (sic) pāpako (sic).
[6] M. T. M. M. S. paṭhamaṃ dass°; Ph. dasseti alone.
[7] M. Ph. dhūmaṃ dhūma.
[8] Ph. pāpako; T. adds va. [9] S. °ta.
[10] M. kujjha; T. kucchanti; M. kujjanti.
[11] S. mānavā. [12] M. Ph. M. na assa.
[13] M. S. hiri; Ph. hiri; T. M. M. add hoti.
[14] M. M. °ppaṃ ca. [15] M. M. va.
[16] M. Ph. co; M. ko; T. M. M. have after ottappaṃ only na gāravo; S. so; M. (Com.) cā.
[17] M. risaṃ; M. padīpaṃ l. na dīpaṃ.
[18] M. S. kiñcinaṃ. [19] S. puts kuddho after hanti.
[20] M. T. M. M. yāyaṃ; M. kāya. [21] T. M. °di.
[22] omitted by T. M., but T. repeats hanti; M. has taṃ pi bālā na dasanti.
[23] S. atthūpa°; M. Ph. attahitā samā sattā; M. attahitā v° c°
[24] M. T. puthujjattānaṃ. [25] T. M. M. mu°
[26] T. visaṃ.
[27] M. Ph. M. T. bajjhā; M. bajjā; M. baccha.
[28] S. mijjanti; M. Ph. M. T. miyanti. [29] M. kandare.

Bhūnahaccāni[1] kammāni attamāraṇiyāni[2] ca
karontā[3] nāvabujjhanti[4], kodhajāto parābhavo.
Hiriyaṃ kodharūpena[5] maccupāso[6] guhāsayo,
taṃ[7] damena[7] samucchinde[8] paññāviriyena diṭṭhiyā.
ekam[9] ekaṃ[9] akusalaṃ samucchindetha[10] paṇḍito[11].
Tath' eva dhamme sikkhetha[12], mā no dummaṅkuyaṃ ahu:
Vītakodhā anāyāsā[13] vītalobhā[14] anussukā[15]
dantā kodhaṃ pahatvāna[16] parinibbanti[17] anāsavā[18] ti.

Avyākatavaggo[19] chaṭṭho[20].

Tass' uddānaṃ:

Avyākato[21] puriso Tisso[22] Sīho[22] arakkhiyena ca[23]
Kimbilo[24] satta[25] paccalā[26] sattabhariyā[27] kodhanā[28] ti[29].

---

[1] *only* M. Ph. M_6 *have* bhūna° (= skr. bhrūṇahatya), *whereas* T. M_7 M_8 S. *have* bhūta°
[2] M. Ph. M_6 attamāra° [3] M. Ph. °to; M_6 °ti.
[4] M. Ph. °bujjhati; T. n' avabu° *or* na va bu°; M_6 °pucchati.
[5] T. °rūpeha na. [6] M_6 °voso.
[7] M_6 M_7 tan da°; T. M_7 tanamena; M. taṃ dhamena; Ph. taṃ dhammena.
[8] M_7 °cchinde; T. °cchinnā; M_6 °cchinnaṃ.
[9] M_6 M_7 ekaṃ etaṃ; M_6 etaṃ etaṃ; M. yathā me taṃ.
[10] T. °cchinnetha; M. °danti; Ph. M_6 °deti.
[11] M. M_6 °ta. [12] T. M_7 °ta. [13] T. anā°
[14] T. °mohaṃ; M_6 M_7 °mohā.
[15] M. Ph. M_6 T. anus° [16] M. Ph. M_6 pahantāna.
[17] M_6 S. parinibbissanth'; T. parinibbhama; M_6 parinibbanassath'. [18] T. v' anāsavā.
[19] T. M_6 M_7 °vaggassa uddānaṃ; Ph. °vaggass' udd°; M_6 °katassa vaggassa udd°
[20] S. paṭhamo. [21] T. °ṭa.
[22] T. M_7 Tissiha; M_6 Tissha; M_6 Tisa Sīha.
[23] M. Ph. arakkhiyaṃ; M_6 tatiyaṃ pathamaṃ.
[24] S. *has for this Pāda*: tatra vata nāma Kimmilo; M. Ph. Kimilaṃ; M_6 Kimbilattha; T. Kimbilā.
[25] T. M_6 M. metta; *omitted by* M_6.
[26] *omitted by* M_6 T. M_6 M_7.
[27] S. °bhariyāya; M. Ph. metta bha°; M_6 bhariyo; T. M_6 M_7 bhariyāya.
[28] M. Ph. kodhekā dasā; M_6 kodhekarassa.
[29] *omitted by* S.

LXI.

1. Hirottappe bhikkhave asati hirottappavipannassa hatupaniso hoti indriyasaṃvaro, indriyasaṃvare asati indriyasaṃvaravipannassa hatupanisaṃ hoti sīlaṃ, sīle asati sīlavipannassa hatupaniso hoti sammāsamādhi[1], sammāsamādhimhi[2] asati sammāsamādhivipannassa hatupanisaṃ hoti yathābhūtañāṇadassanaṃ, yathābhūtañāṇadassane asati yathābhūtañāṇadassanavipannassa hatupaniso hoti nibbidāvirāgo, nibbidāvirāge asati nibbidāvirāgavipannassa hatupanisaṃ hoti vimuttiñāṇadassanaṃ. Seyyathā pi bhikkhave rukkho sākhāpalāsavipanno, tassa papaṭikā[3] pi[4] na[5] pāripūriṃ gacchati, taco pi pheggu pi sāro pi na pāripūriṃ gacchati, evam eva kho bhikkhave hirottappe asati hirottappavipannassa hatupaniso hoti . . . pe[6] . . . vimuttiñāṇadassanaṃ.

2. Hirottappe bhikkhave sati hirottappasampannassa upanisasampanno[7] hoti indriyasaṃvaro, indriyasaṃvare sati indriyasaṃvarasampannassa upanisasampannaṃ hoti sīlaṃ, sīle sati sīlasampannassa upanisasampanno hoti sammāsamādhi, sammāsamādhimhi[2] sati sammāsamādhisampannassa upanisasampannaṃ hoti yathābhūtañāṇadassanaṃ, yathābhūtañāṇadassane sati yathābhūtañāṇadassanasampannassa upanisasampanno hoti nibbidāvirāgo, nibbidāvirāge sati nibbidāvirāgasampannassa upanisasampannaṃ hoti vimuttiñāṇadassanaṃ. Seyyathā pi bhikkhave rukkho sākhāpalāsasampanno, tassa papaṭikā[8] pi pāripūriṃ gacchati, taco pi pheggu pi sāro pi pāripūriṃ gacchati, evam eva kho bhikkhave hirottappe sati hirottappasampannassa upanisasampanno hoti . . . pe[9] . . . vimuttiñāṇadassanan ti.

---

1 M6 samādhi alone throughout.
2 M. M6 S. °dhimhi.
3 S. papp°
4 omitted by M6 T. M7.
5 S. puts na before gacchati.
6 S. indriyasaṃvaro | pe; M. Ph. M6 give it in full.
7 Ph. upanisa° throughout.
8 M6 papaṭṭiko.
9 M. M6 la; Ph. pe; S. indriyasaṃvaro | pe; T. M7. M. indriyasaṃvaro, indriyasaṃvare sati indriyasaṃvarasampannassa upanisasampannaṃ hoti vimuttiñāṇadassanan ti.

LXII.

1. Evaṃ[1] me sutaṃ. Ekaṃ samayaṃ Bhagavā Vesāliyaṃ viharati Ambapālivane. Tatra kho Bhagavā bhikkhū āmantesi: — Bhikkhavo ti. Bhadante[2] ti te bhikkhū Bhagavato paccassosuṃ. Bhagavā etad avoca: —

2. Aniccā bhikkhave saṅkhārā, addhuvā bhikkhave saṅkhārā, anassāsikā bhikkhave saṅkhārā, yāvañ c' idaṃ bhikkhave alam eva sabbasaṅkhāresu nibbindituṃ alaṃ[3] virajjituṃ[3] alaṃ vimuccituṃ. Sineru bhikkhave pabbatarājā caturāsītiyojanasahassāni āyāmena[4] caturāsītiyojanasahassāni[4] vitthārena caturāsītiyojanasahassāni mahāsamudde ajjhogāḷho caturāsītiyojanasahassāni mahāsamuddā[5] accuggato. Hoti[6] kho[6] so bhikkhave samayo, yaṃ[7] bahūni vassāni bahūni vassasatāni bahūni vassasahassāni bahūni vassasatasahassāni devo na vassati. deve kho pana bhikkhave avassante ye keci 'me bījagāmabhūtagāmā[8] osadhitiṇavanappatayo[9], te ussussanti[10] visussanti[11] na bhavanti. Evaṃ aniccā[12] bhikkhave saṅkhārā, evaṃ addhuvā bhikkhave saṅkhārā[13], evaṃ anassāsikā bhikkhave saṅkhārā. yāvañ c' idaṃ bhikkhave alam eva sabbasaṅkhāresu nibbindituṃ alaṃ virajjituṃ alaṃ vimuccituṃ. Hoti kho[14] so bhikkhave samayo, yaṃ kadāci karahaci dīghassa addhuno accayena dutiyo suriyo pātubhavati.

3. Dutiyassa bhikkhave suriyassa pātubhāvā yā kāci[15] kunnadiyo kusobbhā[16], tā ussussanti visussanti[17] na

---

[1] omitted by T. M_6 S. [2] M. Ph. M_6 bhaddante.
[3] omitted by M_6. [4] omitted by M. Ph. M_6.
[5] M_6 T. M_7 °do. [6] omitted by M_6; M_7 omits kho.
[7] M. Ph. continue: kadāci karahaci dīghassa addhuno accayena bahūni.
[8] M_6 M_7 °bhūtagāmā; M. Ph. M_6 T. °gāmabhūtagāmā.
[9] M_6 °vanappatayo; T. °vanassatayo; S. osadhi°
[10] M. T. ussussanti. [11] T. visussanti; omitted by M_6.
[12] T. inserts na. [13] M. la; Ph. pa . . . vimuccituṃ.
[14] omitted by T. M_6 M_7. [15] T. M_6 M_7 la.
[16] M. kusobbha; Ph. sumbha; M_6 kusā; S. kusobbhā, and it adds sabbā.
[17] T. visusso°

bhavanti. Evaṃ aniccā bhikkhave saṅkhārā . . . pe[1] . . . alaṃ vimuccituṃ. Hoti kho[2] so bhikkhave samayo, yaṃ kadāci karahaci dīghassa addhuno accayena tatiyo suriyo pātubhavati.

4. Tatiyassa bhikkhave suriyassa pātubhāvā yā kāci mahānadiyo, seyyathīdaṃ Gaṅgā Yamunā Aciravatī Sarabhū Mahī[3], tā[4] ussussanti[5] visussanti[6] na bhavanti. Evaṃ aniccā bhikkhave saṅkhārā . . .[8] alaṃ vimuccituṃ. Hoti kho[2] so bhikkhave samayo, yaṃ kadāci karahaci dīghassa addhuno accayena catuttho suriyo pātubhavati.

5. Catutthassa bhikkhave suriyassa pātubhāvā[9] ye te mahāsarā, yato imā mahānadiyo sambhavanti[10], seyyathīdaṃ[11] Anotattā Sīhapapātā Rathakārā Kaṇṇamuṇḍā Kuṇālā Chaddantā Mandākinī, tā[12] ussussanti[13] visussanti[14] na bhavanti. Evaṃ aniccā bhikkhave saṅkhārā . . .[8] alaṃ vimuccituṃ. Hoti kho[15] so bhikkhave samayo, yaṃ kadāci karahaci dīghassa addhuno accayena pañcamo suriyo pātubhavati.

6. Pañcamassa bhikkhave suriyassa pātubhāvā yojanasatikāni pi mahāsamudde udakāni ogacchanti, dviyojanasatikāni pi mahāsamudde[16] udakāni[16] ogacchanti[16], tiyojanasatikāni pi mahāsamudde[16] udakāni[16] ogacchanti[16] . . . pe[17] . . . sattayojanasatikāni pi mahāsamudde udakāni ogacchanti; sattatālam[18] pi mahāsamudde udakaṃ saṇṭhāti, chatālam pi pañcatālam pi catutālam pi titālam pi dvitālam

---

[1] M. la; Ph. M6 pa; omitted by S.; T. M8 M7 give it in full.
[2] omitted by T. M8 M7.
[3] S. tā.
[4] M. M6 Mahiyo; S. adds sabbā.
[5] omitted by M6; T. tam.
[6] M6 visusanti.
[7] M6 ussusanti.
[8] M. la; Ph. pa; T. M8 M7 give it in full.
[9] T. °vāya.
[10] M. Ph. M6 pavattanti.
[11] T. M8 M7 S. have the names of the rivers, viz. Gaṅgā and so on, instead of those of the lakes.
[12] M. yā imā; M6 adds bhikkhave; S. sabbe te.
[13] M6 sussanti.
[14] omitted by M6.
[15] omitted by M6 T. M8 M7.
[16] omitted by S.
[17] omitted by M. Ph. M6 S.
[18] M. Ph. M6 S. continue: catu° pi pañca° pi cha° pi.
[19] M6 °kalam throughout.

pi tālamattam pi mahāsamudde udakaṃ saṇṭhāti; sattaporisam[1] pi mahāsamudde udakaṃ saṇṭhāti, chaporisam pi pañcaporisam pi catuporisam pi tiporisam pi dviporisam pi porisamattam[2] pi aḍḍhaporisam[3] pi kaṭimattam pi jāṇumattam[4] pi gopphakamattam pi mahāsamudde udakaṃ saṇṭhāti. Seyyathā pi bhikkhave saradasamaye thullaphusitake[5] deve vassante tattha tattha gopadesu[6] udakāni ṭhitāni honti, evam eva kho bhikkhave tattha tattha gopadamattāni[7] mahāsamudde udakāni ṭhitāni honti. Pañcamassa bhikkhave suriyassa pātubhāvā aṅgulipabbamattam[8] pi mahāsamudde udakaṃ na hoti. Evaṃ aniccā bhikkhave saṅkhārā . . .[9] alaṃ vimuccituṃ. Hoti kho[10] so bhikkhave samayo, yaṃ kadāci karahaci dīghassa addhuno accayena chaṭṭho suriyo pātubhavati.

7. Chaṭṭhassa bhikkhave suriyassa pātubhāvā ayañ ca mahāpathavī Sineru ca[11] pabbatarājā dhūpāyanti[12] sandhūpāyanti[13] sampadhūpāyanti[14]. Seyyathā pi bhikkhave kumbhakārapāko ālimpito[15] paṭhamaṃ[16] dhūpeti[17] sandhūpeti[18] sampadhūpeti[19], evam eva kho bhikkhave chaṭṭhassa suriyassa pātubhāvā ayañ ca mahāpathavī Sineru ca pabbatarājā dhūpāyanti[20] sandhūpāyanti[13] sampadhūpāyanti[14]. Evaṃ aniccā bhikkhave saṅkhārā . . .[21] alaṃ vimuccituṃ. Hoti kho[10] so bhikkhave samayo, yaṃ kadāci karahaci dīghassa addhuno accayena sattamo suriyo pātubhavati.

---

1 T. M₆. M₇ °porisamattaṃ.
2 Ph. T. M₆. M₇ porisaṃ. 3 *omitted by* M₆.
4 M. Ph. M₆ januka°; S. jannuka° 5 M₆ phulla°
6 M. Ph. M₆ goppakapadesu. 7 M. Ph. M₆ goppaka°
8 T. M₆. M₇ °pabbatam mattaṃ.
9 M. M₆ la; Ph. pa; T. M₆. M₇ *give it in full.*
10 *omitted by* M₆. T. M₆. M₇. 11 *omitted by* T. M₆. M₇.
12 M. dhumā°; Ph. M₆ dhumā°
13 M. Ph. M₆ sandhumā° 14 M. Ph. M₆ °dhumā°
15 M. M₆ alepito; Ph. ālepito.
16 *omitted by* S.; T. M₇ paṭhamaṃ *twice.*
17 M. dhumeti; Ph. dhumeti; M₆ dhumameti.
18 M. Ph. M₆ sandhumeti. 19 M. Ph. M₆ dhumeti.
20 M. Ph. M₆ dhumā°
21 M. la; Ph. M₆ pa; T. M₆. M₇ *give it in full.*

8. Sattamassa bhikkhave suriyassa pātubhāvā ayañ ca mahāpaṭhavī[1] Sineru ca[2] pabbatarājā ādippanti[3] pajjalanti ekajālā[4] bhavanti; imissā ca bhikkhave mahāpaṭhaviyā Sinerussa ca pabbatarājassa jhāyamānānaṃ ḍayhamānānaṃ[5] acci[6] vātena khittā yāva Brahmalokā pi gacchati[7], Sinerussa ca[8] bhikkhave pabbatarājassa jhāyamānassa ḍayhamānassa[9] vinassamānassa[9] mahatā tejokkhandhena abhibhūtassa yojanasatikāni pi kūṭāni palujjanti, dviyojanasatikāni pi ...[10] tiyojanasatikāni pi ...[10] catuyojanasatikāni pi ...[10] pañcayojanasatikāni pi kūṭāni palujjanti; imissā ca bhikkhave mahāpaṭhaviyā Sinerussa ca pabbatarājassa jhāyamānānaṃ ḍayhamānānaṃ[11] n' eva chārikā paññāyati na masi[12]. Seyyathā pi bhikkhave sappissa vā telassa vā jhāyamānassa[13] ḍayhamānassa n' eva chārikā paññāyati na masi[14], evam eva kho bhikkhave imissā ca mahāpaṭhaviyā Sinerussa ca pabbatarājassa jhāyamānānaṃ ḍayhamānānaṃ[11] n' eva chārikā paññāyati na masi[15]. Evaṃ aniccā bhikkhave saṅkhārā, evaṃ addhuvā bhikkhave saṅkhārā, evaṃ anassāsikā bhikkhave saṅkhārā, yāvañ c' idaṃ bhikkhave alam eva sabbasaṅkhāresu nibbindituṃ alaṃ virajjituṃ alaṃ vimuccituṃ. Tatra bhikkhave ko mantā ko saddhātā[16] 'ayañ ca paṭhavī Sineru ca[17] pabbatarājā ḍayhissanti vinassissanti[18] na bhavissantī' ti[19] aññatra diṭṭhapadehi?

9. Bhūtapubbaṃ bhikkhave Sunetto nāma satthā ahosi titthakaro kāmesu vītarāgo. Sunettassa kho pana bhik-

[1] T. M. *insert* ca. [2] *omitted by* M.
[3] M. Ph. ādittanti; M. ādisanti.
[4] M. °jālā; M. °jali; T. °pali.
[5] M. dayha°; T. dhaya° *for* ḍayh°
[6] M. M. acchi; T. M. M. aggi.
[7] T. M. M. gacchanti. [8] *omitted by* Ph. S
[9] T. vinayamāna° [10] T. M. M. kūṭāni pal°
[11] M. ḍayh° [12] M. Ph. masi *throughout*; M. man.
[13] M. °nassa vā n' eva ch°
[14] M. *is here broken off*; M. masi.
[15] M. masi; M. masi ca masi; M. masi.
[16] M. Ph. saddhātā; M. saddhārata.
[17] *omitted by* T. M. [18] M. vinassanti.
[19] *omitted by* M. Ph. M.

bhave satthuno anekāni sāvakasatāni ahesuṃ. Sunetto[1] satthā sāvakānaṃ Brahmalokasahavyatāya dhammaṃ desesi[2]. Ye kho pana bhikkhave Sunettassa satthuno Brahmalokasahavyatāya[3] dhammaṃ desentassa sabbena sabbaṃ sāsanaṃ ājāniṃsu[4], te kāyassa bhedā parammaraṇā sugatiṃ Brahmalokaṃ upapajjiṃsu[5]. Ye na[6] sabbena sabbaṃ sāsanaṃ ājāniṃsu[7], te kāyassa bhedā parammaraṇā app ekacce Paranimmitavasavattīnaṃ devānaṃ sahavyataṃ upapajjiṃsu[5], app ekacce Nimmānaratīnaṃ devānaṃ sahavyataṃ upapajjiṃsu[5], app ekacce Tusitānaṃ[8] devānaṃ sahavyataṃ upapajjiṃsu[5], app ekacce Yāmānaṃ devānaṃ sahavyataṃ upapajjiṃsu[5], app ekacce Tāvatiṃsānaṃ devānaṃ sahavyataṃ upapajjiṃsu[5], app ekacce Cātummahārājikānaṃ[9] devānaṃ sahavyataṃ upapajjiṃsu[5], app ekacce khattiyamahāsālānaṃ sahavyataṃ upapajjiṃsu[5], app ekacce brāhmaṇamahāsālānaṃ sahavyataṃ upapajjiṃsu[5], app ekacce gahapatimahāsālānaṃ sahavyataṃ upapajjiṃsu[5].

10. Atha kho bhikkhave Sunettassa satthuno etad ahosi 'na kho pan'[10] etaṃ[10] patirūpaṃ, yo 'haṃ[11] sāvakānaṃ samasamagatiyo[12] assaṃ[6] abhisamparāyaṃ[13], yan nūnāhaṃ uttariṃ[14] mettaṃ[15] bhāveyyan' ti. Atha kho bhikkhave Sunetto satthā satta vassāni mettācittaṃ[16] bhāvesi, satta[17] vassāni mettacittaṃ[6] bhāvetvā satta saṃvaṭṭavivaṭṭakappe na yimaṃ lokaṃ punar[18] āgamāsi[18], saṃvaṭṭamāne[19] sudaṃ[19]

---

[1] M. Ph. M6 *insert* bhikkhave. [2] T. M6 M7 S. °ti.
[3] T. M6 M7 °lokassa sah° [4] M. T. M6 ajā°
[5] T. M6 M7 uppa° [6] *omitted by* M. Ph. M6.
[7] Ph. na jā°; M6 T. M6 ajā° [8] M. Ph. M6 Tussi°
[9] M. Ph. cātummahā°; M6 catumahā°
[10] M. Ph. M6 S. me taṃ.
[11] M. Ph. so 'haṃ; M6 so taṃ. [12] M6 samatikkamāya.
[13] M6 °parāya. [14] M. Ph. M6 S. uttari.
[15] *all MSS. except* S. *have* mappaṃ.
[16] T. M6 mettaṃ ci°
[17] M. Ph. M6 *continue:* saṃvaṭṭavivaṭṭakappe na yimaṃ *and so on.*
[18] M. Ph. S. punāgamāsi (M. °siṃ).
[19] M6 °masu; T. M6 M7 °mānassudaṃ.

bhikkhave loke Ābhassarūpago[1] hoti[2], vivaṭṭamāne loke suññaṃ Brahmavimānaṃ upapajjati[3]. Tatra sudaṃ bhikkhave Brahmā hoti Mahābrahmā abhibhū anabhibhūto aññadatthudaso vasavatti, chattiṃsakkhattuṃ[4] kho pana bhikkhave Sakko ahosi devānaṃ indo, anekasatakkhattuṃ[5] rājā ahosi Cakkavatti dhammiko dhammarājā[6] cāturanto[7] vijitāvī janapadatthāvariyappatto sattaratanasamannāgato. Paro sahassaṃ kho pan' assa puttā ahesuṃ sūrā vīraṅgarūpā parasenappamaddanā. So imaṃ paṭhaviṃ sāgarapariyantaṃ adaṇḍena asatthena dhammena abhivijiya[8] ajjhāvasi[9]. So hi nāma bhikkhave Sunetto satthā evaṃdīghāyuko samāno evaṃciraṭṭhitiko aparimutto ahosi jātiyā jarāya[10] maraṇena sokehi paridevehi dukkhehi domanassehi upāyāsehi, aparimutto dukkhasmā ti vadāmi. Taṃ kissa hetu? Catunnaṃ dhammānaṃ ananubodhā appaṭivedhā. Katamesaṃ catunnaṃ?

11. Ariyassa bhikkhave[11] sīlassa ananubodhā appaṭivedhā, ariyassa[12] samādhissa ananubodhā[13] appaṭivedhā[14], ariyāya paññāya ananubodhā appaṭivedhā, ariyāya vimuttiyā ananubodhā appaṭivedhā. Tayidaṃ[15] bhikkhave ariyaṃ sīlaṃ anubuddhaṃ paṭividdhaṃ, ariyo samādhi anubuddho[16] paṭividdho, ariyā paññā anubuddhā[16] paṭividdhā, ariyā vimutti anubuddhā[16] paṭividdhā. Ucchinnā bhavataṇhā, khīṇā bhavanetti, natthi dāni punabbhavo ti.

---

[1] M. °rūpago; M, ābhassaru°; M. abhassaru°; T. °rūpago.
[2] M. hoti ti. [3] T. M. M. uppa°
[4] M. M. sattakkhattuṃ.
[5] M. M. °satta°; T. M. anekasatakkh°
[6] T. adds ahosi; M. adds vā nāsi.
[7] M. catur°
[8] M. °jaya.
[9] M. °sim.
[10] M. M. M. jarā.
[11] omitted by T. S.
[12] M. omits this sentence.
[13] omitted by T. M. M.
[14] M. na yidam.
[15] M. Ph. M. °buddho.
M. Ph. M. °buddhā.

Idaṃ avoca Bhagavā, idaṃ vatvā[1] Sugato athāparaṃ etad avoca Satthā:

Sīlaṃ samādhi paññā ca vimutti ca anuttarā,
anubuddhā ime dhammā Gotamena[2] yasassinā[3].
Iti buddho abhiññāya dhammam akkhāsi bhikkhunaṃ[4]
dukkhass' antakaro Satthā cakkhumā parinibbuto ti.

LXIII.

1. Yato kho bhikkhave rañño paccantimaṃ nagaraṃ sattahi nagaraparikkhārehi suparikkhitaṃ[5] hoti catunnañ ca āhārānaṃ nikāmalābhī hoti akicchalābhī akasiralābhī: idaṃ vuccati bhikkhave rañño paccantimaṃ nagaraṃ akaraṇīyaṃ bāhirehi paccatthikehi paccāmittehi. Katamehi sattahi nagaraparikkhārehi suparikkhitaṃ[6] hoti?

2. Idha bhikkhave rañño paccantime nagare esikā hoti gambhīranemā sunikhātā acalā asampavedhī[7]. Iminā paṭhamena nagaraparikkhārena suparikkhitaṃ[8] hoti rañño paccantimaṃ nagaraṃ abbhantarānaṃ guttiyā[9] bāhirānaṃ[9] paṭighātāya.

3. Puna ca paraṃ bhikkhave rañño paccantime nagare parikhā[10] hoti gambhīrā c' eva vitthatā ca. Iminā dutiyena nagaraparikkhārena suparikkhitaṃ[11] hoti rañño paccantimaṃ nagaraṃ abbhantarānaṃ guttiyā bāhirānaṃ paṭighātāya.

---

[1] M. Ph. M_8 *add* ca; S. vatvāna.
[2] M_6 °mena.
[3] M_8 °no.
[4] M. bhikkhūnaṃ.
[5] T. M_6 surakkhitaṃ; M_7 suparikkhataṃ; S. suparikkhataṃ *throughout*.
[6] T. suparikkhitaṃ; M_6 surakkhitaṃ; M. suparikkhataṃ.
[7] T. asampadhi.
[8] M_6 suparikkhataṃ.
[9] *omitted by* M_6.
[10] M. Ph. M_8 S. parikkhā; T. parikkhākhatā; M_6 °kkhatā; M_7 parikhākhatā.
[11] T. °parikkhitaṃ; M. M_7 °parikkhataṃ.

4. Puna ca paraṃ bhikkhave rañño paccantime nagare[1] anupariyāyapatho[2] hoti ucco c' eva vitthato ca. Iminā tatiyena nagaraparikkhārena suparikkhittaṃ[3] hoti rañño paccantimaṃ nagaraṃ abbhantarānaṃ guttiyā bāhirānaṃ paṭighātāya.

5. Puna ca paraṃ bhikkhave rañño paccantime nagare bahuṃ[4] āvudhaṃ sannicitaṃ hoti salākañ[5] c' eva jevaniyañ[6] ca. Iminā catutthena nagaraparikkhārena suparikkhittaṃ[3] hoti rañño paccantimaṃ nagaraṃ abbhantarānaṃ guttiyā bāhirānaṃ paṭighātāya.

6. Puna ca paraṃ bhikkhave rañño paccantime nagare bahu[7] balakāyo paṭivasati, seyyathīdaṃ hatthārohā assārohā rathikā dhanuggahā celakā[8] calakā piṇḍadāyakā[9] uggā rājaputtā pakkhandino[10] mahānāgā sūrā[11] cammayodhino dāsakaputtā[12]. Iminā pañcamena nagaraparikkhārena suparikkhittaṃ[3] hoti rañño paccantimaṃ nagaraṃ abbhantarānaṃ guttiyā bāhirānaṃ paṭighātāya.

7. Puna ca paraṃ bhikkhave rañño paccantime nagare dovāriko hoti paṇḍito vyatto medhāvī aññātānaṃ nivāretā ñātānaṃ pavesetā. Iminā chaṭṭhena nagaraparikkhārena suparikkhittaṃ[13] hoti rañño paccantimaṃ nagaraṃ abbhantarānaṃ guttiyā bāhirānaṃ paṭighātāya.

8. Puna ca paraṃ bhikkhave rañño paccantime nagare pākāro hoti ucco c' eva vitthato ca vāsanalepanasampanno ca[14]. Iminā sattamena nagaraparikkhārena suparikkhittaṃ[3] hoti rañño paccantimaṃ nagaraṃ abbhantarānaṃ guttiyā bāhirānaṃ paṭighātāya.

---

1 M. continues: bahuṃ āvudhaṃ, as further on.
2 T. °yāyatho; Ph. °yāyapato; M. °parikkhayāyapayo.
3 T. °kkhitaṃ; M. °kkhataṃ and °kkhitaṃ.
4 M. Ph. M. bahu. 5 T. °ka; M. °kaniyaṃ.
6 M. S. °nikañ; Ph. vedhanikaṃ; M. jeganikaṃ; T. je-vaniyaṃ.
7 T. bahula. 8 Ph. cevakā; T. calakā.
9 Ph. M. S. °dāyakā. 10 M. °ino.
11 S. adds pepphālikā. 12 M. Ph. dāsika°
13 T. M. °kkhataṃ; M. °kkhitaṃ.
14 omitted by T. M., M..

Imehi sattahi nagaraparikkhārehi suparikkhittaṃ[1] hoti. Katamesaṃ catunnaṃ āhārānaṃ nikāmalābhī hoti akicchalābhī akasiralābhī[2]?

9. Idha bhikkhave rañño paccantime nagare bahuṃ[3] tiṇakaṭṭhodakaṃ[4] sannicitaṃ hoti abbhantarānaṃ ratiyā[5] aparitassāya phāsuvihārāya bāhirānaṃ paṭighātāya.

10. Puna ca paraṃ bhikkhave rañño paccantime nagare bahuṃ[6] sāliyavakaṃ sannicitaṃ hoti abbhantarānaṃ ratiyā aparitassāya phāsuvihārāya bāhirānaṃ paṭighātāya.

11. Puna ca paraṃ bhikkhave rañño paccantime nagare bahuṃ[6] tilamuggamāsāparaṇṇaṃ[7] sannicitaṃ hoti abbhantarānaṃ ratiyā aparitassāya phāsuvihārāya bāhirānaṃ paṭighātāya.

12. Puna ca paraṃ bhikkhave rañño paccantime nagare bahuṃ[8] bhesajjaṃ sannicitaṃ hoti, seyyathīdaṃ sappi navanītaṃ telaṃ madhu phāṇitaṃ loṇaṃ, abbhantarānaṃ ratiyā aparitassāya phāsuvihārāya bāhirānaṃ paṭighātāya.

Imesaṃ[9] catunnaṃ āhārānaṃ nikāmalābhī hoti akicchalābhī akasiralābhī.

Yato kho bhikkhave rañño paccantimaṃ nagaraṃ[10] imehi[11] sattahi nagaraparikkhārehi suparikkhittaṃ[12] hoti imesaṃ[13] ca[13] catunnaṃ[14] āhārānaṃ nikāmalābhī hoti akicchalābhī akasiralābhī: idaṃ vuccati[15] bhikkhave rañño paccantimaṃ nagaraṃ akaraṇīyaṃ bāhirehi paccatthikehi paccāmittehi. Evam eva kho bhikkhave yato ariyasāvako sattahi saddhammehi[16] samannāgato hoti catunnaṃ ca[17]

---

[1] T. °kkhataṃ; M6 M7 °kkhitaṃ.
[2] M6 adds hoti.
[3] M. Ph. M6 bahu.
[4] T. tiṇa (sic) kaṭṭho hoti dakaṃ.
[5] T. ratiyā.
[6] M. M6 T. M7 bahu; Ph. bahū.
[7] M6 °mugga°; T. M7 tilamāsamuggāparaṇṇaṃ; M6 °muggāparaṇṇaṃ.
[8] M. M6 bahu.
[9] M. Ph. M6 insert kho bhikkhave.
[10] M. Ph. M6 continue: akaraṇīyaṃ bāhirehi, as further on.
[11] omitted by S.
[12] T. M6 M7 °kkhataṃ.
[13] omitted by T. M6 M7 S.
[14] S. °naṃ ca.
[15] T. vccati.
[16] M6 M7 dhammehi; T. yato kho hi.
[17] omitted by T.

jhānānaṃ abhicetasikānaṃ[1] diṭṭhadhammasukhavihārānaṃ nikāmalābhī hoti[2] akicchalābhī akasiralābhī: ayaṃ vuccati bhikkhave ariyasāvako akaraṇīyo Mārassa akaraṇīyo[3] pāpimato. Katamehi sattahi saddhammehi samannāgato hoti?

13. Seyyathā pi bhikkhave rañño paccantime nagare esikā hoti gambhīranemā[4] sunikhātā acalā asampavedhī abbhantarānaṃ guttiyā bāhirānaṃ paṭighātāya, evam eva kho bhikkhave ariyasāvako saddho hoti, saddahati Tathāgatassa bodhiṃ 'iti pi so Bhagavā[5] arahaṃ sammāsambuddho vijjācaraṇasampanno sugato lokavidū anuttaro purisadammasārathi Satthā devamanussānaṃ buddho Bhagavā' ti. Saddhesiko[6] bhikkhave ariyasāvako akusalaṃ pajahati, kusalaṃ bhāveti; sāvajjaṃ pajahati, anavajjaṃ bhāveti; suddhaṃ attānaṃ pariharati. Iminā paṭhamena saddhammena samannāgato hoti.

14. Seyyathā pi bhikkhave rañño paccantime nagare parikhā hoti gambhīrā c' eva vitthatā ca abbhantarānaṃ guttiyā bāhirānaṃ paṭighātāya, evam eva kho bhikkhave ariyasāvako hirīmā hoti, hiriyati[7] kāyaduccaritena vacīduccaritena manoduccaritena, hiriyati pāpakānaṃ akusalānaṃ dhammānaṃ samāpattiyā. Hiriparikho[8] bhikkhave ariyasāvako akusalaṃ pajahati, kusalaṃ bhāveti; sāvajjaṃ pajahati, anavajjaṃ bhāveti; suddhaṃ attānaṃ pariharati. Iminā dutiyena saddhammena samannāgato hoti[9].

15. Seyyathā pi bhikkhave rañño paccantime nagare anupariyāyapatho hoti ucco c' eva vitthato ca abbhantarānaṃ guttiyā bāhirānaṃ paṭighātāya, evam eva kho bhikkhave ariyasāvako ottappī hoti, ottappati kāyaduccaritena vacīduccaritena manoduccaritena, ottappati pāpakānaṃ akusalānaṃ dhammānaṃ samāpattiyā. Ottappapariyāyapatho[10] bhikkhave ariyasāvako akusalaṃ pajahati, kusalaṃ

---

[1] S. abhi° [2] *omitted by* M. Ph. M.
[3] *omitted by* M. [4] T. °nevā; M. Ph. M. °nemi.
[5] M. ta; Ph. pa; M. pāpa; S. pa, *then* buddho.
[6] M. Ph. M. saddho ca kho; T. saddho; M. M. saddhehi kho.
[7] *omitted by* T. [8] M. Ph. M. hirimā kho.
[9] *omitted by* M. [10] M. °nato; M. Ph. ottappī kho.

bhāveti; sāvajjaṃ pajahati, anavajjaṃ bhāveti; suddhaṃ attānaṃ pariharati. Iminā tatiyena saddhammena samannāgato hoti.

16. Seyyathā pi bhikkhave rañño paccantime nagare bahuṃ[1] ārodhaṃ sannicitaṃ hoti salākañ c' eva jevaniyañ[2] ca abbhantarānaṃ guttiyā bāhirānaṃ paṭighātāya, evam eva kho bhikkhave ariyasāvako bahussuto hoti[3] sutadharo sutasannicayo, ye te dhammā ādikalyāṇā majjhe kalyāṇā pariyosānakalyāṇā sātthaṃ savyañjanaṃ kevalaparipuṇṇaṃ parisuddhaṃ brahmacariyaṃ abhivadanti, tathārūpāssa dhammā bahussutā honti dhātā vacasā paricitā manasānupekkhitā diṭṭhiyā suppaṭividdhā. Sutāvudho[4] bhikkhave ariyasāvako akusalaṃ pajahati, kusalaṃ bhāveti; sāvajjaṃ pajahati, anavajjaṃ bhāveti; suddhaṃ attānaṃ pariharati. Iminā catutthena saddhammena samannāgato hoti.

17. Seyyathā pi bhikkhave rañño paccantime nagare bahu balakāyo paṭivasati, seyyathīdaṃ hatthārohā assārohā[5] rathikā dhanuggahā celakā calakā piṇḍadāyikā[6] uggā rājaputtā pakkhandino[7] mahānāgā sūrā[8] cammayodhino dāsakaputtā[9] abbhantarānaṃ guttiyā bāhirānaṃ paṭighātāya, evam eva kho bhikkhave ariyasāvako āraddhaviriyo viharati akusalānaṃ dhammānaṃ pahānāya, kusalānaṃ dhammānaṃ upasampadāya, thāmavā daḷhaparakkamo anikkhittadhuro kusalesu dhammesu. Viriyabalakāyo[10] bhikkhave ariyasāvako akusalaṃ pajahati, kusalaṃ bhāveti; sāvajjaṃ pajahati, anavajjaṃ bhāveti; suddhaṃ attānaṃ pariharati. Iminā pañcamena saddhammena samannāgato hoti.

18. Seyyathā pi bhikkhave rañño paccantime nagare dovāriko hoti paṇḍito vyatto medhāvī aññātānaṃ nivāretā ñātānaṃ pavesetā[11] abbhantarānaṃ guttiyā bāhirānaṃ

---

1 M. Ph. M_6 bahu.
2 M. M_6. S. jevanikañ; Ph. vedanikañ.
3 M. bā; Ph. M_6 pa; S. pa, *then* diṭṭhiyā.
4 *all MSS. exc.* S. *have* antaraṃ; M. Ph. M_6 *add* kho.
5 *omitted by* T. 6 S. °dāyakā. 7 M. °dino.
8 S. *adds* papphālikā. 9 Ph. dāsika°.
10 T. M_6. M. viriyabalo. 11 T. sahavesetu.

paṭighātāya, evam eva kho bhikkhave ariyasāvako satimā hoti paramena satinepakkena samannāgato cirakatam pi cirabhāsitam pi saritā anussaritā[1]. Satidovāriko[2] bhikkhave ariyasāvako akusalaṃ pajahati, kusalaṃ bhāveti; sāvajjaṃ pajahati, anavajjaṃ bhāveti; suddhaṃ attānaṃ pariharati. Iminā chaṭṭhena saddhammena samannāgato hoti.

19. Seyyathā pi bhikkhave rañño paccantime nagare pākāro[3] hoti ucco c' eva vitthato ca vāsanalepanasampanno[4] ca abbhantarānaṃ guttiyā bāhirānaṃ paṭighātāya, evam eva kho bhikkhave ariyasāvako paññavā hoti, udayatthagāminiyā paññāya samannāgato ariyāya nibbedhikāya sammādukkhakkhayagāminiyā. Paññāvāsanalepanasampanno[5] bhikkhave ariyasāvako akusalaṃ pajahati, kusalaṃ bhāveti; sāvajjaṃ pajahati, anavajjaṃ bhāveti; suddhaṃ attānaṃ pariharati. Iminā sattamena saddhammena samannāgato hoti.

Imehi sattahi saddhammehi samannāgato hoti. Katamesaṃ catunnaṃ jhānānaṃ abhicetasikānaṃ[6] diṭṭhadhammasukhavihārānaṃ nikāmalābhī hoti akicchalābhī[7] akasiralābhī?

20. Seyyathā pi bhikkhave rañño paccantime nagare bahuṃ[8] tiṇakaṭṭhodakaṃ sannicitaṃ hoti abbhantarānaṃ ratiyā aparitassāya phāsuvihārāya bāhirānaṃ paṭighātāya, evam eva kho bhikkhave ariyasāvako vivicc' eva kāmehi[9] vivicca akusalehi dhammehi savitakkaṃ savicāraṃ vivekajaṃ pītisukhaṃ paṭhamaṃ[10] jhānaṃ[11] upasampajja viharati attano ratiyā aparitassāya phāsuvihārāya okkamanāya nibbānassa.

21. Seyyathā pi bhikkhave rañño paccantime nagare

---

1 M. M_6 anussa° 2 M_6 dovāriko.
3 T. pāṇḍākāro. 4 M_6 vāpana°
5 M_6 paññāyavāsanalepana°
6 S. abhi° 7 M_6 T. add hoti.
8 M. Ph. M_6 T. M_7 bahu.
9 M. la; Ph. M_6 pa; S. pe, *then* paṭhamaṃ jh°
10 T. M_6 M_7 °mañjh°, *and so also in the other cases.*

bahuṃ[1] sāliyavakaṃ sannicitaṃ hoti abbhantarānaṃ ratiyā aparitassāya phāsuvihārāya[2] bāhirānaṃ paṭighātāya, evam eva kho bhikkhave ariyasāvako vitakkavicārānaṃ vūpasamā ajjhattaṃ sampasādanaṃ cetaso ekodibhāvaṃ avitakkaṃ avicāraṃ samādhijaṃ pītisukhaṃ dutiyaṃ jhānaṃ upasampajja viharati attano ratiyā aparitassāya phāsuvihārāya okkamanāya nibbānassa.

22. Seyyathā pi bhikkhave rañño paccantime nagare bahuṃ[4] tilamuggamāsāparaṇṇaṃ[5] sannicitaṃ hoti abbhantarānaṃ ratiyā aparitassāya phāsuvihārāya bāhirānaṃ paṭighātāya, evam eva kho bhikkhave ariyasāvako pītiyā ca virāgā upekhako ca viharati sato ca sampajāno sukhañ ca kāyena paṭisaṃvedeti yan taṃ ariyā ācikkhanti upekhako satimā sukhavihārī ti tatiyaṃ jhānaṃ upasampajja viharati attano ratiyā aparitassāya phāsuvihārāya okkamanāya nibbānassa.

23. Seyyathā pi bhikkhave rañño paccantime nagare bahuṃ[6] bhesajjaṃ sannicitaṃ hoti, seyyathīdaṃ sappi navanītaṃ telaṃ madhu phāṇitaṃ[7] loṇaṃ, abbhantarānaṃ ratiyā aparitassāya phāsuvihārāya[8] bāhirānaṃ[9] paṭighātāya, evam eva kho bhikkhave ariyasāvako sukhassa ca pahānā[10] dukkhassa ca pahānā pubb' eva somanassadomanassānaṃ atthaṅgamā adukkham asukhaṃ upekhāsatipārisuddhiṃ[11] catutthaṃ jhānaṃ upasampajja viharati attano ratiyā aparitassāya phāsuvihārāya okkamanāya nibbānassa.

Imesaṃ catunnaṃ jhānānaṃ ābhicetasikānaṃ[12] diṭṭhadhammasukhavihārānaṃ nikāmalābhī hoti akicchalābhī akasiralābhī[13].

---

[1] M. Ph. M. baha; M. bahuṃ.
[2] *omitted by* M.
[3] M. la; Ph. M. pa; S. pe, *then* dutiyaṃ (tatiyaṃ) jh°
[4] M. Ph. M. M. bahu.
[5] M. °mugga°; T. M. tilamāsamugga°
[6] M. Ph. T. bahu; M. bahu.
[7] T. M. M. *write always* pph° [8] T. °ranaṃ.
[9] *omitted by* T. [10] S. pe. *then* catutthaṃ.
[11] M. Ph. °suddhaṃ. [12] S. ābhi°
[13] M. Ph. M. *continue:* Ayaṃ vuccati *and so on.*

Yato kho bhikkhave ariyasāvako imehi sattahi saddhammehi[1] samannāgato hoti imesañ ca[2] catunnaṃ jhānānaṃ abhicetasikānaṃ diṭṭhadhammasukhavihārānaṃ nikāmalābhī hoti akicchalābhī akasiralābhī: ayaṃ vuccati bhikkhave ariyasāvako akaraṇīyo Mārassa akaraṇīyo pāpimato ti.

LXIV.

1. Sattahi bhikkhave dhammehi samannāgato bhikkhu āhuneyyo hoti . . . pe[3] . . . anuttaraṃ puññakkhettaṃ lokassa. Katamehi sattahi?

2. Idha bhikkhave bhikkhu dhammaññū ca hoti atthaññū ca[4] attaññū[4] ca[4] mattaññū ca kālaññū ca parisaññū ca puggalaparoparaññū[5] ca. Kathañ ca bhikkhave bhikkhu dhammaññū hoti?

3. Idha bhikkhave bhikkhu dhammaṃ jānāti[6]: suttaṃ geyyaṃ veyyākaraṇaṃ gāthaṃ udānaṃ itivuttakaṃ jātakaṃ abbhutadhammaṃ vedallaṃ. No ce bhikkhave bhikkhu dhammaṃ jāneyya: suttaṃ geyyaṃ[7] . . .[8] abbhutadhammaṃ[9] vedallaṃ, na yidha dhammaññū ti vucceyya; yasmā ca kho bhikkhave bhikkhu dhammaṃ jānāti: suttaṃ geyyaṃ[7] . . .[8] abbhutadhammaṃ[9] vedallaṃ, tasmā[10] dhammaññū ti[11] vuccati. Iti dhammaññū. Atthaññū ca kathaṃ hoti?

4. Idha bhikkhave bhikkhu tassa tass' eva bhāsitassa atthaṃ jānāti 'ayaṃ imassa bhāsitassa attho, ayaṃ imassa bhāsitassa attho' ti. No ce bhikkhave bhikkhu tassa tass' eva bhāsitassa atthaṃ jāneyya 'ayaṃ imassa bhāsitassa attho, ayaṃ imassa bhāsitassa attho' ti, na yidha atthaññū ti vucceyya; yasmā ca kho bhikkhave bhikkhu tassa tass' eva bhāsitassa atthaṃ jānāti 'ayaṃ imassa bhāsitassa attho,

---

1 T. dhammehi. 2 *omitted by* T.
3 M. la; Ph. pa; *omitted by* M6. 4 *omitted by* T. M7.
5 Ph. -pariyaññu; M6 -pariyaññu; T. M6 M7 -varaññu.
6 T. M7 *add* taṃ. 7 *omitted by* S.
8 M. la; Ph. M6 pa; T. M6 M7 *give it in full*.
9 *omitted by* M6 S. 10 T. M6 M7 *insert* bhikkhu.
11 T. ca; *omitted by* M.

ayaṃ imassa bhāsitassa attho' ti, tasmā atthaññū ti vuccati. Iti dhammaññū, atthaññū. Attaññū[1] ca kathaṃ hoti?

5. Idha bhikkhave bhikkhu attānaṃ jānāti 'ettako 'mhi saddhāya sīlena sutena cāgena paññāya paṭibhānenā[4]' ti. No ce bhikkhave bhikkhu attānaṃ jāneyya 'ettako 'mhi saddhāya sīlena sutena cāgena paññāya paṭibhānenā' ti, na yidha attaññū ti vucceyya; yasmā ca kho bhikkhave bhikkhu attānaṃ jānāti 'ettako 'mhi saddhāya sīlena sutena cāgena paññāya paṭibhānenā' ti, tasmā attaññū ti vuccati. Iti dhammaññū, atthaññū[5], attaññū[2]. Mattaññū ca kathaṃ hoti?

6. Idha bhikkhave bhikkhu mattaṃ jānāti cīvarapiṇḍapātasenāsanagilānapaccayabhesajjaparikkhārānaṃ paṭiggahaṇāya. No ce bhikkhave bhikkhu mattaṃ jāneyya cīvarapiṇḍapātasenāsanagilānapaccayabhesajjaparikkhārānaṃ paṭiggahaṇāya, na yidha mattaññū ti vucceyya; yasmā ca kho bhikkhave bhikkhu mattaṃ jānāti cīvarapiṇḍapātasenāsanagilānapaccayabhesajjaparikkhārānaṃ paṭiggahaṇāya, tasmā mattaññū ti vuccati. Iti dhammaññū, atthaññū[5], attaññū[2], mattaññū. Kālaññū ca kathaṃ hoti?

7. Idha bhikkhave bhikkhu kālaṃ jānāti 'ayaṃ kālo uddesassa, ayaṃ kālo paripucchāya, ayaṃ kālo yogassa, ayaṃ kālo paṭisallānāyā[3]' ti. No ce bhikkhave bhikkhu kālaṃ jāneyya 'ayaṃ kālo uddesassa, ayaṃ kālo paripucchāya, ayaṃ kālo yogassa, ayaṃ kālo paṭisallānāyā' ti, na yidha kālaññū ti vucceyya; yasmā ca kho bhikkhave bhikkhu kālaṃ jānāti 'ayaṃ kālo uddesassa, ayaṃ kālo paripucchāya, ayaṃ kālo yogassa, ayaṃ kālo paṭisallānāyā' ti, tasmā kālaññū ti vuccati. Iti dhammaññū, atthaññū, attaññū, mattaññū, kālaññū. Parisaññū ca kathaṃ hoti?

8. Idha bhikkhave bhikkhu parisaṃ jānāti 'ayaṃ khattiyaparisā, ayaṃ brāhmaṇaparisā, ayaṃ gahapatiparisā, ayaṃ samaṇaparisā; tattha evaṃ upasaṅkamitabbaṃ, evaṃ

[1] *omitted by* M. M7.
[2] *omitted by* T.
[3] M. °sallānassa *throughout*; T. *continues*: tasmā kālaññū ti. Iti *and so on*.
[4] S. paṭibhānena *throughout*.
[5] M7 attho; *omitted by* M6.

ṭhātabbaṃ[1], evaṃ nisīditabbaṃ, evaṃ bhāsitabbaṃ, evaṃ tuṇhībhavitabban' ti. No ce bhikkhave bhikkhu parisaṃ jāneyya 'ayaṃ khattiyaparisā[2], ayaṃ brāhmaṇaparisā, ayaṃ gahapatiparisā, ayaṃ samaṇaparisā; tattha evaṃ upasaṅkamitabbaṃ, evaṃ ṭhātabbaṃ, evaṃ nisīditabbaṃ, evaṃ bhāsitabbaṃ, evaṃ tuṇhībhavitabban' ti, na yidha parisaññū ti vucceyya; yasmā ca kho bhikkhave bhikkhu parisaṃ jānāti 'ayaṃ khattiyaparisā[3], ayaṃ brāhmaṇaparisā, ayaṃ gahapatiparisā, ayaṃ samaṇaparisā; tattha evaṃ upasaṅkamitabbaṃ, evaṃ ṭhātabbaṃ, evaṃ nisīditabbaṃ, evaṃ bhāsitabbaṃ, evaṃ tuṇhībhavitabban' ti, tasmā parisaññū ti vuccati. Iti dhammaññū, atthaññū, attaññū, mattaññū, kālaññū, parisaññū. Puggalaparoparaññū[4] ca kathaṃ hoti?

9. Idha bhikkhave bhikkhuno dvayena[5] puggalā viditā honti: dve puggalā, eko ariyānaṃ dassanakāmo[6], eko ariyānaṃ na[7] dassanakāmo[8]. Yvāyaṃ puggalo ariyānaṃ na dassanakāmo, evaṃ so ten' aṅgena[9] gārayho. Yvāyaṃ puggalo ariyānaṃ dassanakāmo, evaṃ so ten' aṅgena[10] pāsaṃso. Dve puggalā ariyānaṃ dassanakāmā: eko[11] saddhammaṃ sotukāmo, eko saddhammaṃ na sotukāmo[12]. Yvāyaṃ puggalo saddhammaṃ na sotukāmo, evaṃ so ten' aṅgena gārayho. Yvāyaṃ puggalo saddhammaṃ sotukāmo, evaṃ so ten' aṅgena pāsaṃso. Dve[13] puggalā saddhammaṃ sotukāmā: eko ohitasoto dhammaṃ suṇāti, eko anohitasoto dhammaṃ suṇāti. Yvāyaṃ[14] puggalo anohitasoto dhammaṃ suṇāti, evaṃ so ten' aṅgena gārayho. Yvāyaṃ[15] puggalo

---

1 M. Ph. M_6 S. *add* evaṃ kattabbaṃ.
2 M. la; Ph. M_6 pa | evaṃ tuṇhī°; S. *has some dots, then* evaṃ tuṇhī°
3 S. *has some dots, then* evaṃ tuṇhī°
4 Ph. °parisaññū; M_6 °pariyaññū; T. M_8 M_7 °varaññū.
5 T. yena.
6 T. M_7 adassana°; M_6 dassanānaṃ kāmo; M_6 *adds* hoti.
7 *omitted by* M_6 T. M_8 M_7
8 M_6 dassanānaṃ kāmo.
9 T. tena; S. tena tena.
10 S. tena tena *throughout.*
11 M_7 *omits* eko na° sotu°
12 T. M_7 *continue:* evaṃ so ten' aṅgena.
13 *omitted by* T.
14 T. M_7 yo 'yaṃ; M_6 *also* yo 'yaṃ *with one exception.*
15 T. so 'yaṃ.

ohitasoto dhammaṃ suṇāti, evaṃ so ten' aṅgena pāsaṃso. Dve puggalā ohitasotā dhammaṃ suṇanti[1]: eko sutvā dhammaṃ dhāreti, eko sutvā dhammaṃ na dhāreti. Yvāyaṃ[2] puggalo sutvā dhammaṃ na[3] dhāreti, evaṃ so ten' aṅgena gārayho. Yvāyaṃ[2] puggalo sutvā dhammaṃ dhāreti, evaṃ so ten' aṅgena pāsaṃso. Dve puggalā sutvā dhammaṃ dhārenti: eko dhātānaṃ[4] dhammānaṃ atthaṃ[5] upaparikkhati, eko dhātānaṃ dhammānaṃ atthaṃ na[6] upaparikkhati. Yvāyaṃ[7] puggalo dhātānaṃ dhammānaṃ atthaṃ na upaparikkhati, evaṃ so ten' aṅgena gārayho. Yvāyaṃ[2] puggalo dhātānaṃ dhammānaṃ atthaṃ upaparikkhati, evaṃ so ten' aṅgena pāsaṃso. Dve puggalā dhātānaṃ dhammānaṃ atthaṃ upaparikkhanti: eko atthaṃ aññāya dhammaṃ aññāya dhammānudhammapaṭipanno, eko[8] na[9] atthaṃ aññāya dhammaṃ aññāya[10] dhammānudhammapaṭipanno. Yvāyaṃ[2] puggalo na[3] atthaṃ aññāya dhammaṃ aññāya[10] dhammānudhammapaṭipanno, evaṃ so ten' aṅgena gārayho. Yvāyaṃ[2] puggalo atthaṃ aññāya dhammaṃ aññāya dhammānudhammapaṭipanno, evaṃ so ten' aṅgena pāsaṃso. Dve puggalā atthaṃ aññāya dhammaṃ aññāya dhammānudhammapaṭipannā: eko attahitāya paṭipanno no parahitāya, eko attahitāya ca paṭipanno parahitāya ca[11]. Yvāyaṃ[2] puggalo attahitāya paṭipanno, no[12] parahitāya, evaṃ so ten' aṅgena gārayho. Yvāyaṃ puggalo attahitāya ca paṭipanno parahitāya ca, evaṃ so ten' aṅgena pāsaṃso. Evaṃ kho[6] bhikkhave bhikkhuno[13] dvayena puggalā viditā honti. Evaṃ kho[6] bhikkhave bhikkhu puggalaparoparaññū[14] hoti.

[1] M. °ti.
[2] T. M. yo 'yaṃ; M. also yo 'yaṃ with one exception.
[3] M. Ph. put na before dhammaṃ.
[4] M. Ph. M. dhāt° throughout.
[5] T. M. M. insert na. [6] omitted by T. M. M.
[7] T. so 'yaṃ. [8] T. omits all from eko to °paṭipanno.
[9] omitted by M. Ph. M. [10] M. Ph. insert na.
[11] omitted by M. [12] omitted by M.
[13] Ph. S. °nā. [14] omitted by M.
[15] Ph. M. °pariyattaṃ; T. M. M. °paraññū.

Imehi kho bhikkhave sattahi dhammehi samannāgato bhikkhu āhuneyyo hoti[1] . . . pe[2] . . . anuttaraṃ puññakkhettaṃ lokassā ti.

LXV.

1. Yasmiṃ bhikkhave samaye devānaṃ Tāvatiṃsānaṃ[3] pāricchattako koviḷāro[4] paṇḍupalāso hoti, attamanā bhikkhave devā Tāvatiṃsā tasmiṃ samaye honti 'paṇḍupalāso dāni pāricchattako koviḷāro, na cirass' eva dāni sannapalāso[5] bhavissatī'[6] ti. Yasmiṃ bhikkhave samaye devānaṃ Tāvatiṃsānaṃ pāricchattako koviḷāro sannapalāso[7] hoti, attamanā bhikkhave devā Tāvatiṃsā tasmiṃ samaye honti 'sannapalāso[8] dāni pāricchattako koviḷāro, na cirass' eva dāni jālakajāto[9] bhavissatī' ti. Yasmiṃ bhikkhave samaye devānaṃ Tāvatiṃsānaṃ pāricchattako koviḷāro jālakajāto hoti, attamanā bhikkhave devā Tāvatiṃsā tasmiṃ samaye honti 'jālakajāto[10] dāni pāricchattako koviḷāro, na cirass' eva dāni kharakajāto[11] bhavissatī' ti. Yasmiṃ bhikkhave samaye devānaṃ Tāvatiṃsānaṃ pāricchattako koviḷāro kharakajāto hoti, attamanā bhikkhave devā Tāvatiṃsā tasmiṃ samaye honti 'kharakajāto dāni pāricchattako koviḷāro, na cirass' eva dāni kuḍumalakajāto bhavissatī' ti. Yasmiṃ bhikkhave samaye devānaṃ Tāvatiṃsānaṃ pāricchattako koviḷāro kuḍumalakajāto[12] hoti, attamanā bhikkhave devā Tāvatiṃsā tasmiṃ samaye honti 'kuḍumalakajāto[12] dāni[13] pāricchattako koviḷāro, na cirass' eva dāni

---

[1] M. Ph. M_6 add pahuneyyo.
[2] M. la; Ph. M_6 pa; omitted by T. M_7.
[3] omitted by M_6.
[4] S. M_6 koviḷāro *throughout*; T. *once*; M_7 *sometimes*.
[5] M. panna°; Ph. chinna°; T. sanni° *always*; M_6 sanni° *or* satti° *twice*; M_7 satti° *once*; M_6 jālakakajāta (*sic*).
[6] M. Ph. S. bhavissanti.
[7] M_6 jālakajāto.
[8] M_6 jātako°
[9] M_6 chadaka°; T. jālakajā°
[10] M_6 chiddaka°
[11] T. kāraka°; M_6 kuḷumalaka° *as further on, and in like manner it always anticipates the following sentence.*
[12] M_6 kuḍumalaka°
[13] *omitted by* M. Ph.

kokāsakajāto[1] bhavissatī' ti. Yasmiṃ bhikkhave samaye devānaṃ Tāvatiṃsānaṃ pāricchattako kovilāro kokāsakajāto[2] hoti, attamanā bhikkhave devā Tāvatiṃsā tasmiṃ samaye honti 'kokāsakajāto dāni pāricchattako kovilāro, na cirass' eva dāni sabbaphāliphullo[3] bhavissatī' ti. Yasmiṃ bhikkhave samaye devānaṃ Tāvatiṃsānaṃ pāricchattako kovilāro sabbaphāliphullo[3] hoti, attamanā bhikkhave devā Tāvatiṃsā pāricchattakassa kovilārassa mūle dibbe cattāro māse pañcahi kāmaguṇehi samappitā samaṅgibhūtā[4] paricārenti[5]. Sabbaphāliphullassa kho pana bhikkhave pāricchattakassa kovilārassa samantā paññāsayojanāni ābhāya phuṭaṃ[6] hoti. Anuvātaṃ[7] yojanasataṃ gandho gacchati. Ayam ānubhāvo pāricchattakassa kovilārassa.

2. Evam eva kho bhikkhave yasmiṃ samaye ariyasāvako agārasmā anagāriyaṃ pabbajjāya ceteti, paṇḍupalāso bhikkhave ariyasāvako tasmiṃ samaye hoti devānaṃ Tāvatiṃsānaṃ pāricchattako kovilāro. Yasmiṃ bhikkhave samaye ariyasāvako[8] kesamassuṃ ohāretvā kāsāyāni vatthāni acchādetvā agārasmā anagāriyaṃ pabbajito hoti, sattapalāso[9] bhikkhave ariyasāvako tasmiṃ samaye hoti devānaṃ Tāvatiṃsānaṃ pāricchattako kovilāro. Yasmiṃ bhikkhave samaye ariyasāvako vivicc' eva kāmehi . . . pe[10] . . . paṭhamaṃ[11] jhānaṃ[11] upasampajja viharati, jālakajāto bhikkhave ariyasāvako tasmiṃ samaye hoti devānaṃ[12] Tāvatiṃsānaṃ pāricchattako kovilāro. Yasmiṃ bhikkhave samaye ariyasāvako vitakkavicārānaṃ vūpasamā . . . pe[10] . . . dutiyaṃ jhānaṃ upasampajja viharati, khārakajāto bhikkhave ariyasāvako tasmiṃ samaye hoti[13] devānaṃ[12] Tāvatiṃsānaṃ pāricchattako kovilāro. Yasmiṃ bhikkhave

---

1 M₆ kuṃujāto *throughout;* T. kosika°; M. Ph kosaka° *throughout.* 2 T. kokasaka° 3 M₆ °bāli°
4 M. Ph. M₆ samaṅgī° 5 T. M₆ M₇ °cārenti.
6 M₆ puttaṃ. 7 M₆ °gataṃ.
8 *with* ariyasāva[ko] M₆ *breaks off; on the next leaf* (ti) *begins the* Aṭṭhakanipata. 9 T. satti°
10 M. la: Ph. pa: *omitted by* T. M₆ M₇.
11 T. M₆ M₇ °majjh°, *and likewise in the other cases.*
12 M. Ph. *insert* °ti. 13 T. honti.

samaye ariyasāvako pītiyā ca virāgā ... pe[1] ... tatiyaṃ jhānaṃ upasampajja viharati, kuḍumalakajāto bhikkhave ariyasāvako tasmiṃ samaye hoti devānaṃ[2] Tāvatiṃsānaṃ pāricchattako koviḷāro. Yasmiṃ bhikkhave samaye ariyasāvako sukhassa ca pahānā[3] ... pe[4] ... catutthaṃ jhānaṃ upasampajja viharati, kokāsakajāto bhikkhave ariyasāvako tasmiṃ samaye hoti devānaṃ[2] Tāvatiṃsānaṃ pāricchattako koviḷāro. Yasmiṃ bhikkhave samaye ariyasāvako āsavānaṃ khayā ... pe[5] ... sacchikatvā upasampajja viharati, sabbaphāliphullo bhikkhave ariyasāvako tasmiṃ samaye hoti devānaṃ[2] Tāvatiṃsānaṃ pāricchattako koviḷāro. Tasmiṃ bhikkhave samaye Bhummā devā saddam anussāventi[6] 'eso itthannāmo āyasmā itthannāmassa āyasmato saddhivihārī[7] amukamhā gāmā vā nigamā vā agārasmā[8] anagāriyaṃ pabbajito āsavānaṃ khayā ... pe[5] ... sacchikatvā upasampajja viharatī' ti. Bhummānaṃ devānaṃ saddaṃ sutvā Cātummahārājikā[9] devā ...[10] Tāvatiṃsā devā ... Yāmā devā ... Tusitā devā ... Nimmānaratī devā ... Paranimmitavasavattī devā ... Brahmakāyikā devā saddam anussāventi[11] 'eso itthannāmo āyasmā itthannāmassa āyasmato saddhivihārī[7] amukamhā[12] gāmā vā nigamā vā agārasmā anagāriyaṃ pabbajito āsavānaṃ khayā[13] anāsavaṃ cetovimuttiṃ paññāvimuttiṃ diṭṭh' eva dhamme sayaṃ abhiññā sacchikatvā upasampajja viharatī' ti. Iti ha

---

[1] M. la; Ph. pa: *omitted by* T. M6. M7.
[2] M. Ph. *insert* 'va.
[3] M. Ph. *add* dukkhassa ca pahānā.
[4] M. la; Ph. pa.
[5] M. la; Ph. pa; T. M6. M7. *give it in full.*
[6] Ph. anussāventi *throughout*; T. M6. M7 anussāvesuṃ ti.
[7] S. °vihāriko. [8] T. āgā°
[9] M. Ph. Cātumahā°
[10] M. la; Ph. pa; T. M6. M7 *repeat* saddam anu° *and so on till* diṭṭh' eva dhamme, *then they have* pe | sacchikatvā upa° viharatī ti. Cātummahārājikānaṃ devānaṃ saddaṃ sutvā Tāvatiṃsā devā ... Yāmā devā *and so on.* M7 *has after* viharatī ti: Iti ha tena Cātummahā°
[11] M7 anussāvesuṃ ti. [12] M. Ph. amukamhā.
[13] T. M. M7. S. pe | sacchikatvā.

tena khaṇena[1] tena muhuttena yāva[2] Brahmalokā saddo abbhuggacchati. Ayaṃ ānubhāvo khīṇāsavassa bhikkhuno ti.

LXVI.

1. Atha kho āyasmato Sāriputtassa rahogatassa paṭisallīnassa evaṃ cetaso parivitakko udapādi 'kin nu kho bhikkhu sakkatvā garukatvā[3] upanissāya viharanto akusalaṃ pajaheyya kusalaṃ bhāveyyā' ti? Atha kho āyasmato Sāriputtassa etad ahosi 'Satthāraṃ kho bhikkhu sakkatvā garukatvā upanissāya viharanto akusalaṃ pajaheyya kusalaṃ bhāveyya, dhammaṃ kho bhikkhu[4] ...[5] saṅghaṃ kho bhikkhu[4] ...[5] sikkhaṃ kho bhikkhu[4] ...[5] samādhiṃ kho bhikkhu[4] ...[5] appamādaṃ kho bhikkhu[4] ...[5] paṭisanthāraṃ[6] kho bhikkhu sakkatvā garukatvā upanissāya viharanto akusalaṃ pajaheyya kusalaṃ bhāveyyā' ti. Atha kho āyasmato Sāriputtassa etad ahosi 'ime kho me[7] dhammā parisuddhā pariyodātā; yan nūnāhaṃ ime dhamme gantvā[8] Bhagavato āroceyyaṃ[9], evaṃ me[10] ime dhammā parisuddhā c'eva bhavissanti parisuddhasaṃkhātatarā ca. Seyyathā pi nāma puriso suvaṇṇanikkhaṃ adhigaccheyya parisuddhaṃ pariyodātaṃ, tassa evam assa: ayaṃ kho me suvaṇṇanikkho parisuddho pariyodāto; yan nūnāhaṃ imaṃ suvaṇṇanikkhaṃ gantvā kammārānaṃ[11] dasseyyaṃ, evaṃ me ayaṃ suvaṇṇanikkho kammāragato[12] parisuddho c'eva bhavissati parisuddhasaṃkhātataro[13] cā[14] ti: evam eva me[15] ime dhammā parisuddhā pariyodātā; yan nūnāhaṃ ime dhamme gantvā Bhagavato āroceyyaṃ, evaṃ me[10] ime dhammā parisuddhā c'eva bhavissanti parisuddhasaṃkhātatarā cā' ti. Atha kho

---

[1] Ph. *inserts* tena layena. [2] *omitted by* Ph.
[3] *omitted by* T. [4] *omitted by* S. [5] M. la; Ph. pa.
[6] M. Ph. °sandhāraṃ. [7] *omitted by* M. Ph. M₆.
[8] M. Ph. gahetvā *throughout*. [9] T. °yya.
[10] *omitted by* M. Ph. [11] T. kañcamārānaṃ.
[12] M. rasa°; S. sakamma° *throughout*.
[13] T. °titaro. [14] M. Ph. ca (*without* ti).
[15] M. Ph. kho; S. evaṃ me; T. M₆ M. *omit* me.

āyasmā Sāriputto sāyanhasamayaṃ paṭisallānā vuṭṭhito yena Bhagavā ten' upasaṅkami, upasaṅkamitvā Bhagavantaṃ abhivādetvā ekamantaṃ nisīdi. Ekamantaṃ nisinno kho āyasmā Sāriputto Bhagavantaṃ etad avoca: —

2. Idha mayhaṃ bhante rahogatassa paṭisallīnassa evaṃ cetaso parivitakko udapādi 'kiṃ nu kho bhikkhu sakkatvā garukatvā upanissāya viharanto akusalaṃ pajaheyya kusalaṃ bhāveyya' ti? 'Tassa[1] mayhaṃ bhante etad ahosi 'Satthāraṃ kho bhikkhu[2] sakkatvā garukatvā upanissāya viharanto akusalaṃ pajaheyya kusalaṃ bhāveyya. Dhammaṃ kho bhikkhu[3] . . .[4] saṅghaṃ[5] kho bhikkhu[3] . . . sikkhaṃ kho bhikkhu[3] . . . samādhiṃ kho bhikkhu[3] . . . appamādaṃ kho bhikkhu[3] . . . paṭisanthāraṃ kho bhikkhu sakkatvā[6] garukatvā upanissāya viharanto akusalaṃ pajaheyya kusalaṃ bhāveyyā' ti. 'Tassa[1] mayhaṃ bhante etad ahosi 'ime kho me[7] dhammā parisuddhā pariyodātā; yan[8] nūnāhaṃ ime dhamme gantvā Bhagavato āroceyyaṃ, evaṃ me[7] ime dhammā parisuddhā c'eva bhavissanti parisuddhasaṅkhātatarā ca. Seyyathā pi nāma puriso suvaṇṇanikkhaṃ adhigaccheyya parisuddhaṃ pariyodātaṃ, tassa evaṃ assa 'ayaṃ kho me suvaṇṇanikkho parisuddho pariyodāto; yan nūnāhaṃ imaṃ suvaṇṇanikkhaṃ gantvā kammārānaṃ[9] dasseyyaṃ, evaṃ me ayaṃ suvaṇṇanikkho kammāragato parisuddho c'eva bhavissati parisuddhasaṅkhātataro ca'[10] ti; evaṃ eva[11] me[12] ime dhammā parisuddhā pariyodātā; yan nūnāhaṃ ime dhamme gantvā Bhagavato āroceyyaṃ, evaṃ me[13] ime dhammā parisuddhā c'eva bhavissanti

---

[1] M. atha kho tassa.
[2] Ph. then has pe: dhammaṃ . . . saṅghaṃ . . . sikkhaṃ (sic) . . ., samādhiṃ . . ., appamādaṃ . . . paṭisanthāraṃ.
[3] omitted by S.
[4] M. is.
[5] M. omits saṅghaṃ kho till paṭi°
[6] M. then has te o kusalaṃ bh°
[7] omitted by M. Ph. T.
[8] omitted by M. Ph. M_6; M_6 omits also evaṃ.
[9] T. °vadanaṃ.
[10] M. Ph. T. M_6 M_7 ca (without ti).
[11] M. Ph. S. add evaṃ.
[12] omitted by M. Ph. T. M_6; M_7 has kho.
[13] omitted by M. Ph. M_6.

parisuddhasaṃkhātatassa cā' ti. 'Sādhu sādhu Sāriputta. Satthāraṃ kho Sāriputta bhikkhu sakkatvā garukatvā upanissāya viharanto akusalaṃ pajaheyya kusalaṃ bhāveyya, dhammaṃ kho Sāriputta[1] bhikkhu[2] . . . saṅghaṃ kho Sāriputta[1] bhikkhu[3] . . .[4] sikkhaṃ kho Sāriputta[1] bhikkhu[3] . . . samādhiṃ kho Sāriputta[1] bhikkhu[3] . . . appamādaṃ kho Sāriputta[1] bhikkhu[3] . . . paṭisanthāraṃ[5] kho Sāriputta bhikkhu sakkatvā garukatvā upanissāya viharanto akusalaṃ pajaheyya kusalaṃ bhāveyyā' ti. Evaṃ vutte āyasmā Sāriputto Bhagavantaṃ etad avoca: —

2. Imassa kho ahaṃ bhante Bhagavatā[6] saṃkhittena bhāsitassa evaṃ vitthārena atthaṃ ājānāmi[7]. So vata bhante bhikkhu Satthari agāravo dhamme sagāravo bhavissati ti n'etaṃ ṭhānaṃ vijjati; yo so bhante bhikkhu Satthari agāravo, dhamme pi so agāravo[8]. So vata bhante bhikkhu Satthari agāravo dhamme agāravo saṅghe sagāravo bhavissati ti n'etaṃ ṭhānaṃ vijjati; yo so bhante bhikkhu Satthari agāravo dhamme agāravo, saṅghe pi so agāravo[8]. So vata bhante bhikkhu Satthari agāravo dhamme agāravo saṅghe agāravo sikkhāya sagāravo bhavissati ti n'etaṃ ṭhānaṃ vijjati, yo so bhante bhikkhu Satthari agāravo dhamme agāravo saṅghe agāravo, sikkhāya pi so agāravo. So vata bhante bhikkhu Satthari agāravo dhamme agāravo saṅghe agāravo sikkhāya agāravo samādhismiṃ sagāravo bhavissati ti n'etaṃ ṭhānaṃ vijjati; yo so bhante bhikkhu Satthari agāravo dhamme agāravo saṅghe agāravo sikkhāya agāravo, samādhismiṃ pi so agāravo. So vata bhante bhikkhu Satthari agāravo dhamme agāravo saṅghe agāravo sikkhāya agāravo samādhismiṃ agāravo appamāde sagāravo bhavissati ti n'etaṃ ṭhānaṃ vijjati; yo so bhante bhikkhu Satthari agāravo dhamme agāravo saṅghe agāravo sikkhāya agāravo samā-

---

[1] omitted by S.

[2] M. Ph. continue: sakkatvā and so on till bhāveyya, then saṅghaṃ kho. [3] omitted by M. Ph. S.

[4] M. la; Ph. pa. [5] M. Ph. Saṇṭhāraṃ.

[6] M. so. [7] T. M., M. ajā

[8] T. M., M. insert pe.

dhismiṃ agāravo, appamāde pi so agāravo. So vata bhante bhikkhu Satthari agāravo dhamme agāravo saṅghe agāravo sikkhāya agāravo samādhismiṃ agāravo appamāde agāravo paṭisanthāre[1] sagāravo bhavissati ti n'etaṃ ṭhānaṃ vijjati; yo so bhante bhikkhu Satthari agāravo[2] dhamme[3] agāravo saṅghe agāravo sikkhāya agāravo samādhismiṃ agāravo appamāde agāravo, paṭisanthāre[4] pi so agāravo.

So vata bhante bhikkhu Satthari sagāravo dhamme agāravo[5] bhavissati ti n'etaṃ[6] ṭhānaṃ vijjati; yo so bhante bhikkhu Satthari sagāravo dhamme pi so sagāravo. So vata bhante bhikkhu Satthari sagāravo[7] dhamme sagāravo saṅghe agāravo[8] bhavissati ti n'etaṃ ṭhānaṃ vijjati; yo so bhante bhikkhu Satthari sagāravo[9] dhamme sagāravo[10], saṅghe[11] pi so sagāravo. So vata bhante bhikkhu Satthari sagāravo dhamme[12] sagāravo saṅghe sagāravo sikkhāya agāravo bhavissati ti n'etaṃ ṭhānaṃ vijjati; yo so bhante bhikkhu Satthari sagāravo dhamme[13] sagāravo saṅghe sagāravo, sikkhāya pi so sagāravo. So vata bhante bhikkhu Satthari sagāravo[14] dhamme sagāravo saṅghe sagāravo sikkhāya sagāravo samādhismiṃ agāravo bhavissati ti n'etaṃ ṭhānaṃ vijjati; yo so bhante bhikkhu Satthari sagāravo dhamme sagāravo saṅghe sagāravo sikkhāya sagāravo, samādhismiṃ pi so sagāravo[15]. So vata bhante

---

[1] M. Ph. °santhāre. [2] M. la | appamāde.
[3] Ph. continues: saṅghe sikkhāya samā° appa° agāravo.
[4] M. Ph. °santhāra throughout. [5] Ph. aga°
[6] Ph. ṭhānaṃ etaṃ vi° | pa | so vata.
[7] M. la | appamāde sa° paṭi° aga° bh°
[8] Ph. sa° sikkhāya sa° samā° sa° appa° sa° paṭi° pi so sa° bhavissati ti ṭhānaṃ etaṃ vi°; yo so.
[9] M. continues: la | appamāde sa° paṭi° pi so sa°. So vata; Ph. pa | paṭi° pi so sa°. Imassa kho.
[10] omitted by T. M. M.
[11] T. M. M. continue: sa° sikkhāya aga° bh°
[12] M. continues: pi so sa° bhavissati ti ṭhānaṃ etaṃ vijjati; yo so. [13] M. continues: pi so sa° | la | so vata.
[14] M. continues: la | appa° sa° paṭi° pi sa° bhavissati ti ṭhānaṃ etaṃ vi°; yo.
[15] M. adds appa° sa° paṭi° pi so sa° ti. Imassa kho ahaṃ.

bhikkhu Satthari sagāravo dhamme sagāravo saṅghe sagāravo sikkhāya sagāravo samādhismiṃ sagāravo appamāde agāravo bhavissati ti n'etaṃ ṭhānaṃ vijjati; yo so bhante bhikkhu Satthari sagāravo dhamme sagāravo saṅghe sagāravo sikkhāya sagāravo samādhismiṃ sagāravo, appamāde pi so sagāravo. So vata bhante bhikkhu Satthari sagāravo dhamme sagāravo saṅghe sagāravo sikkhāya sagāravo samādhismiṃ sagāravo appamāde sagāravo paṭisanthāre agāravo bhavissati ti n'etaṃ ṭhānaṃ vijjati; yo so bhante bhikkhu Satthari sagāravo dhamme sagāravo saṅghe sagāravo samādhismiṃ sagāravo appamāde sagāravo, paṭisanthāre pi so sagāravo. Imassa kho ahaṃ bhante Bhagavatā saṃkhittena bhāsitassa evaṃ vitthārena atthaṃ ājānāmi[1] ti.

4. Sādhu sādhu Sāriputta, sādhu[3] kho[3] tvaṃ[3] Sāriputta[3] imassa mayā saṃkhittena bhāsitassa evaṃ vitthārena atthaṃ ājānāsi[2]. So vata Sāriputta bhikkhu Satthari agāravo dhamme sagāravo bhavissati ti n'etaṃ ṭhānaṃ vijjati[4]; yo so Sāriputta bhikkhu Satthari agāravo, dhamme pi[5] so[5] agāravo[6] . . .[7] So vata Sāriputta bhikkhu Satthari agāravo . . . dhamme agāravo . . . saṅghe[7] agāravo[7] . . . sikkhāya agāravo . . . samādhismiṃ agāravo . . . appamāde[8] agāravo paṭisanthāre sagāravo bhavissati ti n'etaṃ ṭhānaṃ vijjati; yo so Sāriputta bhikkhu Satthari agāravo dhamme agāravo saṅghe agāravo sikkhāya agāravo samādhismiṃ agāravo appamāde agāravo, paṭisanthāre pi so agāravo.

So vata Sāriputta bhikkhu Satthari sagāravo dhamme agāravo bhavissati ti n'etaṃ ṭhānaṃ vijjati[9]; yo so Sāriputta bhikkhu Satthari sagāravo, dhamme pi so sagā-

---

[1] T. M6 ajā°; M7 ja° [3] omitted by Ph.

[2] M6 M7 ajā°

[4] M. Ph. continue: la (pa), then yo so.

[5] omitted by M. Ph.

[6] M. Ph. add saṃghe agā° sikkhāya agā° samā° agā° appa° pi so agā° [7] T. M6 M7 pe.

[8] T. M6 M7 continue: pi so agā°. So vata till paṭisa° bh° and so on.

[9] M. continues: la | yo; Ph. pa | so vata.

ravo[1] . . .[2] So vata Sāriputta bhikkhu Satthari sagāravo . . . dhamme sagāravo[3] . . . saṅghe sagāravo[3] . . . sikkhāya sagāravo . . . samādhismiṃ sagāravo . . . appamāde sagāravo paṭisanthāre sagāravo[4] bhavissati ti n' etaṃ[5] ṭhānaṃ vijjati; yo so Sāriputta bhikkhu Satthari sagāravo[6] dhamme[7] sagāravo[8] saṅghe sagāravo sikkhāya sagāravo samādhismiṃ sagāravo appamāde sagāravo, paṭisanthāre pi so sagāravo. Imassa kho Sāriputta mayā saṃkhittena bhāsitassa evaṃ vitthārena attho daṭṭhabbo ti.

LXVII.

1. Bhāvanaṃ ananuyuttassa bhikkhave bhikkhuno viharato kiñcāpi evaṃ icchā uppajjeyya 'aho vata me anupādāya āsavehi cittaṃ vimucceyyā' ti, atha khvassa[10] n' eva anupādāya āsavehi cittaṃ vimuccati. Taṃ kissa hetu? 'Abhāvitattā' ti 'ssa vacanīyaṃ. Kissa abhāvitattā? Catunnaṃ satipaṭṭhānānaṃ catunnaṃ sammappadhānānaṃ[11] catunnaṃ iddhipādānaṃ pañcannaṃ indriyānaṃ pañcannaṃ balānaṃ sattannaṃ bojjhaṅgānaṃ ariyassa aṭṭhaṅgikassa maggassa. Seyyathā pi bhikkhave kukkuṭiyā aṇḍāni[12] aṭṭha vā dasa vā[13] dvādasa vā, tān' assa kukkuṭiyā na sammā adhisayitāni na[14] sammā pariseditāni na sammā paribhā-

[1] M. adds saṅghe sa° sikkhāya sa° samā° sa° appa° sa° paṭi° agā° bhavissati ti n' etaṃ ṭhānaṃ vijjati; yo so Sā° bh° Satthari sa° | la | paṭi° pi so sa°. So vata.
[2] S. pa. [3] Ph. adds bhavissati ti ṭh° etaṃ vi°; yo so.
[4] T. M₆. M₇ agāravo (M₆. M₇ sa°) bhavissati ti n' etaṃ ṭhānaṃ vijjati | pa | saṅghe pi so sa°. So vata ... so sa ... paṭi° agā bh° ti n' etaṃ ṭh° vi; yo so. [5] Ph. sa°
[6] Ph. ṭh° etaṃ vi°
[7] Ph. continues: pa | paṭi°; T. M₆. M₇ pa | paṭi°
[8] M. inserts pi so.
[9] M. continues: la | So vata Sā° bh° Satthari sa° | la | appa° sa° paṭi° pi so sa° bh° ti ṭh° etaṃ vi°; yo so Sā° bh° Satthari sa° | la | appa° sa° paṭi° pi so sa° ti. Imassa and so on. [10] M. Ph. S. khvassa throughout.
[11] M. °ppadhānānaṃ.
[12] M₇ omits all from aṇḍāni to kukkuṭiyā.
[13] T. inserts vā. [14] omitted by M₇.

vitāni, kiñcāpi tassa kukkuṭiyā evaṃ icchā uppajjeyya 'aho vata me kukkuṭapotakā pādanakhasikhāya vā mukhatuṇḍakena vā aṇḍakosaṃ padāletvā sotthinā abhinibbhijjeyyun'[1] ti; atha kho abhabbā 'va[2] te kukkuṭapotakā pādanakhasikhāya vā mukhatuṇḍakena vā aṇḍakosaṃ padāletvā sotthinā abhinibbhijjituṃ. Taṃ kissa hetu? Tathā hi' amuni[3] bhikkhave kukkuṭiyā aṇḍāni na sammā-adhisayitāni na sammāpariseditāni[4] na sammāparibhāvitāni. Evam eva kho bhikkhave bhāvanaṃ ananuyuttassa bhikkhuno viharato kiñcāpi evaṃ icchā uppajjeyya 'aho vata me anupādāya āsavehi cittaṃ vimucceyyā' ti, atha khvassa neva anupādāya āsavehi cittaṃ vimuccati. Taṃ kissa hetu? Abhāvitattā ti 'ssa vacanīyaṃ. Kissa abhāvitattā? Catunnaṃ satipaṭṭhānānaṃ ... pe[5] ... ariyassa aṭṭhaṅgikassa maggassa.

2. Bhāvanaṃ anuyuttassa bhikkhave bhikkhuno viharato kiñcāpi na evaṃ icchā uppajjeyya 'aho vata me anupādāya āsavehi cittaṃ vimucceyyā' ti, atha khvassa anupādāya āsavehi cittaṃ vimuccati. Taṃ kissa hetu? Bhāvitattā ti 'ssa vacanīyaṃ. Kissa bhāvitattā? Catunnaṃ satipaṭṭhānānaṃ ... pe[5] ... ariyassa aṭṭhaṅgikassa maggassa. Seyyathā pi bhikkhave kukkuṭiyā aṇḍāni aṭṭha vā dasa vā dvādasa vā, tān' assu kukkuṭiyā sammā-adhisayitāni sammāpariseditāni sammāparibhāvitāni, kiñcāpi tassā[6] kukkuṭiyā na evaṃ icchā uppajjeyya 'aho vata me kukkuṭapotakā pādanakhasikhāya vā mukhatuṇḍakena vā aṇḍakosaṃ padāletvā sotthinā abhinibbhijjeyyun' ti; atha kho bhabbā 'va te kukkuṭapotakā pādanakhasikhāya vā mukhatuṇḍakena vā aṇḍakosaṃ padāletvā sotthinā abhinibbhijjituṃ. Taṃ kissa hetu? Tathā hi' amuni[7] bhikkhave kukkuṭiyā aṇḍāni sammā-adhisayitāni sammāpariseditāni sammāparibhāvitāni. Evam eva kho bhikkhave bhāvanaṃ anuyuttassa bhikkhuno viharato kiñcāpi na evaṃ icchā uppajjeyya 'aho

[1] M. Ph. T. M_7 °nibbhijj° *always*. [2] Ph. vata.
[3] M. Ph. tathā hi *alone*; T. tathamuni (*sic*).
[4] M_7 °cchedatāni. [5] M. Ph. S. *give the phrase in full*.
[6] M. Ph. tassa bhikkhave. [7] M. Ph. tathā hi *alone*.

vata me anupādāya āsavehi cittaṃ vimucceyyā' ti, atha khvassa anupādāya āsavehi cittaṃ vimuccati. Taṃ kissa hetu? Bhāvitattā ti 'ssa vacanīyaṃ. Kissa bhāvitattā? Catunnaṃ satipaṭṭhānānaṃ . . . pe[1] . . . ariyassa aṭṭhaṅgikassa maggassa.

8. Seyyathā pi bhikkhave palagaṇḍassa[2] vā palagaṇḍantevāsissa[3] vā dissante[4] 'va[5] vāsijaṭe[6] aṅgulipadāni[7] dissanti aṅguṭṭhapadaṃ[8], no ca khvassa evaṃ ñāṇaṃ hoti 'ettakaṃ[9] me ajja[10] vāsijaṭassa khīṇaṃ, ettakaṃ[11] hiyyo, ettakaṃ[11] pare' ti, atha khvassa khīṇe khīṇante[12] 'va[13] ñāṇaṃ hoti: evam eva kho bhikkhave bhāvanaṃ anuyutta-ssa bhikkhuno viharato kiñcāpi na evaṃ ñāṇaṃ hoti 'ettakaṃ[9] me ajja āsavānaṃ khīṇaṃ, ettakaṃ[11] hiyyo, ettakaṃ[11] pare' ti, atha khvassa khīṇe khīṇante[12] 'va[13] ñāṇaṃ hoti. Seyyathā pi bhikkhave sāmuddikāya nāvāya vettabandhanabaddhāya[14] chammāsāni[15] udake pariyādāya[16] hemantikena thale[17] ukkhittāya vātātapaparetāni bandhanāni, tāni[18] pāvussakena[19] meghena abhippavaṭṭhāni[20] appakasiren' eva paṭippassambhanti[21] pūtikāni bhavanti: evam eva kho bhikkhave bhāvanaṃ anuyuttassa bhikkhuno viharato appakasiren' eva saññojanāni paṭippassambhanti pūtikāni[21] bhavanti[22] ti.

---

1. M. la; Ph. pa.
2. M. bala°; Ph. phalabhaṇḍassa; S. balabhaṇḍassa.
3. M. M6 phala°; Ph. phalabhaṇḍantevāsissa; S. balabhaṇḍantevāsissa.
4. T. dissante; M. Ph. khīyante.
5. T. ca.
6. M. Ph. vijaṭe; T. vāsijaṭassa.
7. T. M. °padāni; M. aṅgula°; Ph. aṅgulapadāni.
8. M. °padaṃ; M. Ph. aṅgula°
9. Ph. T. M. M6. S. insert vā.
10. S. inserts tassa.
11. S. inserts vā.
12. S. °nantveva.
13. T. omit 'va; M. has evaṃ; S. °nantveva.
14. M. Ph. vettabandhāya.
15. M. Ph. chammāsāni.
16. M. pariyāya.
17. M. Ph. °laṃ.
18. omitted by T. M. M6.
19. T. M. M6 pā°
20. T. M. M6 °vaṭṭhāni.
21. M. Ph. parihāyanti.
22. omitted by S.

LXVIII.

1. Evaṃ[1] me[1] sutaṃ[1]. Ekaṃ samayaṃ Bhagavā Kosalesu cārikaṃ carati mahatā bhikkhusaṅghena saddhiṃ. Addasā kho Bhagavā addhānamaggapaṭipanno aññatarasmiṃ padese mahantaṃ aggikkhandhaṃ ādittaṃ sampajjalitaṃ sajotibhūtaṃ[2], disvā[3] maggā okkamma aññatarasmiṃ rukkhamūle paññatte āsane nisīdi. Nisajja kho Bhagavā bhikkhū āmantesi: passatha no tumhe bhikkhave amuṃ mahantaṃ aggikkhandhaṃ ādittaṃ sampajjalitaṃ sajotibhūtan ti? Evaṃ bhante.

Taṃ kiṃ maññatha bhikkhave, katamaṃ nu kho varaṃ: yaṃ amuṃ mahantaṃ aggikkhandhaṃ ādittaṃ sampajjalitaṃ sajotibhūtaṃ āliṅgitvā[4] upanisīdeyya vā upanipajjeyya vā, yaṃ vā[5] khattiyakaññaṃ vā brāhmaṇakaññaṃ vā gahapatikaññaṃ vā mudutalunahatthapādaṃ[6] āliṅgitvā upanisīdeyya vā upanipajjeyya vā ti? Etad eva bhante varaṃ yaṃ khattiyakaññaṃ vā brāhmaṇakaññaṃ vā gahapatikaññaṃ vā mudutalunahatthapādaṃ āliṅgitvā upanisīdeyya vā upanipajjeyya vā. Dukkhaṃ h'etaṃ bhante, yaṃ amuṃ mahantaṃ aggikkhandhaṃ ādittaṃ sampajjalitaṃ sajotibhūtaṃ āliṅgitvā upanisīdeyya vā upanipajjeyya vā ti.

Ārocayāmi vo bhikkhave, paṭivedayāmi vo bhikkhave, yathā etad eva tassa varaṃ dussīlassa pāpadhammassa asucisaṅkassarasamācārassa[7] paṭicchannakammantassa assamaṇassa samaṇapaṭiññassa abrahmacārissa[8] brahmacāripaṭiññassa[8] antopūtikassa[9] avassutassa kasambujātassa, yaṃ amuṃ mahantaṃ aggikkhandhaṃ ādittaṃ sampajjalitaṃ sajotibhūtaṃ āliṅgitvā upanisīdeyya vā upanipajjeyya vā. Taṃ kissa hetu? Tato nidānaṃ hi[10] so bhikkhave mara-

[1] omitted by S. [2] S. sañjo° throughout.
[3] M. Ph. disvāna Bhagavā.
[4] M. Ph. āliṅgetvā throughout.
[5] omitted by M. T. M6. M7.
[6] T. M6. M. °pāṇiṃ throughout.
[7] M. Ph. asucisaṅk° [8] T. °cāripaṭiññassa.
[9] M. °pūtikassa; T. °pūtissa.
[10] omitted by T. M. M7; M. omits also so.

ṇaṃ vā nigaccheyya maraṇamattaṃ vā dukkhaṃ, na tveva tappaccayā kāyassa bhedā parammaraṇā apāyaṃ duggatiṃ vinipātaṃ nirayaṃ upapajjeyya[1]. Yañ ca kho so bhikkhave dussīlo pāpadhammo asucisaṅkassarasamācāro ... pe[2] ... kasambujāto khattiyakaññaṃ vā brāhmaṇakaññaṃ vā gahapatikaññaṃ vā mudutalunahatthapādaṃ āliṅgitvā upanisīdati vā upanipajjati vā, taṃ hi 'ssa[3] bhikkhave hoti dīgharattaṃ ahitāya dukkhāya, kāyassa bhedā parammaraṇā apāyaṃ duggatiṃ vinipātaṃ nirayaṃ upapajjati[1].

2. Taṃ kiṃ maññatha bhikkhave, katamaṃ nu kho varaṃ: yaṃ balavā puriso daḷhāya vālarajjuyā ubho jaṅghe[4] veṭhetvā[5] ghaṃseyya[6], sā chaviṃ chindeyya, chaviṃ chetvā cammaṃ chindeyya, cammaṃ chetvā maṃsaṃ chindeyya, maṃsaṃ chetvā nahāruṃ chindeyya, nahāruṃ chetvā aṭṭhiṃ chindeyya, aṭṭhiṃ chetvā aṭṭhimiñjaṃ āhacca tiṭṭheyya, yaṃ vā[7] khattiyamahāsālānaṃ vā brāhmaṇamahāsālānaṃ vā gahapatimahāsālānaṃ vā abhivādanaṃ sādiyeyya[8] ti? Etad eva bhante varaṃ: yaṃ[9] khattiyamahāsālānaṃ vā brāhmaṇamahāsālānaṃ vā gahapatimahāsālānaṃ vā abhivādanaṃ sādiyeyya[10]. Dukkhaṃ h'etaṃ bhante, yaṃ balavā puriso daḷhāya vālarajjuyā ... pe[11] ... aṭṭhimiñjaṃ āhacca tiṭṭheyyā ti.

Ārocayāmi vo bhikkhave, paṭivedayāmi vo bhikkhave, yathā etad eva tassa varaṃ dussīlassa[12] ... pe[13] ... kasambujātassa, yaṃ[14] balavā puriso daḷhāya vālarajjuyā ubho jaṅghe[4] veṭhetvā[5] ... pe[11] ... aṭṭhimiñjaṃ āhacca tiṭṭheyya[15]. Taṃ kissa hetu? Tato nidānaṃ hi so bhikkhave maraṇaṃ vā nigaccheyya maraṇamattaṃ vā dukkhaṃ, na tveva tappaccayā kāyassa bhedā parammaraṇā apāyaṃ duggatiṃ vinipātaṃ nirayaṃ upapajjeyya[1]. Yañ

[1] T. M6 M7 uppa° [2] M. la; Ph. pa; S. gives it in full.
[3] S. hi 'ssa; T. kissa. [4] S. jaṅghā.
[5] M. Ph. veṭhetvā. [6] T. ghaṃseyya.
[7] omitted by M. Ph. T. M6 M7. [8] M. sādiyeyyā.
[9] omitted by T. M6. [10] T. sādiyeyya.
[11] M. la; Ph. pa; S. has it in full till chindeyya, then pe | aṭṭhi°. [12] omitted by T. M6 M7.
[13] M. la, Ph. pa. [14] omitted by M. [15] M. °yyā ti.

ca kho so bhikkhave dussīlo . . . pe[1] . . . kasambujāto khattiyamahāsālānaṃ vā brāhmaṇamahāsālānaṃ vā gahapatimahāsālānaṃ vā abhivādanaṃ sādiyati[2], taṃ hi 'ssa[3] bhikkhave hoti dīgharattaṃ ahitāya dukkhāya, kāyassa bhedā parammaraṇā apāyaṃ duggatiṃ vinipātaṃ nirayaṃ upapajjati[4].

3. Taṃ kiṃ maññatha bhikkhave, katamaṃ nu kho varaṃ: yaṃ balavā puriso tiṇhāya sattiyā teladhotāya paccorasmiṃ pahareyya[5], yaṃ vā[6] khattiyamahāsālānaṃ vā brāhmaṇamahāsālānaṃ vā gahapatimahāsālānaṃ vā añjalikammaṃ sādiyeyyā ti? 'Etad eva bhante varaṃ: yaṃ khattiyamahāsālānaṃ vā brāhmaṇamahāsālānaṃ vā gahapatimahāsālānaṃ vā añjalikammaṃ sādiyeyya. Dukkhaṃ h'etaṃ bhante, yaṃ balavā puriso tiṇhāya sattiyā teladhotāya paccorasmiṃ pahareyyā' ti.

Ārocayāmi vo bhikkhave, paṭivedayāmi vo bhikkhave, yathā etad eva[7] tassa[7] varaṃ dussīlassa . . . pe[1] . . . kasambujātassa, yaṃ balavā puriso tiṇhāya sattiyā teladhotāya paccorasmiṃ pahareyya. Taṃ kissa hetu? Tatonidānaṃ hi[6] so[6] bhikkhave maraṇaṃ vā nigaccheyya maraṇamattaṃ vā dukkhaṃ, na tveva tappaccayā kāyassa bhedā parammaraṇā apāyaṃ duggatiṃ vinipātaṃ nirayaṃ upapajjeyya[9]. Yañ ca kho so bhikkhave dussīlo pāpadhammo[10] . . . pe[6] . . . kasambujāto khattiyamahāsālānaṃ vā brāhmaṇamahāsālānaṃ[8] vā[8] gahapatimahāsālānaṃ vā añjalikammaṃ sādiyati, taṃ hi 'ssa[11] bhikkhave hoti dīgharattaṃ ahitāya dukkhāya, kāyassa bhedā parammaraṇā apāyaṃ duggatiṃ vinipātaṃ nirayaṃ upapajjati[9].

4. Taṃ kiṃ maññatha bhikkhave, katamaṃ nu kho varaṃ: yaṃ balavā puriso tattena ayopaṭṭena ādittena

---

1 M. la; Ph. pa. 2 T. sādiyeyya ti.
3 S. hi tassa; M. kissa.
4 T. M. uppa°; M. uppajjeyya ti.
5 M. pahareyya ti, *then* ārocayāmi vo bh° paṭi° vo bh°, *but then* yaṃ khattiya° *as before*.
6 *omitted by* T. M. M.
7 M. ev' assa *nearly always*. 8 *omitted by* M.
9 T. M. M. uppa° 10 *omitted by* S. 11 S. tassa.

sampajjalitena sajotibhūtena kāyaṃ sampalivetheyya[1], yaṃ vā[2] khattiyamahāsālānaṃ vā brāhmaṇamahāsālānaṃ vā gahapatimahāsālānaṃ vā saddhādeyyaṃ cīvaraṃ paribhuñjeyyā ti? 'Etad eva bhante varaṃ: yaṃ khattiyamahāsālānaṃ vā . . . pe[3] . . . saddhādeyyaṃ cīvaraṃ paribhuñjeyya. Dukkhaṃ h'etaṃ bhante, yaṃ balavā puriso tattena ayopaṭṭena ādittena[4] sampajjalitena sajotibhūtena kāyaṃ sampalivetheyyā[5]' ti.

Ārocayāmi vo bhikkhave, paṭivedayāmi vo bhikkhave, yathā etad eva tassa varaṃ dussīlassa . . . pe[6] . . . kasambujātassa, yaṃ[7] balavā puriso tattena ayopaṭṭena ādittena sampajjalitena sajotibhūtena kāyaṃ sampalivetheyya[8]. Taṃ kissa hetu? Tato nidānaṃ hi so bhikkhave maraṇaṃ vā nigaccheyya maraṇamattaṃ vā dukkhaṃ, na tveva tappaccayā kāyassa bhedā parammaraṇā apāyaṃ duggatiṃ vinipātaṃ nirayaṃ upapajjeyya[9]. Yañ ca kho so bhikkhave dussīlo[9] . . . pe[9] . . . kasambujāto khattiyamahāsālānaṃ vā brāhmaṇamahāsālānaṃ vā gahapatimahāsālānaṃ vā saddhādeyyaṃ cīvaraṃ paribhuñjati, taṃ hi 'ssa[10] bhikkhave hoti dīgharattaṃ ahitāya dukkhāya, kāyassa bhedā parammaraṇā apāyaṃ duggatiṃ vinipātaṃ nirayaṃ upapajjati[11].

5. Taṃ kiṃ maññatha bhikkhave, katamaṃ nu kho varaṃ: yaṃ balavā puriso tattena ayosaṅkunā ādittena[12] sampajjalitena[12] sajotibhūtena[12] mukhaṃ vivaritvā tattaṃ lohaguḷaṃ[13] ādittaṃ sampajjalitaṃ sajotibhūtaṃ mukhe pakkhipeyya, taṃ tassa oṭṭham pi daheyya mukham pi daheyya jivham pi daheyya kaṇṭham pi daheyya udaraṃ[14]

---

[1] M_7 samphalit°; M. Ph. °vedheyya.
[2] *omitted by* M. T. M_6 M_7.
[3] M. la; Ph. pa; S. *gives it in full.*
[4] T. M_6 M_7 pe | kāyaṃ.
[5] M_7 samphalit°; M. Ph. °vedh°
[6] M. la; Ph. pa.
[7] *omitted by* T. M_6
[8] T. M_6 M_7 uppa°
[9] *omitted by* T. M_6 M_7
[10] S. tassa; M_6 saddhādeyyaṃ *in lieu of* taṃ hi 'ssa.
[11] T. M_7 uppa°; M_6 uppajjeyya ti.
[12] *omitted by* M. Ph.
[13] M. °guḷaṃ; Ph. °guḷaṃ.
[14] M. Ph. S. uraṃ.

pi daheyya antam pi antaguṇam pi ādāya adhobhāgā[1] nikkhameyya, yaṃ vā[2] khattiyamahāsālānaṃ vā brāhmaṇamahāsālānaṃ vā gahapatimahāsālānaṃ vā saddhādeyyaṃ[3] piṇḍapātaṃ paribhuñjeyyā ti? 'Etad eva bhante varaṃ: yaṃ[2] khattiyamahāsālānaṃ vā brāhmaṇamahāsālānaṃ vā gahapatimahāsālānaṃ vā saddhādeyyaṃ[4] piṇḍapātaṃ paribhuñjeyya. Dukkhaṃ h'etaṃ bhante, yaṃ balavā puriso tattena ayosaṅkunā ādittena[5] sampajjalitena[5] sajotibhūtena[5] mukhaṃ vivaritvā tattaṃ lohaguḷaṃ[6] ādittaṃ sampajjalitaṃ sajotibhūtaṃ mukhe pakkhipeyya, taṃ[7] tassa oṭṭham pi daheyya mukham[8] pi[8] daheyya[8] jivham pi daheyya ... pe[9] ... adhobhāgā[10] nikkhameyyā' ti.

Ārocayāmi vo bhikkhave, paṭivedayāmi vo bhikkhave, yathā etad eva tassa varaṃ dussīlassa ... pe[11] ... kasambujātassa, yaṃ balavā puriso tattena ayosaṅkunā ādittena[5] sampajjalitena[5] sajotibhūtena[5] mukhaṃ vivaritvā tattaṃ lohaguḷaṃ[12] ādittaṃ sampajjalitaṃ sajotibhūtaṃ mukhe pakkhipeyya, taṃ tassa oṭṭham pi daheyya ... pe[9] ... adhobhāgā[10] nikkhameyya. Taṃ kissa hetu? Tato nidānaṃ hi so bhikkhave maraṇaṃ vā nigaccheyya maraṇamattaṃ vā dukkhaṃ, na tveva tappaccayā kāyassa bhedā parammaraṇā apāyaṃ duggatiṃ vinipātaṃ nirayaṃ upapajjeyya[13]. Yañ ca kho so bhikkhave dussīlo pāpadhammo ... pe[11] ... kasambujāto khattiyamahāsālānaṃ vā brāhmaṇamahāsālānaṃ vā gahapatimahāsālānaṃ vā saddhādeyyaṃ piṇḍapātaṃ paribhuñjati, taṃ hi 'ssa[14] bhikkhave hoti dīgharattaṃ ahitāya dukkhāya, kāyassa bhedā parammaraṇā apāyaṃ duggatiṃ vinipātaṃ nirayaṃ upapajjati[15].

6. Taṃ kiṃ maññatha bhikkhave, katamaṃ nu kho varaṃ: yaṃ balavā puriso sīse vā gahetvā khandhe vā

---

[1] M. Ph. °bhāgaṃ. [2] omitted by M.
[3] T. °deyyāni. [4] T. °deyyāni; M. °deyya.
[5] omitted by M. Ph. T. M_7 M_8.
[6] M. °guḷḷaṃ; Ph. °guḷaṃ. [7] T. M_7 M_8 yaṃ.
[8] omitted by T. M_7 M_8. [9] M. Ph. S. *give it in full.*
[10] M. Ph. M_8 °bhāgaṃ. [11] M. la; Ph. pa.
[12] M. Ph. °guḷaṃ. [13] T. M_7 M_8 uppa°.
[14] S. tassa. [15] T. M_8 uppa°; M. uppajjeyyā ti.

gahetvā tattaṃ ayomañcaṃ vā ayopīṭhaṃ vā ādittaṃ[1] sampajjalitaṃ[1] sajotibhūtaṃ[1] abhinisīdāpeyya vā abhinipajjāpeyya vā, yaṃ vā[2] khattiyamahāsālānaṃ vā brāhmaṇamahāsālānaṃ vā gahapatimahāsālānaṃ vā saddhādeyyaṃ mañcapīṭhaṃ[3] paribhuñjeyyā ti? Etad eva bhante varaṃ: yaṃ khattiyamahāsālānaṃ vā brāhmaṇamahāsālānaṃ vā gahapatimahāsālānaṃ vā saddhādeyyaṃ mañcapīṭhaṃ paribhuñjeyya. Dukkhaṃ h'etaṃ bhante, yaṃ balavā puriso sīse vā gahetvā khandhe vā gahetvā . . . pe[4] . . . abhinipajjāpeyya vā ti.

Ārocayāmi vo bhikkhave[5] . . . pe[6] . . . kasambujātassa, yaṃ[7] balavā puriso sīse vā gahetvā . . . pe[6] . . . abhinipajjāpeyya vā. Taṃ kissa hetu? Tato nidānaṃ hi so bhikkhave maraṇaṃ vā nigaccheyya maraṇamattaṃ vā dukkhaṃ, na tveva tappaccayā kāyassa bhedā parammaraṇā apāyaṃ duggatiṃ vinipātaṃ nirayaṃ upapajjeyya[8]. Yañ ca kho so bhikkhave dussīlo pāpadhammo[9] . . . pe[6] . . . kasambujāto khattiyamahāsālānaṃ vā brāhmaṇamahāsālānaṃ vā gahapatimahāsālānaṃ vā saddhādeyyaṃ mañcapīṭhaṃ paribhuñjati, taṃ hi 'ssa[10] bhikkhave hoti dīgharattaṃ ahitāya dukkhāya, kāyassa bhedā parammaraṇā apāyaṃ duggatiṃ vinipātaṃ nirayaṃ upapajjati[8].

7. Taṃ kiṃ maññatha bhikkhave, katamaṃ nu kho varaṃ: yaṃ balavā puriso uddhapādaṃ[11] adhosiraṃ gahetvā tattāya lohakumbhiyā pakkhipeyya ādittāya sampajjalitāya sajotibhūtāya, so tattha pheṇuddehakaṃ[12] paccamāno sakim pi uddhaṃ gaccheyya sakim pi adho gaccheyya sakim pi tiriyaṃ gaccheyya, yaṃ vā[13] khattiyamahāsālānaṃ

---

1 omitted by M. Ph.
2 omitted by M. T.; M_6 omits yaṃ vā.
3 T. mañca°; M. Ph. mañcaṃ vā pīṭhaṃ (sic) vā.
4 M. Ph. S. give it in full.
5 M. Ph. S. have pe° till dussīlassa.
6 M. la; Ph. pa. 7 omitted by T. M_6 M_7.
8 T. M_6 M_7 upapa° 9 omitted by S. 10 S. tassa.
11 M. Ph. S. uddhampādaṃ.
12 M. Ph. pheṇu° throughout.
13 omitted by M. M_6; M_7 omits yaṃ, but it has vā.

vā brāhmaṇamahāsālānaṃ vā gahapatimahāsālānaṃ vā saddhādeyyaṃ vihāraṃ paribhuñjeyyā ti? 'Etad eva bhante varaṃ: yaṃ khattiyamahāsālānaṃ vā brāhmaṇamahāsālānaṃ vā gahapatimahāsālānaṃ vā saddhādeyyaṃ vihāraṃ paribhuñjeyya. Dukkhaṃ h'etaṃ bhante, yaṃ balavā puriso uddhapādaṃ[1] adhosiraṃ gahetvā tattāya lohakumbhiyā pakkhipeyya ādittāya sampajjalitāya sajotibhūtāya, so tattha pheṇuddehakaṃ paccamāno sakim[2] pi[2] uddhaṃ[2] gaccheyya[2] sakim pi adho gaccheyya sakim pi tiriyaṃ gaccheyyā' ti.

Ārocayāmi vo bhikkhave, paṭivedayāmi[3] vo bhikkhave, yathā etad eva tassa varaṃ dussīlassa pāpadhammassa[4] . . . pe[5] . . . kasambujātassa, yaṃ[1] balavā puriso uddhapādaṃ[1] adhosiraṃ gahetvā . . . pe[6] . . . sakim pi tiriyaṃ gaccheyya. Taṃ kissa hetu? Tato nidānaṃ hi so bhikkhave maraṇaṃ vā nigaccheyya maraṇamattaṃ vā dukkhaṃ, na tveva tappaccayā kāyassa bhedā paraṃmaraṇā apāyaṃ duggatiṃ vinipātaṃ nirayaṃ upapajjeyya[7]. Yo ca kho so bhikkhave dussīlo pāpadhammo[4] . . . pe[5] . . . kasambujāto khattiyamahāsālānaṃ vā brāhmaṇamahāsālānaṃ vā gahapatimahāsālānaṃ vā saddhādeyyaṃ vihāraṃ paribhuñjati, taṃ hi 'ssa[8] bhikkhave hoti dīgharattaṃ ahitāya dukkhāya, kāyassa bhedā paraṃmaraṇā apāyaṃ duggatiṃ vinipātaṃ nirayaṃ upapajjati[7]. Tasmā ti ha bhikkhave evaṃ sikkhitabbaṃ: —

Yesaṃ ca mayaṃ paribhuñjāma cīvarapiṇḍapātasenāsanagilānapaccayabhesajjaparikkhārānaṃ[9], tesaṃ[10] te[11] kārā[12] mahapphalā bhavissanti mahānisaṃsā, amhākañ c'evāyaṃ pabbajjā avañjhā bhavissati saphalā sa-udrayā[13] ti.

Evaṃ hi vo[14] bhikkhave sikkhitabbaṃ.

8. Attatthaṃ[15] vā bhikkhave sampassamānena alam eva appamādena sampādetuṃ, paratthaṃ vā bhikkhave sam-

---

[1] M. Ph. S. uddhampādaṃ. [2] *omitted by* T.
[3] T. M6 M7 pe + yathā. [4] *omitted by* S.
[5] M. la; Ph. pa. [6] M. la; Ph. pa; S. *gives it in full.*
[7] T. M6 M7 uppa° [8] S. tassa. [9] T. M6 °kharaṃ.
[10] T. tesan; M6 sante. [11] M. Ph. vo; *omitted by* M7.
[12] T. kāra. [13] Ph. uddayā. [14] M. Ph. kho.
[15] M. atthattaṃ; Ph. atthaṃ.

passamānena alaṃ eva appamādena sampādetuṃ, ubhayatthaṃ vā bhikkhave sampassamānena alaṃ eva appamādena sampādetun ti. Idam avoca Bhagavā[1]. Imasmiñ ca pana veyyākaraṇasmiṃ bhaññamāne saṭṭhimattānaṃ bhikkhūnaṃ uṇhaṃ lohitaṃ mukhato uggañchi[2], saṭṭhimattā bhikkhū sikkhaṃ paccakkhāya hīnāyāvattiṃsu[3] 'dukkaraṃ Bhagavā sudukkaraṃ Bhagavā' ti, saṭṭhimattānaṃ bhikkhūnaṃ anupādāya āsavehi cittāni vimuccimsū ti.

LXIX.

1. Bhūtapubbaṃ bhikkhave Sunetto nāma satthā ahosi titthakaro kāmesu vītarāgo. Sunettassa kho pana bhikkhave satthuno anekāni[4] sāvakasatāni ahesuṃ[5]. Sunetto satthā sāvakānaṃ Brahmalokasahavyatāya dhammaṃ desoti. Ye kho pana[6] bhikkhave Sunettassa satthuno Brahmalokasahavyatāya dhammaṃ desentassa cittāni na[6] pasādesuṃ[7], te kāyassa bhedā parammaraṇā apāyaṃ duggatiṃ vinipātaṃ nirayaṃ upapajjiṃsu[8]. Ye kho pana bhikkhave Sunettassa satthuno Brahmalokasahavyatāya dhammaṃ desentassa cittāni pasādesuṃ[9], te kāyassa bhedā parammaraṇā sugatiṃ saggaṃ lokaṃ upapajjiṃsu[8].

2. Bhūtapubbaṃ bhikkhave Mūgapakkho nāma satthā ahosi . . .[10] Aranemi nāma satthā ahosi . . .[11] Kuddālo[12] nāma satthā ahosi . . .[11] Hatthipālo nāma satthā ahosi . . .[11] Jotipālo nāma satthā ahosi . . .[11] Arako nāma satthā ahosi titthakaro kāmesu vītarāgo. Arakassa kho pana bhikkhave satthuno anekāni sāvakasatāni ahesuṃ. Arako nāma[13] satthā sāvakānaṃ Brahmalokasahavyatāya dhammaṃ desesi[14]. Ye kho pana[6] bhikkhave Arakassa satthuno Brah-

---

[1] M. adds la. [2] T. uggañji; M. Ph. uggacchi.
[3] T. M. hīnāya va° [4] T. inserts pi.
[5] M. ahosi, so also in the next place. [6] omitted by S.
[7] T. M. M. pasādesuṃ. [8] T. M. M. uppa°
[9] T. M. pa° [10] M. la; Ph. pa; S. pa.
[11] M. la; Ph. pa.
[12] Ph. Kuddālako; M. Kudālako.
[13] *omitted by* M. Ph. [14] M. Ph. °si.

malokasahavyatāya dhammaṃ desentassa cittāni na[1] pasādesuṃ[1], te kāyassa bhedā parammaraṇā apāyaṃ duggatiṃ vinipātaṃ nirayaṃ upapajjiṃsu[2]. Ye kho pana bhikkhave Arakassa satthuno Brahmalokasahavyatāya dhammaṃ desentassa cittāni pasādesuṃ, te kāyassa bhedā parammaraṇā sugatiṃ saggaṃ lokaṃ upapajjiṃsu[2].

3. Taṃ kiṃ maññatha bhikkhave, yo ime satta satthāre titthakare kāmesu vītarāge anekasataparivāre sāvakasaṅghe[3] duṭṭhacitto akkoseyya paribhāseyya, bahuṃ so apuññaṃ pasaveyyā ti? 'Evaṃ bhante'.

Yo kho[4] bhikkhave ime satta satthāre titthakare kāmesu vītarāge anekasataparivāre sāvakasaṅghe[3] duṭṭhacitto[5] akkoseyya paribhāseyya, bahuṃ[6] so apuññaṃ pasaveyya, yo ekaṃ diṭṭhisampannaṃ puggalaṃ duṭṭhacitto[7] akkosati paribhāsati, ayaṃ tato bahutaraṃ apuññaṃ pasavati. Taṃ kissa hetu? Nāhaṃ bhikkhave ito bahiddhā evarūpiṃ khantiṃ vadāmi yathā'mamaṃ sabrahmacārisu. Tasmā ti ha bhikkhave evaṃ sikkhitabbaṃ: —

Na[8] no[8] sabrahmacārisu cittāni paduṭṭhāni bhavissanti ti. Evaṃ hi vo[9] bhikkhave sikkhitabban ti.

LXX.

1. Bhūtapubbaṃ bhikkhave Arako[10] nāma satthā ahosi titthakaro kāmesu vītarāgo. Arakassa kho pana bhikkhave satthuno anekāni sāvakasatāni ahesuṃ. Arako satthā sāvakānaṃ evaṃ dhammaṃ deseti[11]: —

2. Appakaṃ brāhmaṇa jīvitaṃ manussānaṃ parittaṃ lahukaṃ[12] bahudukkhaṃ bahupāyāsaṃ. Mantāya boddhab-

[1] T. M_6 padesesuṃ; M_7 padosesuṃ.
[2] T. M_6. M_7 uppa° [3] T. M_6. M_7 sāvaka°
[4] *omitted by* M. Ph. S. [5] T. M_6 paduṭṭha°
[6] T. M_6. M_7 *omit* bahuṃ so a° pa°
[7] T. paduṭṭha°
[8] Ph. na no ambo; S. na tvevaṃ amhaṃ; T. tato (*sic*) sea (*sic*); M_6 nāna *or* na ta; M_7 nando āna.
[9] T. kho; M. yo. [10] T. °ko. [11] S. °ti.
[12] T. M_6. M_7 lahumaṃ *throughout.*

baṃ[1], kattabbaṃ kusalaṃ, caritabbaṃ brahmacariyaṃ, natthi jātassa amaraṇaṃ. Seyyathā pi brāhmaṇa tiṇagge ussāvabindu suriye uggacchante khippaṃ yeva paṭivigacchati na ciraṭṭhitikaṃ hoti, evaṃ eva kho brāhmaṇa ussāvabindūpamaṃ jīvitaṃ manussānaṃ parittaṃ lahukaṃ bahudukkhaṃ bahūpāyāsaṃ. Mantāya bodhabbaṃ, kattabbaṃ kusalaṃ, caritabbaṃ brahmacariyaṃ, natthi jātassa amaraṇaṃ. Seyyathā pi brāhmaṇa thullaphusitake[2] deve vassante udake[3] udakabubbulaṃ khippaṃ yeva paṭivigacchati[4] na ciraṭṭhitikaṃ hoti, evaṃ eva kho brāhmaṇa udakabubbulūpamaṃ jīvitaṃ manussānaṃ parittaṃ lahukaṃ bahudukkhaṃ bahupāyāsaṃ. Mantāya bodhabbaṃ, kattabbaṃ kusalaṃ, caritabbaṃ brahmacariyaṃ, natthi jātassa amaraṇaṃ. Seyyathā pi brāhmaṇa udake daṇḍarāji khippaṃ yeva paṭivigacchati[4] na ciraṭṭhitikā hoti, evaṃ eva kho brāhmaṇa udakedaṇḍarājūpamaṃ jīvitaṃ manussānaṃ parittaṃ[5] lahukaṃ[5] . . .[6] natthi jātassa amaraṇaṃ. Seyyathā pi brāhmaṇa nadī pabbateyyā dūraṅgamā sīghasotā[7] hārahārinī, natthi so khaṇo vā layo vā muhutto vā, yaṃ[8] sā[8] āramati[9], atha kho sā gacchat' eva[10] vattat' eva[11] sandat'[12] eva[13], evaṃ eva kho brāhmaṇa nadīpabbateyyūpamaṃ jīvitaṃ manussānaṃ parittaṃ[13] lahukaṃ[13] . . . pe[14] . . . natthi jātassa amaraṇaṃ. Seyyathā[15] pi brāhmaṇa balavā puriso jivhagge kheḷapiṇḍaṃ saññūhitvā appakasiren' eva vameyya, evaṃ eva kho brāhmaṇa kheḷapiṇḍūpamaṃ jīvitaṃ manussānaṃ parittaṃ lahukaṃ[16] . . .[16] natthi jātassa amaraṇaṃ. Seyyathā pi brāhmaṇa divasasantatte

---

1 M. Ph. boddhaṃ; S. phoṭṭabbaṃ *throughout*.
2 T. phulla° 3 *omitted by* S.
4 T. paṭigacchati; M. paṭiga° *corr. to* paṭivi° *by another hand*. 5 *omitted by* M.; T. M. *omit only* lahukaṃ.
6 M. la; Ph. pa. 7 M. Ph. sīgha°
8 M. yāya; Ph. sā yaṃ; M. yaṃ.
9 M. āvaṭṭati; Ph. āraṭṭati; S. ābharati.
10 S. °te ca; T. M. *only* °te. 11 S. °te ca.
12 T. sanāt'. 13 *omitted by* T. M., M.
14 M. la; Ph. pa; *omitted by* S.
15 *in* Ph. *this simile is missing*. 16 M. la.

ayokaṭāhe maṃsapesi[1] pakkhittā[2] khippaṃ yeva paṭivigacchati[3] na ciraṭṭhitikā hoti, evam eva kho brāhmaṇa maṃsapesūpamaṃ manussānaṃ jīvitaṃ parittaṃ lahukaṃ[4] . . .[5] natthi jātassa amaraṇaṃ. Seyyathā pi brāhmaṇa gāvī vajjhā[6] āghātanaṃ nīyamānā yaṃ yad eva pādaṃ[7] uddharati santike 'va[8] hoti[8] vadhassa[9] santike 'va[10] maraṇassa, evam eva kho brāhmaṇa govajjhūpamaṃ[11] jīvitaṃ manussānaṃ parittaṃ lahukaṃ bahudukkhaṃ bahupāyāsaṃ. Mantāya boddhabbaṃ, kattabbaṃ kusalaṃ, caritabbaṃ brahmacariyaṃ, natthi jātassa amaraṇan ti.

3. Tena kho pana bhikkhave samayena manussānaṃ saṭṭhivassasahassāni āyuppamāṇaṃ ahosi. Pañcavassasatikā kumārikā alampateyyā ahosi. Tena kho pana bhikkhave samayena manussānaṃ chaḷ eva ābādhā ahesuṃ; sītaṃ uṇhaṃ jighacchā[12] pipāsā uccāro passāvo. So hi nāma bhikkhave[13] Arako satthā evaṃ dīghāyukesu manussesu evaṃ ciraṭṭhitikesu evaṃ appābādhesu sāvakānaṃ evaṃ dhammaṃ desessati[14] 'appakaṃ brāhmaṇa jīvitaṃ manussānaṃ parittaṃ lahukaṃ bahudukkhaṃ bahupāyāsaṃ. Mantāya boddhabbaṃ, kattabbaṃ kusalaṃ, caritabbaṃ brahmacariyaṃ, natthi jātassa amaraṇan' ti. Etarahi kho[15] taṃ bhikkhave sammā vadamāno vadeyya 'appakaṃ jīvitaṃ manussānaṃ parittaṃ lahukaṃ bahudukkhaṃ bahupāyāsaṃ. Mantāya boddhabbaṃ, kattabbaṃ kusalaṃ, caritabbaṃ brahmacariyaṃ, natthi jātassa amaraṇan' ti. Etarahi kho[16] bhikkhave yo ciraṃ jīvati, so vassasataṃ appaṃ vā bhiyyo[17]. Vassasataṃ kho pana bhikkhave jīvanto tīṇi yeva utusatāni jīvati: utusataṃ hemantānaṃ, utusataṃ gimhānaṃ, utusataṃ vassānaṃ. Tīṇi kho pana bhikkhave utusatāni jīvanto dvādasa[18] yeva māsasatāni jīvati: cattāri māsasatāni

---

[1] M. Ph. °pesiyā. [2] M. Ph. °ttāya.
[3] T. M_7 paṭivijjhati. [4] omitted by T. M_6. M_7.
[5] M. ha; Ph. pa. [6] T. vajjhaṃ. [7] T. padaṃ.
[8] omitted by S. [9] M. Ph. vadhassa.
[10] omitted by T. S. [11] S. gāv° [12] T. M_6. M_7 dīgh°
[13] T. bhikkhu. [14] M. Ph. desoti; T. M_6. M_7 desessanti.
[15] omitted by M. Ph. S. [16] M. S. add vā.
[17] M. Ph. T. M_6. M_7 °sam.

hemantānaṃ, cattāri māsasatāni gimhānaṃ, cattāri māsasatāni vassānaṃ. Dvādasa[1] kho pana bhikkhave māsasatāni jīvanto catuvīsatim[2] yeva addhamāsasatāni jīvati: aṭṭhaddhamāsasatāni hemantānaṃ, aṭṭhaddhamāsasatāni gimhānaṃ, aṭṭhaddhamāsasatāni vassānaṃ. Catuvīsatim[3] kho pana bhikkhave addhamāsasatāni[4] jīvanto chattiṃsaṃ[5] yeva rattisahassāni jīvati: dvādasa rattisahassāni hemantānaṃ, dvādasa rattisahassāni gimhānaṃ, dvādasa rattisahassāni vassānaṃ. Chattiṃsaṃ kho pana bhikkhave rattisahassāni jīvanto dvesattatiñ[6] ñeva[6] bhattasahassāni bhuñjati: catuvīsatim[7] bhattasahassāni hemantānaṃ, catuvīsatim[7] bhattasahassāni gimhānaṃ, catuvīsatim[7] bhattasahassāni vassānaṃ saddhiṃ[8] mātuthaññāya[8] saddhiṃ bhattantarāyena[9]. Tatr'[10] ime bhattantarāyā[9]: kupito pi bhattaṃ na bhuñjati, dukkhito pi bhattaṃ na bhuñjati, vyādhito[11] pi bhattaṃ na bhuñjati, uposathiko[12] pi bhattaṃ na bhuñjati, alābhakena[13] pi bhattaṃ na bhuñjati. Iti kho bhikkhave mayā vassasatāyukassa manussassa āyu pi saṃkhātaṃ, āyuppamāṇam pi saṃkhātaṃ[14], utū pi saṃkhātā, saṃvaccharā[15] pi saṃkhātā, māsā pi saṃkhātā, addhamāsā[16] pi saṃkhātā, ratti pi saṃkhātā, rattindivā[17] pi saṃkhātā, bhattā pi saṃkhātā, bhattantarāyā pi saṃkhātā.

4. Yaṃ bhikkhave satthārā karaṇīyaṃ sāvakānaṃ hitesinā anukampakena anukampaṃ upādāya, kataṃ vo taṃ mayā. Etāni bhikkhave rukkhamūlāni etāni suññāgārāni. Jhāyatha bhikkhave, mā pamādattha, mā pacchā vippaṭisārino ahuvattha. Ayaṃ vo amhākaṃ anusāsanī ti.

---

[1] M. Ph. M6 M7 °saṃ. [2] M. Ph. °ti.
[3] M. Ph. T. M6 M7 °ti. [4] S. aṭṭhaddha°
[5] Ph. M6 °ṃ.
[6] Ph. °ti c'eva; M6 °sattatiṃsaṃ ñeva.
[7] M. °ti. [8] omitted by T.
[9] T. M7 °tarāyā; M6 °tarāyā, then kupito and so on.
[10] T. M7 tatr'. [11] T. M6 M7 byādhito.
[12] M6 upāsako. [13] M6 alā° [14] T. °tā.
[15] T. M6 M7 utusaṃvacchar°
[16] T. M6 M7 māsaddhamāsā (T. °māsaṃ).
[17] M. S. divā.

Mahāvaggo[1] sattamo[2].

Tass' uddānaṃ:

Hiri suriyaṃ[3] nagaraṃ[4] upamā dhammaññū[5] pāricchattakaṃ[5]
Sakkatvā[6] bhāvanaṃ[7] aggi Sunetta-Arakena[8] cā[8] ti.

LXXI.

1. Sattahi bhikkhave dhammehi samannāgato bhikkhu vinayadharo hoti. Katamehi sattahi?

2. Āpattiṃ jānāti, anāpattiṃ[9] jānāti[9], lahukaṃ āpattiṃ jānāti, garukaṃ āpattiṃ jānāti, sīlavā hoti pātimokkhasaṃvarasaṃvuto viharati ācāragocarasampanno aṇumattesu vajjesu bhayadassāvī samādāya sikkhati sikkhāpadesu, catunnaṃ jhānānaṃ ābhicetasikānaṃ[10] diṭṭhadhammasukhavihārānaṃ nikāmalābhī hoti akicchalābhī akasiralābhī, āsavānaṃ[9] khayā[9] anāsavaṃ cetovimuttiṃ paññāvimuttiṃ diṭṭh' eva dhamme sayaṃ abhiññā sacchikatvā upasampajja viharati.

Imehi kho bhikkhave sattahi dhammehi samannāgato bhikkhu vinayadharo hotī ti.

LXXII.

1. Sattahi bhikkhave dhammehi samannāgato bhikkhu vinayadharo hoti. Katamehi sattahi?

2. Āpattiṃ jānāti, anāpattiṃ jānāti, lahukaṃ āpattiṃ jānāti, garukaṃ āpattiṃ jānāti, ubhayāni kho pan' assa pātimokkhāni vitthārena svāgatāni honti suvibhattāni suppavattīni suvinicchitāni suttaso anuvyañjanaso, catunnaṃ jhānānaṃ ābhicetasikānaṃ[10] diṭṭhadhammasukhavihārānaṃ

---

[1] Ph. °vaggass' uddānaṃ; T. M6 M7 °vaggassa udd°

[2] S. dutiyo.

[3] S. purisaṃ.

[4] Ph. nāma; omitted by M.

[5] omitted by M. Ph.

[6] M. M6 M7 sakkataṃ; T. sakkattaṃ; S. sakkaccaṃ.

[7] T. M6 M7 bha°; Ph. vacanaṃ.

[8] Ph. °kenānusāni; S. °kenānusāsani; T. M6 M7 te dasa ti (T. te dasa yā ti) *for* ca ti.

[9] *omitted by* M6.

[10] S. abhi°

nikāmalābhī hoti akicchalābhī akasiralābhī, āsavānaṃ khayā anāsavaṃ cetovimuttiṃ paññāvimuttiṃ[1] diṭṭh' eva dhamme sayaṃ abhiññā sacchikatvā upasampajja viharati.

Imehi kho bhikkhave sattahi dhammehi samannāgato bhikkhu vinayadharo hoti ti.

LXXIII.

1. Sattahi bhikkhave dhammehi samannāgato bhikkhu vinayadharo hoti. Katamehi sattahi?

2. Āpattiṃ jānāti, anāpattiṃ jānāti, lahukaṃ āpattiṃ jānāti, garukaṃ āpattiṃ jānāti, vinaye kho pana ṭhito hoti asaṃhīro, catunnaṃ jhānānaṃ abhicetasikānaṃ[2] diṭṭha-dhammasukhavihārānaṃ nikāmalābhī hoti akicchalābhī akasiralābhī, āsavānaṃ khayā anāsavaṃ cetovimuttiṃ paññāvimuttiṃ diṭṭh' eva dhamme sayaṃ abhiññā sacchikatvā upasampajja viharati.

Imehi kho bhikkhave sattahi dhammehi samannāgato bhikkhu vinayadharo hoti ti.

LXXIV.

1. Sattahi bhikkhave dhammehi samannāgato bhikkhu vinayadharo hoti. Katamehi sattahi?

2. Āpattiṃ jānāti, anāpattiṃ jānāti, lahukaṃ āpattiṃ jānāti, garukaṃ āpattiṃ jānāti, anekavihitaṃ pubbenivāsaṃ anussarati, seyyathīdaṃ ekam pi jātiṃ dve pi jātiyo . . . po[3] . . . iti sākāraṃ sa-uddesaṃ anekavihitaṃ pubbenivāsaṃ anussarati, dibbena cakkhunā visuddhena atikkanta-mānusakena[4] . . .[5] yathākammūpage satte pajānāti, āsavānaṃ khayā anāsavaṃ cetovimuttiṃ paññāvimuttiṃ diṭṭh' eva dhamme sayaṃ abhiññā sacchikatvā upasampajja viharati.

Imehi kho bhikkhave sattahi dhammehi samannāgato bhikkhu vinayadharo hoti ti.

---

[1] *omitted by* M_6.
[2] S. abhi°
[3] M. la; Ph. pa; M_6 *is here somewhat in disorder.*
[4] M. Ph. °mānussakena, *and so wherever this word occurs.*
[5] S. pe.

LXXV.

1. Sattahi bhikkhave dhammehi samannāgato bhikkhu[1] vinayadharo sobhati. Katamehi sattahi[2]?

2. Āpattiṃ jānāti, anāpattiṃ jānāti, lahukaṃ āpattiṃ jānāti, garukaṃ āpattiṃ jānāti, sīlavā hoti ...[3] samādāya sikkhati sikkhāpadesu, catunnaṃ jhānānaṃ ... pe[4] ... akasiralābhī, āsavānaṃ[5] khayā ... pe[6] ... sacchikatvā upasampajja viharati.

Imehi kho bhikkhave sattahi dhammehi samannāgato bhikkhu[1] vinayadharo sobhatī ti.

LXXVI.

1. Sattahi bhikkhave dhammehi samannāgato vinayadharo sobhati. Katamehi sattahi?

2. Āpattiṃ jānāti, anāpattiṃ jānāti, lahukaṃ āpattiṃ jānāti, garukaṃ āpattiṃ jānāti, ubhayāni kho pan' assa pātimokkhāni vitthārena svāgatāni honti suvibhattāni suppavattīni suvinicchitāni suttaso anuvyañjanaso, catunnaṃ jhānānaṃ ... pe[7] ... akasiralābhī, āsavānaṃ khayā ... pe[7] ... sacchikatvā upasampajja viharati.

Imehi kho bhikkhave sattahi dhammehi samannāgato vinayadharo sobhatī ti.

LXXVII.

1. Sattahi bhikkhave dhammehi samannāgato vinayadharo sobhati. Katamehi sattahi?

2. Āpattiṃ jānāti, anāpattiṃ jānāti, lahukaṃ āpattiṃ jānāti, garukaṃ āpattiṃ jānāti, vinaye kho pana ṭhito hoti asaṃhīro, catunnaṃ jhānānaṃ ... pe[7] ... akasiralābhī, āsavānaṃ khayā ... pe[7] ... sacchikatvā upasampajja viharati.

[1] *omitted by* T. M6. M7.
[2] T. M6. M7 pe + lahukaṃ.
[3] M. la; S. pe.
[4] M. Ph. *give it in full;* M. *omits* diṭṭhadhamma°
[5] M. Ph. °nañ ca.
[6] M. la; Ph. pa.
[7] M. la; Ph. pa; *omitted by* T. M6. M7.

Imehi kho bhikkhave sattahi dhammehi samannāgato vinayadharo sobhatī ti.

LXXVIII.

1. Sattahi bhikkhave dhammehi samannāgato vinayadharo sobhati. Katamehi sattahi?

2. Āpattiṃ jānāti, anāpattiṃ jānāti, lahukaṃ āpattiṃ jānāti, garukaṃ āpattiṃ jānāti, anekavihitaṃ pubbenivāsaṃ anussarati, seyyathīdaṃ ekam pi jātiṃ dve pi jātiyo ... pe¹ ... iti sākāraṃ sa-uddesaṃ anekavihitaṃ pubbenivāsaṃ anussarati, dibbena cakkhunā visuddhena atikkantamānusakena ... pe² ... yathākammūpage satte pajānāti, āsavānaṃ khayā ... pe³ ... sacchikatvā upasampajja viharati.

Imehi kho bhikkhave sattahi dhammehi samannāgato vinayadharo sobhatī ti.

LXXIX.

1. Atha kho āyasmā Upāli yena Bhagavā ten' upasaṅkami, upasaṅkamitvā Bhagavantaṃ abhivādetvā ekamantaṃ nisīdi. Ekamantaṃ nisinno kho āyasmā Upāli Bhagavantaṃ etad avoca 'sādhu me bhante Bhagavā saṃkhittena dhammaṃ desetu, yam ahaṃ Bhagavato dhammaṃ sutvā eko vūpakaṭṭho appamatto ātāpī pahitatto vihareyyan' ti.

2. Ye⁴ kho tvaṃ Upāli dhamme jāneyyāsi: ime dhammā na ekantanibbidāya virāgāya nirodhāya upasamāya abhiññāya sambodhāya nibbānāya saṃvattantī ti, ekaṃsena⁵ Upāli dhāreyyāsi⁶: n' eso dhammo, n' eso vinayo, n' etaṃ Satthu sāsanan ti. Ye ca kho tvaṃ Upāli dhamme jāneyyāsi: ime dhammā ekantanibbidāya virāgāya nirodhāya upasamāya abhiññāya sambodhāya nibbānāya saṃvattantī ti, ekaṃsena⁵ Upāli dhāreyyāsi⁶: eso⁷ dhammo, eso vinayo, etaṃ Satthu sāsanan ti.

---

¹ M. la; Ph. pa.
² M. la; Ph. pa; thus everywhere; omitted by T. M6. M7.
³ M. la; Ph. pa; omitted by T. M6. M7.
⁴ T. M7 yo. ⁵ S. °sena. ⁶ T. °ti.
⁷ Ph. repeats here n'eso dh° till dhāreyyāsi.

LXXX.

1. Satt' ime bhikkhave adhikaraṇasamathā[1] dhammā uppannuppannānaṃ adhikaraṇānaṃ samathāya vūpasamāya[2]. Katame satta?

2. Sammukhāvinayo dātabbo, sativinayo dātabbo, amūḷhavinayo dātabbo, paṭiññātakaraṇaṃ[3] dātabbaṃ[4], yebhuyyasikā dātabbā[5], tassapāpiyyasikā dātabbā[5], tiṇavatthārako dātabbo[5].

Ime kho bhikkhave satta adhikaraṇasamathā dhammā uppannuppannānaṃ adhikaraṇānaṃ samathāya vūpasamāya ti.

Vinayavaggo[6] aṭṭhamo[7].

Tass' uddānaṃ[8]:

Caturo vinayadharā caturo vinayadharasobhanā honti
Sāsanaṃ aṭṭhamavaggo dasa pāḷi adhikaraṇasamathanā[9] ti.

---

1. Sattannaṃ bhikkhave dhammānaṃ bhinnattā bhikkhu hoti. Katamesaṃ sattannaṃ?

2. Sakkāyadiṭṭhi bhinnā hoti, vicikicchā bhinnā hoti, sīlabbataparāmāso bhinno hoti, rāgo bhinno hoti, doso bhinno hoti, moho bhinno hoti, māno bhinno hoti.

Imesaṃ kho bhikkhave sattannaṃ dhammānaṃ bhinnattā bhikkhu hoti ti.

---

1. Sattannaṃ bhikkhave dhammānaṃ samitattā samaṇo hoti . . .[10] bāhitattā brāhmaṇo hoti . . .[10] nissutattā[11] sotthiko[12] hoti . . . ninhātattā[13] nahātako hoti . . .[10]

---

[1] M. adhikaraṇadhammā samathā. [2] T. upa°

[3] T. M6. M7 paṭiññāya kāretabbā (M7 kāretabbaṃ) *for* paṭi° dā° [4] *omitted by* S. [5] *omitted by* T. M6. S.

[6] T. M6. M7 vaggo niṭṭhito; Ph. vaggaṃ niṭṭhitaṃ.

[7] S. tatiyo.

[8] *this and the uddāna itself is to be found only in* M.

[9] M. adhikaraṇa° [10] M. la; Ph. pa. [11] M. Ph. niyy°

[12] M. Ph. sotthiyo.

[13] M. Ph. M7 ninhātatta; T. taṇhātatta; S. nahātatta.

viditattā vedagu hoti . . .[1] arihatattā[2] ariyo[3] hoti . . .[1] ārakattā[4] arahā hoti. Katamesaṃ sattannaṃ?

2. Sakkāyadiṭṭhi ārakā[3] hoti, vicikicchā ārakā[3] hoti, sīlabbataparāmāso ārako hoti, rāgo[5] ārako hoti, doso ārako hoti, moho ārako hoti, māno ārako hoti.

Imesaṃ kho bhikkhave sattannaṃ dhammānaṃ ārakattā arahā hotī ti.

1. Satt' ime bhikkhave asaddhammā. Katame satta?

2. Assaddho hoti, ahiriko hoti, anottappī hoti, appassuto hoti, kusīto hoti, muṭṭhassati hoti, duppañño hoti.

Ime kho bhikkhave satta asaddhammā ti[7].

1. Satt' ime bhikkhave saddhammā. Katame satta?

2. Saddho hoti, hirimā hoti, ottappī hoti, bahussuto hoti, āraddhaviriyo hoti, satimā hoti, paññavā hoti.

Ime kho bhikkhave satta saddhammā ti[8].

-

1. Satt' ime bhikkhave puggalā āhuneyyā[9] pāhuneyyā dakkhiṇeyyā añjalikaraṇīyā anuttaraṃ puññakkhettaṃ lokassa. Katame satta?

2. Idha bhikkhave ekacco puggalo cakkhusmiṃ aniccānupassī viharati aniccasaññī aniccapaṭisaṃvedī satataṃ samitaṃ abbokiṇṇaṃ cetasā adhimuccamāno paññāya pariyogāhamāno. So āsavānaṃ khayā anāsavaṃ cetovimuttiṃ paññāvimuttiṃ diṭṭh' eva dhamme sayaṃ abhiññā sacchi-

---

[1] M. la; Ph. pa.
[2] Ph. ariyitā; T. M.[6] M, arahattā; S. omits this phrase.
[3] M. arako; T. omits hoti. [4] M, ārattā.
[5] M, sa° throughout. [6] T. taṇhā.
omitted by S.
[8] M. adds Samaṇavaggo navamo; Ph. adds vaggo; then M. has tass' uddānaṃ; M. Ph. give the following uddānaṃ:
Bhinnā samaṇabrāhmaṇā ca sotthiya-vedagāriyo (M. nhātako veda°)
Arahā asaddhammā saddhammā (M. °mmino) desitā te Tathāgatā ti
[9] M. la; Ph. pa ; dakkh°

katvā upasampajja viharati. Ayaṃ kho¹ bhikkhave paṭhamo puggalo āhuneyyo² . . . anuttaraṃ puññakkhettaṃ lokassa.

3. Puna ca paraṃ bhikkhave idh' ekacco puggalo cakkhusmiṃ aniccānupassī viharati aniccasaññī aniccapaṭisaṃvedī satataṃ samitaṃ abbokiṇṇaṃ cetasā adhimuccamāno paññāya pariyogāhamāno. Tassa apubbaṃ acarimaṃ āsavapariyādānañ ca hoti jīvitapariyādānañ ca³. Ayaṃ bhikkhave dutiyo puggalo āhuneyyo . . .⁴ anuttaraṃ puññakkhettaṃ lokassa.

4. Puna ca paraṃ bhikkhave idh' ekacco puggalo cakkhusmiṃ aniccānupassī viharati aniccasaññī aniccapaṭisaṃvedī satataṃ samitaṃ abbokiṇṇaṃ cetasā adhimuccamāno paññāya pariyogāhamāno. So pañcannaṃ orambhāgiyānaṃ saññojanānaṃ parikkhayā antarāparinibbāyī hoti . . .⁴ upahaccaparinibbāyī hoti . . .⁴ asaṅkhāraparinibbāyī hoti . . .⁴ sasaṅkhāraparinibbāyī hoti . . . uddhaṃsoto hoti akaniṭṭhagāmī. Ayaṃ bhikkhave sattamo puggalo āhuneyyo² . . .⁴ anuttaraṃ puññakkhettaṃ lokassa.

Ime kho bhikkhave satta puggalā āhuneyyā pāhuneyyā dakkhiṇeyyā añjalikaraṇīyā anuttaraṃ puññakkhettaṃ lokassā ti.

---

1. Satt' ime bhikkhave puggalā āhuneyyā² . . .⁴ anuttaraṃ puññakkhettaṃ lokassa. Katame satta?

2. Idha bhikkhave ekacco puggalo cakkhusmiṃ dukkhānupassī viharati . . .⁴ cakkhusmiṃ anattānupassī viharati . . .⁴ cakkhusmiṃ⁵ khayānupassī viharati . . .⁶ cakkhusmiṃ vayānupassī viharati . . .⁴ cakkhusmiṃ virāgānupassī viharati . . .⁴ cakkhusmiṃ nirodhānupassī⁷ viharati⁸ . . .⁴ cakkhusmiṃ⁵ paṭinissaggānupassī viharati . . .⁴ sotasmiṃ . . .⁹ ghānasmiṃ . . . jivhāya . . . kāyasmiṃ . . . manasmiṃ . . . rūpesu . . . saddesu . . . gandhesu . . . rasesu . . . phoṭ-

---

¹ omitted by S.

² M. Ph. add pāhuneyyo, then M. la; Ph. pa; S. gives it in full. ³ T. M. add hoti. ⁴ M. la; Ph. pa.

⁵ T. M₆ M₇ add pah° ⁶ M. Ph. add pah°

⁷ T. M₆ M₇ omit this phrase.

⁸ omitted by Ph. ⁹ M. la.

ṭṭhabbesu . . .[1] dhammesu . . . cakkhuviññāṇe . . .[1] sotaviññāṇe . . . ghānaviññāṇe . . . jivhāviññāṇe . . . kāyaviññāṇe . . .[1] manoviññāṇe . . .[1] cakkhusamphasse . . .[1] sotasamphasse . . .[1] ghānasamphasse . . . jivhāsamphasse . . . kāyasamphasse . . .[1] manosamphasse . . .[1] cakkhusamphassajāya[3] vedanāya . . . sotasamphassajāya vedanāya . . . ghānasamphassajāya vedanāya . . . jivhāsamphassajāya vedanāya . . . kāyasamphassajāya vedanāya . . . manosamphassajāya[4] vedanāya[4] . . . rūpasaññāya . . . saddasaññāya . . . gandhasaññāya . . . rasasaññāya phoṭṭhabbasaññāya . . . dhammasaññāya . . . rūpasañcetanāya . . . saddasañcetanāya . . . gandhasañcetanāya rasasañcetanāya . . . phoṭṭhabbasañcetanāya . . . dhammasañcetanāya . . . rūpataṇhāya . . . saddataṇhāya . . . gandhataṇhāya . . . rasataṇhāya . . . phoṭṭhabbataṇhāya . . . dhammataṇhāya . . . rūpavitakke . . . saddavitakke . . . gandhavitakke . . . rasavitakke . . . phoṭṭhabbavitakke . . . dhammavitakke . . . rūpavicāre . . . saddavicāre . . . gandhavicāre . . . rasavicāre . . . phoṭṭhabbavicāre . . . dhammavicāre . . .[5] rūpakkhandhe . . . vedanākkhandhe . . . saññākkhandhe . . . saṅkhārakkhandhe . . . viññāṇakkhandhe aniccānupassī viharati . . . dukkhānupassī viharati . . . anattānupassī viharati . . . khayānupassī viharati . . . vayānupassī viharati . . . virāgānupassī viharati . . . nirodhānupassī viharati . . . paṭinissaggānupassī viharati[6].

---

[1] M. la; Ph. pa.   [2] M. la.
[3] Ph. °ja *throughout.*
[4] *omitted by* Ph.   [5] M. Ph. *insert* pañcakkhandhe.
[6] M. *adds the following* uddāna:

Cha dvārārammaṇesv' aṭṭha viññāṇesu ca phassesu
vedanāsu ca dvāresu suttā honti visuṃ aṭṭha
saññā sañcetanā taṇhā vitakkesu vicāre ca
gocaresu visuṃ aṭṭha pañcakkhandhe ca pacceke
soḷasesv' ātumālesu aniccadukkha-anattā
khayā vayā virāgā ca nirodhā paṭinissaggā
kamaṃ aṭṭhānupassanā ti sambhinditesu sabbesu
honti pañcasatāni ca aṭṭhavīsati suttāni
āhuneyyo ca vaggito āhuneyyavaggo dasamo.

1. Rāgassa bhikkhave abhiññāya satta dhammā bhāvetabbā. Katame satta?

2. Satisambojjhaṅgo . . . pe[1] . . . upekhāsambojjhaṅgo . . .[2] Rāgassa bhikkhave abhiññāya ime satta dhammā bhāvetabbā ti[3].

---

1. Rāgassa bhikkhave abhiññāya satta dhammā bhāvetabbā. Katame satta?

2. Aniccasaññā, anattasaññā, asubhasaññā, ādīnavasaññā, pahānasaññā, virāgasaññā, nirodhasaññā.

Rāgassa bhikkhave abhiññāya ime satta dhammā bhāvetabbā ti[4].

---

1. Rāgassa bhikkhave abhiññāya satta dhammā bhāvetabbā. Katame satta?

2. Asubhasaññā, maraṇasaññā, āhāre paṭikkūlasaññā, sabbaloke anabhiratasaññā, aniccasaññā, anicce dukkhasaññā, dukkhe anattasaññā.

Rāgassa bhikkhave abhiññāya ime satta dhammā bhāvetabbā ti[5].

---

1. Rāgassa bhikkhave pariññāya[6] . . . pe[7] . . . parikkhayāya . . . pahānāya . . . khayāya . . . vayāya . . . virāgāya . . . nirodhāya . . . cāgāya . . . paṭinissaggāya ime satta dhammā bhāvetabbā.

2. Dosassa . . . mohassa . . . kodhassa . . . upanāhassa . . . makkhassa . . . paḷāsassa . . . issāya[8] . . . macchariyassa . . . māyāya . . . sātheyyassa . . . thambhassa . . . sārambhassa . . . mānassa . . . atimānassa . . . madassa . . . pamādassa . . . abhiññāya . . . pariññāya . . . parikkhayāya . . . pahānāya . . . khayāya . . . vayāya . . . virāgāya . . . nirodhāya . . . cāgāya . . . paṭinissaggāya ime satta dhammā bhāvetabbā ti.

[1] M. la; Ph. pa. [2] T. M6. M7 pe.
[3] omitted by all MSS. exc. S. [4] omitted by Ph.
[5] omitted by all MSS. exc. S.; M. leaves space.
[6] T. M6. M7 abhiññāya. [7] T. M7 insert bhāvanāya.
[8] T. imassa; M6. M7 issa.

Idam[1] avoca Bhagavā. Attamanā te bhikkhū Bhagavato bhāsitaṃ abhinandun ti[2].

Sattakanipāto[3] samatto[4].

---

[1] *These two phrases are missing in* S.

[2] Ph. *adds:* Saṅkavaraṇa (*sic*) niyato chaṭṭhamā saṃkhittena ca. *Then:* [vi] rāgānupassī viharati paṭinissaggānupassī viharati ti. Rāgassa bhikkhave abhiññāya, *as above.* Katame satta? Satisambojjhaṅgo dhammavicayasambojjhaṅgo viriyasambojjhaṅgo pīti° (*sic*) passaddhi° samādhi° upekkhā°. Rāgassa bh° abhiññāya ime satta dh° bh° ti. Rāgassa bh° abhi° satta dh° bh°. Katame satta? Aniccasaññā, anatta° *and so on, as above, till the end.*

[3] M. Ph. sattanipātaṃ; T. M. M. sattako.

[4] M. Ph. samattaṃ; S. niṭṭhito; M. *adds* siddhir astu, sivam astu, jayatu.

AṬṬHAKA-NIPĀTA.

Namo[1] Tassa Bhagavato Arahato Sammāsambuddhassa.

I[2].

1. Evaṃ me sutaṃ. Ekaṃ samayaṃ Bhagavā Sāvatthiyaṃ viharati Jetavane Anāthapiṇḍikassa ārāme. Tatra kho Bhagavā bhikkhū āmantesi: — Bhikkhavo ti. Bhadante[3] ti te bhikkhū Bhagavato paccassosuṃ. Bhagavā etad avoca: —

2. Mettāya bhikkhave cetovimuttiyā āsevitāya bhāvitāya bahulīkatāya yānikatāya vatthukatāya anuṭṭhitāya paricitāya susamāraddhāya aṭṭhānisaṃsā pāṭikaṅkhā. Katame aṭṭha?

3. Sukhaṃ supati, sukhaṃ paṭibujjhati, na pāpakaṃ supinaṃ passati, manussānaṃ piyo hoti, amanussānaṃ piyo hoti, devatā rakkhanti, nāssa[4] aggi vā visaṃ vā satthaṃ vā kamati, uttariṃ[5] appaṭivijjhanto brahmalokūpago hoti. Mettāya bhikkhave cetovimuttiyā āsevitāya bhāvitāya bahulīkatāya yānikatāya vatthukatāya anuṭṭhitāya paricitāya susamāraddhāya ime aṭṭhānisaṃsā pāṭikaṅkhā ti.

Yo ca mettaṃ bhāvayati appamāṇaṃ[6] patissato
tanū[7] saṃyojanā[8] honti[9] passato upadhikkhayaṃ.

---

[1] T. *omits this* udānaṃ.
[2] S. *has* Paṇṇāsako; *the other MSS. have no title at all.*
[3] Ph. bhaddante. [4] M₆ n'assa. [5] Ph. M₆ °ri.
[6] M₆ appamādaṃ. [7] M₆ anu. [8] M₆, M₇ °no.
[9] M₆ hoti.

Ekam pi ce pāṇam aduṭṭhacitto mettāyati, kusalī[1] tena hoti,
sabbe 'va[2] pāṇe manasānukampī[3] pahūtamariyo[4] pakaroti[5] puññaṃ.
Ye sattasaṇḍaṃ pathaviṃ vijetvā[6] rājisayo[7] yajamānā-nupariyagā[8]
assamedhaṃ purisamedhaṃ sammāpāsaṃ[9] vājapeyyaṃ[10] niraggaḷaṃ,
mettassa cittassa subhāvitassa kalam pi te nānubhavanti soḷasiṃ
candappabhā tāragaṇā va sabbe.
Yo na hanti na ghāteti na jināti[11] na jāpaye[12]
mettaṃso[13] sabbabhūtānaṃ[14], veraṃ tassa na kenaci ti.

II.

1. Aṭṭh' ime bhikkhave hetū aṭṭha[15] paccayā[16] ādibrahmacariyikāya[16] paññāya appaṭiladdhāya paṭilābhāya paṭiladdhāya bhiyyobhāvāya vepullāya bhāvanāya pāripūriyā saṃvattanti. Katame aṭṭha?

2. Idha bhikkhave bhikkhu Satthāraṃ upanissāya viharati aññataraṃ vā garuṭṭhāniyaṃ[17] sabrahmacāriṃ[18], yatth' assa tibbaṃ hirottappaṃ paccupaṭṭhitaṃ hoti pemañ ca gāravo ca. Ayaṃ bhikkhave paṭhamo hetu paṭhamo paccayo ādibrahmacariyikāya paññāya appaṭiladdhāya paṭilābhāya paṭiladdhāya bhiyyobhāvāya vepullāya bhāvanāya pāripūriyā saṃvattati.

---

1 M. Ph. M6 S. °laṃ. 2 Ph. T. M6 M7 ca; M8 pi.
3 Ph. M6 M7 °paṃ. 4 Ph. M8 bahuta°
5 M. S. ca karoti; Ph. only karoti. 6 S. jitvā.
7 S. rājisayo; M8 is spoiled here; T. has rāgijisayo.
8 S. °pariyagā. 9 M8 sammā°
10 M. Ph. vāca°; T. M6 M7 vāca°; M8 vācariyabhayam (sic).
11 M8 ja°; T. M7 jānāti. 12 T. jānāpaye.
13 S. mettaso. 14 S. °nāni; M8 sabbabhūtānam.
15 omitted by M8.
16 T. M. °cārikāya and °cāriyikāya, also °cariyikāya.
17 M8 °nikam throughout; T. °nikā; M. garuṭṭhakam; M6 sabrahmacārikam. 18 M. °cāri throughout.

3. So taṃ Satthāraṃ upanissāya viharanto[1] aññataraṃ vā garuṭṭhāniyaṃ[2] sabrahmacāriṃ, yatth' assa tibbaṃ hirottappaṃ paccupaṭṭhitaṃ hoti pemañ ca gāravo ca, te[3] kālena kālaṃ upasaṃkamitvā paripucchati paripañhati: Idaṃ bhante kathaṃ? Imassa ko[4] attho ti? Tassa te āyasmanto avivaṭañ c'eva[5] vivaranti[6], anuttānīkatañ[7] ca uttānīkaronti[8], anekavihitesu ca kaṅkhāṭṭhāniyesu dhammesu kaṅkhaṃ paṭivinodenti. Ayaṃ bhikkhave dutiyo hetu dutiyo paccayo ādibrahmacariyikāya paññāya appaṭiladdhāya paṭilābhāya paṭiladdhāya bhiyyobhāvāya vepullāya bhāvanāya pāripūriyā saṃvattati.

4. So taṃ dhammaṃ sutvā dvayena vūpakāsena sampādeti: kāyavūpakāsena ca cittavūpakāsena ca. Ayaṃ bhikkhave tatiyo hetu tatiyo paccayo ādibrahmacariyikāya paññāya appaṭiladdhāya paṭilābhāya paṭiladdhāya bhiyyobhāvāya vepullāya bhāvanāya pāripūriyā saṃvattati.

5. Sīlavā hoti pātimokkhasaṃvarasaṃvuto viharati ācāragocarasampanno, aṇumattesu vajjesu bhayadassāvī samādāya sikkhati sikkhāpadesu. Ayaṃ bhikkhave catuttho hetu catuttho paccayo ādibrahmacariyikāya paññāya appaṭiladdhāya paṭilābhāya paṭiladdhāya bhiyyobhāvāya vepullāya bhāvanāya pāripūriyā saṃvattati.

6. Bahussuto hoti sutadharo sutasannicayo, ye te dhammā ādikalyāṇā majjhe kalyāṇā pariyosānakalyāṇā sātthaṃ[9] savyañjanaṃ[10] kevalaparipuṇṇaṃ parisuddhaṃ brahmacariyaṃ abhivadanti, tathārūpāssa[11] dhammā bahussutā honti dhatā[12] vacasā paricitā manasānupekkhitā diṭṭhiyā suppaṭividdhā. Ayaṃ bhikkhave pañcamo hetu pañcamo paccayo ādibrahmacariyikāya paññāya appaṭiladdhāya paṭilābhāya paṭiladdhāya bhiyyobhāvāya vepullāya bhāvanāya pāripūriyā saṃvattati.

---

[1] S. viharati. [2] T. M_6. M_7 °niyaṃ *throughout.*
[3] S. so. [4] T. M_6 M_7 kvattho. [5] M_6 avivaraṃ c' eva.
[6] S. vivaṭanti. [7] T. °kat. [8] M. uttānim ka°
[9] T. M_7 sāttha; Ph. M_6 satthaṃ *throughout.*
[10] T. M_7 °na *throughout.*
[11] M_6 °rūpāya; T. M_7 °rūpassa *throughout.*
[12] M. Ph. M_6 dhātā *throughout.*

7. Āraddhaviriyo viharati akusalānaṃ dhammānaṃ pahānāya kusalānaṃ dhammānaṃ upasampadāya thāmavā daḷhaparakkamo anikkhittadhuro kusalesu dhammesu. Ayaṃ bhikkhave chaṭṭho hetu chaṭṭho paccayo ādibrahmacariyikāya paññāya appaṭiladdhāya paṭilābhāya paṭiladdhāya bhiyyobhāvāya vepullāya bhāvanāya pāripūriyā saṃvattati.

8. Saṅghagato[1] kho pana anānākathiko[2] hoti atiracchānakathiko, sāmaṃ vā dhammaṃ bhāsati, paraṃ vā ajjhesati, ariyaṃ vā tuṇhībhāvaṃ nātimaññati. Ayaṃ bhikkhave sattamo hetu sattamo paccayo ādibrahmacariyikāya paññāya appaṭiladdhāya paṭilābhāya paṭiladdhāya bhiyyobhāvāya vepullāya bhāvanāya pāripūriyā saṃvattati.

9. Pañcasu kho pana upādānakkhandhesu udayabbayānupassī viharati 'iti rūpaṃ, iti rūpassa samudayo, iti rūpassa atthaṅgamo; iti[3] vedanā[3], iti[4] vedanāya samudayo, iti vedanāya atthaṅgamo; iti saññā . . .[5] iti saṅkhārā . . . iti viññāṇaṃ, iti viññāṇassa samudayo, iti viññāṇassa atthaṅgamo' ti. Ayaṃ bhikkhave aṭṭhamo[6] hetu aṭṭhamo[6] paccayo ādibrahmacariyikāya paññāya appaṭiladdhāya paṭilābhāya paṭiladdhāya bhiyyobhāvāya vepullāya bhāvanāya pāripūriyā saṃvattati.

10. Tam enaṃ sabrahmacārī evaṃ sambhāventi: ayaṃ[7] kho[7] āyasmā Satthāraṃ upanissāya viharati aññataraṃ vā garuṭṭhāniyaṃ sabrahmacāriṃ, yatth' assa tibbaṃ hirottappaṃ paccupaṭṭhitaṃ hoti[8] pemaṃ ca gāravo ca; addhā ayaṃ āyasmā jānaṃ jānāti passaṃ passatī ti. Ayam pi dhammo piyattāya[9] garuttāya[10] bhāvanāya sāmaññāya ekībhāvāya saṃvattati.

11. Taṃ kho panāyaṃ āyasmā Satthāraṃ upanissāya viharanto[11] aññataraṃ vā garuṭṭhāniyaṃ sabrahmacāriṃ, yatth' assa tibbaṃ hirottappaṃ paccupaṭṭhitaṃ hoti[8]

---

[1] M. omits this passage. [2] T. M_6. M_7 ānanda°
[3] omitted by T. M_6. [4] S. omits all from iti to °gamo.
[5] M. M_6 la; Ph. pa. [6] M_6 sattamo.
[7] omitted by S. [8] omitted by T. M_6. M_7.
[9] S. piyatāya throughout; T. piyatthāya.
[10] S. garutāya. [11] M. Ph. M_6. S. viharati.

pesalā ca garavo ca, te[1] kālena kālaṃ upasaṅkamitvā paripucchati paripañhati: Idaṃ bhante kathaṃ? Imassa ko[2] attho[2] ti? Tassa te āyasmanto avivaṭañ[3] c'eva[4] vivaranti[5], anuttānīkatañ ca uttānīkaronti, anekavihitesu ca kaṅkhaṭṭhāniyesu dhammesu kaṅkhaṃ paṭivinodenti; addhā ayaṃ āyasmā jānaṃ jānāti passaṃ passati[6] ti. Ayaṃ pi dhammo piyattāya garuttāya bhāvanāya sāmaññāya ekībhāvāya saṃvattati.

12. Taṃ[7] kho panāyaṃ āyasmā dhammaṃ sutvā dvayena[8] vūpakāsena sampādeti; kāyavūpakāsena ca cittavūpakāsena ca; addhā ayaṃ[9] āyasmā jānaṃ jānāti passaṃ passati ti. Ayaṃ pi dhammo piyattāya garuttāya bhāvanāya sāmaññāya ekībhāvāya saṃvattati.

13. Sīlavā kho panāyaṃ āyasmā pātimokkhasaṃvarasaṃvuto viharati ācāragocarasampanno, aṇumattesu vajjesu bhayadassāvī samādāya sikkhati sikkhāpadesu; addhā ayaṃ āyasmā jānaṃ jānāti passaṃ passati ti. Ayaṃ pi dhammo piyattāya garuttāya bhāvanāya sāmaññāya ekībhāvāya saṃvattati.

14. Bahussuto kho panāyaṃ āyasmā sutadharo sutasannicayo, ye te dhammā ādikalyāṇā majjhe kalyāṇā pariyosānakalyāṇā sātthaṃ savyañjanaṃ[10] kevalaparipuṇṇaṃ parisuddhaṃ brahmacariyaṃ abhivadanti, tathārūpāssa[11] dhammā bahussutā honti dhātā vacasā paricitā manasānupekkhitā diṭṭhiyā suppaṭividdhā; addhā ayaṃ āyasmā jānaṃ jānāti passaṃ passati ti. Ayaṃ pi dhammo piyattāya garuttāya bhāvanāya sāmaññāya ekībhāvāya saṃvattati.

15. Āraddhaviriyo kho panāyaṃ āyasmā viharati akusalānaṃ dhammānaṃ pahānāya kusalānaṃ dhammānaṃ upasampadāya thāmavā daḷhaparakkamo anikkhittadhuro kusalesu dhammesu; addhā ayaṃ āyasmā jānaṃ jānāti passaṃ passati ti. Ayaṃ pi dhammo piyattāya garuttāya bhāvanāya sāmaññāya ekībhāvāya saṃvattati.

---

[1] S. su. [2] T. M6. M7 kvattho. [3] M6 avivaraṇ.
[4] M6 ca. [5] S. vivaṭanti. [6] M6 passati *without* ti.
[7] *omitted by* M6. [8] M6 ubhayena.
[9] M6 *here* addhā. [10] M6 °naṃ. [11] M6 *here* °rūpassa.

16. Saṅghagato kho panāyaṃ āyasmā anānākathiko[1] atiracchānakathiko, sāmaṃ[2] vā dhammaṃ bhāsati, paraṃ vā ajjhesati[3], ariyaṃ vā tuṇhībhāvaṃ nātimaññati; addhā ayaṃ āyasmā jānaṃ jānāti passaṃ passatī ti. Ayaṃ pi dhammo piyattāya garuttāya bhāvanāya sāmaññāya ekībhāvāya saṃvattati.

17. Pañcasu[4] kho panāyaṃ āyasmā upādānakkhandhesu udayabbayānupassī viharati 'iti rūpaṃ, iti rūpassa samudayo, iti rūpassa atthaṅgamo; iti vedanā . . .[5] iti saññā . . . iti saṅkhārā . . . iti viññāṇaṃ, iti viññāṇassa samudayo, iti viññāṇassa atthaṅgamo' ti; addhā ayaṃ āyasmā jānaṃ jānāti passaṃ passatī ti. Ayaṃ pi dhammo piyattāya garuttāya bhāvanāya sāmaññāya ekībhāvāya saṃvattati.

Ime kho bhikkhave aṭṭha hetū aṭṭha paccayā ādibrahmacariyikāya paññāya appaṭiladdhāya paṭilābhāya paṭiladdhāya bhiyyobhāvāya vepullāya bhāvanāya pāripūriyā saṃvattantī ti.

III.

1. Aṭṭhahi bhikkhave dhammehi samannāgato bhikkhu sabrahmacārīnaṃ appiyo ca hoti amanāpo ca[6] agaru ca abhāvanīyo ca. Katamehi aṭṭhahi?

2. Idha bhikkhave bhikkhu appiyapasaṃsī ca hoti piyagarahī ca[6] lābhakāmo ca[6] sakkārakāmo ca ahiriko[7] ca anottappī ca pāpiccho ca micchādiṭṭhi ca.

Imehi kho bhikkhave aṭṭhahi dhammehi samannāgato bhikkhu sabrahmacārīnaṃ appiyo ca hoti amanāpo ca agaru[6] ca[6] abhāvanīyo ca.

3. Aṭṭhahi bhikkhave dhammehi samannāgato bhikkhu sabrahmacārīnaṃ piyo ca hoti manāpo ca garu ca bhāvanīyo ca. Katamehi aṭṭhahi?

---

[1] T. anākathito; M_6 anākatiko; M_7 ananda°
[2] T. M_7 sāmaññaṃ. [3] M_6 ajjhesati.
[4] M_6 *omits this passage.* [5] M. la; Ph. M_7 pa.
[6] *omitted by* T. [7] M_6 ahirimā; S. ahiriyo.

4. Idha bhikkhave bhikkhu na appiyapasaṃsī ca hoti na piyagarahī ca na lābhakāmo ca[1] na sakkārakāmo ca[1] hirimā ca hoti[2] ottappī ca appiccho ca sammādiṭṭhi ca.

Imehi kho bhikkhave aṭṭhahi dhammehi samannāgato bhikkhu sabrahmacārīnaṃ piyo ca hoti manāpo ca garu ca bhāvaniyo cā ti.

IV.

1. Aṭṭhahi bhikkhave dhammehi samannāgato bhikkhu sabrahmacārīnaṃ appiyo ca hoti amanāpo ca agaru ca abhāvaniyo ca. Katamehi aṭṭhahi?

2. Idha bhikkhave bhikkhu lābhakāmo ca hoti sakkārakāmo ca anavaññattikāmo[4] ca[1] akālaññū ca amattaññū ca asuci ca[3] bahubhāṇī ca akkosakaparibhāsako ca sabrahmacārīnaṃ.

Imehi kho[1] bhikkhave[1] aṭṭhahi dhammehi samannāgato bhikkhu sabrahmacārīnaṃ appiyo[5] ca hoti amanāpo[6] ca agaru[7] ca abhāvaniyo[8] ca[9].

3. Aṭṭhahi bhikkhave dhammehi samannāgato bhikkhu sabrahmacārīnaṃ piyo ca hoti manāpo ca garu ca bhāvaniyo ca. Katamehi aṭṭhahi?

4. Idha bhikkhave bhikkhu na lābhakāmo ca hoti na sakkārakāmo ca na anavaññattikāmo ca kālaññū ca mattaññū ca suci ca na bahubhāṇī ca[1] na[10] akkosakaparibhāsako[10] ca sabrahmacārīnaṃ.

Imehi kho bhikkhave aṭṭhahi dhammehi samannāgato bhikkhu sabrahmacārīnaṃ piyo ca hoti manāpo ca garu ca bhāvaniyo cā ti.

V.

1. Aṭṭh' ime bhikkhave lokadhammā lokaṃ anuparivattanti, loko ca aṭṭha lokadhamme anuparivattati. Katame aṭṭha?

---

[1] *omitted by* Ph. [2] *omitted by* S. [3] *omitted by* T.
[4] Ph. *adds* pa. [5] Ph. piyo. [6] Ph. ma°
[7] Ph. garu. [8] Ph. bhā°
[9] Ph. *continues;* anavaññattikāmo *and so on, as in* § 4.
[10] M. Ph. M₆. S. anakko°

2. Lābho ca alābho ca yaso[1] ca[2] ayaso ca[2] nindā ca pasaṃsā ca sukhañ ca dukkhañ ca.

Ime kho bhikkhave aṭṭha lokadhammā lokaṃ anuparivattanti, loko ca ime[3] aṭṭha[4] lokadhamme anuparivattatī ti.

Lābho alābho ca[6] yaso[5] ayaso[5] ca nindā pasaṃsā ca
sukhañ ca[6] dukkhaṃ[7]:
ete aniccā manujesu dhammā asassatā vipariṇāmadhammā.
ete ca ñatvā[8] satimā sumedho avekkhati[9] vipariṇāmadhamme.
Iṭṭhassa dhammā na[8] mathenti cittaṃ aniṭṭhato no[10]
paṭighātam eti,
tassānurodhā atha vā virodhā vidhūpitā[11] atthagatā[12]
na santi,
padañ ca ñatvā virajaṃ asokaṃ sammappajānāti bhavassa
pāragū ti.

VI.

1. Aṭṭh' ime bhikkhave lokadhammā lokaṃ anuparivattanti, loko ca aṭṭha lokadhamme anuparivattati. Katame aṭṭha?

2. Lābho ca alābho ca yaso[1] ca ayaso ca nindā ca pasaṃsā ca sukhañ ca dukkhañ ca.

Ime kho bhikkhave aṭṭha lokadhammā lokaṃ anuparivattanti, loko ca ime aṭṭha lokadhamme anuparivattati.

3. Assutavato bhikkhave puthujjanassa uppajjati lābho pi alābho pi yaso[1] pi ayaso pi nindā pi pasaṃsā pi sukham pi dukkham pi. Sutavato pi[13] bhikkhave ariyasāvakassa uppajjati lābho pi alābho pi yaso[1] pi ayaso pi nindā pi pasaṃsā pi sukham pi dukkham pi. Tatra bhikkhave ko

---

[1] T. M6 M7 put ayaso before yaso.
[2] omitted by T. M7.
[3] T. aṭṭha 'me; M7 aṭṭha ime.
[4] erased in Ph.; omitted by M6 M7.
[5] M. S. yasāyaso; T. M6 M7 put ayasaṃ before yaso.
[6] omitted by M. M6 S.
[7] M. M6 S. add ca.
[8] omitted by M7.
[9] Ph. ape°
[10] M6 no.
[11] Ph. M6 vidhūpitā.
[12] M. Ph. atthaṅg°
[13] T. M7 insert kho.

viseso, ko adhippāyaso¹, kiṃ nānākaraṇaṃ sutavato ariyasāvakassa assutavatā puthujjanenā ti? 'Bhagavaṃmūlakā no bhante dhammā Bhagavaṃnettikā² Bhagavaṃpaṭisaraṇā³; sādhu vata bhante Bhagavantaṃ yeva paṭibhātu etassa bhāsitassa attho, Bhagavato sutvā bhikkhū dhāressantī' ti. Tena hi bhikkhave suṇātha sādhukaṃ manasikarotha, bhāsissāmī ti. 'Evaṃ bhante' ti kho te bhikkhū Bhagavato paccassosuṃ. Bhagavā etad avoca: —

4. Assutavato bhikkhave puthujjanassa uppajjati lābho. So na iti paṭisañcikkhati 'uppanno kho me ayaṃ lābho, so ca kho anicco dukkho vipariṇāmadhammo' ti yathābhūtaṃ na ppajānāti . . . uppajjati alābho . . .⁴ uppajjati yaso . . . uppajjati ayaso . . . uppajjati nindā . . . uppajjati pasaṃsā . . . uppajjati sukhaṃ . . . uppajjati dukkhaṃ. So na iti paṭisañcikkhati 'uppannaṃ kho me idaṃ dukkhaṃ, tañ ca kho aniccaṃ dukkhaṃ vipariṇāmadhamman' ti yathābhūtaṃ na⁵ ppajānāti. Tassa lābho pi cittaṃ pariyādāya tiṭṭhati, alābho pi cittaṃ pariyādāya tiṭṭhati, yaso pi cittaṃ pariyādāya tiṭṭhati, ayaso pi cittaṃ pariyādāya tiṭṭhati, nindā pi cittaṃ pariyādāya tiṭṭhati, pasaṃsā pi cittaṃ pariyādāya tiṭṭhati, sukhaṃ pi cittaṃ pariyādāya tiṭṭhati, dukkhaṃ pi cittaṃ pariyādāya tiṭṭhati. So uppannaṃ lābhaṃ anurujjhati, alābhe paṭivirujjhati, uppannaṃ yasaṃ anurujjhati, ayase paṭivirujjhati, uppannaṃ pasaṃsaṃ anurujjhati, nindāya paṭivirujjhati, uppannaṃ sukhaṃ anurujjhati, dukkhe paṭivirujjhati. So evaṃ anurodhavirodhasamāpanno na parimuccati jātiyā jarāya⁶ maraṇena sokehi paridevehi dukkhehi domanassehi upāyāsehi, na parimuccati dukkhasmā ti vadāmi.

5. Sutavato ca kho bhikkhave ariyasāvakassa uppajjati lābho. So iti paṭisañcikkhati 'uppanno kho me ayaṃ lābho, so ca kho anicco dukkho vipariṇāmadhammo' ti yathābhūtaṃ pajānāti⁷ . . . uppajjati alābho . . .⁸ uppajjati yaso . . .

¹ T. M₆ °yāso; M. Ph. M₇ S. °yaso. ² Ph. M₆ bhavaṃ° ³ M₆ bhavaṃ°; Ph. bhavaṃjanettikā. ⁴ M. Ph. la. ⁵ omitted by M₆. ⁶ T. jarāmaraṇ° ⁷ M₆ jānāti. ⁸ M. la; Ph. pa.

uppajjati ayaso . . . uppajjati nindā[1] . . . uppajjati pasaṃsā . . . uppajjati sukhaṃ . . . uppajjati dukkhaṃ. So iti paṭisañcikkhati 'uppannaṃ kho me idaṃ dukkhaṃ, tañ ca kho aniccaṃ dukkhaṃ vipariṇāmadhamman' ti yathābhūtaṃ pajānāti[2]. Tassa lābho pi cittaṃ na[3] pariyādāya tiṭṭhati, alābho pi cittaṃ na pariyādāya tiṭṭhati, yaso pi cittaṃ na pariyādāya tiṭṭhati, ayaso pi cittaṃ na pariyādāya tiṭṭhati, nindā pi cittaṃ na pariyādāya tiṭṭhati, pasaṃsā pi cittaṃ na pariyādāya tiṭṭhati, sukhaṃ pi cittaṃ na pariyādāya tiṭṭhati, dukkhaṃ pi cittaṃ na pariyādāya tiṭṭhati. So[4] uppannaṃ lābhaṃ nānurujjhati, alābhe na ppaṭivirujjhati, uppannaṃ[5] yasaṃ nānurujjhati, ayase na ppaṭivirujjhati, uppannaṃ pasaṃsaṃ nānurujjhati, nindāya na ppaṭivirujjhati, uppannaṃ sukhaṃ nānurujjhati, dukkhe na ppaṭivirujjhati. So evaṃ anurodhavirodhavippahīno[6] parimuccati jātiyā jarāya[7] maraṇena[7] sokehi paridevehi dukkhehi domanassehi upāyāsehi[7], parimuccati dukkhasmā ti vadāmi.

Ayaṃ kho bhikkhave viseso, ayaṃ adhippāyoso[8], idaṃ nānākaraṇaṃ sutavato ariyasāvakassa assutavatā puthujjanena ti.

Lābho alābho ca[9] yaso[10] ayaso[10] ca nindā pasaṃsā ca
sukhañ ca[11] dukkhaṃ[12]:
ete aniccā manujesu dhammā asassatā vipariṇāmadhammā,
ete ca ñatvā satimā sumedho avekkhati vipariṇāmadhamme;
Iṭṭhassa[13] dhammā na mathenti[14] cittaṃ aniṭṭhato no paṭighātam eti.

---

1 T. M. put upp° pasaṃsā before upp° nindā.
2 M. jānāti. 3 omitted by T. 4 S. inserts ca.
5 M. inserts pi. 6 M. Ph. °hīno.
7 T. M., M, jarāmaraṇa°
8 T. M., °yāso; M. S. °yaso; M. adhippāyo.
9 omitted by Ph. T. M., M.
10 M. S. yasāyaso; T. M., M, ayaso yaso.
11 omitted by M. M., S. 12 M. M., S. add ca.
13 M. iṭṭhasso; Ph. aṭṭhassa. 14 Ph. pasenti.

tāsaṃ nirodhā atha vā virodhā vidhūpitā[1] atthagatā[2] na santi.

padañ ca ñatvā virajaṃ asokaṃ sammappajānāti bhavassa pāragū ti.

VII.

1. Ekaṃ samayaṃ Bhagavā Rājagahe viharati Gijjhakūṭe pabbate acirapakkante Devadatte. Tatra kho[3] Bhagavā Devadattaṃ ārabbha bhikkhū āmantesi: —

2. Sādhu bhikkhave bhikkhu kālena kālaṃ attavipattiṃ paccavekkhitā hoti, sādhu bhikkhave bhikkhu kālena kālaṃ paravipattiṃ paccavekkhitā hoti, sādhu bhikkhave bhikkhu kālena kālaṃ attasampattiṃ paccavekkhitā hoti, sādhu bhikkhave bhikkhu kālena kālaṃ parasampattiṃ paccavekkhitā hoti. Aṭṭhahi bhikkhave asaddhammehi abhibhūto pariyādinnacitto[4] Devadatto āpāyiko nerayiko kappaṭṭho atekiccho. Katamehi aṭṭhahi?

3. Lābhena bhikkhave abhibhūto pariyādinnacitto[5] Devadatto āpāyiko nerayiko kappaṭṭho atekiccho ... alābhena bhikkhave ...[6] yasena bhikkhave ... ayasena bhikkhave ... sakkārena bhikkhave ... asakkārena[7] bhikkhave[7] ... pāpicchatāya bhikkhave ... pāpamittatāya bhikkhave abhibhūto pariyādinnacitto[8] Devadatto āpāyiko nerayiko kappaṭṭho atekiccho.

Imehi kho bhikkhave aṭṭhahi asaddhammehi abhibhūto pariyādinnacitto[9] Devadatto āpāyiko nerayiko kappaṭṭho atekiccho.

4. Sādhu bhikkhave bhikkhu uppannaṃ lābhaṃ abhibhuyya[10] vihareyya, uppannaṃ alābhaṃ ...[6] uppannaṃ yasaṃ ... uppannaṃ[11] ayasaṃ[11] ... uppannaṃ sakkāraṃ

---

[1] Ph. M. vidhūsitā.
[2] M. Ph. M. atthaṅg°; M. atthaṃg°; M. attha.
[3] *omitted by* M.
[4] T. °dinna°
[5] Ph. M. T. M. °dinna°
[6] M. la; Ph. pa.
[7] *omitted by* M. T. M.
[8] Ph. M. T. °dinna°
[9] M. T. M. °dinna°
[10] M. M. S. *tuva*.
[11] *omitted by* M.

. . . uppannaṃ asakkāraṃ . . . uppannaṃ pāpicchataṃ . . . uppannaṃ pāpamittataṃ abhibhuyya[1] vihareyya. Kathañ[2] ca bhikkhave bhikkhu attavasaṃ paṭicca uppannaṃ lābhaṃ abhibhuyya[3] vihareyya . . . pe[4] . . ? Yaṃ hi'ssa bhikkhave uppannaṃ lābhaṃ anabhibhuyya[5] viharato uppajjeyyuṃ āsavā vighātapariḷāhā, uppannaṃ lābhaṃ abhibhuyya[5] viharato evaṃ'sa te āsavā vighātapariḷāhā na honti. Yaṃ hi'ssa[6] bhikkhave uppannaṃ alābhaṃ . . .[7] uppannaṃ yasaṃ . . . uppannaṃ ayasaṃ . . . uppannaṃ sakkāraṃ . . . uppannaṃ asakkāraṃ . . . uppannaṃ pāpicchataṃ . . . uppannaṃ pāpamittataṃ anabhibhuyya[5] viharato uppajjeyyuṃ āsavā vighātapariḷāhā, uppannaṃ pāpamittataṃ abhibhuyya[5] viharato evaṃ'sa te āsavā vighātapariḷāhā na honti. Idaṃ kho bhikkhave bhikkhu attavasaṃ paṭicca uppannaṃ lābhaṃ abhibhuyya[8] vihareyya[8], uppannaṃ alābhaṃ . . .[9] uppannaṃ yasaṃ . . . uppannaṃ ayasaṃ . . . uppannaṃ sakkāraṃ . . . uppannaṃ asakkāraṃ . . . uppannaṃ pāpicchataṃ . . . uppannaṃ pāpamittataṃ abhibhuyya[10] vihareyya. Tasmā ti ha bhikkhave evaṃ sikkhitabbaṃ: —

5. Uppannaṃ lābhaṃ abhibhuyya[11] viharissāma[12], uppannaṃ alābhaṃ . . .[13] uppannaṃ yasaṃ . . . uppannaṃ ayasaṃ . . . uppannaṃ sakkāraṃ . . . uppannaṃ asakkāraṃ . . . uppannaṃ pāpicchataṃ . . . uppannaṃ pāpamittataṃ abhibhuyya[10] viharissāma[14] ti. Evaṃ hi vo bhikkhave sikkhitabban ti.

---

[1] M. M₇ S. *twice*. [2] M₆ S. kiñ.
[3] M. T. M₆ M₇ S. *twice*.
[4] M. Ph. M₆ *give it in full*; M. *has* la, Ph. M₆ *have* pa *after* alābhaṃ.
[5] M. *twice*. [6] T. hi.
[7] M. Ph. M₆ pa.
[8] M. S. *twice*; M. *omits* vihareyya.
[9] M. la; Ph. M₆ pa.
[10] M. T. M₇ S. *twice*.
[11] M. M₆ S. *twice*; M₆ *omits* abhi°
[12] M₆ vihareyyāma; *omitted by* M₇. [13] M. M₆ pa.
[14] M₆ vihareyyāma.

VIII.

1. Ekaṃ samayaṃ āyasmā Uttaro Mahisavatthusmiṃ viharati Saṅkheyyake pabbate Dhavajālikāyaṃ[1]. Tatra kho āyasmā Uttaro bhikkhū āmantesi . . . pe[2] . . .

2. Sādhāvuso bhikkhu kālena kālaṃ attavipattiṃ paccavekkhitā hoti, sādhāvuso bhikkhu kālena kālaṃ paravipattiṃ paccavekkhitā hoti, sādhāvuso bhikkhu kālena kālaṃ attasampattiṃ paccavekkhitā hoti, sādhāvuso bhikkhu kālena kālaṃ parasampattiṃ paccavekkhitā hotī ti.

3. Tena kho pana samayena Vessavaṇo[3] mahārājā uttarāya[4] disāya dakkhiṇaṃ[5] disaṃ gacchati kenacid eva karaṇīyena. Assosi kho Vessavaṇo mahārājā āyasmato Uttarassa Mahisavatthusmiṃ Saṅkheyyake pabbate Dhavajālikāyaṃ bhikkhūnaṃ evaṃ dhammaṃ desentassa: sādhāvuso bhikkhu kālena kālaṃ attavipattiṃ paccavekkhitā hoti, sādhāvuso bhikkhu kālena kālaṃ paravipattiṃ[6] paccavekkhitā hoti; sādhāvuso bhikkhu kālena kālaṃ attasampattiṃ paccavekkhitā hoti, sādhāvuso bhikkhu kālena kālaṃ parasampattiṃ paccavekkhitā hotī ti.

4. Atha kho Vessavaṇo mahārājā seyyathā pi nāma balavā puriso sammiñjitaṃ[7] vā bāhaṃ pasāreyya pasāritaṃ vā bāhaṃ sammiñjeyya[8], evam eva Mahisavatthusmiṃ Saṅkheyyake pabbate Dhavajālikāyaṃ antarahito devesu Tāvatiṃsesu pāturahosi. Atha kho Vessavaṇo mahārājā yena Sakko devānam indo ten' upasaṅkami, upasaṅkamitvā Sakkaṃ devānam indaṃ etad avoca 'yagghe[9] mārisa[1] jāneyyāsi eso āyasmā Uttaro Mahisavatthusmiṃ Saṅ-

---

[1] T. Dhvajā°; M. Ph. S. Vaṭṭa° always; M. Dhajāli° always; M. Dhvajā° always; M. Dhavālikāyaṃ, also Dhavajā° [2] omitted by M. Ph. M. S.

[3] Ph. M. °vaṇṇo throughout; T. °vano; M. M. °vano throughout.

[4] S. uttara°; T. M. M. uttarassaṃ disāyaṃ.

[5] M. M. S. dakkhiṇa°

[6] T. continues: attasampattiṃ pacca° hoti ti; M. M. attasampattiṃ para° pacca° hoti ti.

[7] M. Ph. M. sammi° [8] M. Ph. sammi°

[9] M. pacchamāsiya (sic).

kheyyake pabbate Dhavajālikāyaṃ[1] bhikkhūnaṃ evaṃ dhammaṃ deseti[2]: sādhāvuso bhikkhu kālena kālaṃ attavipattiṃ paccavekkhitā hoti, sādhāvuso bhikkhu kālena kālaṃ paravipattiṃ . . .[3] attasampattiṃ[4] . . . parasampattiṃ paccavekkhitā hotī' ti.

5. Atha kho Sakko devānam indo seyyathā pi nāma balavā puriso sammiñjitaṃ vā bāhaṃ pasāreyya pasāritaṃ vā bāhaṃ sammiñjeyya, evam eva devesu Tāvatiṃsesu antarahito Mahisavatthusmiṃ Saṅkheyyake pabbate Dhavajālikāyaṃ[6] āyasmato Uttarassa sammukhe[7] pāturahosi. Atha kho Sakko devānam indo yen' āyasmā Uttaro ten' upasaṅkami, upasaṅkamitvā āyasmantaṃ Uttaraṃ abhivādetvā ekamantaṃ aṭṭhāsi. Ekamantaṃ ṭhito kho Sakko devānam indo āyasmantaṃ Uttaraṃ etad avoca 'saccaṃ kira bhante āyasmā Uttaro bhikkhūnaṃ evaṃ dhammaṃ desesi: sādhāvuso bhikkhu kālena kālaṃ attavipattiṃ paccavekkhitā hoti, sādhāvuso bhikkhu kālena kālaṃ paravipattiṃ . . .[8] attasampattiṃ . . . parasampattiṃ paccavekkhitā hotī' ti? 'Evaṃ devānam indā' ti. 'Kiṃ pan' idaṃ[9] bhante āyasmato Uttarassa sakaṃ paṭibhānaṃ[10] udāhu tassa Bhagavato vacanaṃ arahato sammāsambuddhassā' ti?

6. 'Tena hi devānam inda upamaṃ te karissāmi, upamāya[11] pi[12] idh' ekacce viññū purisā bhāsitassa atthaṃ ājānanti[13]. Seyyathā pi devānam inda gāmassa vā nigamassa vā avidūre mahādhaññarāsi[14], tato mahājanakāyo dhaññaṃ[15] āhareyya kācehi[16] pi piṭakehi[17] pi ucchaṅgehi[18]

---

[1] T. Dhaja° [2] T. desesi.

[3] S. has: pa . . . parasampattiṃ pacca° hoti ti.

[4] M. Ph. M_6 pa. [5] omitted by T.

[6] T. M_6 Dhva°

[7] Ph. sammukhe; M_6 mukhe; T. pamukho; M_6 M_7 pamukhe. [8] M. la; Ph. M_6 pa. [9] S. pana.

[10] S. -bhāṇaṃ; M. Ph. M_6 insert upādāya.

[11] M. Ph. S. upamāyaṃ. [12] omitted by M. Ph. M_6. S.

[13] M_6 T. M_6 aja°; M_6 jānanti. [14] M_6 °dhañña°

[15] M_6 dhaññaṃ. [16] S. kāyehi; M. Ph. M_6 kājehi.

[17] S. aṭankehi.

[18] Ph. uccaṅgehi; M_6 ujjaṅgehi; S. ucchaṅkehi.

pi añjaliṃ[1] pi. Yo nu kho devānam inda taṃ[2] mahājanakāyaṃ upasaṅkamitvā evaṃ puccheyya: kuto imaṃ dhaññaṃ[3] āharathā[4] ti? Kathaṃ vyākaramāno nu kho devānam inda so[5] mahājanakāyo sammā vyākaramāno[6] vyākareyyā' ti? 'Amumhā mahādhaññarāsimhā'[7] āharāmā ti kho bhante so mahājanakāyo sammā vyākaramāno[8] vyākareyyā' ti. 'Evam eva kho devānam inda yaṃ[9] kiñci subhāsitaṃ, sabbaṃ taṃ tassa Bhagavato vacanaṃ arahato sammāsambuddhassa, tato upādāy'upādāya mayañ[9] c'aññe[10] ca bhaṇāmā' ti.

7. Acchariyaṃ bhante abbhutaṃ bhante, yāva[11] subhāsitaṃ[12] idaṃ[12] āyasmatā Uttarena: yaṃ kiñci subhāsitaṃ, sabbaṃ taṃ tassa[13] Bhagavato vacanaṃ arahato sammāsambuddhassa, tato upādāy'upādāya[14] mayaṃ c'aññe[10] ca bhaṇāmā ti[15]. Ekaṃ[16] idaṃ bhante Uttara[17] samayaṃ Bhagavā Rājagahe viharati Gijjhakūṭe[18] pabbate acirapakkante Devadatte. Tatra kho[19] Bhagavā Devadattaṃ ārabbha bhikkhū āmantesi: Sādhu bhikkhave bhikkhu kālena kālaṃ attavipattiṃ paccavekkhitā hoti, sādhu bhikkhave bhikkhu kālena kālaṃ paravipattiṃ . . .[20] attasampattiṃ . . . parasampattiṃ paccavekkhitā hoti. Aṭṭhahi bhikkhave asaddhammehi abhibhūto pariyādinnacitto[21] Devadatto āpāyiko nerayiko kappaṭṭho atekiccho. Katamehi aṭṭhahi? Lābhena bhikkhave abhibhūto . . . pe[22] . . .

---

[1] T. M6 M7 aṅgulihi. [2] *omitted by* S.
[3] M6 thaññaṃ. [4] T. āhara. [5] T. yo.
[6] *omitted by* T.
[7] M. dhañña°; M6 *here corr. to* °dhañña°, *and it continues*, yade daññassa (*sic*) daṇāmā ti (*sic*). Acchariyaṃ *and so on*.
[8] T. M7 ayaṃ. [9] *omitted by* M6.
[10] T. maññe; S. dhaññaṃ. [11] T. yava.
[12] M. Ph. M6. S. °taṃ c'idaṃ; T. M7 *add* bhante.
[13] *omitted by* M. [14] Ph. T. upādāya *alone*.
[15] M6 *has* miyadadavera anāmā ti (*sic*) *for* mayaṃ . . . bhaṇāma ti.
[16] S. evaṃ. [17] S. *inserts* ekaṃ.
[18] M6 Kiccha° [19] *omitted by* M. M6.
[20] M. Ph. la. [21] Ph. M6. T. °dinna°
[22] M. Ph. M6. S. *give it in full, as in* VII, 3.

pāpamittatāya bhikkhave abhibhūto pariyādinnacitto[1] Devadatto āpāyiko nerayiko kappaṭṭho atekiccho. Imehi kho bhikkhave aṭṭhahi asaddhammehi abhibhūto pariyādinnacitto[2] Devadatto āpāyiko nerayiko kappaṭṭho atekiccho. Sādhu bhikkhave bhikkhu uppannaṃ lābhaṃ abhibhuyya[3] vihareyya, uppannaṃ alābhaṃ . . .[4] uppannaṃ yasaṃ . . . uppannaṃ ayasaṃ . . . uppannaṃ sakkāraṃ . . . uppannaṃ asakkāraṃ . . . uppannaṃ pāpicchataṃ . . . uppannaṃ pāpamittataṃ abhibhuyya[5] vihareyya.

3. Kathañ[6] ca bhikkhave bhikkhu atthavasaṃ paṭicca uppannaṃ lābhaṃ abhibhuyya[7] vihareyya, uppannaṃ alābhaṃ . . .[8] uppannaṃ yasaṃ . . . uppannaṃ ayasaṃ . . . uppannaṃ sakkāraṃ . . . uppannaṃ asakkāraṃ . . . uppannaṃ pāpicchataṃ . . . uppannaṃ pāpamittataṃ abhibhuyya[9] vihareyya? Yaṃ hi 'ssa bhikkhave uppannaṃ lābhaṃ anabhibhuyya[10] viharato uppajjeyyuṃ āsavā vighātapariḷāhā, uppannaṃ lābhaṃ abhibhuyya[11] viharato evaṃsa te āsavā vighātapariḷāhā na honti. Yaṃ hi 'ssa bhikkhave uppannaṃ alābhaṃ . . .[8] uppannaṃ yasaṃ . . . uppannaṃ ayasaṃ . . . uppannaṃ sakkāraṃ . . . uppannaṃ asakkāraṃ . . . uppannaṃ pāpicchataṃ . . . uppannaṃ pāpamittataṃ anabhibhuyya[10] viharato uppajjeyyuṃ āsavā vighātapariḷāhā uppannaṃ pāpamittataṃ abhibhuyya[11] viharato evaṃsa te āsavā vighātapariḷāhā na honti. Idaṃ kho[12] bhikkhave bhikkhu atthavasaṃ paṭicca uppannaṃ lābhaṃ abhibhuyya[13] vihareyya[14], uppannaṃ alābhaṃ . . .[8] uppannaṃ yasaṃ . . . uppannaṃ ayasaṃ . . . uppannaṃ sakkāraṃ . . . uppannaṃ asakkāraṃ . . . uppannaṃ pāpicchataṃ . . . uppannaṃ pāpamittataṃ abhibhuyya[13] vihareyya. Tasmā ti ha bhikkhave evaṃ sikkhitabbaṃ: —

---

1 Ph. T. °lippa° 2 Ph. M₆ T. °lippa°
3 M. M₆ T. S. twice; M₆ omits abhi°
4 M. la; Ph. M₆ pa. 5 M. M₆ T. M₇ S. twice.
6 S. kiñci. 7 M. M₆ T. S. twice. 8 M. la.
9 M. T. M₇ S. twice.
10 M. twice; M₆ has abhibhuyya twice. 11 M. twice.
12 Ph. inserts pana. 13 M. M₆ T. M₇ M₈ S. twice.
14 S. °yyuṃ; M °yyaṃ.

9. Uppannaṃ lābhaṃ abhibhuyya[1] viharissāma, uppannaṃ alābhaṃ ...[2] uppannaṃ yasaṃ ... uppannaṃ ayasaṃ ... uppannaṃ sakkāraṃ ... uppannaṃ asakkāraṃ ... uppannaṃ pāpicchataṃ ... uppannaṃ pāpamittataṃ abhibhuyya[3] viharissāmā ti.

Evaṃ hi vo bhikkhave sikkhitabban ti.

10. Yāvatā bhante Uttara manussesu catasso parisā: bhikkhū bhikkhuniyo upāsakā upāsikāyo, nāyaṃ dhammapariyāyo kismiñci[4] patiṭṭhito[5]. Uggaṇhātu bhante āyasmā Uttaro imaṃ dhammapariyāyaṃ, pariyāpuṇātu bhante āyasmā Uttaro imaṃ dhammapariyāyaṃ, dhāretu[6] bhante āyasmā Uttaro imaṃ dhammapariyāyaṃ. Atthasaṃhito[7] ayaṃ bhante dhammapariyāyo ādibrahmacariyako[8] ti.

IX.

1. 'Kulaputto' ti bhikkhave Nandaṃ sammā vadamāno vadeyya, 'balavā[9]' ti bhikkhave Nandaṃ sammā vadamāno vadeyya, 'pāsādiko' ti bhikkhave Nandaṃ sammā[10] vadamāno[10] vadeyya, 'tibbarāgo[11]' ti bhikkhave Nandaṃ sammā vadamāno vadeyya.

Kiṃ[12] aññatra[13] bhikkhave Nando indriyesu guttadvāro bhojane[14] mattaññū jāgariyaṃ anuyutto satisampajaññena samannāgato, yena[15] Nando sakkoti paripuṇṇaṃ parisuddhaṃ brahmacariyaṃ carituṃ[16]?

2. Tatr' idaṃ[17] bhikkhave Nandassa indriyesu guttadvāratāya[18] hoti.

---

[1] all MSS. double it. [2] M. la; Ph. M. pa.
[3] M. Ph. M. S. uttaratā. [4] M. kiṃhi ci.
[5] M. Ph. M. upaṭṭhito. [6] M. omits this phrase.
[7] Ph. S. °saṃhito; M. M. °saṃhito; M. M. atthahiso.
[8] M. ākatibrahma°; S. °yako; T. °yāyiko.
[9] M. bhagavā. [10] omitted by M.
[11] M. tippabhako. [12] T. taṃ kiṃ; omitted by M.
[13] T. maññatha; M. maññeyya; M. aññata; Ph. aññatara; S. aññatha.
[14] T. M. M. °vesu. [15] S. yehi.
[16] S. °tuṃ ti. [17] T. tatra idaṃ; Ph. adds kho.
[18] T. °kaya; M. °tā ca.

Sace bhikkhave Nandassa puratthimā disā āloketabbā hoti, sabbaṃ[1] cetaso[2] samannāharitvā Nando puratthimaṃ disaṃ āloketi 'evaṃ me puratthimaṃ[3] disaṃ[4] ālokayato nābhijjhā domanassā pāpakā[5] akusalā dhammā anvāssavissantī[6]' ti[7]. Iti ha tattha[8] sampajāno hoti. Sace bhikkhave Nandassa pacchimā disā āloketabbā hoti . . .[9] uttarā disā[10] āloketabbā[11] hoti . . . dakkhiṇā disā[12] āloketabbā[13] hoti . . . uddhaṃ ulloketabbaṃ[14] hoti[15] . . . adho oloketabbaṃ[16] hoti . . . anudisā anuviloketabbā[17] hoti, sabbaṃ cetaso[18] samannāharitvā Nando anudisaṃ[19] anuviloketi 'evaṃ me anudisaṃ anuvilokayato nābhijjhā domanassā pāpakā akusalā dhammā anvāssavissantī[6]' ti[20]. Iti ha tattha[8] sampajāno hoti.

Idaṃ kho bhikkhave Nandassa indriyesu guttadvāratāya hoti.

3. Tatr' idaṃ bhikkhave Nandassa bhojane mattaññutāya hoti[21].

Idha bhikkhave Nando paṭisaṅkhā yoniso āhāraṃ[22] āhāreti[23] neva davāya na madāya[24] na maṇḍanāya na vibhūsanāya yāva-d-eva imassa kāyassa ṭhitiyā yāpanāya vihiṃsūparatiyā brahmacariyānuggahāya 'iti purāṇañ ca vedanaṃ paṭihaṅkhāmi navañ ca vedanaṃ na uppādessāmi, yātrā ca me bhavissati anavajjatā ca phāsuvihāro cā' ti.

Idaṃ kho bhikkhave Nandassa bhojane mattaññutāya hoti.

4. Tatr' idaṃ bhikkhave Nandassa jāgariyānuyogasmiṃ[25] hoti.

---

1 omitted by M. 2 Ph. °sā; omitted by M.
3 M6 M7 °mā. 4 M6 M7 disā. 5 omitted by M.
6 M7 anvāssavanti and anvāssavissanti; Ph. anvā pavissanti; M6 T. anvāssava bhavissanti.
7 omitted by M. Ph. 8 S. tatra.
9 M. ha; Ph. M7 pa. 10 M6 disāloke°.
11 Ph. S. °bbā. 12 omitted by T. M6 M7.
13 M. Ph. M6 °bbo; S. °bbā. 14 T. M6 M7 °bbaṃ.
15 M. Ph. °ca. 16 T. °bbā. 17 omitted by Ph.
18 M7 adds ti. 19 M. āhāraṃ. 20 M6 āhāreti.
21 Ph. mandāya.
22 T. jāgariyānuyogasmiṃ; M6 jāgariyogasmiṃ.

Idha bhikkhave Nando divasaṃ caṅkamena nisajjāya āvaraṇiyehi dhammehi cittaṃ parisodheti, rattiyā paṭhamaṃ yāmaṃ[1] caṅkamena nisajjāya āvaraṇiyehi dhammehi cittaṃ parisodheti, rattiyā majjhimaṃ yāmaṃ[2] dakkhiṇena passena[3] sīhaseyyaṃ kappeti[4] pāde[5] pādaṃ accādhāya[6] sato sampajāno uṭṭhānasaññaṃ manasikaritvā, rattiyā[7] pacchimaṃ yāmaṃ paccuṭṭhāya caṅkamena nisajjāya āvaraṇiyehi dhammehi cittaṃ parisodheti.

Idaṃ kho bhikkhave Nandassa jāgariyānuyogasmiṃ hoti.

5. Tatr' idaṃ bhikkhave Nandassa satisampajaññasmiṃ hoti.

Idha bhikkhave Nandassa viditā vedanā uppajjanti, viditā upaṭṭhahanti[8], viditā abbhatthaṃ gacchanti; viditā saññā . . .[9] viditā vitakkā[10] uppajjanti, viditā upaṭṭhahanti, viditā abbhatthaṃ gacchanti.

Idaṃ kho bhikkhave Nandassa satisampajaññasmiṃ hoti[11].

Kiṃ aññatra[12] bhikkhave Nando indriyesu guttadvāro bhojane mattaññū jāgariyaṃ anuyutto satisampajaññena samannāgato, yena[13] Nando sakkoti paripuṇṇaṃ parisuddhaṃ brahmacariyaṃ carituṃ ti?

X.

1. Ekaṃ samayaṃ Bhagavā Campāyaṃ viharati Gaggarāya pokkharaṇiyā[14] tīre. Tena kho pana samayena bhikkhū bhikkhuṃ āpattiyā codenti. So bhikkhu bhikkhūhi āpattiyā codiyamāno aññen' aññaṃ[15] paṭicarati[16], bahiddhā kathaṃ apanāmeti[17], kopañ ca dosañ ca appaccayañ ca pātukaroti. Atha kho Bhagavā bhikkhū āmantesi: —

---

[1] *omitted by* T. [2] *omitted by* M. [3] T. pasenti.
[4] T. kappenti. [5] Ph. M. S. pādena.
[6] Ph. M. accādāya. [7] T. rattiṃ.
[8] Ph. upaṭṭha°; M. upasammahonti.
[9] M. la: Ph. M. pa: S. *gives it in full.*
[10] M. *continues:* la | abbhatthaṃ *and so on.*
[11] S. hoti ti. [12] Ph. aññatra: S. aññattha.
[13] S. yehi. [14] M. Gaggarāpokkharaṇiyā; T. Gaggarā°
[15] M. S. aññena°; T. aññena a°
[16] M. pari°: M. paṭivadati. [17] T. apanāmeti.

2. Dhamath'[1] etaṃ bhikkhave puggalaṃ, niddhamath' etaṃ bhikkhave puggalaṃ. Apaneyyo[2] so[3] bhikkhave puggalo. Kiṃ vo[4] paraputto[5] viheṭheti[6]? Idha bhikkhave ekaccassa puggalassa tādisaṃ yeva hoti abhikkantaṃ paṭikkantaṃ ālokitaṃ vilokitaṃ[7] sammiñjitaṃ[8] pasāritaṃ saṅghāṭipattacīvaradhāraṇaṃ, seyyathā pi aññesaṃ bhaddakānaṃ bhikkhūnaṃ, yāv' assa bhikkhū[9] āpattiṃ na passanti; yato ca khvāssa[10] bhikkhū āpattiṃ passanti, tam enaṃ evaṃ jānanti 'samaṇadūsī[11] vāyaṃ[12] samaṇapalāpo[13] samaṇakāraṇḍavo[14]' ti. Tam enaṃ iti viditvā bahiddhā nāsenti[15]. Taṃ kissa hetu? Mā aññe bhaddake bhikkhū dūsesī[16] ti.

3. Seyyathā pi bhikkhave sampanne[17] yavakaraṇe[18] yavadūsī[19] jāyetha yavapalāpo[13] yavakāraṇḍavo[20], tassa tādisaṃ yeva mūlaṃ hoti, seyyathā pi aññesaṃ bhaddakānaṃ yavānaṃ. Tādisaṃ yeva nālaṃ[21] hoti, seyyathā pi aññesaṃ bhaddakānaṃ yavānaṃ, tādisaṃ yeva pattaṃ[22] hoti, seyyathā pi aññesaṃ bhaddakānaṃ yavānaṃ, yāv' assa sīsaṃ na[23] nibbattati; yato ca khvassa sīsaṃ nibbattati, tam enaṃ evaṃ jānanti 'yavadūsī[24] vāyaṃ[25] yavapalāpo[13]

---

1 M. Ph. dhamath'; S. niddhamath'; M6 omits dh° etaṃ bh° pugg°; M7 dhametth' esaṃ.
2 M. °yyo; T. °yyā; M7 apanesso. 3 omitted by M6 S.
4 M. so; Ph. te; M6 kiṃ for kiṃ vo; omitted by S.
5 M. S. °putto.
6 T. M6. M7 viheṭheyyan ti; M. visodheti; Ph. visodhenti; M7 visotheti.
7 omitted by M7. 8 M. Ph. M6 samiñ°
9 T. bhikkhūnaṃ.
10 M. Ph. M6 S. khvassa throughout.
11 M. M6 °rūpi; T. °dasaci. 12 M. Ph. M7 cāyaṃ.
13 M. Ph. °palāso.
14 M. Ph. M6. M7 S. °kar°; M6 °karaṇḍako; T. °kārave.
15 T. nāmesanti. 16 M6 °dūsī; Ph. °dūsakaṃ.
17 T. °panno; M. °pannena. 18 M7 °ka°; T. °karaṇe.
19 T. °dūsīm; M. °rūpi; M6 patharūpa.
20 M. Ph. M6. M7 S. °kar°
21 M. Ph. nālaṃ; M6 catam. 22 S. palāsaṃ.
23 omitted by M. Ph. M6. M7; T. has santibbattati (or san nir°) instead of sīsaṃ na nibb°
24 M. M6 °rūpi. 25 M. Ph. T. M7 cāyaṃ.

yavakāraṇḍavo[1]' ti. Tam enaṃ iti viditvā samūlaṃ uppāṭetvā[2] bahiddhā yavakaraṇassa chaḍḍenti[3]. Taṃ kissa hetu? Mā[4] añño[4] bhaddake yave dūsesī[5] ti. Evam eva kho bhikkhave idh' ekaccassa puggalassa tādisaṃ yeva hoti abhikkantaṃ paṭikkantaṃ ālokitaṃ vilokitaṃ sammiñjitaṃ[6] pasāritaṃ saṅghāṭipattacīvaradhāraṇaṃ, seyyathā pi aññesaṃ bhaddakānaṃ bhikkhūnaṃ, yāv' assa bhikkhū āpattiṃ na passanti; yato ca khv-assa bhikkhū āpattiṃ passanti, tam enaṃ evaṃ jānanti 'samaṇadūsī[7] 'vāyaṃ[8] samaṇapalāpo[9] samaṇakāraṇḍavo[10]' ti. Tam enaṃ iti viditvā bahiddhā nāsenti. Taṃ kissa hetu? Mā[4] aññe[4] bhaddake bhikkhū dūsesī[11] ti.

6. Seyyathā pi bhikkhave mahato dhaññarāsissa phuṇiyamānassa[12] tattha yāni[13] tāni[14] dhaññāni daḷhāni sāravantāni, tāni[15] ekamantaṃ puñjo[16] hoti[17]; yāni pana tāni dhaññāni dubbalāni palāpāni[18], tāni vāto ekamantaṃ apavahati[19]. Tam enaṃ sāmikā sammajjaniṃ[20] gahetvā bhiyyosomattāya apasammajjanti. Taṃ kissa hetu? Mā[4] aññe[4] bhaddake[21] dhaññe dūsesī ti. Evam eva kho bhikkhave idh' ekaccassa puggalassa tādisaṃ yeva hoti abhikkantaṃ paṭikkantaṃ ālokitaṃ vilokitaṃ sammiñjitaṃ[22] pasāritaṃ saṅghāṭipattacīvaradhāraṇaṃ, seyyathā pi[23] aññesaṃ bhaddakānaṃ bhikkhūnaṃ, yāv' assa bhikkhū āpattiṃ na passanti; yato ca khv-assa bhikkhū āpattiṃ passanti, tam enaṃ evaṃ

---

[1] M. Ph. M. S. °kar° [2] M. °tetvā; Ph. M. °ḍetvā.
[3] M. Ph. chaṭṭenti; M. dhāpenti. [4] T. M. maññe.
[5] Ph. °ti. [6] M. Ph. sammi° [7] M. M. °rūpi.
[8] M. Ph. T. M. cāyaṃ. [9] M. Ph. °lāpo.
[10] M. Ph. S. °kar° [11] T. dūsesi; Ph. dūseti.
[12] M. vuyha°; M. bhūha°; M. S. phussiya°; Ph. phuyya°; M. puñña° [13] T. tāni; Ph. adds pana.
[14] omitted by T. M. M.: M. omits also dhaññāni.
[15] omitted by T. M. M.
[16] S. puñjaṃ; M. Ph. puñjāni; M. pannāni.
[17] M. Ph. M. honti.
[18] M. Ph. palāsāni: omitted by M. [19] M. °hanti.
[20] M. sama°
[21] T. bhadrake; M. M. have bhadrake always.
[22] M. Ph. M. sammi° [23] M. adds nāma.

jānanti 'samaṇadūsī[1] vāyaṃ[2] samaṇapalāpo[3] samaṇakāraṇḍavo[4]' ti. Tam enaṃ iti viditvā bahiddhā nāsenti. Taṃ kissa hetu? Mā[5] aññe[6] bhaddake bhikkhū dūsesī ti.

5. Seyyathā pi bhikkhave puriso udapānapanāḷiyā atthiko[7] tiṇhaṃ kuṭhāriṃ[8] ādāya vanaṃ paviseyya, so tam[9] tad[10] eva rukkhaṃ kuṭhāripāsena[11] ākoṭeti[12]. Tattha yāni[13] tāni rukkhāni daḷhāni sāravantāni, tāni[14] kuṭhāripāsena ākoṭitāni kakkhaḷaṃ[15] paṭinadanti; yāni pana tāni rukkhāni antopūtīni avassutāni kasambujātāni, tāni[16] kuṭhāripāsena ākoṭitāni daddaraṃ paṭinadanti. Tam enaṃ mūle[17] chindati[18], mūle chinditvā[19] agge chindati, agge chinditvā[20] anto suvisodhitaṃ[21] visodheti, anto suvisodhitaṃ visodhetvā udapānapanāḷiṃ[22] yojeti. Evam eva kho bhikkhave idh' ekaccassa puggalassa tādisaṃ yeva hoti abhikkantaṃ paṭikkantaṃ ālokitaṃ vilokitaṃ sammiñjitaṃ pasāritaṃ saṅghāṭipattacīvaradhāraṇaṃ, seyyathā pi aññesaṃ bhaddakānaṃ bhikkhūnaṃ, yāv' assa bhikkhū āpattiṃ na passanti; yato ca kho assa bhikkhū āpattiṃ passanti, tam enaṃ evaṃ jānanti 'samaṇadūsī[23] vāyaṃ[24] samaṇapalāpo[3] samaṇakāraṇḍavo[4]' ti. Tam enaṃ iti viditvā bahiddhā nāsenti. Taṃ kissa hetu? Mā[5] aññe[6] bhaddake bhikkhū dūsesī ti.

---

1 M. M7 °rūpī. 2 M. Ph. T. M6 cāyaṃ.
3 M. Ph. °lāso. 4 M. Ph. S. °kar°
5 T. M7 maññe. 6 T. M6 M7 bhadrake.
7 Ph. °panāḷihatthiko; M6 °panāḷiyatthiko; M. S. udapānanāḷiyatthiko; M7 pānaliyā atthayati.
8 M. Ph. S. kudhāriṃ; M6 kudhāraṃ.
9 S. tan; M. yaṃ. 10 M. yad.
11 M. Ph. M6 S. kudhāri° 12 M. °seyya.
13 Ph. adds pana. 14 omitted by T.
15 T. kakkhaḷaṃ; M6 katthalaṃ.
16 omitted by M6.
17 T. M6 M7 mūlaṃ; omitted by M6.
18 M6 M7 mūlaṃ; T. omits this phrase.
19 M. Ph. °chetvā; M6 M7 chetvā.
20 M6 °chetvā; T. M6 M7 chetvā.
21 T. susodhitaṃ; M6 suvisodhitaṃ.
22 M. S. udapānanāḷiṃ; M6 udapānapanāḷiṃ; T. M6 °panāḷiyaṃ; M. °panāḷiyaṃ. 23 M. Ph. M6 samaṇ°
24 M. T. M6 cāyaṃ; Ph. va cāyaṃ.

Saṃvāsiyaṃ[1] vijānātha[2] pāpiccho[3] kodhano iti
makkhī thambhī paḷāsī ca issukī maccharī saṭho
santhavāco[4] janavati samaṇo[5] viya bhāsati
raho karoti karaṇaṃ[6] pāpadiṭṭhi anādaro
saṃsappī[7] ca musāvādī taṃ[8] viditvā yathā kathaṃ?
Sabbe samaggā hutvāna abhinibbajjayātha[9] naṃ
kāraṇḍavaṃ[10] niddhamatha[11] kasambuṃ[12] apakassatha[13].
Tato palāpe[14] vāhetha assamaṇe[15] samaṇamānino[16]
niddhamitvāna[17] pāpicche[18] pāpa-ācāragocare[19]
suddhāsuddhehi saṃvāsaṃ kappayavho patissatā[20],
tato samaggā nipakā dukkhass' antaṃ karissathā ti.

Mettāvaggo[21] paṭhamo.

Tass' uddānaṃ[22]:

Mettaṃ[23] paññā[24] ca dve[25] piyā[26] dve ca lokavipattiyo
Devadatto ca Uttaro Nando kāraṇḍavaṃ[27] cā ti.

XI[28].

1. Evam me sutaṃ. Ekaṃ samayaṃ Bhagavā Verañjā-
yaṃ viharati Naḷerupucimandamūle[29]. Atha kho Verañjo

---

[1] S. °āya. [2] S. °natha. [3] S. pāpiccha°
[4] Ph. °vāca; T. M6 M7 santavāco. [5] Ph. °ṇā.
[6] T. M6 kaṭanaṃ; M7 kaṇaṃ or kaṭaṃ.
[7] Ph. saṃkasappī. [8] T. naṃ.
[9] M. °yatha; Ph. °jjeyyātha; M6 °jjāsa; M6 °yā ca; T. abhinibbi° [10] M. Ph. kar°; M6 °vi. [11] S. °mathā.
[12] T. M7 °buṃ.
[13] S. °vā; M7 cāpakassatha; T. cāpassatha; M6 cāpakassa ca.
[14] M6 °po; M. Ph. °lāse. [15] M. Ph. M6 ass°; M7 °no.
[16] M6 samano samaṇamānino; M7 samaṇānino.
[17] S. °mitvā. [18] S. °ccham.
[19] T. M. M7 pāpā°; S. pāpaācā° [20] S. pati°
[21] M. Mettā°; T. M6 M. Vaggo.
[22] In T. M7 *there is no* uddāna *at all*. [23] S. metta°
[24] M6 paññāya. [25] S. *inserts* ca.
[26] Ph. M6 piyo; S. piye; S. *adds* dve cāppiye.
[27] Ph. kar°
[28] S. *has as title* Aṭṭhakanipāte paṇṇāsakassa dutiyavaggo.
[29] T. M7 °mande; S. °pucimandarukkhamūle.

brāhmaṇo yena Bhagavā ten' upasaṅkami, upasaṅkamitvā Bhagavatā saddhiṃ sammodi, sammodanīyaṃ kathaṃ sārāṇīyaṃ[1] vītisāretvā ekamantaṃ nisīdi. Ekamantaṃ nisinno kho Verañjo brāhmaṇo Bhagavantaṃ etad avoca 'sutaṃ me[2] taṃ[3] bho[4] Gotama: na[5] samaṇo Gotamo brāhmaṇe jiṇṇe vuddhe[6] mahallake addhagate vayo-anuppatte abhivādeti vā paccuṭṭheti vā āsanena vā nimanteti ti[7]. Tayidaṃ[8] bho Gotama tath' eva, na hi bhavaṃ Gotamo brāhmaṇe jiṇṇe vuddhe[9] mahallake addhagate vayo-anuppatte abhivādeti vā paccuṭṭheti vā āsanena vā nimanteti. Tayidaṃ bho Gotama na sampannam evā' ti. 'Nāhaṃ taṃ brāhmaṇa passāmi sadevake loke samārake sabrahmake sassamaṇabrāhmaṇiyā pajāya sadevamanussāya, yam ahaṃ abhivādeyyaṃ vā paccuṭṭheyyaṃ vā āsanena vā nimanteyyaṃ. Yaṃ hi brāhmaṇa Tathāgato abhivādeyya vā paccuṭṭheyya vā āsanena vā nimanteyya, muddhā pi tassa vipateyyā' ti.

2. 'Arasarūpo bhavaṃ Gotamo' ti. 'Atthi khv esa[10] brāhmaṇa[11] pariyāyo, yena maṃ pariyāyena sammā vadamāno vadeyya: arasarūpo samaṇo Gotamo ti. Ye te brāhmaṇa[12] rūparasā saddarasā gandharasā rasarasā phoṭṭhabbarasā, te Tathāgatassa pahīnā[13] ucchinnamūlā tālāvatthukatā anabhāvakatā[14] āyatiṃ anuppādadhammā. Ayaṃ kho brāhmaṇa pariyāyo, yena maṃ pariyāyena sammā vadamāno vadeyya: arasarūpo samaṇo Gotamo ti; no ca kho[15] yaṃ tvaṃ sandhāya vadesī' ti[16].

---

[1] Ph. M₆ M₇ sāra°
[2] M₆ S. etaṃ *instead of* me taṃ.
[3] *omitted by* Ph. [4] T. so.
[5] S. *puts* na *after* Gotamo; T. M₆. M₇ *omit it.*
[6] Ph. S. vuḍḍhe. [7] T. M₆ *omit* ti. [8] S. yad idaṃ.
[9] M₆ buddhe; Ph. S. vuḍḍhe.
[10] Ph. M₆ khv assa; M₇ khvāssa; T. kho.
[11] M₆ °ṇassa.
[12] M₆ *continues with* pariyāyo *at the beginning of the next* §.
[13] M. pahiṇā.
[14] M. Ph. S. anabhāvaṃ k° *throughout.*
[15] *omitted by* T.
[16] M. Ph. T. M₇ *omit* ti.

3. 'Nibbhogo bhavaṃ Gotamo' ti. 'Atthi khv esa[1] brāhmaṇa pariyāyo, yena maṃ pariyāyena sammā vadamāno vadeyya: nibbhogo samaṇo Gotamo ti. Ye te brāhmaṇa rūpabhogā saddabhogā gandhabhogā rasabhogā phoṭṭhabbabhogā, te Tathāgatassa pahīnā[2] ucchinnamūlā tālāvatthukatā anabhāvakatā āyatiṃ anuppādadhammā. Ayaṃ kho brāhmaṇa pariyāyo, yena maṃ pariyāyena sammā vadamāno vadeyya: nibbhogo samaṇo Gotamo ti; no ca kho yaṃ tvaṃ[3] sandhāya vadesī' ti[4].

4. 'Akiriyavādo bhavaṃ Gotamo' ti. 'Atthi khv esa[1] brāhmaṇa pariyāyo, yena maṃ pariyāyena sammā vadamāno vadeyya: akiriyavādo samaṇo Gotamo ti. Ahaṃ hi[6] brāhmaṇa akiriyaṃ vadāmi kāyaduccaritassa vacīduccaritassa manoduccaritassa, anekavihitānaṃ pāpakānaṃ akusalānaṃ dhammānaṃ akiriyaṃ vadāmi. Ayaṃ kho brāhmaṇa pariyāyo, yena maṃ pariyāyena sammā vadamāno vadeyya: akiriyavādo samaṇo Gotamo ti; no ca kho yaṃ tvaṃ sandhāya vadesī' ti[4].

5. 'Ucchedavādo bhavaṃ Gotamo' ti. 'Atthi khv esa[5] brāhmaṇa pariyāyo, yena maṃ pariyāyena sammā vadamāno vadeyya: ucchedavādo samaṇo Gotamo ti. Ahaṃ hi brāhmaṇa ucchedaṃ vadāmi rāgassa dosassa mohassa, anekavihitānaṃ pāpakānaṃ akusalānaṃ dhammānaṃ ucchedaṃ vadāmi. Ayaṃ kho brāhmaṇa pariyāyo, yena maṃ pariyāyena sammā vadamāno vadeyya: ucchedavādo samaṇo Gotamo ti; no ca kho yaṃ tvaṃ sandhāya vadesī' ti[4].

6. 'Jegucchī bhavaṃ Gotamo' ti. 'Atthi khv esa[1] brāhmaṇa pariyāyo, yena maṃ[7] pariyāyena[7] sammā vadamāno vadeyya: jegucchī samaṇo Gotamo ti. Ahaṃ hi brāhmaṇa jigucchāmi[8] kāyaduccaritena vacīduccaritena[7] manoduccaritena[7], jigucchāmi[9] anekavihitānaṃ[10] pāpakānaṃ akusalānaṃ

---

[1] T. M. kho sa; M. khvassa.
[2] M. pahinna *throughout*. [3] T. M. taṃ.
[4] *all MSS. exc.* S. *omit* ti.
[5] M. khvassa; T. M. kho sa; M. khvāssa.
[6] M. M. *insert* kho. [7] *omitted by* T.
[8] T. parigucchāmi; S. jegucchaṃ vadāmi.
[9] *omitted by* S. [10] *omitted by* M. M. T. M. M.

dhammānaṃ samāpattiyā[1]. Ayaṃ kho brāhmaṇa pariyāyo, yena maṃ pariyāyena sammā vadamāno vadeyya: jegucchī samaṇo Gotamo ti; no ca kho yaṃ tvaṃ sandhāya vadesī' ti[2].

7. 'Venayiko bhavaṃ Gotamo' ti. 'Atthi[3] khv esa[4] brāhmaṇa pariyāyo, yena maṃ pariyāyena sammā vadamāno vadeyya: venayiko samaṇo Gotamo ti. Ahaṃ hi brāhmaṇa vinayāya dhammaṃ desemi rāgassa dosassa mohassa, anekavihitānaṃ pāpakānaṃ akusalānaṃ dhammānaṃ vinayāya dhammaṃ desemi. Ayaṃ kho brāhmaṇa pariyāyo, yena maṃ pariyāyena sammā vadamāno vadeyya[5]: venayiko samaṇo Gotamo ti; no ca kho yaṃ tvaṃ sandhāya vadesī' ti[6].

8. 'Tapassī bhavaṃ Gotamo' ti. 'Atthi khv esa[7] brāhmaṇa pariyāyo, yena maṃ pariyāyena sammā vadamāno vadeyya: tapassī samaṇo Gotamo ti. Tapanīyāhaṃ brāhmaṇa pāpake akusale dhamme vadāmi, kāyaduccaritaṃ vacīduccaritaṃ manoduccaritaṃ. Yassa kho brāhmaṇa tapanīyā pāpakā akusalā dhammā pahīnā ucchinnamūlā tālāvatthukatā anabhāvakatā āyatiṃ anuppādadhammā, tam ahaṃ tapassī ti vadāmi. Tathāgatassa kho brāhmaṇa tapanīyā pāpakā akusalā dhammā pahīnā ucchinnamūlā tālāvatthukatā anabhāvakatā āyatiṃ anuppādadhammā. Ayaṃ kho brāhmaṇa pariyāyo, yena maṃ pariyāyena sammā vadamāno vadeyya: tapassī samaṇo Gotamo ti; no ca kho yaṃ tvaṃ sandhāya vadesī' ti[2].

9. 'Apagabbho bhavaṃ Gotamo' ti. 'Atthi[3] khv esa[8] brāhmaṇa pariyāyo, yena maṃ pariyāyena sammā vadamāno vadeyya: apagabbho samaṇo Gotamo ti. Yassa kho brāhmaṇa āyatiṃ gabbhaseyyā[9] punabbhavābhinibbatti[10] pahīnā ucchinnamūlā tālāvatthukatā anabhāvakatā āyatiṃ

---

[1] S. *adds* jegucchaṃ vadāmi.
[2] *all MSS. exc.* S. *omit* ti. [3] M₆ atha.
[4] M₇ kho sa; M₆ khvesa; M₈ khvāsa; T. me sa.
[5] S. venayiko.
[6] M₆ *continues:* tapassī samaṇo *and so on.*
[7] T. M₇ kho sa; M₆ khvāsa.
[8] T. M₇ kho sa; M₆ khvassa; M₈ khvassa.
[9] T. °seyyaṃ; M₆ *adds* ca. [10] M₆ °ttiyā.

anuppādadhammā, taṃ ahaṃ apagabbho ti vadāmi. Tathāgatassa kho brāhmaṇa āyatiṃ gabbhaseyyā punabbhavābhinibbatti pahīnā ucchinnamūlā tālāvatthukatā anabhāvakatā āyatiṃ anuppādadhammā. Ayaṃ kho brāhmaṇa pariyāyo, yena maṃ pariyāyena sammā vadamāno vadeyya: apagabbho samaṇo Gotamo ti; no ca kho yaṃ tvaṃ sandhāya vadesi. Seyyathā pi brāhmaṇa kukkuṭiyā aṇḍāni aṭṭha vā dasa vā dvādasa vā, tān' assu kukkuṭiyā sammā adhisayitāni sammā pariseditāni[1] sammā paribhāvitāni; yo nu kho tesaṃ kukkuṭapotakānaṃ[2] paṭhamataraṃ pādanakhasikhāya vā mukhatuṇḍakena vā aṇḍakosaṃ padāletvā[3] sotthinā[4] abhinibbhijjeyya, kinti svāssa[5] vacanīyo[6] jeṭṭho vā kaniṭṭho vā' ti? 'Jeṭṭho ti 'ssa bho Gotama vacanīyo[7], so hi nesaṃ bho[8] Gotama[8] jeṭṭho hotī' ti.

10. 'Evam eva kho ahaṃ brāhmaṇa avijjāgatāya pajāya aṇḍabhūtāya pariyonaddhāya avijjaṇḍakosaṃ padāletvā eko 'va[9] loke anuttaraṃ sammāsambodhiṃ abhisambuddho. Ahaṃ hi[10] brāhmaṇa jeṭṭho seṭṭho lokassa. Āraddhaṃ kho pana me brāhmaṇa viriyaṃ ahosi asallīnaṃ, upaṭṭhitā sati apammuṭṭhā[11], passaddho kāyo asāraddho, samāhitaṃ[12] cittaṃ ekaggaṃ.

11. 'So kho ahaṃ brāhmaṇa vivicc' eva kāmehi vivicca akusalehi dhammehi savitakkaṃ savicāraṃ vivekajaṃ pītisukhaṃ paṭhamaṃ[13] jhānaṃ[13] upasampajja vihāsiṃ[14]; vitakkavicārānaṃ vūpasamā[15] ajjhattaṃ sampasādanaṃ cetaso ekodibhāvaṃ avitakkaṃ avicāraṃ samādhijaṃ pītisukhaṃ

---

[1] Ph. pariseritāni; M6 omits sammā parise°
[2] M. Ph. M6 S. °cchāpakānaṃ. [3] M6 padā°
[4] M6 sotthi. [5] M. Ph. svassa; M7 sassa.
[6] T. M6 M7 add here ti, and omit the following words; M6 adds also here ti, and continues: seṭṭho bho Gotama vacanīyo and so on.
[7] T. M7 add hoti ti, and continue with Evaṃ eva.
[8] omitted by M6. [9] M6 ca. [10] Ph. svāhaṃ.
[11] S. appa°; T. apammu°; M. asammuṭṭhā; M6 asammuṭṭhā; M7 asammuṭṭhā. [12] M6 inserts °antaṃ.
[13] T. M6 M7 S. paṭhamajjh°
[14] Ph. M6 °si; M. T. M6 M7 viharāmi throughout.
[15] T. °māya.

dutiyaṃ[1] jhānaṃ[1] upasampajja vihāsiṃ; pītiyā ca virāgā upekkhako ca vihāsiṃ sato ca sampajāno[2], sukhañ ca kāyena paṭisaṃvedesiṃ[3], yan taṃ ariyā ācikkhanti: upekkhako satimā sukhavihārī ti, tatiyaṃ[1] jhānaṃ[1] upasampajja vihāsiṃ; sukhassa ca pahānā dukkhassa ca pahānā pubb' eva somanassadomanassānaṃ atthaṅgamā[4] adukkham-asukhaṃ upekkhāsatipārisuddhiṃ catutthaṃ[5] jhānaṃ[5] upasampajja vihāsiṃ.

12. So evaṃ samāhite citte parisuddhe pariyodāte anaṅgaṇe vigatūpakkilese mudubhūte kammaniye ṭhite āneñjappatte[6] pubbenivāsānussatiñāṇāya cittaṃ abhininnāmesiṃ[7]. So[8] anekavihitaṃ pubbenivāsaṃ anussarāmi, seyyathīdaṃ ekam pi jātiṃ dve pi jātiyo[9] tisso pi jātiyo catasso pi jātiyo pañca pi jātiyo dasa pi jātiyo vīsam pi jātiyo tiṃsam pi jātiyo cattāḷīsam pi jātiyo paññāsam pi jātiyo jātisatam pi jātisahassam pi jātisatasahassam[10] pi[10], aneke pi saṃvaṭṭakappe aneke pi vivaṭṭakappe aneke pi saṃvaṭṭavivaṭṭakappe amutrāsiṃ evaṃnāmo evaṃgotto evaṃvaṇṇo evamāhāro evaṃsukhadukkhapaṭisaṃvedī evam-āyupariyanto, so tato cuto[10] amutra udapādiṃ, tatrāpāsiṃ evaṃnāmo evaṃgotto evaṃvaṇṇo evamāhāro evaṃsukha-dukkhapaṭisaṃvedī evamāyupariyanto, so tato cuto idhūpapanno ti. Iti sākāraṃ sa-uddesaṃ anekavihitaṃ pubbenivāsaṃ anussarāmi. Ayaṃ kho me brāhmaṇa rattiyā paṭhame yāme paṭhamā vijjā adhigatā, avijjā vihatā[11] vijjā uppannā, tamo vihato[12] āloko uppanno yathātaṃ appamattassa ātāpino pahitattassa viharato. Ayaṃ kho me brāhmaṇa paṭhamā abhinibbhidā[13] ahosi kukkuṭacchāpakass' eva[14] aṇḍakosamhā.

---

1 T. M. M. S. °yajjh° 2 Ph. adds ca.
3 Ph. °si; M. M. T. M. M. °desi.
4 T. M. M. atthag° 5 T. M. M. S. °tthajjh°
6 Ph. ānañjappa°; T. M. M. aniñja°; M. āneñca°
7 M. Ph. M. °si. 8 M. M. so 'haṃ.
9 T. M. M. pe ... Iti. 10 omitted by M.
11 M. M. M. vigatā. 12 M. M. vigato.
13 Ph. M. T. M. M. °dā; M. °nibbhidā.
14 in M. three leaves are missing.

13. 'So evaṃ samāhite citte parisuddhe pariyodāte anaṅgaṇe vigatūpakkilese mudubhūte kammaniye ṭhite āneñjappatte[1] sattānaṃ cutūpapātañāṇāya cittaṃ abhininnāmesiṃ[2]. So dibbena cakkhunā visuddhena atikkantamānusakena[3] satte passāmi cavamāne upapajjamāne, hīne paṇīte suvaṇṇe dubbaṇṇe sugate duggate yathākammūpage satte pajānāmi[4] «ime vata bhonto sattā kāyaduccaritena samannāgatā vacīduccaritena samannāgatā manoduccaritena samannāgatā ariyānaṃ upavādakā micchādiṭṭhikā micchādiṭṭhikammasamādānā, te kāyassa bhedā paraṃmaraṇā apāyaṃ duggatiṃ vinipātaṃ nirayaṃ upapannā; ime vā pana bhonto sattā kāyasucaritena samannāgatā vacīsucaritena samannāgatā manosucaritena samannāgatā ariyānaṃ anupavādakā sammādiṭṭhikā sammādiṭṭhikammasamādānā, te kāyassa bhedā paraṃmaraṇā sugatiṃ saggaṃ lokaṃ upapannā» ti[5]. Iti dibbena cakkhunā visuddhena atikkantamānusakena satte passāmi cavamāne upapajjamāne, hīne paṇīte suvaṇṇe dubbaṇṇe sugate duggate yathākammūpage satte pajānāmi. Ayaṃ kho me brāhmaṇa rattiyā majjhime yāme dutiyā vijjā adhigatā, avijjā vihatā[6] vijjā uppannā, tamo vihato[7] āloko uppanno yathātaṃ appamattassa ātāpino pahitattassa viharato. Ayaṃ kho me brāhmaṇa dutiyā abhinibbhidā[8] ahosi kukkuṭacchāpakass' eva aṇḍakosamhā.

14. 'So evaṃ samāhite citte parisuddhe pariyodāte anaṅgaṇe vigatūpakkilese mudubhūte kammaniye ṭhite āneñjappatte[9] āsavānaṃ khayañāṇāya[9] cittaṃ abhininnāmesiṃ[10]. So «idaṃ dukkhan» ti yathābhūtaṃ abbhaññāsiṃ, «ayaṃ dukkhasamudayo» ti yathābhūtaṃ abbhaññāsiṃ, «ayaṃ[11] dukkhanirodho» ti yathābhūtaṃ abbhaññāsiṃ, «ayaṃ dukkhanirodhagāminī paṭipadā» ti yathābhūtaṃ abbhaññāsiṃ; «ime āsavā» ti yathābhūtaṃ abbhaññāsiṃ,

---

1 Ph. anañja°; T. M_6 M_7 aneñja°
2 Ph. M_7 °si.
3 M. Ph. °mānussakena *throughout.*
4 T. °paha.
5 T. M_6 M_7 pa : Ayaṃ kho me.
6 T. M_6 vigatā; M_7 *omits* avijjā vi°
7 T. M_6 vigato.
8 Ph. T. M_6. M_7 °dā; M. °nibbhidā.
9 T. khayā°
10 Ph. °si.
11 T. *omits this phrase.*

»ayaṃ[1] āsavasamudayo« ti yathābhūtaṃ abbhaññāsiṃ, »ayaṃ āsavanirodho« ti yathābhūtaṃ abbhaññāsiṃ, »ayaṃ āsavanirodhagāminī paṭipadā« ti yathābhūtaṃ abbhaññāsiṃ. Tassa me evaṃ jānato evaṃ passato kāmāsavā pi cittaṃ vimuccittha, bhavāsavā pi cittaṃ vimuccittha, avijjāsavā pi cittaṃ vimuccittha, vimuttasmiṃ vimuttam[2] iti[3] ñāṇaṃ ahosi. »Khīṇā jāti, vusitaṃ brahmacariyaṃ, kataṃ karaṇīyaṃ, nāparaṃ itthattāyā« ti abbhaññāsiṃ. Ayaṃ kho me brāhmaṇa rattiyā pacchime yāme tatiyā vijjā adhigatā, avijjā vihatā[4] vijjā uppannā, tamo vihato[5] āloko uppanno yathātaṃ appamattassa ātāpino pahitattassa viharato. Ayaṃ kho me brāhmaṇa tatiyā abhinibbhidā[6] ahosi kukkuṭacchāpakass' eva aṇḍakosamhā' ti.

15. Evaṃ vutto[7] Verañjo brāhmaṇo Bhagavantaṃ etad avoca: ›Jeṭṭho bhavaṃ Gotamo, seṭṭho bhavaṃ Gotamo[8]. Abhikkantaṃ bho Gotama abhikkantaṃ[9] bho Gotama, seyyathā pi bho Gotama nikkujjitaṃ vā ukkujjeyya, paṭicchannaṃ vā vivareyya, mūḷhassa vā maggaṃ ācikkheyya, andhakāre vā telapajjotaṃ dhāreyya 'cakkhumanto rūpāni dakkhantī' ti; evam eva[10] bhotā Gotamena anekapariyāyena dhammo pakāsito. Esāhaṃ bhavantaṃ Gotamaṃ saraṇaṃ gacchāmi dhammañ ca bhikkhusaṅghañ ca, upāsakaṃ maṃ bhavaṃ Gotamo dhāretu ajja-t-agge pāṇupetaṃ saraṇaṃ gatan ti.

XII.

1. Ekaṃ samayaṃ Bhagavā Vesāliyaṃ viharati Mahāvane Kūṭāgārasālāyaṃ. Tena kho pana samayena sambahulā abhiññātā abhiññātā Licchavī santhāgāre[11] sannisinnā sannipatitā anekapariyāyena buddhassa vaṇṇaṃ bhāsanti[12], dhammassa vaṇṇaṃ bhāsanti[12], saṅghassa vaṇṇaṃ bhāsanti[12].

---

[1] M. omits this phrase. [2] M. Ph. vimuttamhi ti.
[3] Ph. adds me. [4] T. M₆ M₇ vigatā.
[5] T. M₆ vigato. [6] Ph. T. M₆ M₇ °vā; M. °nibbhidā.
[7] T. vutto. [8] M. Ph. add ti.
[9] T. M₆ M₇ pe upāsakaṃ. [10] Ph. inserts bho Gotama.
[11] M. Ph. sandhā° throughout. [12] T. bhāsati.

2. Tena kho pana samayena Sīho senāpati Nigaṇṭha-sāvako[1] tassaṃ parisāyaṃ nisinno hoti. Atha kho Sīhassa senāpatissa etad ahosi 'nissaṃsayaṃ[2] kho so Bhagavā arahaṃ sammāsambuddho bhavissati, tathā h' ime sambahulā abhiññātā[3] abhiññātā[3] Licchavī santhāgāre sannisinnā sannipatitā anekapariyāyena buddhassa vaṇṇaṃ bhāsanti, dhammassa vaṇṇaṃ bhāsanti, saṅghassa vaṇṇaṃ bhāsanti; yan nūnāhaṃ taṃ Bhagavantaṃ dassanāya upasaṅkameyyaṃ[4] arahantaṃ sammāsambuddhan' ti.

3. Atha kho Sīho senāpati yena Nigaṇṭho[5] Nātaputto[6] ten' upasaṅkami, upasaṅkamitvā Nigaṇṭhaṃ[7] Nātaputtaṃ[6] etad avoca 'icchām' ahaṃ bhante samaṇaṃ Gotamaṃ dassanāya upasaṅkamitun' ti. 'Kiṃ pana tvaṃ Sīha kiriyavādo samāno akiriyavādaṃ samaṇaṃ Gotamaṃ dassanāya upasaṅkamissasi? Samaṇo hi Sīha Gotamo akiriyavādo akiriyāya dhammaṃ deseti, tena ca sāvake vinetī' ti. Atha kho Sīhassa senāpatissa yo ahosi gamiyābhisaṅkhāro[8] Bhagavantaṃ dassanāya, so paṭippassambhi.

4. Dutiyam pi kho sambahulā abhiññātā[9] abhiññātā[9] Licchavī santhāgāre sannisinnā sannipatitā anekapariyāyena buddhassa vaṇṇaṃ[10] bhāsanti, dhammassa vaṇṇaṃ bhāsanti, saṅghassa vaṇṇaṃ bhāsanti. Dutiyam pi kho Sīhassa senāpatissa etad ahosi 'nissaṃsayaṃ kho so Bhagavā arahaṃ sammāsambuddho bhavissati, tathā h' ime sambahulā abhiññātā[11] abhiññātā[11] Licchavī santhāgāre sannisinnā sannipatitā anekapariyāyena buddhassa vaṇṇaṃ[12] bhāsanti, dhammassa vaṇṇaṃ[13] bhāsanti, saṅghassa vaṇṇaṃ bhāsanti; yan nūnāhaṃ taṃ Bhagavantaṃ dassanāya upasaṅkameyyaṃ

---

[1] T. M_6. M_7 Nigaṇṭha°; Ph. Nigaṇḍha°
[2] M. Ph. nissa° *always*. [3] T. M_7 *once*.
[4] T. M_7 °yya. [5] M_6 Nigaṇṭho; Ph. Nigaṇḍho.
[6] T. Nāta°; M_6 Nātha°; M_7 Nātha° *and* Nāta° *throughout*.
[7] T. M_6 °gaṇṭhaṃ; Ph. °gaṇḍhaṃ.
[8] M_6. M_7 gamikābhi°; T. gamikābhisaṃ°
[9] M_7 *once*.
[10] M_6 in. Ph. pa : dhammassa saṅghassa v° bh°
[11] T. *once*. [12] Ph. pa : dhammassa saṅghassa v° bh°
[13] M_7 saṅghassa v° bh°

arahantaṃ sammāsambuddhan' ti. Atha kho Sīho senāpati yena Nigaṇṭho[1] Nātaputto ten' upasaṅkami, upasaṅkamitvā Nigaṇṭhaṃ[2] Nātaputtaṃ etad avoca 'icchām' ahaṃ bhante samaṇaṃ Gotamaṃ dassanāya upasaṅkamitun' ti. 'Kiṃ pana tvaṃ Sīha kiriyavādo samāno akiriyavādaṃ samaṇaṃ Gotamaṃ dassanāya upasaṅkamissasi? Samaṇo hi Sīha Gotamo akiriyavādo akiriyāya dhammaṃ deseti, tena ca sāvake vinetī' ti. Dutiyam pi kho Sīhassa senāpatissa yo ahosi gamiyābhisaṅkhāro[3] Bhagavantaṃ dassanāya, so paṭippassambhi.

5. Tatiyam pi kho sambahulā abhiññātā[4] abhiññātā[4] Licchavī santhāgāre sannisinnā sannipatitā anekapariyāyena buddhassa vaṇṇaṃ[5] bhāsanti, dhammassa vaṇṇaṃ bhāsanti, saṅghassa vaṇṇaṃ bhāsanti. Tatiyam pi kho Sīhassa senāpatissa etad ahosi 'nissaṃsayaṃ kho so Bhagavā arahaṃ sammāsambuddho bhavissati, tathā h'ime sambahulā abhiññātā[4] abhiññātā[4] Licchavī santhāgāre sannisinnā sannipatitā anekapariyāyena buddhassa vaṇṇaṃ bhāsanti, dhammassa vaṇṇaṃ bhāsanti, saṅghassa vaṇṇaṃ bhāsanti; kiṃ hi 'me[6] karissanti Nigaṇṭhā[7] apalokitā vā anapalokitā vā; yan nūnâhaṃ anapaloketvā 'va Nigaṇṭhe[8] taṃ Bhagavantaṃ dassanāya upasaṅkameyyaṃ arahantaṃ sammāsambuddhan' ti. Atha kho Sīho senāpati pañcamattehi rathasatehi divādivassa Vesāliyā niyyāsi Bhagavantaṃ dassanāya. Yāvatikā yānassa bhūmi yānena gantvā yānā paccorohitvā pattiko 'va ārāmaṃ pāvisi. Atha kho Sīho senāpati yena Bhagavā ten' upasaṅkami; upasaṅkamitvā Bhagavantaṃ abhivādetvā ekamantaṃ nisīdi. Ekamantaṃ nisinno kho Sīho senāpati Bhagavantaṃ etad avoca 'sutaṃ me taṃ[9] bhante: akiriyavādo samaṇo Gotamo akiriyāya

---

1 T. M. °gaṇṭho; Ph. °gaṇḍho.
2 Ph. °ṇḍhaṃ; T. M. °ṇṭhaṃ.
3 T. M. M. gamikābhi°; T. M. add taṃ. 4 T. once.
5 M. 1a. Ph. pa | dhammassa saṅghassa v° bh°
6 M. Ph. kiñ ti 'me.
7 Ph. °ṇḍhā; M. °ṇṭhā.
8 M. S. °ṇṭhaṃ; Ph. °ṇḍhaṃ; M. °ṇṭhe, *then it continues:* yena Bhagavā *and so on* 9 S. etaṃ.

dhammaṃ deseti, tena ca sāvake vinetī ti. Ye te bhante evam āhaṃsu: akiriyavādo samaṇo Gotamo akiriyāya dhammaṃ deseti, tena ca sāvake vinetī ti, kacci[1] te bhante Bhagavato vuttavādino na ca[2] Bhagavantaṃ abhūtena abbhācikkhanti dhammassa cānudhammaṃ[3] vyākaronti na ca koci sahadhammiko vādānupāto[4] gārayhaṃ ṭhānaṃ āgacchati. Anabbhakkhātukāmā[5] hi mayaṃ bhante Bhagavantan' ti.

6. Atthi Sīha pariyāyo, yena maṃ pariyāyena sammā vadamāno vadeyya: akiriyavādo samaṇo Gotamo akiriyāya dhammaṃ deseti, tena ca sāvake vinetī ti. Atthi Sīha pariyāyo, yena maṃ pariyāyena sammā vadamāno vadeyya: kiriyavādo samaṇo Gotamo kiriyāya dhammaṃ deseti, tena ca sāvake vinetī ti. Atthi Sīha pariyāyo, yena maṃ pariyāyena sammā vadamāno vadeyya: ucchedavādo samaṇo Gotamo ucchedāya dhammaṃ deseti, tena ca sāvake vinetī ti. Atthi Sīha pariyāyo, yena maṃ pariyāyena sammā vadamāno vadeyya: jegucchī samaṇo Gotamo jegucchitāya[6] dhammaṃ deseti, tena ca sāvake vinetī ti. Atthi Sīha pariyāyo, yena maṃ pariyāyena sammā vadamāno vadeyya: venayiko samaṇo Gotamo vinayāya dhammaṃ deseti, tena ca sāvake vinetī ti. Atthi Sīha pariyāyo, yena maṃ pariyāyena sammā vadamāno vadeyya: tapassī samaṇo Gotamo tapassitāya dhammaṃ deseti, tena ca sāvake vinetī ti. Atthi Sīha pariyāyo, yena maṃ pariyāyena sammā vadamāno vadeyya: apagabbho[7] samaṇo Gotamo apagabbhatāya[7] dhammaṃ deseti, tena ca sāvake vinetī ti. Atthi Sīha pariyāyo, yena maṃ pariyāyena sammā vadamāno vadeyya: assattho[8] samaṇo Gotamo assāsāya[9] dhammaṃ deseti, tena ca sāvake vinetī ti.

7. Katamo ca Sīha pariyāyo, yena maṃ pariyāyena sammā vadamāno vadeyya: akiriyavādo samaṇo Gotamo

---

[1] S. kiñ ca. [2] omitted by M.
[3] T. vā anu°; M. anu°; M. dhammassānu°
[4] M. Ph. °vādo. [5] M. nabbha° [6] M. S. ji°
[7] S. appa° [8] M. assāsako; Ph. assasattho.
[9] M. Ph. assā°

akiriyāya dhammaṃ deseti, tena ca sāvake vineti ti? Ahaṃ hi Sīha akiriyaṃ vadāmi kāyaduccaritassa vacīduccaritassa manoduccaritassa, anekavihitānaṃ pāpakānaṃ akusalānaṃ dhammānaṃ akiriyaṃ vadāmi. Ayaṃ kho Sīha pariyāyo, yena maṃ pariyāyena sammā vadamāno vadeyya: akiriyavādo samaṇo Gotamo akiriyāya dhammaṃ deseti, tena ca sāvake vineti ti.

Katamo ca Sīha pariyāyo, yena maṃ pariyāyena sammā vadamāno vadeyya: kiriyavādo samaṇo Gotamo kiriyāya dhammaṃ deseti, tena ca sāvake vineti ti? Ahaṃ hi Sīha kiriyaṃ vadāmi kāyasucaritassa vacīsucaritassa manosucaritassa, anekavihitānaṃ kusalānaṃ dhammānaṃ kiriyaṃ vadāmi. Ayaṃ kho Sīha pariyāyo, yena maṃ pariyāyena sammā vadamāno vadeyya: kiriyavādo samaṇo Gotamo kiriyāya dhammaṃ deseti, tena ca sāvake vineti ti.

Katamo ca Sīha pariyāyo, yena maṃ pariyāyena sammā vadamāno vadeyya: ucchedavādo samaṇo Gotamo ucchedāya dhammaṃ deseti, tena ca sāvake vineti ti? Ahaṃ hi Sīha ucchedaṃ vadāmi rāgassa dosassa mohassa, anekavihitānaṃ pāpakānaṃ akusalānaṃ dhammānaṃ ucchedaṃ vadāmi. Ayaṃ kho Sīha pariyāyo, yena maṃ pariyāyena sammā vadamāno vadeyya: ucchedavādo samaṇo Gotamo ucchedāya dhammaṃ deseti, tena ca sāvake vineti ti.

Katamo ca Sīha pariyāyo, yena maṃ pariyāyena sammā vadamāno vadeyya: jegucchī samaṇo Gotamo jegucchitāya dhammaṃ deseti, tena ca sāvake vineti ti? Ahaṃ hi Sīha jigucchāmi[1] kāyaduccaritena vacīduccaritena manoduccaritena, jigucchāmi[1] anekavihitānaṃ pāpakānaṃ akusalānaṃ dhammānaṃ samāpattiyā. Ayaṃ kho Sīha pariyāyo, yena maṃ pariyāyena sammā vadamāno vadeyya: jegucchī samaṇo Gotamo jegucchitāya dhammaṃ deseti, tena ca sāvake vineti ti.

Katamo ca Sīha pariyāyo, yena maṃ pariyāyena sammā vadamāno vadeyya: venayiko samaṇo Gotamo vinayāya dhammaṃ deseti, tena ca sāvake vineti ti? Ahaṃ hi Sīha vinayāya dhammaṃ desemi rāgassa dosassa mohassa,

1 Ph. je°; M. je° and ji°

anekavihitānaṃ pāpakānaṃ akusalānaṃ dhammānaṃ vinayāya dhammaṃ desemi. Ayaṃ kho Sīha pariyāyo, yena maṃ pariyāyena sammā vadamāno vadeyya: venayiko samaṇo Gotamo vinayāya dhammaṃ deseti, tena ca sāvake vineti ti.

Katamo ca Sīha pariyāyo, yena maṃ pariyāyena sammā vadamāno vadeyya: tapassī samaṇo Gotamo tapassitāya dhammaṃ deseti, tena ca sāvake vineti ti? Tapaniyāhaṃ Sīha pāpake akusale dhamme vadāmi: kāyaduccaritaṃ vacīduccaritaṃ manoduccaritaṃ. Yassa kho Sīha tapaniyā pāpakā akusalā dhammā pahīnā[1] ucchinnamūlā tālāvatthukatā anabhāvakatā[2] āyatiṃ anuppādadhammā, tam ahaṃ tapassī ti vadāmi. Tathāgatassa kho Sīha tapaniyā pāpakā akusalā dhammā pahīnā ucchinnamūlā tālāvatthukatā anabhāvakatā āyatiṃ anuppādadhammā. Ayaṃ kho Sīha pariyāyo, yena maṃ pariyāyena sammā vadamāno vadeyya: tapassī samaṇo Gotamo tapassitāya dhammaṃ deseti, tena ca sāvake vineti ti.

Katamo ca Sīha pariyāyo, yena maṃ pariyāyena sammā vadamāno vadeyya: apagabbho[3] samaṇo Gotamo apagabbhatāya dhammaṃ deseti, tena ca sāvake vineti ti? Yassa kho Sīha āyatiṃ gabbhaseyyā punabbhavābhinibbatti pahīnā ucchinnamūlā tālāvatthukatā anabhāvakatā āyatiṃ anuppādadhammā[4], tam ahaṃ apagabbho ti vadāmi. Tathāgatassa kho Sīha āyatiṃ gabbhaseyyā punabbhavābhinibbatti pahīnā ucchinnamūlā tālāvatthukatā anabhāvakatā āyatiṃ anuppādadhammā. Ayaṃ kho Sīha pariyāyo, yena maṃ pariyāyena sammā vadamāno vadeyya: apagabbho samaṇo Gotamo apagabbhatāya dhammaṃ deseti, tena ca sāvake vineti ti.

Katamo ca Sīha pariyāyo, yena maṃ pariyāyena sammā vadamāno vadeyya: assattho[5] samaṇo Gotamo assāsāya dhammaṃ deseti, tena ca sāvake vineti ti? Ahaṃ hi Sīha

---

[1] M. pahinnā *throughout.*
[2] M. Ph. °bhāvaṃ k° *throughout.*   [3] S. appa° *always.*
[4] M_6 M_7 *continue:* ayaṃ kho *and so on.*
[5] M. assāsako; Ph. assasattho.

assattho[1] paramena assāsena[2] assāsāya[3] dhammaṃ desemi, tena ca sāvake vinemi. Ayaṃ kho Sīha pariyāyo, yena maṃ pariyāyena sammā vadamāno vadeyya: assattho[1] samaṇo Gotamo assāsāya dhammaṃ deseti, tena ca sāvake vineti ti.

8. Evaṃ vutte Sīho senāpati Bhagavantaṃ etad avoca 'abhikkantaṃ bhante abhikkantaṃ[4] bhante . . . pe[5] . . . upāsakaṃ maṃ bhante Bhagavā dhāretu ajja-t-agge pāṇupetaṃ saraṇaṃ gatan' ti. 'Anuviccakāraṃ kho Sīha karohi, anuviccakāro[6] tumhādisānaṃ ñātamanussānaṃ[7] sādhu hotī' ti. 'Iminā p'ahaṃ[8] bhante Bhagavato bhiyyosomattāya attamano abhiraddho, yaṃ maṃ Bhagavā evam āha: anuviccakāraṃ kho Sīha karohi, anuviccakāro tumhādisānaṃ ñātamanussānaṃ sādhu hotī ti. Maṃ hi bhante aññatitthiyā sāvakaṃ labhitvā kevalakappaṃ Vesāliṃ[9] paṭākaṃ[10] parihareyyuṃ: Sīho amhākaṃ senāpati sāvakattaṃ upagato ti. Atha ca pana maṃ Bhagavā evam āha: anuviccakāraṃ kho Sīha karohi, anuviccakāro tumhādisānaṃ ñātamanussānaṃ sādhu hotī ti. Esāhaṃ bhante dutiyam[11] pi Bhagavantaṃ saraṇaṃ gacchāmi dhammañ ca bhikkhusaṅghañ ca, upāsakaṃ maṃ bhante Bhagavā dhāretu ajja-t-agge pāṇupetaṃ saraṇaṃ gatan' ti. 'Dīgharattaṃ kho te Sīha Nigaṇṭhānaṃ[12] opānabhūtaṃ kulaṃ, yena nesaṃ[13] upagatānaṃ piṇḍakaṃ[14] dātabbaṃ maññeyyāsī' ti. 'Iminā p'ahaṃ[15] bhante Bhagavato bhiyyosomattāya attamano abhiraddho, yaṃ maṃ Bhagavā evam āha: dīgharattaṃ kho te[16] Sīha Nigaṇṭhānaṃ[12] opānabhūtaṃ kulaṃ, yena nesaṃ[13] upagatānaṃ piṇḍakaṃ[14] dātabbaṃ[17] maññeyyāsī ti. Sutaṃ me[18] taṃ[18] bhante: samaṇo Gotamo evam āha

[1] M. assāsako; Ph. assāsattha. [2] Ph. assa°
[3] M. M. add ca. [4] Ph. pa | upāsakaṃ. [5] M. la.
[6] M. avicca° [7] omitted by T.
[8] S. pāhaṃ; M. Ph. esāhaṃ for iminā p°
[9] Ph. °ñ; T. °liyaṃ. [10] T. M. paṭikaṃ.
[11] S. dutiyakaṃ. [12] Ph. °odhānaṃ; M. °nthānaṃ.
[13] T. M. tesaṃ. [14] S. piṇḍapātaṃ. [15] S. pāhaṃ.
[16] omitted by S. [17] here M. adds ca again.
[18] S. etaṃ.

mayham eva dānaṃ[1] dātabbaṃ, na[2] aññesaṃ dānaṃ dātabbaṃ; mayham eva sāvakānaṃ dānaṃ[3] dātabbaṃ, na[4] aññesaṃ sāvakānaṃ dānaṃ[5] dātabbaṃ; mayham eva dinnaṃ mahapphalaṃ, na aññesaṃ dinnaṃ mahapphalaṃ, mayham eva sāvakānaṃ dinnaṃ mahapphalaṃ, na aññesaṃ sāvakānaṃ dinnaṃ mahapphalan ti. Atha ca pana maṃ[5] Bhagavā Nigaṇṭhesu[6] pi dāne[7] samādapeti, api ca bhante mayam ettha kālaṃ jānissāma. Esāhaṃ bhante tatiyam[8] pi Bhagavantaṃ saraṇaṃ gacchāmi dhammañ ca bhikkhusaṅghañ ca, upāsakaṃ maṃ bhante Bhagavā dhāretu ajjatagge pāṇupetaṃ saraṇaṃ gatan' ti.

9. Atha kho Bhagavā Sīhassa senāpatissa anupubbikathaṃ[9] kathesi, seyyathīdaṃ dānakathaṃ sīlakathaṃ saggakathaṃ kāmānaṃ ādīnavaṃ okāraṃ saṃkilesaṃ nekkhamme[10] ānisaṃsaṃ pakāsesi. Yadā Bhagavā aññāsi[11] Sīhaṃ senāpatiṃ kallacittaṃ muducittaṃ vinīvaraṇacittaṃ[12] udaggacittaṃ pasannacittaṃ, atha yā[13] buddhānaṃ sāmukkaṃsikā dhammadesanā, taṃ pakāsesi[14]: dukkhaṃ samudayaṃ nirodhaṃ maggaṃ. Seyyathā pi nāma suddhaṃ[15] vatthaṃ[16] apagatakāḷakaṃ sammad[17]-d-eva rajanaṃ[18] paṭiggaṇheyya[19], evam eva Sīhassa[20] senāpatissa tasmiṃ yeva āsane virajaṃ vītamalaṃ dhammacakkhuṃ udapādi 'yaṃ kiñci samudayadhammaṃ, sabban taṃ nirodhadhamman' ti.

10. Atha kho Sīho senāpati diṭṭhadhammo pattadhammo[21] viditadhammo pariyogāḷhadhammo tiṇṇavicikiccho vigatakathaṃkatho vesārajjappatto aparapaccayo Satthu sāsane Bhagavantaṃ etad avoca 'adhivāsetu me[22] bhante[23] Bhagavā

[1] *omitted by* M6. [2] M. Ph. M6 *omit this phrase.*
[3] *omitted by* M. M6 T. M7. [4] *omitted by* T. M7 M8.
[5] *omitted by* M. Ph. M6. [6] Ph. °nthesu; M6 °nthesu.
[7] M. Ph. M6 dānaṃ. [8] S. tatiyakaṃ.
[9] Ph. M6 °pubba° [10] M. Ph. M6 nikkhame.
[11] T. aññesi. [12] M. Ph. M6 vinī°; M6 nīva°
[13] M6 ca sā. [14] M. ti; M6 pakāsesi. [15] S. suddha°
[16] M. S. °jahaṃ. [17] T. sammā. [18] T. M6 rañj°
[19] T. M6 M7 patiga° [20] T. Sīha° [21] T. paṭṭha°
[22] *omitted by* Ph. M6. [23] *omitted by* M.

svātanāya[1] bhattaṃ saddhiṃ bhikkhusaṅghenā' ti. Adhivāsesi Bhagavā tuṇhībhāvena. Atha kho Sīho senāpati Bhagavato adhivāsanaṃ viditvā uṭṭhāy' āsanā Bhagavantaṃ abhivādetvā padakkhiṇaṃ katvā pakkāmi. Atha kho Sīho senāpati aññataraṃ purisaṃ āmantesi 'gaccha tvaṃ[2] ambho purisa pavattamaṃsaṃ jānāhī' ti. Atha kho Sīho senāpati tassā rattiyā accayena sake nivesane paṇītaṃ khādaniyaṃ bhojaniyaṃ paṭiyādāpetvā[3] Bhagavato kālaṃ ārocāpesi[4] 'kālo bhante, Sīhassa[5] senāpatissa[5] nivesane[6] niṭṭhitaṃ bhattan' ti.

11. Atha kho Bhagavā pubbaṇhasamayaṃ nivāsetvā pattacīvaraṃ ādāya yena Sīhassa[7] senāpatissa nivesanaṃ ten' upasaṅkami, upasaṅkamitvā paññatte āsane nisīdi saddhiṃ bhikkhusaṅghena. Tena kho pana samayena sambahulā Nigaṇṭhā[8] Vesāliyaṃ rathiyāya[9] rathiyaṃ[10] siṅghāṭakena[11] siṅghāṭakaṃ bāhā paggayha kandanti 'ajja Sīhena senāpatinā thūlaṃ[12] pasuṃ vadhitvā samaṇassa Gotamassa bhattaṃ[13] kataṃ, taṃ[14] samaṇo Gotamo jānaṃ uddissa kataṃ[15] maṃsaṃ[15] paribhuñjati paṭiccakamman' ti. Atha kho aññataro puriso yena Sīho senāpati ten' upasaṅkami, upasaṅkamitvā Sīhassa senāpatissa upakaṇṇake ārocesi 'yagghe[16] bhante jāneyyāsi ete sambahulā Nigaṇṭhā[8] Vesāliyaṃ rathiyāya rathiyaṃ siṅghāṭakena siṅghāṭakaṃ bāhā[17] paggayha kandanti: ajja Sīhena senāpatinā thūlaṃ[18] pasuṃ vadhitvā samaṇassa Gotamassa bhattaṃ[13] kataṃ, taṃ[14] samaṇo Gotamo jānaṃ[19] uddissa kataṃ[15] maṃsaṃ[15] pari-

[1] T. svā° [2] M. taṃ.
[3] M. S. °yādetvā; M. paṭiyādāpetvā.
[4] M. Ph. M. ārocesi. [5] omitted by M. Ph.
[6] omitted by M. Ph. M. [7] M. Sīha°
[8] Ph. °ndhā; M. °ṭhā.
[9] M. M. rathiyā; M. rathikāya. [10] omitted by M.
[11] omitted by T.
[12] S. thūlaṃ; M. thula; T. M. M. thulla°
[13] M. missakabhattaṃ. [14] omitted by M. T. S.
[15] M. kata°; M. M. kata°; Ph. kataṃ ma° omit kata°; T. kammaṃ. [16] M. T. yaggha.
[17] T. bāhaṃ; M. bāha. [18] omitted by S.
[19] T. M. dānaṃ.

bhuñjati paṭicca kamman' ti[1]. 'Alam[2] ayyo[3], dīgharattaṃ hi te āyasmanto avaṇṇakāmā buddhassa avaṇṇakāmā dhammassa avaṇṇakāmā saṅghassa, na ca pana te[4] āyasmanto jīranti[5] taṃ[6] Bhagavantaṃ asatā[7] tucchā musā abhūtena abbhācikkhantā[8], na ca mayaṃ jīvitahetu pi sañcicca pāṇaṃ jīvitā voropeyyāmā[9]' ti.

19. Atha kho Sīho senāpati buddhapamukhaṃ bhikkhusaṅghaṃ paṇītena khādanīyena bhojanīyena[10] sahatthā santappesi sampavāresi. Atha kho Sīho senāpati Bhagavantaṃ[11] bhuttāviṃ onītapattapāṇiṃ ekamantaṃ nisīdi. Ekamantaṃ nisinnaṃ kho Sīhaṃ senāpatiṃ Bhagavā dhammiyā kathāya sandassetvā samādapetvā samuttejetvā sampahaṃsetvā uṭṭhāyāsanā pakkāmī ti.

XIII.

1. Aṭṭhahi bhikkhave aṅgehi samannāgato rañño bhaddo[12] assājāniyo rājāraho[13] hoti rājabhoggo[14], rañño aṅgan t'eva[15] saṃkhaṃ[16] gacchati. Katamehi aṭṭhahi?

2. Idha bhikkhave rañño bhaddo assājāniyo ubhato sujāto hoti mātito ca pitito ca, yassaṃ disāyaṃ añño pi bhaddā assājāniyā jāyanti, tassaṃ disāyaṃ jāto hoti; yaṃ kho pan' assa bhojanaṃ denti allaṃ vā sukkaṃ[17] vā, taṃ sakkaccaṃ yeva paribhuñjati avikiranto[18]; jegucchī hoti uccāraṃ vā passāvaṃ vā abhinisīdituṃ vā abhinipajjituṃ vā; so rato

---

[1] M. *continues:* taṃ Bhagavantaṃ tucchā *and so on.*
[2] T. ayaṃ. [3] S. ayyā. [4] M. Ph. M. S. pan' ete.
[5] M. jīridanti; Ph. jīnanti. [6] *omitted by* S.
[7] Ph. asatha; *omitted by* M.
[8] Ph. M. M. S. °nti; M. °cikkhitum.
[9] T. oro°; M. °yyā. [10] *omitted by* M.
[11] S. taṃ Bh°
[12] Ph. M. bhaddo *and* bhadro; S. bhadro (bhadra) *throughout.*
[13] S. rāja° *throughout;* M. rāja° *and* rāja°
[14] M. rāja°; Ph. rājabhogo.
[15] M. Ph. T. M. M. t'eva *always.*
[16] M. Ph. M. saṅkhyaṃ; S. saṃkhyaṃ *throughout.*
[17] M. Ph. M. sukkhaṃ [18] M. atitekaronto.

hoti sukhasaṃvāso[1] na[2] aññe asse ubbejetā[3]; yāni kho pan' assa honti[4] saṭheyyāni kūṭeyyāni[5] jimheyyāni vaṅkeyyāni, tāni yathābhūtam[6] sārathissa āvikattā hoti, tesam assa sārathi abhinimmadanāya[7] vāyamati; vāhī kho pana hoti, 'kāmaṃ[8] maññe[9] asse vahantu vā mā vā, aham ettha[10] vahissāmī' ti cittaṃ uppādeti; gacchanto kho pana ujumaggen' eva gacchati; thāmavā hoti yāva[11] jīvitamaraṇapariyādānā[12] thāmam[13] upadaṃsetā[14].

Imehi kho bhikkhave aṭṭhah'[15] aṅgehi samannāgato rañño bhaddo assājāniyo rājāraho hoti rājabhoggo[16], rañño aṅgan t'eva saṅkham[17] gacchati.

3. Evam eva kho bhikkhave aṭṭhahi dhammehi[18] samannāgato bhikkhu āhuneyyo hoti . . . pe[19] . . . anuttaram puññakkhettaṃ lokassa. Katamehi aṭṭhahi?

4. Idha bhikkhave bhikkhu sīlavā hoti pātimokkhasaṃvarasaṃvuto viharati ācāragocarasampanno, aṇumattesu vajjesu bhayadassāvī samādāya sikkhati sikkhāpadesu; yaṃ kho pan' assa bhojanaṃ denti[20] lūkhaṃ vā paṇītaṃ vā, tam[21] sakkaccaṃ yeva paribhuñjati avihaññamāno; jegucchī hoti, jigucchati[22] kāyaduccaritena vacīduccaritena manoduccaritena, jigucchati[23] pāpakānaṃ akusalānaṃ dhammānaṃ samāpattiyā; so rato hoti sukhasaṃvāso[24] na aññe bhikkhū ubbejetā[25]; yāni kho pan' assa honti[26] saṭheyyāni

---

[1] T. °so. [2] M. S. insert ca.
[3] T. °tāya; M. uppajjeta. [4] all MSS. have tāni; Ph. adds honti. [5] T. kuṭi° [6] M. °bhūtaṃ.
[7] T. M. °danāya; M. is spoiled here.
[8] M. Ph. M. S. kāmaññe; T. M. M. kāmaṃmaññe.
[9] M. ettha. [10] M. yāvatā.
[11] T. °naṃ; M. jīvitaṃpariyodāna. [12] Ph. °nā; M. adds vā.
[13] M. °ti; M. °nti; S. °dhaṃsetā; Ph. upahitamaseta.
[14] M. Ph. M. aṭṭhahi. [15] M. rāja°; Ph. rājabhogo.
[16] M. here saṅkham. [17] Ph. aṅgahi.
[18] M. la; Ph. M. pa. [19] S. deti.
[20] omitted by M. T. M.
[21] T. je°; omitted by M. Ph. S.; M. has jekucchunā (sic).
[22] M. Ph. jigucchī hoti. [23] T. dukkhasaṃvāse.
[24] M. upajjetvā.
[25] M. hoti; Ph. T. M. M. S. tāni; Ph. adds honti.

kūṭeyyāni[1] jimheyyāni vaṅkeyyāni, tāni yathābhūtaṃ āvikattā[2] hoti Satthari vā viññūsu vā sabrahmacārisu, tesaṃ assa Satthā vā viññū vā sabrahmacārī abhinimmadanāya vāyamati; sikkhitā kho pana hoti[3], 'kāmaṃ[4] aññe bhikkhū sikkhantu[5] vā mā vā, ahaṃ ettha sikkhissāmī' ti cittaṃ uppādeti; gacchanto kho pana ujumaggaṃ eva gacchati, tatrāyaṃ ujumaggo, seyyathīdaṃ sammādiṭṭhi . . . pe° . . . sammāsamādhi; āraddhaviriyo viharati 'kāmaṃ taco ca nahāru ca aṭṭhi[6] ca[7] avasissatu, sarīre upasussatu maṃsalohitaṃ, yan taṃ purisatthāmena purisaviriyena purisaparakkamena pattabbaṃ[8], na[9] taṃ apāpuṇitvā[10] viriyassa saṇṭhānaṃ bhavissatī' ti.

Imehi kho bhikkhave aṭṭhahi dhammehi samannāgato bhikkhu āhuneyyo hoti . . . pe . . . anuttaraṃ puññakkhettaṃ lokassā ti.

XIV.

1. Aṭṭha ca[11] bhikkhave assakhaḷuṅke[12] desessāmi[13] aṭṭha ca[11] assadose aṭṭha ca[11] purisakhaḷuṅke aṭṭha ca[11] purisadose, taṃ suṇātha sādhukaṃ[14] manasikarotha, bhāsissāmī ti. 'Evaṃ bhante' ti kho te bhikkhū Bhagavato paccassosuṃ. Bhagavā etad avoca: —

2. Katame ca bhikkhave aṭṭha assakhaḷuṅkā aṭṭha ca assadosā?

Idha bhikkhave ekacco assakhaḷuṅko pehī[15] ti vutto viddho samāno codito sārathinā pacchato paṭisakkati[16];

---

[1] T. kuṭṭi° [2] Ph. M. °kata.
[3] M. continues: seyyathidaṃ and so on.
[4] M. Ph. M. S. kāmaññe. [5] T. bhikkhūnaṃ.
[6] M. ha; Ph. M. pa. [7] omitted by M.
[8] M. sabbaṃ.
[9] M. Ph. n'etaṃ; M. etaṃ; T. M. M. omit na.
[10] M. pa° [11] omitted by S.
[12] in M. Ph. M. S. always written with ṅ in the last syllable.
[13] T. M. M. desi°; S. puts dese° after °dose.
[14] S. pa : Katame.
[15] M. sehi throughout; M. pesehi, pehi and, mostly, upehi.
[16] M. Ph. paṭikkamati.

piṭṭhito ratham pavatteti[1]. Evarūpo pi bhikkhave idh' ekacco assakhaluṅko hoti. Ayam bhikkhave paṭhamo assadoso.

3. Puna ca paraṃ bhikkhave idh' ekacco assakhaluṅko pehi ti vutto viddho samāno codito sārathinā pacchā laṅghi[2] pati kubbaram hanti[3] tidaṇḍam[4] bhañjati[5]. Evarūpo pi bhikkhave idh' ekacco assakhaluṅko hoti. Ayam bhikkhave dutiyo assadoso.

4. Puna ca paraṃ bhikkhave idh' ekacco assakhaluṅko pehi ti vutto viddho samāno codito sārathinā rathīsāya[6] satthim[7] ussajjitvā rathīsaṃ yeva ajjhomaddati. Evarūpo pi bhikkhave idh' ekacco assakhaluṅko hoti. Ayam bhikkhave tatiyo assadoso.

5. Puna[8] ca paraṃ bhikkhave idh' ekacco assakhaluṅko pehi ti vutto viddho samāno codito sārathinā ummaggam gaṇhāti[9], ubbaṭumam ratham karoti. Evarūpo pi bhikkhave idh' ekacco assakhaluṅko hoti. Ayam bhikkhave catuttho assadoso.

6. Puna ca paraṃ bhikkhave idh' ekacco assakhaluṅko pehi ti vutto viddho samāno codito sārathinā laṅgheti purimam kāyam, paggaṇhāti purime pāde. Evarūpo pi bhikkhave idh' ekacco assakhaluṅko hoti. Ayam bhikkhave pañcamo assadoso.

7. Puna ca paraṃ bhikkhave idh' ekacco assakhaluṅko pehi ti vutto viddho samāno codito sārathinā anādiyitvā[10] sārathim[11] anādiyitvā[11] patodam[12] dantehi[13] mukhādhānam[14]

---

1 M. S. pavatteti; T. M. M. pativaddheti.
2 M. laṅgheti; T. M. M. laṅghi.
3 M. Ph. harati; M. harati; S. paharati.
4 M. daṇḍam. 5 M. bhañjati.
6 Ph. rathīsāya; M. rathīsāya; M. yāya.
7 M. satthim; M. piṭṭhipāsa.
8 Ph. M. omit this sentence. 9 M. T. gaṇhati.
10 S. °ādiyitvā; M. °ādiyitvā every time.
11 omitted by S.
12 S. patodayaṭṭhim; M. patodalaṭṭhim; Ph. °laṭṭhiṃ.
13 omitted by M. Ph.
14 Ph. M. M. °dānam; M. °ṭṭhānam.

viddhaṃsitvā[1] yenakāmaṃ[2] pakkamati. Evarūpo pi bhikkhave idh' ekacco assakhaluṅko hoti. Ayaṃ bhikkhave chaṭṭho assadoso.

8. Puna ca paraṃ bhikkhave idh' ekacco assakhaluṅko pehī ti vutto viddho samāno codito sārathinā neva abhikkamati no paṭikkamati[3], tatth' eva khīlaṭṭhāyiṭhito hoti. Evarūpo pi bhikkhave idh' ekacco assakhaluṅko hoti. Ayaṃ bhikkhave sattamo assadoso.

9. Puna ca paraṃ bhikkhave idh' ekacco assakhaluṅko pehī ti vutto viddho samāno codito sārathinā purime ca[4] pāde saṃharitvā[5] pacchime[6] ca pāde saṃharitvā[7] tatth' eva cattāro pāde abhinisīdati. Evarūpo pi bhikkhave idh' ekacco assakhaluṅko hoti. Ayaṃ bhikkhave aṭṭhamo assadoso.

Ime kho bhikkhave aṭṭha assakhaluṅkā aṭṭha ca assadosā.

10. Katame ca bhikkhave aṭṭha purisakhaluṅkā aṭṭha ca purisadosā?

Idha bhikkhave bhikkhū[8] bhikkhuṃ āpattiyā codenti. So bhikkhu bhikkhūhi āpattiyā codiyamāno 'na sarāmi[9] na sarāmī' ti asatiyā[10] 'va nibbeṭheti[11]. Seyyathā pi so[12] bhikkhave assakhaluṅko pehī ti vutto viddho samāno codito sārathinā pacchato paṭisakkati[13], piṭṭhito rathaṃ paṭivatteti[14], tathūpamāhaṃ bhikkhave imaṃ puggalaṃ vadāmi. Evarūpo pi bhikkhave idh' ekacco purisakhaluṅko hoti. Ayaṃ bhikkhave paṭhamo purisadoso.

11. Puna ca paraṃ bhikkhave bhikkhū bhikkhuṃ āpattiyā codenti. So bhikkhu bhikkhūhi āpattiyā codiyamāno

---

[1] T. viddha°; Ph. vidhaṃsetvā; M₆ M₈ vidaṃsitvā; M₇ vidiṃsitvā. [2] M₆ °kāmaṃ. [3] omitted by T.
[4] S. 'va. [5] M. Ph. saṅkharitvā.
[6] M₇ omits pa° ca pāde saṃh°
[7] M. Ph. M₆ saṅkha°
[8] S. always puts bhikkhū after bhikkhuṃ.
[9] Ph. passāmi; M. omits na sar°
[10] T. M₆ assa°; S. āpattiyā; M₆ M₇ are corrupt here.
[11] T. M₇ nibbeṭṭheti; M. Ph. M₆ nibbedheti.
[12] omitted by M. T.
[13] M₆ pari°; Ph. °sakkamati; M. °kkamati.
[14] Ph. S. pavatteti; M₆ pari°; T. M₆ paṭivaddheti; M₇ °vaḍḍheti.

codakaṃ yeva paṭippharati[1] 'kiṃ nu kho tuyhaṃ[2] bālassa avyattassa bhaṇitena, tvam pi nāma bhaṇitabbaṃ maññasī' ti? Seyyathā pi so bhikkhave assakhaḷuṅko pelu ti vutto viddho samāno codito sārathinā pacchā laṅghi[3] pati[4] kubbaraṃ hanti[5] tidaṇḍaṃ bhañjati[6], tathūpamāhaṃ bhikkhave imaṃ puggalaṃ vadāmi. Evarūpo pi bhikkhave idh' ekacco purisakhaḷuṅko hoti. Ayaṃ bhikkhave dutiyo purisadoso.

12. Puna ca paraṃ bhikkhave bhikkhū bhikkhuṃ āpattiyā codenti. So bhikkhu bhikkhūhi āpattiyā codiyamāno codakass' eva paccāropeti 'tvam pi kho 'si itthannāmaṃ āpattiṃ āpanno, tvaṃ tāva paṭhamaṃ paṭikarohī' ti. Seyyathā pi so bhikkhave assakhaḷuṅko pelu ti vutto viddho samāno codito sārathinā rathīsāya[7] satthiṃ[8] ussajjitvā rathīsaṃ[9] yeva ajjhomaddati, tathūpamāhaṃ bhikkhave imaṃ puggalaṃ vadāmi. Evarūpo pi bhikkhave idh' ekacco purisakhaḷuṅko hoti. Ayaṃ bhikkhave tatiyo purisadoso.

13. Puna ca paraṃ bhikkhave bhikkhū bhikkhuṃ āpattiyā codenti. So bhikkhu bhikkhūhi āpattiyā codiyamāno aññen' aññaṃ[10] paṭicarati, bahiddhā kathaṃ apanāmeti, kopañ ca dosañ ca appaccayañ ca pātukaroti. Seyyathā pi so bhikkhave assakhaḷuṅko pelu ti vutto viddho samāno codito sārathinā ummaggaṃ gaṇhāti[11], ubbhaṭumaṃ rathaṃ karoti, tathūpamāhaṃ bhikkhave imaṃ puggalaṃ vadāmi. Evarūpo pi bhikkhave idh' ekacco purisakhaḷuṅko hoti. Ayaṃ bhikkhave catuttho purisadoso.

14. Puna ca paraṃ bhikkhave bhikkhū bhikkhuṃ āpattiyā codenti. So bhikkhu bhikkhūhi āpattiyā codiyamāno saṅghamajjhe bāhāvikkhepaṃ[12] bhaṇati[13]. Seyyathā pi so

---

[1] Ph. paṭiharati; M6 vigarahati. [2] Ph. tumhaṃ.
[3] T. M7 M7 laṃkhi; Ph. laṅghi; M. laṅghati; M6 laṃgheti.
[4] omitted by M6. [5] M. Ph. M6 hanati; S. paharati.
[6] M6 bhañjati.
[7] Ph. rathiyāya; T. rathitayāya; M6 rathipāsa.
[8] M. sattiṃ; Ph. sapatti; M6 piṭṭhi. [9] M6 viriyaṃ.
[10] S. aññenā° [11] M. gaṇhāti.
[12] M. Ph. bāhu°; S. bahāvikkhepakaṃ; M6 mahāvikkhepakaṃ.
[13] M. Ph. karoti; M6 gaṇhāti; T. hanti; M6 haraṇāti.

bhikkhave assakhaḷuṅko pehī ti vutto viddho samāno codito sārathinā laṅgheti[1] purimaṃ kāyaṃ, paggaṇhāti purime pāde, tathūpamāhaṃ bhikkhave imaṃ puggalaṃ vadāmi. Evarūpo pi bhikkhave idh' ekacco purisakhaḷuṅko hoti. Ayaṃ bhikkhave pañcamo purisadoso.

15. Puna ca paraṃ bhikkhave bhikkhū bhikkhuṃ āpattiyā codenti. So bhikkhu bhikkhūhi āpattiyā codiyamāno anādiyitvā saṅghaṃ anādiyitvā codakaṃ sāpattiko va[2] yenakāmaṃ pakkamati. Seyyathā pi so bhikkhave assakhaḷuṅko pehī ti vutto viddho samāno codito sārathinā anādiyitvā sārathiṃ[3] anādiyitvā[4] patodaṃ[5] dantehi[6] mukhādhānaṃ[7] vidhaṃsitvā[8] yenakāmaṃ pakkamati, tathūpamāhaṃ bhikkhave imaṃ puggalaṃ vadāmi. Evarūpo pi bhikkhave idh' ekacco purisakhaḷuṅko hoti. Ayaṃ bhikkhave chaṭṭho purisadoso.

16. Puna ca paraṃ bhikkhave bhikkhū bhikkhuṃ āpattiyā codenti. So bhikkhu bhikkhūhi āpattiyā codiyamāno[9] 'nevāhaṃ[10] āpanno 'mhi[11], na panāhaṃ āpanno 'mhī' ti. So tuṇhībhāvena saṅghaṃ viheseti[12]. Seyyathā pi so bhikkhave assakhaḷuṅko pehī ti vutto viddho samāno codito sārathinā neva[13] abhikkamati no paṭikkamati[14], tatth' eva khīlaṭṭhāyiṭṭhito hoti, tathūpamāhaṃ bhikkhave imaṃ puggalaṃ vadāmi. Evarūpo pi bhikkhave idh' ekacco purisakhaḷuṅko hoti[15]. Ayaṃ bhikkhave sattamo purisadoso.

17. Puna ca paraṃ bhikkhave bhikkhū bhikkhuṃ āpattiyā codenti. So bhikkhu bhikkhūhi āpattiyā codiyamāno evaṃ

---

[1] M. Ph. laṅghati. [2] M_6 ca.
[3] M_6 continues: hoti. Ayaṃ bh° chaṭṭho purisadoso *and so on.* [4] *omitted by* M_7. S.
[5] S. patodayaṭṭhiṃ; M. patodalaṭṭhiṃ; Ph. °laṭṭhihi; M_6 patodaṃ laṭṭhihi. [6] *omitted by* M. Ph. M_6.
[7] Ph. M_7 °dānaṃ; M. °thānaṃ.
[8] M. vidha°; Ph. vidhaṃsetvā; M_6. T. M_7 vidaṃsitvā.
[9] M_6 codiyamāno 'haṃ *l. c.* nevāhaṃ. [10] T. nev' ahaṃ.
[11] T. M_6. M_7 *continue:* ti tuṇhībhāvena *and so on.*
[12] M_6. S. vihetheti; M_7 °hesenti. [13] M_6 nevābhi°
[14] T. *adds* no.
[15] M_6 *inserts:* ayaṃ bh° idh' ekacco puris° hoti.

āha: 'kin nu[1] kho tumhe āyasmanto atibāḷhaṃ[2] mayi[1] byāvaṭā[3] yāva[4] idānāhaṃ sikkhaṃ paccakkhāya hīnāyavattissāmī'[5] ti? So sikkhaṃ[6] paccakkhāya[7] hīnāyavattitvā[8] evam āha: 'idāni kho tumhe āyasmanto attamanā hothā' ti. Seyyathā pi so bhikkhave assakhaḷuṅko pehī ti vutto viddho samāno codito sārathinā purime ca[9] pāde saṃharitvā pacchime ca[9] pāde saṃharitvā[9] tatth' eva cattāro pāde abhinisīdati, tathūpamāhaṃ bhikkhave imaṃ puggalaṃ vadāmi. Evarūpo pi bhikkhave idh' ekacco purisakhaḷuṅko hoti. Ayaṃ bhikkhave aṭṭhamo purisadoso.

Ime kho bhikkhave aṭṭha[10] purisakhaḷuṅkā aṭṭha ca[11] purisadosā ti.

XV.

1. Aṭṭh' imāni bhikkhave malāni. Katamāni aṭṭha?

2. Asajjhāyamalā bhikkhave mantā, anuṭṭhānamalā bhikkhave gharā, malaṃ bhikkhave vaṇṇassa kosajjaṃ, pamādo bhikkhave rakkhato malaṃ, malaṃ bhikkhave itthiyā duccaritaṃ, maccheraṃ bhikkhave dadato malaṃ, malā bhikkhave pāpakā akusalā dhammā asmiṃ loke paramhi ca, tato ca[12] bhikkhave malā[13] malataraṃ, avijjā[14] paramaṃ[15] malaṃ[16].

Imāni kho bhikkhave aṭṭha malāni ti.

Asajjhāyamalā mantā anuṭṭhānamalā gharā
malaṃ vaṇṇassa kosajjaṃ pamādo rakkhato malaṃ
malitthiyā duccaritaṃ maccheraṃ dadato malaṃ
malā ve pāpakā dhammā asmiṃ loke paramhi ca
tato malā[17] malataraṃ avijjā paramaṃ malan ti.

---

1 omitted by T. M6 M7. 2 M. M6 °ṭā.
3 M. Ph. insert ca. 4 S. ṭo; M. Ph. °ṭu.
5 T. M6 hīnāya° 6 T. sikkhānaṃ (sic). 7 S. 'va.
8 omitted by M6; T. omits pa° ca pāde saṃh°
9 M. Ph. M6 assakh° 10 Ph. inserts ca.
11 omitted by M6 12 omitted by M. Ph. M6 M7
13 M6 malaṃ. 14 Ph. M6 avijjāya. 15 omitted by M6.
16 T. malan ti, and it omits all the rest of this sutta.
17 M7 malaṃ.

XVI.

1. Aṭṭhahi bhikkhave dhammehi samannāgato bhikkhu dūteyyaṃ gantum arahati. Katamehi aṭṭhahi?

2. Idha bhikkhave bhikkhu sotā ca hoti sāvetā ca uggahetā ca dhāretā ca viññātā[1] ca[1] viññāpetā[1] ca[1] kusalo ca sahitāsahitassa no ca kalahakārako.

Imehi kho bhikkhave aṭṭhahi dhammehi samannāgato bhikkhu dūteyyaṃ gantum arahati.

3. Aṭṭhahi bhikkhave dhammehi samannāgato Sāriputto dūteyyaṃ gantum arahati. Katamehi aṭṭhahi?

4. Idha bhikkhave Sāriputto sotā ca hoti[2] sāvetā ca uggahetā ca dhāretā ca viññātā ca viññāpetā ca kusalo ca sahitāsahitassa no ca kalahakārako.

Imehi kho bhikkhave aṭṭhahi dhammehi samannāgato Sāriputto dūteyyaṃ gantum arahatī ti.

Yo ve[3] na byādhati[4] patvā[5] parisaṃ uggahavādinaṃ[6]
na ca hāpeti vacanaṃ na ca[7] chādeti[8] sāsanaṃ
asandiṭṭhaṃ[9] ca[9] bhaṇati pucchito na[10] ca kuppati[11]:
sa[12] ve[12] tādisako bhikkhu dūteyyaṃ gantum arahatī ti.

XVII.

1. Aṭṭhahi bhikkhave ākārehi itthī purisaṃ bandhati. Katamehi aṭṭhahi?

2. Rūpena[13] bhikkhave itthī purisaṃ bandhati, hasitena bhikkhave itthī purisaṃ bandhati, bhaṇitena bhikkhave itthī purisaṃ bandhati, gītena[14] bhikkhave itthī purisaṃ

---

[1] M. omits viññātā ca and Ph. viññā° ca.
[2] omitted by M. Ph. M_6 T. M_7 M_8.
[3] omitted by T. M_7.
[4] T. bhyadhapatiṃ; M_7 byādhatiṃ.
[5] Ph. M_6 S. vatrā.
[6] M. °dinaṃ; Ph. uggatādi°; T. uggavādinaṃ.
[7] M_6 va. [8] S. hāpeti. [9] S. °diṭṭhaṃ te.
[10] T. M_8 put na after ca; M_7 has only na.
[11] M_6 pucchati. [12] M_6 M_8 sace. [13] M. rūpena.
[14] M. Ph. M_6 akappena, omitting the other phrases.

bandhati, ruṇṇena bhikkhave itthī purisaṃ bandhati, ākappena bhikkhave itthī purisaṃ bandhati, vanabhaṅgena bhikkhave itthī purisaṃ bandhati[1], phassena bhikkhave itthī purisaṃ bandhati.

Imehi kho bhikkhave aṭṭhah'[2] ākārehi itthī purisaṃ bandhati. Tehi bhikkhave sattā subaddhā[3] yeva pāsena[4] baddhā ti[5].

XVIII.

1. Aṭṭhahi bhikkhave ākārehi puriso itthiṃ bandhati. Katamehi aṭṭhahi?

2. Rūpena[6] bhikkhave puriso itthiṃ bandhati, hasitena bhikkhave puriso itthiṃ bandhati, bhaṇitena bhikkhave puriso itthiṃ bandhati, gītena[7] bhikkhave puriso itthiṃ bandhati, ruṇṇena bhikkhave puriso itthiṃ bandhati, ākappena bhikkhave puriso itthiṃ bandhati, vanabhaṅgena bhikkhave puriso itthiṃ bandhati[1], phassena bhikkhave puriso itthiṃ bandhati.

Imehi kho bhikkhave aṭṭhah'[2] ākārehi puriso itthiṃ bandhati. Tehi bhikkhave sattā subaddhā[3] yeva pāsena[4] baddhā ti[8].

XIX.

1. Ekaṃ samayaṃ Bhagavā Verañjāyaṃ viharati Naḷerupucimandamūle[9]. Atha kho Pahārādo[10] asurindo yena Bhagavā ten' upasaṅkami, upasaṅkamitvā Bhagavantaṃ abhivādetvā ekamantaṃ aṭṭhāsi. Ekamantaṃ ṭhitaṃ kho Pahārādaṃ[10] asurindaṃ Bhagavā etad avoca 'api[11] pana

---

[1] M. Ph. M₆ *insert* gandhena bh° itthī pu° b°, rasena bh° i° pu° b° [2] T. M₆ M, °hi.
[3] M. Ph. M₆ S. °bandhā.
[4] *all MSS. exc.* S. *have* phassena; T. M₆ M₇ *have* ye *instead of* yeva. [5] M. M₆ S. bandhā ti; Ph. bandhati.
[6] M. ruṇṇena.
[7] M. Ph. M₆ ākappena, *omitting the other phrases.*
[8] M. S. bandhā ti; Ph. bandhati; M₆ bandhati ti.
[9] S. °pucimande; T. Naḷerupucimandamūle.
[10] M₆ Mahābhaddo. [11] M. Ph. M₆ kiṃ.

Pahārāda[1] asurā mahāsamudde abhiramantī' ti? Abhiramanti[2] bhante asurā mahāsamudde ti. 'Kati pana Pahārāda[1] mahāsamudde acchariyā abbhutā dhammā, ye disvā[3] disvā[1] asurā mahāsamudde abhiramantī' ti? Aṭṭha[4] bhante mahāsamudde acchariyā abbhutā dhammā, ye disvā disvā asurā mahāsamudde abhiramanti. Katame aṭṭha[5]?

2. Mahāsamuddo bhante anupubbaninno anupubbapoṇo anupubbapabbhāro na āyataken' eva papāto. Yam pi bhante mahāsamuddo anupubbaninno anupubbapoṇo anupubbapabbhāro na āyataken' eva papāto: ayam bhante mahāsamudde paṭhamo acchariyo abbhuto dhammo, yam disvā disvā asurā mahāsamudde abhiramanti.

3. Puna ca param bhante mahāsamuddo ṭhitadhammo velam nātivattati. Yam pi[6] bhante mahāsamuddo ṭhitadhammo velam nātivattati: ayam[5] bhante mahāsamudde dutiyo acchariyo abbhuto dhammo, yam disvā disvā asurā mahāsamudde abhiramanti.

4. Puna ca param bhante mahāsamuddo na matena kuṇapena saṃvasati[7]; yam hoti mahāsamudde matam kuṇapam, tam khippam eva[8] tīram vāheti thalam[9] ussādeti[10]. Yam[11] pi bhante mahāsamuddo na matena kuṇapena saṃvasati[7]; yam hoti mahāsamudde matam kuṇapam, tam khippam eva[8] tīram vāheti thalam[9] ussādeti: ayam[5] bhante mahāsamudde tatiyo acchariyo abbhuto dhammo, yam disvā disvā asurā mahāsamudde abhiramanti.

5. Puna ca param bhante yā kāci mahānadiyo, seyyathīdam Gaṅgā Yamunā Aciravatī Sarabhū Mahī, tā mahāsamuddam patvā[12] jahanti purimāni nāmagottāni, mahā-

---

[1] M. Mahābhaddo.
[2] Ph. *adds* kho; M. *has only* abhiramanti ti, *then* Aṭṭha ca bhante.
[3] T. M. *omit.* [4] T. M. M. *add* ca.
[5] T. M. *omit* aṭṭha, *but have* ayam mahā°
[6] M. Ph. *add* pi. [7] S. °vattati *throughout.*
[8] T. M. M. yeva. [9] M. °le.
[10] M. ussāreti *throughout.*
[11] M. *has* ayam bhante *and so on.*
[12] M. Ph. M. patta.

samuddo t'eva[1] saṅkhaṃ[2] gacchanti. Yam[3] pi bhante yā kāci mahānadiyo, seyyathīdaṃ Gaṅgā Yamunā Aciravatī Sarabhū Mahī, tā mahāsamuddaṃ patvā[4] jahanti purimāni nāmagottāni, mahāsamuddo t'eva saṅkhaṃ[2] gacchanti; ayaṃ bhante mahāsamudde catuttho acchariyo abbhuto dhammo, yaṃ disvā disvā asurā mahāsamudde abhiramanti.

6. Puna ca paraṃ bhante yā kāci[5] loke savantiyo mahāsamuddaṃ appenti, yā kāci[6] antalikkhā[7] dhārā papatanti, na tena[8] mahāsamuddassa ūnattaṃ[9] vā pūrattaṃ[10] vā[11] paññāyati. Yam pi bhante yā kāci[12] loke savantiyo mahāsamuddaṃ appenti, yā kāci[13] antalikkhā[7] dhārā papatanti, na tena[8] mahāsamuddassa ūnattaṃ[9] vā pūrattaṃ[10] vā paññāyati; ayaṃ[14] bhante mahāsamudde pañcamo acchariyo abbhuto dhammo, yaṃ disvā disvā asurā mahāsamudde abhiramanti.

7. Puna ca paraṃ bhante mahāsamuddo ekaraso loṇaraso. Yam pi bhante mahāsamuddo ekaraso loṇaraso; ayaṃ[15] bhante mahāsamudde chaṭṭho acchariyo abbhuto dhammo, yaṃ disvā disvā asurā mahāsamudde abhiramanti.

8. Puna ca paraṃ bhante mahāsamuddo bahuratano[16] anekaratano, tatr' imāni ratanāni, seyyathīdaṃ muttā maṇi veḷuriyo[17] saṅkho silā[18] pavāḷaṃ[19] rajataṃ jātarūpaṃ lohitaṅko[20] masāragallaṃ[21]. Yam pi bhante mahāsamuddo bahuratano[16] anekaratano[20], tatr' imāni ratanāni, seyyathīdaṃ muttā maṇi veḷuriyo[17] saṅkho silā[18] pavāḷaṃ[19] rajataṃ jātarūpaṃ lohitaṅko[20] masāragallaṃ; ayaṃ[22] bhante

---

[1] M. Ph. t'eva *throughout*; M6 yeva.
[2] M. Ph. M6 S. °khyaṃ.
[3] M6 *has* ayaṃ bhante *and so on*.
[4] M. Ph. M6 patta.
[5] T. ca; M6 M7 'va.
[6] T. M6 M7 'va; S. ca.
[7] Ph. M6 °likkha.
[8] T. M6 *add* ca.
[9] Ph. M6 una°; S. unna°
[10] T. punna°; M6 puttaṃ; M7 pūnattaṃ.
[11] T. *omits* na.
[12] T. M6 ca; M7 'va ca.
[13] T. M6 'va; M7 S. ca.
[14] M. Ph. M6 *add* pi.
[15] M. Ph. *add* pi.
[16] M. Ph. M6 bahuta°
[17] S. veḷ°
[18] Ph. M6 M7 sa°; M6 silā.
[19] T. M6 M7 °laṃ.
[20] M. S. °go.
[21] M6 °kallaṃ.
[22] M6 *continues*: ayaṃ pi bhante.

mahāsamudde sattamo acchariyo abbhuto dhammo, yaṃ disvā disvā asurā mahāsamudde abhiramanti.

9. Puna ca paraṃ bhante mahāsamuddo mahataṃ bhūtānaṃ āvāso, tatr' ime[1] bhūtā[1] timitimiṅgalā[2] timiramiṅgalā[3] asurā nāgā gandhabbā; santi[4] mahāsamudde yojanasatikā pi attabhāvā dviyojanasatikā pi attabhāvā tiyojanasatikā pi attabhāvā catuyojanasatikā pi attabhāvā pañcayojanasatikā pi attabhāvā. Yam pi bhante mahāsamuddo mahataṃ bhūtānaṃ[5] āvāso, tatr' ime bhūtā[6] timitimiṅgalā[7] timiramiṅgalā[8] asurā nāgā gandhabbā; santi[9] mahāsamudde yojanasatikā pi attabhāvā dviyojanasatikā pi[10] attabhāvā tiyojanasatikā[11] pi attabhāvā[12] catuyojanasatikā pi attabhāvā[12] pañcayojanasatikā pi attabhāvā: ayaṃ[15] bhante mahāsamudde aṭṭhamo acchariyo abbhuto dhammo, yaṃ disvā disvā asurā mahāsamudde abhiramanti.

Ime kho bhante mahāsamudde aṭṭha acchariyā abbhutā dhammā, ye disvā disvā asurā mahāsamudde abhiramanti[14]; api pana bhante bhikkhū imasmiṃ dhammavinaye abhiramanti[12] ti[13]? 'Abhiramanti Pahārāda[16] bhikkhū imasmiṃ dhammavinaye' ti. Kati pana bhante imasmiṃ dhammavinaye acchariyā abbhutā dhammā, ye disvā disvā bhikkhū imasmiṃ dhammavinaye abhiramanti ti[17]?

10. 'Aṭṭha Pahārāda[16] imasmiṃ dhammavinaye acchariyā abbhutā dhammā, ye disvā disvā bhikkhū imasmiṃ dhammavinaye abhiramanti. Katame aṭṭha?

11. Seyyathā pi Pahārāda[16] mahāsamuddo anupubbaninno anupubbapoṇo anupubbapabbhāro na āyataken'[18] eva pa-

---

[1] T. imāni bhūtāni; M₆ ime bhūtāni.
[2] M. Ph. timitipiṅgalo; M₆ timiratipiṅgalā; M₇ timitimiṅgilā *both times*; T. timitiṅgalā; M₆ timiṅgalāni.
[3] M. Ph. °piṅgalo; M₆ M₆ °lā; T. M₇ timitimiṅgalā *both times*.
[4] Ph. M₆ vasanti.
[5] M₆ mahā°
[6] Ph. mahā°
[7] M₆ °lāni.
[8] M₆ timiṅgalā.
[9] M. Ph. M₆ vasanti.
[10] M. lo; Ph. pa; S. pa ‖ ti°; Ph. dviyojana | pa | ti°
[11] M. Ph. M₆ tiyojanacatuyojanapañcayojanasatikā pi.
[12] *omitted by* S.
[13] M. °ti ti.
[14] M. Ph. M₆ *add* pi.
[15] *omitted by* T.
[16] Ph. Mahā°; M₆ Mahārāma.
[17] *omitted by* M₆.
[18] M₆ āyataken' *throughout*; T. āyatan'

pāto, evam eva kho Pahārāda[1] imasmiṃ dhammavinaye anupubbasikkhā anupubbakiriyā anupubbapaṭipadā na āyataken' eva aññāpaṭivedho[2]. Yam pi Pahārāda[3] imasmiṃ dhammavinaye anupubbasikkhā anupubbakiriyā anupubbapaṭipadā na āyataken' eva aññāpaṭivedho[2]; ayaṃ[4] Pahārāda[5] imasmiṃ dhammavinaye paṭhamo acchariyo abbhuto dhammo, yaṃ disvā disvā bhikkhū imasmiṃ dhammavinaye abhiramanti.

12. Seyyathā pi Pahārāda[3] mahāsamuddo ṭhitadhammo[6] velaṃ nātivattati, evam eva kho Pahārāda[3] yaṃ mayā sāvakānaṃ sikkhāpadaṃ paññattaṃ, taṃ[7] mama[7] sāvakā[8] jīvitahetu[8] pi nātikkamanti. Yam[9] pi Pahārāda mayā[10] sāvakānaṃ sikkhāpadaṃ paññattaṃ, taṃ mama sāvakā[11] jīvitahetu pi nātikkamanti; ayaṃ[12] Pahārāda imasmiṃ dhammavinaye dutiyo acchariyo abbhuto dhammo, yaṃ disvā disvā bhikkhū imasmiṃ dhammavinaye abhiramanti.

13. Seyyathā pi Pahārāda[13] mahāsamuddo na matena kuṇapena saṃvasati; yaṃ hoti mahāsamudde mataṃ kuṇapaṃ, taṃ khippaṃ eva[14] tīraṃ vāheti[15] thalaṃ ussādeti; evam eva kho Pahārāda[13] yo so puggalo dussīlo pāpadhammo asucisaṅkassarasamācāro paṭicchannakammanto assamaṇo samaṇapaṭiñño abrahmacārī brahmacāripaṭiñño antopūti avassuto kasambhujāto[16], na tena saṅgho saṃvasati, khippaṃ eva naṃ sannipatitvā ukkhipati; kiñcāpi so hoti majjhe bhikkhusaṅghassa nisinno[17], atha kho so ārakā 'va saṅghamhā saṅgho ca tena. Yam pi Pahārāda[18] yo so puggalo dussīlo pāpadhammo asucisaṅkassarasamācāro paṭicchannakammanto assamaṇo samaṇapaṭiñño abrahmacārī brahmacāripaṭiñño antopūti avassuto kasambhujāto[16],

[1] M. Mahārāma. [2] T. °ibhā. [3] M. Mahānāda.
[4] M. Ph. M. add pi. [5] T. dhammo.
[6] omitted by M. [7] omitted by T. [8] T. °hetuṃ.
[9] M. ayaṃ Mahārāda and so on.
[10] T. yaṃ mama; M. M. yaṃ mayā.
[11] Ph. T. °kānaṃ. [12] M. Ph. add pi. [13] M. Maha°
[14] M. M. yeva. [15] T. jaheti; M. gaheti.
[16] Ph. M. S. kasambuka° [17] M. Ph. M. sanni°
[18] M. Mahābhatta.

na tena saṅgho saṃvasati, khippaṃ eva[1] naṃ sannipatitvā[2] ukkhipati; kiñcāpi so hoti majjhe bhikkhusaṅghassa nisinno, atha kho so ārakā 'va saṅghamhā saṅgho ca tena: ayam[3] Pahārāda[4] imasmiṃ dhammavinaye tatiyo acchariyo abbhuto dhammo, yaṃ disvā disvā bhikkhū imasmiṃ dhammavinaye abhiramanti.

14. Seyyathā pi Pahārāda[5] yā kāci mahānadiyo, seyyathīdaṃ Gaṅgā Yamunā Aciravatī Sarabhū Mahī, tā mahāsamuddaṃ patvā[6] jahanti purimāni nāmagottāni, mahāsamuddo tveva saṃkhaṃ[7] gacchanti: evam eva kho Pahārāda[4] cattāro 'me vaṇṇā: khattiyā brāhmaṇā vessā suddā, te Tathāgatappavedite dhammavinaye agārasmā anagāriyaṃ pabbajitvā jahanti purimāni nāmagottāni, samaṇā[8] Sakyaputtiyā[9] tveva saṃkhaṃ[10] gacchanti. Yam pi Pahārāda[4] cattāro 'me vaṇṇā: khattiyā brāhmaṇā vessā suddā, te Tathāgatappavedite dhammavinaye agārasmā anagāriyaṃ pabbajitvā[11] jahanti purimāni nāmagottāni, samaṇā[12] Sakyaputtiyā[9] tveva[13] saṃkhaṃ[10] gacchanti: ayam[14] Pahārāda[4] imasmiṃ dhammavinaye catuttho acchariyo abbhuto dhammo, yaṃ disvā disvā bhikkhū imasmiṃ dhammavinaye abhiramanti.

15. Seyyathā pi Pahārāda[4] yā kāci[15] loke savantiyo mahāsamuddaṃ appenti, yā kāci[16] antalikkhā[17] dhārā papatanti, na tena mahāsamuddassa ūnattaṃ[18] vā pūrattaṃ[19] vā paññāyati: evam eva kho Pahārāda[20] bahū ce pi bhikkhū anupādisesāya nibbānadhātuyā parinibbāyanti, na tena nibbānadhātuyā ūnattaṃ[18] vā pūrattaṃ[19] vā paññāyati. Yam pi Pahārāda[5] bahū ce pi bhikkhū anupādisesāya

---

[1] S. yeva. [2] M. Ph. M₆ sanni°. [3] M. Ph. *add* pi.
[4] M₆ Mahāpārāda. [5] M₆ Mahā°.
[6] M. Ph. M₆ patta. [7] M. M₆ S. °khyaṃ.
[8] M. M₆ S. °ṇo; M₆ samaṇa. [9] M. M₆ S. °yo.
[10] Ph. M₆ S. °khyaṃ. [11] Ph. °jetvā.
[12] M. M₆ S. °ṇo. [13] Ph. t'eva.
[14] M. Ph. M₆ S. *add* pi. [15] T. M₆ ca; M₇ 'va.
[16] T. 'va; M. M₇ S. ca. [17] Ph. M₆ °likkhe.
[18] M₆ ūna°; S. ūnna°; M₇ ūna° *and* ūna°.
[19] T. puṇṇa°; M₆ M₇ puṇa°. [20] M₆ Mahārājo.

nibbānadhātuyā parinibbāyanti, na tena nibbānadhātuyā ūnattaṃ[1] vā pūrattaṃ[2] vā paññāyati; ayaṃ[3] Pahārāda imasmiṃ dhammavinaye pañcamo acchariyo abbhuto dhammo, yaṃ disvā disvā bhikkhū imasmiṃ dhammavinaye abhiramanti.

16. Seyyathā pi Pahārāda[4] mahāsamuddo ekaraso loṇaraso, evam eva kho Pahārāda ayaṃ dhammavinayo ekaraso vimuttiraso. Yam pi Pahārāda ayaṃ dhammavinayo ekaraso vimuttiraso; ayaṃ Pahārāda imasmiṃ dhammavinaye chaṭṭho acchariyo abbhuto dhammo, yaṃ disvā disvā bhikkhū imasmiṃ dhammavinaye abhiramanti.

17. Seyyathā pi Pahārāda mahāsamuddo bahuratano[5] anekaratano, tatr' imāni ratanāni, seyyathīdaṃ muttā maṇi veḷuriyo[6] saṅkho silā[7] pavāḷaṃ[8] rajataṃ jātarūpaṃ lohitaṅko[9] masāragallaṃ; evam eva kho Pahārāda ayaṃ dhammavinayo bahuratano[10] anekaratano, tatr' imāni ratanāni, seyyathīdaṃ cattāro satipaṭṭhānā, cattāro sammappadhānā[11], cattāro iddhipādā, pañc' indriyāni, pañca balāni, satta bojjhaṅgā, ariyo aṭṭhaṅgiko maggo. Yam pi Pahārāda ayaṃ dhammavinayo bahuratano[12] anekaratano, tatr' imāni ratanāni, seyyathīdaṃ cattāro satipaṭṭhānā, cattāro sammappadhānā[11], cattāro iddhipādā, pañc' indriyāni, pañca balāni, satta bojjhaṅgā, ariyo aṭṭhaṅgiko maggo; ayaṃ Pahārāda imasmiṃ dhammavinaye sattamo acchariyo abbhuto dhammo, yaṃ disvā disvā bhikkhū imasmiṃ dhammavinaye abhiramanti.

18. Seyyathā pi Pahārāda mahāsamuddo mahataṃ[13] bhūtānaṃ āvāso, tatr' ime bhūtā[14]: timitimiṅgalā[15] timi-

---

[1] M_6 ūna°; S. ūnna°; M_7 una° and ūna°
[2] T. puṇṇa°; M_6 M_7 puṇṇa° [3] M. Ph. M_6 add pi.
[4] M_6 Mahā° [5] M. Ph. M_6 bahuta° always.
[6] S. veḷ° [7] Ph. M_6 M_7 er; M_7 sila.
[8] M_6 M_7 °laṃ. [9] M. M_6 S. °go.
[10] M. Ph. bahuta° [11] Ph. M_6 °dhānā.
[12] M. Ph. M_6 bahuta° [13] T. mahantaṃ.
[14] T. bhūtāni.
[15] M. °gilā; M. Ph. timitipiṅgalo; M_6 timiratipiṅgalo; M_7 timiṅgalā.

rapiṅgalā[1] asurā nāgā gandhabbā; santi[2] mahāsamudde yojanasatikā pi attabhāvā dviyojanasatikā pi attabhāvā tiyojanasatikā pi attabhāvā catuyojanasatikā pi attabhāvā pañcayojanasatikā pi attabhāvā; evam eva kho Pahārāda[3] ayaṃ dhammavinayo mahataṃ bhūtānaṃ āvāso, tatr' ime bhūtā: sotāpanno sotāpattiphalasacchikiriyāya paṭipanno, sakadāgāmī[4] sakadāgāmiphalasacchikiriyāya paṭipanno, anāgāmī anāgāmiphalasacchikiriyāya paṭipanno, arahā arahattāya paṭipanno. Yam pi Pahārāda[3] ayaṃ dhammavinayo mahataṃ bhūtānaṃ āvāso, tatr' ime bhūtā: sotāpanno sotāpattiphalasacchikiriyāya paṭipanno, sakadāgāmī sakadāgāmiphalasacchikiriyāya paṭipanno, anāgāmī anāgāmiphalasacchikiriyāya paṭipanno, arahā arahattāya paṭipanno; ayam[5] Pahārāda[3] imasmiṃ dhammavinaye aṭṭhamo acchariyo abbhuto dhammo, yaṃ disvā disvā bhikkhū imasmiṃ dhammavinaye abhiramanti.

Ime kho Pahārāda[3] imasmiṃ dhammavinaye aṭṭha acchariyā abbhutā dhammā, ye disvā disvā bhikkhū imasmiṃ dhammavinaye abhiramantī ti.

XX.

1. Evam[6] me sutaṃ. Ekaṃ samayaṃ Bhagavā Sāvatthiyaṃ viharati Pubbārāme[7] Migāramātu pāsāde. Tena kho pana samayena Bhagavā tadahuposathe bhikkhusaṅghaparivuto nisinno hoti. Atha kho āyasmā Ānando abhikkantāya rattiyā nikkhante paṭhame yāme uṭṭhāyāsanā ekaṃsaṃ uttarāsaṅgaṃ karitvā yena Bhagavā ten' añjaliṃ paṇāmetvā Bhagavantaṃ etad avoca 'abhikkantā bhante ratti, nikkhanto paṭhamo yāmo, ciranisinno bhikkhusaṅgho, uddisatu[8] bhante Bhagavā bhikkhūnaṃ pātimokkhan' ti. Evaṃ vutte Bhagavā tuṇhī ahosi.

---

[1] M. Ph. M_6 °piṅgalo; T. M_6 timitimiṅgalā; M_7 timiṅgilā.
[2] M. Ph. M_6 vasanti. [3] M_6 Mahā°
[4] T. *puts this phrase behind the next one.*
[5] M. Ph. M_6 *add* pi.
[6] M. Ph. M_6 S. *omit this introductory phrase.*
[7] Ph. Pupph° [8] T. uddisatu; Ph. udisatu; M_6 udisatu.

2. Dutiyam pi kho āyasmā Ānando abhikkantāya rattiyā nikkhante majjhime yāme uṭṭhāyāsanā ekaṃsaṃ uttarāsaṅgaṃ karitvā yena Bhagavā ten' añjaliṃ paṇāmetvā Bhagavantaṃ etad avoca 'abhikkantā bhante ratti, nikkhanto majjhimo yāmo, ciranisinno bhikkhusaṅgho, uddisatu[1] bhante Bhagavā bhikkhūnaṃ pātimokkhan' ti. Dutiyam pi kho Bhagavā tuṇhī ahosi.

3. Tatiyam pi kho āyasmā Ānando abhikkantāya rattiyā nikkhante pacchime yāme uddhaste[2] aruṇe nandimukhiyā[3] rattiyā uṭṭhāyāsanā ekaṃsaṃ uttarāsaṅgaṃ karitvā yena Bhagavā ten' añjaliṃ paṇāmetvā Bhagavantaṃ etad avoca 'abhikkantā bhante ratti, nikkhanto pacchimo yāmo, uddhastaṃ[4] aruṇaṃ[5] nandimukhī[3] ratti, ciranisinno bhikkhusaṅgho, uddisatu[1] bhante Bhagavā bhikkhūnaṃ pātimokkhan' ti. 'Aparisuddhā Ānanda parisā' ti.

4. Atha kho āyasmato Mahāmoggallānassa etad ahosi 'kiṃ[6] nu kho Bhagavā puggalaṃ sandhāya evam āha: aparisuddhā Ānanda parisā' ti? Atha kho āyasmā Mahāmoggallāno sabbāvantaṃ bhikkhusaṅghaṃ cetasā ceto paricca manasākāsi. Addasā kho āyasmā Mahāmoggallāno taṃ puggalaṃ dussīlaṃ pāpadhammaṃ asucisaṅkassarasamācāraṃ paṭicchannakammantaṃ assamaṇaṃ samaṇapaṭiññaṃ abrahmacāriṃ brahmacāripaṭiññaṃ antopūtiṃ avassutaṃ kasambujātaṃ[7] majjhe bhikkhusaṅghassa[8] nisinnaṃ; disvā[9] uṭṭhāyāsanā yena so puggalo ten' upasaṅkami, upasaṅkamitvā taṃ puggalaṃ etad avoca 'uṭṭheh' āvuso, diṭṭho 'si Bhagavatā, natthi te[10] bhikkhūhi saddhiṃ saṃvāso' ti. Evaṃ vutte so puggalo tuṇhī ahosi. Dutiyam pi kho āyasmā Mahāmoggallāno taṃ puggalaṃ etad avoca 'uṭṭheh' āvuso, diṭṭho 'si Bhagavatā, natthi te[10] bhikkhūhi saddhiṃ saṃvāso' ti. Dutiyam pi kho so puggalo tuṇhī ahosi. Tatiyam pi kho āyasmā Mahāmoggallāno taṃ puggalaṃ

---

[1] Ph. uddisatu; M. udisatu; T. uddisatu.
[2] Ph. M. uddhaste. [3] T. nandi°
[4] Ph. uddhatam; M. uddhato; M. uddhasta.
[5] M. °ṇo. [6] M. katham. [7] Ph. S. kasambuka°
[8] T. M. M. °saṅghe. [9] M. Ph. disvāna.
[10] M. kho.

etad avoca 'uṭṭheh' āvuso, diṭṭho 'si Bhagavatā, natthi te[1] bhikkhūhi saddhiṃ saṃvāso' ti. Tatiyam pi kho so puggalo tuṇhī ahosi.

5. Atha[1] kho[2] āyasmā Mahāmoggallāno taṃ puggalaṃ bāhāyaṃ[3] gahetvā bahidvārakoṭṭhakā[4] nikkhāmetvā sūcighaṭikaṃ datvā yena Bhagavā ten' upasaṅkami, upasaṅkamitvā Bhagavantaṃ etad avoca 'nikkhāmito so[5] bhante puggalo mayā, parisuddhā parisā, uddisatu[6] bhante Bhagavā bhikkhūnaṃ pātimokkhan' ti. 'Acchariyaṃ Moggallāna abbhutaṃ Moggallāna, yāva[7] bāhāgahaṇā pi[3] nāma[3] so moghapuriso āgamissatī' ti. Atha kho Bhagavā bhikkhū āmantesi:—

6. Tumhe 'va dāni[8] bhikkhave uposathaṃ kareyyātha, pātimokkhaṃ uddiseyyātha[9]. Na dān' āhaṃ bhikkhave ajjatagge[10] pātimokkhaṃ uddisissāmi[11]. Aṭṭhānam etaṃ bhikkhave anavakāso, yaṃ Tathāgato aparisuddhāya parisāya pātimokkhaṃ uddiseyya.

7. Aṭṭh' ime bhikkhave mahāsamudde acchariyā abbhutā dhammā, ye disvā disvā asurā mahāsamudde abhiramanti. Katame aṭṭha?

Mahāsamuddo bhikkhave anupubbaninno anupubbapoṇo anupubbapabbhāro, na āyatak' eva papāto[12]. Yam[13] pi[14] bhikkhave mahāsamuddo[15] anupubbaninno anupubbapoṇo anupubbapabbhāro na āyatak' eva papāto: ayaṃ[16] bhikkhave mahāsamudde paṭhamo acchariyo abbhuto dhammo, yaṃ disvā disvā asurā mahāsamudde abhiramanti[17] . . . pe[18] . . . Puna ca paraṃ bhikkhave mahāsamuddo mahataṃ bhūtānaṃ āvāso, tatr' ime bhūtā[19] timitimiṅgalā[20]

---

[1] M. kho. [2] *omitted by* M. [3] M. bāhaṃ.
[4] T. M. °kaṃ. [5] *omitted by* M.
[6] Ph. T. uddisatu; M. udisatu. [7] M. S. yāvata.
[8] M. tamhi; M. dāni. [9] M. uddisse°.
[10] M. *inserts* uposathaṃ karissāmi. [11] M. Ph. uddisse°.
[12] M. S. °te. [13] M. M. ayaṃ. [14] *omitted by* T. M.
[15] M. *continues*, paṭhamaṃ acchariya. [16] M. Ph. *add* pi.
[17] M. Ph. M. *add* yathā purimena, tathā vitthāro.
[18] M. la; Ph. M. pa. [19] Ph. maha°.
[20] Ph. °lo; M. °piṅgalo; M. timiratipiṅgalo.

timiramiṅgalā[1] asurā nāgā gandhabbā, santi[2] mahāsamudde yojanasatikā pi attabhāvā . . . pe[3] . . . pañcayojanasatikā pi attabhāvā. Yam pi bhikkhave mahāsamuddo mahataṃ bhūtānaṃ āvāso, tatr' ime bhūtā[4]: timitimiṅgalā[5] timiramiṅgalā[1] asurā nāgā gandhabbā; santi[2] mahāsamudde yojanasatikā pi attabhāvā . . . pe[3] . . . pañcayojanasatikā pi attabhāvā; ayam[6] bhikkhave mahāsamudde aṭṭhamo acchariyo abbhuto dhammo, yaṃ disvā disvā asurā mahāsamudde abhiramanti.

Ime kho bhikkhave mahāsamudde aṭṭha acchariyā abbhutā dhammā, ye disvā disvā asurā mahāsamudde abhiramanti.

8. Evaṃ[7] eva[7] kho[7] bhikkhave[8] imasmiṃ dhammavinaye aṭṭha[9] acchariyā abbhutā dhammā, ye disvā disvā bhikkhū imasmiṃ dhammavinaye abhiramanti. Katame aṭṭha?

Seyyathā pi bhikkhave mahāsamuddo anupubbaninno[10] anupubbapoṇo anupubbapabbhāro na āyatak' eva papāto, evam eva kho bhikkhave imasmiṃ dhammavinaye anupubbasikkhā anupubbakiriyā anupubbapaṭipadā na āyatak' eva aññāpaṭivedho. Yam pi bhikkhave imasmiṃ dhammavinaye anupubbasikkhā anupubbakiriyā anupubbapaṭipadā na āyatak' eva aññāpaṭivedho: ayam[6] bhikkhave imasmiṃ dhammavinaye paṭhamo acchariyo abbhuto dhammo, yaṃ disvā disvā bhikkhū imasmiṃ dhammavinaye abhiramanti . . . pe[3] . . . Seyyathā pi bhikkhave mahāsamuddo mahataṃ bhūtānaṃ āvāso, tatr' ime bhūtā: timitimiṅgalā[11] timiramiṅgalā[12] asurā nāgā gandhabbā; santi[2] mahāsamudde yojanasatikā pi attabhāvā . . . pe[3] . . . pañcayojana-

---

[1] M. Ph. M₆ °piṅgalo; T. timitimiṅgalā; M₇ °gilā; M₆ omits ti° *at the first place, and at the second it has* timiṅgalā.
[2] M. Ph. M₆ vasanti.　[3] M. M₆ la; Ph. pa.
[4] Ph. mahā°
[5] M. Ph. °piṅgalo; M₆ timiratipiṅgalo; M₇ timitimiṅgilā.
[6] M. Ph. M₆ *add* pi.　[7] S. aṭṭh' *here*.
[8] M. Ph. M₆ *insert* aṭṭha.　[9] *omitted by* M. Ph. M₆ S.
[10] *omitted by* T. M₇.
[11] T. M₇ °gilā; M. Ph. °piṅgalo; M₆ timiratipiṅgalā.
[12] M₆ °piṅgalā; M. Ph. °piṅgalo; T. M₇ timitimiṅgilā (M₆ °galā)

satikā pi attabhāvā: evam eva kho bhikkhave ayaṃ[1] dhammavinayo mahataṃ bhūtānaṃ āvāso, tatr' ime bhūtā[2]: sotāpanno sotāpattiphalasacchikiriyāya paṭipanno . . . pe[3] . . . arahā arahattāya paṭipanno. Yam[4] pi bhikkhave ayaṃ dhammavinayo mahataṃ bhūtānaṃ āvāso, tatr' ime bhūtā[2]: sotāpanno sotāpattiphalasacchikiriyāya paṭipanno . . . pe[5] . . . arahā arahattāya paṭipanno: ayaṃ bhikkhave imasmiṃ dhammavinaye aṭṭhamo acchariyo abbhuto dhammo, yaṃ disvā disvā bhikkhū imasmiṃ dhammavinaye abhiramanti.

Ime kho bhikkhave imasmiṃ[6] dhammavinaye[6] aṭṭha[7] acchariyā abbhutā dhammā, ye disvā disvā bhikkhū imasmiṃ dhammavinaye abhiramanti ti.

Mahāvaggo[8] dutiyo[7].

Tatr'[9] uddānaṃ:

Verañja-Sīho ājaññaṃ[10] khaḷuṅkena[11] malāni ca
Dūteyyaṃ[12] dve ca bandhanti[13] Pahārāda[14] uposatho ti.

XXI.

1. Ekaṃ samayaṃ Bhagavā Vesāliyaṃ viharati Mahāvane Kūṭāgārasālāyaṃ. Tatra kho Bhagavā bhikkhū āmantesi: — Bhikkhavo[15] ti. Bhadante ti te bhikkhū Bhagavato paccassosuṃ. Bhagavā etad avoca: —

2. Aṭṭhahi bhikkhave acchariyehi abbhutehi[16] dhammehi samannāgataṃ Uggaṃ gahapatiṃ Vesālikaṃ dhāretha ti.

---

[1] Ph. *adds* pi. [2] Ph. mahā° [3] M. M_6 la; Ph. pa.
[4] M_6 ayaṃ bh° i° dh° aṭṭhamo.
[5] M. la; Ph. pa; *omitted by* T. M_6.
[6] *omitted by* M_7. S. [7] *omitted by* M_6.
[8] Ph. vaggo; *omitted by* M_6.
[9] S. tass'; M_6. T. M_7. M_8 *omit these two words;* T. M_7. M_8 *omit also the* uddāna *itself.* [10] S. ājañña.
[11] M. Ph. S. °gena; M_6 paṭigona.
[12] M_6 duta: S. dūta. [13] M. bandhanā; S. bandhanaṃti.
[14] M. °do; M_6 Mahārādhata.
[15] S. pa (M. Ph. M_6 *without* pa) Aṭṭhahi.
[16] M. Ph. M_6. S. °ta° *throughout.*

Idaṃ avoca Bhagavā, idaṃ vatvā[1] Sugato uṭṭhāy' āsanā vihāraṃ pāvisi.

3. Atha kho aññataro bhikkhu pubbaṇhasamayaṃ nivāsetvā pattacīvaram ādāya yena Uggassa gahapatino Vesālikassa nivesanaṃ ten' upasaṅkami, upasaṅkamitvā paññatte āsane nisīdi. Atha kho Uggo gahapati Vesāliko yena so bhikkhu ten' upasaṅkami, upasaṅkamitvā taṃ bhikkhuṃ abhivādetvā ekamantaṃ nisīdi. Ekamantaṃ nisinnaṃ kho Uggaṃ gahapatiṃ Vesālikaṃ so bhikkhu etad avoca: —

4. Aṭṭhahi kho tvaṃ[2] gahapati acchariyehi abbhutehi dhammehi samannāgato Bhagavatā vyākato. Katame te gahapati aṭṭha acchariyā abbhutā dhammā, yehi tvaṃ samannāgato Bhagavatā vyākato ti?

'Na kho ahaṃ[3] bhante jānāmi, katamehi ahaṃ[4] aṭṭhahi acchariyehi abbhutehi dhammehi samannāgato Bhagavatā vyākato, api ca bhante ye me aṭṭha acchariyā abbhutā dhammā saṃvijjanti, te[5] suṇāhi[6] sādhukaṃ manasikarohi[7], bhāsissāmī' ti. 'Evaṃ gahapatī' ti kho so bhikkhu Uggassa gahapatino Vesālikassa paccassosi[9]. Uggo gahapati Vesāliko[8] etad avoca: —

5. Yadāhaṃ bhante Bhagavantaṃ paṭhamaṃ dūrato 'va addasaṃ, saha dassanen' eva me bhante Bhagavato[10] cittaṃ pasīdi. Ayaṃ kho[11] me bhante paṭhamo acchariyo abbhuto dhammo saṃvijjati. So[12] kho ahaṃ bhante pasannacitto Bhagavantaṃ payirupāsiṃ[13]. Tassa me Bhagavā anupubbikathaṃ kathesi, seyyathīdaṃ dānakathaṃ sīlakathaṃ saggakathaṃ, kāmānaṃ ādīnavaṃ okāraṃ[14] saṃkilesaṃ nekkhamme[15] ānisaṃsaṃ pakāsesi.

6. Yadā maṃ Bhagavā aññāsi kallacittaṃ muducittaṃ vinīvaraṇacittaṃ udaggacittaṃ pasannacittaṃ, atha yā

---

[1] M. Ph. M6. S. -na. [2] M6 puts tvaṃ after gaha-.
[3] Ph. M6 put ahaṃ after bhante.
[4] omitted by Ph. M6. [5] M. Ph. taṃ.
[6] M. Ph. M6 suṇohi. [7] T. -karotha. [8] T. M6 -ti.
[9] M6 inserts taṃ bhikkhuṃ. [10] T. Bhagavati.
[11] omitted by T. [12] Ph. M6 yu. [13] M. Ph. M6 -si.
[14] T. M6, M. vokāraṃ.
[15] M. nekkhame; Ph. nikkhame, M6 nekkhammaṃ.

buddhānaṃ sāmukkaṃsikā dhammadesanā, taṃ pakāsesi: dukkhaṃ samudayaṃ nirodhaṃ maggaṃ. Seyyathā pi nāma suddhaṃ vatthaṃ apagatakāḷakaṃ samma-d-eva rajanaṃ paṭiggaṇheyya, evam eva kho me[1] tasmiṃ yeva āsane virajaṃ vītamalaṃ[2] dhammacakkhuṃ udapādi 'yaṃ kiñci samudayadhammaṃ, sabbaṃ taṃ nirodhadhamman' ti. So kho ahaṃ bhante diṭṭhadhammo pattadhammo viditadhammo pariyogāḷhadhammo tiṇṇavicikiccho vigatakathaṃkatho vesārajjappatto aparappaccayo Satthu sāsane tatth' eva buddhañ ca dhammañ ca saṅghañ ca saraṇaṃ agamāsiṃ[3] brahmacariyapañcamāni ca sikkhāpadāni samādiyiṃ[4]. Ayaṃ kho me bhante dutiyo acchariyo abbhuto dhammo saṃvijjati.

7. Tassa mayhaṃ bhante catasso komāriyo pajāpatiyo ahesuṃ. Atha khvāhaṃ[5] bhante yena tā pajāpatiyo ten' upasaṅkamiṃ, upasaṅkamitvā tā pajāpatiyo etad avocaṃ[6] 'mayā kho bhaginiyo brahmacariyapañcamāni sikkhāpadāni samādinnāni; yā icchati, idh' eva[7] bhoge ca[8] bhuñjatu puññāni ca karotu sakaṃ vā ñātikulāni[9] gacchatu, hoti vā pana purisādhippāyo, kassa[10] vo dammī' ti[11]? Evaṃ vutte sā bhante jeṭṭhā pajāpati maṃ etad avoca 'itthannāmassa maṃ ayya[12] purisassa dehī' ti. Atha khvāhaṃ[13] bhante taṃ purisaṃ pakkosāpetvā vāmena hatthena pajāpatiṃ gahetvā dakkhiṇena hatthena bhiṅgāraṃ gahetvā tassa purisassa oṇojesiṃ[14]. Komāriṃ[15] kho panāhaṃ bhante dāraṃ pariccajanto nābhijānāmi cittassa aññathattaṃ[16]. Ayaṃ kho me bhante tatiyo acchariyo abbhuto dhammo saṃvijjati.

---

[1] omitted by M6. [2] M6 vigata°
[3] M. M6 M7 M8 °vi. [4] M. Ph. M8 °yi.
[5] M. Ph. kho pihaṃ [6] M7 M8 °ca.
[7] M. Ph. S. sā im' eva; M6 sā ime ca.
[8] omitted by M. Ph. S. [9] T. °kulāgāra.
[10] Ph. M6 tassa.
[11] T. M7 M8 continue: komāriṃ (sic) kho panāhaṃ and so on. [12] S. ayyaputta.
[13] M. Ph. S. kho ahaṃ; M6 kho so.
[14] M. Ph. °si; M6 °jesi. [15] M. M6 °ri; Ph. °riyaṃ.
[16] T. aññattaṃ.

8. Saṃvijjanti[1] kho pana me bhante kule bhogā, te ca kho appaṭivibhattā sīlavantehi kalyāṇadhammehi. Ayaṃ kho me bhante catuttho acchariyo abbhuto dhammo saṃvijjati.

9. Yaṃ kho panāhaṃ bhante bhikkhuṃ payirupāsāmi, sakkaccaṃ yeva payirupāsāmi no asakkaccaṃ. Ayaṃ kho me bhante pañcamo acchariyo abbhuto dhammo saṃvijjati.

10. So ce[2] me bhante[3] āyasmā dhammaṃ deseti[4], sakkaccaṃ yeva suṇāmi[5] no asakkaccaṃ; no ce me[6] āyasmā dhammaṃ deseti[7], ahaṃ assa dhammaṃ desemi. Ayaṃ kho me bhante chaṭṭho acchariyo abbhuto dhammo saṃvijjati.

11. Anacchariyaṃ[8] kho pana maṃ[9] bhante devatā upasaṅkamitvā ārocenti 'svākkhāto[10] gahapati Bhagavatā dhammo' ti. Evaṃ vutte ahaṃ bhante tā[11] devatā evaṃ vadāmi 'vadeyyātha vā[12] evaṃ[12] kho tumhe devatā[13] no vā[14] vadeyyātha, atha kho svākkhāto[10] Bhagavatā dhammo' ti. Na kho panāhaṃ bhante abhijānāmi tatonidānaṃ[15] cittassa unnatiṃ[16] 'mamaṃ vā devatā upasaṅkamanti, ahaṃ vā devatāhi saddhiṃ sallapāmī' ti. Ayaṃ kho me bhante sattamo acchariyo abbhuto dhammo saṃvijjati.

12. Yān'imāni[17] bhante Bhagavatā desitāni pañc'orambhāgiyāni saṃyojanāni, nāhaṃ tesaṃ[18] kiñci attani[19] appahīnaṃ samanupassāmi[20]. Ayaṃ kho me bhante aṭṭhamo acchariyo abbhuto dhammo saṃvijjati.

---

[1] T. M6 M7 °ta.
[2] T. M6 so, but yo instead of so; M7 yo yo ce, but afterwards no ce.
[3] M. puts te before me; omitted by Ph. M6 M7 S.
[4] M. M6 S. °si. [5] M. Ph. M6 °ṇomi.
[6] T. M6 M7 kho me; M. Ph. me so.
[7] M. Ph. M6 S. °si. [8] M. Ph. M6 S. acch°
[9] M6 mam. [10] Ph. M6 svākhāto; M. svākhyāto.
[11] omitted by T. M6 M7. [12] omitted by M6.
[13] Ph. M6 S. °ta. [14] T. M6 ca. [15] M6 °nāṃ ca.
[16] Ph. M6 °ti; S. °nti. [17] Ph. M6 yāni tāni.
[18] M6 tesaṃ. [19] omitted by M6.
[20] M. T. M6 M7 °mī ti.

Ime kho bhante aṭṭha acchariyā abbhutā dhammā saṃvijjanti. Na ca kho ahaṃ jānāmi, katamehi pāhaṃ[1] aṭṭhahi acchariyehi abbhutehi dhammehi samannāgato Bhagavatā vyākato ti.

13. Atha kho so bhikkhu Uggassa gahapatino Vesālikassa nivesane piṇḍapātaṃ gahetvā uṭṭhāyāsanā pakkāmi. Atha kho so bhikkhu pacchābhattaṃ piṇḍapātapaṭikkanto yena Bhagavā ten' upasaṅkami, upasaṅkamitvā Bhagavantaṃ abhivādetvā ekamantaṃ nisīdi. Ekamantaṃ nisinno kho so bhikkhu yāvatako ahosi Uggena gahapatinā Vesālikena saddhiṃ kathāsallāpo, taṃ sabbaṃ Bhagavato ārocesi.

14. Sādhu sādhu bhikkhu, yathā taṃ Uggo gahapati Vesāliko sammā vyākaramāno vyākareyya, imeh'eva kho bhikkhu aṭṭhahi acchariyehi abbhutehi dhammehi samannāgato Uggo gahapati[2] Vesāliko mayā vyākato; imehi ca pana bhikkhu aṭṭhahi acchariyehi abbhutehi dhammehi samannāgataṃ Uggaṃ gahapatiṃ Vesālikaṃ dhāretha ti.

XXII.

1. Ekaṃ samayaṃ Bhagavā Vajjīsu viharati Hatthigāme. Tatra kho Bhagavā bhikkhū āmantesi . . . pe[3] . . .

2. Aṭṭhahi bhikkhave acchariyehi abbhutehi dhammehi samannāgataṃ Uggaṃ gahapatiṃ Hatthigāmakaṃ dhāretha ti. Idam avoca Bhagavā, idaṃ vatvā[4] Sugato uṭṭhāyāsanā[5] vihāraṃ pāvisi.

3. Atha kho aññataro bhikkhu pubbaṇhasamayaṃ nivāsetvā pattacīvaraṃ ādāya yena Uggassa gahapatino Hatthigāmakassa nivesanaṃ ten' upasaṅkami, upasaṅkamitvā paññatte āsane nisīdi. Atha kho Uggo gahapati Hatthigāmako yena so bhikkhu ten' upasaṅkami, upasaṅkamitvā taṃ bhikkhuṃ abhivādetvā ekamantaṃ nisīdi. Ekamantaṃ nisinnaṃ kho Uggaṃ gahapatiṃ Hatthigāmakaṃ so bhikkhu etad avoca: —

1 T. M₆. M₇. p'ahaṃ; S. cahaṃ.
2 M. *adds* so.
3 *omitted by* M. Ph. M₆. S.
4 M. vatvā ca; M. Ph. S. °na.
5 M. aṭṭhāya.

4. Aṭṭhahi kho tvaṃ gahapati acchariyehi abbhutehi dhammehi samannāgato Bhagavatā vyākato. Katame te[1] gahapati aṭṭha[2] acchariyā abbhutā dhammā, yehi tvaṃ samannāgato Bhagavatā vyākato ti?

'Na kho ahaṃ[3] bhante jānāmi, katamehi ahaṃ aṭṭhahi acchariyehi abbhutehi dhammehi samannāgato Bhagavatā vyākato, api ca bhante ye me aṭṭha acchariyā abbhutā dhammā saṃvijjanti, te[4] suṇāhi[4] sādhukaṃ manasikarohi, bhāsissāmī' ti. 'Evaṃ gahapatī' ti kho so bhikkhu Uggassa gahapatino Hatthigāmakassa paccassosi. Uggo gahapati Hatthigāmako etad avoca: —

5. Yadāhaṃ bhante Nāgavane paricaranto[5] Bhagavantaṃ paṭhamaṃ dūrato 'va addasaṃ, saha[6] dassanen' eva me bhante Bhagavato cittaṃ pasīdi surāmado ca pahīyi. Ayaṃ kho me bhante paṭhamo acchariyo abbhuto dhammo saṃvijjati. So kho ahaṃ bhante pasannacitto Bhagavantaṃ payirupāsiṃ[7]. Tassa me Bhagavā anupubbikathaṃ kathesi, seyyathīdaṃ dānakathaṃ sīlakathaṃ saggakathaṃ, kāmānaṃ ādīnavaṃ okāraṃ[8] saṃkilesaṃ nekkhamme[9] ānisaṃsaṃ pakāsesi.

6. Yadā maṃ Bhagavā aññāsi kallacittaṃ muducittaṃ vinīvaraṇacittaṃ[10] udaggacittaṃ pasannacittaṃ, atha yā buddhānaṃ sāmukkaṃsikā dhammadesanā, taṃ pakāsesi: dukkhaṃ samudayaṃ nirodhaṃ maggaṃ. Seyyathā pi nāma suddhaṃ vatthaṃ apagatakāḷakaṃ sammad-eva rajanaṃ paṭiggaṇheyya, evam eva kho[11] me[12] tasmiṃ yeva āsane virajaṃ vītamalaṃ dhammacakkhuṃ udapādi 'yaṃ kiñci samudayadhammaṃ, sabbaṃ taṃ nirodhadhamman' ti. So kho ahaṃ bhante diṭṭhadhammo pattadhammo viditadhammo pariyogāḷhadhammo tiṇṇavicikiccho vigatakathaṃkatho vesārajjappatto aparappaccayo satthu sāsane tatth'

---

[1] *omitted by* M6. [2] Ph. M7 pasahaṃ.
[3] T. M6. M7 p'ahaṃ; *omitted by* M. Ph. M8. S.
[4] M. Ph. M6 taṃ suṇohi. [5] T. M6. M7 parica°
[6] *omitted by* T. [7] Ph. M6. M7 °si; M. °pāsāmi.
[8] T. M6. M7 va° [9] M. M6 nekkhame; Ph. nikkhamme.
[10] M6 nira° [11] *omitted by* Ph. T. M6. M7.
[12] *omitted by* M6. T. M6. M7.

eva buddhañ ca dhammañ ca saṅghañ ca saraṇaṃ agamāsiṃ[1] brahmacariyapañcamāni ca[2] sikkhāpadāni samādiyiṃ[3]. Ayaṃ kho me bhante dutiyo acchariyo abbhuto dhammo saṃvijjati.

7. Tassa mayhaṃ bhante catasso komāriyo pajāpatiyo ahesuṃ. Atha khvāhaṃ[4] bhante yena tā pajāpatiyo ten' upasaṅkamiṃ, upasaṅkamitvā tā[5] pajāpatiyo etad avocaṃ[6] 'mayā kho bhaginiyo brahmacariyapañcamāni[7] sikkhāpadāni samādinnāni; yā icchati, idh' eva[8] bhoge ca[9] bhuñjatu puññāni ca karotu, sakāni vā ñātikulāni gacchatu, hoti[10] vā pana purisādhippāyo, kassa vo[11] dammī' ti? Evaṃ vutte sā[12] bhante jeṭṭhā pajāpatī maṃ etad avoca 'itthannāmassa maṃ ayya[13] purisassa dehī' ti. Atha khvāhaṃ[14] bhante taṃ purisaṃ[15] pakkosāpetvā vāmena[16] hatthena pajāpatiṃ gahetvā dakkhiṇena hatthena bhiṅgāraṃ[17] gahetvā tassa purisassa oṇojesiṃ[18]. Komāriṃ[19] kho panāhaṃ bhante dāraṃ pariccajanto nābhijānāmi cittassa aññathattaṃ. Ayaṃ kho me bhante tatiyo acchariyo abbhuto dhammo saṃvijjati.

8. Saṃvijjanti[20] kho pana me bhante kule bhogā, te ca[21] kho appaṭivibhattā sīlavantehi kalyāṇadhammehi. Ayaṃ kho me[1] bhante catuttho acchariyo abbhuto dhammo saṃvijjati.

---

1 M. Ph. M. M. °si.
2 *omitted by* Ph. M.; M. *puts* ca *after* sikkhā°
3 Ph. M. °yi.
4 T. M. khvāssa; M. *has here a lacuna.*
5 *omitted by* M. 6 Ph. M. M. M. °ca.
7 T. *adds* ca. 8 M. Ph. M. S. *ab* im'eva.
9 *omitted by* M. Ph. M. M. S.
10 M. M. hotu. 11 Ph. te.
12 *omitted by* M. T. M. M.
13 M. M. S. ayyaputta; T. ayyaputtassa.
14 M. S. kho ahaṃ; Ph. kho 'haṃ; M. kho.
15 *omitted by* Ph. M. 16 M. Ph. M. vāmahattha°
17 T. M. M. bhiṅkāraṃ.
18 M. Ph. °si; M. °jesi; M. nejesiṃ.
19 M. °ri; Ph. °riyaṃ; T. M. M. °raṃ.
20 T. M. M. °te. 21 M. °va.

9. Yaṃ kho panāhaṃ bhante bhikkhuṃ payirupāsāmi, sakkaccaṃ yeva payirupāsāmi no asakkaccaṃ. So ce[1] me bhante āyasmā dhammaṃ deseti[2], sakkaccaṃ yeva suṇāmi[3] no asakkaccaṃ; no ce[4] me āyasmā[5] dhammaṃ deseti[6], ahaṃ assa dhammaṃ desemi. Ayaṃ kho me bhante pañcamo acchariyo abbhuto dhammo saṃvijjati.

10. Anacchariyaṃ kho pana[7] me bhante saṅghe nimantite devatā upasaṅkamitvā ārocenti 'asuko gahapati bhikkhu ubhatobhāgavimutto, asuko paññāvimutto, asuko kāyasakkhī, asuko diṭṭhippatto, asuko saddhāvimutto, asuko[8] dhammānusārī, asuko saddhānusārī, asuko sīlavā[9] kalyāṇadhammo, asuko dussīlo pāpadhammo' ti. Saṅghaṃ[10] kho panāhaṃ bhante parivisanto[11] nābhijānāmi evaṃ[12] cittaṃ uppādento 'imassa vā thokaṃ demi imassa vā bahukan' ti. Atha khvāhaṃ bhante samacitto 'va demi. Ayaṃ kho me bhante chaṭṭho acchariyo abbhuto dhammo saṃvijjati.

11. Anacchariyaṃ[13] kho pana maṃ[14] bhante devatā upasaṅkamitvā ārocenti 'svākkhāto bhante[15] gahapati Bhagavatā dhammo' ti. Evaṃ vutte ahaṃ bhante tā devatā evaṃ vadāmi[16] 'vadeyyātha vā evaṃ[17] kho tumhe[18] devatā[19] no vā[20] vadeyyātha, atha kho svākkhāto Bhagavatā dhammo' ti. Na kho panāhaṃ bhante abhijānāmi tatonidānaṃ cittassa unnatiṃ[21] 'maṃ vā[22] devatā upasaṅkamanti, ahaṃ vā devatāhi saddhiṃ sallapāmī' ti. Ayaṃ kho me bhante sattamo acchariyo abbhuto dhammo saṃvijjati.

---

1 T. M₆ M₇ ca; Ph. adds kho; all MSS. omit bhante.
2 M₆ S. °ti. 3 M. Ph. M₆ °ṇomi. 4 T. M₆ M₇ ca.
5 M. Ph. M₆ na ay° 6 M. M₆ S. asakk°
7 omitted by M₆.
8 T. M₆ M₇ put these words after as° saddh°
9 omitted by T. M₆ M₇. 10 T. yaṃ.
11 T. M₇ pari°; M₆ pativi°
12 Ph. puts evaṃ after cittaṃ. 13 T. M₇ na acch°
14 T. M₆ ma. 15 omitted by M. Ph. M₆ M₆ M₇ S.
16 M. Ph. M₆ vadema.
17 omitted by M₆ T. M₆ M₇; M₆ omits also vā.
18 Ph. M₆ S. °tu. 19 omitted by T.
20 Ph. M₆ T. °ti; S. °nti; M₆ M₇ unnati.
21 M. tā; Ph. vā tā; T. M₆ M₇ omit vā.

12. Sace kho panāhaṃ bhante Bhagavato[1] paṭhamataraṃ kālaṃ kareyyaṃ, anacchariyaṃ[2] kho pan' etaṃ, yaṃ maṃ Bhagavā evaṃ vyākareyya 'natthi taṃ saṃyojanaṃ[3], yena saṃyojanena saṃyutto Uggo gahapati Hatthigāmako puna imaṃ lokaṃ āgaccheyyā' ti. Ayaṃ kho me bhante aṭṭhamo acchariyo abbhuto dhammo saṃvijjati.

Ime kho bhante aṭṭha acchariyā abbhutā dhammā saṃvijjanti. Na ca kho ahaṃ jānāmi, katamehi pahaṃ[4] aṭṭhahi acchariyehi abbhutehi dhammehi samannāgato Bhagavatā vyākato ti.

13. Atha kho so bhikkhu Uggassa gahapatino Hatthigāmakassa nivesane piṇḍapātaṃ gahetvā uṭṭhāy' āsanā pakkāmi. Atha kho so bhikkhu pacchābhattaṃ piṇḍapātapaṭikkanto yena Bhagavā ten' upasaṅkami, upasaṅkamitvā Bhagavantaṃ abhivādetvā ekamantaṃ nisīdi. Ekamantaṃ nisinno kho so bhikkhu, yāvatako ahosi Uggena gahapatinā Hatthigāmakena saddhiṃ kathāsallāpo, taṃ sabbaṃ Bhagavato ārocesi.

14. Sādhu sādhu bhikkhu, yathā taṃ Uggo gahapati Hatthigāmako sammā vyākaramāno vyākareyya, imeh'eva[5] kho bhikkhu aṭṭhahi acchariyehi abbhutehi dhammehi samannāgato Uggo gahapati Hatthigāmako mayā vyākato; imehi ca pana bhikkhu aṭṭhahi acchariyehi abbhutehi dhammehi samannāgataṃ Uggaṃ gahapatiṃ Hatthigāmakaṃ dhārethā ti.

XXIII.

1. Ekaṃ samayaṃ Bhagavā Āḷaviyaṃ[6] viharati Aggāḷave[7] cetiye[7]. Tatra kho Bhagavā bhikkhū āmantesi . . . pe[8] . . .

---

[1] M. S. °ta. [2] T. acch°
[3] omitted by M. Ph.; M. saṃyojanānaṃ.
[4] T. M₆ M₇ p'ahaṃ; Ph. M₈ S. etthaṃ.
[5] M. imehi ca ca; M. im'eva.
[6] T. M₆ M₇ Āl°
[7] T. Aggālace°; M₆ M₇ Aggāḷave ce°
[8] omitted by M. Ph. M₈ S.

2. Sattahi bhikkhave acchariyehi abbhutehi dhammehi samannāgataṃ Hatthakaṃ Āḷavakaṃ dhāretha. Katamehi[1] sattahi[1]?

3. Saddho bhikkhave Hatthako Āḷavako, sīlavā bhikkhave Hatthako Āḷavako, hirimā[2] bhikkhave Hatthako Āḷavako, ottappī[3] bhikkhave Hatthako Āḷavako, bahussuto bhikkhave Hatthako Āḷavako, cāgavā bhikkhave Hatthako Āḷavako, paññavā bhikkhave Hatthako Āḷavako. Imehi kho bhikkhave sattahi acchariyehi abbhutehi dhammehi samannāgataṃ Hatthakaṃ Āḷavakaṃ dhārethā ti. Idam avoca Bhagavā, idaṃ vatvā[4] Sugato uṭṭhāyāsanā vihāraṃ pāvisi.

4. Atha kho aññataro bhikkhu pubbaṇhasamayaṃ nivāsetvā pattacīvaraṃ ādāya yena Hatthakassa Āḷavakassa nivesanaṃ ten' upasaṅkami, upasaṅkamitvā paññatte āsane nisīdi. Atha kho Hatthako Āḷavako yena so bhikkhu ten' upasaṅkami, upasaṅkamitvā taṃ bhikkhuṃ abhivādetvā ekamantaṃ nisīdi. Ekamantaṃ nisinnaṃ kho Hatthakaṃ Āḷavakaṃ so bhikkhu etad avoca 'sattahi kho tvaṃ āvuso acchariyehi abbhutehi dhammehi samannāgato Bhagavatā vyākato. Katamehi[1] sattahi[1]? Saddho bhikkhave Hatthako Āḷavako[5], sīlavā . . .[6] hirimā . . . ottappī . . .[7] bahussuto . . . cāgavā . . . paññavā bhikkhave Hatthako Āḷavako. Imehi kho tvaṃ āvuso sattahi acchariyehi abbhutehi dhammehi samannāgato Bhagavatā vyākato' ti. 'Kacci 'ttha[8] bhante na koci gihī odātavasano' ti? 'Na kho 'ttha[9] āvuso koci gihī odātavasano' ti[10]. 'Sādhu bhante, yad ettha na koci gihī odātavasano' ti.

5. Atha kho so bhikkhu Hatthakassa Āḷavakassa nivesane piṇḍapātaṃ gahetvā uṭṭhāyāsanā pakkāmi. Atha kho so bhikkhu pacchābhattaṃ piṇḍapātapaṭikkanto yena Bhagavā

---

1 omitted by T. M_6 M_7.
2 M_6 pa | ott° bahu° cā° pa° bh°.
3 M. Ph. M_6 S. ottappī throughout.
4 M. Ph. S. vatvāna; M_6 vatvā ca.
5 T. M_6 pe | sī°
6 Ph. pa.
7 M_6 pa.
8 Ph. kiñ c'ettha; M_6 kiñci 'ttha.
9 M. Ph. M_6 S. h'ettha.
10 M_6 pi.

ten' upasaṅkami, upasaṅkamitvā Bhagavantaṃ abhivādetvā ekamantaṃ nisīdi. Ekamantaṃ nisinno kho so bhikkhu Bhagavantaṃ etad avoca 'idhāhaṃ bhante pubbaṇhasamayaṃ nivāsetvā pattacīvaram ādāya yena Hatthakassa Āḷavakassa nivesanaṃ ten' upasaṅkamiṃ, upasaṅkamitvā paññatte āsane nisīdiṃ. Atha kho bhante Hatthako Āḷavako yenāhaṃ ten' upasaṅkami, upasaṅkamitvā maṃ abhivādetvā ekamantaṃ nisīdi. Ekamantaṃ nisinnaṃ kho ahaṃ bhante Hatthakaṃ Āḷavakaṃ etad avocaṃ: sattahi kho tvaṃ āvuso acchariyehi abbhutehi dhammehi samannāgato Bhagavatā vyākato. Katamehi sattahi[1]? Saddho bhikkhave Hatthako Āḷavako[2], sīlavā[3] . . .[4] hirimā . . . ottappī . . . bahussuto . . . cāgavā . . . paññavā bhikkhave Hatthako Āḷavako. Imehi kho tvaṃ āvuso sattahi acchariyehi abbhutehi dhammehi samannāgato Bhagavatā vyākato ti. Evaṃ vutte bhante Hatthako Āḷavako maṃ etad avoca: kacci 'ttha[5] bhante na koci gihī ahosi odātavasano ti[6]? Na kho 'ttha[7] āvuso koci gihī ahosi odātavasano ti. Sādhu[8] bhante, yad ettha na koci gihī ahosi odātavasano' ti.

6. Sādhu sādhu bhikkhu[9], appiccho so bhikkhu[10] kulaputto santo yeva attani kusale dhamme na icchati parehi ñāyamāne[11]. Tena hi tvaṃ bhikkhu iminā aṭṭhamena[12] acchariyena abbhutena dhammena samannāgataṃ Hatthakaṃ Āḷavakaṃ dhārehi, yad idaṃ[13] appicchatāyā ti.

XXIV.

1. Ekaṃ samayaṃ Bhagavā Āḷaviyaṃ viharati Aggāḷave cetiye. Atha kho Hatthako Āḷavako pañcamattehi upā-

---

[1] omitted by T. M6. M7.
[2] T. M6. M7 continue: pa sīla°; T. omits Āḷ°
[3] M6. M7 add bhikkhave Hatth° Āḷ°, T. adds only bh° Hatth°
[4] M. la; Ph. M8 pa.
[5] Ph. kiñci 'ttha; M8 kiñcan' ettha.
[6] T. M7 pa.
[7] M. Ph. M8. S. h'ettha.
[8] M8 omits this phrase.
[9] S. bhikkhave.
[10] omitted by S.
[11] M. paññāpayamāno; M8 paññāyamāne.
[12] omitted by M. Ph. M8. S.
[13] M8 inserts pa; S. pe.

pañcamattehi upāsakasatehi parivuto[1] yena Bhagavā ten' upasaṅkami, upasaṅkamitvā Bhagavantaṃ abhivādetvā ekamantaṃ nisīdi. Ekamantaṃ nisinnaṃ kho Hatthakaṃ Āḷavakaṃ Bhagavā etad avoca: —

2. Mahatī kho tyāyaṃ[2] Hatthaka parisā, kathaṃ pana tvaṃ Hatthaka imaṃ mahatiṃ parisaṃ saṅgaṇhāsī ti?

Yān' imāni bhante Bhagavatā desitāni cattāri saṅgahavatthūni, tehāhaṃ[3] imaṃ mahatiṃ parisaṃ saṅgaṇhāmi. Ahaṃ bhante yaṃ jānāmi 'ayaṃ dānena saṅgahetabbo' ti, taṃ dānena saṅgaṇhāmi; yaṃ jānāmi 'ayaṃ peyyavajjena[4] saṅgahetabbo' ti, taṃ peyyavajjena[5] saṅgaṇhāmi; yaṃ jānāmi 'ayaṃ atthacariyāya saṅgahetabbo' ti, taṃ atthacariyāya saṅgaṇhāmi; yaṃ jānāmi 'ayaṃ samānattatāya saṅgahetabbo' ti[6], taṃ samānattatāya saṅgaṇhāmi. Saṃvijjanti[7] kho pana me bhante kule bhogā, daliddassa[8] kho no tathā sotabbaṃ[9] maññantī[10] ti.

3. Sādhu sādhu Hatthaka, yoni[11] kho tyāyaṃ[12] Hatthaka mahatiṃ parisaṃ saṅgahetuṃ. Ye[13] hi keci[14] Hatthaka atītam addhānaṃ mahatiṃ parisaṃ saṅgahesuṃ, sabbe te imeh' eva catūhi saṅgahavatthūhi mahatiṃ parisaṃ saṅgahesuṃ; ye pi hi keci[15] Hatthaka anāgatam addhānaṃ mahatiṃ parisaṃ saṅgaṇhissanti, sabbe te imeh' eva catūhi saṅgahavatthūhi mahatiṃ parisaṃ saṅgaṇhissanti; ye pi hi keci[15] Hatthaka etarahi mahatiṃ parisaṃ saṅgaṇhanti, sabbe te imeh' eva catūhi saṅgahavatthūhi mahatiṃ parisaṃ saṅgaṇhantī ti.

4. Atha kho Hatthako Āḷavako Bhagavatā dhammiyā kathāya sandassito samādapito samuttejito sampahaṃsito uṭṭhāy' āsanā Bhagavantaṃ abhivādetvā padakkhiṇaṃ katvā

---

1 M_6 °vuto. 2 M. Ph. tayaṃ; M_6 'va tāyaṃ.
3 T. M_6 M_7 tenāhaṃ.
4 S. °vacena *throughout*; M_6 veyyāvaccena.
5 M_6 veyyāvaccena. 6 *omitted by* M_6. 7 M. °ti.
8 M_6 S. dal° 9 Ph. saṅgahetabbaṃ.
10 Ph. M_6 M_8 M_7 maññati.
11 Ph. M_6 T. yāni.
12 M. M_6 S. tyāyaṃ; T. tyāya. 13 S. ye pi.
14 T. kehici. 15 *omitted by* M_6.

pakkhāni. Atha kho Bhagavā acirapakkante Hatthake Āḷavake bhikkhū āmantesi: —

5. Aṭṭhahi bhikkhave acchariyehi abbhutehi dhammehi samannāgataṃ Hatthakaṃ Āḷavakaṃ dhāretha. Katamehi[1] aṭṭhahi[1]?

6. Saddho bhikkhave Hatthako Āḷavako, sīlavā bhikkhave[3] Hatthako[3] Āḷavako[3], hirimā bhikkhave[3] Hatthako[3] Āḷavako[3], ottappī bhikkhave[3] Hatthako[3] Āḷavako[3], bahussuto bhikkhave[3] Hatthako[3] Āḷavako[3], cāgavā bhikkhave[3] Hatthako[3] Āḷavako[3], paññavā bhikkhave Hatthako Āḷavako, appiccho bhikkhave Hatthako Āḷavako.

Imehi kho bhikkhave aṭṭhahi acchariyehi abbhutehi dhammehi samannāgataṃ Hatthakaṃ Āḷavakaṃ dhārethā ti.

XXV.

1. Ekaṃ samayaṃ Bhagavā Sakkesu viharati Kapilavatthusmiṃ Nigrodhārāme. Atha kho Mahānāmo Sakko yena Bhagavā ten' upasaṅkami, upasaṅkamitvā Bhagavantaṃ abhivādetvā ekamantaṃ nisīdi. Ekamantaṃ nisinno kho Mahānāmo Sakko Bhagavantaṃ etad avoca 'kittāvatā nu kho bhante upāsako hotī' ti?

Yato[4] kho Mahānāma buddhaṃ saraṇaṃ gato hoti, dhammaṃ saraṇaṃ gato hoti, saṅghaṃ saraṇaṃ gato hoti: ettāvatā[5] kho Mahānāma upāsako hotī ti.

2. 'Kittāvatā[5] pana bhante upāsako sīlavā hotī' ti?

Yato[4] kho Mahānāma upāsako pāṇātipātā paṭivirato hoti, adinnādānā paṭivirato hoti, kāmesu micchācārā paṭivirato hoti, musāvādā paṭivirato hoti, surāmerayamajjapamādaṭṭhānā paṭivirato hoti: ettāvatā kho Mahānāma upāsako sīlavā hotī ti.

3. 'Kittāvatā[5] pana bhante upāsako attahitāya paṭipanno hoti no parahitāyā' ti?

---

[1] omitted by T. M6. M7.
[2] omitted by S.
[3] M. la; Ph. M6 pa | bh; omitted by S.
[4] T. adds ca; M6 omits all from Yato to Yato.
[5] T. adds ca.

Yato[1] kho Mahānāmo upāsako attanā[2] saddhāsampanno hoti no paraṃ saddhāsampadāya samādapeti, attanā[2] sīlasampanno hoti no paraṃ sīlasampadāya samādapeti, attanā[2] cāgasampanno hoti no paraṃ cāgasampadāya samādapeti, attanā[2] bhikkhūnaṃ dassanakāmo[3] hoti no paraṃ bhikkhūnaṃ[4] dassane samādapeti, attanā[2] saddhammaṃ sotukāmo hoti no paraṃ saddhammasavane[5] samādapeti, attanā[2] sutānaṃ dhammānaṃ dhārakajātiko[6] hoti no paraṃ dhammadhāraṇāya[7] samādapeti, attanā[2] dhatānaṃ[8] dhammānaṃ atthūpaparikkhī[9] hoti no paraṃ atthūpaparikkhāya samādapeti, attanā[2] atthaṃ aññāya dhammaṃ[10] aññāya[10] dhammānudhammapaṭipanno hoti no paraṃ[11] dhammānudhammapaṭipattiyā samādapeti: ettāvatā kho Mahānāma upāsako attahitāya paṭipanno hoti no parahitāyā ti.

6. 'Kittāvatā pana bhante upāsako attahitāya ca paṭipanno hoti parahitāya cā' ti?

Yato[1] kho Mahānāma upāsako attanā ca saddhāsampanno hoti parañ ca saddhāsampadāya[12] samādapeti, attanā ca sīlasampanno hoti parañ ca sīlasampadāya samādapeti, attanā ca cāgasampanno hoti parañ ca cāgasampadāya samādapeti, attanā ca bhikkhūnaṃ dassanakāmo hoti[13] parañ ca bhikkhūnaṃ dassane samādapeti, attanā ca saddhammaṃ sotukāmo hoti parañ ca saddhammasavane samādapeti, attanā ca sutānaṃ dhammānaṃ dhārakajātiko[6] hoti parañ ca dhammadhāraṇāya[14] samādapeti, attanā ca dhatānaṃ[15] dhammānaṃ atthūpaparikkhī[16] hoti parañ ca atthūpaparikkhāya samādapeti, attanā ca atthaṃ aññāya

---

[1] T. *adds* ca. [2] M. Ph. M_6 *add* 'va; S. ca.
[3] T. dassanāya kāmo. [4] T. bhikkhu.
[5] S. saddhammassa° *throughout.*
[6] M. Ph. M_6 dhāraṇa° *throughout.* [7] M_6 °ṇe.
[8] M. Ph. M_6 S. sutānaṃ.
[9] Ph. °kkhito; M_6 °kkhaṃ; M_6 °kkhato.
[10] *omitted by* Ph.
[11] Ph. *inserts* atthaṃ aññāya dhammaṃ ca.
[12] Ph. saddhāya sampadāya.
[13] Ph. *inserts* parañ ca bhikkhūnaṃ dassanakāmo hoti.
[14] Ph. M_6 °ṇe. [15] M_6 dhatānaṃ; M. Ph. S. sutānaṃ.
[16] Ph. M. °kkhitā; M_6 °kkhaṃ.

dhammaṃ aññāya dhammānudhammapaṭipanno hoti parañ ca[1] dhammānudhammapaṭipattiyā samādapeti: ettāvatā kho Mahānāma upāsako attahitāya ca[2] paṭipanno hoti parahitāya ca ti.

XXVI.

1. Ekaṃ samayaṃ Bhagavā Rājagahe viharati Jīvakambavane. Atha kho Jīvako Komārabhacco yena Bhagavā ten' upasaṅkami, upasaṅkamitvā Bhagavantaṃ abhivādetvā ekamantaṃ nisīdi. Ekamantaṃ nisinno kho Jīvako Komārabhacco Bhagavantaṃ etad avoca 'kittāvatā nu[3] kho[4] bhante upāsako hotī' ti?

Yato[5] kho Jīvaka buddhaṃ saraṇaṃ gato hoti, dhammaṃ saraṇaṃ gato hoti, saṅghaṃ saraṇaṃ gato hoti: ettāvatā kho Jīvaka upāsako hoti ti.

2. 'Kittāvatā[6] pana bhante upāsako sīlavā hotī' ti?

Yato[5] kho Jīvaka upāsako pāṇātipātā paṭivirato hoti ... pe[7] ... surāmerayamajjapamādaṭṭhānā paṭivirato hoti: ettāvatā kho Jīvaka upāsako sīlavā hoti ti.

3. 'Kittāvatā[8] pana bhante upāsako attahitāya paṭipanno hoti no parahitāyā' ti?

Yato[5] kho Jīvaka upāsako attanā[9] saddhāsampanno hoti no paraṃ saddhāsampadāya samādapeti ... pe[7] ... attanā[10] atthaṃ aññāya dhammaṃ[11] aññāya[12] dhammānudhammapaṭipanno hoti no paraṃ[13] dhammānudhammapaṭipattiyā samādapeti: ettāvatā kho Jīvaka upāsako attahitāya paṭipanno hoti no parahitāya ti.

4. 'Kittāvatā pana bhante upāsako attahitāya ca[14] paṭipanno hoti parahitāya ca' ti?

---

[1] Ph. inserts atthaṃ aññāya dhammaṃ a°
[2] omitted by Ph. M_6. T. M_7. M_8.
[3] Ph. ca; omitted by M_6. [4] Ph. M_6 add pana.
[5] T. adds ca. [6] Ph. M_6. T. add kho.
[7] M. la; Ph. M_6 pa. [8] Ph. M_6 add kho.
[9] M_6. S. add ca; M. Ph. 'va; T. omits attanā.
[10] M_6. S. add ca; M. Ph. 'va. [11] omitted by Ph.
[12] Ph. inserts atthaṃ aññāya dh° a°
[13] omitted by M_6. T. M_7. M_8.

Yato[1] kho Jīvaka upāsako attanā ca saddhāsampanno hoti parañ ca saddhāsampadāya samādapeti, attanā ca sīlasampanno hoti parañ ca sīlasampadāya samādapeti, attanā ca cāgasampanno hoti parañ ca cāgasampadāya samādapeti, attanā ca bhikkhūnaṃ dassanakāmo hoti parañ ca bhikkhūnaṃ dassane samādapeti, attanā ca saddhammaṃ sotukāmo hoti parañ ca saddhammasavane samādapeti, attanā ca sutānaṃ dhammānaṃ dhāraṇajātiko hoti parañ ca dhammadhāraṇāya samādapeti, attanā ca dhatānaṃ[2] dhammānaṃ atthūpaparikkhī[3] hoti parañ ca[4] atthūpaparikkhāya samādapeti, attanā ca attham aññāya dhammam aññāya dhammānudhammappaṭipanno hoti parañ ca[5] dhammānudhammappaṭipattiyā samādapeti, ettāvatā kho Jīvaka upāsako attahitāya ca[6] paṭipanno hoti parahitāya ca ti.

XXVII.

1. Aṭṭh' imāni bhikkhave balāni. Katamāni aṭṭha?

2. Ruṇṇabalā[7] bhikkhave dārakā, kodhabalā[8] mātugāmā[9], āvudhabalā corā, issariyabalā rājāno, ujjhattibalā[10] bālā[10], nijjhattibalā[11] paṇḍitā, paṭisaṅkhānabalā bahussutā, khantibalā samaṇabrāhmaṇā.

Imāni kho bhikkhave aṭṭha balānī ti.

XXVIII.

1. Atha kho āyasmā Sāriputto yena Bhagavā ten' upasaṅkami, upasaṅkamitvā Bhagavantaṃ abhivādetvā ekamantaṃ nisīdi. Ekamantaṃ nisinnaṃ kho āyasmantaṃ

---

[1] T. adds ca. [2] M. dha°; M. Ph. S. sutānaṃ.
[3] M. Ph. M_6 °kkhinā; M_6 °kkhaṃ.
[4] Ph. *inserts* sutānaṃ dhammānaṃ.
[5] Ph. *inserts* atthaṃ aññāya dh° a° [6] *omitted by* M.
[7] M. ruṇṇa°; Ph. ruda°; M_6 rodana°
[8] T. °bala °gāmo; M_6 °balā °gāmā.
[9] M. Ph. M_6 S °gāmā.
[10] M_6 ajjhabalā; T. ujjh° bala; M_6 ujjati°
[11] M_6 nicchattibalā.

Sāriputtaṃ Bhagavā etad avoca 'kati[1] nu kho Sāriputta khīṇāsavassa bhikkhuno balāni, yehi balehi[2] samannāgato khīṇāsavo bhikkhu āsavānaṃ khayaṃ paṭijānāti: khīṇā me āsavā' ti?

2. Aṭṭha bhante khīṇāsavassa bhikkhuno balāni, yehi balehi samannāgato khīṇāsavo bhikkhu āsavānaṃ khayaṃ paṭijānāti: khīṇā me[3] āsavā ti. Katamāni aṭṭha?

3. Idha bhante khīṇāsavassa bhikkhuno aniccato sabbe saṅkhārā yathābhūtaṃ sammappaññāya sudiṭṭhā honti. Yam pi bhante khīṇāsavassa bhikkhuno aniccato sabbe saṅkhārā yathābhūtaṃ sammappaññāya sudiṭṭhā honti, idam pi bhante khīṇāsavassa bhikkhuno balaṃ hoti, yaṃ balaṃ āgamma khīṇāsavo bhikkhu āsavānaṃ khayaṃ paṭijānāti: khīṇā me āsavā ti.

4. Puna ca paraṃ bhante khīṇāsavassa bhikkhuno aṅgārakāsūpamā kāmā yathābhūtaṃ sammappaññāya sudiṭṭhā honti. Yam pi bhante khīṇāsavassa bhikkhuno aṅgārakāsūpamā kāmā yathābhūtaṃ sammappaññāya sudiṭṭhā honti, idam pi bhante khīṇāsavassa bhikkhuno balaṃ hoti, yaṃ balaṃ āgamma khīṇāsavo bhikkhu āsavānaṃ khayaṃ paṭijānāti: khīṇā me āsavā ti.

5. Puna ca paraṃ bhante khīṇāsavassa bhikkhuno vivekaninnaṃ cittaṃ hoti vivekapoṇaṃ vivekapabbhāraṃ vivekaṭṭhaṃ nekkhammābhirataṃ[4] vyantibhūtaṃ sabbaso āsavaṭṭhāniyehi dhammehi. Yam pi bhante khīṇāsavassa bhikkhuno vivekaninnaṃ cittaṃ hoti vivekapoṇaṃ vivekapabbhāraṃ vivekaṭṭhaṃ nekkhammābhirataṃ[5] vyantibhūtaṃ sabbaso āsavaṭṭhāniyehi dhammehi, idam pi bhante khīṇāsavassa bhikkhuno balaṃ hoti, yaṃ balaṃ āgamma khīṇāsavo bhikkhu āsavānaṃ khayaṃ paṭijānāti: khīṇā me āsavā ti.

6. Puna ca paraṃ bhante khīṇāsavassa bhikkhuno cattāro satipaṭṭhānā bhāvitā honti subhāvitā. Yam pi bhante

[1] Ph. M. kinti. [2] omitted by M.
[3] Ph. inserts 'va.
[4] M. nekkhama-abhi°; Ph. nikkhama° throughout.
[5] M. nekkhamābhi°

khīṇāsavassa bhikkhuno[1] cattāro satipaṭṭhānā bhāvitā honti subhāvitā, idam pi bhante khīṇāsavassa bhikkhuno balaṃ hoti, yaṃ balaṃ āgamma khīṇāsavo bhikkhu āsavānaṃ khayaṃ paṭijānāti: khīṇā me āsavā ti.

7. Puna ca paraṃ bhante khīṇāsavassa bhikkhuno cattāro iddhipādā bhāvitā honti subhāvitā ... pe[2] ... pañc' indriyāni[3] bhāvitāni[4] honti[4] subhāvitāni[4] ... satta bojjhaṅgā bhāvitā honti subhāvitā ...[5] ariyo aṭṭhaṅgiko maggo bhāvito hoti subhāvito. Yam pi bhante khīṇāsavassa bhikkhuno ariyo aṭṭhaṅgiko maggo bhāvito hoti subhāvito, idam pi bhante khīṇāsavassa bhikkhuno balaṃ hoti, yaṃ balaṃ āgamma khīṇāsavo bhikkhu āsavānaṃ khayaṃ paṭijānāti: khīṇā me āsavā ti.

Imāni kho bhante aṭṭha khīṇāsavassa bhikkhuno balāni, yehi balehi[6] samannāgato khīṇāsavo bhikkhu āsavānaṃ khayaṃ paṭijānāti: khīṇā me āsavā ti.

XXIX.

1. Khaṇakicco[7] loko, khaṇakicco loko ti bhikkhave assutavā puthujjano bhāsati, no[8] ca kho so jānāti khaṇaṃ vā akkhaṇaṃ vā. Aṭṭh' ime bhikkhave akkhaṇā asamayā brahmacariyavāsāya. Katame aṭṭha?

2. Idha bhikkhave Tathāgato ca loke uppanno hoti arahaṃ sammāsambuddho vijjācaraṇasampanno sugato lokavidū anuttaro purisadammasārathi Satthā devamanussānaṃ buddho Bhagavā[9], dhammo ca desiyati opasamiko[10] parinibbāyiko[11] sambodhagāmī sugatappavedito, ayañ ca puggalo nirayaṃ upapanno[12] hoti. Ayaṃ bhikkhave paṭhamo akkhaṇo asamayo brahmacariyavāsāya.

---

[1] T. continues: balaṃ hoti and so on.
[2] M. la; Ph. M6 pa; T. M6 M7 have Puna ca paraṃ bh° khīṇā° bhikkhuno. [3] T. M6 M7 add pañca balāni.
[4] omitted by T. M6 M7.
[5] Ph. Puna ca p° bh° khīṇā° bhikkhuno.
[6] omitted by M7. [7] M6 has kacco loko ti.
[8] omitted by M7. [9] Ph. M6 M7 add ti. [10] S. upa°
[11] M. Ph. S. °yiko. [12] T. M6 M7 uppa°; M7 upa°

3. Puna ca paraṃ bhikkhave Tathāgato ca loke[1] uppanno hoti . . . pe[2] . . . Satthā devamanussānaṃ buddho Bhagavā[3], dhammo ca desiyati opasamiko[4] parinibbāyiko[5] sambodhagāmī[6] sugatappavedito, ayañ ca puggalo tiracchānayoniṃ[7] upapanno[8] hoti . . pe[9] . . . ayañ ca puggalo pittivisayaṃ upapanno[10] hoti . . . pe[9] . . . ayañ ca puggalo aññataraṃ[11] dīghāyukaṃ devanikāyaṃ upapanno[10] hoti . . . pe[9] . . . ayañ ca puggalo paccantimesu janapadesu paccājāto[12] hoti[13] aviññātaresu milakkhesu[14], yattha natthi gati bhikkhūnaṃ bhikkhunīnaṃ upāsakānaṃ upāsikānaṃ . . . pe[15] . . . ayañ ca puggalo majjhimesu janapadesu paccājāto[16] hoti, so ca hoti micchādiṭṭhiko viparītadassano 'natthi dinnaṃ, natthi yiṭṭhaṃ, natthi hutaṃ, natthi sukatadukkaṭānaṃ kammānaṃ[17] phalaṃ vipāko, natthi ayaṃ loko, natthi paro[18] loko[19], natthi mātā, natthi pitā, natthi sattā opapātikā, natthi loke samaṇabrāhmaṇā sammaggatā sammāpaṭipannā[20], ye imañ ca lokaṃ parañ ca lokaṃ sayaṃ abhiññā sacchikatvā pavedentī' ti . . . pe[15] . . . ayañ ca puggalo majjhimesu janapadesu paccājāto[16] hoti, so[17] ca[17] hoti[21] duppañño jaḷo elamūgo na paṭibalo[20] subhāsitadubbhāsitassa atthaṃ aññātuṃ. Ayaṃ bhikkhave sattamo[22] akkhaṇo[22] asamayo brahmacariyavāsāya.

4. Puna ca paraṃ bhikkhave Tathāgato ca[1] loke anuppanno hoti arahaṃ sammāsambuddho . . . pe[23] . . . Satthā devamanussānaṃ buddho Bhagavā, dhammo ca na

---

[1] T. adds ca.
[2] M. la; Ph. M_6 pa; T. M_7 M_8 give the phrase in full.
[3] Ph. M_6 add ti. [4] S. upa° [5] M. Ph. S. °niko.
[6] T. °gāmiko. [7] Ph. °yoniyaṃ.
[8] M_6 T. M_7 M_8 uppa°
[9] M. la; Ph. M_6 pa; omitted by T. M_7 M_8
[10] T. M_7 M_8 uppa°
[11] M_6 °taro; T. M_7 M_8 °tarasmiṃ. [12] Ph. M_6 pacchā°
[13] S. adds so ca hoti. [14] M. Ph. M_6 S. °kkhūnaṃ.
[15] M. la; Ph. M_6 pa; omitted by T.
[16] M_6 pacchā°; T. pacchāto. [17] omitted by T. M_7
[18] M. M_6 T. paral° [19] M. M_6 samā°
[20] T. pari°; M. upapa° l. na paṭi° [21] omitted by T.
[22] omitted by M_6. [23] M. Ph. M_6 pa.

desiyati opasamiko[1] parinibbāyiko[2] sambodhagāmī sugatappavedito, ayañ ca puggalo majjhimesu janapadesu paccājāto[3] hoti, so ca hoti paññavā ajaḷo[4] anelamūgo paṭibalo subhāsitadubbhāsitassa attham aññātuṃ. Ayaṃ bhikkhave aṭṭhamo akkhaṇo asamayo brahmacariyavāsāya.

Ime kho bhikkhave aṭṭha akkhaṇā asamayā brahmacariyavāsāya.

5. Eko 'va[5] bhikkhave khaṇo ca samayo ca brahmacariyavāsāya. Katamo eko?

6. Idha bhikkhave Tathāgato ca[6] loke uppanno hoti arahaṃ sammāsambuddho vijjācaraṇasampanno sugato lokavidū anuttaro purisadammasārathi Satthā devamanussānaṃ buddho Bhagavā, dhammo ca desiyati opasamiko[1] parinibbāyiko[2] sambodhagāmī sugatappavedito, ayañ ca puggalo majjhimesu janapadesu paccājāto[7] hoti, so ca hoti paññavā ajaḷo[8] anelamūgo paṭibalo subhāsitadubbhāsitassa attham aññātuṃ. Ayaṃ bhikkhave eko 'va[9] khaṇo ca samayo ca brahmacariyavāsāyā ti.

Manussalābhaṃ[10] laddhāna saddhamme suppavedite[11]
ye khaṇaṃ[12] nādhigacchanti atināmenti[13] te khaṇaṃ.
Bahū hi akkhaṇā vuttā puggalassa' antarāyikā[14].
Kadāci[15] karahaci loke uppajjanti Tathāgatā,
tayidaṃ[16] sammukhībhūtaṃ[17] yaṃ lokasmiṃ sudullabhaṃ
manussapaṭilābho ca saddhammassa ca desanā,
alaṃ vāyamituṃ tattha attakāmena jantunā.

---

1 S. upa°   2 M. Ph. S. °niko.
3 Ph. M. T. pacchā°   4 M. puts aj° after anela°
5 Ph. M. S. ca; M. Ph. M. S. add kho.
6 omitted by Ph. M. S.
7 M. paccājā°; T. pacchājāto.
8 M. anela.   9 omitted by M. M. M. S.
10 Ph. S. °lokam; M. manussalābham.
11 M. °to.
12 T. M. M. phalam; M. jantuno gacchanti *instead of* kh° nadhi°   13 M. °nāmenanti.
14 M. puggalassa antarāyikā.   15 T. kadā ca.
16 M. Ph. tass' idaṃ; M. tassidaṃ.
17 M. sammukhī°

Kathaṃ vijaññā[1] saddhammaṃ[2] khaṇo[3] ve[4] mā upaccagā[5]?
Khaṇātītā hi socanti nirayamhi samappitā.
Idha-m-eva[6] naṃ[7] virādheti[8] saddhammassa niyāmataṃ[9],
vaṇijo[10] va atītattho cirattaṃ[11] anutapessati[12].
Avijjānivuto[13] poso[14] saddhammaṃ aparādhiko[15]
jātimaraṇasaṃsāraṃ ciraṃ paccanubhossati[16].
Ye ca laddhā manussattaṃ saddhamme suppavedite
akaṃsu Satthu vacanaṃ karissanti karonti vā,
khaṇaṃ paccavidhuṃ[17] loke brahmacariyaṃ anuttaraṃ.
Ye maggaṃ paṭipajjiṃsu Tathāgatappaveditaṃ[18]
ye saṃvarā cakkhumatā desitādiccabandhunā,
tesu[19] gutto sadā sato vihare[20] anavassuto.
Sabbe[21] anusaye chetvā Māradheyyaparānuge[22]
te ve[23] pāragatā loke ye pattā āsavakkhayan ti.

XXX.

1. Ekaṃ samayaṃ Bhagavā Bhaggesu viharati Suṃsumāragire[24] Bhesakaḷāvane Migadāye. Tena kho pana samayena āyasmā Anuruddho Cetīsu viharati Pācīnavaṃsadāye[25]. Atha kho āyasmato Anuruddhassa rahogatassa paṭisallīnassa evaṃ cetaso parivitakko udapādi 'appicchassāyaṃ dhammo, nāyaṃ dhammo mahicchassa; santuṭṭhassāyaṃ

---

[1] T. M_6 M_7 vijāniyaṃ. [2] T. dhammaṃ.
[3] T. khaṇa. [4] S. vo. [5] M. Ph. M_6 S. °jjhagā.
[6] T. idh' eva; M. Ph. M_6 S. idha ce. [7] S. na.
[8] M. M_6 M_7 viro° [9] M_6 °taṃ; S. °mitaṃ.
[10] M_6 °ja; M. Ph. °nijjo.
[11] M. cirantaṃ; Ph. ciraṃ; M_7 cidantaraṃ (sic); S. cirattaṃ° [12] M. Ph. S. °tapissati; M_7 aggati (sic).
[13] S. °nibbuto. [14] Ph. bālo. [15] M_6 °dhī.
[16] S. pacca°
[17] T. °vidhuṃ; M. °vibhaṃ; Ph. °bhiṃsu; M_6 paccattimaṃ.
[18] T. °te.
[19] M. Ph. M_6 tesaṃ; M_7 tesutto l. tesu gutto.
[20] M. Ph. M_6 vihare; T. viharato; M_7 viharathe.
[21] M_6 sake. [22] M. Ph. M_6 °parānuge.
[23] M_7 tad eva pādagatā.
[24] M. Ph. M_6 Susu° *throughout*.
[25] T. °vaṃsamigadāye *throughout*; M_6 *once*; M_7 *twice*.

dhammo, nâyaṃ dhammo asantuṭṭhassa; pavivittassâyaṃ [1] dhammo, nâyaṃ dhammo saṅgaṇikârâmassa; âraddhaviriyassâyaṃ dhammo, nâyaṃ dhammo kusîtassa; upaṭṭhitasatissâyaṃ dhammo, nâyaṃ dhammo muṭṭhassatissa; samâhitassâyaṃ dhammo, nâyaṃ dhammo asamâhitassa; paññavato ayaṃ dhammo, nâyaṃ dhammo duppaññassâ' ti.

2. Atha kho Bhagavâ âyasmato Anuruddhassa cetasâ ceto parivitakkam aññâya seyyathâ pi nâma balavâ puriso sammiñjitaṃ [2] vâ bâhaṃ pasâreyya pasâritaṃ vâ bâhaṃ sammiñjeyya [3], evam eva Bhaggesu Suṃsumâragire Bhesakalâvane Migadâye antarahito Cetisu Pâcînavaṃsadâye âyasmato Anuruddhassa sammukhe [4] pâturahosi. Nisîdi Bhagavâ paññatte âsane. Âyasmâ pi kho Anuruddho Bhagavantaṃ abhivâdetvâ ekamantaṃ nisîdi. Ekamantaṃ nisinnaṃ kho âyasmantaṃ Anuruddhaṃ Bhagavâ etad avoca: —

3. Sâdhu sâdhu 'Anuruddha, sâdhu kho tvaṃ Anuruddha satta mahâpurisavitakke [5] vitakkesi: appicchassâyaṃ dhammo, nâyaṃ dhammo mahicchassa; santuṭṭhassâyaṃ dhammo, nâyaṃ dhammo asantuṭṭhassa; pavivittassâyaṃ [6] dhammo, nâyaṃ dhammo saṅgaṇikârâmassa; âraddhaviriyassâyaṃ dhammo, nâyaṃ dhammo kusîtassa; upaṭṭhitasatissâyaṃ dhammo, nâyaṃ dhammo muṭṭhassatissa; samâhitassâyaṃ dhammo, nâyaṃ dhammo asamâhitassa; paññavato ayaṃ dhammo, nâyaṃ dhammo duppaññassa ti. Tena hi tvaṃ Anuruddha imam pi [7] aṭṭhamaṃ mahâpurisavitakkaṃ vitakkehi [8]: nippapañcârâmassâyaṃ dhammo nippapañcaratino, nâyaṃ dhammo papañcârâmassa papañcaratino ti.

4. Yato kho tvaṃ Anuruddha ime aṭṭha mahâpurisavitakke vitakkessasi [9], tato tvaṃ Anuruddha, yâvad-eva âkaṅkhissasi, vivicc' eva [10] kâmehi vivicca akusalehi dham-

---

[1] T. M6 viri° [2] M. Ph. sami°
[3] M. Ph. M6 sami°
[4] M6 sammu°; T. M6. M7 pamukhe.
[5] M. Ph. M6. S. yaṃ taṃ (M6 yañ ca tvaṃ) mahâpurisavitakkaṃ.
[6] M6 viri° [7] *omitted by* S. [8] M. Ph. M6. S. vi.
[9] M6. T. M6. M7 °kkissasi.
[10] M7 *omits all till* savitakkaṃ.

mehi savitakkaṃ savicāraṃ vivekajaṃ pītisukhaṃ paṭhamaṃ[1] jhānaṃ[1] upasampajja viharissasi.

5. Yato kho tvaṃ Anuruddha ime aṭṭha mahāpurisavitakke vitakkessasi[2], tato[3] tvaṃ Anuruddha, yāva-d-eva ākaṅkhissasi, vitakkavicārānaṃ vūpasamā[4] ajjhattaṃ sampasādanaṃ cetaso ekodibhāvaṃ avitakkaṃ avicāraṃ samādhijaṃ pītisukhaṃ dutiyaṃ jhānaṃ upasampajja viharissasi.

6. Yato kho tvaṃ Anuruddha ime aṭṭha mahāpurisavitakke vitakkessasi[2], tato tvaṃ Anuruddha, yāva-d-eva ākaṅkhissasi, pītiyā ca virāgā[5] upekhako[6] ca viharissasi sato ca[7] sampajāno, sukhañ ca kāyena paṭisaṃvedissasi[8], yan taṃ ariyā ācikkhanti upekhako satimā sukhavihārī[9] ti, tatiyaṃ jhānaṃ upasampajja viharissasi.

7. Yato kho tvaṃ Anuruddha ime aṭṭha mahāpurisavitakke vitakkessasi, tato tvaṃ Anuruddha, yāva-d-eva ākaṅkhissasi, sukhassa ca pahānā dukkhassa ca pahānā pubb' eva somanassadomanassānaṃ[10] atthaṅgamā adukkham-asukhaṃ upekhāsatipārisuddhiṃ catutthaṃ jhānaṃ upasampajja viharissasi.

8. Yato kho tvaṃ Anuruddha ime ca[11] aṭṭha mahāpurisavitakke vitakkessasi imesañ ca[12] catunnaṃ jhānānaṃ abhicetasikānaṃ[13] diṭṭhadhammasukhavihārānaṃ nikāmalābhī bhavissasi akicchalābhī akasiralābhī, tato tuyhaṃ Anuruddha seyyathā pi nāma gahapatissa vā gahapatiputtassa vā nānārattānaṃ dussānaṃ dussakaraṇḍako[14] pūro[15], evam eva te paṃsukūlacīvaraṃ[16] khāyissati santuṭṭhassa viharato ratiyā aparitassāya phāsuvihārāya okkamanāya nibbānassa.

---

[1] M_6 T. M_8 M_7 S. paṭhamajjh° *and likewise in every similar case.*
[2] M_6 °kkissasi.
[3] T. M_8 M_7 *add* kho.
[4] T. °udya.
[5] M_6 T. *add* ca.
[6] M. Ph. M_6 S. upekkh° *throughout.*
[7] *omitted by* M_6.
[8] S. °dessasi.
[9] M_6 *adds* ca.
[10] M_6 somanassānaṃ.
[11] *omitted by* M_6 T.
[12] *omitted by* T. M_6 M_7.
[13] S. abhi° *always.*
[14] T. °karaṇḍa°
[15] T. M_6 M_7 *add* evaṃ.
[16] T. M_6 M_7 °cīvarānaṃ.

9. Yato kho tvaṃ Anuruddha ime ca aṭṭha mahāpurisavitakke vitakkessasi imesañ ca[1] catunnaṃ jhānānaṃ abhicetasikānaṃ diṭṭhadhammasukhavihārānaṃ nikāmalābhī bhavissasi[2] akicchalābhī akasiralābhī, tato tuyhaṃ Anuruddha seyyathā pi nāma gahapatissa vā gahapatiputtassa vā sālīnaṃ[3] odano[4] vicitakāḷako anekasūpo anekabyañjano, evam eva te piṇḍiyālopabhojanaṃ[5] khāyissati santuṭṭhassa viharato ratiyā aparitassāya phāsuvihārāya okkamanāya nibbānassa.

10. Yato kho tvaṃ Anuruddha ime ca[1] aṭṭha mahāpurisavitakke vitakkessasi imesañ ca[1] catunnaṃ jhānānaṃ abhicetasikānaṃ diṭṭhadhammasukhavihārānaṃ nikāmalābhī bhavissasi akicchalābhī akasiralābhī, tato tuyhaṃ Anuruddha seyyathā pi nāma gahapatissa vā gahapatiputtassa vā kūṭāgāraṃ ullittāvalittaṃ[6] nivātaṃ phusitaggaḷaṃ[7] pihitavātapānaṃ, evam eva te[8] rukkhamūlasenāsanaṃ[9] khāyissati santuṭṭhassa viharato ratiyā aparitassāya phāsuvihārāya okkamanāya nibbānassa.

11. Yato kho tvaṃ Anuruddha ime ca[10] aṭṭha mahāpurisavitakke vitakkessasi imesañ ca[1] catunnaṃ jhānānaṃ abhicetasikānaṃ diṭṭhadhammasukhavihārānaṃ nikāmalābhī bhavissasi akicchalābhī akasiralābhī, tato tuyhaṃ Anuruddha seyyathā pi nāma gahapatissa vā gahapatiputtassa vā pallaṅko gonakatthato[11] paṭikatthato[12] paṭalikatthato[13] kadalimigapavarapaccattharaṇo[14] sa-uttaracchado ubhato lohitakūpadhāno, evam eva te tiṇasanthārakasayanāsanaṃ[15] khāyissati santuṭṭhassa viharato ratiyā aparitassāya phāsuvihārāya okkamanāya nibbānassa.

---

[1] omitted by T. M₆ M₇. [2] M₆ bhavissati ti.
[3] T. sālinaṃ; M₇ sālaṃ. [4] T. vedano.
[5] T. piṇḍāya°; M₇ bhojanānaṃ. [6] M. Ph. ull°
[7] T. phussitaggaḷā; M₇ phussitaggaḷā. [8] omitted by Ph.
[9] T. M₇ rukkhamūla se° [10] omitted by T. M₆.
[11] Ph. M₆ T. M₇ °to. [12] Ph. °ko; omitted by M₆ T.
[13] M₆ paṭilikkatthako; omitted by T.
[14] M₇ °migapaccattharaṇo.
[15] M. °santhārake°; Ph. M₆ °santhārako (M₆ santharako) sayato (M₆ °no) senāsanaṃ: T. M₇ °santharako sayanāsanaṃ; M₆ °sarako sayanāsanaṃ.

12. Yato kho tvaṃ Anuruddha ime ca aṭṭha mahāpurisavitakke vitakkessasi imesañ ca[1] catunnaṃ jhānānaṃ ābhicetasikānaṃ diṭṭhadhammasukhavihārānaṃ nikāmalābhī bhavissasi akicchalābhī akasiralābhī, tato tuyhaṃ Anuruddha seyyathā pi nāma gahapatissa vā gahapatiputtassa vā nānābhesajjāni, seyyathidaṃ sappi navanītaṃ telaṃ madhu phāṇitaṃ[2], evam eva te pūtimuttabhesajjaṃ[3] khāyissati santuṭṭhassa viharato ratiyā aparitassāya phāsuvihārāya okkamanāya[4] nibbānassa.

13. Tena hi tvaṃ Anuruddha āyatikam pi vassāvāsaṃ idh' eva Cetīsu Pācīnavaṃsadāye vihareyyāsī ti. Evaṃ bhante ti kho āyasmā Anuruddho Bhagavato paccassosi. Atha kho Bhagavā āyasmantaṃ Anuruddhaṃ iminā ovādena ovaditvā seyyathā pi nāma balavā puriso sammiñjitaṃ[5] vā bāhaṃ pasāreyya pasāritaṃ vā bāhaṃ sammiñjeyya[6], evam eva Cetīsu Pācīnavaṃsadāye antarahito Bhaggesu Suṃsumāragire Bhesakaḷāvane Migadāye pāturahosi. Nisīdi Bhagavā paññatte āsane. Nisajja kho Bhagavā bhikkhū āmantesi: —

14. Aṭṭha vo[7] bhikkhave mahāpurisavitakke desessāmi[8], taṃ suṇātha sādhukaṃ[9] manasikarotha, bhāsissāmī ti. Evaṃ bhante ti kho te bhikkhū Bhagavato paccassosuṃ. Bhagavā etad avoca: —

Katame ca bhikkhave aṭṭha mahāpurisavitakkā?

15. Appicchassāyaṃ bhikkhave dhammo, nāyaṃ dhammo mahicchassa; santuṭṭhassāyaṃ bhikkhave dhammo, nāyaṃ dhammo asantuṭṭhassa; pavivittassāyaṃ bhikkhave dhammo, nāyaṃ dhammo saṅgaṇikārāmassa; āraddhaviriyassāyaṃ bhikkhave dhammo, nāyaṃ dhammo kusītassa; upaṭṭhitasatissāyaṃ bhikkhave dhammo, nāyaṃ dhammo muṭṭhassatissa; samāhitassāyaṃ bhikkhave dhammo, nāyaṃ dhammo asamāhitassa; paññavato ayaṃ[10] bhikkhave dhammo,

[1] *omitted by* T. M_6 M_7 [2] Ph. M_6 M_7 pphāṇitaṃ.
[3] T. M_6 M_7 °jjānaṃ. [4] M. opakk°
[5] M. M_6 sami°; Ph. sami° *corr. from* sammi°
[6] M. Ph. M_6 sami° [7] M_6 aṭṭh' ime.
[8] T. M_6 M_7 S. desi°
[9] M. la; Ph. M_6 pa; S. pe | Katamo. [10] Ph. 'yaṃ.

nāyaṃ dhammo duppaññassa; nippapañcārāmassāyaṃ bhikkhave dhammo nippapañcaratino, nāyaṃ dhammo papañcārāmassa papañcaratino.

16. Appicchassāyaṃ bhikkhave dhammo, nāyaṃ dhammo mahicchassā ti iti kho pan' etaṃ vuttaṃ, kiñ c' etaṃ paṭicca vuttaṃ?

17. Idha bhikkhave bhikkhu appiccho samāno 'appiccho ti maṃ jāneyyun' ti na icchati, santuṭṭho samāno 'santuṭṭho ti maṃ jāneyyun' ti na icchati, pavivitto samāno 'pavivitto ti maṃ jāneyyun' ti na icchati, āraddhaviriyo samāno 'āraddhaviriyo ti maṃ jāneyyun' ti na icchati, upaṭṭhitasati samāno 'upaṭṭhitasati ti maṃ jāneyyun' ti na icchati, samāhito samāno 'samāhito ti maṃ jāneyyun' ti na icchati, paññavā samāno 'paññavā ti maṃ jāneyyun' ti na icchati, nippapañcārāmo samāno 'nippapañcārāmo ti maṃ jāneyyun' ti na icchati. Appicchassāyaṃ bhikkhave dhammo, nāyaṃ dhammo mahicchassā ti iti yan taṃ vuttaṃ, idam etaṃ paṭicca vuttaṃ.

18. Santuṭṭhassāyaṃ bhikkhave dhammo, nāyaṃ dhammo asantuṭṭhassā ti iti kho pan' etaṃ vuttaṃ, kiñ c' etaṃ paṭicca vuttaṃ?

19. Idha bhikkhave bhikkhu santuṭṭho hoti itarītaracīvarapiṇḍapātasenāsanagilānapaccayabhesajjaparikkhārena. Santuṭṭhassāyaṃ bhikkhave dhammo, nāyaṃ dhammo asantuṭṭhassā ti iti yan taṃ vuttaṃ, idam etaṃ paṭicca vuttaṃ.

20. Pavivittassāyaṃ bhikkhave dhammo, nāyaṃ dhammo saṅgaṇikārāmassā ti iti kho pan' etaṃ vuttaṃ, kiñ c' etaṃ paṭicca vuttaṃ?

21. Idha bhikkhave bhikkhuṃ pavivittaṃ viharantaṃ bhavanti upasaṅkamitāro[1] bhikkhū bhikkhuniyo upāsakā upāsikāyo rājāno rājamahāmattā titthiyā titthiyasāvakā. Tatra bhikkhu vivekaninnena[2] cittena vivekapoṇena vivekapabbhārena vivekaṭṭhena nekkhammābhiratena[3] aññadatthu uyyojanikapaṭisaṃyuttaṃ[4] yeva kathaṃ kattā hoti. Pavi-

---

[1] M. °ta; Ph. °tra. [2] T. M₆ M₇ add 'va.
[3] Ph. ni°; M₆ nikkhama° [4] T. °paṭisaṃ°

vivittassāyaṃ bhikkhave dhammo, nāyaṃ dhammo saṅgaṇikārāmassā ti iti yan taṃ vuttaṃ, idam etaṃ paṭicca vuttaṃ.

22. Āraddhaviriyassāyaṃ bhikkhave dhammo, nāyaṃ dhammo kusītassā ti iti kho pan' etaṃ vuttaṃ, kiñ c' etaṃ paṭicca vuttaṃ?

23. Idha bhikkhave bhikkhu āraddhaviriyo viharati akusalānaṃ dhammānaṃ pahānāya kusalānaṃ dhammānaṃ upasampadāya thāmavā daḷhaparakkamo anikkhittadhuro kusalesu dhammesu. Āraddhaviriyassāyaṃ bhikkhave dhammo, nāyaṃ dhammo kusītassā ti iti yan taṃ vuttaṃ, idam etaṃ paṭicca vuttaṃ.

24. Upaṭṭhitasatissāyaṃ bhikkhave dhammo, nāyaṃ dhammo muṭṭhassatissā ti iti kho pan' etaṃ vuttaṃ, kiñ c' etaṃ paṭicca vuttaṃ?

25. Idha bhikkhave bhikkhu satimā hoti paramena satinepakkena samannāgato cirakatam pi cirabhāsitam pi saritā anussaritā[1]. Upaṭṭhitasatissāyaṃ bhikkhave dhammo, nāyaṃ dhammo muṭṭhassatissā ti iti yan taṃ vuttaṃ, idam etaṃ paṭicca vuttaṃ.

26. Samāhitassāyaṃ bhikkhave dhammo, nāyaṃ dhammo asamāhitassā ti iti kho pan' etaṃ vuttaṃ, kiñ c' etaṃ paṭicca vuttaṃ?

27. Idha bhikkhave bhikkhu vivicc' eva kāmehi . . . pe[2] . . . catutthaṃ[3] jhānaṃ[3] upasampajja viharati. Samāhitassāyaṃ bhikkhave dhammo, nāyaṃ dhammo asamāhitassā ti iti yan taṃ vuttaṃ, idam etaṃ paṭicca vuttaṃ.

28. Paññavato ayaṃ[4] bhikkhave dhammo, nāyaṃ dhammo duppaññassā ti iti kho pan' etaṃ vuttaṃ, kiñ c' etaṃ paṭicca vuttaṃ?

29. Idha bhikkhave bhikkhu paññavā hoti udayatthagāminiyā paññāya samannāgato ariyāya nibbedhikāya sammādukkhakkhayagāminiyā. Paññavato ayaṃ[4] bhikkhave dhammo, nāyaṃ dhammo duppaññassā ti iti yan taṃ vuttaṃ, idam etaṃ paṭicca vuttaṃ.

---

[1] omitted by M. [2] M. M6 la; Ph. pa.
[3] T. M6, M7, S. °tthajjhā° [4] Ph. 'yaṃ.

30. Nippapañcārāmassāyaṃ bhikkhave dhammo nippapañcaratino, nāyaṃ dhammo papañcārāmassa papañcaratino ti iti kho pan' etaṃ vuttaṃ, kiñ c' etaṃ paṭicca vuttaṃ?

31. Idha bhikkhave bhikkhuno[1] papañcanirodhe cittaṃ pakkhandati pasīdati santiṭṭhati vimuccati. Nippapañcārāmassāyaṃ bhikkhave dhammo nippapañcaratino, nāyaṃ dhammo papañcārāmassa papañcaratino ti iti yan taṃ vuttaṃ, idam etaṃ paṭicca vuttan ti.

32. Atha kho āyasmā Anuruddho āyatikaṃ pi vassāvāsaṃ tatth' eva Cetīsu Pācīnavaṃsadāye vihāsi. Atha kho āyasmā Anuruddho eko vūpakaṭṭho appamatto ātāpī pahitatto viharanto na cirass' eva yass' atthāya kulaputtā sammad-eva agārasmā anagāriyaṃ pabbajanti, tad anuttaraṃ brahmacariyapariyosānaṃ diṭṭh' eva dhamme sayaṃ abhiññā sacchikatvā upasampajja vihāsi 'khīṇā jāti, vusitaṃ brahmacariyaṃ, kataṃ karaṇīyaṃ, nāparaṃ itthattāyā' ti abbhaññāsi. aññataro ca panāyasmā Anuruddho arahataṃ ahosi. Atha kho āyasmā Anuruddho arahattappatto tāyaṃ velāyaṃ imā gāthāyo abhāsi:

Mama saṅkappam aññāya Satthā loke anuttaro
manomayena kāyena iddhiyā upasaṅkami.
yathā[2] me ahu[3] saṅkappo tato uttari desayi
nippapañcarato buddho nippapañcaṃ adesayi.
Tassāhaṃ[4] dhammam aññāya vihāsiṃ[5] sāsane rato
tisso vijjā anuppattā, kataṃ buddhassa[6] sāsanan ti.

Gahapativaggo tatiyo.

Tatr'[7] uddānaṃ[8]:

Dve Uggā dve ca Hatthakā Mahānāmena Jīvako
Dve balā akkhaṇā vuttā Anuruddhena te dasā ti.

---

[1] Ph. M6 bhikkhu. [4] T. M6 M7 yada.
[2] Ph. M6 T. M7 aha. [5] T. tassāhaṃ.
[3] Ph. M6 M7 vi. [6] T. buddhassa. [7] S. tass'
[8] S. adds bhavati; T. M6 M7 omit all from Tatr' to dasā ti.

XXXI.[1]

1. Atth' imāni bhikkhave dānāni. Katamāni aṭṭha?

2. Āsajja dānaṃ deti, bhayā dānaṃ deti, 'adāsi me' ti dānaṃ deti, 'dassati me' ti dānaṃ deti, 'sāhu[2] dānan' ti dānaṃ deti, 'ahaṃ pacāmi, ime na pacanti, na arahāmi[3] pacanto apacantānaṃ[4] adātun[5]' ti dānaṃ deti, 'imaṃ me[6] dānaṃ dadato kalyāṇo kittisaddo abbhuggacchatī' ti dānaṃ deti, cittālaṅkāracittaparikkhāratthaṃ dānaṃ deti.

Imāni kho bhikkhave aṭṭha dānānī ti[7].

XXXII.

Saddhā hiriyaṃ kusalañ ca dānaṃ
Dhammā ete sappurisānuyātā[8]
Etaṃ hi maggaṃ diviyaṃ[9] vadanti
Etena hi gacchati devalokan ti.

XXXIII.

1. Atth' imāni bhikkhave dānavatthūni. Katamāni aṭṭha?

2. Chandā dānaṃ deti, dosā dānaṃ deti, mohā dānaṃ deti, bhayā dānaṃ deti, 'dinnapubbaṃ katapubbaṃ pitupitāmahehi[10], na arahāmi[11] porāṇaṃ[12] kulavaṃsaṃ hāpetun' ti dānaṃ deti, 'imāhaṃ dānaṃ datvā kāyassa bhedā parammaraṇā sugatiṃ saggaṃ lokaṃ upapajjissāmī[13]' ti dānaṃ deti, 'imaṃ me dānaṃ dadato cittaṃ pasīdati.

---

[1] S. *has as title* Aṭṭhakanipāte paṇṇāsakassa catutthavaggo. [2] T. sāhu ti dā° d°

[3] M. Ph. M6. S. nara° *throughout;* M7 arah°

[4] T. °taṃ; S. *adds* dānaṃ. [5] S. na dā°

[6] T. ime; *omitted by* M6.

[7] T. M6 *repeat the whole sutta, where* T. *rightly has* apacantānaṃ, M6 arahāmi . . . dātun *for* na ara° . . . adātuṃ.

[8] M. S. °yatā. [9] M6 viriyaṃ. [10] T. M6. M7 pituhi pita°

[11] M6 nāhosmi l. na a°; S. °hāsiṃ. [12] M. °pānaṃ.

[13] T. M6. M7 uppa°

attamanatā[1] somanassaṃ upajāyatī' ti dānaṃ deti, cittālaṅkāracittaparikkhāratthaṃ dānaṃ deti.

Imāni kho bhikkhave aṭṭha dānavatthūnī ti.

XXXIV.

1. Aṭṭhaṅgasamannāgate bhikkhave khette bījaṃ vuttaṃ na mahapphalaṃ hoti na mahassādaṃ na phātiseyyaṃ[2]. Kathaṃ aṭṭhaṅgasamannāgate[3]?

2. Idha bhikkhave khettaṃ unnāmaninnāmi ca hoti, pāsāṇasakkharikañ[4] ca hoti, ūsarañ[5] ca hoti, na ca gambhīrasitaṃ hoti, na āyasampannaṃ hoti, na apāyasampannaṃ hoti, na mātikāsampannaṃ[6] hoti, na mariyādasampannaṃ hoti. Evaṃ aṭṭhaṅgasamannāgate bhikkhave khette bījaṃ vuttaṃ na mahapphalaṃ hoti na mahassādaṃ na phātiseyyaṃ[7]. Evam eva kho bhikkhave aṭṭhaṅgasamannāgatesu samaṇabrāhmaṇesu dānaṃ[8] dinnaṃ na mahapphalaṃ hoti na mahānisaṃsaṃ na mahājutikaṃ na mahāvipphāraṃ. Kathaṃ aṭṭhaṅgasamannāgatesu[9]?

3. Idha bhikkhave samaṇabrāhmaṇā micchādiṭṭhikā honti micchāsaṅkappā micchāvācā micchākammantā micchā-ājīvā micchāvāyāmā micchāsatino micchāsamādhino. Evaṃ aṭṭhaṅgasamannāgatesu bhikkhave samaṇabrāhmaṇesu dānaṃ[8] dinnaṃ na mahapphalaṃ hoti na mahānisaṃsaṃ na mahājutikaṃ na mahāvipphāraṃ.

4. Aṭṭhaṅgasamannāgate[10] bhikkhave khette bījaṃ vuttaṃ mahapphalaṃ hoti mahassādaṃ[11] phātiseyyaṃ[7]. Kathaṃ aṭṭhaṅgasamannāgate[12]?

5. Idha bhikkhave khettaṃ anunnāminninnāmi ca hoti, apāsāṇasakkharikañ[4] ca hoti, anūsarañ[13] ca hoti, gambhīra-

---

[1] M. °tam; Ph. M₆ °unnāmaṃ; M₈ °na.
[2] M. M₆ S. °yyan ti; T. M₆ °yyā ti; M₇ °yya ti.
[3] T. °to; S. °taṃ. [4] M. °rikaṃ.
[5] M. ūs°; Ph. usabharaṇ. [6] T. mātisamp°
[7] M. M₆ S. °yyan ti; T. M₆ °yyā ti; M₇ °yyati.
[8] T. °taṃ. [9] Ph. S. °ta; M₆ °to.
[10] M. Ph. S. add ca. [11] T. mahāsādaṃ.
[12] S. °taṃ. [13] Ph. anussadaṃ; M₆ anupadaṃ.

rasitaṃ hoti, āyasampannaṃ hoti, apāyasampannaṃ hoti, mātikāsampannaṃ hoti, mariyādasampannaṃ hoti. Evaṃ aṭṭhaṅgasamannāgate bhikkhave khette bījaṃ vuttaṃ mahapphalaṃ hoti mahassādaṃ phātiseyyaṃ[1]. Evam eva kho bhikkhave aṭṭhaṅgasamannāgatesu samaṇabrāhmaṇesu dānaṃ dinnaṃ mahapphalaṃ hoti mahānisaṃsaṃ mahājutikaṃ mahāvipphāraṃ. Katham aṭṭhaṅgasamannāgatesu[2]?

6. Idha bhikkhave samaṇabrāhmaṇā sammādiṭṭhikā honti sammāsaṅkappā sammāvācā sammākammantā sammā-ājīvā sammāvāyāmā sammāsatino sammāsamādhino. Evaṃ aṭṭhaṅgasamannāgatesu bhikkhave samaṇabrāhmaṇesu dānaṃ dinnaṃ mahapphalaṃ hoti mahānisaṃsaṃ mahājutikaṃ mahāvipphāran ti.

Yathā pi khette sampanne pavuttā bījasampadā
deve sampādayantamhi[3] hoti dhaññassa[4] sampadā.
Anīti sampadā hoti virūḷhi bhavati sampadā
vepullaṃ[5] sampadā hoti phalaṃ[6] ve hoti sampadā.
Evaṃ sampannasīlesu dinnā[7] bhojanasampadā
sampadānaṃ upaneti sampannaṃ hi 'ssa taṃ kataṃ.
Tasmā sampadam ākaṅkhī[8] sampannattho 'dha[9] puggalo
sampannapaññe[10] sevetha[11], evaṃ ijjhanti sampadā.
Vijjācaraṇasampanno laddhā[12] cittassa sampadaṃ[13]
karoti kammasampadaṃ labhati c'[14] atthasampadaṃ[15].
Lokaṃ ñatvā yathābhūtaṃ pappuyya[16] diṭṭhisampadaṃ
maggasampadam āgamma yāti sampannamānaso.

---

[1] M. S. °yyan ti; T. M. °yyā ti; M. °yyati.
[2] M. Ph. M. S. °ra.
[3] S. samā°; M. sañjayantamhi; Ph. sammāvassantamhi; M. has devantappādayantamhi *instead of* deve samp°
[4] M. aññassa; S. dhaññasya. [5] M. °lla; Ph. °llā.
[6] T. °la. [7] Ph. dinnaṃ; M. dinna.
[8] Ph. °khā; M. °khaṃ.
[9] T. M. M. °attho 'dha; S. °atthadha; M. Ph. °vattho 'dha.
[10] M. Ph. M. °paññā; M. °pañña. [11] M. °taṃ.
[12] M. satthā. [13] M. Ph. M. S. °dā.
[14] T. ve; M. M. ce.
[15] M. Ph. M. vatthu°
[16] M. Ph. sampuyya; M. sampayya.

Odhunitvā malaṃ sabbaṃ patvā nibbānasampadaṃ
muccati[1] sabbadukkhehi, sā hoti sabbasampadā ti.

XXXV.

1. Aṭṭh' imā[2] bhikkhave dānupapattiyo. Katamā[3] aṭṭha?

2. Idha bhikkhave ekacco dānaṃ deti samaṇassa vā brāhmaṇassa vā annaṃ pānaṃ vatthaṃ[4] yānaṃ mālāgandhavilepanaṃ seyyāvasathapadīpeyyaṃ[5]. So yaṃ deti taṃ paccāsiṃsati[6]. So passati khattiyamahāsāle vā brāhmaṇamahāsāle vā gahapatimahāsāle[7] vā[8] pañcahi kāmaguṇehi samappite samaṅgibhūte paricārayamāne. Tassa evaṃ hoti 'aho vatāhaṃ[9] kāyassa bhedā paraṃ maraṇā khattiyamahāsālānaṃ vā brāhmaṇamahāsālānaṃ vā gahapatimahāsālānaṃ vā sahavyataṃ upapajjeyyan'[10] ti. So taṃ cittaṃ dahati[11] taṃ cittaṃ adhiṭṭhāti taṃ cittaṃ bhāveti. Tassa taṃ cittaṃ hīne vimuttaṃ[12] uttariṃ[13] abhāvitaṃ[14] kāyassa bhedā paraṃ maraṇā khattiyamahāsālānaṃ vā brāhmaṇamahāsālānaṃ vā gahapatimahāsālānaṃ vā sahavyataṃ upapajjati[15]. Tañ ca kho sīlavato vadāmi, no dussīlassa. Ijjhati bhikkhave sīlavato cetopaṇidhi visuddhattā[16].

3. Idha pana bhikkhave ekacco dānaṃ deti samaṇassa vā brāhmaṇassa vā annaṃ pānaṃ vatthaṃ yānaṃ mālāgandhavilepanaṃ seyyāvasathapadīpeyyaṃ. So yaṃ deti taṃ paccāsiṃsati. Tassa sutaṃ hoti 'Cātummahārājikā[17]

---

[1] M. muñcati.
[2] Ph. T. M₆. M₇ imāni; M₈ imāna.
[3] Ph. M₆. T. M₆. M₇ katamāni.
[4] Ph. puts vattham after yā°
[5] S. °vasatham pa° always.
[6] M. Ph. °sati; M₆ °siṃsati and °sati throughout.
[7] omitted by T.
[8] T. M₇ vadeyyaṃ.
[9] T. M₆. M₇ uppa°
[10] S. pada°
[11] M. T. M₆. M₇ vi°; M₈ hīnādhi°
[12] M. Ph. M₆ °ri throughout; M₈ °ri and °riṃ.
[13] M. inserts tatr' upapattiyā saṃvattati.
[14] T. M₇ visuddhattā; Ph. M₆. S. suddhattā.
[15] M. Ph. Catuma° throughout; M₆ Catuma°

devā dīghāyukā vaṇṇavanto[1] sukhabahulā ti. Tassa evaṃ hoti 'aho vatāhaṃ kāyassa bhedā paraṃmaraṇā Cātummahārājikānaṃ[2] devānaṃ sahavyataṃ upapajjeyyan[3] ti. So taṃ cittaṃ dahati[4] taṃ cittaṃ adhiṭṭhāti taṃ cittaṃ bhāveti. Tassa taṃ cittaṃ hīne 'dhimuttaṃ[5] uttariṃ abhāvitaṃ[6] kāyassa bhedā paraṃmaraṇā Cātummahārājikānaṃ devānaṃ sahavyataṃ upapajjati[3]. Tañ ca kho sīlavato vadāmi, no dussīlassa. Ijjhati bhikkhave sīlavato cetopaṇidhi visuddhattā[7].

4. Idha pana bhikkhave ekacco dānaṃ deti samaṇassa vā brāhmaṇassa vā annaṃ pānaṃ vatthaṃ yānaṃ mālāgandhavilepanaṃ seyyāvasathapadīpeyyaṃ. So yaṃ[8] deti taṃ paccāsiṃsati. Tassa sutaṃ hoti 'Tāvatiṃsā devā ... pe[9] ... Yāmā devā ... Tusitā[10] devā ... Nimmānaratī devā ... Paranimmitavasavattī[11] devā dīghāyukā vaṇṇavanto[12] sukhabahulā' ti. Tassa evaṃ hoti 'aho vatāhaṃ kāyassa bhedā paraṃmaraṇā Paranimmitavasavattīnaṃ[13] devānaṃ sahavyataṃ upapajjeyyan[3]' ti. So taṃ cittaṃ dahati[4] taṃ cittaṃ adhiṭṭhāti taṃ cittaṃ bhāveti. Tassa taṃ cittaṃ hīne 'dhimuttaṃ[14] uttariṃ abhāvitaṃ[15] kāyassa bhedā paraṃmaraṇā Paranimmitavasavattīnaṃ devānaṃ sahavyataṃ upapajjati[3]. Tañ ca kho sīlavato vadāmi, no dussīlassa. Ijjhati bhikkhave sīlavato cetopaṇidhi visuddhattā[16].

5. Idha pana bhikkhave ekacco dānaṃ deti samaṇassa vā brāhmaṇassa vā annaṃ pānaṃ vatthaṃ yānaṃ mālāgandhavilepanaṃ seyyāvasathapadīpeyyaṃ. So yaṃ deti taṃ paccāsiṃsati. Tassa sutaṃ hoti 'Brahmakāyikā devā

---

1 M. T. °ta. 2 M. *henceforth* cātuma°
3 T. M₆ M₇ uppa° 4 S. padh°
5 M. T. M₆ M₇ vi°
6 T. bhā°; M. *inserts* tatr' upapattiyā saṃvattati.
7 M₆ S. suddh° 8 M. *inserts (by a later hand)* tassa.
9 M. la; Ph. M₈ pa; *omitted by* T. M₆. 10 M. Tu°
11 Ph. °vassavatti; M₈ °vasavati 12 M. °ta.
13 M₆ °vasa° 14 M. T. M₆ M₇ vi°; M₈ hīnādhi°
15 M₆ bhā°; M. *inserts* tatr' upapattiyā saṃvattati.
16 S. suddh°

dīghāyukā vaṇṇavanto sukhabahulā' ti. Tassa evaṃ hoti 'aho vatāhaṃ kāyassa bhedā parammaraṇā Brahmakāyikānaṃ devānaṃ sahavyataṃ upapajjeyyan[1]' ti. So taṃ cittaṃ dahati[2] taṃ cittaṃ adhiṭṭhāti taṃ cittaṃ bhāveti. Tassa taṃ cittaṃ hīne 'dhimuttaṃ[3] uttariṃ abhāvitaṃ[4] kāyassa bhedā parammaraṇā Brahmakāyikānaṃ devānaṃ sahavyataṃ upapajjati[1]. Tañ ca kho sīlavato vadāmi, no dussīlassa, vītarāgassa, no sarāgassa[5]. Ijjhati bhikkhave sīlavato cetopaṇidhi vītarāgattā.

Imā[6] kho bhikkhave aṭṭha dānūpapattiyo[7] ti.

XXXVI.

1. Tiṇ' imāni bhikkhave puññakiriyavatthūni[8]. Katamāni tīṇi?

2. Dānamayaṃ puññakiriyavatthuṃ[9], sīlamayaṃ puñña-kiriyavatthuṃ, bhāvanāmayaṃ puññakiriyavatthuṃ.

3. Idha bhikkhave ekaccassa dānamayaṃ puññakiriya-vatthuṃ parittaṃ kataṃ hoti, sīlamayaṃ puññakiriya-vatthuṃ parittaṃ kataṃ hoti, bhāvanāmayaṃ puññakiriya-vatthuṃ nābhisambhoti. So kāyassa bhedā parammaraṇā manussadobhaggaṃ[10] upapajjati[11].

4. Idha pana bhikkhave ekaccassa dānamayaṃ puñña-kiriyavatthuṃ mattaso kataṃ hoti, sīlamayaṃ puññakiriya-vatthuṃ mattaso kataṃ hoti, bhāvanāmayaṃ puññakiriya-vatthuṃ nābhisambhoti. So[12] kāyassa bhedā parammaraṇā manussasobhaggaṃ[13] upapajjati.

5. Idha pana bhikkhave ekaccassa dānamayaṃ puñña-kiriyavatthuṃ adhimattaṃ kataṃ hoti, sīlamayaṃ puñña-

---

[1] T. M6. M7 uppa° [2] S. pada° [3] M. T. M6. M7 vi°
[4] M. inserts tatr' upa° samv°
[5] Ph. sarāga°; M. omits no sa° [6] Ph. T. M7 imāni.
[7] T. M6. M7 dānuppa°
[8] M. °kriya°; S. °kiriyā° throughout.
[9] M. Ph. M6 vatthuṃ mostly; S. °vatthu nearly always.
[10] M. Ph. M6 S. °bhagyaṃ.
[11] T. M6. M7 uppa° throughout. [12] omitted by T.
[13] M. Ph. M6. S. °bhagyaṃ; T. M6. M7 °dobhaggaṃ.

kiriyavatthuṃ adhimattaṃ kataṃ hoti, bhāvanāmayaṃ puññakiriyavatthuṃ nābhisambhoti. So kāyassa bhedā parammaraṇā Cātummahārājikānaṃ devānaṃ sahavyataṃ upapajjati. Tatra[1] bhikkhave cattāro mahārājāno dānamayaṃ puññakiriyavatthuṃ atirekaṃ karitvā sīlamayaṃ puññakiriyavatthuṃ atirekaṃ karitvā Cātummahārājike deve dasahi ṭhānehi adhigaṇhanti: dibbena āyunā, dibbena vaṇṇena, dibbena sukhena, dibbena yasena, dibbena ādhipateyyena, dibbehi rūpehi, dibbehi saddehi, dibbehi gandhehi, dibbehi rasehi, dibbehi phoṭṭhabbehi.

6. Idha pana bhikkhave ekaccassa dānamayaṃ puññakiriyavatthuṃ adhimattaṃ kataṃ hoti, sīlamayaṃ puññakiriyavatthuṃ adhimattaṃ kataṃ hoti, bhāvanāmayaṃ puññakiriyavatthuṃ nābhisambhoti. So kāyassa bhedā parammaraṇā Tāvatiṃsānaṃ devānaṃ sahavyataṃ upapajjati. Tatra bhikkhave Sakko devānam indo dānamayaṃ puññakiriyavatthuṃ atirekaṃ karitvā sīlamayaṃ puññakiriyavatthuṃ atirekaṃ karitvā Tāvatiṃse deve dasahi ṭhānehi adhigaṇhāti: dibbena āyunā . . . pe . . dibbehi phoṭṭhabbehi.

7. Idha pana bhikkhave ekaccassa dānamayaṃ puññakiriyavatthuṃ adhimattaṃ kataṃ hoti, sīlamayaṃ puññakiriyavatthuṃ adhimattaṃ kataṃ hoti, bhāvanāmayaṃ puññakiriyavatthuṃ nābhisambhoti. So kāyassa bhedā parammaraṇā Yāmānaṃ devānaṃ sahavyataṃ upapajjati. Tatra bhikkhave Suyāmo devaputto dānamayaṃ puññakiriyavatthuṃ atirekaṃ karitvā sīlamayaṃ puññakiriyavatthuṃ atirekaṃ karitvā Yāme deve dasahi ṭhānehi adhigaṇhāti: dibbena āyunā . . . pe . . . dibbehi phoṭṭhabbehi.

8. Idha pana bhikkhave ekaccassa dānamayaṃ puññakiriyavatthuṃ adhimattaṃ kataṃ hoti, sīlamayaṃ puññakiriyavatthuṃ adhimattaṃ kataṃ hoti, bhāvanāmayaṃ puññakiriyavatthuṃ nābhisambhoti. So kāyassa bhedā parammaraṇā Tusitānaṃ[7] devānaṃ sahavyataṃ upapajjati.

[1] Ph. adds ca. [2] T. M6 M7 °rājā. [3] M. Ph. M6 M7 adhi° [4] T. omits the next five words. [5] M. la; Ph. pa. [6] T. °mā. [7] M7 Tussi°; Ph. Tussidānaṃ.

Tatra bhikkhave Santusito[1] devaputto dānamayaṃ puññakiriyavatthuṃ atirekaṃ karitvā sīlamayaṃ puññakiriyavatthuṃ atirekaṃ karitvā Tusite[2] deve dasahi ṭhānehi adhigaṇhāti: dibbena āyunā . . . pe[3] . . . dibbehi phoṭṭhabbehi[4].

9. Idha pana bhikkhave ekaccassa dānamayaṃ puññakiriyavatthuṃ adhimattaṃ[5] kataṃ hoti, sīlamayaṃ puññakiriyavatthuṃ adhimattaṃ[5] kataṃ hoti, bhāvanāmayaṃ puññakiriyavatthuṃ nābhisambhoti. So kāyassa bhedā parammaraṇā Nimmānaratīnaṃ devānaṃ sahavyataṃ upapajjati. Tatra bhikkhave Sunimmito[6] devaputto dānamayaṃ puññakiriyavatthuṃ atirekaṃ karitvā sīlamayaṃ puññakiriyavatthuṃ atirekaṃ karitvā Nimmānarati deve dasahi ṭhānehi adhigaṇhāti: dibbena āyunā . . . pe[7] . . . dibbehi phoṭṭhabbehi.

10. Idha pana bhikkhave ekaccassa dānamayaṃ puññakiriyavatthuṃ adhimattaṃ kataṃ hoti, sīlamayaṃ puññakiriyavatthuṃ adhimattaṃ kataṃ hoti[4], bhāvanāmayaṃ puññakiriyavatthuṃ nābhisambhoti. So kāyassa bhedā parammaraṇā Paranimmitavasavattīnaṃ devānaṃ sahavyataṃ upapajjati. Tatra bhikkhave Vasavatti[8] devaputto dānamayaṃ puññakiriyavatthuṃ atirekaṃ karitvā sīlamayaṃ puññakiriyavatthuṃ atirekaṃ karitvā Paranimmitavasavatti deve dasahi ṭhānehi adhigaṇhāti: dibbena āyunā, dibbena vaṇṇena, dibbena sukhena, dibbena yasena, dibbena adhipateyyena[9], dibbehi rūpehi, dibbehi saddehi, dibbehi gandhehi, dibbehi rasehi, dibbehi phoṭṭhabbehi.

Imāni kho bhikkhave tīṇi puññakiriyavatthūnī ti.

XXXVII.

1. Aṭṭh' imāni bhikkhave sappurisadānāni. Katamāni aṭṭha?

---

[1] M. Santussito; Ph. M₆ °tussito; T. Tusito.
[2] M. Tussite; Ph. Tussite; M₆ Dussite.
[3] M. Ph. M₆ pa.
[4] omitted by T.
[5] Ph. M₆ S. atirekaṃ.
[6] M. Sunimmito; M₆ Nimm°
[7] M. la; Ph. M₆ pa.
[8] S. Paranimmitava°
[9] M. Ph. M₆ M₇ adhi°

2. Suciṃ[1] deti, paṇītaṃ deti, kālena deti, kappiyaṃ deti, viceyya[2] deti, abhiṇhaṃ deti, dadaṃ[3] cittaṃ pasādeti[4], datvā attamano hoti.

Imāni kho bhikkhave aṭṭha sappurisadānānī ti.

Suciṃ paṇītaṃ kālena kappiyaṃ pānabhojanaṃ[5]
abhiṇhaṃ dadāti dānaṃ[6] sukhette[7] brahmacārisu[8]
na[9] ca[9] vippaṭisārī 'ssa[10] cajitvā āmisaṃ bahuṃ.
Evaṃ dinnāni dānāni vaṇṇayanti vipassino,
evaṃ yajitvā medhāvī saddho muttena cetasā
abyāpajjhaṃ sukhaṃ lokaṃ paṇḍito upapajjatī ti.

XXXVIII.

1. Sappuriso bhikkhave kule jāyamāno bahuno janassa atthāya hitāya sukhāya hoti; mātāpitunnaṃ[11] atthāya hitāya sukhāya hoti, puttadārassa atthāya hitāya sukhāya hoti, dāsakammakaraporisassa atthāya hitāya sukhāya hoti, mittāmaccānaṃ atthāya hitāya sukhāya hoti, pubbapetānaṃ atthāya hitāya sukhāya hoti, rañño atthāya hitāya sukhāya hoti, devatānaṃ atthāya hitāya sukhāya hoti, samaṇabrāhmaṇānaṃ atthāya hitāya sukhāya hoti.

2. Seyyathā pi bhikkhave mahāmegho sabbasassāni sampādento bahuno janassa atthāya hitāya sukhāya[12] hoti, evam eva kho bhikkhave sappuriso kule jāyamāno bahuno janassa atthāya hitāya sukhāya hoti; mātāpitunnaṃ atthāya hitāya sukhāya hoti, puttadārassa atthāya hitāya sukhāya hoti, dāsakammakaraporisassa atthāya hitāya sukhāya hoti, mittāmaccānaṃ atthāya hitāya sukhāya hoti, pubbapetānaṃ atthāya hitāya sukhāya hoti, rañño atthāya hitāya sukhā-

---

1 M_6 suci.
2 M. Ph. M_6 °yyaṃ; M_7 viyya.
3 omitted by M. M_6.
4 Ph. pasannadeti.
5 M_6 pāna°; T. paṇṇa°
6 M. dānaṃ.
7 M. Ph. M_6 S. °ttesu.
8 Ph. M_6 °risu.
9 M. Ph. M_6. S. neva.
10 S. °yaṃ.
11 M. Ph. M_6. S. °tūnaṃ *always*.
12 M_6 pa; S. pe.

ya hoti, devatānaṃ atthāya hitāya sukhāya hoti, samaṇa-brāhmaṇānaṃ atthāya hitāya sukhāya hoti ti.

> Bahūnaṃ[1] vata atthāya sappañño gharam āvasaṃ
> mātaraṃ pitaraṃ pubbe rattindivaṃ atandito
> pūjeti sahadhammena pubbe kataṃ anussaraṃ
> anāgāre pabbajite apace[2] brahmacārayo[3]
> niviṭṭhasaddho pūjeti ñatvā dhamme ca pesalo[4]
> rañño hito devānaṃ ñātīnaṃ sakhīnaṃ[5] hito
> sabbesaṃ so[6] hito hoti saddhamme suppatiṭṭhito
> vineyya maccheramalaṃ sa lokaṃ bhajate[7] sivan ti.

XXXIX.

1. Aṭṭh' ime bhikkhave puññābhisandā kusalābhisandā sukhassāhārā sovaggikā sukhavipākā saggasaṃvattanikā iṭṭhāya kantāya manāpāya hitāya sukhāya saṃvattanti. Katame aṭṭha?

2. Idha bhikkhave ariyasāvako buddhaṃ saraṇaṃ gato hoti. Ayaṃ bhikkhave paṭhamo puññābhisando kusalābhisando sukhassāhāro sovaggiko sukhavipāko saggasaṃvattaniko iṭṭhāya kantāya manāpāya hitāya sukhāya saṃvattati.

3. Puna ca paraṃ bhikkhave ariyasāvako dhammaṃ saraṇaṃ gato hoti. Ayaṃ[8] bhikkhave dutiyo puññābhisando . . . pe[9] . . . saṃvattati.

4. Puna ca paraṃ bhikkhave ariyasāvako saṅghaṃ saraṇaṃ gato hoti. Ayaṃ bhikkhave tatiyo puññābhisando kusalābhisando sukhassāhāro sovaggiko sukhavipāko saggasaṃvattaniko iṭṭhāya kantāya manāpāya hitāya sukhāya saṃvattati[10].

---

[1] M. Ph. M6 S. bahūnaṃ.
[2] M7 apacca; M6 apacaye; S. apāpe.
[3] M. °riye; M6 °riyo; Ph. S. °rino.
[4] Ph. °le; M6 pesalo for ca pe°; T. M7 dhammi 'dha pe°; M6 dhammi pe° instead of dhamme ca pe°
[5] T. sakhīnaṃ. [6] T. M7 M6 so. [7] Ph. °ti.
[8] T. M7 M6 pe / saṃgham. [9] M. la; Ph. M6 pa.
[10] Ph. °ti ti.

5. Pañc' imāni bhikkhave dānāni mahādānāni aggaññāni rattaññāni vaṃsaññāni porāṇāni asaṃkiṇṇāni asaṃkiṇṇapubbāni na[1] saṃkiyanti[3] na saṃkiyissanti[2] appaṭikuṭṭhāni samaṇehi brāhmaṇehi viññūhi. Katamāni pañca?

6. Idha bhikkhave ariyasāvako pāṇātipātaṃ pahāya pāṇātipātā paṭivirato hoti. Pāṇātipātā paṭivirato bhikkhave ariyasāvako aparimāṇānaṃ sattānaṃ abhayaṃ deti averaṃ deti avyāpajjhaṃ deti; aparimāṇānaṃ sattānaṃ[1] abhayaṃ datvā averaṃ[1] datvā[1] avyāpajjhaṃ datvā aparimāṇassa abhayassa averassa avyāpajjhassa bhāgī hoti. Idaṃ bhikkhave paṭhamaṃ dānaṃ mahādānaṃ aggaññaṃ rattaññaṃ vaṃsaññaṃ porāṇaṃ asaṃkiṇṇaṃ asaṃkiṇṇapubbaṃ na saṃkiyati[3] na saṃkiyissati[4] appaṭikuṭṭhaṃ samaṇehi brāhmaṇehi viññūhi. Ayaṃ bhikkhave catuttho puññābhisando kusalābhisando sukhassāhāro sovaggiko[1] sukhavipāko saggasaṃvattaniko iṭṭhāya kantāya manāpāya hitāya sukhāya saṃvattati.

7. Puna ca paraṃ[5] bhikkhave ariyasāvako adinnādānaṃ pahāya adinnādānā paṭivirato hoti . . . pe[6] . . . kāmesu micchācāraṃ pahāya kāmesu micchācārā paṭivirato hoti . . . pe[7] . . . musāvādaṃ pahāya musāvādā paṭivirato hoti . . . pe[7] . . . surāmerayamajjapamādaṭṭhānaṃ pahāya surāmerayamajjapamādaṭṭhānā paṭivirato hoti. Surāmerayamajjapamādaṭṭhānā paṭivirato bhikkhave ariyasāvako aparimāṇānaṃ sattānaṃ abhayaṃ deti averaṃ deti avyāpajjhaṃ deti; aparimāṇānaṃ sattānaṃ abhayaṃ datvā averaṃ datvā avyāpajjhaṃ datvā aparimāṇassa abhayassa averassa avyāpajjhassa bhāgī hoti. Idaṃ bhikkhave pañcamaṃ dānaṃ[8] mahādānaṃ aggaññaṃ rattaññaṃ[1] vaṃsaññaṃ[1] porāṇaṃ asaṃkiṇṇaṃ asaṃkiṇṇapubbaṃ na saṃkiyati[3] na[1] saṃkiyissati[4] appaṭikuṭṭhaṃ samaṇehi brāhmaṇehi viññūhi. Ayaṃ bhikkhave aṭṭhamo puññābhisando kusala-

[1] omitted by M6.
[2] Ph. M6 °kissanti.
[3] M. M6 asaṃk° *for* na saṃ°
[4] Ph. M6 °kissati.
[5] *omitted by* T.
[6] M. M6 la; Ph. pa; *omitted by* T. M7 M8.
[7] M. la; Ph. M6 pa; *omitted by* T. M7 M8.
[8] *omitted by* M6.

bhisando sukhassāhāro sovaggiko sukhavipāko saggasaṃvattaniko iṭṭhāya kantāya manāpāya hitāya sukhāya saṃvattati.

Ime[2] kho bhikkhave aṭṭha puññābhisandā kusalābhisandā sukhassāhārā sovaggikā sukhavipākā saggasaṃvattanikā iṭṭhāya kantāya manāpāya hitāya sukhāya saṃvattantī ti.

XI.

1. Pāṇātipāto bhikkhave āsevito bhāvito bahulīkato nirayasaṃvattaniko[1] tiracchānayonisaṃvattaniko pittivisayasaṃvattaniko[3]. Yo[4] sabbalahuso[5] pāṇātipātassa vipāko manussabhūtassa appāyukasaṃvattaniko hoti.

2. Adinnādānaṃ bhikkhave āsevitaṃ bhāvitaṃ bahulīkataṃ nirayasaṃvattanikaṃ tiracchānayonisaṃvattanikaṃ[6] pittivisayasaṃvattanikaṃ[7]. Yo[4] sabbalahuso adinnādānassa vipāko manussabhūtassa bhogavyasanasaṃvattaniko hoti.

3. Kāmesu micchācāro bhikkhave āsevito bhāvito bahulīkato nirayasaṃvattaniko tiracchānayonisaṃvattaniko pittivisayasaṃvattaniko. Yo[4] sabbalahuso kāmesu micchācārassa vipāko manussabhūtassa sapattaverasaṃvattaniko[8] hoti.

4. Musāvādo bhikkhave āsevito bhāvito bahulīkato nirayasaṃvattaniko tiracchānayonisaṃvattaniko pittivisayasaṃvattaniko. Yo[4] sabbalahuso musāvādassa vipāko manussabhūtassa abhūtabbhakkhānasaṃvattaniko[9] hoti.

5. Pisuṇā bhikkhave vācā āsevitā bhāvitā bahulīkatā nirayasaṃvattanikā tiracchānayonisaṃvattanikā pittivisayasaṃvattanikā. Yo sabbalahuso pisuṇāya[10] vācāya vipāko manussabhūtassa mittehi bhedanasaṃvattaniko[11] hoti.

---

[1] M. M6 ins. [2] M6 adds hoti.
[3] M. petti° throughout; omitted by T.; M6 adds hoti.
[4] T. so.
[5] T. °lahu; M6 has ya sambahula, the next time ya sambahula, then sabbahula.
[6] omitted by M6. [7] T. adds hoti. [8] Ph. M6 sampr°
[9] T. abbhūtakkhāna° [10] T. °nā.
[11] Ph. T. bhedanasaṃ°

6. Pharusā bhikkhave vācā āsevitā bhāvitā bahulīkatā nirayasaṃvattanikā tiracchānayonisaṃvattanikā pittivisayasaṃvattanikā. Yo[1] sabbalahuso pharusāya[2] vācāya vipāko manussabhūtassa[3] amanāpasaddasaṃvattaniko hoti.

7. Samphappalāpo bhikkhave āsevito bhāvito bahulīkato nirayasaṃvattaniko tiracchānayonisaṃvattaniko[4] pittivisayasaṃvattaniko. Yo sabbalahuso samphappalāpassa vipāko manussabhūtassa anādeyyavacanasaṃvattaniko hoti.

8. Surāmerayapānaṃ bhikkhave āsevitaṃ bhāvitaṃ bahulīkataṃ nirayasaṃvattanikaṃ tiracchānayonisaṃvattanikaṃ pittivisayasaṃvattanikaṃ. Yo sabbalahuso surāmerayapānassa vipāko manussabhūtassa ummattakasaṃvattaniko hotī ti.

Dānavaggo catuttho.

Tatr'[5] uddānaṃ:

Dve dānāni vatthūni ca khettaṃ dānūpapatti kiriyaṃ
Dve sappurisā sabbalahuso abhisando ca vattati ti.

XLI[6].

1. Evam me sutaṃ. Ekaṃ samayaṃ Bhagavā Sāvatthiyaṃ viharati Jetavane Anāthapiṇḍikassa ārāme. Tatra kho Bhagavā bhikkhū āmantesi: — Bhikkhavo ti. Bhadante[7] ti te bhikkhū Bhagavato paccassosuṃ. Bhagavā etad avoca: —

2. Aṭṭhaṅgasamannāgato bhikkhave uposatho upavuttho[8] mahapphalo hoti mahānisaṃso mahājutiko mahāvipphāro. Kathaṃ upavuttho ca bhikkhave aṭṭhaṅgasamannāgato uposatho mahapphalo hoti mahānisaṃso mahājutiko mahāvipphāro?

---

[1] T. so. [2] T. M. °sa. [3] T. inserts vipāko.
[4] M. adds hoti. [5] T. M7 M, omit the Uddāna.
[6] S. has as title Aṭṭhakanipāte paṇṇāsakassa pañcamavaggo. [7] M. Ph. M. bhad°
[8] M. °vuttho; Ph. °vuttho throughout; M, °vuttho and °vuttha.

3. Idha bhikkhave ariyasāvako iti paṭisañcikkhati 'yāvajīvaṃ arahanto pāṇātipātaṃ pahāya pāṇātipātā paṭiviratā nihitadaṇḍā nihitasatthā lajjī dayāpannā sabbapāṇabhūtahitānukampī[1] viharanti, aham p' ajja imañ ca rattiṃ imañ ca divasaṃ pāṇātipātaṃ pahāya pāṇātipātā paṭivirato nihitadaṇḍo nihitasattho lajjī dayāpanno sabbapāṇabhūtahitānukampī viharāmi, iminā pi aṅgena[2] arahataṃ anukaromi, uposatho ca me upavuttho bhavissatī' ti. Iminā paṭhamena aṅgena samannāgato hoti[3].

4. 'Yāvajīvaṃ arahanto adinnādānaṃ pahāya adinnādānā paṭiviratā[4] dinnādāyī dinnapāṭikaṅkhī[5] athenena sucibhūtena attanā viharanti, aham p' ajja imañ ca rattiṃ imañ ca divasaṃ adinnādānaṃ pahāya adinnādānā paṭivirato dinnādāyī dinnapāṭikaṅkhī[6] athenena sucibhūtena attanā viharāmi, iminā pi aṅgena arahataṃ anukaromi, uposatho ca me upavuttho bhavissatī' ti. Iminā dutiyena aṅgena samannāgato hoti[3].

5. 'Yāvajīvaṃ arahanto abrahmacariyaṃ pahāya brahmacārī[7] ārācārī[8] viratā methunā gāmadhammā, aham p' ajja imañ ca rattiṃ imañ ca divasaṃ abrahmacariyaṃ pahāya brahmacārī ārācārī[9] virato methunā gāmadhammā, iminā pi aṅgena[10] arahataṃ anukaromi, uposatho ca me upavuttho bhavissatī' ti. Iminā tatiyena aṅgena samannāgato hoti[3].

6. 'Yāvajīvaṃ arahanto musāvādaṃ pahāya musāvādā paṭiviratā saccavādī[11] saccasandhā[12] ṭhetā[13] paccayikā[14] avisaṃvādakā lokassa, aham p' ajja imañ ca rattiṃ imañ ca divasaṃ musāvādaṃ[14] pahāya[15] musāvādā paṭivirato

[1] M. Ph. M6. S. °pino.
[2] M. M6. S. p'aṅg°; T. M7 aṅg°
[3] S. adds pa.
[4] M. M6 add honti.
[5] T. M6. M7 °khī.
[6] T. M6. M7 °khī; M6 °khaṃ.
[7] M. Ph. M6. S. °rino.
[8] S. °rino; M. Ph. anācā°; omitted by M6.
[9] T. °ra; M. Ph. anācārī; M7 anācāra.
[10] M. S. p'aṅg°; M6 pi ariyānaṃ anukaromi anu°
[11] M. Ph. M6. M7. S. °dino.
[12] M6 °saṇṭhā.
[13] in M. Ph. M6 always written with initial th.
[14] M6 sacca°
[15] omitted by T.

saccavādī saccasandho[1] ṭhito[2] paccayiko[3] avisaṃvādako[4] lokassa, iminā pi aṅgena[5] arahataṃ anukaromi, uposatho ca me upavuttho bhavissatī' ti. Iminā catutthena aṅgena samannāgato hoti[6].

7. 'Yāvajīvaṃ arahanto surāmerayamajjapamādaṭṭhānaṃ pahāya surāmerayamajjapamādaṭṭhānā paṭiviratā[7], aham p' ajja imañ ca rattiṃ imañ ca divasaṃ surāmerayamajjapamādaṭṭhānaṃ pahāya surāmerayamajjapamādaṭṭhānā paṭivirato, iminā pi aṅgena[8] arahataṃ anukaromi, uposatho ca me upavuttho bhavissatī' ti. Iminā pañcamena aṅgena samannāgato hoti[6].

8. 'Yāvajīvaṃ arahanto ekabhattikā rattūparatā viratā vikālabhojanā, aham p' ajja imañ ca rattiṃ imañ ca divasaṃ ekabhattiko rattūparato virato vikālabhojanā[9], iminā pi aṅgena[8] arahataṃ anukaromi, uposatho ca me upavuttho bhavissatī' ti. Iminā chaṭṭhena aṅgena samannāgato hoti[6].

9. 'Yāvajīvaṃ arahanto[10] naccagītavāditavisūkadassanamālāgandhavilepanadhāraṇamaṇḍanavibhūsanaṭṭhānā paṭiviratā, aham p' ajja imañ ca rattiṃ imañ ca divasaṃ naccagītavāditavisūkadassanamālāgandhavilepanadhāraṇamaṇḍanavibhūsanaṭṭhānā paṭivirato, iminā pi aṅgena[11] arahataṃ anukaromi, uposatho ca me upavuttho bhavissatī' ti. Iminā sattamena aṅgena samannāgato hoti[6].

10. 'Yāvajīvaṃ arahanto uccāsayanamahāsayanaṃ[12] pahāya[12] uccāsayanamahāsayanā paṭiviratā nīcaseyyaṃ kappenti mañcake vā tiṇasanthārake[13] vā, aham p' ajja imañ ca rattiṃ imañ ca divasaṃ uccāsayanamahāsayanaṃ pahāya uccāsayanamahāsayanā paṭivirato nīcaseyyaṃ kappemi mañcake vā tiṇasanthārake[14] vā, iminā pi aṅgena[8] arahataṃ

---

[1] Ph. °sandho; M_6 °satthio. [2] M_6 tena. [3] M_6 sacca°
[4] T. °vāda; M_6 °vādako.
[5] M. S. p'aṅg°; M_6 T. M_7 aṅg° [6] S. adds pe.
[7] M. M_6 add honti. [8] M. S. p'aṅg° [9] Ph. °no.
[10] M. Ph. M_6 insert naccagīta (Ph. °gīta) etc. (Ph. M_6 pa) vibhūsanaṭṭhānaṃ pahāya.
[11] M. S. p'aṅg°; M_6 aṅg° [12] omitted by M.
[13] S. °tharake; M_6 °santharake; M_7 °santarake.
[14] M. Ph. M_7. S. °tharake; M_6 °santha°

anukaromi, uposatho ca me upavuttho bhavissatī' ti. Iminā aṭṭhamena aṅgena samannāgato hoti.

Evaṃ upavuttho kho bhikkhave aṭṭhaṅgasamannāgato uposatho mahapphalo hoti mahānisaṃso mahājutiko mahāvipphāro ti.

XLII.

1. Aṭṭhaṅgasamannāgato bhikkhave uposatho upavuttho mahapphalo hoti mahānisaṃso mahājutiko mahāvipphāro. Kathaṃ upavuttho ca[1] bhikkhave aṭṭhaṅgasamannāgato uposatho mahapphalo hoti mahānisaṃso mahājutiko mahāvipphāro?

2. Idha bhikkhave ariyasāvako iti paṭisañcikkhati 'yāvajīvaṃ arahanto pāṇātipātaṃ pahāya pāṇātipātā paṭiviratā nihitadaṇḍā nihitasatthā lajjī dayāpannā sabbapāṇabhūtahitānukampī[2] viharanti, aham p' ajja imañ ca rattiṃ imañ ca divasaṃ pāṇātipātaṃ pahāya pāṇātipātā paṭivirato nihitadaṇḍo nihitasattho lajjī dayāpanno sabbapāṇabhūtahitānukampī viharāmi, iminā pi aṅgena[3] arahataṃ anukaromi, uposatho ca me upavuttho bhavissatī' ti. Iminā paṭhamena aṅgena samannāgato hoti . . . pa[4] . . .

3. 'Yāvajīvaṃ arahanto uccāsayanamahāsayanaṃ pahāya uccāsayanamahāsayanā paṭiviratā nīcaseyyaṃ kappenti mañcake vā tiṇasanthārake[5] vā, aham p' ajja imañ ca rattiṃ imañ ca divasaṃ uccāsayanamahāsayanaṃ pahāya uccāsayanamahāsayanā paṭivirato nīcaseyyaṃ kappemi mañcake[6] vā tiṇasanthārake[7] vā, iminā pi aṅgena[8] arahataṃ anukaromi, uposatho ca me upavuttho bhavissatī' ti. Iminā[9] aṭṭhamena aṅgena samannāgato hoti.

Evaṃ upavuttho kho bhikkhave aṭṭhaṅgasamannāgato uposatho mahapphalo hoti mahānisaṃso mahājutiko mahā-

---

[1] *omitted by* T.
[2] M. Ph. M_6 S. °pino.
[3] M. S. p'aṅg°; M_6 aṅg°
[4] M. Ph. pa; M_6 S. paṭhamena yathā vitthāro.
[5] Ph. M_7 S. °tharake; M_6 °santhata°
[6] M. *omits* ma° vā.
[7] M_7 S. °tharake; M_6 °santhata°
[8] M. S. p'aṅg°
[9] T. M_6 M_7 *add* pi.

vipphāro. Kiva[1] mahapphalo hoti kiva mahānisaṃso kiva mahājutiko kiva mahāvipphāro?

4. Seyyathā pi bhikkhave yo[2] imesaṃ soḷasannaṃ mahājanapadānaṃ pahūtasattaratanānaṃ[3] issariyādhipaccaṃ rajjaṃ kāreyya, seyyathīdaṃ Aṅgānaṃ Magadhānaṃ Kāsīnaṃ Kosalānaṃ Vajjīnaṃ Mallānaṃ Cetīnaṃ[4] Vaṃsānaṃ Kurūnaṃ Pañcālānaṃ Macchānaṃ[5] Sūrasenānaṃ Assakānaṃ Avantīnaṃ Gandhārānaṃ Kambojānaṃ, aṭṭhaṅgasamannāgatassa uposathassa etaṃ[6] kalaṃ nāgghati[7] soḷasiṃ. Taṃ kissa hetu? Kapaṇaṃ bhikkhave mānusakaṃ[8] rajjaṃ dibbasukhaṃ[9] upanidhāya.

5. Yāni bhikkhave mānusakāni[10] paññāsa[11] vassāni, Cātummahārājikānaṃ[12] devānaṃ eso eko rattindivo, tāya rattiyā tiṃsa rattiyo[13] māso, tena māsena dvādasa māsiyo saṃvaccharo, tena saṃvaccharena dibbāni pañca vassasatāni Cātummahārājikānaṃ devānaṃ āyuppamāṇaṃ. Ṭhānaṃ kho pan' etaṃ bhikkhave vijjati, yaṃ idh' ekacco itthī vā puriso vā aṭṭhaṅgasamannāgataṃ uposathaṃ upavasitvā kāyassa bhedā parammaraṇā Cātummahārājikānaṃ devānaṃ sahavyataṃ upapajjeyya[14]. Idaṃ kho pana[15] me[16] taṃ bhikkhave sandhāya bhāsitaṃ: kapaṇaṃ mānusakaṃ[16] rajjaṃ dibbasukhaṃ upanidhāya.

6. Yaṃ bhikkhave mānusakaṃ[17] vassasataṃ[18], Tāvatiṃsānaṃ devānaṃ eso eko rattindivo, tāya rattiyā tiṃsa rattiyo māso, tena māsena dvādasa māsiyo[19] saṃvaccharo, tena saṃvaccharena dibbaṃ vassasahassaṃ Tāvatiṃsānaṃ devā-

---

[1] M. Ph. kiṃ va, *and so throughout.* [2] T. so.
[3] M. Ph. M_6 bahuta° [4] Ph. Cetiyānaṃ
[5] M. Majjh°; Ph. Majjhā° [6] *omitted by* M.
[7] M_6 M_7 °gghanti; M. Ph. M_6 nāggh°
[8] M. M_6 °nussakaṃ.
[9] M_6 M_7 S. dibbaṃ s° *throughout.*
[10] M. Ph. M_6 °nussa° [11] S. °saṃ; M_6 °assa.
[12] M. Ph. M_6 Cātumma° *throughout.*
[13] T. °vaṃ; M. °so yo; M_6 °māso.
[14] T. M_6 M_7 uppa° *throughout.*
[15] *all MSS. exc.* S. *have* pan' etaṃ. [16] Ph. manussa°
[17] M. Ph. M_6 mānussakaṃ. [18] M. Ph. °satāni.
[19] M_6 °māsayo.

naṃ āyuppamāṇaṃ. Ṭhānaṃ kho pan' etaṃ bhikkhave vijjati, yaṃ idh' ekacco itthī vā puriso vā aṭṭhaṅgasamannāgataṃ uposathaṃ upavasitvā kāyassa bhedā parammaraṇā Tāvatiṃsānaṃ devānaṃ sahavyataṃ upapajjeyya. Idaṃ kho pana me taṃ[1] bhikkhave sandhāya bhāsitaṃ: kapaṇaṃ mānusakaṃ[2] rajjaṃ dibbasukhaṃ upanidhāya.

7. Yāni bhikkhave mānusakāni dve vassasatāni, Yāmānaṃ devānaṃ eso eko rattindivo, tāya rattiyā tiṃsa rattiyo māso, tena māsena dvādasa māsiyo saṃvaccharo, tena saṃvaccharena dibbāni dve vassasahassāni Yāmānaṃ devānaṃ āyuppamāṇaṃ. Ṭhānaṃ kho pan' etaṃ bhikkhave vijjati, yaṃ idh' ekacco itthī vā puriso vā aṭṭhaṅgasamannāgataṃ uposathaṃ upavasitvā kāyassa bhedā parammaraṇā Yāmānaṃ[3] devānaṃ sahavyataṃ upapajjeyya. Idaṃ kho pana me taṃ[4] bhikkhave sandhāya bhāsitaṃ: kapaṇaṃ mānusakaṃ rajjaṃ dibbasukhaṃ upanidhāya.

8. Yāni bhikkhave mānusakāni cattāri vassasatāni, Tusitānaṃ[5] devānaṃ eso eko rattindivo, tāya rattiyā tiṃsa rattiyo māso, tena māsena dvādasa māsiyo saṃvaccharo, tena saṃvaccharena dibbāni cattāri vassasahassāni Tusitānaṃ devānaṃ āyuppamāṇaṃ. Ṭhānaṃ kho pan' etaṃ bhikkhave vijjati, yaṃ idh' ekacco itthī vā puriso vā aṭṭhaṅgasamannāgataṃ uposathaṃ upavasitvā kāyassa bhedā parammaraṇā Tusitānaṃ devānaṃ sahavyataṃ upapajjeyya. Idaṃ kho pana me taṃ[4] bhikkhave sandhāya bhāsitaṃ: kapaṇaṃ mānusakaṃ rajjaṃ dibbasukhaṃ upanidhāya.

9. Yāni bhikkhave mānusakāni[6] aṭṭha vassasatāni, Nimmānaratīnaṃ devānaṃ eso eko rattindivo, tāya rattiyā tiṃsa rattiyo māso, tena māsena dvādasa māsiyo saṃvaccharo, tena saṃvaccharena dibbāni aṭṭha vassasahassāni Nimmānaratīnaṃ devānaṃ āyuppamāṇaṃ. Ṭhānaṃ kho pan' etaṃ bhikkhave vijjati, yaṃ idh' ekacco itthī vā puriso vā

---

[1] M. Ph. M6 M7 pan' etaṃ.
[2] M. Ph. °nussa° throughout; M6 manussa°
[3] M6 Tussitānaṃ, and it continues, as in the next number
[4] M. Ph. T. M6 M7 pan' etaṃ.
[5] M. Tussi° throughout.
[6] M6 °nussa°

aṭṭhaṅgasamannāgataṃ uposathaṃ upavasitvā kāyassa bhedā parammaraṇā Nimmānaratīnaṃ devānaṃ sahavyataṃ upapajjeyya. Idaṃ kho pana[1] me[1] taṃ[1] bhikkhave sandhāya bhāsitaṃ: kapaṇaṃ mānusakaṃ[2] rajjaṃ dibbasukhaṃ upanidhāya.

10. Yāni bhikkhave mānusakāni[3] soḷasa vassasatāni, Paranimmitavasavattīnaṃ devānaṃ eso eko rattindivo, tāya rattiyā tiṃsa rattiyo māso, tena māsena dvādasa māsiyo saṃvaccharo, tena saṃvaccharena dibbāni soḷasa vassasahassāni Paranimmitavasavattīnaṃ devānaṃ āyuppamāṇaṃ. Ṭhānaṃ kho pan' etaṃ bhikkhave vijjati, yaṃ idh' ekacco itthī vā puriso vā aṭṭhaṅgasamannāgataṃ uposathaṃ upavasitvā kāyassa bhedā parammaraṇā Paranimmitavasavattīnaṃ devānaṃ sahavyataṃ upapajjeyya. Idaṃ kho pana[4] me[4] taṃ[4] bhikkhave sandhāya bhāsitaṃ: kapaṇaṃ mānusakaṃ rajjaṃ dibbasukhaṃ upanidhāyā ti.

Pāṇaṃ na haññe[5] na cādinnaṃ[6] ādiye
musā na bhāse na[7] ca majjapo siyā
abrahmacariyā virameyya methunā
rattiṃ na bhuñjeyya vikālabhojanaṃ[8]
mālaṃ na dhāraye[9] na ca gandham ācare[10]
mañce chamāyaṃ va sayetha santhate:
etaṃ hi aṭṭhaṅgikam āh' uposathaṃ
buddhena dukkhantagunā pakāsitaṃ.
Cando ca[11] suriyo[12] ca[13] ubho sudassanā
obhāsayaṃ[14] anupariyanti[15] yāvatā
tamonudā te pana antalikkhagā[16]
nabhe pabhāsanti disā virocanā,

---

[1] M. Ph. M_6 T. M_7 M_8 pan' etaṃ. [2] M_3 mānussa°
[3] M_6 mānussa° [4] M. Ph. M_6 M_7 pan' etaṃ.
[5] M. Ph. hano; M_6 hanno; M_7 hāno.
[6] M_6 T. M_7 ca dinnaṃ. [7] *omitted by* T. [8] T. 'na
[9] Ph. M_7 dhāre. [10] M. ādhare; Ph. adhāre.
[11] T. pi; *omitted by* M. [12] S. sūro.
[13] *omitted by* M_6 M_7
[14] M. °sayāsu°; M_6 °yanti; S. °yantā. [15] S. anuyanti.
[16] M_6 °likkhe.

etasmiṃ[1] yaṃ vijjati[2] antare dhanaṃ
muttā maṇi[3] veḷuriyañ ca bhaddakaṃ
siṅgī suvaṇṇaṃ atha vā pi kañcanaṃ[4]
yaṃ jātarūpaṃ haṭakan[5] ti vuccati,
aṭṭhaṅgupetassa uposathassa
kalam pi te nānubhavanti soḷasiṃ
candappabhā tāragaṇā va[6] sabbe.
Tasmā hi nārī ca naro ca sīlavā
aṭṭhaṅgupetaṃ upavass' uposathaṃ
puññāni katvāna sukhudrayāni[7]
aninditā saggam upenti ṭhānan ti.

XLIII.

1. Ekaṃ samayaṃ Bhagavā Sāvatthiyaṃ viharati Pubbārāme Migāramātupāsāde. Atha kho Visākhā Migāramātā yena Bhagavā ten' upasaṅkami, upasaṅkamitvā Bhagavantaṃ abhivādetvā ekamantaṃ nisīdi. Ekamantaṃ nisinnaṃ kho Visākhaṃ Migāramātaraṃ Bhagavā etad avoca: —

2. Aṭṭhaṅgasamannāgato Visākhe uposatho upavuttho mahapphalo hoti[8] mahānisaṃso mahājutiko mahāvipphāro. Kathaṃ upavuttho ca[9] Visākhe aṭṭhaṅgasamannāgato uposatho mahapphalo hoti mahānisaṃso mahājutiko mahāvipphāro?

3. Idha Visākhe ariyasāvako iti paṭisañcikkhati 'yāvajīvaṃ arahanto pāṇātipātaṃ pahāya pāṇātipātā paṭiviratā nihitadaṇḍā nihitasatthā lajjī dayāpannā sabbapāṇabhūtahitānukampī[10] viharanti, aham p' ajja imañ ca rattiṃ imañ ca divasaṃ pāṇātipātaṃ pahāya pāṇātipātā paṭivirato nihitadaṇḍo nihitasattho lajjī dayāpanno sabbapāṇabhūtahitānukampī viharāmi, iminā pi aṅgena[11] arahataṃ anu-

---

[1] S. etamhi. [2] M. Ph. M$_6$ °ti-m-ant°
[3] M$_7$ M$_8$ maniṃ. [4] S. kā° [5] M$_6$ hāṭa°
[6] *all MSS. exc.* S. ca.
[7] T. M$_6$ M$_7$ °ndayāni; M$_8$ sukhindriyāni.
[8] M$_6$ *continues:* pe | anindita saggam upenti ṭhānan ti, *as in* No. XLIV. [9] *omitted by* M. Ph. M$_6$
[10] M. Ph. M$_6$ S. °pino. [11] M. M$_6$ S. p'aṅg°

karomi, uposatho ca[1] me upavuttho bhavissatī' ti. Iminā paṭhamena aṅgena samannāgato hoti . . . pe[2] . . . 'Yāvajīvaṃ arahanto uccāsayanamahāsayanaṃ pahāya uccāsayanamahāsayanā paṭiviratā nīcaseyyaṃ kappenti mañcake vā tiṇasanthārake vā, ahaṃ p' ajja imañ ca rattiṃ imañ ca divasaṃ uccāsayanamahāsayanaṃ pahāya uccāsayanamahāsayanā paṭivirato nīcaseyyaṃ kappemi mañcake vā tiṇasanthārake vā; iminā pi aṅgena[3] arahataṃ anukaromi, uposatho ca me upavuttho bhavissatī' ti. Iminā[4] aṭṭhamena aṅgena samannāgato hoti[5].

Evaṃ upavuttho kho Visākhe aṭṭhaṅgasamannāgato uposatho mahapphalo hoti mahānisaṃso mahājutiko mahāvipphāro. Kīva[6] mahapphalo hoti kīva mahānisaṃso kīva mahājutiko kīva mahāvipphāro?

4. Seyyathā pi Visākhe yo imesaṃ soḷasannaṃ mahājanapadānaṃ pahūtasattaratanānaṃ[7] issariyādhipaccaṃ rajjaṃ kāreyya, seyyathīdaṃ Aṅgānaṃ Magadhānaṃ Kāsīnaṃ Kosalānaṃ Vajjīnaṃ Mallānaṃ Cetīnaṃ[8] Vaṃsānaṃ Kurūnaṃ Pañcālānaṃ Macchānaṃ Sūrasenānaṃ Assakānaṃ Avantīnaṃ Gandhārānaṃ Kambojānaṃ, aṭṭhaṅgasamannāgatassa uposathassa etaṃ[9] kalaṃ nāgghati[10] soḷasiṃ. Taṃ kissa hetu? Kapaṇaṃ Visākhe mānusakaṃ rajjaṃ dibbasukhaṃ upanidhāya.

5. Yāni Visākhe mānusakāni paññāsa[11] vassāni, Cātummahārājikānaṃ devānaṃ eso eko rattindivo, tāya rattiyā tiṃsa rattiyo māso, tena māsena dvādasa māsiyo saṃvaccharo, tena saṃvaccharena dibbāni pañca vassasatāni Cātummahārājikānaṃ devānaṃ āyuppamāṇaṃ. Ṭhānaṃ kho pan' etaṃ Visākhe[1] vijjati, yaṃ idh' ekacco itthī vā puriso vā aṭṭhaṅgasamannāgataṃ uposathaṃ upavasitvā kāyassa bhedā parammaraṇā Cātummahārājikānaṃ devānaṃ sahavyataṃ

---

[1] *omitted by* T. [2] M. la; Ph. pa; *omitted by* M.
[3] M. S. p'aṅg° [4] T. M. *add* pi; M. *omits* aṭṭh°
[5] *omitted by* M. M.
[6] M. M. kiṃ va; Ph. kīva *at the first place, else* kiṃ va.
[7] M. Ph. M. bahuta° [8] M. Cetiyānaṃ.
[9] Ph. M. ekaṃ.
[10] T. M. °gghanti; M. Ph. M. nagghanti. [11] S. °saṃ.

upapajjeyya. Idaṃ kho pana[1] me[1] taṃ[1] Visākhe sandhāya bhāsitaṃ: kapaṇaṃ mānusakaṃ rajjaṃ dibbasukhaṃ upanidhāya.

6. Yaṃ Visākhe mānusakaṃ vassasataṃ, Tāvatiṃsānaṃ devānaṃ eso eko rattindivo, tāya rattiyā tiṃsa rattiyo māso, tena māsena dvādasa māsiyo saṃvaccharo, tena saṃvaccharena dibbaṃ vassasahassaṃ Tāvatiṃsānaṃ devānaṃ āyuppamāṇaṃ. Ṭhānaṃ kho pan' etaṃ Visākhe vijjati, yaṃ idh' ekacco itthī vā puriso vā aṭṭhaṅgasamannāgataṃ uposathaṃ upavasitvā kāyassa bhedā parammaraṇā Tāvatiṃsānaṃ devānaṃ sahavyataṃ upapajjeyya. Idaṃ kho pana[1] me[1] taṃ[1] Visākho sandhāya bhāsitaṃ: kapaṇaṃ mānusakaṃ rajjaṃ dibbasukhaṃ upanidhāya.

7. Yāni Visākhe mānusakāni dve vassasatāni . . . pe[2] . . . cattāri vassasatāni . . . pe[3] . . . aṭṭha vassasatāni . . . pe[3] . . . soḷasa vassasatāni Paranimmitavasavattīnaṃ devānaṃ eso eko rattindivo, tāya rattiyā tiṃsa rattiyo māso, tena māsena dvādasa māsiyo saṃvaccharo, tena saṃvaccharena dibbāni soḷasa vassasahassāni Paranimmitavasavattīnaṃ devānaṃ āyuppamāṇaṃ. Ṭhānaṃ kho pan' etaṃ Visākhe vijjati, yaṃ idh' ekacco itthī vā puriso vā aṭṭhaṅgasamannāgataṃ uposathaṃ upavasitvā kāyassa bhedā parammaraṇā Paranimmitavasavattīnaṃ devānaṃ sahavyataṃ upapajjeyya. Idaṃ kho pana[4] me[4] taṃ[4] Visākhe sandhāya bhāsitaṃ: kapaṇaṃ mānusakaṃ rajjaṃ dibbasukhaṃ upanidhāya ti.

Pāṇaṃ na haññe[5] na c' ādinnam[6] ādiye
musā na bhāse na ca majjapo siyā
abrahmacariyā virameyya methunā
rattiṃ na bhuñjeyya vikālabhojanaṃ
mālaṃ na dhāraye[7] na ca gandham ācare[8]

[1] Ph. M6. T. M7 pan' etaṃ.
[2] M. M6 la; Ph. pa.
[3] M. la; Ph. pa; *omitted by* T. M7.
[4] M. Ph. M6. T. M7 pan' etaṃ.
[5] M. Ph. hane; M6 hanne.
[6] T. ca di°; S. °dinnā
[7] Ph. T. dhāre; M. S. dhāreyya.
[8] M. Ph. M6 ādhare.

mañce chamāyaṃ va sayetha santhate[1]:
etaṃ hi aṭṭhaṅgikam āh' uposathaṃ
buddhena dukkhantagunā pakāsitaṃ.
Cando ca[2] suriyo[3] ca ubho sudassanā
obhāsayaṃ[4] anupariyanti[5] yāvatā
tamonudā te pana antalikkhagā[6]
nabhe pabhāsanti[7] disā virocanā,
etasmiṃ[8] yaṃ vijjati antare dhanaṃ
muttā maṇi veḷuriyañ ca bhaddakaṃ
siṅgī suvaṇṇaṃ atha vā pi kañcanaṃ[9]
yaṃ jātarūpaṃ haṭakan[10] ti vuccati,
aṭṭhaṅgupetassa uposathassa
kalam pi te nānubhavanti soḷasiṃ
candappabhā tāragaṇā va[11] sabbe.
Tasmā hi nārī ca naro ca sīlavā
aṭṭhaṅgupetaṃ upavass' uposathaṃ
puññāni katvāna sukhudrayāni[12]
aninditā saggam upenti ṭhānan ti.

XLIV.

1. Ekaṃ samayaṃ Bhagavā Vesāliyaṃ viharati Mahāvane Kūṭāgārasālāyaṃ. Atha kho Vāseṭṭho upāsako yena Bhagavā ten' upasaṅkami, upasaṅkamitvā Bhagavantaṃ abhivādetvā ekamantaṃ nisīdi. Ekamantaṃ nisinnaṃ kho Vāseṭṭhaṃ upāsakaṃ Bhagavā etad avoca: —

Aṭṭhaṅgasamannāgato Vāseṭṭha uposatho upavuttho mahapphalo hoti . . . pe[13] . . . aninditā saggam[14] upenti ṭhānan ti.

2. Evaṃ vutte Vāseṭṭho upāsako Bhagavantaṃ etad avoca: —

---

[1] T. M₇ santhare. [2] omitted by M. [3] S. sūro.
[4] M. °sayānu°; S. °sayantā.
[5] T. °vicaranti; S. anuyanti. [6] M₆ °likkho.
[7] T. °senti. [8] S. etamhi. [9] S. ka°
[10] Ph. M₆ sāta° [11] only Ph. S. va, the other MSS. have ca.
[12] T. °dayāni; Ph. M₆ sukhindriyāni.
[13] M. la; Ph. pa. [14] T. M₆. M₇ °eṭṭhaṃ.

Piyā me bhante ñātisālohitā aṭṭhaṅgasamannāgataṃ uposathaṃ upavaseyyuṃ, piyānam pi me assa ñātisālohitānaṃ dīgharattaṃ hitāya sukhāya. Sabbe ce pi bhante khattiyā aṭṭhaṅgasamannāgataṃ uposathaṃ upavaseyyuṃ, sabbesam pi'ssa[1] khattiyānaṃ dīgharattaṃ hitāya sukhāya. Sabbe ce pi bhante brāhmaṇā . . . pe[2] . . . vessā . . . suddā aṭṭhaṅgasamannāgataṃ uposathaṃ upavaseyyuṃ, sabbesam pi'ssa suddānaṃ dīgharattaṃ hitāya sukhāyā ti.

3. Evaṃ[3] etaṃ Vāseṭṭha. Sabbe[4] ce[4] pi Vāseṭṭha khattiyā aṭṭhaṅgasamannāgataṃ uposathaṃ upavaseyyuṃ, sabbesam pi'ssa khattiyānaṃ dīgharattaṃ hitāya sukhāya. Sabbe ce pi Vāseṭṭha brāhmaṇā . . . pe[5] . . . vessā . . . suddā aṭṭhaṅgasamannāgataṃ uposathaṃ upavaseyyuṃ, sabbesam pi'ssa suddānaṃ dīgharattaṃ hitāya sukhāya. Sadevako ce[6] pi[6] Vāseṭṭha loko samārako sabrahmako sassamaṇabrāhmaṇiyā[7] pajāya[7] sadevamanussāya[7] aṭṭhaṅgasamannāgataṃ uposathaṃ upavaseyya, sadevakassa lokassa samārakassa sabrahmakassa sassamaṇabrāhmaṇiyā pajāya sadevamanussāya dīgharattaṃ hitāya sukhāya. Ime ce pi Vāseṭṭha mahāsālā aṭṭhaṅgasamannāgataṃ uposathaṃ upavaseyyuṃ, imesam pi'ssa mahāsālānaṃ dīgharattaṃ hitāya sukhāya, sace ceteyyuṃ[8], ko pana vādo manussabhūtassā ti.

XLV.

1. Ekaṃ samayaṃ Bhagavā Sāvatthiyaṃ viharati Jetavane Anāthapiṇḍikassa ārāme. Atha kho Bojjhā[9] upāsikā yena Bhagavā ten' upasaṅkami, upasaṅkamitvā Bhagavantaṃ abhivādetvā ekamantaṃ nisīdi. Ekamantaṃ nisinnaṃ kho Bojjhaṃ upāsikaṃ Bhagavā etad avoca: —

2. Aṭṭhaṅgasamannāgato Bojjhe uposatho upavuttho mahapphalo hoti mahānisaṃso mahājutiko mahāvipphāro.

---

[1] M. M. c'assa; Ph. c'assa *without* pi *throughout.*
[2] M. M. la; Ph. pa; *omitted by* T.
[3] M. *repeats this phrase.* [4] T. sabbesaṃ.
[5] M. Ph. pa; M. la. [6] *omitted by* Ph. M.
[7] S. °ni pajā °nussā. [8] M. cetayyuṃ.
[9] M. Bocch° *throughout;* M. Bojjhāṅg° *and* Bojj°

Kathaṃ upavuttho ca[1] Bojjhe aṭṭhaṅgasamannāgato uposatho mahapphalo hoti mahānisaṃso mahājutiko mahāvipphāro?

3. Idha Bojjhe ariyasāvako iti paṭisañcikkhati 'yāvajīvaṃ arahanto pāṇātipātaṃ pahāya pāṇātipātā paṭiviratā nihitadaṇḍā nihitasatthā lajjī dayāpannā sabbapāṇabhūtahitānukampī[2] viharanti, aham p' ajja imañ ca rattiṃ imañ ca divasaṃ pāṇātipātaṃ pahāya pāṇātipātā paṭivirato nihitadaṇḍo nihitasattho lajjī dayāpanno sabbapāṇabhūtahitānukampī[2] viharāmi, iminā pi aṅgena[3] arahataṃ anukaromi, uposatho ca me upavuttho bhavissatī' ti. Iminā paṭhamena aṅgena samannāgato hoti . . . pe[4] . . . 'yāvajīvaṃ arahanto uccāsayanamahāsayanaṃ pahāya uccāsayanamahāsayanā paṭiviratā nīcaseyyaṃ kappenti mañcake vā tiṇasanthārake[5] vā, aham p' ajja imañ ca rattiṃ imañ ca divasaṃ uccāsayanamahāsayanaṃ pahāya uccāsayanamahāsayanā paṭivirato nīcaseyyaṃ kappemi mañcake vā tiṇasanthārake vā, iminā pi aṅgena[6] arahataṃ anukaromi, uposatho ca me upavuttho bhavissatī' ti. Iminā[7] aṭṭhamena aṅgena samannāgato hoti.

Evaṃ upavuttho kho Bojjhe aṭṭhaṅgasamannāgato uposatho mahapphalo hoti mahānisaṃso mahājutiko mahāvipphāro. Kiva[8] mahapphalo hoti kiva mahānisaṃso kiva mahāvipphāro?

4. Seyyathā pi Bojjhe yo imesaṃ soḷasannaṃ mahājanapadānaṃ pahūtasattaratanānaṃ[9] issarādhipaccaṃ rajjaṃ kāreyya[10], seyyathīdaṃ Aṅgānaṃ Magadhānaṃ Kāsīnaṃ Kosalānaṃ Vajjīnaṃ Mallānaṃ Cetīnaṃ[11] Vaṃsānaṃ Kurūnaṃ Pañcālānaṃ Macchānaṃ Sūrasenānaṃ Assakā-

---

1 *omitted by* Ph. M_6; M. *inserts* kho.
2 M. Ph. S. °pino.
3 M. Ph. M_6 S. p'aṅg°
4 M. Ph. pa, *omitted by* M_6.
5 M_7 S. °thārako: M_6 °santhārake *always*.
6 M. S. p'aṅg°
7 T. *adds* pi.
8 M. Ph. M_6 kiṃ va *throughout*.
9 M. Ph. M_6 bahuta°
10 Ph. M_6 T. kār°
11 Ph. Cetiyānaṃ.

naṃ Avantīnaṃ Gandhārānaṃ Kambojānaṃ, aṭṭhaṅgasamannāgatassa uposathassa etaṃ[1] kalaṃ nāgghati[2] soḷasiṃ. Taṃ kissa hetu? Kapaṇaṃ Bojjhe mānusakaṃ rajjaṃ dibbasukhaṃ upanidhāya.

5. Yāni Bojjhe mānusakāni paññāsa vassāni, Cātummahārājikānaṃ devānaṃ eso eko rattindivo, tāya rattiyā tiṃsa rattiyo māso, tena māsena dvādasa māsiyo saṃvaccharo, tena saṃvaccharena dibbāni pañca vassasatāni Cātummahārājikānaṃ devānaṃ āyuppamāṇaṃ. Ṭhānaṃ kho pan' etaṃ Bojjhe vijjati, yaṃ idh' ekacco itthī vā puriso vā aṭṭhaṅgasamannāgataṃ uposathaṃ upavasitvā kāyassa bhedā paraṃ maraṇā Cātummahārājikānaṃ devānaṃ sahavyataṃ upapajjeyya. Idaṃ kho pana[3] me[3] taṃ[3] Bojjhe sandhāya bhāsitaṃ: kapaṇaṃ mānusakaṃ rajjaṃ dibbasukhaṃ upanidhāya.

6. Yaṃ Bojjhe mānusakaṃ vassasataṃ . . . pe[4] . . . yāni Bojjhe mānusakāni dve vassasatāni . . . pe[5] . . . cattāri vassasatāni . . . pe[6] . . . aṭṭha vassasatāni . . . pe[6] . . . soḷasa vassasatāni, Paranimmitavasavattīnaṃ devānaṃ eso eko rattindivo, tāya rattiyā tiṃsa rattiyo māso, tena māsena dvādasa māsiyo saṃvaccharo, tena saṃvaccharena dibbāni soḷasa vassasahassāni Paranimmitavasavattīnaṃ devānaṃ āyuppamāṇaṃ. Ṭhānaṃ kho pan' etaṃ Bojjhe vijjati, yaṃ idh' ekacco itthī vā puriso vā aṭṭhaṅgasamannāgataṃ uposathaṃ upavasitvā kāyassa bhedā paraṃ maraṇā Paranimmitavasavattīnaṃ devānaṃ sahavyataṃ upapajjeyya. Idaṃ kho pana[3] me[3] taṃ[3] Bojjhe sandhāya bhāsitaṃ: kapaṇaṃ mānusakaṃ rajjaṃ dibbasukhaṃ upanidhāya ti.

Pāṇaṃ na haññe[7] na c' ādinnam[8] ādiye
musā na bhāse na ca majjapo siyā

[1] Ph. ekaṃ; omitted by M.
[2] T. M_6 M_7 °gghanti; M. nagghe°; Ph. M_8 nagghanti.
[3] M. Ph. M_8 T. M_6 M_7 pan' etaṃ. [4] M. la; Ph. M_8 pa.
[5] M. la; Ph. pa; omitted by T. M_6 M_7.
[6] M. la; Ph. M_8 la; omitted by T. M_6 M_7.
[7] M. Ph. M_7 hane; M_6 haṇe; M_8 hāne. [8] T. M_6 ca di°

abrahmacariyā virameyya methunā
rattiṃ na bhuñjeyya vikālabhojanaṃ
mālaṃ na dhāraye[1] na ca gandham ācare[2]
mañce chamāyaṃ va sayetha santhate:
etaṃ hi aṭṭhaṅgikam āh' uposathaṃ
buddhena dukkhantagunā pakāsitaṃ.
Cando ca[3] suriyo[4] ca ubho sudassanā
obhāsayaṃ[5] anupariyanti[6] yāvatā
tamonudā te pana antalikkhagā[7]
nabhe pabhāsanti disā virocanā,
etasmiṃ[8] yaṃ vijjati antare dhanaṃ
muttā maṇi[9] veḷuriyañ ca bhaddakaṃ
siṅgī suvaṇṇaṃ atha vā pi kañcanaṃ[10]
yaṃ jātarūpaṃ haṭakan[11] ti vuccati,
aṭṭhaṅgupetassa uposathassa
kalam pi te nānubhavanti soḷasiṃ
candappabhā tāragaṇā va[12] sabbe.
Tasmā hi nārī ca naro ca sīlavā
aṭṭhaṅgupetaṃ upavass' uposathaṃ
puññāni katvāna sukhudrayāni[13]
aninditā saggam upenti ṭhānaṃ ti.

XLVI.

1. Ekaṃ samayaṃ Bhagavā Kosambiyaṃ viharati Ghositārāme. Tena kho pana samayena āyasmā Anuruddho divāvihāraṃ gato hoti paṭisallīno. Atha kho sambahulā manāpakāyikā devatā yenāyasmā Anuruddho ten' upasaṅkamiṃsu, upasaṅkamitvā āyasmantaṃ Anuruddhaṃ abhivādetvā ekamantaṃ aṭṭhaṃsu. Ekamantaṃ ṭhitā kho tā devatā āyasmantaṃ Anuruddhaṃ etad avocuṃ: mayam

---

[1] M. dhāreyya; Ph. dhara. [2] M. ādhare; M. āhare.
[3] *omitted by* M. [4] S. suro.
[5] M. °sayāno; S. °sayantā. [6] S. anuyanti.
[7] M. °likkhe. [8] M. ekasmiṃ; S. etamhi.
[9] M. maṇiṃ. [10] S. ka°. [11] Ph. M. haṭakaṃ.
[12] M. T. M. M. ca.
[13] T. °ddayānaṃ; Ph. M. sukhindriyāni.

bhante Anuruddha manāpakāyikā nāma devatā[1] tīsu ṭhānesu issariyaṃ kārema vasaṃ vattema: mayaṃ bhante Anuruddha yādisakaṃ vaṇṇaṃ ākaṅkhāma, tādisakaṃ vaṇṇaṃ ṭhānaso paṭilabhāma; yādisakaṃ saraṃ[2] ākaṅkhāma, tādisakaṃ saraṃ[2] ṭhānaso paṭilabhāma; yādisakaṃ sukhaṃ ākaṅkhāma, tādisakaṃ sukhaṃ ṭhānaso paṭilabhāma; mayaṃ bhante Anuruddha manāpakāyikā nāma devatā imesu tīsu ṭhānesu issariyaṃ kārema vasaṃ vattemā' ti.

2. Atha kho āyasmato Anuruddhassa etad ahosi 'aho vat' imā devatā sabbā 'va[3] nīlā assu nīlavaṇṇā nīlavatthā nīlālaṃkārā' ti. Atha kho tā devatā āyasmato Anuruddhassa[4] cittaṃ aññāya sabbā 'va[5] nīlā ahesuṃ nīlavaṇṇā[6] nīlavatthā nīlālaṃkārā[7]. Atha kho āyasmato Anuruddhassa etad ahosi 'aho vat' imā[8] devatā sabbā 'va[3] pītā assu[9] . . . pe[10] . . . sabbā 'va[5] lohitakā[11] assu[9] . . . sabbā 'va[5] odātā[12] assu[9] odātavaṇṇā odātavatthā odātālaṃkārā' ti. Atha kho tā devatā āyasmato Anuruddhassa cittaṃ aññāya sabbā 'va[13] odātā ahesuṃ odātavaṇṇā odātavatthā odātālaṃkārā[14]. Atha kho tā devatā ekā 'va[15] gāyi, ekā 'va[16] nacci, ekā 'va[17] acchurikaṃ[18] vādesi. Seyyathā pi nāma pañcaṅgikassa turiyassa suvinītassa suppaṭippatāḷitassa[19] kusalehi susamannāhatassa[20] saddo hoti vaggu ca rajanīyo ca kamanīyo[21] ca pemanīyo[22] ca[8] madanīyo[23] ca[24],

---

[1] T. M6 M7 insert imesu. [2] S. saddaṃ. [3] Ph. ca.
[4] M6 continues: etad ahosi, as below.
[5] Ph. ca; omitted by M. [6] omitted by T.
[7] Ph. adds ti. [8] M6 inserts tā.
[9] T. ahesuṃ; M6 M7 omit assu. M8 ahesuṃ.
[10] M. la; Ph. M6 pa; omitted by T. [11] Ph. lohitā.
[12] T. odātakā. [13] Ph. ca; omitted by M. M6.
[14] M. Ph. M6 T. M7 add ti.
[15] M. ca; T. M6 M7 pagāyi l. 'va g°
[16] M. ca; M6 M7 panacci; T. panacci l. 'va nacci.
[17] M. ca; omitted by T. M6.
[18] M6 °iyaṃ; M. Ph. acchariyaṃ.
[19] M6 °tālitassa; T. °tikassa; M. M6 suppatālikassa.
[20] M6 M8 M7 °gatassa; T. °nnāgatassa.
[21] T. madaniyo. [22] omitted by T. M6 M7.
[23] omitted by T.; S. ramaniyo ca.

evam eva tāsaṃ devatānaṃ alaṃkārānaṃ[1] saddo hoti vaggu ca rajaniyo ca kamaniyo[2] ca[2] pemaniyo[3] ca madaniyo[4] ca. Atha kho āyasmā Anuruddho indriyāni[5] okkhipi. Atha kho tā devatā 'na khv[6] ayyo[6] Anuruddho sādiyatī[7] ti tatth' ev' antaradhāyiṃsu.

3. Atha kho āyasmā Anuruddho sāyanhasamayaṃ paṭisallānā vuṭṭhito yena Bhagavā ten' upasaṅkami, upasaṅkamitvā Bhagavantaṃ abhivādetvā ekamantaṃ nisīdi. Ekamantaṃ nisinno kho āyasmā Anuruddho Bhagavantaṃ etad avoca: Idhāhaṃ bhante divāvihāraṃ gato homi paṭisallīno. Atha kho bhante sambahulā manāpakāyikā devatā yenāhaṃ ten' upasaṅkamiṃsu, upasaṅkamitvā maṃ abhivādetvā ekamantaṃ aṭṭhaṃsu. Ekamantaṃ ṭhitā kho bhante tā devatā maṃ etad avocuṃ 'mayaṃ bhante Anuruddha manāpakāyikā nāma devatā tīsu ṭhānesu issariyaṃ kārema vasaṃ vattema: mayaṃ bhante Anuruddha yādisakaṃ vaṇṇaṃ ākaṅkhāma, tādisakaṃ vaṇṇaṃ ṭhānaso paṭilabhāma; yādisakaṃ saraṃ[8] ākaṅkhāma, tādisakaṃ saraṃ ṭhānaso paṭilabhāma; yādisakaṃ sukhaṃ ākaṅkhāma, tādisakaṃ sukhaṃ ṭhānaso paṭilabhāma; mayaṃ bhante Anuruddha manāpakāyikā nāma devatā imesu tīsu ṭhānesu issariyaṃ kārema vasaṃ vattemā' ti. Tassa mayhaṃ bhante etad ahosi 'aho vat' imā devatā sabbā 'va[9] nīlā[10] assu nīlavaṇṇā nīlavatthā nīlālaṃkārā' ti. Atha kho bhante tā devatā mama cittaṃ aññāya sabbā 'va[9] nīlā ahesuṃ nīlavaṇṇā nīlavatthā nīlālaṃkārā. Tassa mayhaṃ bhante etad ahosi 'aho vat' imā devatā sabbā 'va[9] pītā assu[11] . . . pe[12] . . . sabbā[13] 'va[9] lohitakā assu[14] . . . pe[15] . . . sabbā 'va[9] odātā[16] assu[11] odātavaṇṇā odātavatthā odātā-

---

[1] T. M_6 M_7 °kāra° [2] *omitted by* Ph.
[3] *omitted by* T. M_6 M_7 [4] S. ramaniyo. [5] Ph. issariyāni.
[6] M_6 kho 'yyo; T. kho 'yyo ayyo; M_6 M_7 kho ayyo.
[7] T. M_7 hoti. [8] M. S. saddaṃ. [9] Ph. ca.
[10] M_6 pītā nasa, *as below.* [11] T. M_6 M_7 ahesuṃ
[12] M. la; Ph. M_6 pa; *omitted by* T. M_6 M_7.
[13] T. *omits this phrase.* [14] M_6 M_7 ahesuṃ.
[15] M. la; Ph. pa; *omitted by* M. M_6 M_7.
[16] M_6 M_7 *omit* odātā assu.

laṃkārā' ti. Atha kho bhante tā devatā mama cittaṃ aññāya sabbā 'va odātā ahesuṃ odātavaṇṇā odātavatthā odātālaṃkārā[1]. Atha kho bhante tā devatā ekā 'va[2] gāyi[3], ekā 'va[4] nacci[4], ekā 'va[4] accharikaṃ[5] vādesi. Seyyathā pi nāma pañcaṅgikassa turiyassa suvinītassa suppaṭippatāḷitassa[6] kusalehi susamannāhatassa[7] saddo hoti vaggu ca rajanīyo ca kamanīyo ca pemanīyo[8] ca[8] madanīyo[9] ca, evam eva tāsaṃ devatānaṃ alaṃkārānaṃ saddo hoti vaggu ca rajanīyo ca kamanīyo ca pemanīyo[10] ca[10] madanīyo[11] ca[11]. Atha khv' ahaṃ[12] bhante indriyāni okkhipiṃ. Atha kho bhante tā devatā 'na khv[13] ayyo Anuruddho sādiyatī' ti tatth' ev' antaradhāyiṃsu. Katihi nu kho bhante dhammehi samannāgato mātugāmo kāyassa bhedā parammaraṇā manāpakāyikānaṃ devānaṃ sahavyataṃ upapajjati[14] ti?

4. Aṭṭhahi kho Anuruddha dhammehi samannāgato mātugāmo kāyassa bhedā parammaraṇā manāpakāyikānaṃ devānaṃ sahavyataṃ upapajjati[14]. Katamehi aṭṭhahi?

5. Idha[15] Anuruddha mātugāmo[16] yassa[16] mātāpitaro bhattuno denti atthakāmā hitesino anukampakā anukampaṃ upādāya, tassa hoti pubbuṭṭhāyinī[17] pacchānipātinī kiṃkārapaṭissāvinī manāpacārinī piyavādinī. Ye te[18] bhattu garuno honti 'mātā' ti vā 'pitā' ti vā 'samaṇabrāhmaṇā' ti vā, te sakkaroti garukaroti māneti pūjeti abbhāgate ca āsanodakena paṭipūjeti. Ye te bhattu abbhantarā kammantā 'uṇṇā' ti vā 'kappāsā' ti vā, tattha dakkhā hoti analasā tatrupāyāya vīmaṃsāya samannāgatā alaṃ kātuṃ alaṃ saṃvidhātuṃ. Yo[19] so[19] bhattu abbhantaro[20] anto-

---

[1] M₆ T. M₇ add ti. [2] M. ca; T. M₆ M₇ pagāyi.
[3] M. ca; T. M₆ M₇ panacci.
[4] M. ca; omitted by T.
[5] M₆ °iyaṃ; M₆ °riyakaṃ; M. Ph. accharaṃ.
[6] M. suppatāḷitassa; M₆ °kassa.
[7] M₆ M₆ M₇ °gatassa. [8] omitted by M₆ T. M₆ M₇.
[9] S. ramaniyo. [10] omitted by T. M₆ M₇.
[11] omitted by M₆. [12] M₆ S. kho 'haṃ.
[13] T. M₆ M₇ kho; M₆ kho'yyo l. kho ayyo.
[14] T. M₆ M₇ uppa° [15] T. M₆ idhānu°
[16] T. °gāmassa. [17] Ph. pubba°; T. pubbā°
[18] omitted by S. [19] S. yo te. [20] S. °rā.

jano[1] 'dāsā' ti vā 'pessā'[2] ti vā 'kammakarā' ti vā, tesaṃ katañ ca katato[3] jānāti akatañ ca akatato[4] jānāti gilānakānañ[5] ca balābalaṃ jānāti, khādanīyaṃ bhojanīyañ c'assa paccaṃsena[6] saṃvibhajati. Yaṃ[7] bhattā āharati dhanaṃ vā dhaññaṃ vā rajataṃ vā jātarūpaṃ vā, taṃ ārakkhena guttiyā sampādeti, tattha ca hoti adhutti athenī asoṇḍī avināsikā. Upāsikā kho pana hoti buddhaṃ saraṇaṃ gatā dhammaṃ saraṇaṃ gatā saṅghaṃ saraṇaṃ gatā. Sīlavatī kho pana hoti pāṇātipātā paṭiviratā adinnādānā paṭiviratā kāmesu micchācārā paṭiviratā musāvādā paṭiviratā surāmerayamajjapamādaṭṭhānā paṭiviratā. Cāgavatī kho pana hoti vigatamalamaccherena cetasā agāraṃ ajjhāvasati muttacāgā[8] payatapāṇī vossaggaratā yācayogā dānasaṃvibhāgaratā.

Imehi kho[9] Anuruddha aṭṭhahi dhammehi samannāgato mātugāmo kāyassa bhedā parammaraṇā manāpakāyikānaṃ devānaṃ sahavyataṃ upapajjatī[10] ti.

Yo naṃ bharati sabbadā niccaṃ ātāpi[11] ussuko
taṃ sabbakāmaharaṃ[12] posaṃ bhattāraṃ nātimaññati.
Na cāpi sotthi bhattāraṃ issāvādena rosaye[13]
bhattu ca garuno sabbe paṭipūjeti paṇḍitā.
Uṭṭhāhikā[14] analasā saṅgahitaparijjanā[15]
bhattu manāpaṃ carati sambhataṃ anurakkhati.
Yā evaṃ vattati nārī bhattu chandavasānugā[16]
manāpā[17] nāma[17] te[17] devā yattha sā upapajjati ti.

---

[1] S. °nā. [2] M. Ph. M_6 pesā. [3] T. kato.
[4] T. akato. [5] T. gilānakataṃ.
[6] M. Ph. paccattaṃsena; M_6 S. paccayena.
[7] T. M_6 M_7 add vā.
[8] M. Ph. M_6 S. °gā.
[9] T. adds pana. [10] T. M_6 M_7 uppa°
[11] M_6 sadā pi.
[12] M. °kāmadaṃ. [13] M_6 ropaye.
[14] M. Ph. M_6 °yikā.
[15] M_6 °parivajjanā; M. Ph. M_6 °parijanā *throughout*.
[16] T. M_6 M_7 chanda°
[17] M. manāpakāyikā; M_6 manāpayī.

XLVII.

1. Ekaṃ samayaṃ Bhagavā Sāvatthiyaṃ viharati Pubbārāme Migāramātupāsāde. Atha kho Visākhā Migāramātā ... pe[1] ... Ekamantaṃ nisinnaṃ kho Visākhaṃ Migāramātaraṃ Bhagavā etad avoca: —

2. Aṭṭhahi kho[2] Visākhe dhammehi samannāgato mātugāmo kāyassa bhedā parammaraṇā manāpakāyikānaṃ devānaṃ sahavyataṃ upapajjati[3]. Katamehi aṭṭhahi?

3. Idha Visākhe mātugāmo yassa mātāpitaro bhattuno denti atthakāmā hitesino[4] anukampakā[4] anukampaṃ upādāya, tassa hoti pubbuṭṭhāyinī pacchānipātinī kiṃkārapaṭissāvinī[5] manāpacārinī piyavādinī ... pe[6] ... Cāgavatī kho pana hoti vigatamalamaccherena cetasā agāraṃ ajjhāvasati muttacāgā[7] payatapāṇī vossaggaratā yācayogā dānasaṃvibhāgaratā.

Imehi kho Visākhe aṭṭhahi dhammehi samannāgato mātugāmo kāyassa bhedā parammaraṇā manāpakāyikānaṃ devānaṃ sahavyataṃ upapajjatī[3] ti.

Yo naṃ bharati sabbadā niccaṃ ātāpī ussuko
taṃ sabbakāmaharaṃ[8] posaṃ bhattāraṃ nātimaññati.
Na cāpi sotthi bhattāraṃ issāvādena rosaye[9]
bhattu ca garuno sabbe paṭipūjeti paṇḍitā.
Uṭṭhāhikā[10] analasā saṅgahitaparijjanā
bhattu manāpaṃ carati sambhataṃ anurakkhati.
Yā evaṃ vattati nārī bhattu chandavasānugā[11]
manāpā[12] nāma te devā yattha sā upapajjati ti.

---

1 M. M. la; Ph. pa; S. *adds* ekamantaṃ nisīdi.
2 *omitted by* T.
3 T. M. M. uppa°
4 *omitted by* M. Ph. M. T.
5 *omitted by* M. M.
6 M. M. la; Ph. pa.
7 Ph. S. °gā.
8 M. °kāmadaṃ.
9 M. ropaye.
10 M. M. °yikā.
11 T. M. M. cchanda°
12 M. manāpakāyikā devā.

XLVIII.

1. Ekaṃ[1] samayaṃ Bhagavā Bhaggesu viharati Suṃsumāragire[2] Bhesakaḷāvane Migadāye. Atha kho Nakulamātā gahapatānī yena Bhagavā ten' upasaṅkami, upasaṅkamitvā . . . pe[3] . . . Ekam antaṃ nisinnaṃ kho Nakulamātaraṃ gahapatāniṃ Bhagavā etad avoca: —

2. Aṭṭhahi kho Nakulamāte dhammehi samannāgato mātugāmo kāyassa bhedā parammaraṇā manāpakāyikānaṃ devānaṃ sahavyataṃ upapajjati[4]. Katamehi aṭṭhahi?

3. Idha Nakulamāte mātugāmo yassa mātāpitaro bhattuno denti atthakāmā hitesino anukampakā[5] anukampaṃ upādāya, tassa hoti pubbuṭṭhāyinī pacchānipātinī kiṃkārapaṭissāvinī manāpacārinī piyavādinī[6]. Ye te bhattu garuno honti 'mātā' ti vā 'pitā' ti vā 'samaṇabrāhmaṇā' ti vā, te sakkaroti garukaroti māneti pūjeti abbhāgate ca āsanodakena paṭipūjeti. Ye te bhattu abbhantarā kammantā 'uṇṇā' ti vā 'kappāsā' ti vā, tattha dakkhā hoti analasā tatrupāyāya vīmaṃsāya samannāgatā alaṃ kātuṃ alaṃ saṃvidhātuṃ. Yo so bhattu abbhantaro antojano 'dāsā' ti vā 'pessā' ti vā 'kammakarā' ti vā, tesaṃ katañ ca katato jānāti akatañ ca akatato jānāti gilānakānañ ca balābalaṃ jānāti, khādaniyaṃ bhojaniyañ c'assa paccaṃsena[7] saṃvibhajati. Yaṃ bhattā āharati dhanaṃ vā dhaññaṃ vā rajataṃ vā jātarūpaṃ vā, taṃ ārakkhena guttiyā sampādeti, tattha ca hoti adhuttī athenī asoṇḍī avināsikā. Upāsikā kho pana hoti buddhaṃ saraṇaṃ gatā dhammaṃ saraṇaṃ gatā. Sīlavatī kho pana hoti pāṇātipātā paṭiviratā . . . pe[8] . . . surāmerayamajjapamādaṭṭhānā paṭiviratā[9]. Cāgavatī kho pana hoti vigatamalamaccherena

[1] T. puts Evaṃ me sutaṃ *before* Ekaṃ.
[2] M. Ph. Susu°; M_6 Saṃsu°
[3] M. la; Ph. M_6 pa; S. *adds* nisīdi; T. M_6, M_7 *give it in full.*
[4] T. M_6, M_7 uppa°
[5] *omitted by* M_6.
[6] S. pe + Cāgavatī.
[7] M. Ph. paccattaṃsena.
[8] M. la; Ph. M_6 pa.
[9] M. *adds* la; Ph. M_6 *add* pa.

cetasā agāraṃ ajjhāvasati muttacāgā[1] payatapāṇī vossaggaratā yācayogā dānasaṃvibhāgaratā.

Imehi kho Nakulamāte aṭṭhahi dhammehi samannāgato mātugāmo kāyassa bhedā parammaraṇā manāpakāyikānaṃ devānaṃ sahabyataṃ upapajjatī[2] ti.

Yo naṃ bharati sabbadā niccaṃ ātāpī ussuko
taṃ sabbakāmaharaṃ[3] posaṃ bhattāraṃ nātimaññati.
Na cāpi sotthi bhattāraṃ issāvādena rosaye
bhattu ca garuno sabbe paṭipūjeti paṇḍitā.
Uṭṭhāhikā[4] analasā saṅgahitaparijjanā
bhattu manāpaṃ carati sambhataṃ anurakkhati.
Yā evaṃ vattati nārī bhattu chandavasānugā[5]
manāpā nāma te devā yattha sā upapajjatī[6] ti.

XLIX.

1. Ekaṃ samayaṃ Bhagavā Sāvatthiyaṃ viharati Pubbārāme Migāramātupāsāde. Atha kho Visākhā Migāramātā yena Bhagavā ten' upasaṅkami[7], upasaṅkamitvā . . . pe[8] . . . Ekamantaṃ nisinnaṃ kho Visākhaṃ Migāramātaraṃ Bhagavā etad avoca: —

2. Catūhi kho Visākhe dhammehi samannāgato mātugāmo idhalokavijayāya paṭipanno hoti, ayaṃ sa[9] loko āraddho hoti. Katamehi catūhi?

3. Idha Visākhe mātugāmo susaṃvihitakammanto hoti saṅgahitaparijjano, bhattu manāpaṃ carati, sambhataṃ anurakkhati. Kathañ ca Visākhe mātugāmo susaṃvihitakammanto hoti?

4. Idha Visākhe mātugāmo ye te bhattu abbhantarā kammantā 'uṇṇā' ti vā 'kappāsā' ti vā, tattha dakkhā hoti analasā tatrupāyāya vīmaṃsāya samannāgatā alaṃ kātuṃ alaṃ saṃvidhātuṃ. Evaṃ kho Visākhe mātugāmo susaṃ-

[1] M. Ph. M_6. S. °gā.
[2] T. M_6. M_7 uppa°
[3] M. °kāmadaṃ.
[4] M. Ph. °yikā.
[5] T. M_6. M_7 °chanda°
[6] M_7 uppa°
[7] M. la; Ph. M_6 pa | Ekamantaṃ.
[8] S. adds nisīdi.
[9] T. M_6. M_7 sā; omitted by M. Ph. M_6.

vihitakammanto hoti. Kathañ ca Visākhe mātugāmo saṅgahitaparijano hoti?

5. Idha Visākhe mātugāmo yo[1] so[1] bhattu abbhantaro[2] antojano[3] 'dāsā' ti vā 'pessā' ti vā 'kammakarā' ti vā, tesaṃ katañ ca katato jānāti akatañ ca akatato jānāti gilānakānañ ca balābalaṃ jānāti, khādaniyaṃ bhojaniyañ c'assa paccaṃsena[4] saṃvibhajati. Evaṃ kho Visākhe mātugāmo saṅgahitaparijano hoti. Kathañ ca Visākhe mātugāmo bhattu manāpaṃ carati?

6. Idha Visākhe mātugāmo yaṃ bhattu[5] amanāpasaṃkhātaṃ, taṃ jīvitahetu pi na[6] ajjhācarati[6]. Evaṃ kho Visākhe mātugāmo bhattu manāpaṃ carati. Kathañ ca Visākhe mātugāmo sambhataṃ anurakkhati?

7. Idha Visākhe mātugāmo yaṃ bhattā āharati dhanaṃ vā dhaññaṃ vā rajataṃ vā jātarūpaṃ vā, taṃ ārakkhena guttiyā sampādeti, tattha ca hoti adhuttī athenī asoṇḍī avināsikā. Evaṃ kho Visākhe mātugāmo sambhataṃ anurakkhati.

Imehi kho Visākhe catūhi dhammehi samannāgato mātugāmo idhalokavijayāya paṭipanno hoti, ayaṃ sa[7] loko āraddho hoti.

8. Catūhi kho Visākhe dhammehi samannāgato mātugāmo paralokavijayāya paṭipanno hoti, parassa[8] loko āraddho hoti. Katamehi catūhi?

9. Idha Visākhe mātugāmo saddhāsampanno hoti, sīlasampanno hoti, cāgasampanno hoti, paññāsampanno hoti. Kathañ ca Visākhe mātugāmo saddhāsampanno hoti?

10. Idha Visākhe mātugāmo saddho hoti, saddahati Tathāgatassa bodhiṃ 'Iti pi so Bhagavā arahaṃ sammāsambuddho vijjācaraṇasampanno sugato lokavidū anuttaro purisadammasārathi Satthā devamanussānaṃ buddho Bhagavā' ti. Evaṃ kho Visākhe mātugāmo saddhāsampanno hoti. Kathañ ca Visākhe mātugāmo sīlasampanno hoti?

---

[1] S. yo te. [2] S. ra. [3] S. na.
[4] M. Ph. paccattaṃsena; M. saccaṃsena; M. S. paccayena.
[5] T. M. M. bhattuno. [6] T. M. M. anajjhā°
[7] T. M. M. sā; *omitted by* M. Ph. M.
[8] T. M. M. paraṃsā; M. M. paraloka.

11. Idha Visākhe mātugāmo pāṇātipātā paṭivirato hoti ... pe[1] ... surāmerayamajjapamādaṭṭhānā paṭivirato hoti. Evaṃ kho Visākhe mātugāmo sīlasampanno hoti. Kathañ ca Visākhe mātugāmo cāgasampanno hoti?

12. Idha Visākhe mātugāmo vigatamalamaccherena cetasā agāraṃ ajjhāvasati muttacāgā[2] payatapāṇī vossaggaratā yācayogā dānasaṃvibhāgaratā. Evaṃ kho[3] Visākhe mātugāmo cāgasampanno hoti. Kathañ ca Visākhe mātugāmo paññāsampanno hoti?

13. Idha Visākhe mātugāmo paññavā hoti[4] udayatthagāminiyā[5] paññāya samannāgato ariyāya nibbedhikāya sammādukkhakkhayagāminiyā. Evaṃ kho Visākhe mātugāmo paññāsampanno hoti.

Imehi kho Visākhe catūhi dhammehi samannāgato mātugāmo paralokavijayāya paṭipanno hoti. parassa[6] loko[6] āraddho hotī ti.

Susaṃvihitakammantā[7] saṅgahitaparijjanā
bhattu manāpaṃ carati sambhataṃ anurakkhati.
Saddhāsīlena sampannā vadaññū vītamaccharā
niccaṃ maggaṃ visodheti sotthānaṃ samparāyikaṃ.
Icc' ete aṭṭha dhammā ca[8] yassā vijjanti nāriyā
tam pi sīlavatiṃ āhu dhammaṭṭhaṃ saccavādiniṃ.
Soḷasākārasampannā aṭṭhaṅgasusamāgatā
tādisī sīlavatī upāsikā upapajjati[9] devalokaṃ manāpan ti.

L.

1. Catūhi[10] bhikkhave dhammehi samannāgato mātugāmo idhalokavijayāya paṭipanno hoti, ayaṃ sa[11] loko āraddho hoti. Katamehi catūhi?

---

[1] M. Ph. pa; M_6 la. [2] M. Ph. S. °gī.
[3] M_6 M_7 pa | Kathañ; T. puts pa after Visākha.
[4] M. la | Evaṃ. [5] T. °ahi°
[6] M. paraloko; M_6 parassa loko.
[7] S. has the masculine throughout.
[8] omitted by T. M_6 M_7. [9] M_5 M_6 M_7 uppa°
[10] T. inserts kho.
[11] T. M_6 M_7 sa; omitted by M. Ph. M_6.

2. Idha bhikkhave mātugāmo susaṃvihitakammanto hoti, saṅgahitaparijjano, bhattu manāpaṃ carati, sambhataṃ anurakkhati. Kathañ ca bhikkhave mātugāmo susaṃvihitakammanto hoti?

3. Idha bhikkhave mātugāmo ye te bhattu abbhantarā kammantā . . . pe[1] . . . Evaṃ kho bhikkhave mātugāmo susaṃvihitakammanto hoti. Kathañ ca bhikkhave mātugāmo saṅgahitaparijjano hoti?

4. Idha bhikkhave mātugāmo yo[2] so[3] bhattu abbhantaro[3] antojano[4] . . . pe[5] . . . Evaṃ kho bhikkhave mātugāmo saṅgahitaparijjano hoti. Kathañ ca bhikkhave mātugāmo bhattu manāpaṃ carati?

5. Idha bhikkhave mātugāmo yaṃ bhattu amanāpasaṅkhātaṃ[6], taṃ jīvitahetu pi na ajjhācarati. Evaṃ kho bhikkhave mātugāmo bhattu manāpaṃ carati. Kathañ ca bhikkhave mātugāmo sambhataṃ anurakkhati?

6. Idha bhikkhave mātugāmo yaṃ bhattā āharati . . . pe[7] . . . Evaṃ kho bhikkhave mātugāmo sambhataṃ anurakkhati.

Imehi kho bhikkhave catūhi dhammehi samannāgato mātugāmo idhalokavijayāya paṭipanno hoti, ayaṃ sa[8] loko āraddho hoti.

7. Catūhi bhikkhave dhammehi samannāgato mātugāmo paralokavijayāya paṭipanno hoti, parassa[9] loko[9] āraddho hoti. Katamehi catūhi?

8. Idha bhikkhave mātugāmo saddhāsampanno hoti, sīlasampanno hoti, cāgasampanno hoti, paññāsampanno hoti. Kathañ ca bhikkhave mātugāmo saddhāsampanno hoti?

9. Idha bhikkhave mātugāmo saddho hoti . . . pe[10] . . . ;

---

[1] M. M_6 la; Ph. pa. [2] S. ye te. [3] S. °rā.
[4] S. °nā. [5] M. la; Ph. pa; omitted by M_6.
[6] T. manā°
[7] M. la; Ph. pa; omitted by M_6 M_6 M_7.
[8] M_6 M_7 sā; omitted by M. Ph. M_6 T.
[9] M. paraloko; T. M_6 parassa loko.
[10] Ph. *gives it in full;* T. *has* saddahati sammāsambodhim (*sic*). iti pi so Bh° arahaṃ . . . pe . . . lokassa ti (*sic*); M_6 M_7 *omit* pa.

Evaṃ kho bhikkhave mātugāmo saddhāsampanno hoti. Kathañ ca bhikkhave mātugāmo sīlasampanno hoti?

10. Idha bhikkhave mātugāmo pāṇātipātā paṭivirato hoti . . . pe[1] . . . surāmerayamajjapamādaṭṭhānā paṭivirato hoti. Evaṃ kho bhikkhave mātugāmo sīlasampanno hoti. Kathañ ca bhikkhave mātugāmo cāgasampanno hoti?

11. Idha bhikkhave mātugāmo vigatamalamaccherena cetasā agāraṃ ajjhāvasati . . . pe[2] . . . Evaṃ kho bhikkhave mātugāmo cāgasampanno hoti. Kathañ ca bhikkhave mātugāmo paññāsampanno hoti?

12. Idha bhikkhave mātugāmo paññavā hoti . . . pe[3] . . . Evaṃ kho bhikkhave mātugāmo paññāsampanno hoti. Imehi kho bhikkhave catūhi dhammehi samannāgato mātugāmo paralokavijayāya paṭipanno hoti, parassa[4] lok'assa[4] āraddho hoti ti.

Susaṃvihitakammantā[5] saṅgahitaparijjanā
bhattu manāpaṃ carati sambhataṃ anurakkhati.
Saddhāsīlena sampannā vadaññū vītamaccharā
niccaṃ maggaṃ visodheti sotthānaṃ samparāyikaṃ.
Icc[6] ete aṭṭha dhammā ca[6] yassā vijjanti nāriyā
tam pi sīlavatiṃ āhu dhammaṭṭhaṃ saccavādiniṃ.
Soḷasākārasampannā aṭṭhaṅgasusamāgatā
tādisī sīlavatī upāsikā upapajjati[7] devalokaṃ manāpaṃ ti.

Uposathavaggo pañcamo.

Tatr' uddānaṃ[8]:

Saṃkhitte vitthate Visākhe Vāseṭṭho Bojjhāya[9] pañcamaṃ[10]
Anuruddhaṃ[11] puna[12] Visākhe Nakulā idhalokikā[13] dve ti.

Paṇṇāsakaṃ samattaṃ[14].

---

[1] M. M. la; Ph. pa; omitted by M. M.
[2] M. la; Ph. pa; omitted by M.
[3] M. la; Ph. pa; omitted by M. T. M. M.
[4] M. paraloko; T. M. M. parassa loke.
[5] S. has the masculine throughout. [6] omitted by T. M. M.
[7] T. M. uppa° [8] T. M. M. omit the uddāna entirely.
[9] M. Bojjhāya. [10] Ph. °mī. [11] M. M. °ddha.
[12] S. pana. [13] M. idhatika.
[14] M. paṭhamaṃ; M. sattamaṃ; omitted by T. M. M.

LI[1].

1. Ekaṃ samayaṃ Bhagavā Sakkesu viharati Kapilavatthusmiṃ Nigrodhārāme. Atha kho Mahāpajāpatī Gotamī yena Bhagavā ten' upasaṅkami, upasaṅkamitvā Bhagavantaṃ abhivādetvā ekamantaṃ aṭṭhāsi. Ekamantaṃ ṭhitā kho Mahāpajāpatī Gotamī Bhagavantaṃ etad avoca 'sādhu bhante labheyya mātugāmo Tathāgatappavedite dhammavinaye agārasmā anagāriyaṃ[2] pabbajjan' ti. 'Alaṃ Gotami, mā te rucci mātugāmassa Tathāgatappavedite dhammavinaye agārasmā anagāriyaṃ pabbajjā' ti.

2. Dutiyam pi kho Mahāpajāpatī Gotamī Bhagavantaṃ etad avoca 'sādhu bhante labheyya mātugāmo Tathāgatappavedite dhammavinaye agārasmā anagāriyaṃ pabbajjan' ti. 'Alaṃ Gotami, mā te rucci mātugāmassa Tathāgatappavedite dhammavinaye agārasmā anagāriyaṃ pabbajjā' ti.

3. Tatiyam pi kho Mahāpajāpatī Gotamī Bhagavantaṃ etad avoca 'sādhu bhante labheyya mātugāmo Tathāgatappavedite dhammavinaye agārasmā anagāriyaṃ pabbajjan' ti. 'Alaṃ Gotami, mā te rucci mātugāmassa Tathāgatappavedite dhammavinaye agārasmā anagāriyaṃ pabbajjā' ti. Atha kho Mahāpajāpatī Gotamī na Bhagavā anujānāti mātugāmassa Tathāgatappavedite dhammavinaye agārasmā anagāriyaṃ pabbajjan' ti dukkhī dummanā assumukhī rudamānā[3] Bhagavantaṃ abhivādetvā padakkhiṇaṃ katvā pakkāmi.

4. Atha kho Bhagavā Kapilavatthusmiṃ yathābhirantaṃ viharitvā yena Vesālī tena cārikaṃ pakkāmi, anupubbena cārikaṃ caramāno yena Vesālī tad avasari. Tatra sudaṃ Bhagavā Vesāliyaṃ viharati Mahāvane[4] Kūṭāgārasālāyaṃ. Atha kho Mahāpajāpatī Gotamī kese chedāpetvā kāsāyāni vatthāni acchādetvā sambahulāhi Sākiyānīhi[5] saddhiṃ yena

[1] S. has as title Aṭṭhakanipāto paṇṇāsakasaṅgahito paṭhamavaggo. [2] M. Ph. anā° throughout.
[3] M. Ph. M₆ rod° [4] omitted by M₆.
[5] S. Sākiyāhi.

Vesālī tena pakkāmi, anupubbena yena Vesālī Mahāvanaṃ Kūṭāgārasālā ten' upasaṅkami. Atha kho Mahāpajāpatī Gotamī sunehi[1] pādehi rajokiṇṇena gattena dukkhī dummanā assumukhī rudamānā bahi dvārakoṭṭhake aṭṭhāsi. Addasā kho āyasmā Ānando Mahāpajāpatiṃ Gotamiṃ sunehi pādehi rajokiṇṇena gattena dukkhiṃ dummanaṃ assumukhiṃ rudamānaṃ bahi dvārakoṭṭhake ṭhitaṃ, disvā[2] Mahāpajāpatiṃ Gotamiṃ etad avoca 'kin nu tvaṃ Gotami sunehi pādehi rajokiṇṇena gattena dukkhī dummanā assumukhī rudamānā bahi dvārakoṭṭhake ṭhitā' ti? 'Tathā hi pana bhante Ānanda Bhagavā na[3] anujānāti mātugāmassa Tathāgatappavedite dhammavinaye agārasmā anagāriyaṃ pabbajjan' ti. 'Tena hi Gotami idh' eva tāva hoti, yāvāhaṃ Bhagavantaṃ[4] yācāmi mātugāmassa Tathāgatappavedite dhammavinaye agārasmā anagāriyaṃ pabbajjan' ti.

5. Atha kho āyasmā Ānando yena Bhagavā ten' upasaṅkami, upasaṅkamitvā Bhagavantaṃ abhivādetvā ekamantaṃ nisīdi. Ekamantaṃ nisinno kho āyasmā Ānando Bhagavantaṃ etad avoca 'esā bhante Mahāpajāpatī Gotamī sunehi pādehi rajokiṇṇena gattena dukkhī dummanā assumukhī rudamānā bahi dvārakoṭṭhake ṭhitā na[5] Bhagavā anujānāti mātugāmassa Tathāgatappavedite dhammavinaye agārasmā anagāriyaṃ pabbajjan ti. Sādhu bhante labheyya mātugāmo Tathāgatappavedite dhammavinaye agārasmā anagāriyaṃ pabbajjan' ti. 'Alaṃ Ānanda, mā te rucci mātugāmassa Tathāgatappavedite dhammavinaye agārasmā anagāriyaṃ pabbajjā' ti. Dutiyam pi kho . . . pe[6] . . . tatiyam pi kho āyasmā Ānando Bhagavantaṃ etad avoca 'sādhu bhante labheyya mātugāmo Tathāgatappavedite dhammavinaye agārasmā anagāriyaṃ pabbajjan' ti. 'Alaṃ Ānanda, mā te rucci mātugāmassa Tathāgatappavedite dhammavinaye agārasmā anagāriyaṃ pabbajjā' ti.

---

1 M₆ sunehi throughout.
2 M. Ph. M₆ S. disvāna.
3 M. Ph. S. put na before Bhagavā; M₆ omits it.
4 M₆ bhavantaṃ corrected from Bhagavantaṃ.
5 omitted by M₆.
6 M. M₆ la; Ph. pa; omitted by T. M₆.

6. Atha kho āyasmato Ānandassa etad ahosi 'na Bhagavā anujānāti mātugāmassa Tathāgatappavedite dhammavinaye agārasmā anagāriyaṃ pabbajjaṃ[1], yan nūnāhaṃ aññena pi[2] pariyāyena Bhagavantaṃ yāceyyaṃ mātugāmassa Tathāgatappavedite dhammavinaye agārasmā anagāriyaṃ pabbajjan' ti. Atha kho āyasmā Ānando Bhagavantaṃ etad avoca 'bhabbo nu kho bhante mātugāmo Tathāgatappavedite dhammavinaye agārasmā anagāriyaṃ pabbajitvā sotāpattiphalaṃ vā sakadāgāmiphalaṃ vā anāgāmiphalaṃ vā arahattaphalaṃ vā sacchikātun' ti? 'Bhabbo Ānanda mātugāmo Tathāgatappavedite dhammavinaye agārasmā anagāriyaṃ pabbajitvā sotāpattiphalaṃ pi sakadāgāmiphalaṃ pi anāgāmiphalaṃ pi arahattaphalaṃ pi sacchikātun' ti. 'Sace bhante bhabbo mātugāmo Tathāgatappavedite dhammavinaye agārasmā anagāriyaṃ pabbajitvā sotāpattiphalaṃ pi . . . pe[3] . . . arahattaphalaṃ pi sacchikātuṃ, bahupakārā[4] bhante Mahāpajāpatī Gotamī Bhagavato mātucchā āpādikā posikā[5] Bhagavantaṃ janettiyā kālakatāya thaññaṃ pāyesi. sādhu bhante labheyya mātugāmo Tathāgatappavedite dhammavinaye agārasmā anagāriyaṃ pabbajjan' ti.

7. 'Sace Ānanda Mahāpajāpatī Gotamī aṭṭha garudhamme paṭigaṇhāti, sā 'v' assā[6] hotu upasampadā. Vassasatūpasampannāya bhikkhuniyā tadahūpasampannassa bhikkhuno abhivādanaṃ paccuṭṭhānaṃ añjalikammaṃ sāmīcikammaṃ[7] kattabbaṃ, ayam pi dhammo sakkatvā garukatvā mānetvā pūjetvā yāvajīvaṃ anatikkamanīyo. Na bhikkhuniyā[8] abhikkhuke[9] āvāse vassaṃ upagantabbaṃ, ayam pi dhammo sakkatvā garukatvā mānetvā pūjetvā yāvajīvaṃ anatikkamanīyo. Anvaddhamāsaṃ bhikkhuniyā bhikkhusaṅghato[10] uposathapucchakañ[11] ca ovādūpasaṅkamanañ[12]

[1] T. °jjan ti. [2] omitted by T.
[3] M. M6 la; Ph. pa; T. sakadāgāmiphalaṃ pi | pe.
[4] M. M6 M7 S. bahukārā. [5] S. °kā.
[6] T. M6 M7 sā va. [7] omitted by M6.
[8] T. bhikkhuniyo abhikkhuniyā. [9] M6 na abhi°
[10] M. Ph. add dve dhammā paccāsitabbā (Ph. °sicitabbā).
[11] M6 °pucchakiccaṃ.
[12] T. ovādāpa°; M6 ovādūpa°

ca pariyesitabbaṃ[1], ayam pi dhammo sakkatvā garukatvā mānetvā pūjetvā yāvajīvaṃ anatikkamaniyo. Vassaṃ vutthāya[2] bhikkhuniyā[3] ubhatosaṅghe tīhi ṭhānehi[4] pavāretabbaṃ[5] diṭṭhena[6] sutena parisaṅkāya, ayam pi dhammo sakkatvā garukatvā mānetvā pūjetvā yāvajīvaṃ anatikkamaniyo. Garudhammaṃ ajjhāpannāya bhikkhuniyā ubhatosaṅghe pakkhamānattaṃ caritabbaṃ, ayam pi dhammo sakkatvā garukatvā mānetvā pūjetvā yāvajīvaṃ anatikkamaniyo. Dve vassāni chasu dhammesu sikkhitasikkhāya sikkhamānāya ubhatosaṅghe upasampadā pariyesitabbā, ayam pi dhammo sakkatvā garukatvā mānetvā pūjetvā yāvajīvaṃ anatikkamaniyo. Na[7] kenaci pariyāyena bhikkhuniyā bhikkhu akkositabbo paribhāsitabbo[8], ayam pi dhammo sakkatvā garukatvā mānetvā pūjetvā yāvajīvaṃ anatikkamaniyo. Ajja-t-agge Ānanda[9] ovaṭo[10] bhikkhunīnaṃ bhikkhūsu vacanapatho, anovaṭo[11] bhikkhūnaṃ bhikkhunīsu vacanapatho, ayam pi dhammo sakkatvā garukatvā mānetvā pūjetvā yāvajīvaṃ anatikkamaniyo. Sace Ānanda Mahāpajāpatī Gotamī ime aṭṭha garudhamme paṭigaṇhāti, sā 'v' assā[12] hotu upasampadā 'ti.

8. Atha kho āyasmā Ānando Bhagavato santike ime aṭṭha garudhamme uggahetvā yena Mahāpajāpatī Gotamī ten' upasaṅkami, upasaṅkamitvā Mahāpajāpatiṃ Gotamiṃ etad avoca 'sace kho tvaṃ Gotami[13] aṭṭha garudhamme paṭigaṇheyyāsi, sā 'va[14] te[14] bhavissati upasampadā. Vassasatūpasampannāya bhikkhuniyā tadahupasampannassa bhikkhuno abhivādanaṃ paccuṭṭhānaṃ añjalikammaṃ sāmīcikammaṃ kattabbaṃ, ayam pi dhammo sakkatvā garukatvā mānetvā pūjetvā yāvajīvaṃ anatikkamaniyo . . . pa[15] . . . ajja-t-agge ovaṭo[16] bhikkhunīnaṃ bhikkhūsu vacanapatho,

---

1 omitted by M. Ph. 2 T. aṭṭhāya. 3 T. °niyo.
4 omitted by M6. 5 M. Ph. M6 °bbo.
6 T. inserts vā. 7 omitted by T.
8 T. M6. M7 °sitabbo; M6 omits pari°
9 omitted by M. 10 M6 ovādo; T. ovāmo.
11 M6 °vado. 12 T. M6. M7 assa.
13 T. M6. M7 insert ime. 14 M6 assa te.
15 M. M6 la; Ph. pa. 16 T. ovāṭo; M6 ovādo.

anovaṭo[1] bhikkhūnaṃ bhikkhunīsu vacanapatho, ayam pi dhammo sakkatvā garukatvā mānetvā pūjetvā yāvajīvaṃ anatikkamanīyo. Sace kho tvaṃ Gotami ime aṭṭha garudhamme paṭigaṇheyyāsi, sā 'va te bhavissati upasampadā' ti. 'Seyyathā pi bhante Ānanda itthī vā puriso vā daharo[2] yuvā maṇḍanakajātiyo[3] sīsaṃ nahāto[4] uppalamālaṃ vā vassikamālaṃ vā[5] adhimuttakamālaṃ[6] vā labhitvā[7] ubhohi hatthehi paṭiggahetvā[8] uttamaṅge sirasmiṃ patiṭṭhāpeyya[9], evam eva kho ahaṃ bhante ime aṭṭha garudhamme paṭigaṇhāmi yāvajīvaṃ anatikkamanīye' ti.

8. Atha kho āyasmā Ānando yena Bhagavā ten' upasaṅkami, upasaṅkamitvā Bhagavantaṃ abhivādetvā ekamantaṃ nisīdi. Ekamantaṃ nisinno kho āyasmā Ānando Bhagavantaṃ etad avoca 'paṭiggahitā bhante Mahāpajāpatiyā Gotamiyā aṭṭha garudhammā yāvajīvaṃ anatikkamanīyā' ti. 'Sace Ānanda nālabhissa[10] mātugāmo Tathāgatappavedite dhammavinaye agārasmā anagāriyaṃ pabbajjaṃ, ciraṭṭhitikaṃ Ānanda brahmacariyaṃ[11] abhavissa, vassasahassaṃ eva[12] saddhammo tiṭṭheyya. Yato[13] ca kho Ānanda mātugāmo Tathāgatappavedite dhammavinaye agārasmā anagāriyaṃ pabbajito, na dāni[14] Ānanda brahmacariyaṃ ciraṭṭhitikaṃ bhavissati, pañc' eva dāni Ānanda vassasatāni saddhammo ṭhassati. Seyyathā pi Ānanda yāni kānici kulāni bahvitthikāni[15] appapurisakāni[16], tāni suppadhaṃsiyāni honti corehi kumbhatthenakehi[17], evam eva kho Ānanda yasmiṃ dhammavinaye labhati mātugāmo agārasmā anagāriyaṃ pabbajjaṃ, na taṃ brahmacariyaṃ ciraṭṭhitikaṃ hoti. Seyyathā pi Ānanda sampanne sālikhette

---

1 M₆ °vādo. 2 T. M₆ insert va.
3 M. Ph. S. °ko; M₆ adds pi.
4 M. Ph. M₆ nhā°; S. sīsanhā° 5 omitted by M₆. M₇.
6 Ph. avi°; T. M₇. M₆ ati° 7 M₆ labhetvā.
8 M₆ °hitvā. 9 T. patiṭṭheyya.
10 M₆ na labhissa; T. M₇ labhissa. 11 M₆ abrahma°
12 omitted by T. M₇. M₈ 13 T. M₇. M₆ yatha.
14 M₆ taṃ. 15 M. Ph. M₆ bahutthi°; S. bahu-itthi°
16 T. sappuri°
17 T. kumbhatthakehi; M. Ph. kumbhathe°; M₆ kumbhate°

setaṭṭhikā nāma rogajāti[1] nipatati[2], evaṃ taṃ sālikkhettaṃ na ciraṭṭhitikaṃ hoti, evam eva kho Ānanda yasmiṃ dhammavinaye labhati mātugāmo agārasmā anagāriyaṃ pabbajjaṃ, na taṃ brahmacariyaṃ ciraṭṭhitikaṃ hoti. Seyyathā pi Ānanda sampanne ucchukhette mañjiṭṭhikā[3] nāma rogajāti[1] nipatati[2], evaṃ taṃ ucchukhettaṃ na ciraṭṭhitikaṃ hoti, evam eva kho Ānanda yasmiṃ dhammavinaye labhati mātugāmo agārasmā anagāriyaṃ pabbajjaṃ, na taṃ brahmacariyaṃ ciraṭṭhitikaṃ hoti. Seyyathā pi Ānanda puriso mahato taḷākassa paṭigacc'[4] eva āḷiṃ[5] bandheyya yāva-d-eva udakassa anatikkamanāya, evam eva kho Ānanda mayā paṭigacc'[4] eva bhikkhunīnaṃ aṭṭha garudhammā paññattā yāvajīvaṃ anatikkamanīyā" ti.

LII.

1. Ekaṃ samayaṃ Bhagavā Vesāliyaṃ viharati Mahāvane Kūṭāgārasālāyaṃ. Atha kho āyasmā Ānando yena Bhagavā ten' upasaṅkami, upasaṅkamitvā Bhagavantaṃ abhivādetvā ekamantaṃ nisīdi. Ekamantaṃ nisinno kho āyasmā Ānando Bhagavantaṃ etad avoca "katīhi nu kho bhante dhammehi samannāgato bhikkhu bhikkhunovādako sammannitabbo" ti? Aṭṭhahi kho Ānanda dhammehi samannāgato bhikkhu bhikkhunovādako sammannitabbo. Katamehi aṭṭhahi?

2. Idh' Ānanda bhikkhu sīlavā hoti . . . pe[6] . . . samādāya sikkhati sikkhāpadesu, bahussuto hoti . . . pe[6] . . . diṭṭhiyā suppaṭividdhā, ubhayāni kho pan'[7] assa[7] pātimokkhāni vitthārena svāgatāni honti suvibhattāni suppavattīni[8] suvinicchitāni suttaso[9] anuvyañjanaso[10], kalyāṇavāco hoti kalyāṇavākkaraṇo poriyā vācāya samannāgato vissaṭṭhāya[11] anelagaḷāya atthassa viññāpaniyā, paṭibalo

---

[1] T. °ti; M₆ °ti and ti. [2] T. °tanti.
[3] M. mañje°; S. mañje° [4] M. Ph. M₆ S. °kacc'
[5] M. Ph. M₆ āḷiṃ; S. pāḷiṃ. [6] M. M₆ la; Ph. pa.
[7] T. M₇ M, pana.
[8] S. suppavattitāni; *omitted by* M₆. [9] T. M₇ M, °to.
[10] T. °vyañjanaso. [11] M. Ph. M₆ vissa°

hoti bhikkhunisaṅghaṃ[1] dhammiyā kathāya sandassetuṃ samādapetuṃ samuttejetuṃ sampahaṃsetuṃ, yebhuyyena bhikkhunīnaṃ piyo hoti manāpo, na kho pan' etaṃ[2] Bhagavantaṃ uddissa pabbajitāya kāsāyavatthavasanāya[3] garudhammaṃ ajjhāpannapubbo hoti, vīsativasso vā hoti atirekavīsativasso vā.

Imehi kho Ānanda aṭṭhahi dhammehi samannāgato bhikkhu bhikkhunovādako sammannitabbo ti.

LIII.

1. Ekaṃ samayaṃ Bhagavā Vesāliyaṃ viharati Mahāvane Kūṭāgārasālāyaṃ. Atha kho Mahāpajāpatī Gotamī yena Bhagavā ten' upasaṅkami, upasaṅkamitvā Bhagavantaṃ abhivādetvā ekamantaṃ aṭṭhāsi. Ekamantaṃ ṭhitā kho Mahāpajāpatī Gotamī Bhagavantaṃ etad avoca "sādhu me[4] bhante Bhagavā saṃkhittena dhammaṃ desetu, yam ahaṃ[5] Bhagavato dhammaṃ sutvā ekā[6] vūpakaṭṭhā appamattā ātāpinī pahitattā vihareyyan" ti.

2. Ye kho tvaṃ Gotami dhamme jāneyyāsi 'ime dhammā sarāgāya saṃvattanti no virāgāya, saṃyogāya saṃvattanti no visaṃyogāya, ācayāya saṃvattanti no apacayāya, mahicchatāya saṃvattanti no appicchatāya, asantuṭṭhiyā saṃvattanti no santuṭṭhiyā, saṅgaṇikāya saṃvattanti no pavivekāya, kosajjāya saṃvattanti no viriyārambhāya, dubbharatāya saṃvattanti no subharatāya' ti, ekaṃsena Gotami dhāreyyāsi 'n' eso dhammo, n' eso vinayo, n' etaṃ Satthu sāsanan' ti.

3. Ye ca kho tvaṃ Gotami dhamme jāneyyāsi 'ime dhammā virāgāya saṃvattanti no sarāgāya, visaṃyogāya saṃvattanti no saṃyogāya, apacayāya saṃvattanti no ācayāya, appicchatāya saṃvattanti no mahicchatāya, santuṭṭhiyā saṃvattanti no asantuṭṭhiyā, pavivekāya saṃvattanti no

[1] M. Ph. M₆ S. °sahassa. [2] M₆ pana taṃ.
[3] M₆ M₇ °vatthavasanaya; T. kāsāvavasanāya.
[4] omitted by M₆ T. M₇. [5] T. M₇ mayhaṃ.
[6] omitted by M. M₆.

saṅgaṇikāya, viriyārambhāya saṃvattanti no kosajjāya, subharatāya saṃvattanti no dubbharatāyā' ti. Ekaṃsena Gotami dhāreyyāsi 'eso dhammo, eso vinayo, etaṃ Satthu sāsanan' ti.

LIV.

1. Ekaṃ samayaṃ Bhagavā Koliyesu viharati Kakkarapattaṃ[1] nāma Koliyānaṃ nigamo. Atha[2] kho Dīghajāṇu Koliyaputto yena Bhagavā ten' upasaṅkami, upasaṅkamitvā Bhagavantaṃ abhivādetvā ekamantaṃ nisīdi. Ekamantaṃ nisinno kho Dīghajāṇu Koliyaputto Bhagavantaṃ etad avoca 'mayaṃ bhante gihī kāmabhogī[3] puttasambādhasayanaṃ[4] ajjhāvasāma kāsikacandanaṃ paccanubhoma mālāgandhavilepanaṃ dhārayāma jātarūparajataṃ sādiyāma, tesaṃ no bhante Bhagavā amhākaṃ tathā dhammaṃ desetu, ye amhākaṃ assu dhammā[5] diṭṭhadhammahitāya diṭṭhadhammasukhāya samparāyahitāya[6] samparāyasukhāyā' ti.

2. Cattāro 'me Byagghapajja dhammā kulaputtassa diṭṭhadhammahitāya saṃvattanti diṭṭhadhammasukhāya. Katame cattāro?

3. Uṭṭhānasampadā ārakkhasampadā kalyāṇamittatā samajīvitā[7]. Katamā ca Byagghapajja uṭṭhānasampadā[8]?

4. Idha[9] Byagghapajja[9] kulaputto yena kammaṭṭhānena jīvikaṃ[7] kappeti yadi kasiyā yadi vaṇijjāya[10] yadi gorakkhena yadi issatthena yadi rājaporisena[11] yadi sippaññatarena, tattha dakkho hoti analaso tatrupāyāya vīmaṃsāya samannāgato alaṃ kātuṃ alaṃ saṃvidhātuṃ[12]. Ayaṃ vuccati Byagghapajja uṭṭhānasampadā. Katamā ca Byagghapajja ārakkhasampadā[13]?

5. Idha[14] Byagghapajja[15] kulaputtassa bhogā honti

---

[1] S. -pattiṃ; M. -pattaṃ; M₆ -mattaṃ; T. -pattanaṃ; M₇ -pattana. [2] T. M₆ M₇ tatra. [3] M. Ph. -gino.
[4] T. puttadārasambādha- [5] omitted by M. Ph. M₆.
[6] omitted by T. M₆ M₇. [7] M₆ samma-
[8] omitted by M₆. [9] M. Ph. M₆ -taṃ. [10] T. -ijje.
[11] T. M₆ M₇ -purisena. [12] M. M₆ -tun ti.
[13] omitted by T.

uṭṭhānaviriyādhigatā bāhābalaparicitā[1] sedāvakkhittā[2] dhammikā dhammaladdhā, te ārakkhena guttiyā sampādeti 'kinti me ime bhoge neva rājāno hareyyuṃ, na corā hareyyuṃ, na aggi ḍaheyya, na udakaṃ vaheyya[3], na appiyā dāyādā hareyyun' ti? Ayaṃ vuccati Byagghapajja ārakkhasampadā. Katamā ca Byagghapajja kalyāṇamittatā?

6. Idha Byagghapajja kulaputto yasmiṃ[4] gāme vā nigame vā paṭivasati, tattha[5] ye te honti gahapatī vā gahapatiputtā vā daharā vā vuddhasīlino vuddhā[6] vā[6] vuddhasīlino[7] saddhāsampannā sīlasampannā cāgasampannā paññāsampannā, tehi saddhiṃ santiṭṭhati sallapati sākacchaṃ samāpajjati; yathārūpānaṃ saddhāsampannānaṃ saddhāsampadaṃ anusikkhati, yathārūpānaṃ sīlasampannānaṃ sīlasampadaṃ anusikkhati, yathārūpānaṃ cāgasampannānaṃ cāgasampadaṃ anusikkhati, yathārūpānaṃ paññāsampannānaṃ paññāsampadaṃ anusikkhati. Ayaṃ vuccati Byagghapajja kalyāṇamittatā. Katamā ca Byagghapajja samajīvitā[8]?

7. Idha Byagghapajja kulaputto āyañ ca bhogānaṃ viditvā vayañ ca bhogānaṃ viditvā samaṃ[9] jīvikaṃ[10] kappeti na[11] accogāḷhaṃ[11] na[12] atihīnaṃ[12] 'evaṃ me āyo vayaṃ pariyādāya ṭhassati, na ca me vayo āyaṃ pariyādāya ṭhassatī' ti. Seyyathā pi Byagghapajja tulādhāro vā tulādhārantevāsī vā tulaṃ[13] paggahetvā[14] jānāti 'ettakena vā onataṃ[15] ettakena vā unnatan'[16] ti, evam eva kho Byagghapajja kulaputto āyañ ca bhogānaṃ viditvā vayañ[6] ca[6] bhogānaṃ[6] viditvā[6] samaṃ[17] jīvikaṃ[10] kappeti na[11] accogāḷhaṃ[11] na[12] atihīnaṃ[12] 'evaṃ me āyo vayaṃ pariyādāya

---

[1] T. bāhu° [2] M_6 °kkhittā.
[3] M_6 vāheyya; M. S. hareyya; T. vāhareyyuṃ; M_7 vāhareyya; Ph. vadlhahayya; M_6 paheyyaṃ.
[4] M. Ph. M_6 *insert* ca. [5] S. tatra.
[6] *omitted by* M_6. [7] Ph. *inserts* sampannā.
[8] M_6 samma°; T. M_7 sammā° [9] T. M_6 M_7 samma°
[10] M. Ph. M_6 °kaṃ. [11] M. n' acco°; S. nacco°
[12] M. S. nāti° [13] Ph. tule. [14] Ph. M_6 °tvāna.
[15] M. Ph. M_6 opa° [16] M. Ph. M_6 T. uṇṇa°
[17] T. sammā°

ṭhassati[1], na ca me vayo āyaṃ pariyādāya ṭhassatī' ti. Sacāyaṃ Byagghapajja kulaputto appāyo samāno uḷāraṃ jīvikaṃ[2] kappeti, tassa bhavanti vattāro 'udumbarakhādikaṃ[3] vāyaṃ[4] kulaputto bhoge khādatī' ti. Sace panāyaṃ Byagghapajja kulaputto mahāyo[5] samāno kasiraṃ jīvikaṃ[2] kappeti, tassa bhavanti vattāro 'ajaddhumārikaṃ[6] vāyaṃ[7] kulaputto marissatī' ti. Yato ca khvāyaṃ[8] Byagghapajja kulaputto āyañ ca bhogānaṃ viditvā vayañ ca bhogānaṃ viditvā samaṃ[9] jīvikaṃ[2] kappeti na[10] accogāḷhaṃ[10] na[11] atihīnaṃ[11] 'evaṃ me āyo vayaṃ pariyādāya ṭhassati, na ca me vayo āyaṃ pariyādāya ṭhassatī' ti. Ayaṃ vuccati Byagghapajja samajīvitā[12].

8. Evaṃ samuppannānaṃ Byagghapajja bhogānaṃ cattāri apāyamukhāni honti: itthidhutto hoti[13], surādhutto, akkhadhutto, pāpamitto pāpasahāyo pāpasampavaṅko. Seyyathā pi Byagghapajja mahato taḷākassa cattāri c'eva āyamukhāni cattāri ca apāyamukhāni, tassa puriso yāni c'eva āyamukhāni tāni pidaheyya, yāni ca apāyamukhāni tāni vivareyya, devo ca na sammā dhāraṃ anuppaveccheyya[14]; evaṃ hi tassa Byagghapajja mahato taḷākassa parihāni[15] yeva pāṭikaṅkhā no vuddhi: evam eva kho Byagghapajja evaṃ samuppannānaṃ bhogānaṃ cattāri apāyamukhāni honti: itthidhutto hoti[16], surādhutto, akkhadhutto, pāpamitto pāpasahāyo pāpasampavaṅko.

9. Evaṃ samuppannānaṃ Byagghapajja bhogānaṃ cattāri āyamukhāni honti: na-itthidhutto hoti[17], na-surādhutto, na-

[1] M6 °ti ti, and it omits the rest. [2] M. Ph. M6 °taṃ.
[3] M6 °khāyikaṃ; M. °khādi; Ph. S. °khādakaṃ.
[4] Ph. S. cāyaṃ; M6 ayaṃ; M7 va. [5] Ph. mahāvayo.
[6] M. ajeṭṭhamārakaṃ; Ph. ajeṭṭhā°; M6 asamakārikaṃ; S. addhamārakaṃ; M7 addhajamarikaṃ.
[7] S. cāyaṃ; M7 va.
[8] M. M6 S. ca kho 'yaṃ; Ph. ca kho; T. M6 M7 omit ca.
[9] T. S. sama°; M7 samayaṃ.
[10] M. n' acco°; S. nācco° [11] M. S. nāti°
[12] T. samajīvikaṃ; M7 samajīvitā.
[13] omitted by M. Ph. M6 S.; T. M7 put hoti also after surā°
[14] Ph. M7 °vaccheyya. [15] T. M6 M7 hāni.
[16] omitted by M. M6 S. [17] omitted by all MSS.

akkhadhutto, kalyāṇamitto kalyāṇasahāyo kalyāṇasampavaṅko. Seyyathā pi Byagghapajja mahato taḷākassa cattāri c'eva āyamukhāni cattāri ca[1] apāyamukhāni, tassa puriso yāni c'eva āyamukhāni tāni vivareyya, yāni ca apāyamukhāni tāni pidaheyya, devo ca sammā dhāraṃ anuppavaccheyya[2]; evaṃ hi tassa Byagghapajja[3] mahato taḷākassa vuddhi yeva pāṭikaṅkhā no parihāni: evam eva kho Byagghapajja evaṃ samuppannānaṃ bhogānaṃ cattāri āyamukhāni honti: na-itthidhutto hoti[4], na-surādhutto, na-akkhadhutto, kalyāṇamitto kalyāṇasahāyo kalyāṇasampavaṅko.

Ime kho Byagghapajja[3] cattāro dhammā kulaputtassa diṭṭhadhammahitāya saṃvattanti diṭṭhadhammasukhāya.

10. Cattāro 'me[5] Byagghapajja dhammā kulaputtassa samparāyahitāya saṃvattanti samparāyasukhāya[6]. Katame cattāro?

11. Saddhāsampadā sīlasampadā cāgasampadā paññāsampadā. Katamā ca Byagghapajja saddhāsampadā?

12. Idha Byagghapajja kulaputto saddho hoti, saddahati Tathāgatassa bodhiṃ: iti pi so Bhagavā . . . pe[7] . . . Satthā devamanussānaṃ buddho Bhagavā ti. Ayaṃ vuccati Byagghapajja saddhāsampadā. Katamā ca Byagghapajja sīlasampadā?

13. Idha Byagghapajja[3] kulaputto pāṇātipātā paṭivirato hoti . . . pe[7] . . . surāmerayamajjapamādaṭṭhānā paṭivirato hoti. Ayaṃ vuccati Byagghapajja[3] sīlasampadā. Katamā ca Byagghapajja cāgasampadā?

14. Idha Byagghapajja kulaputto vigatamalamaccherena cetasā agāraṃ ajjhāvasati muttacāgo payatapāṇi vossaggarato yācayogo dānasaṃvibhāgarato. Ayaṃ vuccati Byagghapajja cāgasampadā. Katamā ca[8] Byagghapajja paññāsampadā?

---

[1] *omitted by* T. M_6 M_7.
[2] Ph. M_6 T. vaccheyya.
[3] M_6 Vyaggha°
[4] *omitted by* M. S.
[5] *omitted by* T.
[6] T. *adds* saṃvattanti.
[7] M. M_6 la; Ph. pa.
[8] *omitted by* M. T. S.

15. Idha Byagghapajja[1] kulaputto paññavā hoti, udayatthagāminiyā[2] paññāya samannāgato ariyāya nibbedhikāya sammādukkhakkhayagāminiyā. Ayaṃ vuccati Byagghapajja[1] paññāsampadā.

Ime kho Byagghapajja[1] cattāro dhammā kulaputtassa samparāyahitāya saṃvattanti samparāyasukhāyā ti.

Uṭṭhātā kammadheyyesu[3] appamatto vidhānavā
samaṃ[4] kappeti jīvikaṃ[5] sambhataṃ anurakkhati.
saddho sīlena sampanno vadaññū[6] vītamaccharo
niccaṃ maggaṃ visodheti sotthānaṃ samparāyikaṃ.
Icc' ete aṭṭha dhammā ca[7] saddhassa gharam esino
akkhātā saccanāmena ubhayattha sukhāvahā,
diṭṭhadhammahitatthāya samparāyasukhāya ca:
evam etaṃ gahaṭṭhānaṃ cāgo puññaṃ pavaḍḍhati[8] ti.

LV.

1. Atha kho Ujjayo[9] brāhmaṇo yena Bhagavā ten' upasaṅkami, upasaṅkamitvā Bhagavatā saddhiṃ sammodi, sammodanīyaṃ kathaṃ sārāṇīyaṃ vītisāretvā ekamantaṃ nisīdi. Ekamantaṃ nisinno kho Ujjayo brāhmaṇo Bhagavantaṃ etad avoca 'mayaṃ assu[10] bho Gotama pavāsaṃ gantukāmā, tesaṃ no bhavaṃ Gotamo amhākaṃ tathā[11] dhammaṃ desetu, ye amhākaṃ assu[12] dhammā diṭṭhadhammahitāya diṭṭhadhammasukhāya samparāyahitāya samparāyasukhāyā' ti.

2. Cattāro 'me[13] brāhmaṇa dhammā kulaputtassa diṭṭhadhammahitāya saṃvattanti diṭṭhadhammasukhāya. Katame cattāro?

---

[1] M. Vyaggha° [2] T. ubha° [3] T. M. °deyyesu.
[4] T. M. sammā. [5] M. Ph. M. M. S. °taṃ.
[6] M. viññū vigata° [7] omitted by T. M. M.
[8] M. pavattati.
[9] Ph. M. Ucc°; T. M. Ujjaj° throughout.
[10] M. asma; omitted by M. S. [11] Ph. tava.
[12] T. assa. [13] omitted by M.

3. Uṭṭhānasampadā ārakkhasampadā kalyāṇamittatā samajīvitā[1]. Katamā ca brāhmaṇa uṭṭhānasampadā?

4. Idha brāhmaṇa kulaputto yena kammaṭṭhānena jīvikaṃ[2] kappeti yadi kasiyā yadi vaṇijjāya yadi gorakkhena yadi issatthena yadi rājaporisena yadi sippaññatarena, tattha dakkho hoti analaso tatrupāyāya vīmaṃsāya samannāgato alaṃ kātuṃ alaṃ saṃvidhātuṃ[3]. Ayaṃ vuccati brāhmaṇa uṭṭhānasampadā. Katamā ca brāhmaṇa ārakkhasampadā?

5. Idha brāhmaṇa kulaputtassa bhogā honti uṭṭhānaviriyādhigatā bāhābalaparicitā[4] sedāvakkhittā dhammikā dhammaladdhā, te ārakkhena guttiyā sampādeti kinti me[5] ime bhoge neva rājāno hareyyuṃ, na corā hareyyuṃ, na aggi ḍaheyya, na udakaṃ vaheyya[6], na appiyā dāyādā hareyyun ti. Ayaṃ vuccati brāhmaṇa ārakkhasampadā. Katamā ca brāhmaṇa kalyāṇamittatā?

6. Idha brāhmaṇa kulaputto yasmiṃ gāme vā nigame vā paṭivasati, tattha[7] ye te honti gahapatī vā gahapatiputtā vā daharā vā vuddhasīlino[8] vuddhā[9] vā[9] vuddhasīlino[8] saddhāsampannā sīlasampannā cāgasampannā paññāsampannā, tehi saddhiṃ santiṭṭhati sallapati sākacchaṃ samāpajjati; yathārūpānaṃ saddhāsampannānaṃ saddhāsampadaṃ anusikkhati, yathārūpānaṃ sīlasampannānaṃ sīlasampadaṃ anusikkhati[10], yathārūpānaṃ cāgasampannānaṃ cāgasampadaṃ anusikkhati[10], yathārūpānaṃ paññāsampannānaṃ paññāsampadaṃ anusikkhati. Ayaṃ vuccati brāhmaṇa kalyāṇamittatā. Katamā ca brāhmaṇa samajīvitā[11]?

7. Idha brāhmaṇa kulaputto āyañ ca bhogānaṃ viditvā vayañ ca bhogānaṃ viditvā samaṃ[12] jīvikaṃ[2] kappeti

---

[1] M6 samma°; T. M7 samma° [2] M. Ph. M6 °taṃ.
[3] M. Ph. M6 °taṃ ti. [4] T. bāha°; M6 bahā°
[5] omitted by T. [6] T. vāhareyya; M7 udaheyya.
[7] M. Ph. M6 S. tatra. [8] omitted by M6.
[9] omitted by M6 T. [10] T. M6 M7 pe.
[11] T. M6 M7 samma°
[12] M6 samma°; S. sama°, T. M6 M7 samma°

na[1] accogāḷhaṃ[1] nā[2] atihīnaṃ[3] 'evaṃ me[3] āyo vayaṃ pariyādāya ṭhassati, na ca me vayo āyaṃ pariyādāya ṭhassatī' ti. Seyyathā pi brāhmaṇa tulādhāro vā tulādhārantevāsī vā tulaṃ[4] paggahetvā jānāti 'ettakena vā onataṃ[5] ettakena vā unnatan'[6] ti, evam eva kho brāhmaṇa kulaputto āyañ ca bhogānaṃ viditvā vayañ ca bhogānaṃ viditvā samaṃ[7] jīvikaṃ[8] kappeti na accogāḷhaṃ nā[2] atihīnaṃ[3] 'evaṃ me āyo vayaṃ pariyādāya ṭhassati, na ca me vayo āyaṃ pariyādāya ṭhassatī' ti. Sacāyaṃ brāhmaṇa kulaputto appāyo samāno uḷāraṃ jīvikaṃ[8] kappeti, tassa bhavanti vattāro 'udumbarakhādikaṃ[9] vāyaṃ[10] kulaputto bhoge khādatī' ti. Sace panāyaṃ brāhmaṇa kulaputto mahāyo samāno kasiraṃ jīvikaṃ[8] kappeti, tassa bhavanti vattāro 'ajaddhumārikaṃ[11] vāyaṃ[12] kulaputto marissatī' ti. Yato ca khvāyaṃ[13] brāhmaṇa kulaputto āyañ ca bhogānaṃ viditvā vayañ ca bhogānaṃ viditvā[14] samaṃ[15] jīvikaṃ[8] kappeti na accogāḷhaṃ nātihīnaṃ 'evaṃ me āyo vayaṃ pariyādāya ṭhassati, na ca me vayo āyaṃ pariyādāya ṭhassatī' ti. Ayaṃ vuccati brāhmaṇa samajīvitā[16].

8. Evaṃ samuppannānaṃ brāhmaṇa bhogānaṃ cattāri apāyamukhāni honti: itthidhutto hoti[17], surādhutto, akkhadhutto, pāpamitto pāpasahāyo pāpasampavaṅko. Seyyathā pi brāhmaṇa mahato taḷākassa cattāri c' eva āyamukhāni cattāri ca apāyamukhāni, tassa puriso yāni c' eva āyamukhāni tāni pidaheyya, yāni ca apāyamukhāni tāni vivareyya, devo ca na sammā dhāraṃ anuppaveccheyya[18]; evaṃ hi tassa

---

[1] M. s'accog°; S. nācco° throughout. [2] M. S. atih°
[3] omitted by M6. [4] Ph. M6 tula. [5] M. Ph. oun°
[6] M. Ph. M6 unna°
[7] M6 S. sama°; T. M7 M8 sammā°
[8] M. Ph. M6 °taṃ.
[9] M. °khādi; Ph. S. °khādakaṃ; M6 °kharitaṃ; T. M7 °khādanaṃ. [10] M6 S. cāyaṃ.
[11] M. ajeṭṭhamaraṇaṃ; Ph. ajeṭṭhamarikaṃ; M6 aṭṭhamaṇḍaritaṃ; S. aḍḍhamārakaṃ. [12] Ph. S. cāyaṃ.
[13] M. M6 S. kho 'yaṃ; T. khvahaṃ.
[14] T. M7 insert taṃ vā. [15] T. M7 M8 sammā.
[16] T. samamajīvitaṃ; M7 M8 °jīvitā.
[17] omitted by M. Ph. S. [18] M. Ph. M6 °vaccheyya.

brāhmaṇa mahato taḷākassa parihāni[1] yeva pāṭikaṅkhā no vuddhi. evam eva kho brāhmaṇa evaṃ samuppannānaṃ bhogānaṃ cattāri apāyamukhāni honti: itthidhutto hoti[2], surādhutto, akkhadhutto, pāpamitto pāpasahāyo pāpasampavaṅko.

9. Evaṃ samuppannānaṃ brāhmaṇa bhogānaṃ cattāri āyamukhāni honti: na-itthidhutto hoti[2], na-surādhutto, na-akkhadhutto, kalyāṇamitto kalyāṇasahāyo kalyāṇasampavaṅko. Seyyathā pi brāhmaṇa mahato taḷākassa cattāri c'eva āyamukhāni cattāri ca apāyamukhāni, tassa puriso yāni c'eva āyamukhāni tāni vivareyya, yāni ca apāyamukhāni tāni pidaheyya, devo ca sammā dhāraṃ anuppavecheyya[3]; evaṃ hi tassa brāhmaṇa mahato taḷākassa vuddhi yeva pāṭikaṅkhā no parihāni; evam eva kho brāhmaṇa evaṃ samuppannānaṃ bhogānaṃ cattāri āyamukhāni honti: na-itthidhutto hoti[2] . . . pe[3] . . . kalyāṇasampavaṅko.

Ime kho brāhmaṇa cattāro dhammā kulaputtassa diṭṭhadhammahitāya saṃvattanti diṭṭhadhammasukhāya.

10. Cattāro 'me brāhmaṇa dhammā kulaputtassa samparāyahitāya saṃvattanti samparāyasukhāya. Katame cattāro?

11. Saddhāsampadā sīlasampadā cāgasampadā paññāsampadā. Katamā ca brāhmaṇa saddhāsampadā?

12. Idha brāhmaṇa kulaputto saddho hoti, saddahati Tathāgatassa bodhiṃ 'iti pi so Bhagavā . . . pe[3] . . . Satthā devamanussānaṃ buddho Bhagavā' ti. Ayaṃ vuccati brāhmaṇa saddhāsampadā. Katamā ca brāhmaṇa sīlasampadā?

13. Idha brāhmaṇa kulaputto pāṇātipātā paṭivirato hoti . . . pe[4] . . . surāmerayamajjapamādaṭṭhānā paṭivirato hoti. Ayaṃ vuccati brāhmaṇa sīlasampadā. Katamā ca brāhmaṇa cāgasampadā?

[1] M. T. M₆ M. hāni. [2] omitted by M. S.
[3] M. Ph. M₆ °vaccheyya.
[3] M. M₆ la; Ph. pa; T. M₆ M₇ give it in full.
[4] M. la; Ph. M₆ pa.

14. Idha brāhmaṇa kulaputto vigatamalamaccherena cetasā agāraṃ ajjhāvasati . . . pa[1] . . . yācayogo dānasaṃvibhāgarato. Ayaṃ vuccati brāhmaṇa cāgasampadā. Katamā ca brāhmaṇa paññāsampadā?

15. Idha brāhmaṇa kulaputto paññavā hoti . . . pe[2] . . . sammādukkhakkhayagāminiyā. Ayaṃ vuccati brāhmaṇa paññāsampadā.

Ime kho brāhmaṇa cattāro dhammā kulaputtassa samparāyahitāya saṃvattanti samparāyasukhāya ti.

Uṭṭhātā[3] kammadheyyesu appamatto vidhānavā
samaṃ kappeti jīvikaṃ[4] sambhataṃ anurakkhati.
saddho sīlena sampanno vadaññū vītamaccharo
niccaṃ maggaṃ visodheti sotthānaṃ samparāyikaṃ.
Icc' ete aṭṭha dhammā ca[5] saddhassa gharam esino
akkhātā saccanāmena ubhayattha sukhāvahā,
diṭṭhadhammahitatthāya samparāyasukhāya ca:
evam etaṃ gahaṭṭhānaṃ cāgo puññaṃ pavaḍḍhati ti.

LVI.

1. 'Bhayan' ti bhikkhave kāmānaṃ etaṃ adhivacanaṃ, 'dukkhan' ti bhikkhave kāmānaṃ etaṃ adhivacanaṃ, 'rogo' ti bhikkhave kāmānaṃ etaṃ adhivacanaṃ, 'gaṇḍo' ti bhikkhave kāmānaṃ etaṃ adhivacanaṃ, 'sallan' ti bhikkhave kāmānaṃ etaṃ adhivacanaṃ, 'saṅgo' ti bhikkhave kāmānaṃ etaṃ adhivacanaṃ, 'paṅko' ti bhikkhave kāmānaṃ etaṃ adhivacanaṃ, 'gabbho' ti bhikkhave kāmānaṃ etaṃ adhivacanaṃ.

2. Kasmā ca bhikkhave 'bhayan' ti kāmānaṃ etaṃ adhivacanaṃ?

Yasmā[5] ca[5] kāmarāgarattāyaṃ[6] bhikkhave chandarāgavinibaddho[7] diṭṭhadhammikā pi bhayā na parimuccati,

---

1 M. Ph. M_6 S. *give it in full.*
2 M. la; Ph. pa; *omitted by* M_6.
3 M_6 T. uṭṭhāna.
4 M. Ph. M_6; M_7 S. °taṃ.
5 *omitted by* T. M_6 M_7.
6 T. M_6 M_7 °rāgarattāyaṃ.
7 M. Ph. °bandho; M_6 °dhammo; T. °viniviḍḍho; M_7 °vinivaddho.

samparāyikā pi bhayā na parimuccati, tasmā 'bhayan' ti kāmānam etaṃ adhivacanaṃ.

3. Kasmā ca bhikkhave 'dukkhan' ti ...[1] 'rogo' ti ... 'gaṇḍo' ti ... 'sallan' ti ... 'saṅgo' ti ... 'paṅko' ti ... 'gabbho' ti kāmānam etaṃ adhivacanaṃ?

Yasmā[2] ca[2] kāmarāgarattāyaṃ[3] bhikkhave chandarāgavinibaddho[4] diṭṭhadhammikā pi gabbhā na parimuccati, samparāyikā pi gabbhā na parimuccati, tasmā 'gabbho' ti kāmānam etaṃ adhivacanaṃ ti.

Bhayaṃ dukkhañ ca rogo[5] ca gaṇḍo[6] sallañ[7] ca[7] saṅgo ca[7]
paṅko[7] gabbho[7] ca[7] ubhayaṃ[8].
Ete kāmā pavuccanti[9] yattha satto puthujjano
otiṇṇo sātarūpena puna gabbhāya gacchati
yato ca bhikkhu ātāpi sampajaññaṃ[10] na[11] riñcati[12].
So imaṃ palipathaṃ duggaṃ atikkamma tathāvidho
pajaṃ jātijarūpetaṃ[13] phandamānaṃ avekkhatī ti.

LVII.

1. Aṭṭhahi bhikkhave dhammehi samannāgato bhikkhu āhuneyyo hoti pāhuneyyo dakkhiṇeyyo añjalikaraṇīyo anuttaraṃ puññakkhettaṃ lokassa. Katamehi aṭṭhahi?

2. Idha bhikkhave bhikkhu sīlavā hoti ... pa[14] ... samādāya sikkhati sikkhāpadesu, bahussuto hoti ... pa[15] ... diṭṭhiyā suppaṭividdhā, kalyāṇamitto hoti kalyāṇasahāyo[16] kalyāṇasampavaṅko, sammādiṭṭhiko hoti sammā-

---

[1] Ph. pa; S. pa. [2] omitted by T. M6 M7.
[3] T. °rāgaratāya; M6 M7 °rattāyaṃ.
[4] M. Ph. M6 °bandho; M7 °vinivaddho.
[5] T. rogañ. [6] omitted by M6; M6 M7 add ca.
[7] omitted by M6. T. M6. [8] T. M6 c'ubhayaṃ.
[9] M. ca vuccanti; M6 ca vuccati.
[10] M. Ph. M6. S. °jañ ñeva. [11] omitted by M. Ph. S.
[12] M. Ph. M6 riccati; S. rañjati. [13] T. ubhijarup°
[14] M. Ph. pa; omitted by M6; T. continues: diṭṭhiyā and so on. [15] M. Ph. pa; omitted by M6.
[16] Ph. pa; omitted by M6.

dassanena samannāgato, catunnaṃ jhānānaṃ ābhicetasikānaṃ[1] diṭṭhadhammasukhavihārānaṃ nikāmalābhī hoti akicchalābhī akasiralābhī, anekavihitaṃ pubbenivāsaṃ anussarati, seyyathīdaṃ ekam pi jātiṃ dve pi jātiyo . . . pe[2] . . . iti sākāraṃ sa-uddesaṃ anekavihitaṃ pubbenivāsaṃ anussarati, dibbena cakkhunā visuddhena atikkanta-mānusakena . . . pe[3] . . . yathākammūpage satte pajānāti, āsavānaṃ khayā . . . pe[3] . . . sacchikatvā upasampajja viharati.

Imehi kho bhikkhave aṭṭhahi dhammehi samannāgato bhikkhu āhuneyyo hoti[4] . . . pe[5] . . . anuttaraṃ puññakkhettaṃ lokassā ti.

LVIII.

1. Aṭṭhahi bhikkhave dhammehi samannāgato bhikkhu āhuneyyo hoti[6] . . . pe[7] . . . anuttaraṃ puññakkhettaṃ lokassa. Katamehi aṭṭhahi?

2. Idha bhikkhave sīlavā hoti . . . pe[7] . . . samādāya sikkhati sikkhāpadesu, bahussuto hoti . . . pe[7] . . . diṭṭhiyā suppaṭividdhā, āraddhaviriyo viharati thāmavā daḷhaparakkamo[8] anikkhittadhuro kusalesu dhammesu, araññako[9] hoti pantasenāsano[10], aratiratisaho hoti uppannaṃ aratiṃ abhibhuyya abhibhuyya[11] viharati, bhayabheravasaho hoti uppannaṃ bhayabheravaṃ abhibhuyya abhibhuyya[11] viha-

---

1 M. S. abhi°
2 M. M6 la; Ph. pa; T. M7 M8 give it in full.
3 M. M6 la; Ph. pa; T. M7 M8 add anāsavaṃ cetovimuttiṃ paññāvimuttiṃ, then pe . . sacchi°
4 omitted by T. M7 M8.
5 M. Ph. pa; M6 la; T. M7 M8 in full.
6 omitted by T. 7 M. la; Ph. pa; omitted by M8.
8 M8 after °kkamo continues: [ahaṃ] eso pi dhammo ti. Tam eva (for evaṃ) aparena samayena as in the Chakka-Nipāta, No. LXII. 3; cp. part III, p. 404 n. 15. Then after [apara]nāgato M8 has bhikkhu alaṃ sīlavā and so on, as below No. LXII. 1.
9 S. ār°; M. M6 araññiko; Ph. āraññiko.
10 T. panthā° 11 omitted by Ph. S.

rati, catunnaṃ jhānānaṃ abhicetasikānaṃ[1] diṭṭhadhammasukhavihārānaṃ nikāmalābhī hoti[2] akicchalābhī akasiralābhī, āsavānaṃ[3] khayā . . . po[4] . . . sacchikatvā upasampajja viharati.

Imehi kho bhikkhave aṭṭhahi dhammehi samannāgato bhikkhu āhuneyyo hoti[5] . . . pe[6] . . . anuttaraṃ puññakkhettaṃ lokassā ti.

LIX.

1. Aṭṭh' ime[7] bhikkhave puggalā āhuneyyā pāhuneyyā dakkhiṇeyyā[8] añjalikaraṇīyā[8] anuttaraṃ puññakkhettaṃ lokassa. Katame aṭṭha?

2. Sotāpanno sotāpattiphalasacchikiriyāya paṭipanno, sakadāgāmī sakadāgāmiphalasacchikiriyāya paṭipanno, anāgāmī anāgāmiphalasacchikiriyāya paṭipanno, arahā arahattāya paṭipanno.

Ime kho bhikkhave aṭṭha puggalā āhuneyyā . . . pe[9] . . . anuttaraṃ puññakkhettaṃ lokassā ti.

> Cattāro ca paṭipannā cattāro ca phale[10] ṭhitā:
> esa saṅgho ujubhūto[11] paññāsīlasamāhito.
> Yajamānānaṃ manussānaṃ puññapekkhānapāṇinaṃ[12]
> karotaṃ[13] opadhikaṃ puññaṃ saṅghe dinnaṃ mahapphalan ti.

LX.

1. Aṭṭh' ime bhikkhave puggalā āhuneyyā . . . po[14] . . . anuttaraṃ puññakkhettaṃ lokassa. Katame aṭṭha?

---

[1] M. S. abhi° [2] omitted by M. Ph. M6.
[3] M. Ph. M6 °naṃ ca. [4] M. M6 la; Ph. pa.
[5] omitted by M. M6 T.
[6] M. M6 la; Ph. pa; T. pāh° | pe. M6. M7 pāh° hoti | pe.
[7] T. has aṭṭhahi bh° dhammehi samannāgato puggalo.
[8] T. M6 M7 pa; M7 omits also pā°
[9] M. Ph. pa; M6 la; T. M6 M7 give it in full.
[10] M6 bale. [11] T. inserts ca.
[12] M. Ph. M6 S. °pekkhāna°
[13] M. Ph. M6 S. °ti; omitted by T.
[14] M. Ph. pa; omitted by M6.

2. Sotāpanno sotāpattiphalasacchikiriyāya paṭipanno[1], sakadāgāmī sakadāgāmiphalasacchikiriyāya paṭipanno[2], anāgāmī anāgāmiphalasacchikiriyāya paṭipanno, arahā arahattāya paṭipanno.

Ime kho bhikkhave aṭṭha puggalā āhuneyyā ... pe[3] ... anuttaraṃ puññakkhettaṃ lokassā ti.

Cattāro ca paṭipannā cattāro ca phale ṭhitā:
esa saṅgho samukkaṭṭho[4] sattānaṃ aṭṭha puggalā.
Yajamānānaṃ manussānaṃ puññapekkhānapāṇinaṃ
karotaṃ[5] opadhikaṃ puññaṃ ettha[6] dinnaṃ mahapphalan ti.

Sa-ādhānavaggo[7] chaṭṭho[8].

Tatr' uddānaṃ[9]:

Gotamī ovādaṃ saṃkhittaṃ Dīghajāṇu ca Ujjayo[10]
Bhayā dve āhuneyyā ca[11] dve ca aṭṭhapuggalā ti.

LXI[12].

1. Aṭṭh' ime bhikkhave puggalā santo saṃvijjamānā lokasmiṃ. Katame aṭṭha?

2. Idha bhikkhave bhikkhuno pavivittassa viharato nirāyattavuttino icchā uppajjati lābhāya. So uṭṭhahati ghaṭati[13] vāyamati lābhāya. Tassa[14] uṭṭhahato ghaṭato vāyamato lābhāya[15] lābho n' uppajjati. So tena alābhena socati kilamati paridevati urattāḷiṃ[16] kandati sammohaṃ āpajjati. Ayaṃ vuccati bhikkhave bhikkhu iccho viharati lābhāya,

---

[1] M. has then pe | arahā. [2] M_6 adds hoti.
[3] M. Ph. pa; M_6 la. [4] T. sa-ukk°
[5] M. Ph. M_6. S. °ti. [6] T. saṅgha.
[7] M_7 sa-adhānaka°; M_6 sa-ādhānaka°; S. sandhāna°; M. Gotami°; Ph. M_6 vaggo. [8] M. Ph. M_6. S. paṭhamo.
[9] T. M_6. M_7 omit the Uddāna. [10] Ph. Ujjayo.
[11] omitted by Ph. S.
[12] S. has as title Aṭṭhakanipāte Paṇṇāsakāsaṅgahito dutiyavaggo. [13] Ph. ghaṭayati. [14] omitted by M_6.
[15] S. °ti uṭṭhāya.

uṭṭhahati ghaṭati vāyamati lābhāya[1], na ca lābhī socicca[2] paridevicca[2] cuto ca saddhammā.

3. Idha pana bhikkhave bhikkhuno pavivittassa viharato nirāyattavuttino icchā uppajjati lābhāya. So uṭṭhahati ghaṭati vāyamati lābhāya. Tassa uṭṭhahato ghaṭato vāyamato lābhāya lābho uppajjati. So tena lābhena majjati[3] pamajjati madāpamādam[4] āpajjati. Ayaṃ vuccati bhikkhave bhikkhu iccho viharati lābhāya, uṭṭhahati ghaṭati vāyamati lābhāya, lābhī ca madī[2] ca[2] pamādī[2] ca[2] cuto ca saddhammā.

4. Idha pana bhikkhave bhikkhuno pavivittassa viharato nirāyattavuttino icchā uppajjati lābhāya. So na uṭṭhahati na[5] ghaṭati na vāyamati lābhāya. Tassa anuṭṭhahato aghaṭato avāyamato lābhāya lābho n'uppajjati. So tena alābhena socati kilamati paridevati urattāḷiṃ kandati sammohaṃ āpajjati. Ayaṃ vuccati bhikkhave bhikkhu iccho viharati lābhāya, na uṭṭhahati na ghaṭati na vāyamati lābhāya, na ca lābhī[6] socicca[2] paridevicca[2] cuto ca saddhammā.

5. Idha pana bhikkhave bhikkhuno pavivittassa viharato nirāyattavuttino icchā[7] uppajjati lābhāya, so na uṭṭhahati na ghaṭati na vāyamati lābhāya. Tassa anuṭṭhahato aghaṭato avāyamato lābhāya lābho uppajjati. So tena lābhena majjati pamajjati madāpamādaṃ āpajjati. Ayaṃ vuccati bhikkhave bhikkhu iccho viharati lābhāya, na uṭṭhahati na ghaṭati na vāyamati lābhāya, lābhī ca madī ca pamādī ca cuto ca saddhammā.

6. Idha pana bhikkhave bhikkhuno pavivittassa viharato nirāyattavuttino icchā uppajjati lābhāya. So uṭṭhahati ghaṭati vāyamati lābhāya. Tassa uṭṭhahato ghaṭato vāya-

---

[1] Ph. M₆ *continue:* lābho n'uppajjati. So tena alābhena soci ca paridevi ca *and so on.*

[2] M. Ph. M₆. S. *here* ca *with a long* i *in the preceding word, and so in every similar case.*

[3] *omitted by* M₇.

[4] M. Ph. M₆. S. pamādam *throughout.*

[5] *omitted by* M₇. [6] Ph. M₆ °bho.

[7] *omitted by* Ph.

mato lābhāya lābho[1] n'uppajjati. So tena alābhena na socati na kilamati na paridevati na urattāḷiṃ kandati na sammohaṃ āpajjati. Ayaṃ vuccati bhikkhave bhikkhu iccho viharati lābhāya, uṭṭhahati ghaṭati vāyamati lābhāya, na[2] ca[3] lābhī na[4] ca[4] soci[4] na ca paridevī accuto ca saddhammā.

7. Idha pana bhikkhave bhikkhuno pavivittassa viharato nirāyattavuttino icchā uppajjati lābhāya. So uṭṭhahati ghaṭati vāyamati lābhāya. Tassa uṭṭhahato ghaṭato vāyamato lābhāya lābho uppajjati. So tena lābhena na majjati na pamajjati na madaṃ[5] āpajjati. Ayaṃ vuccati bhikkhave bhikkhu iccho viharati lābhāya, uṭṭhahati ghaṭati vāyamati lābhāya, lābhī ca[6] na ca madī[7] na[8] ca pamādī[9] accuto ca saddhammā.

8. Idha pana bhikkhave bhikkhuno pavivittassa viharato nirāyattavuttino icchā uppajjati lābhāya. So na uṭṭhahati na ghaṭati na vāyamati lābhāya. Tassa anuṭṭhahato aghaṭato avāyamato lābhāya lābho n'uppajjati. So tena alābhena na socati na kilamati na paridevati na urattāḷiṃ kandati na sammohaṃ āpajjati. Ayaṃ vuccati bhikkhave bhikkhu iccho viharati lābhāya, na uṭṭhahati na ghaṭati na vāyamati lābhāya, na ca lābhī na[7] ca[8] soci[9] na ca paridevī accuto ca saddhammā.

9. Idha pana bhikkhave bhikkhuno pavivittassa viharato nirāyattavuttino icchā uppajjati lābhāya. So na uṭṭhahati na ghaṭati na vāyamati lābhāya. Tassa anuṭṭhahato aghaṭato avāyamato lābhāya lābho uppajjati. So tena lābhena na majjati na pamajjati na madaṃ[10] āpajjati. Ayaṃ vuccati bhikkhave bhikkhu iccho viharati lābhāya, na uṭṭhahati na ghaṭati na vāyamati lābhāya, lābhī ca[6] na ca madī[8] na ca pamādī[9] accuto ca saddhammā.

Ime kho bhikkhave aṭṭha puggalā santo saṃvijjamānā lokasmin ti.

---

[1] T. M6. M7 so. [2] *omitted by* T. M7.
[3] *omitted by* T. M6. M7. [4] *omitted by* M6.
[5] M. Ph. M6. S. pamādaṃ. [6] *omitted by* T.
[7] M6. M7 *add* ca. [8] T. M6. M7 *add* ca.
[9] *omitted by* Ph. [10] M. Ph. S. pamādaṃ.

LXII.

1. Chahi bhikkhave dhammehi samannāgato bhikkhu alam attano alam paresam. Katamehi chahi?

2. Idha bhikkhave bhikkhu khippanisanti ca hoti kusalesu dhammesu, sutānañ ca dhammānam dhārakajātiko[1] hoti, dhatānañ[2] ca dhammānam atthupaparikkhī[3] hoti, attham aññāya dhammam aññāya dhammānudhammapaṭipanno ca[4] hoti, kalyāṇavāco ca[5] hoti kalyāṇavākkaraṇo poriyā vācāya samannāgato vissaṭṭhāya anelagalāya atthassa viññāpaniyā, sandassako ca hoti samādapako samuttejako sampahaṃsako sabrahmacārīnam.

Imehi kho bhikkhave chahi dhammehi samannāgato bhikkhu alam attano alam paresam.

3. Pañcahi bhikkhave dhammehi samannāgato bhikkhu alam attano alam paresam. Katamehi pañcahi?

4. Idha bhikkhave bhikkhu na h'eva kho khippanisanti ca hoti kusalesu dhammesu, sutānañ ca dhammānam dhārakajātiko hoti, dhatānañ ca dhammānam atthupaparikkhī[6] hoti, attham aññāya dhammam aññāya dhammānudhammapaṭipanno ca[4] hoti, kalyāṇavāco[7] ca[4] hoti . . . pe[8] . . . atthassa viññāpaniyā, sandassako[9] ca hoti samādapako[10] samuttejako sampahaṃsako sabrahmacārīnam.

Imehi kho bhikkhave pañcahi[11] dhammehi samannāgato bhikkhu alam attano alam[12] paresam.

5. Catūhi[13] bhikkhave dhammehi samannāgato bhikkhu alam attano no[14] paresam. Katamehi catūhi?

6. Idha bhikkhave bhikkhu khippanisanti ca hoti kusalesu dhammesu, sutānañ ca dhammānam dhārakajātiko

---

[1] M. Ph. dhāraṇa° *throughout*.
[2] M. Ph. M_6 dha° *throughout*.
[3] M. °kkhitā *always*; T. M_7 *add* ca.
[4] *omitted by* Ph. M_6 T. M_6 M_7.
[5] *omitted by* Ph. M_6.
[6] M_6 °kkhato.
[7] T. no ca kaly°
[8] M. M_6 la; Ph. pa; T. M_6 M_7 *give it in full*.
[9] T. no ca sand°
[10] T. *adds* hoti.
[11] T. catuhi.
[12] T. no *with* alam *beneath the line*; M_6 M_7 ca alam.
[13] T. *omits this* §.
[14] M_6 no alam: *omitted by* M_6.

hoti, dhatānañ ca dhammānaṃ atthupaparikkhī hoti, atthaṃ aññāya dhammaṃ aññāya dhammānudhammapaṭipanno ca[1] hoti, no[2] ca[2] kalyāṇavāco hoti kalyāṇavākkaraṇo poriyā vācāya samannāgato vissaṭṭhāya anelagalāya atthassa viññāpaniyā, no ca sandassako hoti samādapako samuttejako sampahaṃsako sabrahmacārīnaṃ.

Imehi kho bhikkhave catūhi dhammehi samannāgato bhikkhu alaṃ attano no[3] parosaṃ.

7. Catūhi bhikkhave dhammehi samannāgato bhikkhu alaṃ parosaṃ no[4] attano. Katamehi catūhi?

8. Idha bhikkhave bhikkhu khippanisanti ca hoti[5] kusalesu dhammesu, sutānañ ca dhammānaṃ dhārakajātiko hoti, no ca[6] dhatānaṃ dhammānaṃ atthupaparikkhī hoti, no[6] ca atthaṃ aññāya dhammaṃ aññāya dhammānudhammapaṭipanno hoti, kalyāṇavāco[7] ca hoti kalyāṇavākkaraṇo . . . pa[8] . . . atthassa viññāpaniyā, sandassako ca hoti . . . pe[9] . . . sabrahmacārīnaṃ.

Imehi kho bhikkhave catūhi dhammehi samannāgato bhikkhu alaṃ parosaṃ no[10] attano.

9. Tīhi bhikkhave dhammehi samannāgato bhikkhu alaṃ attano no[11] parosaṃ. Katamehi tīhi?

10. Idha bhikkhave bhikkhu na[12] h'eva kho khippanisanti ca hoti kusalesu dhammesu, sutānañ ca dhammānaṃ dhārakajātiko hoti[13], dhatānañ ca dhammānaṃ atthupaparikkhī hoti[13], atthaṃ aññāya dhammaṃ aññāya dhammānudhammapaṭipanno ca[14] hoti, no ca kalyāṇavāco hoti kalyāṇavākkaraṇo poriyā vācāya samannāgato vissaṭṭhāya

---

[1] omitted by Ph. M₆ M₇. [2] omitted by M₆.

[3] M. nālaṃ; omitted by M₆; M₆ omits also the first words of the following § till Katamehi.

[4] M. nālaṃ; M₆ no alaṃ; Ph. omits no.

[5] Ph. continues: kalyāṇavakkaraṇo (sic) | pa | atthassa.

[6] M₆ na. [7] T. no ca (but beneath the line) kaly°

[8] M. la; omitted by M₆; T. M₆ M₇ give it in full.

[9] M. Ph. M₆ la; T. M₆ M₇ in full.

[10] M. nālaṃ; M₆ no alaṃ.

[11] M. nālaṃ; M₆. T. M₆ omit no. [12] T. adds ca

[13] T. M₆ M₇ insert no ca.

[14] omitted by all MSS. exc. S.

anelagaḷāya atthassa viññāpaniyā, no ca sandassako hoti samādapako samuttejako sampahaṃsako sabrahmacārīnaṃ. Imehi kho bhikkhave tīhi dhammehi samannāgato bhikkhu alaṃ attano no[1] paresaṃ.

11. Tīhi bhikkhave dhammehi samannāgato bhikkhu alaṃ paresaṃ no attano. Katamehi tīhi?

12. Idha bhikkhave bhikkhu na h'eva kho khippanisanti ca[2] hoti kusalesu dhammesu, sutānañ ca dhammānaṃ dhārakajātiko hoti, no ca dhatānaṃ dhammānaṃ atthupaparikkhī hoti, no ca atthaṃ aññāya dhammaṃ aññāya dhammānudhammapaṭipanno hoti, kalyāṇavāco ca[3] hoti . . . pe[4] . . . atthassa viññāpaniyā, sandassako ca hoti samādapako samuttejako sampahaṃsako sabrahmacārīnaṃ. Imehi kho bhikkhave tīhi dhammehi samannāgato bhikkhu alaṃ paresaṃ no[1] attano.

13. Dvīhi bhikkhave dhammehi samannāgato bhikkhu alaṃ attano no[1] paresaṃ. Katamehi dvīhi?

14. Idha bhikkhave bhikkhu na h'eva kho khippanisanti ca[5] hoti kusalesu dhammesu, no ca sutānaṃ dhammānaṃ dhārakajātiko hoti, dhatānañ ca dhammānaṃ atthupaparikkhī hoti, atthaṃ aññāya dhammaṃ aññāya dhammānudhammapaṭipanno ca[5] hoti, no[6] ca[6] kalyāṇavāco hoti . . . pe[4] . . . atthassa viññāpaniyā, no[7] ca[7] sandassako hoti . . . pe[8] . . . sabrahmacārīnaṃ.

Imehi kho bhikkhave dvīhi dhammehi samannāgato bhikkhu alaṃ attano no[1] paresaṃ.

15. Dvīhi bhikkhave dhammehi samannāgato bhikkhu alaṃ paresaṃ no[1] attano. Katamehi dvīhi?

16. Idha bhikkhave bhikkhu na h'eva kho khippanisanti ca[9] hoti kusalesu dhammesu, no ca sutānaṃ dhammānaṃ dhārakajātiko hoti, no ca dhatānaṃ dhammānaṃ atthupa-

---

[1] M. ñālaṃ. [2] omitted by M_6. T. M_6.
[3] omitted by Ph. M_8. T. M_6. M_7.
[4] M. la; Ph. pa; omitted by M_6, T. M_6. M_7 in full.
[5] omitted by all MSS. exc. S. [6] omitted by M_6.
[7] omitted by T. M_7.
[8] M. pa; omitted by Ph. M_6; T. M_6. M_7 in full.
[9] omitted by all MSS. exc. M. S.

parikkhī hoti, no ca atthaṃ aññāya dhammaṃ aññāya dhammānudhammapaṭipanno hoti, kalyāṇavāco ca hoti kalyāṇavākkaraṇo poriyā vācāya samannāgato vissaṭṭhāya anelagaḷāya atthassa viññāpaniyā, sandassako ca hoti samādapako[1] samuttejako sampahaṃsako sabrahmacārīnaṃ.

Imehi kho bhikkhave dvīhi dhammehi samannāgato bhikkhu alaṃ paresaṃ no attano ti.

LXIII.

1. Atha kho aññataro bhikkhu yena Bhagavā ten' upasaṅkami[2] . . . pe[3] . . . Ekamantaṃ nisinno kho so bhikkhu Bhagavantaṃ etad avoca 'sādhu me bhante Bhagavā saṃkhittena dhammaṃ desetu, yam ahaṃ Bhagavato dhammaṃ sutvā eko vūpakaṭṭho appamatto ātāpī pahitatto vihareyyan' ti. Evam eva pan' idh' ekacce moghapurisā mamañ[4] ñeva[4] ajjhesanti, dhamme ca bhāsite mamañ ñeva anubandhitabbaṃ maññanti ti. 'Desetu me[5] bhante Bhagavā saṃkhittena dhammaṃ, desetu Sugato saṃkhittena dhammaṃ, app eva nāmāhaṃ[6] Bhagavato bhāsitassa atthaṃ ājāneyyaṃ[7], app eva nāmāhaṃ[8] Bhagavato bhāsitassa dāyādo[9] assan' ti.

2. Tasmā ti ha te bhikkhu evaṃ sikkhitabbaṃ: —

Ajjhattaṃ[10] me[11] cittaṃ ṭhitaṃ bhavissati susaṇṭhitaṃ, na c'[12] uppannā pāpakā akusalā dhammā cittaṃ pariyādāya ṭhassantī ti.

Evaṃ hi te bhikkhu sikkhitabbaṃ.

3. Yato kho te bhikkhu ajjhattaṃ cittaṃ ṭhitaṃ[9] hoti susaṇṭhitaṃ, na c'[12] uppannā pāpakā akusalā dhammā cittaṃ pariyādāya tiṭṭhanti, tato te bhikkhu evaṃ sikkhitabbaṃ: —

[1] M6 adds ca hoti. [2] Ph. adds upasaṅkamitvā.
[3] M. M6 la; Ph. pa; T. M8 M7 in full.
[4] Ph. S. maññe 'va; T. M6 mam eva; M7 mamaṃ c'eva.
[5] omitted by M6. [6] Ph. T. M7 nām' ahaṃ.
[7] T. M8 M7 ājā° [8] M7 nām' ahaṃ. [9] M. S. °ko.
[10] Ph. T. °ttaṃ eva. [11] omitted by T. M8 M7.
[12] omitted by M7.

Mettā me cetovimutti bhāvitā bhavissati bahulīkatā yānīkatā[1] vatthukatā anuṭṭhitā paricitā susamāraddhā ti.

Evaṃ hi te bhikkhu sikkhitabbaṃ.

4. Yato kho te bhikkhu ayaṃ samādhi evaṃ bhāvito hoti bahulīkato[2], tato tvaṃ bhikkhu imaṃ samādhiṃ savitakkam pi savicāraṃ bhāveyyāsi, avitakkam pi vicāramattaṃ[3] bhāveyyāsi, avitakkam pi[4] avicāraṃ[4] bhāveyyāsi, sappītikam[5] pi[5] bhāveyyāsi[5], nippītikam pi bhāveyyāsi, sātasahagatam pi bhāveyyāsi, upekhāsahagatam[6] pi bhāveyyāsi. Yato kho te[7] bhikkhu ayaṃ samādhi evaṃ bhāvito hoti subhāvito, tato te[8] bhikkhu evaṃ sikkhitabbaṃ: —

Karuṇā me cetovimutti . . .[9] muditā me cetovimutti . . .[10] upekhā me cetovimutti bhāvitā bhavissati bahulīkatā yānīkatā vatthukatā anuṭṭhitā paricitā susamāraddhā ti.

Evaṃ hi te bhikkhu sikkhitabbaṃ.

5. Yato kho te bhikkhu ayaṃ samādhi evaṃ bhāvito hoti[11] bahulīkato, tato tvaṃ bhikkhu imaṃ samādhiṃ savitakkam pi savicāraṃ[12] bhāveyyāsi, avitakkam pi vicāramattaṃ[12] bhāveyyāsi, avitakkam pi avicāraṃ[12] bhāveyyāsi, sappītikam pi bhāveyyāsi, nippītikam pi bhāveyyāsi, sātasahagatam pi bhāveyyāsi, upekhāsahagatam pi bhāveyyāsi. Yato kho te bhikkhu ayaṃ samādhi evaṃ bhāvito hoti subhāvito, tato[1] te[2] bhikkhu evaṃ sikkhitabbaṃ: —

Kāye kāyānupassī viharissāmi[13], ātāpī sampajāno satimā vineyya loke abhijjhādomanassan ti.

Evaṃ hi te bhikkhu sikkhitabbaṃ.

6. Yato kho te bhikkhu ayaṃ samādhi evaṃ bhāvito hoti bahulīkato, tato tvaṃ bhikkhu imaṃ samādhiṃ savitakkam pi savicāraṃ[3] bhāveyyāsi, avitakkam pi vicāra-

---

[1] omitted by M6. [2] T. adds hoti subhāvito.
[3] T. avi°; M. adds pi; M8 omits the whole sentence.
[4] omitted by M. [5] M. M6. M8 add pi.
[6] M. Ph. M8 S. upekkhā° always.
[7] T. tvaṃ; omitted by M.
[8] omitted by M. T. M8.
[9] Ph. pa; S. pe. [10] S. pe.
[11] M6 continues: upekkhāsahagatam pi, as below.
[12] M. adds pi. [13] T. M6. M7 viharāmi.

mattaṃ[1] bhāveyyāsi, avitakkam pi avicāraṃ[2] bhāveyyāsi, sappītikam pi bhāveyyāsi, nippītikam[3] pi[3] bhāveyyāsi, sātasahagatam pi bhāveyyāsi, upekhāsahagatam pi bhāveyyāsi. Yato kho te bhikkhu ayaṃ samādhi evaṃ bhāvito hoti subhāvito, tato te bhikkhu evaṃ sikkhitabbaṃ:—

Vedanāsu[4] . . .[5] citte . . .[6] dhammesu dhammānupassī viharissāmi, ātāpī sampajāno satimā vineyya loke abhijjhādomanassan ti.

Evaṃ hi te bhikkhu sikkhitabbaṃ.

7. Yato kho te bhikkhu ayaṃ samādhi evaṃ bhāvito hoti bahulīkato, tato tvaṃ bhikkhu imaṃ samādhiṃ savitakkam pi savicāraṃ[7] bhāveyyāsi, avitakkam[8] pi vicāramattaṃ[9] bhāveyyāsi, avitakkam pi avicāraṃ bhāveyyāsi, sappītikam pi bhāveyyāsi, nippītikam pi bhāveyyāsi, sātasahagatam pi bhāveyyāsi, upekhāsahagatam pi bhāveyyāsi. Yato kho te[10] bhikkhu ayaṃ samādhi evaṃ bhāvito hoti subhāvito, tato tvaṃ[11] bhikkhu yena yen' eva gacchasi[12], phāsu yeva gacchasi[12], yattha yattha ṭhassasi, phāsu yeva ṭhassasi, yattha yattha nisīdissasi, phāsu yeva nisīdissasi, yattha yattha seyyaṃ kappessasi[13], phāsu yeva seyyaṃ kappessasi[14] ti.

8. Atha kho so[15] bhikkhu Bhagavatā iminā ovādena ovadito[16] uṭṭhāy' āsanā Bhagavantaṃ abhivādetvā padakkhiṇaṃ katvā pakkāmi. Atha kho so bhikkhu eko vūpakaṭṭho appamatto ātāpī pahitatto viharanto na cirass' eva yass' atthāya kulaputtā sammad eva agārasmā anagāriyaṃ[17] pabbajanti, tad anuttaraṃ brahmacariyapariyosānaṃ diṭṭh' eva dhamme sayaṃ abhiññā sacchikatvā upasampajja vihāsi.

---

1 T. M₆ M₇ avi°; M. M₆ add pi. 2 M. adds pi.
3 omitted by M₇.
4 omitted by M₆; T. adds vedanānupassī.
5 Ph. pa; S. pe. 6 S. pe. 7 M. Ph. M₆ add pi.
8 M₆ avicāram. 9 M₆ avi°; M. Ph. M₆ add pi.
10 omitted by M₆. 11 M₆ te.
12 T. gacchāsi; M. S. gacchasi; Ph. gacchasi; M₆ gayhasi.
13 T. M₆ M₇ kappeyyāsi; M. Ph. M₆ S. kappissasi.
14 M. Ph. M₆ S. kappi° 15 omitted by S.
16 M₆ M₇ ovā°; T. ovaditvā. 17 M. anā°

'khīṇā jāti, vusitaṃ brahmacariyaṃ, kataṃ karaṇīyaṃ, nāparaṃ itthattāyā' ti abbhaññāsi[1], aññataro ca[2] pana so bhikkhu arahataṃ ahosī ti.

LXIV.

1. Ekaṃ samayaṃ Bhagavā Gayāyaṃ[3] viharati Gayāsīse. Tatra kho Bhagavā bhikkhū āmantesi[4]: — Bhikkhavo ti[5]. Bhadante ti te bhikkhū Bhagavato paccassosuṃ. Bhagavā etad avoca: —

2. Pubbāhaṃ bhikkhave sambodhā[6] anabhisambuddho bodhisatto 'va[7] samāno obhāsaṃ hi[8] kho sañjānāmi, no ca rūpāni passāmi. Tassa mayhaṃ bhikkhave etad ahosi 'sace kho ahaṃ obhāsañ c'eva sañjāneyyaṃ rūpāni ca[9] passeyyaṃ, evaṃ me idaṃ ñāṇadassanaṃ parisuddhataraṃ assā' ti. So kho ahaṃ bhikkhave aparena samayena appamatto ātāpī pahitatto viharanto obhāsañ c'eva sañjānāmi rūpāni ca[10] passāmi, no ca kho tāhi[11] devatāhi[12] saddhiṃ santiṭṭhāmi[12] sallapāmi sākacchaṃ samāpajjāmi.

3. Tassa mayhaṃ bhikkhave etad ahosi 'sace kho ahaṃ obhāsañ c'eva sañjāneyyaṃ rūpāni ca passeyyaṃ tāhi ca devatāhi saddhiṃ santiṭṭheyyaṃ sallapeyyaṃ sākacchaṃ samāpajjeyyaṃ, evaṃ me[13] idaṃ ñāṇadassanaṃ parisuddhataraṃ assā' ti. So kho ahaṃ bhikkhave aparena samayena appamatto ātāpī pahitatto viharanto obhāsañ c'eva sañjānāmi rūpāni ca passāmi tāhi ca devatāhi saddhiṃ santiṭṭhāmi sallapāmi sākacchaṃ samāpajjāmi, no ca kho tā devatā jānāmi 'imā devatā amukamhā vā amukamhā vā devanikāyā' ti.

---

[1] M. M₆ abhi° [2] omitted by M. Ph. M₆
[3] Ph. M₆. S. Sāratthiyaṃ.
[4] M. Ph. M₆ continue: Pubbāhaṃ.
[5] S. pe | Bhagavā. [6] T. °dhāya. [7] M₆ ca.
[8] S. pi; M. Ph. °sañ ñeva; M₆ °saññi.
[9] omitted by T. [10] omitted by M₆ T.
[11] T. M₇ add ca. [12] M. sandi° throughout.
[13] T. eva.

4. Tassa mayhaṃ bhikkhave etad ahosi 'sace kho ahaṃ obhāsañ c'eva sañjāneyyaṃ rūpāni ca passeyyaṃ tāhi ca[1] devatāhi saddhiṃ santiṭṭheyyaṃ sallapeyyaṃ sākacchaṃ samāpajjeyyaṃ tā ca[2] devatā jāneyyaṃ «imā devatā amukamhā vā amukamhā vā devanikāyā» ti, evaṃ me idaṃ ñāṇadassanaṃ parisuddhataraṃ assā' ti. So kho ahaṃ bhikkhave aparena samayena appamatto ātāpī pahitatto viharanto obhāsañ c'eva sañjānāmi rūpāni ca passāmi tāhi ca[3] devatāhi saddhiṃ santiṭṭhāmi sallapāmi sākacchaṃ samāpajjāmi tā ca devatā jānāmi 'imā devatā[4] amukamhā vā amukamhā vā devanikāyā' ti, no ca kho tā devatā jānāmi 'imā devatā imassa kammassa vipākena ito cutā tattha[5] upapannā' ti tā ca devatā jānāmi 'imā devatā imassa kammassa vipākena ito cutā tattha upapannā' ti, no[6] ca kho tā devatā jānāmi 'imā devatā[7] evamāhārā evaṃsukhadukkhapaṭisaṃvediniyo'[8] ti tā ca[9] devatā jānāmi 'imā devatā[10] evamāhārā evaṃsukhadukkhapaṭisaṃvediniyo' ti, no ca kho tā devatā jānāmi 'imā devatā evaṃdīghāyukā evaṃciraṭṭhitikā' ti tā ca devatā jānāmi 'imā devatā evaṃdīghāyukā evaṃciraṭṭhitikā' ti, no ca kho tā devatā jānāmi 'yadi vā[11] me imāhi devatāhi saddhiṃ sannivutthapubbaṃ[12] yadi vā na sannivutthapubban' ti.

5. Tassa mayhaṃ bhikkhave etad ahosi 'sace kho ahaṃ obhāsañ c'eva sañjāneyyaṃ rūpāni ca passeyyaṃ tāhi ca[13] devatāhi saddhiṃ santiṭṭheyyaṃ sallapeyyaṃ sākacchaṃ

---

[1] omitted by T. [2] T. 'va; omitted by M₆ M₇.
[3] omitted by M₆ T. M₇.
[4] M₆ continues: imassa kammassa, as below at the second place where it occurs.
[5] Ph. tatth' throughout; T. M₆ M₇ uppa° always.
[6] M₆ omits no ca . . . jā°
[7] M. Ph. add imassa kammassa vipākena.
[8] M₆ continues: no ca kho and so on.
[9] omitted by T. M₆ M₇.
[10] M. adds imassa kammassa vipākena; M₆ continues: jānāmi imā devatā evaṃdīghā° and so on.
[11] M₆ ca.
[12] M. Ph. °vuttha° throughout; M₆ adds vā.
[13] omitted by Ph. M₆ T. M₆ M₇.

samāpajjeyyaṃ, tā ca[1] devatā jāneyyaṃ «imā devatā amukamhā vā amukamhā vā devanikāyā» ti tā ca[2] devatā jāneyyaṃ «imā devatā imassa kammassa vipākena ito cutā tattha upapannā» ti tā ca[3] devatā jāneyyaṃ «imā devatā evamāhārā evaṃsukhadukkhapaṭisaṃvediniyo» ti tā ca[1] devatā jāneyyaṃ «imā devatā evaṃdīghāyukā evaṃciraṭṭhitikā» ti tā ca[4] devatā jāneyyaṃ «yadi vā me imāhi devatāhi saddhiṃ sannivutthapubbaṃ yadi vā na sannivutthapubban» ti, evaṃ me idaṃ ñāṇadassanaṃ parisuddhataraṃ assā' ti. So kho ahaṃ bhikkhave aparena samayena appamatto ātāpī pahitatto viharanto obhāsañ c'eva sañjānāmi rūpāni ca passāmi tāhi ca[5] devatāhi saddhiṃ santiṭṭhāmi sallapāmi sākacchaṃ samāpajjāmi tā ca[6] devatā jānāmi 'imā devatā amukamhā vā amukamhā vā devanikāyā' ti tā ca devatā jānāmi 'imā devatā imassa kammassa vipākena ito cutā tattha upapannā' ti tā ca[7] devatā jānāmi 'imā devatā evamāhārā evaṃsukhadukkhapaṭisaṃvediniyo' ti tā[8] ca[9] devatā jānāmi 'imā devatā evaṃdīghāyukā evaṃciraṭṭhitikā' ti tā ca devatā jānāmi 'yadi vā me tāhi devatāhi saddhiṃ sannivutthapubbaṃ yadi vā na sannivutthapubban' ti.

6. Yāva[10] kīvañ[10] ca[11] me[11] bhikkhave evaṃ aṭṭhaparivaṭṭaṃ[12] adhidevañāṇadassanaṃ na suvisuddhaṃ ahosi, n'eva tāvāhaṃ bhikkhave sadevake loke samārake sabrahmake sassamaṇabrāhmaṇiyā pajāya sadevamanussāya anuttaraṃ sammāsambodhiṃ abhisambuddho[13] paccaññāsiṃ[14]. Yato ca kho me bhikkhave evaṃ aṭṭhaparivaṭṭaṃ[12] adhidevañāṇadassanaṃ suvisuddhaṃ ahosi, athāhaṃ bhikkhave

---

[1] *omitted by* Ph. M_6 M_7; T. M_6 'va.
[2] *omitted by* Ph. M_6 M_6; M_7 (*only the first time*).
[3] *omitted by* Ph. [4] *omitted by* Ph. M_6 M_7; T. 'va.
[5] *omitted by* T. [6] T. 'va; *omitted by* M_6.
[7] *omitted by* M_6 M_7. [8] M_6 *omits this sentence.*
[9] T. 'va; *omitted by* M_6 M_7. [10] M_6 yavañ.
[11] M. M_3 c'imo; M_6 *omits* me.
[12] M. M_6 °vattaṃ; Ph. °vuttaṃ, *then* °vattaṃ; T. M_7 °vaddhaṃ; M_6 °vaṭṭaṃ, *then* °vaddhaṃ.
[13] M. Ph. M_6 *add* ti. [14] Ph. M_6 °si.

sadevake loke samārake sabrahmake sassamaṇabrāhmaṇiyā pajāya sadevamanussāya anuttaraṃ sammāsambodhiṃ abhisambuddho[1] paccaññāsiṃ[2]. Ñāṇañ ca pana me dassanaṃ udapādi 'akuppā me cetovimutti[3], ayam antimā jāti, natthi dāni punabbhavo' ti.

LXV.

1. Aṭṭh' imāni bhikkhave abhibhāyatanāni. Katamāni aṭṭha?

2. Ajjhattaṃ rūpasaññī eko bahiddhā rūpāni passati parittāni suvaṇṇadubbaṇṇāni 'tāni abhibhuyya jānāmi passāmī' ti evaṃsaññī hoti. Idaṃ paṭhamaṃ abhibhāyatanaṃ.

3. Ajjhattaṃ rūpasaññī eko bahiddhā rūpāni passati appamāṇāni suvaṇṇadubbaṇṇāni 'tāni abhibhuyya jānāmi passāmī' ti evaṃsaññī hoti. Idaṃ dutiyaṃ[4] abhibhāyatanaṃ.

4. Ajjhattaṃ arūpasaññī eko bahiddhā rūpāni passati parittāni suvaṇṇadubbaṇṇāni 'tāni abhibhuyya jānāmi passāmī' ti evaṃsaññī hoti. Idaṃ tatiyaṃ abhibhāyatanaṃ.

5. Ajjhattaṃ arūpasaññī eko bahiddhā rūpāni passati appamāṇāni suvaṇṇadubbaṇṇāni 'tāni abhibhuyya jānāmi passāmī' ti evaṃsaññī hoti. Idaṃ catutthaṃ abhibhāyatanaṃ.

6. Ajjhattaṃ arūpasaññī eko bahiddhā rūpāni passati nīlāni nīlavaṇṇāni nīlanidassanāni nīlanibhāsāni 'tāni abhibhuyya jānāmi passāmī' ti evaṃsaññī hoti. Idaṃ pañcamaṃ abhibhāyatanaṃ.

7. Ajjhattaṃ arūpasaññī eko bahiddhā rūpāni passati pītāni pītavaṇṇāni pītanidassanāni pītanibhāsāni 'tāni abhibhuyya jānāmi passāmī' ti evaṃsaññī hoti. Idaṃ chaṭṭhaṃ abhibhāyatanaṃ.

---

[1] M. Ph. M6 add ti.
[2] Ph. M6 °ssi.
[3] Ph. T. M7 vimutti.
[4] M6 adds ajjhattaṃ (sic).

8. Ajjhattaṃ arūpasaññī eko bahiddhā rūpāni passati lohitakāni lohitakavaṇṇāni lohitakanidassanāni lohitakanibhāsāni 'tāni abhibhuyya jānāmi passāmī' ti evaṃsaññī hoti. Idaṃ sattamaṃ abhibhāyatanaṃ.

9. Ajjhattaṃ arūpasaññī eko bahiddhā rūpāni passati odātāni odātavaṇṇāni odātanidassanāni odātanibhāsāni 'tāni abhibhuyya jānāmi passāmī' ti evaṃsaññī hoti. Idaṃ aṭṭhamaṃ abhibhāyatanaṃ.

Imāni kho bhikkhave aṭṭha abhibhāyatanānī ti.

LXVI.

1. Aṭṭh' ime bhikkhave vimokhā[1]. Katame aṭṭha?

2. Rūpī rūpāni passati, ayaṃ paṭhamo vimokho.

3. Ajjhattaṃ arūpasaññī eko[2] bahiddhā rūpāni passati, ayaṃ dutiyo vimokho.

4. Subhan t'eva adhimutto hoti, ayaṃ tatiyo vimokho.

5. Sabbaso rūpasaññānaṃ samatikkamā paṭighasaññānaṃ atthaṅgamā nānattasaññānaṃ amanasikārā 'ananto ākāso' ti ākāsānañcāyatanaṃ upasampajja viharati, ayaṃ catuttho vimokho.

6. Sabbaso ākāsānañcāyatanaṃ samatikkamma 'anantaṃ viññāṇan' ti viññāṇañcāyatanaṃ upasampajja viharati, ayaṃ pañcamo vimokho.

7. Sabbaso viññāṇañcāyatanaṃ samatikkamma 'natthi kiñcī' ti ākiñcaññāyatanaṃ upasampajja viharati, ayaṃ chaṭṭho vimokho.

8. Sabbaso ākiñcaññāyatanaṃ samatikkamma nevasaññānāsaññāyatanaṃ upasampajja viharati, ayaṃ sattamo vimokho.

9. Sabbaso nevasaññānāsaññāyatanaṃ samatikkamma saññāvedayitanirodhaṃ upasampajja viharati, ayaṃ aṭṭhamo vimokho.

Ime kho bhikkhave aṭṭha vimokhā ti.

---

[1] M. Ph. M6. S. °kkha *throughout.*
[2] *omitted by* T. M6. M7.

LXVII.

1. Aṭṭh' ime bhikkhave anariyavohārā. Katame aṭṭha?

2. Adiṭṭhe diṭṭhavāditā, asute sutavāditā, amute mutavāditā, aviññāte viññātavāditā, diṭṭhe[1] adiṭṭhavāditā, sute asutavāditā, mute amutavāditā, viññāte aviññātavāditā.

Ime kho bhikkhave aṭṭha anariyavohārā ti.

LXVIII.

1. Aṭṭh' ime bhikkhave ariyavohārā. Katame aṭṭha?

2. Adiṭṭhe adiṭṭhavāditā, asute asutavāditā, amute amutavāditā, aviññāte aviññātavāditā[2], diṭṭhe diṭṭhavāditā, sute sutavāditā, mute mutavāditā, viññāte viññātavāditā.

Ime kho bhikkhave aṭṭha ariyavohārā ti.

LXIX.

1. Aṭṭh' imā bhikkhave parisā. Katamā aṭṭha?

2. Khattiyaparisā, brāhmaṇaparisā, gahapatiparisā, samaṇaparisā, Cātummahārājikaparisā[3], Tāvatiṃsaparisā, Māraparisā, Brahmaparisā.

3. Abhijānāmi kho panāhaṃ bhikkhave anekasataṃ khattiyaparisaṃ upasaṅkamitvā[4]. Tatra pi mayā sannisinnapubbañ c'eva sallapitapubbañ ca sākacchā ca samāpajjitapubbā, tattha yādisako tesaṃ vaṇṇo hoti, tādisako[5] mayhaṃ vaṇṇo hoti[5], yādisako tesaṃ saro hoti, tādisako mayhaṃ saro hoti, dhammiyā ca[6] kathāya sandassemi samādapemi samuttejemi sampahaṃsemi, bhāsamānañ ca maṃ na[6] jānanti 'ko nu kho ayaṃ bhāsati devo vā manusso vā' ti? Dhammiyā[7] ca[8] kathāya sandassetvā samādapetvā samuttejetvā sampahaṃsetvā antaradhāyāmi, antarahitañ ca maṃ na jānanti 'ko nu kho ayaṃ antarahito devo vā manusso vā' ti?

---

[1] M. *adds* ca. [2] T. *continues:* Ime.
[3] M. M. cātumma° *and* catumma°; Ph. cātumma° *both times.*
[4] Ph. °mitā. [5] *omitted by* T. [6] *omitted by* M. M.
[7] M. *omits all from* Dhammiyā *to* ti. [8] *omitted by* Ph.

4. Abhijānāmi kho panāhaṃ bhikkhave anekasataṃ brāhmaṇaparisaṃ . . .[1] gahapatiparisaṃ . . . samaṇaparisaṃ . . . Cātummahārājikaparisaṃ . . . Tāvatiṃsaparisaṃ . . . Māraparisaṃ[2] . . . Brahmaparisaṃ upasaṅkamitā[3]. Tatra pi[4] mayā sannisinnapubbañ c'eva sallapitapubbañ ca sākacchā ca samāpannapubbā, tattha yādisako tesaṃ vaṇṇo hoti, tādisako mayhaṃ vaṇṇo hoti, yādisako tesaṃ saro hoti, tādisako mayhaṃ saro hoti, dhammiyā ca[5] kathāya sandassemi samādapemi samuttejemi sampahaṃsemi, bhāsamānañ ca maṃ na[6] jānanti 'ko nu kho ayaṃ bhāsati devo vā manusso vā[7] ti? Dhammiyā ca[5] kathāya sandassetvā samādapetvā samuttejetvā sampahaṃsetvā antaradhāyāmi; antarahitañ ca maṃ na jānanti 'ko nu kho ayaṃ antarahito devo vā manusso vā[7] ti?

Imā kho bhikkhave aṭṭha parisā ti.

LXX.

1. Ekaṃ samayaṃ Bhagavā Vesāliyaṃ viharati Mahāvane Kūṭāgārasālāyaṃ. Atha kho Bhagavā pubbaṇhasamayaṃ nivāsetvā pattacīvaraṃ ādāya Vesāliṃ[8] piṇḍāya pāvisi. Vesāliyaṃ[9] piṇḍāya caritvā pacchābhattaṃ piṇḍapātapaṭikkanto āyasmantaṃ Ānandaṃ āmantesi: —

2. Gaṇhāhi Ānanda nisīdanaṃ, yena Cāpālacetiyaṃ[10] ten' upasaṅkamissāma divāvihārāya ti. 'Evaṃ bhante' ti kho āyasmā Ānando Bhagavato paṭissutvā[11] nisīdanaṃ ādāya Bhagavantaṃ piṭṭhito piṭṭhito anubandhi.

3. Atha kho Bhagavā yena Cāpālacetiyaṃ ten' upasaṅkami, upasaṅkamitvā paññatte āsane nisīdi. Nisajja kho Bhagavā āyasmantaṃ Ānandaṃ āmantesi: —

---

[1] M. la; Ph. pa; S. pe. [2] omitted by M6. M7.
[3] M. Ph. M6 °mita. [4] omitted by T.
[5] omitted by M. T. M6. M7. [6] omitted by M7.
[7] omitted by all MSS. exc. S.
[8] M. M6 °liyaṃ; Ph. °li; T. °liyā.
[9] T. °liyā; M6 °liṃ. [10] S. Pāvāle° throughout.
[11] M. M6 paṭissu°; Ph. paṭisuṇitvā; S. paṭissuṇitvā always.

4. Ramaṇīyā Ānanda Vesālī, ramaṇīyaṃ Udenacetiyaṃ, ramaṇīyaṃ Gotamakacetiyaṃ, ramaṇīyaṃ Bahuputtakacetiyaṃ, ramaṇīyaṃ Sattambacetiyaṃ[1], ramaṇīyaṃ Sārandadacetiyaṃ[2], ramaṇīyaṃ Cāpālacetiyaṃ. Yassa kassaci Ānanda cattāro iddhipādā bhāvitā bahulīkatā yānīkatā vatthukatā anuṭṭhitā paricitā susamāraddhā, ākaṅkhamāno so Ānanda kappaṃ vā tiṭṭheyya kappāvasesaṃ vā. Tathāgatassa kho Ānanda cattāro iddhipādā bhāvitā bahulīkatā yānīkatā vatthukatā anuṭṭhitā paricitā susamāraddhā, ākaṅkhamāno Ānanda Tathāgato kappaṃ vā tiṭṭheyya kappāvasesaṃ vā ti. Evam pi kho āyasmā Ānando Bhagavatā oḷārike nimitte kayiramāne[3] oḷārike obhāse kayiramāne nāsakkhi paṭivijjhituṃ, na[4] Bhagavantaṃ yāci 'tiṭṭhatu bhante Bhagavā kappaṃ, tiṭṭhatu bhante Sugato kappaṃ bahujanahitāya bahujanasukhāya lokānukampāya atthāya hitāya sukhāya devamanussānan' ti, yathā taṃ Mārena pariyuṭṭhitacitto.

5. Dutiyam pi kho Bhagavā . . . Tatiyam pi kho Bhagavā āyasmantaṃ Ānandaṃ āmantesi: —

6. Ramaṇīyā Ānanda Vesālī, ramaṇīyaṃ Udenacetiyaṃ, ramaṇīyaṃ Gotamakacetiyaṃ, ramaṇīyaṃ Bahuputtakacetiyaṃ, ramaṇīyaṃ Sattambacetiyaṃ[5], ramaṇīyaṃ Sārandadacetiyaṃ, ramaṇīyaṃ Cāpālacetiyaṃ. Yassa kassaci Ānanda cattāro iddhipādā bhāvitā bahulīkatā yānīkatā vatthukatā anuṭṭhitā paricitā susamāraddhā[6] ākaṅkhamāno so Ānanda kappaṃ vā tiṭṭheyya kappāvasesaṃ vā. Tathāgatassa kho Ānanda cattāro iddhipādā bhāvitā bahulīkatā[7] yānīkatā vatthukatā anuṭṭhitā paricitā susamāraddhā, ākaṅkhamāno Ānanda Tathāgato kappaṃ vā tiṭṭheyya kappāvasesaṃ vā ti. Evam pi kho āyasmā Ānando Bha-

---

[1] M. Sattampa°; T. M_6 Sattabba°; M_7 Pattabba°

[2] T. Sārandaṃ ce°; M. Ph. M_6 Sānandara°; M_7 Sārandaṃ ce° *throughout.*

[3] Ph. S. kariya° *throughout.* [4] *omitted by* M_7.

[5] M. Ph. Sattampa°; M_6 Pattabba°; T. M_7 Sattabbha°; M_8 Sattama°

[6] M_8 S. *continue:* ākaṅkh° (S. pe ākaṅkh°) Ān° Tathāgato.

[7] M. pa : ākaṅkhamāno.

gavatā oḷārike nimitte kayiramāne oḷārike obhāse kayiramāne nāsakkhi paṭivijjhituṃ, na[1] Bhagavantaṃ yāci 'tiṭṭhatu bhante Bhagavā kappaṃ, tiṭṭhatu Sugato kappaṃ bahujanahitāya bahujanasukhāya lokānukampāya atthāya hitāya sukhāya devamanussānan' ti, yathā taṃ Mārena pariyuṭṭhitacitto.

7. Atha kho Bhagavā āyasmantaṃ Ānandaṃ āmantesi 'gaccha tvaṃ Ānanda, yassa dāni kālaṃ maññasī' ti. 'Evaṃ bhante' ti kho āyasmā Ānando Bhagavato paṭissutvā uṭṭhāyāsanā Bhagavantaṃ abhivādetvā padakkhiṇaṃ katvā Bhagavato avidūre aññatarasmiṃ rukkhamūle nisīdi.

8. Atha kho Māro pāpimā acirapakkante āyasmante Ānande Bhagavantaṃ etad avoca 'parinibbātu dāni bhante Bhagavā parinibbātu Sugato, parinibbānakālo dāni bhante Bhagavato, bhāsitā kho pan' esā bhante Bhagavatā vācā na tāvāhaṃ pāpima parinibbāyissāmi, yāva me bhikkhū na sāvakā bhavissanti viyattā vinītā visāradā pattayogakkhemā bahussutā dhammadharā dhammānudhammapaṭipannā sāmīcipaṭipannā anudhammacārino sakaṃ ācariyakaṃ uggahetvā ācikkhissanti desissanti[2] paññāpessanti[3] paṭṭhapessanti[4] vivarissanti vibhajissanti uttānīkarissanti[5], uppannaṃ parappavādaṃ sahadhammena suniggahitaṃ niggahetvā[6] sappāṭihāriyaṃ dhammaṃ desissantī' ti. Etarahi bhante bhikkhū Bhagavato sāvakā viyattā vinītā visāradā pattayogakkhemā bahussutā dhammadharā dhammānudhammapaṭipannā sāmīcipaṭipannā anudhammacārino sakaṃ ācariyakaṃ uggahetvā ācikkhanti desenti paññāpenti paṭṭhapenti vivaranti vibhajanti uttānīkaronti, uppannaṃ parappavādaṃ sahadhammena suniggahitaṃ niggahetvā[6] sappāṭihāriyaṃ dhammaṃ desenti. Parinibbātu dāni bhante Bhagavā parinibbātu Sugato, parinibbānakālo dāni bhante Bhagavato, bhāsitā kho pan' esā bhante Bhagavatā vācā na tāvāhaṃ pāpima parinibbāyissāmi, yāva me bhikkhuniyo na sāvikā bhavissanti . . .[7] yāva[8] me upāsakā na

[1] omitted by M6; Ph. adds ca.
[2] omitted by all MSS. exc. S.
[3] M. Ph. M6 dese°.
[4] Ph. °pissanti.
[5] M. uttāniṃ kar° throughout.
[6] Ph. °hitva.
[7] M. M6 la; Ph. pa; S. pe.
[8] M6 omits this phrase.

sāvakā bhavissanti . . .[1] yāva me upāsikā na sāvikā bhavissanti viyattā vinītā visāradā pattayogakkhemā bahussutā dhammadharā dhammānudhammapaṭipannā sāmīcipaṭipannā anudhammacāriniyo sakaṃ ācariyakaṃ uggahetvā ācikkhissanti desissanti[2] paññāpessanti[3] paṭṭhapessanti[4] vivarissanti vibhajissanti uttānīkarissanti, uppannaṃ parappavādaṃ sahadhammena suniggahītaṃ niggahetvā[5] sappāṭihāriyaṃ dhammaṃ desissantī ti. Etarahi bhante upāsikā Bhagavato sāvikā viyattā vinītā visāradā pattayogakkhemā bahussutā dhammadharā dhammānudhammapaṭipannā sāmīcipaṭipannā anudhammacāriniyo sakaṃ ācariyakaṃ uggahetvā ācikkhanti desenti paññāpenti paṭṭhapenti vivaranti vibhajanti uttānīkaronti, uppannaṃ parappavādaṃ sahadhammena suniggahītaṃ niggahetvā[5] sappāṭihāriyaṃ dhammaṃ desenti. Parinibbātu dāni bhante Bhagavā parinibbātu Sugato, parinibbānakālo dāni bhante Bhagavato, bhāsitā kho pan' esā bhante Bhagavatā vācā »na tāvāhaṃ pāpima parinibbāyissāmi, yāva me idaṃ brahmacariyaṃ na iddhañ c'eva bhavissati phītañ ca vitthārikaṃ bāhujaññaṃ puthubhūtaṃ yāva devamanussehi suppakāsitan« ti. Etarahi bhante Bhagavato brahmacariyaṃ iddhañ c'eva phītañ ca vitthārikaṃ bāhujaññaṃ puthubhūtaṃ yāva devamanussehi suppakāsitaṃ. Parinibbātu dāni bhante Bhagavā parinibbātu Sugato, parinibbānakālo dāni bhante Bhagavato' ti. 'Appossukko tvaṃ pāpima hohi, na ciraṃ Tathāgatassa parinibbānaṃ bhavissati, ito tiṇṇaṃ māsānaṃ accayena Tathāgato parinibbāyissatī' ti.

9. Atha kho Bhagavā Cāpālacetiye sato sampajāno āyusaṅkhāraṃ ossaji[6]. Ossaṭṭhe[7] Bhagavatā āyusaṅkhāre mahābhūmicālo ahosi bhiṃsanako lomahaṃsano[8], devadundubhiyo[9] ca phaliṃsu. Atha kho Bhagavā etam atthaṃ viditvā tāyaṃ velāyaṃ imaṃ udānaṃ[10] udānesi[10]:

---

[1] M. la; Ph. pa; S. pa. [2] M. dese°
[3] M. °pissanti. [4] M. M6 °pissanti. [5] Ph. °hitva.
[6] S. ossajji; M. Ph. ossajji; M6 osajji.
[7] M7 M, osa°; S. ossajjite; M. Ph. M6 add ca.
[8] T. M6 loma° [9] M. Ph. M6 °dadru° throughout.
[10] M6 add°

Tulaṃ atulañ ca sambhavaṃ bhavasaṅkhāraṃ avassaji[1] muni
ajjhattarato samāhito abhindi kavacaṃ iv' attasambhavan[2] ti.

10. Atha kho āyasmato Ānandassa etad ahosi 'mahā vatāyaṃ bhūmicālo[3], sumahā vatāyaṃ bhūmicālo bhiṃsanako salomahaṃso, devadundubhiyo ca phaliṃsu; ko nu kho hetu ko paccayo mahato bhūmicālassa pātubhāvāyā' ti? Atha kho āyasmā Ānando yena Bhagavā ten' upasaṅkami, upasaṅkamitvā Bhagavantaṃ abhivādetvā ekamantaṃ nisīdi. Ekamantaṃ nisinno kho āyasmā Ānando Bhagavantaṃ etad avoca 'mahā vatāyaṃ bhante bhūmicālo, sumahā[4] vatāyaṃ[4] bhante[4] bhūmicālo[4] bhiṃsanako salomahaṃso, devadundubhiyo ca phaliṃsu; ko nu kho bhante hetu ko paccayo mahato bhūmicālassa pātubhāvāyā' ti?

11. Aṭṭh' ime Ānanda hetū aṭṭha paccayā mahato bhūmicālassa pātubhāvāya. Katame aṭṭha?

12. Yaṃ[5] Ānanda mahāpaṭhavī udake patiṭṭhitā, udakaṃ vāte patiṭṭhitaṃ, vāto ākāsaṭṭho hoti: so Ānanda samayo, yaṃ mahāvātā vāyanti, mahāvātā vāyantā udakaṃ kampenti, udakaṃ kampitaṃ paṭhaviṃ kampeti. Ayaṃ Ānanda paṭhamo hetu paṭhamo paccayo mahato bhūmicālassa pātubhāvāya.

13. Puna ca paraṃ Ānanda samaṇo vā brāhmaṇo vā iddhimā cetovasippatto, devatā[6] mahiddhikā mahānubhāvā; tassa parittā paṭhavīsaññā[7] bhāvitā hoti appamāṇā āposaññā; so imaṃ paṭhaviṃ kampeti[8] saṅkampeti[9] sampakampeti[10]. Ayaṃ Ānanda dutiyo hetu dutiyo paccayo mahato bhūmicālassa pātubhāvāya.

14. Puna ca paraṃ Ānanda yadā bodhisatto Tusitakāyā cavitvā sato sampajāno mātukucchiṃ okkamati, tadāyaṃ

---

[1] M. S. °jji. [2] M6 iva atta°
[3] T. M6 M7 add ahosi bhiṃsanako salomahaṃso.
[4] omitted by M6. [5] T. M6 M7 ayaṃ.
[6] T. adds va. [7] M6 °paññā. [8] M6 °pati.
[9] T. M7 °pati; omitted by Ph. M6.
[10] T. M7 °pati; omitted by M6 M8.

pathavī kampati saṃkampati sampakampati[1]. Ayaṃ Ānanda tatiyo hetu tatiyo paccayo mahato bhūmicālassa pātubhāvāya.

15. Puna ca paraṃ Ānanda yadā bodhisatto sato sampajāno mātukucchismā nikkhamati, tadāyaṃ pathavī kampati saṃkampati[2] sampakampati[3]. Ayaṃ Ānanda catuttho hetu catuttho paccayo mahato bhūmicālassa pātubhāvāya.

16. Puna ca paraṃ Ānanda yadā Tathāgato anuttaraṃ sammāsambodhiṃ abhisambujjhati, tadāyaṃ pathavī kampati saṃkampati[1] sampakampati. Ayaṃ Ānanda pañcamo hetu pañcamo paccayo mahato bhūmicālassa pātubhāvāya.

17. Puna ca paraṃ Ānanda yadā Tathāgato anuttaraṃ dhammacakkaṃ pavatteti, tadāyaṃ pathavī kampati saṃkampati[1] sampakampati[4]. Ayaṃ Ānanda chaṭṭho hetu chaṭṭho paccayo mahato bhūmicālassa pātubhāvāya.

18. Puna ca paraṃ Ānanda yadā Tathāgato sato sampajāno āyusaṅkhāraṃ ossajjati[5], tadāyaṃ pathavī kampati saṃkampati[1] sampakampati[4]. Ayaṃ Ānanda sattamo hetu sattamo paccayo mahato bhūmicālassa pātubhāvāya.

19. Puna ca paraṃ Ānanda yadā Tathāgato anupādisesāya nibbānadhātuyā parinibbāyati, tadāyaṃ pathavī kampati saṃkampati[1] sampakampati[4]. Ayaṃ Ānanda aṭṭhamo hetu aṭṭhamo paccayo mahato bhūmicālassa pātubhāvāya.

Ime kho Ānanda aṭṭha hetū aṭṭha paccayā mahato bhūmicālassa pātubhāvāyā ti.

Bhūmicālavaggo[6] sattamo[7].

Tatr' uddānaṃ[8]:

[1] *omitted by* Ph. M6; M7 saṃkampati; T. M6 M7 *add* sampavedheti.

[2] Ph. pakampati.

[3] M7 saṃkampati *and henceforth always*.

[4] *omitted by* M6.

[5] M. R. ossajjati; Ph. M6 ossajjati; T. M7 ossaji.

[6] S. Cāla°; T. M6 M7 Vaggo.

[7] M. Ph. M6 S. dutiyo.

[8] *omitted by* T. M6 M7 S.; T. M6 M7 *omit also the* uddāna *itself*.

lechā nlañ ca saṃkhittaṃ Gayā[1] abhibhunā[2] te[3] saha
Vimokkho dve ca vohārā parisā[4] bhūmicālenā[5] ti.

LXXI[6].

1. Saddho ca[7] bhikkhave bhikkhu hoti, no ca[8] sīlavā. Evaṃ so ten' aṅgena aparipūro hoti. Tena taṃ aṅgaṃ paripūretabbaṃ 'kintāhaṃ saddho ca assaṃ sīlavā cā' ti. Yato ca kho bhikkhave bhikkhu saddho ca hoti sīlavā ca, evaṃ so ten' aṅgena paripūro hoti.

2. Saddho ca bhikkhave bhikkhu hoti sīlavā ca[9], no ca bahussuto. Evaṃ so ten' aṅgena aparipūro hoti. Tena taṃ aṅgaṃ paripūretabbaṃ 'kintāhaṃ saddho ca assaṃ sīlavā ca bahussuto cā' ti. Yato ca kho bhikkhave bhikkhu saddho ca hoti sīlavā ca bahussuto ca, evaṃ so ten' aṅgena paripūro hoti.

3. Saddho ca[10] bhikkhave bhikkhu hoti sīlavā ca[11] bahussuto ca[11], no ca dhammakathiko . . . pe[12] . . . dhammakathiko ca, no ca parisāvacaro . . .[13] parisāvacaro ca, no ca visārado[14] parisāya[15] dhammaṃ deseti . . .[13] visārado[16] ca parisāya[15] dhammaṃ deseti, no ca catunnaṃ jhānānaṃ abhicetasikānaṃ[17] diṭṭhadhammasukhavihārānaṃ nikāmalābhī hoti akicchalābhī akasiralābhī . . .[13] catunnaṃ jhānānaṃ abhicetasikānaṃ diṭṭhadhammasukhavihārānaṃ nikāmalābhī hoti akicchalābhī akasiralābhī, no ca āsavānaṃ khayā anāsavaṃ cetovimuttiṃ paññāvimuttiṃ diṭṭh' eva dhamme sayaṃ abhiññā sacchikatvā upasampajja viharati. Evaṃ so ten' aṅgena aparipūro hoti. Tena taṃ aṅgaṃ

---

1 S. bhayā; M_6 bhayaṃ. 2 so M. Ph. M_6; S. °bhūtā.
3 Ph. tena; *omitted by* M. 4 Ph. *inserts* Capālā.
5 S. °lena ca.
6 S. *has as title* Aṭṭhakanipāte paṇṇāsakāsaṅgahito tatiyavaggo. 7 *omitted by* M_6. S.
8 S. *omits* ca *here and at all similar places.*
9 *omitted by* T. 10 *omitted by* M_6.
11 *omitted by* M_6. T. 12 M. M_6 la; Ph. pa. 13 S. pa.
14 M_6 *inserts* la | dh° deseti. no catunnaṃ *and so on.*
15 M_6 °sāyaṃ. 16 T. M_6 *omit* vi° ca pari° dh° de°
17 S. abhi- *throughout.*

paripūretabbaṃ 'kintāhaṃ saddho ca assaṃ sīlavā ca[1] bahussuto ca dhammakathiko[1] ca[2] parisāvacaro[2] ca[2] visārado ca parisāya[3] dhammaṃ deseyyaṃ[4], catunnaṃ jhānānaṃ ābhicetasikānaṃ diṭṭhadhammasukhavihārānaṃ nikāmalābhī assaṃ akicchalābhī akasiralābhī, āsavānaṃ[5] khayā anāsavaṃ cetovimuttiṃ paññāvimuttiṃ diṭṭh' eva dhamme sayaṃ abhiññā sacchikatvā upasampajja vihareyyan' ti. Yato ca kho bhikkhave bhikkhu saddho ca[6] hoti sīlavā ca[6] bahussuto ca dhammakathiko ca parisāvacaro ca visārado ca[7] parisāya dhammaṃ deseti, catunnaṃ jhānānaṃ ābhicetasikānaṃ diṭṭhadhammasukhavihārānaṃ nikāmalābhī hoti akicchalābhī akasiralābhī, āsavānaṃ[5] khayā anāsavaṃ cetovimuttiṃ paññāvimuttiṃ diṭṭh' eva dhamme sayaṃ abhiññā sacchikatvā upasampajja viharati. Evaṃ so ten' aṅgena paripūro hoti.

Imehi kho bhikkhave aṭṭhahi dhammehi samannāgato bhikkhu samantapāsādiko ca hoti sabbākāraparipūro cā ti.

LXXII.[8]

1. Saddho ca[9] bhikkhave bhikkhu hoti, no ca sīlavā. Evaṃ so ten' aṅgena aparipūro hoti. Tena taṃ aṅgaṃ paripūretabbaṃ 'kintāhaṃ saddho ca[9] assaṃ sīlavā cā' ti. Yato ca kho bhikkhave bhikkhu saddho ca hoti sīlavā ca, evaṃ so ten' aṅgena paripūro hoti.

2. Saddho ca[9] bhikkhave bhikkhu hoti sīlavā ca, no ca bahussuto . . . pe[10] . . . bahussuto ca, no ca dhammakathiko . . .[11] dhammakathiko ca, no ca parisāvacaro . . .[11] parisāvacaro ca, no ca visārado parisāya dhammaṃ deseti

---

[1] *omitted by* T. M₇. [2] *omitted by* M₆.
[3] M₆ °sāyaṃ. [4] T. °yyā. [5] M. Ph. M₆ °naṃ ca.
[6] *omitted by* T.
[7] T. *continues:* upasampajja viharati *and so on.*
[8] *in* M., *which for every single sutta has a number, here begins a new one, but not so in* S.
[9] *omitted by* S. [10] M. M₆ la; Ph. pa.
[11] M. M₆ la; Ph. pa; S. pe; T. M₆ *do not repeat* °kathiko ca *and (also* M₇) parisā° ca.

. . .[1] visārado ca parisāya dhammaṃ deseti, no[2] ca[3] ye te santā vimokhā atikkamma rūpe āruppā[4], te kāyena phusitvā[5] viharati; yo[6] te santā vimokhā atikkamma rūpe āruppā, te kāyena phusitvā[7] viharati, no āsavānaṃ khayā anāsavaṃ cetovimuttiṃ paññāvimuttiṃ diṭṭh' eva dhamme sayaṃ abhiññā sacchikatvā upasampajja viharati. Evaṃ so ten' aṅgena aparipūro hoti. Tena taṃ aṅgaṃ paripūretabbaṃ 'kintāhaṃ saddho ca[8] assaṃ[9] sīlavā ca bahussuto[10] ca dhammakathiko ca parisāvacaro ca visārado ca parisāya[11] dhammaṃ deseyyaṃ; ye te santā vimokhā atikkamma rūpe āruppā, te kāyena phusitvā[12] vihareyyaṃ, āsavānaṃ[13] khayā . . . pa[14] . . . sacchikatvā upasampajja vihareyyan' ti. Yato ca kho bhikkhave bhikkhu saddho ca hoti sīlavā ca bahussuto ca dhammakathiko ca parisāvacaro ca visārado ca parisāya[15] dhammaṃ deseti; ye te santā vimokhā atikkamma rūpe āruppā, te kāyena phusitvā viharati, āsavānaṃ khayā . . . pa[16] . . . sacchikatvā upasampajja viharati. Evaṃ so ten' aṅgena paripūro hoti.

Imehi kho bhikkhave aṭṭhahi dhammehi samannāgato bhikkhu samantapāsādiko ca[17] hoti sabbākāraparipūro ca ti.

LXXIII.

1. Ekaṃ samayaṃ Bhagavā Naṭike[18] viharati Giñjakāvasathe[19]. Tatra kho Bhagavā bhikkhū āmantesi: —

---

[1] M. M6 la; Ph. pa; S. pe. [2] *omitted by* S.
[3] S. *adds* ca. [4] S. arūpā *always*.
[5] M6 phuss°; T. M6, M7 passitvā.
[6] M. la; Ph. pa ? no ca; M6, M7, S. *only* no ca.
[7] T. passitvā; M6 phuss° [8] *omitted by* M6.
[9] Ph. assa. [10] *in* M6 *here three leaves are missing.*
[11] T. M7 °yaṃ. [12] T. M7 passitvā; M6 phu°
[13] M. Ph. °naṃ ca. [14] M. Ph. S. *in full.*
[15] Ph. M6, M7 °yaṃ. [16] M. la; Ph. pa.
[17] *omitted by* T.
[18] M. Ph. Naṭike; M6, S. Nād°; T. M7 Nāvike (*misspelt for* Naṭika?). [19] Ph. Bhiñja°

Bhikkhavo ti. Bhadante[1] ti te bhikkhū Bhagavato paccassosuṃ. Bhagavā etad avoca: —

2. Maraṇasati bhikkhave bhāvitā bahulīkatā mahapphalā hoti mahānisaṃsā amatogadhā amatapariyosānā. Bhāvetha no tumhe bhikkhave maraṇasatin ti.

3. Evaṃ vutte aññataro bhikkhu Bhagavantaṃ etad avoca 'ahaṃ kho bhante bhāvemi maraṇasatin' ti. 'Yathākathaṃ pana tvaṃ bhikkhu bhāvesi maraṇasatin' ti? 'Idha mayhaṃ bhante evaṃ hoti aho vatāhaṃ rattindivaṃ jīveyyaṃ, Bhagavato sāsanaṃ manasikareyyaṃ, bahuṃ[2] vata me kataṃ assā ti: evaṃ kho ahaṃ bhante bhāvemi maraṇasatin' ti.

4. Aññataro pi kho bhikkhu Bhagavantaṃ etad avoca 'aham pi kho bhante bhāvemi maraṇasatin' ti. 'Yathākathaṃ pana tvaṃ bhikkhu bhāvesi maraṇasatin' ti? 'Idha mayhaṃ bhante evaṃ hoti aho vatāhaṃ divasaṃ jīveyyaṃ, Bhagavato sāsanaṃ manasikareyyaṃ, bahuṃ vata me kataṃ assā ti: evaṃ kho ahaṃ bhante bhāvemi maraṇasatin' ti.

5. Aññataro pi kho bhikkhu Bhagavantaṃ etad avoca 'aham pi kho bhante bhāvemi maraṇasatin' ti. 'Yathākathaṃ pana tvaṃ bhikkhu bhāvesi maraṇasatin' ti? 'Idha mayhaṃ bhante evaṃ hoti aho vatāhaṃ upaḍḍhadivasaṃ jīveyyaṃ, Bhagavato sāsanaṃ manasikareyyaṃ, bahuṃ vata me kataṃ assā ti: evaṃ kho ahaṃ bhante bhāvemi maraṇasatin' ti.

6. Aññataro pi kho bhikkhu Bhagavantaṃ etad avoca 'aham pi kho bhante bhāvemi maraṇasatin' ti. 'Yathākathaṃ pana tvaṃ bhikkhu bhāvesi maraṇasatin' ti? 'Idha mayhaṃ bhante evaṃ hoti aho vatāhaṃ tadantaraṃ jīveyyaṃ yadantaraṃ ekaṃ piṇḍapātaṃ bhuñjāmi, Bhagavato sāsanaṃ manasikareyyaṃ, bahuṃ vata me kataṃ assā ti: evaṃ kho ahaṃ bhante bhāvemi maraṇasatin' ti.

7. Aññataro pi kho bhikkhu Bhagavantaṃ etad avoca 'ahaṃ pi kho bhante bhāvemi maraṇasatin' ti. 'Yathākathaṃ pana tvaṃ bhikkhu bhāvesi maraṇasatin' ti? 'Idha

---

[1] M. Ph. bhadd° [2] M. Ph. S. bahu *throughout*.

mayhaṃ bhante evaṃ hoti aho vatāhaṃ tadantaraṃ jīveyyaṃ yadantaraṃ upaḍḍhapiṇḍapātaṃ bhuñjāmi, Bhagavato sāsanaṃ manasikareyyaṃ, bahuṃ vata me kataṃ assā ti: evaṃ kho ahaṃ bhante bhāvemi maraṇasatin' ti.

8. Aññataro pi kho bhikkhu Bhagavantaṃ etad avoca 'aham pi kho bhante bhāvemi maraṇasatin' ti. 'Yathākathaṃ pana tvaṃ bhikkhu bhāvesi maraṇasatin' ti? 'Idha mayhaṃ bhante evaṃ hoti aho vatāhaṃ tadantaraṃ jīveyyaṃ yadantaraṃ cattāro pañca ālope saṃkhāditvā[1] ajjhoharāmi, Bhagavato sāsanaṃ manasikareyyaṃ, bahuṃ vata me kataṃ assā ti: evaṃ kho ahaṃ bhante bhāvemi maraṇasatin' ti.

9. Aññataro pi kho bhikkhu Bhagavantaṃ etad avoca 'aham pi kho bhante bhāvemi maraṇasatin' ti. 'Yathākathaṃ pana tvaṃ bhikkhu bhāvesi maraṇasatin' ti? 'Idha mayhaṃ bhante evaṃ hoti aho vatāhaṃ tadantaraṃ jīveyyaṃ yadantaraṃ ekaṃ ālopaṃ saṃkhāditvā ajjhoharāmi, Bhagavato sāsanaṃ manasikareyyaṃ, bahuṃ[2] vata me kataṃ assā ti: evaṃ kho ahaṃ bhante bhāvemi maraṇasatin' ti.

10. Aññataro pi kho bhikkhu Bhagavantaṃ etad avoca 'aham pi kho bhante bhāvemi maraṇasatin' ti. 'Yathākathaṃ pana tvaṃ bhikkhu bhāvesi maraṇasatin' ti? 'Idha mayhaṃ bhante evaṃ hoti aho vatāhaṃ tadantaraṃ jīveyyaṃ yadantaraṃ assasitvā vā passasāmi[3] passasitvā vā assasāmi[4], Bhagavato sāsanaṃ manasikareyyaṃ, bahuṃ[5] vata me kataṃ assā ti: evaṃ kho ahaṃ bhante bhāvemi maraṇasatin' ti.

11. Evaṃ vutte Bhagavā te bhikkhū etad avoca: —

Yvāyaṃ[6] bhikkhave bhikkhu evaṃ maraṇasatiṃ bhāveti 'aho vatāhaṃ rattindivaṃ jīveyyaṃ, Bhagavato sāsanaṃ manasikareyyaṃ, bahuṃ vata me kataṃ assā' ti. Yo pāyaṃ[7] bhikkhave bhikkhu evaṃ maraṇasatiṃ bhāveti 'aho

---

[1] M. Ph. saṃkharitvā *throughout.*
[2] T. M. M₇ pe to evaṃ. [3, 4] T. passi° *and* assi°
[5] T. M. M₇ pe to maraṇasatin ti.
[6] S. MS. cāyaṃ; M₇ yo 'yaṃ. [7] S. cāyaṃ *throughout.*

vatāhaṃ divasaṃ jīveyyaṃ, Bhagavato sāsanaṃ manasikareyyaṃ, bahuṃ vata me kataṃ assā' ti. Yo cāyaṃ bhikkhave bhikkhu evaṃ maraṇasatiṃ bhāveti 'aho vatāhaṃ upaḍḍhadivasaṃ jīveyyaṃ. Bhagavato sāsanaṃ manasikareyyaṃ, bahuṃ vata me kataṃ assā' ti. Yo cāyaṃ bhikkhave bhikkhu evaṃ maraṇasatiṃ bhāveti 'aho vatāhaṃ tadantaraṃ jīveyyaṃ yadantaraṃ ekaṃ piṇḍapātaṃ bhuñjāmi. Bhagavato sāsanaṃ manasikareyyaṃ, bahuṃ vata me kataṃ assā' ti. Yo cāyaṃ bhikkhave bhikkhu evaṃ maraṇasatiṃ bhāveti 'aho vatāhaṃ tadantaraṃ jīveyyaṃ yadantaraṃ upaḍḍhapiṇḍapātaṃ bhuñjāmi. Bhagavato sāsanaṃ manasikareyyaṃ, bahuṃ vata me kataṃ assā' ti. Yo cāyaṃ bhikkhave bhikkhu evaṃ maraṇasatiṃ bhāveti 'aho vatāhaṃ tadantaraṃ jīveyyaṃ yadantaraṃ cattāro pañca ālope saṃkhāditvā ajjhoharāmi. Bhagavato sāsanaṃ manasikareyyaṃ, bahuṃ vata me kataṃ assā' ti.

Ime vuccanti bhikkhave bhikkhū pamattā viharanti, dandhaṃ maraṇasatiṃ bhāventi āsavānaṃ khayāya.

Yo ca[1] khvāyaṃ[2] bhikkhave bhikkhu evaṃ maraṇasatiṃ bhāveti 'aho vatāhaṃ tadantaraṃ jīveyyaṃ yadantaraṃ ekaṃ ālopaṃ saṃkhāditvā ajjhoharāmi. Bhagavato sāsanaṃ manasikareyyaṃ, bahuṃ vata me kataṃ assā' ti. Yo cāyaṃ bhikkhave bhikkhu evaṃ maraṇasatiṃ bhāveti 'aho vatāhaṃ tadantaraṃ jīveyyaṃ yadantaraṃ assasitvā vā passasāmi passasitvā vā assasāmi, Bhagavato sāsanaṃ manasikareyyaṃ, bahuṃ vata me kataṃ assā' ti.

Ime vuccanti bhikkhave bhikkhū appamattā viharanti, tikkhaṃ[3] maraṇasatiṃ bhāventi āsavānaṃ khayāya.

Tasmā ti ha bhikkhave evaṃ sikkhitabbaṃ: —

Appamattā viharissāma, tikkhaṃ[3] maraṇasatiṃ bhāvessāma[4] āsavānaṃ khayāya ti.

Evaṃ hi vo bhikkhave sikkhitabban ti.

---

[1] *omitted by* S.
[2] M. khv' yaṃ; S. cāyaṃ.
[3] *omitted by* Ph. S.
[4] M. bhāvayissāma; Ph. T. M. bhāveyyāma.

LXXIV.

1. Ekaṃ samayaṃ Bhagavā Nātike[1] viharati Giñjakāvasathe[2]. Tatra kho Bhagavā bhikkhū āmantesi . . . pe[3] . . . Maraṇasati bhikkhave bhāvitā bahulīkatā mahapphalā hoti mahānisaṃsā amatogadhā amatapariyosānā. Kathaṃ bhāvitā ca bhikkhave maraṇasati kathaṃ bahulīkatā mahapphalā hoti mahānisaṃsā amatogadhā amatapariyosānā?

2. Idha bhikkhave bhikkhu divase nikkhante rattiyā patihitāya[4] iti paṭisañcikkhati: bahukā kho me paccayā maraṇassa: ahi vā maṃ ḍaṃseyya[5], vicchikā vā maṃ ḍaṃseyya[6], satapadī vā maṃ ḍaṃseyya[6], tena me assa kālakiriyā, so mama assa antarāyo; upakkhalitvā[7] vā papateyyaṃ, bhattaṃ vā me bhuttaṃ byāpajjeyya, pittaṃ vā me kuppeyya, semhaṃ vā me kuppeyya, satthakā vā me vātā kuppeyyuṃ, manussā vā maṃ upakkameyyuṃ, amanussā vā maṃ upakkameyyuṃ, tena me assa kālakiriyā, so mama assa antarāyo ti. Tena bhikkhave bhikkhunā iti paṭisañcikkhitabbaṃ: atthi nu kho me pāpakā akusalā dhammā appahīnā[8], ye me assu rattiṃ kālaṃ karontassa antarāyāyā ti. Sace bhikkhave bhikkhu paccavekkhamāno evaṃ jānāti: atthi me pāpakā akusalā dhammā appahīnā, ye me assu rattiṃ kālaṃ karontassa antarāyāyā ti, tena bhikkhave bhikkhunā tesaṃ yeva pāpakānaṃ akusalānaṃ dhammānaṃ pahānāya adhimatto chando ca vāyāmo ca ussāho ca ussoḷhī ca appaṭivānī ca sati ca sampajaññañ ca karaṇīyaṃ. Seyyathā pi bhikkhave ādittacelo vā ādittasīso vā tass' eva celassa vā sīsassa vā nibbāpanāya adhimattaṃ chandañ ca vāyāmañ ca ussāhañ ca ussoḷhiñ ca appaṭivāniñ ca satiñ ca sampajaññañ ca kareyya, evam eva kho bhikkhave tena bhikkhunā tesaṃ yeva pāpakānaṃ

---

1 M. Ph. Nāt°; T. M_6 M_7 S. Nād° 2 Ph. Bhiñja°
3 M. la; Ph. pa. 4 Ph. sannihitāya; T. pahitāya.
5 Ph. ḍasseyya; M_6 M_7 ḍaseyya *throughout;* T. ḍaheyya.
6 T. ḍaseyya. 7 T. °kkhalitvā.
8 M. °hīnā *throughout.*

akusalānaṃ dhammānaṃ pahānāya adhimatto chando ca vāyāmo ca ussāho ca ussoḷhī ca appaṭivānī ca sati ca sampajaññañ ca karaṇīyaṃ. Sace pana bhikkhave bhikkhu paccavekkhamāno evaṃ jānāti 'natthi me pāpakā akusalā dhammā appahīnā, ye me assa rattiṃ kālaṃ karontassa antarāyāyā' ti, tena bhikkhave bhikkhunā ten' eva pītipāmojjena vihātabbaṃ ahorattānusikkhinā kusalesu dhammesu.

3. Idha pana bhikkhave bhikkhu rattiyā nikkhantāya divase paṭihite[1] iti paṭisañcikkhati 'bahukā kho me paccayā maraṇassa: ahi vā maṃ ḍaṃseyya[2], vicchikā vā maṃ ḍaṃseyya[2], satapadī vā maṃ ḍaṃseyya[2], tena me assa kālakiriyā, so mama assa antarāyo; upakkhalitvā vā papateyyaṃ, bhattaṃ vā me bhuttaṃ byāpajjeyya, pittaṃ vā me kuppeyya, semhaṃ vā me kuppeyya, satthakā vā me vātā kuppeyyuṃ, manussā vā maṃ upakkameyyuṃ, amanussā vā maṃ upakkameyyuṃ, tena me assa kālakiriyā, so mama assa antarāyo' ti. Tena bhikkhave bhikkhunā iti paṭisañcikkhitabbaṃ 'atthi nu kho me pāpakā akusalā dhammā appahīnā, ye me assu[3] divā kālaṃ karontassa antarāyāyā' ti. Sace bhikkhave bhikkhu paccavekkhamāno evaṃ jānāti 'atthi me pāpakā akusalā dhammā appahīnā, ye me assu[4] divā kālaṃ karontassa antarāyāyā' ti, tena bhikkhave bhikkhunā tesaṃ yeva pāpakānaṃ akusalānaṃ dhammānaṃ pahānāya adhimatto chando ca vāyāmo ca ussāho ca ussoḷhī ca appaṭivānī ca sati ca sampajaññañ ca karaṇīyaṃ. Seyyathā pi bhikkhave ādittacelo vā ādittasīso vā tass' eva celassa vā sīsassa vā nibbāpanāya adhimattaṃ chandañ ca vāyāmañ ca ussāhañ ca ussoḷhiñ ca appaṭivāniñ ca satiñ ca sampajaññañ ca kareyya, evam eva kho bhikkhave tena bhikkhunā tesaṃ yeva pāpakānaṃ akusalānaṃ dhammānaṃ pahānāya adhimatto chando ca vāyāmo ca ussāho ca ussoḷhī ca appaṭivānī ca sati ca sampajaññañ ca karaṇīyaṃ. Sace pana bhikkhave bhikkhu paccavekkhamāno evaṃ jānāti 'natthi me pāpakā akusalā dhammā

[1] Ph. sannihite. [2] T. ḍaseyya.
[3] T. M6. M. assa. [4] T. assa.

appahīnā, ye me assu disvā kālaṃ karontassa antarāyāyā 'ti. tena bhikkhave bhikkhunā tes' eva pītipāmojjena vihātabbaṃ ahorattānusikkhinā kusalesu dhammesu.

Evaṃ bhāvitā kho bhikkhave maraṇasati evaṃ bahulīkatā mahapphalā hoti mahānisaṃsā amatogadhā amatapariyosānā ti.

LXXV.

1. Aṭṭh' imā bhikkhave sampadā. Katamā aṭṭha?

2. Uṭṭhānasampadā, ārakkhasampadā, kalyāṇamittatā, samajīvitā[1], saddhāsampadā, sīlasampadā, cāgasampadā, paññāsampadā.

Imā kho bhikkhave aṭṭha sampadā ti.

Uṭṭhātā[2] kammadheyyesu appamatto vidhānavā
samaṃ kappeti jīvitaṃ sambhataṃ anurakkhati,
saddho sīlena sampanno vadaññū vītamaccharo[3]
niccaṃ maggaṃ visodheti sotthānaṃ samparāyikaṃ.
Icc' ete aṭṭha dhammā ca[4] saddhassa[5] gharam esino
akkhātā saccanāmena[6] ubhayattha sukhāvahā,
diṭṭhadhammahitatthāya[7] samparāyasukhāya ca:
evam etaṃ gahaṭṭhānaṃ cāgo puññaṃ pavaḍḍhati ti.

LXXVI.

1. Aṭṭh' imā bhikkhave sampadā. Katamā aṭṭha?

2. Uṭṭhānasampadā, ārakkhasampadā, kalyāṇamittatā, samajīvitā[8], saddhāsampadā, sīlasampadā, cāgasampadā, paññāsampadā. Katamā ca bhikkhave uṭṭhānasampadā?

3. Idha bhikkhave kulaputto yena kammaṭṭhānena jīvikaṃ[9] kappeti yadi kasiyā yadi vaṇijjāya[10] yadi gorakkhena yadi issatthena yadi rājaporisena yadi sippaññatarena

---

[1] T. M6. M7 samma° [2] T. uṭṭhāna; M7 °na.
[3] M7 °macchero. [4] omitted by T. M6. M7.
[5] T. saddhamma; M7 saddhammassa. [6] T. °vādena.
[7] T. °sukhatthāya. [8] Ph. samma°; M7 samma°
[9] M. Ph. °kaṃ throughout.
[10] M. Ph. va° (Ph. °nijjāya).

tattha dakkho hoti analaso tatrupāyāya vīmaṃsāya samannāgato alaṃ kātuṃ alaṃ saṃvidhātuṃ[1]. Ayaṃ vuccati bhikkhave uṭṭhānasampadā. Katamā ca bhikkhave ārakkhasampadā?

4. Idha bhikkhave kulaputtassa bhogā honti uṭṭhānaviriyādhigatā bāhābalaparicitā sedāvakkhittā dhammikā dhammaladdhā, te[2] ārakkhena guttiyā sampādeti 'kint' ime[3] bhoge neva rājāno hareyyuṃ, na corā hareyyuṃ, na aggi ḍaheyya[4], na udakaṃ vaheyya[5], na appiyā dāyādā hareyyun' ti. Ayaṃ vuccati bhikkhave ārakkhasampadā. Katamā ca bhikkhave kalyāṇamittatā?

5. Idha bhikkhave kulaputto yasmiṃ gāme vā nigame[6] vā[6] paṭivasati, tattha[7] ye te honti gahapatī vā gahapatiputtā[8] vā daharā vā vuddhasīlino vuddhā[9] vā[9] vuddhasīlino[9] saddhāsampannā sīlasampannā[9] cāgasampannā paññāsampannā, tehi saddhiṃ santiṭṭhati[10] sallapati sākacchaṃ samāpajjati; yathārūpānaṃ saddhāsampannānaṃ saddhāsampadaṃ[11] anusikkhati, yathārūpānaṃ sīlasampannānaṃ sīlasampadaṃ anusikkhati, yathārūpānaṃ cāgasampannānaṃ cāgasampadaṃ anusikkhati, yathārūpānaṃ paññāsampannānaṃ paññāsampadaṃ anusikkhati. Ayaṃ vuccati bhikkhave kalyāṇamittatā. Katamā ca bhikkhave samajīvitā?

6. Idha bhikkhave kulaputto āyañ[12] ca bhogānaṃ viditvā vayañ[9] ca[9] bhogānaṃ[9] viditvā[9] samaṃ[13] jīvikaṃ kappeti na[14] accogāḷhaṃ[14] na[15] atihīnaṃ[15] 'evaṃ me āyo[16] vayaṃ[16] pariyādāya ṭhassati, na ca me vayo āyaṃ pariyādāya ṭhassatī' ti. Seyyathā pi bhikkhave tulādhāro vā tulādhārantevāsī vā tulaṃ paggahetvā jānāti 'ettakena[17] vā[17] onataṃ[18] etta-

[1] M. Ph. °tun ti. [2] T. M6. M7 so tena. [3] S. kinti me ime. [4] Ph. ḍaheyya; T. M7 ḍaheyyuṃ. [5] T. vaheyyuṃ. [6] omitted by T. [7] S. tatra. [8] T. M6. M7 °putto. [9] omitted by Ph. T. [10] Ph. sandiṭṭh° [11] T. sampadaṃ. [12] T. M6 ay° throughout. [13] T. M6. M7 samaṃ throughout. [14] M. n'acco°; S. nācco° throughout. [15] M. S. nāti° throughout. [16] T. vayo āyaṃ. [17] T. ettan' eva; M6. M7 ettakan' eva. [18] M. Ph. un°

kena[1] vā[1] ummānan[2]' ti, evam eva kho bhikkhave kulaputto āyañ ca bhogānaṃ viditvā vayañ[3] ca[3] bhogānaṃ[3] viditvā[3] samaṃ jīvikaṃ kappeti nāccogāḷhaṃ nātihīnaṃ 'evaṃ me āyo vayaṃ pariyādāya ṭhassati, na[4] ca me vayo āyaṃ pariyādāya ṭhassatī' ti. Sacāyaṃ bhikkhave kulaputto appāyo samāno uḷāraṃ jīvikaṃ kappeti, tassa bhavanti vattāro 'udumbarakhādikaṃ[5] vāyaṃ[6] kulaputto bhoge khādatī' ti. Sace panāyaṃ bhikkhave kulaputto mahāyo samāno kasiraṃ jīvikaṃ kappeti, tassa bhavanti vattāro 'ajeṭṭhamaraṇaṃ[7] vāyaṃ[8] kulaputto marissatī' ti. Yato ca khvāyaṃ[9] bhikkhave kulaputto āyañ ca bhogānaṃ viditvā vayañ ca bhogānaṃ viditvā samaṃ jīvikaṃ kappeti nāccogāḷhaṃ nātihīnaṃ 'evaṃ me āyo vayaṃ pariyādāya ṭhassati, na ca me vayo[10] āyaṃ pariyādāya ṭhassatī' ti. Ayaṃ vuccati bhikkhave samajīvitā. Katamā ca bhikkhave saddhāsampadā?

7. Idha bhikkhave kulaputto saddho hoti, saddahati Tathāgatassa bodhiṃ 'iti pi so Bhagavā . . . pe[11] . . . Satthā devamanussānaṃ buddho Bhagavā' ti. Ayaṃ vuccati bhikkhave saddhāsampadā. Katamā ca bhikkhave sīlasampadā?

8. Idha bhikkhave kulaputto pāṇātipātā[12] paṭivirato hoti . . . pe[13] . . . surāmerayamajjapamādaṭṭhānā paṭivirato hoti. Ayaṃ vuccati bhikkhave sīlasampadā. Katamā ca bhikkhave cāgasampadā?

9. Idha bhikkhave kulaputto vigatamalamaccherena cetasā agāraṃ ajjhāvasati . . . pe[14] . . . yācayogo dānasaṃvibhāgarato. Ayaṃ vuccati bhikkhave cāgasampadā. Katamā ca bhikkhave paññāsampadā?

---

[1] T. M₆ M₇ °kon' eva. [2] M. Ph. T. M₆ umm°; M₇ una°
[3] *omitted by* T. [4] T. *omits this phrase.*
[5] M. °khādi; Ph. S. °khādakaṃ. [6] Ph. S. cāyaṃ.
[7] T. ajeṭṭha°; M₇ ajeddha°; Ph. ajeṭṭhamarikaṃ; M. ajeṭṭhamaraṇaṃ; S. addhamaraṇaṃ.
[8] *omitted by* M. T. M₆ M₇. [9] M. S. kho 'yaṃ.
[10] T. ayo. [11] M. la; Ph. pa.
[12] *here* M₆ *ends in again.* [13] M. M₇ la; Ph. pa.
[14] Ph. pa; *omitted by* M. M₆ M₇ M₈; T. *in full. Cf.* p. 284.

10. Idha bhikkhave kulaputto paññavā hoti . . . pe[1] . . . sammādukkhakkhayagāminiyā. Ayaṃ vuccati bhikkhave paññāsampadā.

Imā kho bhikkhave aṭṭha sampadā ti.

Uṭṭhātā[2] kammadheyyesu appamatto vidhānavā
samaṃ[3] kappeti jīvitaṃ sambhataṃ anurakkhati.
Saddho sīlena sampanno vadaññū vītamaccharo
niccaṃ maggaṃ visodheti sotthānaṃ samparāyikaṃ.
Icc' ete aṭṭha dhammā ca[4] saddhassa gharam esino
akkhātā saccanāmena[5] ubhayattha sukhāvahā,
diṭṭhadhammahitatthāya samparāyasukhāya ca[6];
evam etaṃ gahaṭṭhānaṃ cāgo puññaṃ pavaḍḍhatī ti.

LXXVII.

1. Tatra kho āyasmā Sāriputto bhikkhū āmantesi: — Āvuso bhikkhavo[7] ti. Āvuso ti kho te bhikkhū āyasmato Sāriputtassa paccassosuṃ. Āyasmā Sāriputto etad avoca: —

2. Aṭṭh' ime āvuso puggalā santo saṃvijjamānā lokasmiṃ. Katame aṭṭha?

3. Idh' āvuso bhikkhuno pavivittassa viharato nirāyattavuttino icchā uppajjati lābhāya. So uṭṭhahati ghaṭati vāyamati lābhāya. Tassa uṭṭhahato ghaṭato vāyamato lābhāya lābho n'uppajjati. So tena alābhena socati kilamati paridevati urattāḷiṃ[8] kandati sammohaṃ[9] āpajjati. Ayaṃ vuccat' āvuso[10] bhikkhu iccho viharati lābhāya[11], uṭṭhahati[12]

---

[1] M. M_6 la; Ph. pa.
[2] T. uṭṭhāta (or °tā); M_6 M_7 °tā. [3] T. samaṃ.
[4] omitted by T. M_6 M_7. [5] T. °vākena.
[6] omitted by M_7. [7] M. Ph. S. °ve.
[8] S. °ṭṭi; Ph. M_6 °ti always.
[9] M_6 saṃmo° throughout.
[10] T. M_7 vuccati 'ti; so also M_6 here and at the next place.
[11] M_6 continues lābhī hoti and so on.
[12] T. M_6 M_7 so uṭṭh°

ghaṭati vāyamati lābhāya, na ca lābhī socicca[1] parideviccā[1] cuto[2] ca[2] saddhammā.

4. Idha panāvuso bhikkhuno pavivittassa viharato nirāyattavuttino icchā uppajjati lābhāya. So uṭṭhahati ghaṭati vāyamati lābhāya. Tassa uṭṭhahato ghaṭato vāyamato lābhāya lābho uppajjati. So tena lābhena majjati pamajjati[1] madāpamādam[3] āpajjati[1]. Ayaṃ vuccat' āvuso bhikkhu iccho viharati lābhāya, uṭṭhahati[4] ghaṭati vāyamati lābhāya, lābhīcca[1] madicca[1] pamādicca[1] cuto ca saddhammā.

5. Idha panāvuso bhikkhuno pavivittassa viharato nirāyattavuttino icchā uppajjati lābhāya. So na uṭṭhahati na vāyamati lābhāya. Tassa anuṭṭhahato aghaṭato avāyamato lābhāya lābho n'uppajjati. So tena alābhena[5] socati kilamati paridevati urattāḷiṃ kandati sammohaṃ āpajjati. Ayaṃ vuccat' āvuso[6] bhikkhu iccho viharati lābhāya, na[7] uṭṭhahati na ghaṭati na vāyamati lābhāya, na ca lābhī socicca[1] parideviccā[1] cuto ca saddhammā.

6. Idha panāvuso bhikkhuno pavivittassa viharato nirāyattavuttino icchā uppajjati lābhāya. So na uṭṭhahati na ghaṭati na vāyamati lābhāya. Tassa anuṭṭhahato aghaṭato avāyamato lābhāya lābho uppajjati. So tena lābhena majjati pamajjati madāpamādam[8] āpajjati. Ayaṃ vuccat' āvuso bhikkhu iccho viharati lābhāya, na uṭṭhahati na ghaṭati na vāyamati lābhāya, lābhīcca[9] madicca[9] pamādicca[9] cuto ca saddhammā.

7. Idha panāvuso bhikkhuno pavivittassa viharato nirāyattavuttino icchā uppajjati lābhāya. So uṭṭhahati ghaṭati vāyamati lābhāya. Tassa uṭṭhahato ghaṭato vāyamato lābhāya lābho n'uppajjati. So tena alābhena na socati na

---

[1] M. Ph. ca with long i before; M_6 S. the same with short i. [2] omitted by M_6.

[3] M. Ph. S. pamādam; omitted by M_6.

[4] T. M_6. M_7 so uṭṭh° [5] T. lābhena.

[6] T. M_7 vuccati so.

[7] Ph. M_6. T. M_7 so na; M_6 so alone.

[8] M. Ph. M_6 S. pamādam.

[9] M. Ph. M_6 S. have ca with long i at the end of the preceding word.

kilamati na paridevati na urattāḷiṃ kandati na sammoham āpajjati. Ayaṃ vuccat'āvuso bhikkhu iccho viharati lābhāya, uṭṭhahati[1] ghaṭati vāyamati lābhāya, na ca lābhī na ca[2] socī na ca paridevī accuto ca saddhammā.

8. Idha pan'āvuso bhikkhuno pavivittassa viharato nirāyattavuttino icchā uppajjati lābhāya. So uṭṭhahati ghaṭati vāyamati lābhāya. Tassa uṭṭhahato ghaṭato vāyamato lābhāya lābho uppajjati[3]. So tena lābhena na majjati na[4] ppamajjati[4] na madaṃ[5] āpajjati. Ayaṃ vuccat'āvuso bhikkhu iccho viharati lābhāya, uṭṭhahati[6] ghaṭati vāyamati lābhāya, lābhī ca[7] na[8] ca[9] madī[9] na ca[4] pamādī[9] accuto ca saddhammā.

9. Idha pan'āvuso bhikkhuno pavivittassa viharato nirāyattavuttino icchā uppajjati lābhāya. So na[10] uṭṭhahati na ghaṭati na vāyamati lābhāya. Tassa anuṭṭhahato aghaṭato avāyamato lābhāya lābho n'uppajjati[11]. So tena alābhena[12] na socati na kilamati na paridevati na urattāḷiṃ kandati na sammohaṃ āpajjati. Ayaṃ vuccat'āvuso bhikkhu iccho viharati lābhāya, na[13] uṭṭhahati na ghaṭati na vāyamati lābhāya, na ca lābhī na ca socī na ca paridevī accuto ca saddhammā.

10. Idha pan'āvuso bhikkhuno pavivittassa viharato nirāyattavuttino icchā uppajjati lābhāya. So na uṭṭhahati na ghaṭati na vāyamati lābhāya. Tassa anuṭṭhahato aghaṭato avāyamato lābhāya lābho uppajjati[14]. So tena lābhena[15] na majjati na ppamajjati na[16] madaṃ[16] āpajjati[16]. Ayaṃ vuccat'āvuso bhikkhu iccho viharati lābhāya, na uṭṭhahati

---

[1] T. so uṭṭh° [2] *omitted by* T. M6 M7

[3] T. M7 n'upp° [4] *omitted by* M6

[5] M. Ph. M6 T. S. pamādam. [6] T. M6 M7 so uṭṭh°

[7] M. Ph. M6 S. *have* ca *with long* ī *at the end of the preceding word.* [8] *omitted by* M6 T. M7

[9] T. M6 M7 °dicca. [10] *omitted by* M6

[11] M. T. na upp°

[12] T. lābhena; M7 *omits* na *before* socati.

[13] Ph. M6 so na; M7 *omits* na. [14] T. M6 M7 n'upp°

[15] T. M6 M7 alā°

[16] *omitted by* T. M6 M7; M. Ph. M6 S. pamādam.

na gilāyati na vāyamati lābhāya, lābhe ca[1] na[2] ca[3] madi[3] na ca pamādi[3] accuto ca[2] saddhammā.

Ime kho āvuso aṭṭha puggalā santo saṃvijjamānā lokasmin ti.

LXXVIII.

1. Tatra kho āyasmā Sāriputto bhikkhū āmantesi . . . pe[4] . . . Chah'[5] āvuso dhammehi samannāgato bhikkhu alaṃ attano alaṃ paresaṃ. Katamehi chahi?

2. Idh' āvuso bhikkhu khippanisantī ca hoti kusalesu dhammesu, sutānañ ca dhammānaṃ dhārakajātiko[6] hoti, dhatānañ[7] ca[2] dhammānaṃ[9] atthūpaparikkhī[8] hoti, attham aññāya dhammam aññāya dhammānudhammapaṭipanno ca[9] hoti[9], kalyāṇavāco ca hoti kalyāṇavākkaraṇo[10] poriyā vācāya samannāgato vissaṭṭhāya[11] anelagalāya atthassa viññāpaniyā, sandassako ca hoti samādapako samuttejako sampahaṃsako sabrahmacārīnaṃ.

Imehi kho āvuso chahi dhammehi samannāgato bhikkhu alaṃ attano alaṃ paresaṃ.

3. Pañcah' āvuso dhammehi samannāgato bhikkhu alaṃ attano alaṃ paresaṃ. Katamehi pañcahi?

4. Idh' āvuso bhikkhu na h' eva kho khippanisantī ca[12] hoti kusalesu dhammesu, sutānañ ca dhammānaṃ dhārakajātiko hoti, dhatānañ ca[2] dhammānaṃ atthūpaparikkhī hoti, attham aññāya dhammam aññāya dhammānudhammapaṭipanno ca[13] hoti, kalyāṇavāco ca[14] hoti . . . pe[15] . . . sandassako ca hoti . . . pe[4] . . . sabrahmacārīnaṃ.

---

[1] M. Ph. M₆ S. lābhī ca. [2] omitted by T.
[3] T. M₆ M₇ °dicca; M₆ M₇ also madicca.
[4] M. M₆ la; Ph. pa. [5] T. M₆ M₇ chahi.
[6] M. dhāraṇa° throughout; T. M₆ M₇ °ya.
[7] M. Ph. M₆ dhā° throughout. [8] M. °kkhita always.
[9] omitted by T. M₆ M₇; M. Ph. M₆ S. pamādam.
[10] M. M₆ °vakkaraṇo; Ph. °vokkaraṇo.
[11] M. Ph. vissa° [12] omitted by all MSS. exc. S.
[13] omitted by Ph. M₆ T. M₇. [14] omitted by M₆.
[15] M. M₆ la; Ph. pa; Ph. adds atthassa viññāpaniyā; M₆ pe | sabrahma°

Imehi kho āvuso pañcahi dhammehi samannāgato bhikkhu alaṃ attano alaṃ paresaṃ.

5. Catūh' āvuso dhammehi samannāgato bhikkhu alaṃ attano no[1] paresaṃ. Katamehi catūhi?

6. Idh' āvuso bhikkhu khippanisanti ca hoti kusalesu dhammesu, sutānañ ca dhammānaṃ dhārakajātiko hoti, dhatānañ ca dhammānaṃ atthūpaparikkhī hoti, attham aññāya dhammam aññāya dhammānudhammapaṭipanno ca[2] hoti, no ca kalyāṇavāco[3] hoti . . . pe[4] . . . no ca sandassako[5] hoti . . . pe[6] . . . sabrahmacārīnaṃ.

Imehi kho āvuso catūhi dhammehi samannāgato bhikkhu alaṃ attano no[7] paresaṃ.

7. Catūh' āvuso dhammehi samannāgato bhikkhu alaṃ paresaṃ no[8] attano. Katamehi catūhi?

8. Idh' āvuso bhikkhu khippanisanti ca hoti kusalesu dhammesu, sutānañ[9] ca[10] dhammānaṃ dhārakajātiko hoti, no ca dhatānaṃ dhammānaṃ atthūpaparikkhī hoti, no ca attham aññāya dhammam aññāya dhammānudhammapaṭipanno hoti, kalyāṇavāco[11] ca[10] hoti[12] . . . pe[6] . . . sandassako ca[10] hoti[13] . . .[14] sabrahmacārīnaṃ.

Imehi kho āvuso catūhi dhammehi samannāgato bhikkhu alaṃ paresaṃ no[15] attano.

9. Tīh'[16] āvuso dhammehi samannāgato bhikkhu alaṃ attano no[17] paresaṃ. Katamehi tīhi?

10. Idh' āvuso bhikkhu na h'eva kho[18] khippanisanti ca[18] hoti kusalesu dhammesu, sutānañ ca dhammānaṃ dhāra-

---

[1] M_6 no alaṃ; M. T. alaṃ.
[2] omitted by M. T. M_7 M_8. [3] T. adds ca.
[4] M. M_6 la; Ph. pa; Ph. adds atthassa viññāpaniyā.
[5] M_6 adds ca. [6] M. M_6 la; Ph. pa.
[7] Ph. M_6 no alaṃ; M. alaṃ.
[8] Ph. M_6 no alaṃ; M. nālaṃ.
[9] T. M_7 M_8 no ca su° [10] omitted by T. M_7 M_8.
[11] T. no ca kalyā° [12] omitted by Ph.
[13] omitted by M. [14] Ph. pa; S. pa.
[15] Ph. no alaṃ; M. nālaṃ; M_6 alaṃ; T. omits attano.
[16] M_6 T. tihi.
[17] Ph. M_6 no alaṃ; M. nālaṃ; T. omits no.
[18] omitted by M. Ph. M_7 M_8.

kajātiko[1] hoti, dhatānañ ca dhammānaṃ atthupaparikkhī hoti, atthaṃ[2] aññāya dhammaṃ[3] aññāya[3] dhammānudhammapaṭipanno ca[4] hoti, no ca kalyāṇavāco hoti . . . pe[5] . . . no ca sandassako hoti . . .[6] sabrahmacārīnaṃ.

Imehi kho āvuso tīhi dhammehi samannāgato bhikkhu alaṃ attano no[7] paresaṃ.

11. Tīh' āvuso dhammehi samannāgato bhikkhu alaṃ paresaṃ no[7] attano. Katamehi tīhi?

12. Idhāvuso bhikkhu na h'eva kho khippanisanti ca[8] hoti kusalesu dhammesu, sutānañ ca dhammānaṃ dhārakajātiko hoti, no ca dhatānaṃ dhammānaṃ atthupaparikkhī hoti, no ca atthaṃ aññāya dhammaṃ aññāya dhammānudhammapaṭipanno hoti, kalyāṇavāco[9] ca[4] hoti . . . pe[10] . . . sandassako[11] ca[12] hoti . . . pe[13] . . . sabrahmacārīnaṃ.

Imehi kho āvuso tīhi dhammehi samannāgato bhikkhu alaṃ paresaṃ no[7] attano.

13. Dvīh' āvuso dhammehi samannāgato bhikkhu alaṃ attano no[7] paresaṃ. Katamehi dvīhi?

14. Idhāvuso bhikkhu na h'eva kho khippanisanti ca[8] hoti kusalesu dhammesu, sutānañ[14] ca[15] dhammānaṃ dhārakajātiko hoti, dhatānañ ca dhammānaṃ atthupaparikkhī hoti, atthaṃ aññāya dhammaṃ aññāya dhammānudhammapaṭipanno ca[4] hoti, no ca kalyāṇavāco hoti . . . pe[5] . . . no ca sandassako hoti . . . pe[6] . . . sabrahmacārīnaṃ.

Imehi kho āvuso dvīhi dhammehi samannāgato bhikkhu alaṃ attano no[16] paresaṃ.

---

[1] Ph. *henceforth* dhāraṇa° [2] Ph. M_6 no ca a°
[3] *omitted by* Ph. [4] *omitted by* Ph. M_6. T. M_7. M_8
[5] M. M_6 la; Ph. pa. [6] M. M_6 la; Ph. pa; S. pe.
[7] Ph. M_6 no alaṃ; M. nālaṃ.
[8] *omitted by all MSS. exc.* S.
[9] Ph. no ca kaly°; M_6 ca k°
[10] M. M_6 la; Ph. pa. *then* atthassa viññāpaniyā.
[11] M. no ca sand°; M_6 ca sa° [12] *omitted by* Ph. M_6.
[13] *omitted by* M. Ph. M_6.
[14] M. Ph. T. M_7. M_8 no ca su°
[15] *omitted by* T. M_7. M_8.
[16] Ph. M_6 no alaṃ; M. nālaṃ; T. alaṃ.

15. Dvīh' āvuso dhammehi samannāgato bhikkhu alaṃ paresaṃ no[1] attano. Katamehi dvīhi?

16. Idh' āvuso bhikkhu na h'eva kho khippanisanti ca[2] hoti kusalesu dhammesu, no ca sutānaṃ dhammānaṃ dhāraṇajātiko hoti, no[3] ca dhatānaṃ dhammānaṃ atthupaparikkhī hoti, no ca atthaṃ aññāya dhammaṃ aññāya dhammānudhammapaṭipanno hoti, kalyāṇavāco ca[4] hoti kalyāṇavākkaraṇo[5] poriyā vācāya samannāgato vissaṭṭhāya[6] anelagalāya atthassa viññāpaniyā, sandassako ca hoti samādapako samuttejako sampahaṃsako sabrahmacārīnaṃ.

Imehi kho āvuso dvīhi dhammehi samannāgato bhikkhu alaṃ paresaṃ no[7] attano ti.

LXXIX.

1. Aṭṭh' ime bhikkhave dhammā sekhassa[8] bhikkhuno parihānāya saṃvattanti. Katame aṭṭha?

2. Kammārāmatā, bhassārāmatā, niddārāmatā, saṅgaṇikārāmatā, indriyesu aguttadvāratā, bhojane amattaññutā, saṃsaggārāmatā, papañcārāmatā.

Ime kho bhikkhave aṭṭha dhammā sekhassa bhikkhuno parihānāya saṃvattanti.

3. Aṭṭh' ime bhikkhave dhammā sekhassa bhikkhuno aparihānāya saṃvattanti. Katame aṭṭha?

4. Na kammārāmatā, na bhassārāmatā, na niddārāmatā, na saṅgaṇikārāmatā, indriyesu guttadvāratā, bhojane mattaññutā, asaṃsaggārāmatā, nippapañcārāmatā.

Ime kho bhikkhave aṭṭha dhammā sekhassa bhikkhuno aparihānāya saṃvattanti ti[9].

---

[1] Ph. M_6 no alaṃ; M. nālaṃ.
[2] *omitted by all MSS. exc.* S.
[3] T. M_6 M_7 pa no ca atthaṃ aññāya.
[4] *omitted by* M. Ph. T.
[5] M. M_6 °vākk°; Ph. °vokk°
[6] Ph. visu°
[7] Ph. M_6 no alaṃ; M. alaṃ.
[8] S. sekkh° *throughout.*
[9] *omitted by* M. Ph. M_6.

LXXX.

1. Aṭṭh' imāni bhikkhave kusītavatthūni. Katamāni aṭṭha?

2. Idha bhikkhave[1] bhikkhunā kammaṃ kattabbaṃ[2] hoti. Tassa evaṃ hoti 'kammaṃ kho[3] me kattabbaṃ bhavissati, kammaṃ kho pana me karontassa kāyo kilamissati, handāhaṃ nipajjāmī'[4] ti. So nipajjati na viriyaṃ ārabhati appattassa pattiyā anadhigatassa adhigamāya asacchikatassa sacchikiriyāya. Idaṃ bhikkhave paṭhamaṃ kusītavatthuṃ[5].

3. Puna ca paraṃ bhikkhave bhikkhunā kammaṃ kataṃ hoti. Tassa evaṃ hoti 'ahaṃ kho kammaṃ akāsiṃ[6], kammaṃ kho pana me karontassa kāyo kilanto, handāhaṃ nipajjāmī' ti. So nipajjati na viriyaṃ ārabhati appattassa pattiyā anadhigatassa adhigamāya asacchikatassa sacchikiriyāya. Idaṃ bhikkhave dutiyaṃ kusītavatthuṃ.

4. Puna ca paraṃ bhikkhave bhikkhunā maggo gantabbo[7] hoti. Tassa evaṃ hoti 'maggo kho me gantabbo bhavissati, maggaṃ kho pana me gacchantassa kāyo kilamissati, handāhaṃ nipajjāmī' ti. So nipajjati na viriyaṃ ārabhati appattassa pattiyā anadhigatassa adhigamāya asacchikatassa sacchikiriyāya. Idaṃ bhikkhave tatiyaṃ kusītavatthuṃ.

5. Puna ca paraṃ bhikkhave bhikkhunā maggo gato hoti. Tassa evaṃ hoti 'ahaṃ kho maggaṃ agamāsiṃ[8], maggaṃ kho pana me gacchantassa[9] kāyo kilanto, handāhaṃ nipajjāmī' ti. So nipajjati na viriyaṃ ārabhati appattassa pattiyā anadhigatassa adhigamāya asacchikatassa sacchikiriyāya. Idaṃ bhikkhave catutthaṃ kusītavatthuṃ.

6. Puna ca paraṃ bhikkhave bhikkhu gāmaṃ vā nigamaṃ vā piṇḍāya caranto na labhati lūkhassa vā paṇītassa vā bhojanassa yāvadatthaṃ pāripūriṃ[10]. Tassa evaṃ

---

[1] *omitted by* Ph. M. [2] T. katabbaṃ.
[3] Ph. M. *insert* pana.
[4] M. Ph. M. nipp° *throughout*.
[5] M. Ph. S. °vatthu *throughout*. [6] Ph. M. M. °si.
[7] Ph. gamitabbo. [8] Ph. M. °si.
[9] Ph. M. S. gacchato; T. *continues:* handāhaṃ.
[10] T. pari° *always*.

hoti 'ahaṃ kho gāmaṃ vā nigamaṃ vā piṇḍāya caranto nālatthaṃ[1] lūkhassa vā paṇītassa vā bhojanassa yāvadatthaṃ pāripūriṃ, tassa me kāyo kilanto akammañño, handāhaṃ nipajjāmī' ti. So nipajjati[2] . . . pe[3] . . . Idaṃ bhikkhave pañcamaṃ kusītavatthuṃ.

7. Puna ca paraṃ bhikkhave bhikkhu gāmaṃ vā nigamaṃ vā piṇḍāya caranto labhati[4] lūkhassa vā paṇītassa vā bhojanassa yāvadatthaṃ pāripūriṃ. Tassa evaṃ hoti 'ahaṃ kho gāmaṃ vā nigamaṃ vā piṇḍāya caranto alatthaṃ[5] lūkhassa vā paṇītassa vā bhojanassa yāvadatthaṃ pāripūriṃ. Tassa me kāyo garuko akammañño māsācitaṃ[6] maññe, handāhaṃ nipajjāmī' ti. So[7] nipajjati[7] . . . pe[8] . . . Idaṃ bhikkhave chaṭṭhaṃ kusītavatthuṃ.

8. Puna ca paraṃ bhikkhave bhikkhuno[9] uppanno hoti appamattako ābādho. Tassa evaṃ hoti 'uppanno kho me ayaṃ appamattako ābādho, atthi kappo nipajjituṃ, handāhaṃ nipajjāmī' ti. So nipajjati[10] . . . pe[11] . . . Idaṃ bhikkhave sattamaṃ kusītavatthuṃ.

9. Puna ca paraṃ bhikkhave bhikkhu gilānā vuṭṭhito hoti aciravuṭṭhito gelaññā. Tassa[12] evaṃ hoti 'ahaṃ kho gilānā vuṭṭhito aciravuṭṭhito gelaññā, tassa me kāyo dubbalo akammañño, handāhaṃ nipajjāmī' ti. So nipajjati na viriyaṃ ārabhati appattassa pattiyā anadhigatassa adhigamāya asacchikatassa sacchikiriyāya. Idaṃ bhikkhave aṭṭhamaṃ kusītavatthuṃ.

Imāni kho bhikkhave aṭṭha kusītavatthūnī ti[13].

---

[1] T. M_6 M_7 n' alatthaṃ.
[2] M. Ph. M_6 S. add na viriyaṃ ār°
[3] M. M_6 la; Ph. pa. [4] omitted by M_6. [5] omitted by T.
[6] T. °cikaṃ; M_6 °ṭikaṃ; M_7 °vikaṃ; Ph. māsasancitaṃ; omitted by M_6.
[7] M. S. add viriyaṃ ār°; T. omits so nipp°
[8] M. Ph. pa; omitted by M_6. [9] M_6 adds ābādho.
[10] M. S. add na vi° ār°
[11] M. la; Ph. pa; omitted by M_6.
[12] S. omits all from Tassa to tassa.
[13] M. omits ti. Then, without giving a new number, it reads: Aṭṭh' imāni; S. gives a new number (LXXX), but it reads. Idha and so on.

10. Aṭṭh' imāni bhikkhave ārabbhavatthūni. Katamāni aṭṭha?

11. Idha bhikkhave bhikkhunā kammaṃ kattabbaṃ hoti. Tassa evaṃ hoti 'kammaṃ kho me kattabbaṃ bhavissati, kammaṃ kho pana[1] me[2] karontena na sukaraṃ buddhānaṃ sāsanaṃ manasikātuṃ, handāhaṃ paṭigacc'[3] eva viriyaṃ ārabhāmi appattassa pattiyā anadhigatassa adhigamāya asacchikatassa sacchikiriyāyā' ti. So viriyaṃ ārabhati appattassa pattiyā anadhigatassa adhigamāya asacchikatassa sacchikiriyāya. Idaṃ bhikkhave paṭhamaṃ[4] ārabbhavatthuṃ.

12. Puna ca paraṃ bhikkhave bhikkhunā kammaṃ kataṃ hoti. Tassa[5] evaṃ[5] hoti[5] 'ahaṃ kho kammaṃ akāsiṃ[6], kammaṃ kho panāhaṃ karonto[7] nāsakkhiṃ[8] buddhānaṃ[9] sāsanaṃ manasikātuṃ, handāhaṃ viriyaṃ ārabhāmi appattassa pattiyā anadhigatassa adhigamāya asacchikatassa sacchikiriyāyā' ti. So viriyaṃ ārabhati appattassa[10] pattiyā anadhigatassa adhigamāya asacchikatassa sacchikiriyāya. Idaṃ bhikkhave dutiyaṃ ārabbhavatthuṃ.

13. Puna ca paraṃ bhikkhave bhikkhunā maggo gantabbo[11] hoti. Tassa evaṃ hoti 'maggo kho me gantabbo[11] bhavissati, maggaṃ kho pana me[12] gacchantena na sukaraṃ buddhānaṃ sāsanaṃ manasikātuṃ, handāhaṃ paṭigacc' eva[13] viriyaṃ ārabhāmi . . .[14] Idaṃ bhikkhave tatiyaṃ ārabbhavatthuṃ.

14. Puna ca paraṃ bhikkhave bhikkhunā maggo gato hoti. Tassa evaṃ hoti 'ahaṃ kho maggaṃ agamāsiṃ[15], maggaṃ kho panāhaṃ gacchanto nāsakkhiṃ[16] buddhānaṃ sāsanaṃ manasikātuṃ, handāhaṃ viriyaṃ ārabhāmi . . . pe[14] . . . Idaṃ bhikkhave catutthaṃ ārabbhavatthuṃ.

---

1 omitted by M. 2 M. Ph. M6 mayā.
3 M. Ph. M6 S. paṭik° always. 4 T. aṭṭhamaṃ.
5 omitted by M6. 6 Ph. M6 °si. 7 M6 °tena.
8 M. Ph. M7 °kkhi; M6 na sakkā. 9 T. °na.
10 M. M6 la; Ph. pa; S. pe | Idaṃ. 11 Ph. gandh°
12 omitted by M. M6. 13 omitted by M. Ph. M6 S.
14 M. M6 la; Ph. pa. 15 M. M6 °si.
16 M. M6 °kkhi.

15. Puna ca paraṃ bhikkhave bhikkhu gāmaṃ vā nigamaṃ vā piṇḍāya caranto na labhati lūkhassa vā paṇītassa vā bhojanassa yāvadatthaṃ pāripūriṃ. Tassa evaṃ hoti 'ahaṃ kho gāmaṃ vā nigamaṃ vā piṇḍāya caranto nālatthaṃ[1] lūkhassa vā paṇītassa vā bhojanassa yāvadatthaṃ pāripūriṃ. Tassa me kāyo lahuko kammañño, handāhaṃ viriyaṃ ārabhāmi . . . pe[2] . . . Idaṃ bhikkhave pañcamaṃ ārabbhavatthuṃ.

16. Puna ca paraṃ bhikkhave bhikkhu gāmaṃ vā nigamaṃ vā piṇḍāya caranto labhati lūkhassa vā paṇītassa vā bhojanassa yāvadatthaṃ pāripūriṃ. Tassa evaṃ hoti 'ahaṃ kho gāmaṃ vā nigamaṃ vā piṇḍāya caranto alatthaṃ lūkhassa vā paṇītassa vā bhojanassa yāvadatthaṃ pāripūriṃ, tassa me kāyo balavā kammañño, handāhaṃ viriyaṃ ārabhāmi . . . pe[2] . . . Idaṃ bhikkhave chaṭṭhaṃ ārabbhavatthuṃ.

17. Puna ca paraṃ bhikkhave bhikkhuno uppanno hoti appamattako ābādho. Tassa evaṃ hoti 'uppanno kho me ayaṃ appamattako ābādho, ṭhānaṃ kho pan' etaṃ vijjati, yaṃ[3] me ābādho pavaḍḍheyya, handāhaṃ paṭigacc' eva viriyaṃ ārabhāmi . . . pe[2] . . . Idaṃ bhikkhave sattamaṃ ārabbhavatthuṃ.

18. Puna ca paraṃ bhikkhave bhikkhu gilānā vuṭṭhito hoti aciravuṭṭhito gelaññā. Tassa evaṃ hoti 'ahaṃ kho gilānā vuṭṭhito aciravuṭṭhito gelaññā, ṭhānaṃ kho pan' etaṃ vijjati, yaṃ me ābādho paccudāvatteyya, handāhaṃ paṭigacc' eva viriyaṃ ārabhāmi appattassa pattiyā anadhigatassa adhigamāya asacchikatassa sacchikiriyāyā' ti. So viriyaṃ ārabhati appattassa pattiyā anadhigatassa adhigamāya asacchikatassa sacchikiriyāya. Idaṃ bhikkhave aṭṭhamaṃ ārabbhavatthuṃ.

Imāni kho bhikkhave aṭṭha ārabbhavatthūnī ti.

Yamakavaggo aṭṭhamo[4].

Tatr' uddānaṃ[5]:

---

[1] Ph. T. n'al° [2] M. M₆ la; Ph. pa. [3] omitted by M₆.
[4] M. Ph. S. tatiyo; M₆ °ma(?); M. Ph. M₆ add samatto.
[5] T. omit this word and the Udd° itself.

Dve[1] saddhā[2] dve maraṇasati[1] dve[3] sampadā[1] aṭṭhāparo[4] lecchā[5] alaṃ[6] parihānaṃ kusitaṃ[6] ārabbhavatthunā ti.

LXXXI[7].

1. Satisampajaññe bhikkhave asati satisampajaññavipannassa[8] hatupanisaṃ[9] hoti hirottappaṃ, hirottappe asati hirottappavipannassa hatupaniso hoti indriyasaṃvaro, indriyasaṃvare asati indriyasaṃvaravipannassa hatupanisaṃ hoti sīlaṃ, sīle asati sīlavipannassa hatupaniso hoti sammāsamādhi, sammāsamādhimhi asati sammāsamādhivipannassa hatupanisaṃ hoti yathābhūtañāṇadassanaṃ, yathābhūtañāṇadassane asati yathābhūtañāṇadassanavipannassa hatupaniso hoti nibbidāvirāgo, nibbidāvirāge asati nibbidāvirāgavipannassa hatupanisaṃ hoti vimuttiñāṇadassanaṃ. Seyyathā pi bhikkhave rukkho sākhāpalāsavipanno, tassa papaṭikā[10] pi[11] na pāripūriṃ gacchati, taco pi pheggu pi sāro pi na pāripūriṃ gacchati, evam eva kho bhikkhave satisampajaññe asati satisampajaññavipannassa hatupanisaṃ hoti hirottappaṃ, hirottappe asati hirottappavipannassa hatupanisaṃ hoti . . . pa[12] . . . vimuttiñāṇadassanaṃ.

2. Satisampajaññe bhikkhave sati satisampajaññasampannassa upanisasampannaṃ[13] hoti hirottappaṃ, hirottappe sati hirottappasampannassa upanisasampanno hoti indriyasaṃvaro, indriyasaṃvare sati indriyasaṃvarasampannassa upanisasampannaṃ hoti sīlaṃ, sīle sati sīlasampannassa upanisasampanno hoti sammāsamādhi, sammāsamādhimhi sati sammāsamādhisampannassa upanisasampannaṃ hoti yathābhūtañāṇadassanaṃ, yathābhūtañāṇadassane sati yathābhūtañāṇadassanasampannassa upanisasampanno hoti

[1] *omitted by* S. [2] Ph. M6 S. paṭipadā.
[3] *omitted by* Ph. M6 S. [4] Ph. M6 S. aparo.
[5] Ph. M6 S. leccha. [6] Ph. *inserts* aṭṭha.
[7] S. *has as title* Aṭṭhakanipāte pannāsakāsaṅgahito sa-taṭṭhavaggo. [8] M. Ph. M6 °vipp° *throughout*.
[9] S. hatū° *throughout*; M. T. hata *sometimes*.
[10] S. pappa° [11] *omitted by* T. [12] M. M6 la; Ph. pa.
[13] Ph. upanisā° *and* upanisa°; M6 upanissa° *always*.

nibbidāvirāgo, nibbidāvirāge sati nibbidāvirāgasampannassa upanisasampannaṃ hoti vimuttiñāṇadassanaṃ. Seyyathā pi bhikkhave rukkho sākhāpalāsasampanno, tassa papaṭikā pi pāripūriṃ gacchati, taco pi pheggu pi sāro pi pāripūriṃ gacchati. evam eva kho bhikkhave satisampajaññe satisampajaññasampannassa upanisasampannaṃ hoti hirottappaṃ, hirottappe sati hirottappasampannassa upanisasampannaṃ hoti . . . pe[2] . . . vimuttiñāṇadassanan ti.

LXXXII.

1. Atha kho āyasmā Puṇṇiyo yena Bhagavā ten' upasaṅkami, upasaṅkamitvā . . . pe[2] . . . Ekamantaṃ nisinno kho āyasmā Puṇṇiyo Bhagavantaṃ etad avoca 'ko nu kho bhante hetu ko paccayo, yena app ekadā Tathāgataṃ dhammadesanā paṭibhāti, app ekadā na paṭibhātī' ti?

2. Saddho ca[3] Puṇṇiya bhikkhu hoti, no ca[4] upasaṅkamitā[5], neva[6] tāva[7] Tathāgataṃ dhammadesanā paṭibhāti. Yato ca kho Puṇṇiya bhikkhu saddho ca hoti upasaṅkamitā ca[8], evaṃ[9] Tathāgataṃ dhammadesanā paṭibhāti[10]. Saddho ca Puṇṇiya bhikkhu hoti upasaṅkamitā ca, no ca[4] payirupāsitā . . . pe[1] . . . Payirupāsitā ca, no ca[4] paripucchitā . . . Paripucchitā ca, no ca[4] ohitasoto[11] dhammaṃ suṇāti . . . Ohitasoto[12] ca[12] dhammaṃ[12] suṇāti[11], no ca[4] sutvā dhammaṃ[5] dhāreti . . . Sutvā[13] ca[13] dhammaṃ[13] dhāreti[11], no ca[4] dhatānaṃ[14] dhammānaṃ atthaṃ upaparikkhati . . . Dhatānaṃ ca dhammānaṃ atthaṃ[15] upaparikkhati, no ca[4] atthaṃ aññāya dhammaṃ aññāya dhammānudhammapaṭipanno hoti, neva[6] tāva[7] Tathāgataṃ dhammadesanā paṭibhāti. Yato ca kho Puṇṇiya bhikkhu saddho

---

[1] M. M_6 la; Ph. pa. [2] M. Ph. M_6. S. *in full*
[3] *omitted by* S. [4] M. n'upa°; S. *omits* ca.
[5] M_6 °tvā *throughout*.
[6] T. no ca pana; M_6 no; M_7 no ca.
[7] *omitted by* M. Ph. M_6. [8] *omitted by* M_6.
[9] M_6 etam. [10] T. M_6. M_7 °ti ti. [11] Ph. *adds* ca.
[12] *omitted by* Ph. T. M_7. [13] *omitted by* T.
[14] S. *adds* ca. [15] M_7 no ca.

ca hoti[1] upasaṅkamitā ca payirupāsitā ca paripucchitā ca ohitasoto ca dhammaṃ suṇāti sutvā ca[2] dhammaṃ dhāreti dhatānañ ca dhammānaṃ atthaṃ upaparikkhati atthaṃ aññāya dhammaṃ aññāya dhammānudhammapaṭipanno ca[3] hoti, evaṃ Tathāgataṃ dhammadesanā paṭibhāti.

Imehi kho Puṇṇiya[4] dhammehi samannāgato[5] ekantapaṭibhānaṃ[6] Tathāgataṃ[7] dhammadesanā hoti ti[8].

LXXXIII.

1. Sace bhikkhave aññatitthiyā paribbājakā evaṃ puccheyyuṃ 'kiṃmūlakā āvuso sabbe[9] dhammā, kiṃsambhavā sabbe dhammā, kiṃsamudayā sabbe dhammā, kiṃsamosaraṇā sabbe dhammā, kiṃ-pamukhā[10] sabbe dhammā, kim-adhipateyyā[11] sabbe dhammā, kiṃ-uttarā sabbe dhammā, kiṃsārā sabbe dhammā' ti: evaṃ puṭṭhā tumhe bhikkhave tesaṃ aññatitthiyānaṃ paribbājakānaṃ kinti vyākareyyātha ti?

2. Bhagavammūlakā no bhante dhammā Bhagavaṃnettikā Bhagavaṃpaṭisaraṇā. sādhu bhante Bhagavantaṃ yeva paṭibhātu etassa bhāsitassa attho, Bhagavato sutvā bhikkhū dhāressanti ti. Tena hi bhikkhave[12] suṇātha sādhukaṃ manasikarotha, bhāsissāmi ti. Evaṃ bhante ti kho te bhikkhū Bhagavato paccassosuṃ. Bhagavā etad avoca: —

3. Sace bhikkhave aññatitthiyā paribbājakā evaṃ puccheyyuṃ 'kiṃmūlakā āvuso sabbe dhammā, kiṃsambhavā sabbe dhammā, kiṃsamudayā sabbe dhammā, kiṃsamosaraṇā sabbe dhammā, kiṃ-pamukhā sabbe dhammā, kiṃ-

---

[1] omitted by T. [2] omitted by M.
[3] omitted by Ph. M., T. M., M.
[4] M. Ph. M. M. insert aṭṭhahi; T. aṭṭha.
[5] Ph. M. °taṃ; M. °ta. [6] M. Ph. S. °bhānaṃ.
[7] M. °ta, but °desanaṃ; T. only taṃ.
[8] omitted by M. M.
[9] T. adds 'va, and so throughout in this §.
[10] M. kiṃpa° throughout.
[11] M. Ph. M. M. adhi° throughout.
[12] M. Ph. add desissāmi, taṃ; M. only taṃ.

adhipateyyā sabbe dhammā, kim-uttarā sabbe dhammā, kiṃsārā sabbe dhammā' ti: evaṃ puṭṭhā tumhe bhikkhave tesaṃ aññatitthiyānaṃ paribbājakānaṃ evaṃ vyākareyyātha 'chandamūlakā āvuso sabbe dhammā, manasikārasambhavā sabbe dhammā, phassasamudayā[1] sabbe dhammā, vedanāsamosaraṇā sabbe dhammā, samādhipamukhā sabbe dhammā, satādhipateyyā sabbe dhammā, paññuttarā sabbe dhammā, vimuttisārā sabbe dhammā' ti: evaṃ puṭṭhā tumhe bhikkhave tesaṃ[2] aññatitthiyānaṃ paribbājakānaṃ evaṃ vyākareyyāthā ti.

LXXXIV.

1. Aṭṭhahi[3] bhikkhave aṅgehi samannāgato mahācoro khippaṃ pariyāpajjati na ciraṭṭhitiko hoti. Katamehi aṭṭhahi?

2. Appaharantassa paharati, anavasesaṃ ādiyati[4], itthiṃ hanati[5], kumāriṃ dūseti[6], pabbajitaṃ vilumpati, rājakosaṃ[7] vilumpati[7], accāsanne kammaṃ karoti, na ca nidhānakusalo hoti.

Imehi kho bhikkhave aṭṭhah'[8] aṅgehi samannāgato mahācoro khippaṃ pariyāpajjati na ciraṭṭhitiko hoti.

3. Aṭṭhahi bhikkhave aṅgehi samannāgato mahācoro na khippaṃ pariyāpajjati ciraṭṭhitiko hoti. Katamehi aṭṭhahi?

4. Na appaharantassa paharati, na anavasesaṃ ādiyati, na itthiṃ hanati[9], na kumāriṃ dūseti, na pabbajitaṃ vilumpati, na rājakosaṃ vilumpati, na accāsanne kammaṃ karoti, nidhānakusalo[10] hoti.

Imehi kho bhikkhave aṭṭhah'[11] aṅgehi samannāgato mahācoro na khippaṃ pariyāpajjati ciraṭṭhitiko hoti ti.

---

[1] Ph. phassa°
[2] T. inserts yeva.
[3] T. M₇ aṭṭh' ime.
[4] T. ādi°
[5] T. M₆. M₇ hanti; S. harati throughout.
[6] M₆ dūse°
[7] omitted by M₆.
[8] M₆. M₇ aṭṭhahi; Ph. T. M₇ aṭṭha.
[9] Ph. ghaṇati.
[10] M. T. M₆. M₇ add ca.
[11] T. aṭṭhahi; M₇ aṭṭha.

LXXXV.

1. 'Samaṇo' ti bhikkhave Tathāgatass' etaṃ adhivacanaṃ arahato sammāsambuddhassa, 'brāhmaṇo' ti bhikkhave Tathāgatass' etaṃ adhivacanaṃ arahato sammāsambuddhassa, 'vedagū' ti bhikkhave Tathāgatass' etaṃ adhivacanaṃ arahato[1] sammāsambuddhassa[2], 'bhisakko' ti bhikkhave Tathāgatass' etaṃ adhivacanaṃ arahato sammāsambuddhassa, 'nimmalo' ti bhikkhave Tathāgatass' etaṃ adhivacanaṃ arahato sammāsambuddhassa, 'vimalo' ti bhikkhave Tathāgatass' etaṃ adhivacanaṃ arahato sammāsambuddhassa, 'ñāṇī' ti bhikkhave Tathāgatass' etaṃ adhivacanaṃ arahato sammāsambuddhassa, 'vimutto' ti bhikkhave Tathāgatass' etaṃ adhivacanaṃ arahato sammāsambuddhassā ti.

Yaṃ[3] samaṇena pattabbaṃ[4] brāhmaṇena vusīmatā
yaṃ vedagunā pattabbaṃ[4] bhisakkena anuttaraṃ
yaṃ nimmalena pattabbaṃ[5] vimalena sucimatā[6]
yaṃ ñāṇinā[7] pattabbaṃ[8] vimuttena anuttaraṃ,
so 'haṃ vijitasaṅgāmo mutto mocemi bandhanā
nāgo 'mhi paramaṃ[9] danto[9] asekho parinibbuto ti.

LXXXVI.

1. Ekaṃ samayaṃ Bhagavā Kosalesu[10] cārikaṃ caramāno mahatā bhikkhusaṅghena saddhiṃ yena Icchānaṅgalaṃ[11] nāma Kosalānaṃ brāhmaṇagāmo tad avasari. Tatra sudaṃ Bhagavā Icchānaṅgale viharati Icchānaṅgalavanasaṇḍe.

2. Assosuṃ kho Icchānaṅgalakā brāhmaṇagahapatikā 'samaṇo khalu bho Gotamo Sakyaputto Sakyakulā pabbajito Icchānaṅgalaṃ anuppatto Icchānaṅgale viharati Icchā-

[1] T. M6. M7 pa. [2] M6 omits these gāthās.
[3] M6. S. ka° [4] M6 makattabbaṃ. [5] M6 ka°
[6] S. vimmatā. [7] S. inserts ca.
[8] M. mapa°; M6 maka°
[9] M. parama d°; M6 parato d°; Ph. S. paramadanto.
[10] M6. S. Kosalesu. [11] T. M6. M. °ka° throughout.

naṅgalavanasaṇḍe. Taṃ kho pana bhavantaṃ[1] Gotamaṃ evaṃ kalyāṇo kittisaddo abbhuggato iti pi so Bhagavā arahaṃ sammāsambuddho . . . pe[2] . . . sādhu kho pana tathārūpānaṃ arahataṃ dassanaṃ hotī ti. Atha kho Icchānaṅgalakā brāhmaṇagahapatikā[3] tassā rattiyā accayena pahūtaṃ[4] khādaniyaṃ bhojaniyaṃ[5] ādāya yena Icchānaṅgalavanasaṇḍo ten' upasaṅkamiṃsu, upasaṅkamitvā bahi dvārakoṭṭhake aṭṭhaṃsu uccāsaddā mahāsaddā.

3. Tena kho pana samayena āyasmā Nāgito[6] Bhagavato upaṭṭhāko hoti. Atha kho Bhagavā āyasmantaṃ Nāgitaṃ āmantesi: — Ke pana te Nāgita uccāsaddā mahāsaddā, kevaṭṭā maññe macche[7] vilope[8] ti? Ete bhante Icchānaṅgalakā brāhmaṇagahapatikā pahūtaṃ khādaniyaṃ bhojaniyaṃ ādāya bahi dvārakoṭṭhake ṭhitā Bhagavantaṃ yeva[9] uddissa bhikkhusaṅghañ cā ti. Māhaṃ[10] Nāgita yasena samāgamaṃ[11] mā ca mayā yaso; yo[12] kho[13] Nāgita na yimassa nekkhammasukhassa[14] pavivekasukhassa upasamasukhassa sambodhasukhassa nikāmalābhī assa[15] akicchalābhī akasiralābhī, yassāhaṃ[16] nekkhammasukhassa pavivekasukhassa[17] upasamasukhassa sambodhasukhassa nikāmalābhī assaṃ[18] akicchalābhī akasiralābhī, so taṃ mīḷhasukhaṃ middhasukhaṃ lābhasakkārasilokasukhaṃ sādiyeyyā ti. Adhivāsetu dāni bhante Bhagavā adhivāsetu Sugato, adhivāsanakālo dāni bhante Bhagavato, yena yen' eva[19] dāni bhante Bhagavā gamissati, tanninnā 'va[20] bhavissanti brāhmaṇagahapatikā negamā c'eva jānapadā[21] ca. Seyyathā

---

1 Ph. M_6 T. M_7 M_8 bhagavantaṃ.
2 M. M_6 la; Ph. pa.
3 Ph. samaṇa°.
4 M. Ph. M_6 bahutaṃ always.
5 omitted by M_6.
6 M_6 mostly Nāhi°.
7 M. Ph. M_6 R macchaṃ.
8 S. vilopena.
9 S. °tañ c'eva.
10 S. mā tvaṃ; omitted by M_6.
11 S. °ma.
12 T. ye; Ph. M_6 insert so.
13 T. M_6 M_7 add pana.
14 Ph. M_6 nekkhamma° or nikkhama°.
15 M. assaṃ.
16 T. yassāya (*sic*); M_6 yassāyaṃ; M_7 yassaya; M_8 *omits all from* yassa° *to* akasiralābhī.
17 *omitted by* T.
18 Ph. M_6 assa; *omitted by* T. M_7.
19 S. yena pi.
20 M. Ph. M_6 S ca.
21 Ph. M_6 T. ja°

pi bhante thullaphusitake deve vassante yathāninnaṃ udakāni pavattanti¹, evam eva kho bhante yena yen' eva² dāni Bhagavā gamissati, tanninnā 'va³ bhavissanti brāhmaṇagahapatikā negamā c'eva jānapadā⁴ ca. Taṃ kissa hetu? Tathā hi bhante Bhagavato sīlapaññāṇan ti. Māhaṃ⁵ Nāgita yasena samāgamaṃ⁶ mā ca mayā yaso; yo⁷ kho Nāgita na⁸ yimassa⁹ nekkhammasukhassa pavivekasukhassa upasamasukhassa sambodhasukhassa nikāmalābhī assa⁹ akicchalābhī akasiralābhī, yassāhaṃ¹⁰ nekkhammasukhassa pavivekasukhassa upasamasukhassa sambodhasukhassa nikāmalābhī assaṃ¹¹ akicchalābhī akasiralābhī, so taṃ mīḷhasukhaṃ middhasukhaṃ lābhasakkārasilokasukhaṃ sādiyeyya¹². Devatā pi kho Nāgita ekaccā na yimassa¹³ nekkhammasukhassa pavivekasukhassa upasamasukhassa sambodhasukhassa nikāmalābhiniyo assu¹⁴ akicchalābhiniyo akasiralābhiniyo, yassāhaṃ¹⁵ nekkhammasukhassa pavivekasukhassa upasamasukhassa sambodhasukhassa nikāmalābhī assaṃ¹⁶ akicchalābhī akasiralābhī. Tumhākam pi¹⁷ kho¹⁸ Nāgita saṅgamma samāgamma saṅgaṇikavihāraṃ anuyuttānaṃ viharataṃ evaṃ hoti: na ha¹⁹ nūna²⁰ 'me²⁰ āyasmanto imassa nekkhammasukhassa pavivekasukhassa upasamasukhassa sambodhasukhassa nikāmalābhino assu¹¹ akicchalābhino akasiralābhino, yassāhaṃ¹⁵ nekkhammasukhassa pavivekasukhassa upasamasukhassa sambodhasukhassa nikāmalābhī assaṃ¹⁶ akicchalābhī akasiralābhī; tathā hi²¹ 'me

---

¹ Ph. S. ṇṇaṃ° ² S. yena pi. ³ S. ca.
⁴ Ph. M6. T. ja°
⁵ M. nāhaṃ, then Nāgita (!); S. mā tvaṃ.
⁶ S. °ma. ⁷ Ph. inserts so.
⁸ omitted by T. M6. M7. ⁹ M. assaṃ.
¹⁰ T. M6. M7 yassāyaṃ; M6 omits all from yassā' to akasiralābhī.
¹¹ Ph. assa; omitted by T. M6. M7.
¹² M7 °yyaṃ. ¹³ T. imassa.
¹⁴ omitted by M6. T. M6. M7. ¹⁵ T. M6. M7 yassāyaṃ.
¹⁶ Ph. assa; omitted by M6. T. M6. M7.
¹⁷ omitted by T. M6. ¹⁸ T. M7 add me.
¹⁹ M. Ph. hi. ²⁰ Ph. nūn' ime.
²¹ M. S. add pana; Ph. kho.

āyasmanto saṃgamma samāgamma saṅgaṇikavihāraṃ anuyuttā viharanti.

4. Idhāhaṃ Nāgita bhikkhū[1] passāmi aññamaññaṃ aṅgulipatodakehi[2] sañjagghante saṃkīḷante. Tassa mayhaṃ Nāgita evaṃ hoti: na ha[3] nūna[4] 'me āyasmanto imassa nekkhammasukhassa pavivekasukhassa upasamasukhassa sambodhasukhassa nikāmalābhino assu[5] akicchalābhino akasiralābhino, yassāhaṃ[6] nekkhammasukhassa pavivekasukhassa upasamasukhassa sambodhasukhassa nikāmalābhī assaṃ[7] akicchalābhī akasiralābhī; tathā hi[8] 'me āyasmanto aññamaññaṃ[9] aṅgulipatodakehi[10] sañjagghanti saṃkīḷanti.

5. Idhāhaṃ[11] Nāgita bhikkhū[12] passāmi yāvadatthaṃ udarāvadehakaṃ bhuñjitvā seyyasukhaṃ phassasukhaṃ middhasukhaṃ anuyutte viharante. Tassa mayhaṃ Nāgita evaṃ hoti: na ha[13] nūna 'me āyasmanto imassa nekkhammasukhassa pavivekasukhassa upasamasukhassa sambodhasukhassa nikāmalābhino assu akicchalābhino akasiralābhino, yassāhaṃ nekkhammasukhassa pavivekasukhassa upasamasukhassa sambodhasukhassa nikāmalābhī assaṃ[7] akicchalābhī akasiralābhī; tathā hi[14] 'me āyasmanto yāvadatthaṃ udarāvadehakaṃ bhuñjitvā seyyasukhaṃ phassasukhaṃ middhasukhaṃ anuyuttā viharanti.

6. Idhāhaṃ Nāgita bhikkhuṃ[15] passāmi gāmantavihāriṃ[16] samāhitaṃ nisinnaṃ. Tassa mayhaṃ Nāgita evaṃ hoti: idāni imaṃ[17] āyasmantaṃ ārāmiko vā paccessati[18] samaṇuddeso vā, taṃ[19] tamhā samādhimhā cāvessatī[20] ti.

---

[1] T. M. M. bhikkhuṃ. [2] S. °kena, T. °kamhi.
[3] M. Ph. hi. [4] Ph. nūn' ime.
[5] omitted by M. T. M. M7. [6] T. M. yassâyaṃ.
[7] Ph. assa; omitted by M. T. M. M7.
[8] M. S. add pana; T. omits tathā hi 'me; M. M7 omit 'me.
[9] omitted by T. M. [10] S. °kena.
[11] M. S. idha panāhaṃ; T. M. idha mayhaṃ.
[12] T. bhikkhuṃ. [13] M. Ph. hi, omitted by M.
[14] M. S. add pana. [15] M. bhikkhu.
[16] Ph. M. °ri; T. °raṃ; S. °ra.
[17] T. M. M. idān' imaṃ; M. idam.
[18] M. S. upaṭṭhahissati; Ph. M. paṭṭhayati.
[19] T. M. M. so; omitted by Ph. [20] Ph. M. bhav°; S. gam°

Tenāhaṃ Nāgita tassa bhikkhuno na[1] attamano homi gāmantavihārena.

7. Idha panāhaṃ Nāgita bhikkhuṃ passāmi āraññakaṃ[2] araññe pacalāyamānaṃ[3] nisinnaṃ. Tassa mayhaṃ Nāgita evaṃ hoti 'idāni ayaṃ[4] āyasmā imaṃ niddākilamathaṃ paṭivinodetvā araññasaññaṃ[5] yeva manasikarissati ekattan[6]' ti. Tenāhaṃ Nāgita tassa bhikkhuno attamano homi araññavihārena.

8. Idha panāhaṃ Nāgita bhikkhuṃ passāmi āraññakaṃ[7] araññe asamāhitaṃ nisinnaṃ. Tassa mayhaṃ Nāgita evaṃ hoti 'idāni ayaṃ āyasmā asamāhitaṃ vā cittaṃ samādahissati[8] samāhitaṃ[9] vā[8] cittaṃ[8] anurakkhissatī' ti. Tenāhaṃ Nāgita tassa bhikkhuno attamano homi araññavihārena.

9. Idha panāhaṃ Nāgita bhikkhuṃ passāmi āraññakaṃ[10] araññe[11] samāhitaṃ nisinnaṃ. Tassa mayhaṃ Nāgita evaṃ hoti 'idāni ayaṃ āyasmā avimuttaṃ vā cittaṃ vimocessati vimuttaṃ vā cittaṃ anurakkhissatī' ti. Tenāhaṃ Nāgita tassa bhikkhuno attamano[12] homi araññavihārena. Yasmāhaṃ[13] Nāgita samaye addhānamaggapaṭipanno na kiñci passāmi purato vā pacchato vā[12], phāsu[12] me[14] Nāgita tasmiṃ samaye hoti antamaso uccārapassāvakammāyā[15] ti.

LXXXVII.

1. Aṭṭhahi bhikkhave aṅgehi samannāgatassa upāsakassa ākaṅkhamāno saṅgho pattaṃ nikkujjeyya. Katamehi aṭṭhahi?

---

[1] *omitted by* M. Ph. M_6.
[2] M. Ph. ar°; *omitted by* M_6 S. [3] S. capalāy°
[4] *omitted by* T. M_7. [5] Ph. M_6. S. °sañña; M_7 ar°
[6] S. ettakaṃ.
[7] M. Ph. ar°; T. araññaṃ; *omitted by* M_7. S.
[8] *omitted by* M_6; M_6 *has* samādahessati, samādahitaṃ anurakkhati. [9] T. ar° [10] M. Ph. M_6. M_7. S. ar°
[11] T. ar°; *omitted by* M_7. S.
[12] *omitted by* M_6; M_6. M_7 phāsuṃ.
[13] M_6 yasmāyaṃ; T. yasmā; Ph. yasmiṃ 'haṃ.
[14] T. udds 'va. [15] M. Ph. M_6. S. °kammassā.

2. Bhikkhūnaṃ alābhāya parisakkati, bhikkhūnaṃ anatthāya parisakkati, bhikkhūnaṃ anāvāsāya[1] parisakkati, bhikkhūnaṃ[2] akkosati paribhāsati, bhikkhū bhikkhūhi vibhedeti[3], buddhassa avaṇṇaṃ bhāsati, dhammassa avaṇṇaṃ bhāsati, saṅghassa avaṇṇaṃ bhāsati.

Imehi kho bhikkhave aṭṭhah'[4] aṅgehi samannāgatassa upāsakassa ākaṅkhamāno saṅgho pattaṃ nikkujjeyya.

3. Aṭṭhahi bhikkhave aṅgehi samannāgatassa upāsakassa ākaṅkhamāno saṅgho pattaṃ ukkujjeyya. Katamehi aṭṭhahi?

4. Na bhikkhūnaṃ alābhāya parisakkati, na bhikkhūnaṃ anatthāya parisakkati, na bhikkhūnaṃ anāvāsāya[5] parisakkati, na bhikkhūnaṃ[2] akkosati paribhāsati, na bhikkhū[6] bhikkhūhi vibhedeti[3], buddhassa vaṇṇaṃ bhāsati, dhammassa vaṇṇaṃ bhāsati, saṅghassa vaṇṇaṃ bhāsati.

Imehi kho bhikkhave aṭṭh' aṅgehi samannāgatassa upāsakassa ākaṅkhamāno saṅgho pattaṃ ukkujjeyyā ti.

LXXXVIII.

1. Aṭṭhahi bhikkhave dhammehi samannāgatassa bhikkhuno ākaṅkhamānā upāsakā appasādaṃ[7] pavedeyyuṃ. Katamehi aṭṭhahi?

2. Gihīnaṃ[8] alābhāya[8] parisakkati[8], gihīnaṃ anatthāya parisakkati, gihīnaṃ[9] akkosati paribhāsati, gihī[10] gihīhi vibhedeti[11], buddhassa avaṇṇaṃ bhāsati, dhammassa avaṇṇaṃ bhāsati, saṅghassa avaṇṇaṃ bhāsati, agocare[12] ca[13] naṃ passanti.

Imehi kho bhikkhave aṭṭhahi dhammehi samannāgatassa bhikkhuno ākaṅkhamānā upāsakā appasādaṃ pavedeyyuṃ[14].

---

[1] M. M. avāsāya; T. M. ar°
[2] M. M. S. bhikkhu; Ph. bhikkhuṃ.
[3] Ph. T. M. bhe°
[4] M. Ph. M. aṭṭhahi.
[5] M. M. avā°; T. M. M. ar°
[6] Ph. bhikkhuṃ.
[7] T. ojja°
[8] *omitted by* T.
[9] M. S. gihi; M. Ph. gihiṃ.
[10] M. Ph. gihīnaṃ.
[11] M. bhed°
[12] S. tato.
[13] S. *adds* devā.
[14] T. °yyuṃ ti.

3. Aṭṭhahi bhikkhave dhammehi samannāgatassa bhikkhuno ākaṅkhamānā upāsakā pasādaṃ pavedeyyuṃ. Katamehi aṭṭhahi?

4. Na gihīnaṃ alābhāya parisakkati, na gihīnaṃ anatthāya parisakkati[1], na gihīnaṃ[2] akkosati paribhāsati, na gihī gihīhi bhedeti[3], buddhassa vaṇṇaṃ bhāsati, dhammassa vaṇṇaṃ bhāsati, saṅghassa vaṇṇaṃ bhāsati, gocare[4] ca[5] naṃ passanti.

Imehi kho bhikkhave aṭṭhahi dhammehi samannāgatassa bhikkhuno ākaṅkhamānā upāsakā pasādaṃ pavedeyyun ti[6].

LXXXIX.

1. Aṭṭhahi bhikkhave dhammehi samannāgatassa bhikkhuno ākaṅkhamāno saṅgho paṭisāraṇiyakammaṃ kareyya. Katamehi aṭṭhahi?

2. Gihīnaṃ alābhāya parisakkati, gihīnaṃ anatthāya parisakkati, gihīnaṃ[7] akkosati paribhāsati, gihī[8] gihīhi bhedeti[9], buddhassa avaṇṇaṃ bhāsati, dhammassa avaṇṇaṃ bhāsati, saṅghassa avaṇṇaṃ bhāsati, dhammikañ ca gihipaṭissavaṃ[10] na saccāpeti[11].

Imehi kho bhikkhave aṭṭhahi dhammehi samannāgatassa bhikkhuno ākaṅkhamāno saṅgho paṭisāraṇiyakammaṃ kareyya.

3. Aṭṭhahi bhikkhave dhammehi samannāgatassa bhikkhuno ākaṅkhamāno saṅgho paṭisāraṇiyakammaṃ paṭippassambheyya. Katamehi aṭṭhahi?

4. Na gihīnaṃ alābhāya parisakkati, na gihīnaṃ anatthāya parisakkati[12], na gihīnaṃ[8] akkosati paribhāsati, na gihī[7] gihīhi bhedeti[13], buddhassa vaṇṇaṃ bhāsati, dham-

---

[1] M. M_6 insert na gihīnaṃ avāsāya parisakkati.
[2] M. gihīnaṃ; S. gihī.
[3] M_6. T. M_7 bhedeti; Ph. codeti. [4] S. tato.
[5] S. adds devā. [6] omitted by M_6. [7] M. S. gihī.
[8] M. Ph. gihīnaṃ. [9] Ph. T. M_7 bhe°
[10] M_6 °paṭisāraṇaṃ. [11] M_6 paccuppeti.
[12] M_6 inserts na gihīnaṃ avāsāya parisakkati.
[13] T. M_7 bhe°

mussa vaṇṇaṃ bhāsati, saṅghassa vaṇṇaṃ bhāsati, dhammikañ ca gihipaṭissavaṃ saccāpeti[1].

Imehi kho bhikkhave aṭṭhahi dhammehi samannāgatassa bhikkhuno ākaṅkhamāno saṅgho paṭisāraṇiyakammaṃ paṭippassambheyyā ti.

XC.

1. Tassapāpiyyasikākammakatena bhikkhave bhikkhunā aṭṭhasu dhammesu sammā vattitabbaṃ: na upasampādetabbaṃ[2], na nissayo dātabbo, na[3] sāmaṇero[3] upaṭṭhāpetabbo, na bhikkhunovādakasammuti[4] sāditabbā[5], sammatena pi bhikkhuniyo na ovaditabbā, na kāci[6] saṅghasammuti[6] sāditabbā[7], na kismiñci paccekaṭṭhāne ṭhapetabbo[8] na ca tena mūlena vuṭṭhāpetabbaṃ.

Tassapāpiyyasikākammakatena bhikkhave bhikkhunā imesu aṭṭhasu dhammesu sammā vattitabban ti[9].

Sativaggo[10] navamo[11] samatto.

Tatr' uddānaṃ:

Sati Puṇṇiya-mūlena cora-samaṇena[12] pañcamaṃ
Yaso patta[13]-ppasādena paṭisāraṇīyañ ca vattanan ti.

Bojjhā[14] Sirimā[15] Padumā Sudhanā[16] Manujā[17] Uttarā
Muttā Khemā Somā[18] Rūpī[19] Cundī[20] Bimbī[21] Sumanā

---

1 T. pacc°; M_7 pesiti. 2 M. Ph. M_6 °bbo.
3 omitted by T. 4 S. °sammati. 5 T. M_6 M_7 dātabbā.
6 T. M_6 M_7 kiñci. 7 M_6 haritabbā.
8 Ph. M_6 vuṭṭhāpetabbo; S. ṭhapetabbo.
9 T. M_6 M_7 continue: Bojjhā (T. M_6 bojjhaṅgā) Sirimā and so on. 10 M_6 Vaggo.
11 M. Ph. M_7 catuttho; omitted by S.
12 M_6 samaṇera; S. samaṇa. 13 S. patta°
14 T. M_6 bojjhaṅgā. 15 M_6 Siramā.
16 M. Ph. Sutanā; S. Sudhammā; M_6 Sumanā.
17 M_6 S. Mau°; T. Mānujā; M_6 M_7 Manujā.
18 omitted by M. Ph. M_6 S. 19 M. Ph. M_6 S. Ruci
20 M_6 °dā; M_7 Cuddi.
21 M. Ph. Pimbi; M_6 Bimpi; T. M_7 Vimbī.

Mallikā[1] Tissā[2] Tissāya[3] mātā[3] Soṇā[4] Soṇāya[5] mātā[4] Kāṇā[4] Kāṇāya[6] mātā[4] Uttarā[7] Nandamātā[4] Visākhā Migāramātā Khujjuttarā upāsikā Sāmāvatī[8] upāsikā Suppavāsā Koliyadhītā Suppiyā upāsikā Nakulamātā gahapatānī ti.

---

1. Rāgassa bhikkhave abhiññāya aṭṭha dhammā bhāvetabbā. Katame aṭṭha?

2. Sammādiṭṭhi sammāsaṅkappo sammāvācā sammākammanto sammā-ājīvo sammāvāyāmo sammāsati sammāsamādhi.

Rāgassa bhikkhave abhiññāya ime aṭṭha dhammā bhāvetabbā ti.

---

1. Rāgassa bhikkhave abhiññāya aṭṭha dhammā bhāvetabbā. Katame aṭṭha?

2. Ajjhattaṃ rūpasaññī[10] bahiddhā rūpāni passati parittāni suvaṇṇadubbaṇṇāni. Tāni abhibhuyya jānāmi passāmī ti evaṃsaññī hoti.

3. Ajjhattaṃ rūpasaññī bahiddhā rūpāni passati appamāṇāni suvaṇṇadubbaṇṇāni. Tāni abhibhuyya jānāmi passāmī ti evaṃsaññī hoti.

4. Ajjhattaṃ arūpasaññī[11] bahiddhā rūpāni passati parittāni suvaṇṇadubbaṇṇāni. Tāni abhibhuyya jānāmi passāmī ti evaṃsaññī hoti.

5. Ajjhattaṃ arūpasaññī[11] bahiddhā rūpāni passati appamāṇāni suvaṇṇadubbaṇṇāni. Tāni abhibhuyya jānāmi passāmī ti evaṃsaññī hoti.

---

1 M_6. M_8. M_7 Malli; T. Valli.
2 *omitted by* M_6. S.
3 M_7 Bhisiyamātā; M. Ph. S. Tissamātā
4 *omitted by* M. Ph. M_6. S.
5 S. Soṇamātā.
6 M. Ph. S. Kāṇamātā; M_6 Kalamātā.
7 T. M_6. M_7 Uttare (T. M_7 *then* na ta mātā *for* Nanda°); M_6 Uttaramātā; S. Uttaramātā.
8 M. Ph. M_6. S. Sānā°
9 *omitted by* M_6. M_7. S.
10 T. M_6. M_7 arū°
11 T. rūpa°

6. Ajjhattaṃ arūpasaññī bahiddhā rūpāni passati nīlāni nīlavaṇṇāni[1] . . . pe[2] . . . pītāni pītavaṇṇāni[3] . . . pe[4] . . . lohitakāni lohitakavaṇṇāni[5] . . . pe[6] . . . odātāni odātavaṇṇāni odātanidassanāni odātanibhāsāni. Tāni abhibhuyya jānāmi passāmī ti evaṃsaññī hoti.

Rāgassa bhikkhave abhiññāya ime aṭṭha dhammā bhāvetabbā ti[8].

— —

1. Rāgassa bhikkhave abhiññāya aṭṭha dhammā bhāvetabbā. Katame aṭṭha?

2. Rūpī[7] rūpāni passati, ajjhattaṃ arūpasaññī bahiddhā rūpāni passati, subhan t' eva adhimutto hoti, sabbaso rūpasaññānaṃ samatikkamā paṭighasaññānaṃ atthaṅgamā nānattasaññānaṃ amanasikārā 'ananto ākāso' ti ākāsānañcāyatanaṃ upasampajja viharati, sabbaso ākāsānañcāyatanaṃ samatikkamma 'anantaṃ viññāṇan' ti viññāṇañcāyatanaṃ upasampajja viharati, sabbaso viññāṇañcāyatanaṃ samatikkamma 'natthi kiñci' ti ākiñcaññāyatanaṃ upasampajja viharati, sabbaso ākiñcaññāyatanaṃ samatikkamma nevasaññānāsaññāyatanaṃ upasampajja viharati, sabbaso nevasaññānāsaññāyatanaṃ samatikkamma saññāvedayitanirodhaṃ upasampajja viharati.

Rāgassa bhikkhave abhiññāya ime aṭṭha dhammā bhāvetabbā.

3. Rāgassa bhikkhave pariññāya . . . parikkhayāya . . . pahānāya . . . khayāya . . . vayāya . . . virāgāya . . . nirodhāya . . . cāgāya . . . paṭinissaggāya ime aṭṭha dhammā bhāvetabbā ti.

— —

1. Dosassa . . . mohassa . . . kodhassa . . . upanāhassa . . . makkhassa . . . palāsassa[9] . . . issāya[10] . . . maccha-

[1] M. S. add nīlanidassanāni nīlanibhāsāni.
[2] Ph. pa; omitted by M. M₆.
[3] S. adds °nidassanāni °nibhāsāni.
[4] M. M₆ la; Ph. pa.
[5] T. adds °nidassanāni; S. also °nibhāsāni.
[6] omitted by all MSS. exc. Ph.
[7] T. M₆. M₇ arūpi.
[8] omitted by M. M₆. T. M₇. M₈.
[9] M. Ph. paḷā°
[10] omitted by M₆.

riyassa . . . māyāya . . . sātheyyassa[1] . . . thambhassa . . . sārambhassa . . . mānassa[2] . . . atimānassa . . . madassa . . . pamādassa[2] abhiññāya . . . pariññāya . . . parikkhayāya . . . pahānāya . . . khayāya . . . vayāya . . . virāgāya . . . nirodhāya . . . cāgāya . . . paṭinissaggāya ime aṭṭha dhammā bhāvetabbā ti.

Aṭṭhakanipātaṃ[3] samattaṃ[4].

---

[1] Ph. M6 sāth°; M. sādh° [2] omitted by M.
[3] Ph. M6 M7 M. aṭṭhani°
[4] M. niṭṭhitaṃ; Ph. adds: Akkharā ekam ekañca buddharūpaṃ samaṃ siyā. Tasmā hi paṇḍito poso likkheyya piṭakattayaṃ. Iminā likhitapuññena bhavābhave saṃsaranto neva kāle sa-akkaṭṭhānasilāya labhitvāna jātakālato paṭṭhāya pariyattisāsane ekapadakkharaṃ disvā, sabbaṃ nissesaṃ jānitvā dhāreyyaṃ. Nibbānapaccayo hotu. *Then follows the year in Burmese.* — M. *adds:* Idaṃ me puññaṃ āsavakkhayāvahaṃ hotu, *then some words in Burmese, after which* nibbānapaccayo hotu, *then again some words in Burmese.*

NAVAKA-NIPĀTA.

Namo Tassa Bhagavato Arahato Sammāsambuddhassa.

I[2].

1. Evaṃ me sutaṃ. Ekaṃ samayaṃ Bhagavā Sāvatthiyaṃ viharati Jetavane Anāthapiṇḍikassa ārāme. Tatra kho Bhagavā bhikkhū āmantesi[3]: — Bhikkhavo ti. Bhadante ti te bhikkhū Bhagavato paccassosuṃ. Bhagavā etad avoca: —

2. Sace bhikkhave aññatitthiyā paribbājakā evaṃ puccheyyuṃ: sambodhapakkhikānaṃ[4] āvuso dhammānaṃ kā upanisā bhāvanāyā ti? Evaṃ puṭṭhā tumhe bhikkhave tesaṃ aññatitthiyānaṃ paribbājakānaṃ kinti vyākareyyāthā ti? 'Bhagavaṃmūlakā[5] no bhante dhammā Bhagavaṃnettikā[6] Bhagavaṃpaṭisaraṇā, sādhu vata bhante Bhagavantaṃ yeva paṭibhātu etassa bhāsitassa attho, Bhagavato sutvā bhikkhū dhāressantī' ti. Tena hi bhikkhave suṇātha sādhukaṃ manasikarotha, bhāsissāmī ti. 'Evaṃ bhante' ti kho te bhikkhū Bhagavato paccassosuṃ. Bhagavā etad avoca: —

3. Sace bhikkhave aññatitthiyā paribbājakā evaṃ puccheyyuṃ: sambodhapakkhikānaṃ āvuso dhammānaṃ kā upanisā bhāvanāyā ti? Evaṃ puṭṭhā tumhe bhikkhave tesaṃ aññatitthiyānaṃ paribbājakānaṃ evaṃ vyākareyyāthā: idhāvuso bhikkhu kalyāṇamitto hoti kalyāṇasahāyo

---

1 T. omits the Uddāna. 2 S. has as title Paṇṇāsaka.
3 M. Ph. continue: Sace.
4 M. Ph. sambodhi° throughout. 5 S. °mūlā.
6 M. la; Ph. pa; S. pe | Bhagavato.

kalyāṇasampavaṅko. Sambodhipakkhikānaṃ āvuso dhammānaṃ ayaṃ paṭhamā upanisā bhāvanāya.

4. Puna ca paraṃ āvuso bhikkhu sīlavā hoti, pātimokkhasaṃvarasaṃvuto viharati ācāragocarasampanno, aṇumattesu[1] vajjesu bhayadassāvī samādāya sikkhati sikkhāpadesu. Sambodhipakkhikānaṃ āvuso dhammānaṃ ayaṃ dutiyā upanisā bhāvanāya.

5. Puna ca paraṃ āvuso bhikkhu yāyaṃ kathā abhisallekhikā cetovivaraṇasappāyā, seyyathīdaṃ appicchakathā santuṭṭhikathā pavivekakathā asaṃsaggakathā viriyārambhakathā sīlakathā samādhikathā paññākathā vimuttikathā vimuttiñāṇadassanakathā, evarūpiyā[2] kathāya nikāmalābhī hoti akicchalābhī akasiralābhī. Sambodhipakkhikānaṃ āvuso dhammānaṃ ayaṃ tatiyā upanisā bhāvanāya.

6. Puna ca paraṃ āvuso bhikkhu āraddhaviriyo viharati akusalānaṃ dhammānaṃ pahānāya, kusalānaṃ dhammānaṃ upasampadāya, thāmavā daḷhaparakkamo anikkhittadhuro kusalesu dhammesu. Sambodhipakkhikānaṃ āvuso dhammānaṃ ayaṃ catutthā upanisā bhāvanāya.

7. Puna ca paraṃ āvuso bhikkhu paññavā hoti[3], udayatthagāminiyā paññāya samannāgato ariyāya nibbedhikāya sammādukkhakkhayagāminiyā. Sambodhipakkhikānaṃ āvuso dhammānaṃ ayaṃ pañcamī upanisā bhāvanāya.

8. Kalyāṇamittass' etaṃ bhikkhave bhikkhuno pāṭikaṅkhaṃ[4] kalyāṇasahāyassa kalyāṇasampavaṅkassa: sīlavā bhavissati, pātimokkhasaṃvarasaṃvuto viharissati ācāragocarasampanno, aṇumattesu vajjesu bhayadassāvī samādāya sikkhissati sikkhāpadesu. Kalyāṇamittass' etaṃ bhikkhave bhikkhuno pāṭikaṅkhaṃ kalyāṇasahāyassa kalyāṇasampavaṅkassa: yāyaṃ[5] kathā abhisallekhikā cetovivaraṇasappāyā, seyyathīdaṃ appicchakathā . . pe[6] . . evarūpiyā kathāya nikāmalābhī bhavissati akicchalābhī akasiralābhī. Kalyāṇamittass' etaṃ bhikkhave bhikkhuno pāṭikaṅkhaṃ[7] kalyāṇasahāyassa kalyāṇasampavaṅkassa: āraddhaviriyo viha-

[1] S. anu° *throughout.* [2] T. °rūpāya. [3] *omitted by* T. [4] T. M., M₇ °khā. [5] T. yāvāyaṃ. [6] M. Ph. S. *in full.* [7] T. M. °khā.

riyo viharati akusalānaṃ dhammānaṃ pahānāya, kusalānaṃ dhammānaṃ upasampadāya, thāmavā daḷhaparakkamo anikkhittadhuro kusalesu dhammesu. Kalyāṇamittass' etaṃ bhikkhave bhikkhuno pāṭikaṅkhaṃ kalyāṇasahāyassa kalyāṇasampavaṅkassa: paññavā bhavissati, udayatthagāminiyā paññāya samannāgato ariyāya nibbedhikāya sammādukkhakkhayagāminiyā. Tena ca pana bhikkhave bhikkhunā imesu pañcasu dhammesu patiṭṭhāya cattāro dhammā uttariṃ[1] bhāvetabbā: asubhā bhāvetabbā rāgassa pahānāya, mettā bhāvetabbā vyāpādassa pahānāya, ānāpānasati[2] bhāvetabbā vitakkūpacchedāya, aniccasaññā bhāvetabbā asmimānasamugghātāya. Aniccasaññino bhikkhave bhikkhuno anattasaññā saṇṭhāti, anattasaññī[3] asmimānasamugghātaṃ[4] pāpuṇāti diṭṭh' eva dhamme nibbānan ti.

II.

1. Atha kho aññataro bhikkhu yena Bhagavā ten' upasaṅkami, upasaṅkamitvā Bhagavantaṃ abhivādetvā[5] ekamantaṃ nisīdi. Ekamantaṃ nisinno kho so bhikkhu Bhagavantaṃ etad avoca 'nissayasampanno[6] nissayasampanno' ti bhante vuccati; kittāvatā nu kho bhante bhikkhu nissayasampanno hotī ti?

2. Saddhaṃ ce bhikkhu nissāya akusalaṃ pajahati kusalaṃ bhāveti, pahīnam ev' assa[7] taṃ akusalaṃ hoti. Hiriṃ ce bhikkhu nissāya . . . pa[8] . . . Ottappaṃ ce bhikkhu nissāya . . .[9] Viriyaṃ ce bhikkhu nissāya[10] . . .[11] Paññaṃ[12] ce bhikkhu nissāya[13] akusalaṃ pajahati kusalaṃ bhāveti, pahīnam ev' assa taṃ akusalaṃ

---

[1] M. Ph. M₆ °ri. [2] M. S. °sati; Ph. M₆ ana°
[3] Ph. °saññā; omitted by M₆. [4] T. °ta.
[5] M. la; Ph. pa; S. pe ‖ Ekam°
[6] T. nissaya° always; M₆ once; M₇ twice.
[7] T. M₆ M₇ evaṃ; M₆ M₇ also in the next place where it occurs. [8] M. Ph. pa; omitted by S.
[9] M. pa; S. omits the dots. [10] Ph. apāni°
[11] M₆ gives it in full; M. has pa.
[12] M₆ omits this phrase.

hoti. Taṃ hi 'ssa bhikkhuno[1] akusalaṃ pahīnaṃ hoti[2] suppahīnaṃ, yaṃ sa[3] ariyāya[4] paññāya[5] disvā[6] pahīnaṃ. Tena ca pana bhikkhu[7] bhikkhunā imesu pañcasu dhammesu patiṭṭhāya cattāro dhammā[8] upanissāya vihātabbā[9]. Katame cattāro?

3. Idha bhikkhu[7] bhikkhu saṅkhāy' ekaṃ paṭisevati, saṅkhāy' ekaṃ adhivāseti, saṅkhāy' ekaṃ parivajjeti[10], saṅkhāy' ekaṃ vinodeti. Evaṃ kho bhikkhu[7] bhikkhu nissayasampanno hotī ti.

III.

1. Ekaṃ samayaṃ Bhagavā Cālikāyaṃ viharati Cālikāpabbate[11]. Tena kho pana samayena āyasmā Meghiyo Bhagavato upaṭṭhāko hoti. Atha kho āyasmā Meghiyo yena Bhagavā ten' upasaṅkami, upasaṅkamitvā Bhagavantaṃ abhivādetvā ekamantaṃ aṭṭhāsi. Ekamantaṃ ṭhito kho[12] āyasmā Meghiyo Bhagavantaṃ etad avoca 'icchām' ahaṃ bhante Jantugāmaṃ[13] piṇḍāya pavisitun' ti. 'Yassa dāni tvaṃ Meghiya kālaṃ maññasī' ti.

2. Atha kho āyasmā Meghiyo pubbaṇhasamayaṃ nivāsetvā pattacīvaram ādāya Jantugāmaṃ piṇḍāya pāvisi. Jantugāme piṇḍāya caritvā pacchābhattaṃ piṇḍapātapaṭikkanto yena Kimikālāya[14] nadiyā tīraṃ ten' upasaṅkami. Addasā[15] kho āyasmā Meghiyo Kimikālāya nadiyā tīre jaṅghāvihāraṃ[16] anucaṅkamamāno[17] anuvicaramāno[18]

---

[1] T. M₆ M₇ bhikkhu. [2] omitted by M₇.
[3] M₆ yaṃsa; M₇ yaṃ; Ph. yañ ca; S. yassa; M₆ (Com.) = yaṃ assa. [4] Ph. pariyāyaṃ; S. viriyāya.
[5] T. paññā; omitted by Ph. [6] T. M₆ twice.
[7] all MSS. exc. M. read bhikkhave.
[8] omitted by M. Ph. S.
[9] S. viharitabbā; T. vihātabbā. [10] T. °vajjati.
[11] T. °kāya°; Ph. Cāliya°; S. °ka° [12] M. inserts so.
[13] M. Ph. Jattu° throughout.
[14] M. Ph. S. °lāya throughout; M. °lāya and °laya; M. Kimolhala. [15] M. upasaṅkamitvā addasa.
[16] M. Ph. S. jaṅgha° always. [17] T. anucaṅkamāno.
[18] Ph. adds addasa.

ambavanaṃ pāsādikaṃ ramaṇiyaṃ. Disvān' assa etad ahosi 'pāsādikaṃ vat' idaṃ ambavanaṃ ramaṇiyaṃ, alaṃ vat' idaṃ kulaputtassa padhānatthikassa[1] padhānāya[2]. sace maṃ Bhagavā anujāneyya, āgaccheyyāhaṃ imaṃ ambavanaṃ padhānāyā'[3] ti.

3. Atha kho āyasmā Meghiyo yena Bhagavā ten' upasaṅkami, upasaṅkamitvā Bhagavantaṃ abhivādetvā ekamantaṃ nisīdi. Ekamantaṃ nisinno kho āyasmā Meghiyo Bhagavantaṃ etad avoca 'idhāhaṃ bhante pubbaṇhasamayaṃ nivāsetvā pattacīvaraṃ ādāya Jantugāmaṃ piṇḍāya pāvisiṃ[4]. Jantugāme piṇḍāya caritvā pacchābhattaṃ piṇḍapātapaṭikkanto yena Kimikālāya nadiyā tīraṃ ten' upasaṅkamiṃ[5], addasaṃ[6] kho ahaṃ[7] bhante Kimikālāya nadiyā tīre jaṅghāvihāraṃ anucaṅkamamāno anuvicaramāno ambavanaṃ pāsādikaṃ ramaṇiyaṃ; disvāna me etad ahosi 'pāsādikaṃ vat' idaṃ ambavanaṃ ramaṇiyaṃ, alaṃ vat' idaṃ kulaputtassa padhānatthikassa padhānāya, sace maṃ Bhagavā anujāneyya, āgaccheyyāhaṃ[8] imaṃ ambavanaṃ padhānāyā' ti; sace[9] maṃ Bhagavā anujāneyya, gaccheyyāhaṃ taṃ ambavanaṃ padhānāyā' ti[10]. 'Āgamehi tāva Meghiya, ekak'amhā[11] tāva[12] yāva añño pi koci bhikkhu dissatū' ti.

4. Dutiyam pi kho āyasmā Meghiyo Bhagavantaṃ etad avoca 'Bhagavato bhante natthi kiñci uttariṃ[13] karaṇīyaṃ, natthi katassa paṭicayo, mayhaṃ kho pana bhante atthi uttariṃ[13] karaṇīyaṃ, atthi katassa paṭicayo; sace maṃ Bhagavā anujāneyya, gaccheyyāhaṃ taṃ ambavanaṃ padhānāyā' ti. 'Āgamehi tāva Meghiya, ekak'amhā[11] tāva[12] yāva añño pi koci bhikkhu dissatū' ti.

---

[1] T. padhānakassa. [2] M. pajānāya.
[3] T. padhānasāneyyā; M. °nesanāya. [4] M. B. °vi.
[5] M. B. °miṃ. [6] T. M₆ M₇ °sā. [7] *omitted by* T.
[8] M. Ph. gacch°
[9] M. Ph. *omit all from* sace *to* avoca.
[10] S. *inserts* Evaṃ vutte Bhagavā āyasmantaṃ Meghiyaṃ etad avoca.
[11] M. S. °hi. [12] M. vata.
[13] M. Ph. S. °ri *throughout;* M₇ °riṃ *and* °ri.

5. Tatiyam pi kho āyasmā Meghiyo Bhagavantaṃ etad avoca 'Bhagavato bhante natthi kiñci uttariṃ karaṇīyaṃ, natthi katassa paticayo, mayhaṃ kho pana bhante atthi uttariṃ karaṇīyaṃ, atthi katassa paticayo; sace maṃ Bhagavā anujāneyya, gaccheyyāhaṃ taṃ ambavanaṃ padhānāyā' ti. 'Padhānan ti kho Meghiya vadamānaṃ kinti vadeyyāma? Yassa dāni tvaṃ Meghiya kālaṃ maññasī' ti.

6. Atha kho āyasmā Meghiyo uṭṭhāyāsanā Bhagavantaṃ abhivādetvā padakkhiṇaṃ katvā yena taṃ ambavanaṃ ten' upasaṅkami, upasaṅkamitvā taṃ[1] ambavanaṃ ajjhogahetvā[2] aññatarasmiṃ rukkhamūle divāvihāraṃ nisīdi. Atha kho āyasmato Meghiyassa tasmiṃ ambavane viharantassa yebhuyyena tayo pāpakā akusalā[3] vitakkā[3] samudācaranti, seyyathīdaṃ kāmavitakko vyāpādavitakko vihiṃsāvitakko. Atha kho āyasmato Meghiyassa etad ahosi 'acchariyaṃ vata bho abbhutaṃ vata bho, saddhāya 'va[4] tañ c'amhi[5] agārasmā anagāriyaṃ pabbajito[6], atha ca pan' imehi[7] tīhi pāpakehi akusalehi vitakkehi anvāsatto[8]: kāmavitakkena[9] vyāpādavitakkena[9] vihiṃsāvitakkenā[9]' ti.

7. Atha kho āyasmā Meghiyo yena Bhagavā ten' upasaṅkami, upasaṅkamitvā Bhagavantaṃ abhivādetvā ekamantaṃ nisīdi. Ekamantaṃ nisinno kho āyasmā Meghiyo Bhagavantaṃ etad avoca: idha mayhaṃ bhante tasmiṃ ambavane viharantassa yebhuyyena tayo pāpakā akusalā[10] vitakkā samudācaranti, seyyathīdaṃ kāmavitakko vyāpādavitakko vihiṃsāvitakko; tassa mayhaṃ bhante etad ahosi 'acchariyaṃ vata bho abbhutaṃ vata bho, saddhāya 'va[11] tañ c'amhi[12] agārasmā anagāriyaṃ pabbajito[6], atha ca[13]

---

[1] *omitted by* T. M_6 M_7. [2] T. M_6 °gahetvā.
[3] M. Ph. T. °lo° [4] M. Ph. ca; *omitted by* S.
[5] M. Ph. S. tamha. [6] M. Ph. S. °tā.
[7] T. pana me.
[8] T. °santo; M. S. °satta; Ph. anvāsatta.
[9] T. °vitakke.
[10] T. M_6 M_7 *put* akusala *before* pāpaka.
[11] M. Ph. ca; T. M_6 M_7 vata bho; *omitted by* S.
[12] T. tamhi (*sic*); M_6 M_7 c'atapi (*sic*).
[13] Ph. va.

pan' imehi tīhi pāpakehi akusalehi[1] vitakkehi[1] anvāsatto[2]; kāmavitakkena vyāpādavitakkena vihiṃsāvitakkena' ti.

Aparipakkāya Meghiya cetovimuttiyā pañca dhammā paripakkāya[3] saṃvattanti. Katame pañca?

8. Idha Meghiya bhikkhu kalyāṇamitto hoti kalyāṇasahāyo kalyāṇasampavaṅko. Aparipakkāya Meghiya cetovimuttiyā ayaṃ paṭhamo dhammo paripakkāya saṃvattati.

9. Puna ca paraṃ Meghiya bhikkhu sīlavā hoti[4], pātimokkhasaṃvarasaṃvuto viharati ācāragocarasampanno, aṇumattesu vajjesu bhayadassāvī samādāya sikkhati sikkhāpadesu. Aparipakkāya Meghiya cetovimuttiyā ayaṃ dutiyo dhammo paripakkāya saṃvattati.

10. Puna ca paraṃ Meghiya bhikkhu yāyaṃ kathā abhisallekhikā cetovivaraṇasappāyā, seyyathīdaṃ appicchakathā[5] santuṭṭhikathā pavivekakathā asaṃsaggakathā viriyārambhakathā sīlakathā samādhikathā paññākathā vimuttikathā vimuttiñāṇadassanakathā, evarūpāya kathāya nikāmalābhī hoti akicchalābhī akasiralābhī. Aparipakkāya Meghiya cetovimuttiyā ayaṃ tatiyo dhammo paripakkāya saṃvattati.

11. Puna ca paraṃ Meghiya bhikkhu āraddhaviriyo viharati akusalānaṃ dhammānaṃ pahānāya[6], kusalānaṃ[6] dhammānaṃ[6] upasampadāya, thāmavā daḷhaparakkamo anikkhittadhuro kusalesu dhammesu. Aparipakkāya Meghiya cetovimuttiyā ayaṃ catuttho dhammo paripakkāya saṃvattati.

12. Puna ca paraṃ Meghiya bhikkhu paññavā hoti, udayatthagāminiyā paññāya samannāgato ariyāya nibbedhikāya sammādukkhakkhayagāminiyā. Aparipakkāya Meghiya cetovimuttiyā ayaṃ pañcamo dhammo paripakkāya saṃvattati.

13. Kalyāṇamittass' etaṃ Meghiya bhikkhuno pāṭikaṅkhaṃ[7] kalyāṇasahāyassa kalyāṇasampavaṅkassa: sīlavā bhavissati, pātimokkhasaṃvarasaṃvuto[8] viharissati ācāragocara-

---

[1] T. °hi. [2] T. M. °satta; M. S. °sattā; Ph. °hisā.
[3] T. pakkāya. [4] T. M. M. continue: samādāya.
[5] T. M. M. continue: evarūpāya. [6] omitted by T.
[7] T. M. M. °khā. [8] M. la; Ph. pa; S. pe: samādāya.

sampanno, aṇumattesu vajjesu bhayadassāvī samādāya sikkhissati sikkhāpadesu. Kalyāṇamittass' etaṃ Meghiya bhikkhuno pāṭikaṅkhaṃ[1] kalyāṇasahāyassa kalyāṇasampavaṅkassa: yāyaṃ kathā abhisallekhikā cetovivaraṇasappāyā, seyyathīdaṃ appicchakathā . . . pe[2] . . . vimuttiñāṇadassanakathā[3], evarūpiyā kathāya nikāmalābhī bhavissati akicchalābhī akasiralābhī. Kalyāṇamittass' etaṃ Meghiya bhikkhuno pāṭikaṅkhaṃ[1] kalyāṇasahāyassa kalyāṇasampavaṅkassa: āraddhaviriyo viharissati . . . pe[4] . . . anikkhittadhuro kusalesu dhammesu. Kalyāṇamittass' etaṃ Meghiya bhikkhuno pāṭikaṅkhaṃ[1] kalyāṇasahāyassa kalyāṇasampavaṅkassa: paññavā bhavissati . . . pe[4] . . . sammādukkhakkhayagāminiyā. Tena ca pana Meghiya bhikkhunā imesu pañcasu dhammesu patiṭṭhāya cattāro dhammā uttariṃ[5] bhāvetabbā: asubhā bhāvetabbā rāgassa pahānāya, mettā bhāvetabbā vyāpādassa pahānāya, ānāpānasati[6] bhāvetabbā vitakkupacchedāya, aniccasaññā bhāvetabbā asmimānasamugghātāya. Aniccasaññino Meghiya anattasaññā saṇṭhāti, anattasaññī asmimānasamugghātaṃ pāpuṇāti diṭṭh' eva dhamme nibbānan ti.

IV.

1. Ekaṃ[7] samayaṃ Bhagavā Sāvatthiyaṃ viharati Jetavane Anāthapiṇḍikassa ārāme. Tena kho pana samayena āyasmā Nandako[8] upaṭṭhānasālāyaṃ bhikkhū dhammiyā kathāya sandasseti samādapeti samuttejeti sampahaṃseti.

2. Atha kho Bhagavā sāyaṇhasamayaṃ paṭisallānā vuṭṭhito yen' upaṭṭhānasālā ten' upasaṅkami, upasaṅkamitvā bahi dvārakoṭṭhake aṭṭhāsi kathāpariyosānaṃ āgamayamāno. Atha kho Bhagavā kathāpariyosānaṃ viditvā ukkāsitvā[9]

---

[1] T. M6. M7 °khu.
[2] M. la; Ph. pa; omitted by T. M6. M7.
[3] omitted by T. M6. M7.
[4] M. la; Ph. pa; T. M6. M7 give it in full (T. ubhaya°).
[5] omitted by M. Ph.
[6] M. S. °sati; Ph. ānā°
[7] T. M6. M7 omit the first phrase.
[8] T. M6 Ānando.
[9] M. Ph. S. °vetvā.

aggaḷaṃ ākoṭesi. Vivariṃsu kho te bhikkhū Bhagavato dvāraṃ. Atha kho Bhagavā upaṭṭhānasālaṃ pavisitvā paññatte[1] āsane[1] nisīdi. Nisajja kho Bhagavā āyasmantaṃ Nandakaṃ[2] etad[3] avoca[3] 'dīgho kho tyāyaṃ Nandaka[4] dhammapariyāyo bhikkhūnaṃ paṭibhāsi, api me piṭṭhi āgilāyati bahi dvārakoṭṭhake ṭhitassa kathāpariyosānaṃ āgamayamānassā' ti.

3. Evaṃ vutte āyasmā Nandako[5] sārajjamānarūpo[6] Bhagavantaṃ etad avoca 'na kho[7] mayaṃ[8] bhante jānāma «Bhagavā bahi dvārakoṭṭhake ṭhito» ti, sace hi mayaṃ bhante jāneyyāma «Bhagavā bahi dvārakoṭṭhake ṭhito» ti, ettakam[9] pi[10] no na paṭibhāseyyā' ti. Atha kho Bhagavā āyasmantaṃ Nandakaṃ[11] sārajjamānarūpaṃ[12] viditvā āyasmantaṃ Nandakaṃ[13] etad avoca 'sādhu sādhu Nandaka[14], etaṃ[14] kho Nandaka[15] tumhākaṃ patirūpaṃ kulaputtānaṃ saddhāya[16] agārasmā anagāriyaṃ[17] pabbajitānaṃ, yaṃ tumhe dhammiyā kathāya sannisīdeyyātha; sannipatitānaṃ vo Nandaka dvayaṃ[18] karaṇīyaṃ: dhammī[19] vā[20] kathā[21] ariyo vā[22] tuṇhībhāvo[23]. Saddho ca[24] Nandaka bhikkhu hoti no ca[25] sīlavā; evaṃ so ten' aṅgena aparipūro[26] hoti, tena taṃ aṅgaṃ paripūretabbaṃ: kintāhaṃ saddho ca

---

[1] M. Ph. paññattāsane.
[2] T. Ānandakaṃ; M_6 Ānandakaṃ.
[3] T. etavoca (sic).
[4] T. M_6 Ānanda.
[5] T. M_6 Ānandako.
[6] T. sārajjāyamāna°; M_6 °māna°; M_7 sajjāyamāna°; S. adds ottappamāno.
[7] M. Ph. S. add pana.
[8] Ph. M_6 mayhaṃ.
[9] T. ettam.
[10] M. inserts dhammaṃ; Ph. after no.
[11] T. M_6 Ānandakaṃ.
[12] T. sārajjayamāna°; M_7 M_6 sārajjāyamāna°
[13] T. Ānandakaṃ; M_6 Nandakaṃ.
[14] T. M_6 evaṃ.
[15] T. M_7 M_6 Nanda.
[16] T. M_7 M_6 saddhā; Ph. yass' atthāya.
[17] M. anā°
[18] T. mayaṃ.
[19] Ph. T. M_6 dhammiyā.
[20] omitted by M. Ph. T. M_7.
[21] Ph. T. M_6 kathāya; M. adds vā.
[22] omitted by M. Ph.
[23] M. adds vā.
[24] omitted by S.
[25] Ph. °ri.

assaṃ sīlavā cā ti? Yato ca kho Nandaka bhikkhu saddho ca hoti sīlavā ca; evaṃ so ten' aṅgena paripūro hoti. Saddho ca Nandaka bhikkhu hoti sīlavā ca, no ca lābhī ajjhattaṃ cetosamathassa[1]; evaṃ so ten' aṅgena aparipūro[2] hoti, tena taṃ aṅgaṃ paripūretabbaṃ: kintâhaṃ saddho ca assaṃ sīlavā ca lābhī ca ajjhattaṃ cetosamathassā ti? Yato ca kho Nandaka bhikkhu saddho ca hoti sīlavā ca lābhī ca ajjhattaṃ cetosamathassa; evaṃ so ten' aṅgena paripūro hoti. Saddho ca Nandaka bhikkhu hoti sīlavā ca lābhī ca ajjhattaṃ cetosamathassa, na lābhī adhipaññādhammavipassanāya[3]; evaṃ so ten' aṅgena aparipūro hoti. Seyyathā pi Nandaka pāṇako[4] catuppādako, tassa assa[5] eko pādo ūnako lāmako; evaṃ so ten' aṅgena aparipūro assa; evam eva kho Nandaka bhikkhu[6] saddho[7] ca hoti sīlavā ca lābhī ca[8] ajjhattaṃ cetosamathassa, na lābhī adhipaññādhammavipassanāya; evaṃ so ten' aṅgena aparipūro hoti, tena taṃ aṅgaṃ paripūretabbaṃ: kintâhaṃ saddho ca assaṃ sīlavā ca lābhī ca ajjhattaṃ cetosamathassa lābhī ca[8] adhipaññādhammavipassanāyā ti? Yato ca kho Nandaka bhikkhu saddho ca hoti sīlavā ca[8] lābhī[9] ca[8] ajjhattaṃ cetosamathassa lābhī ca[8] adhipaññādhammavipassanāya; evaṃ so ten' aṅgena paripūro hotī ti.

Idam avoca Bhagavā, idaṃ vatvāna[10] Sugato uṭṭhāyāsanā[11] vihāraṃ pāvisi.

4. Atha kho āyasmā Nandako acirapakkantassa Bhagavato bhikkhū āmantesi: idān'[12] āvuso[13] Bhagavā catūhi padehi kevalaparipuṇṇaṃ parisuddhaṃ brahmacariyaṃ pakā-

---

[1] M. samathassa; M. Ph. S. samādhissa *throughout.*
[2] Ph. °ri.
[3] M. samathassa, *then* na lābhī adhipaññādhammavipassanāya *and so on.*
[4] Ph. S. dvipādako.
[5] Ph. S. tassa; M. *pāda assa before* tassa.
[6] T. M6 M7 saddho ca bhikkhu.
[7] *omitted by* T. M6 M7.
[8] *omitted by* Ph. T. M6 M7.
[9] T. M7 lābhicca.
[10] M7 vatva.
[11] M. upaṭṭhāyāsanā.
[12] M. Ph. idān' āv°

etvā uṭṭhāy' āsanā vihāraṃ paviṭṭho 'sādhu ca[1] Nandako bhikkhu hoti . . .' evaṃ so ten' aṅgena paripūro hotī' ti.

Pañc'[2] ime āvuso ānisaṃsā kālena[3] dhammasavane kālena[3] dhammasākacchāya[4]. Katame pañca?

5. Idh' āvuso bhikkhu bhikkhūnaṃ dhammaṃ deseti ādikalyāṇaṃ majjhe kalyāṇaṃ pariyosānakalyāṇaṃ sātthaṃ savyañjanaṃ kevalaparipuṇṇaṃ parisuddhaṃ brahmacariyaṃ pakāseti. Yathā[5] yathāvuso[6] bhikkhu[7] bhikkhūnaṃ dhammaṃ deseti ādikalyāṇaṃ . . . pa[8] . . . parisuddhaṃ brahmacariyaṃ pakāseti, tathā tathā[9] Satthu[10] 'va[11] piyo ca[12] hoti manāpo ca garu ca[13] bhāvanīyo ca[14]. Ayaṃ āvuso paṭhamo ānisaṃso kālena dhammasavane kālena dhammasākacchāya.

6. Puna ca paraṃ āvuso bhikkhu bhikkhūnaṃ dhammaṃ deseti ādikalyāṇaṃ . . . pe[2] . . . brahmacariyaṃ pakāseti. Yathā yathāvuso[15] bhikkhu bhikkhūnaṃ dhammaṃ deseti ādikalyāṇaṃ . . . pe[16] . . . brahmacariyaṃ pakāseti, tathā tathā[17] so tasmiṃ dhamme atthapaṭisaṃvedī ca hoti dhammapaṭisaṃvedī ca. Ayaṃ āvuso dutiyo ānisaṃso kālena dhammasavane kālena dhammasākacchāya.

7. Puna ca paraṃ āvuso bhikkhu bhikkhūnaṃ dhammaṃ deseti ādikalyāṇaṃ majjhe kalyāṇaṃ pariyosānakalyāṇaṃ sātthaṃ savyañjanaṃ kevalaparipuṇṇaṃ parisuddhaṃ brahmacariyaṃ pakāseti. Yathā yathāvuso[15] bhikkhu bhikkhūnaṃ dhammaṃ deseti ādikalyāṇaṃ . . . pe[18] . . . brah-

---

[1] omitted by M. T. S.

[2] M. Ph. S. repeat the whole discourse, excepting one single passage, instead of which they have la, pa, or pe respectively.

[3] T. kālo; M. omits kā° dh°

[4] T. °sākaccha.

[5] omitted by Ph.

[6] M. Ph. T. yathā ā°

[7] T. so; omitted by M.

[8] M. Ph. S. in full.

[9] M. tathā so; Ph. tathā so tassa; S. tathā tassa tassa.

[10] M. Ph. S. Satthu.

[11] M. ca; omitted by M. Ph. S.

[12] omitted by M. Ph. T. S.

[13] omitted by T. M.

[14] omitted by M. Ph. S.

[15] M. Ph. yathā ā°

[16] M. la; Ph. pa.

[17] T. M. tathāvuso.

[18] M. la; Ph. pa; T. gives the sentence in full.

macariyaṃ pakāseti. tathā tathā[1] so tasmiṃ dhamme gambhīraṃ atthapadaṃ paññāya paṭivijjha[2] passati. Ayaṃ āvuso tatiyo ānisaṃso kālena dhammassavane kālena dhammasākacchāya.

8. Puna ca paraṃ āvuso bhikkhu bhikkhūnaṃ dhammaṃ deseti ādikalyāṇaṃ . . . pa[3] . . . brahmacariyaṃ pakāseti. Yathā yathāvuso[4] bhikkhu bhikkhūnaṃ dhammaṃ deseti ādikalyāṇaṃ . . . pa[5] . . . brahmacariyaṃ pakāseti, tathā tathā naṃ[6] sabrahmacārī[7] uttariṃ[8] sambhāventi 'addhā ayam āyasmā patto[9] vā pajjati[10] vā' ti. Ayaṃ āvuso catuttho ānisaṃso kālena dhammassavane kālena dhammasākacchāya.

9. Puna ca paraṃ āvuso bhikkhu bhikkhūnaṃ dhammaṃ deseti ādikalyāṇaṃ majjhe kalyāṇaṃ pariyosānakalyāṇaṃ sātthaṃ savyañjanaṃ kevalaparipuṇṇaṃ parisuddhaṃ brahmacariyaṃ pakāseti. Yathā yathāvuso[4] bhikkhu bhikkhūnaṃ dhammaṃ deseti ādikalyāṇaṃ majjhe[11] kalyāṇaṃ pariyosānakalyāṇaṃ sātthaṃ savyañjanaṃ kevalaparipuṇṇaṃ parisuddhaṃ brahmacariyaṃ pakāseti, tattha tattha[12] ye te[13] bhikkhū sekhā[14] appattamānasā[15] anuttaraṃ yogakkhemaṃ patthayamānā viharanti, te[16] taṃ[16] dhammaṃ sutvā viriyaṃ ārabhanti appattassa[17] pattiyā anadhigatassa[18] adhigamāya asacchikatassa sacchikiriyāya; ye pana tattha bhikkhū arahanto khīṇāsavā vusitavanto katakaraṇīyā[20] ohitabhārā anuppattasadatthā parikkhīṇabhavasaṃyojanā sammadaññāvimuttā, te taṃ dhammaṃ sutvā diṭṭhadham-

---

[1] T. M6. M7 tathāvuso. [2] M. abhi°; T. M6. M7 ati°
[3] M. la; Ph. pa; T. M6. M7 in full.
[4] M. Ph. yathā ā° [5] M. Ph. pa; T. in full.
[6] T. nañ ca.
[7] T. brahmacāriṃ; M6 brahmacārī; M7 'va brahmacārī.
[8] M. Ph. °ri. [9] S. maggo.
[10] M6 paccati; T. M7 pabbati; M. S. gacchati.
[11] M6. M7 pe | parisuddhaṃ and so on.
[12] omitted by M. Ph. M6. M7. S. [13] M. kho.
[14] S. sekkhā. [15] T. M7 appamattamānasā.
[16] Ph. tesaṃ; T. naṃ l. taṃ; M6. M7. ne l. te.
[17] T. M7 appamattassa. [18] T. M6. M7 °gamassa.
[20] T. katamkaraṇīyaṃ; M7 °ya.

masukhavihāraṃ yeva anuyuttā viharanti. Ayaṃ āvuso pañcamo ānisaṃso kālena dhammasavane kālena dhammasākacchāya.

Ime kho āvuso pañca ānisaṃsā kālena dhammasavane kālena dhammasākacchāyā ti.

V.

1. Cattār' imāni bhikkhave balāni. Katamāni cattāri?

2. Paññābalaṃ viriyabalaṃ anavajjabalaṃ saṅgahabalaṃ. Katamañ ca bhikkhave paññābalaṃ?

3. Ye dhammā akusalā[1] akusalasaṃkhātā[2], ye dhammā kusalā[1] kusalasaṃkhātā[3], ye dhammā sāvajjā sāvajjasaṃkhātā, ye dhammā anavajjā anavajjasaṃkhātā, ye dhammā kaṇhā kaṇhasaṃkhātā, ye dhammā sukkā sukkasaṃkhātā, ye[4] dhammā asevitabbā asevitabbasaṃkhātā, ye[4] dhammā sevitabbā sevitabbasaṃkhātā, ye dhammā nālamariyā nālamariyasaṃkhātā, ye dhammā alamariyā alamariyasaṃkhātā: tyāssa[5] dhammā paññāya[6] vodiṭṭhā[7] honti[8] vocaritā honti[9]. Idaṃ vuccati bhikkhave paññābalaṃ[10]. Katamañ ca bhikkhave viriyabalaṃ?

4. Ye dhammā akusalā akusalasaṃkhātā, ye dhammā sāvajjā sāvajjasaṃkhātā[11], ye dhammā kaṇhā kaṇhasaṃkhātā, ye dhammā asevitabbā asevitabbasaṃkhātā, ye dhammā nālamariyā nālamariyasaṃkhātā: tesaṃ[12] dhammānaṃ pahānāya chandaṃ janeti vāyamati viriyaṃ ārabhati cittaṃ paggaṇhāti padahati. Ye dhammā kusalā kusalasaṃkhātā, ye dhammā anavajjā anavajjasaṃkhātā, ye dhammā sukkā sukkasaṃkhātā, ye dhammā sevitabbā sevitabba-

---

[1] M. Ph. S. kusalā *at the first place and* akusalā *at the second; omitted by* T. [2] M. Ph. S. kusala°

[3] M. Ph. S. akusala°

[4] M. *transposes the two sentences.*

[5] T. tyassa; S. tyassu; Ph. tassa.

[6] T. dhammaṃ aññāya. [7] T. diṭṭhā. [8] T. hoti.

[9] *omitted by* M. Ph. S. [10] T. balaṃ.

[11] T. *inserts* ye dh° anavajjā °saṃkhātā.

[12] T. tesaṃ *corrected to* yesaṃ.

saṃkhātā, ye dhammā ariyā ariyasaṃkhātā; tesaṃ dhammānaṃ paṭilābhāya chandaṃ janeti vāyamati viriyaṃ ārabhati cittaṃ paggaṇhāti padahati. Idaṃ vuccati bhikkhave viriyabalaṃ. Katamañ ca bhikkhave anavajjabalaṃ?

5. Idha bhikkhave ariyasāvako anavajjena kāyakammena samannāgato hoti, anavajjena vacīkammena samannāgato hoti, anavajjena manokammena samannāgato hoti. Idaṃ vuccati bhikkhave anavajjabalaṃ. Katamañ ca bhikkhave saṅgahabalaṃ?

6. Cattār'[1] imāni[1] bhikkhave[1] saṅgahavatthūni: dānaṃ peyyavajjaṃ[2] atthacariyā[3] samānattatā[4]. Etad[5] aggaṃ[5] bhikkhave dānānaṃ, yad idaṃ dhammadānaṃ. Etad aggaṃ bhikkhave peyyavajjānaṃ, yad idaṃ atthikassa ohitasotassa punappunaṃ dhammaṃ deseti. Etad aggaṃ bhikkhave atthacariyānaṃ, yad idaṃ assaddhaṃ saddhāsampadāya samādapeti niveseti patiṭṭhāpeti[6], dussīlaṃ[7] sīlasampadāya samādapeti[8] niveseti patiṭṭhāpeti[6], macchariṃ[9] cāgasampadāya samādapeti[8] niveseti patiṭṭhāpeti[6], duppaññaṃ paññāsampadāya samādapeti niveseti patiṭṭhāpeti[6]. Etad aggaṃ bhikkhave samānattatānaṃ, yad idaṃ sotāpanno[10] sotāpannassa samānatto sakadāgāmī[11] sakadāgāmissa samānatto anāgāmī[11] anāgāmissa samānatto arahaṃ[12] arahato samānatto. Idaṃ vuccati bhikkhave saṅgahabalaṃ.

Imāni kho bhikkhave cattāri balānī ti[13].

7. Imehi kho bhikkhave catūhi balehi samannāgato ariyasāvako pañca bhayāni samatikkanto hoti[14]. Katamāni pañca?

8. Ājīvikabhayaṃ[15] asilokabhayaṃ parisasārajjabhayaṃ[16]

---

[1] omitted by M. Ph. [2] Ph. veyya° and veyya°
[3] T. °yaṃ [4] T. °nattā.
[5] T. etaggaṃ throughout.
[6] T. patiṭṭha°; M6 M7 patiṭṭha° and patiṭṭhā°
[7] T. °lyaṃ [8] M. Ph. S. omit samā° ni° pati°
[9] T. M6 M7 °ri. [10] S. °pannena. [11] S. °minā.
[12] M. Ph. °ho; S. arahatā. [13] omitted by M. Ph. S.
[14] omitted by M.
[15] Ph. T. ājīvakā°, S ājīvita° throughout.
[16] S. parisaṃ sa°; T. parisasārajja°

maraṇabhayaṃ duggatibhayaṃ. So[1] kho so[2] bhikkhave ariyasāvako iti paṭisañcikkhati: —

9. Nāhaṃ[3] ājīvikabhayassa bhāyāmi. Kissāhaṃ ājīvikabhayassa bhāyissāmi? Atthi me cattāri balāni: paññābalaṃ viriyabalaṃ anavajjabalaṃ saṅgahabalaṃ. Duppañño kho ājīvikabhayassa bhāyeyya, kusīto[4] ājīvikabhayassa bhāyeyya, sāvajjakāyakammanta[5]-vacīkammanta[5]-manokammanto[6] ājīvikabhayassa bhāyeyya, asaṅgahako ājīvikabhayassa bhāyeyya. Nāhaṃ asilokabhayassa bhāyāmi . . . pe[7] . . . Nāhaṃ parisasārajjabhayassa[8] bhāyāmi . . . Nāhaṃ maraṇabhayassa bhāyāmi . . . Nāhaṃ duggatibhayassa bhāyāmi. Kissāhaṃ duggatibhayassa bhāyissāmi? Atthi me cattāri balāni: paññābalaṃ viriyabalaṃ anavajjabalaṃ saṅgahabalaṃ. Duppañño kho duggatibhayassa bhāyeyya, kusīto duggatibhayassa bhāyeyya, sāvajjakāyakammanta[5]-vacīkammanta[5]-manokammanto[6] duggatibhayassa bhāyeyya, asaṅgahako duggatibhayassa bhāyeyya.

Imehi kho bhikkhave catūhi balehi samannāgato ariyasāvako imāni pañca bhayāni samatikkanto hotī ti.

VI.

1. Tatra kho āyasmā Sāriputto bhikkhū āmantesi: — Āvuso[9] bhikkhavo ti. Āvuso ti kho te bhikkhū āyasmato Sāriputtassa paccassosuṃ. Āyasmā Sāriputto etad avoca: —

2. Puggalo pi āvuso duvidhena veditabbo: sevitabbo pi asevitabbo pi; cīvaram pi āvuso duvidhena veditabbaṃ: sevitabbam pi asevitabbam pi; piṇḍapāto pi āvuso duvidhena veditabbo: sevitabbo pi asevitabbo pi; senāsanam pi āvuso duvidhena veditabbaṃ: sevitabbam pi asevitabbam pi; gāmanigamo pi āvuso duvidhena veditabbo: sevitabbo

---

[1] S. so; Ph. sa. [2] omitted by S. [3] omitted by T.
[4] T. omits this phrase. [5] T. M6 M7 -kammanto.
[6] S. °ta. [7] M. la; Ph. pa; omitted by T.
[8] S. parisasāraj°
[9] M. la; Ph. pa; S. pe; āyasmā Sāriputto.

pi asevitabbo pi; janapadapadeso pi āvuso duvidhena veditabbo: sevitabbo pi asevitabbo pi[1].

3. Puggalo pi āvuso duvidhena veditabbo: sevitabbo pi asevitabbo pi ti iti kho pan' etaṃ vuttaṃ, kiñ c'etaṃ paṭicca vuttaṃ?

Tattha yaṃ[2] jaññā puggalaṃ 'imaṃ kho me puggalaṃ sevato akusalā dhammā abhivaḍḍhanti, kusalā dhammā parihāyanti; ye ca[3] kho[4] me pabbajitena jīvitaparikkhārā[5] samudānetabbā cīvarapiṇḍapātasenāsanagilānapaccayabhesajjaparikkhārā, te ca kasirena[6] samudāgacchanti[7]; yassa c'amhi atthāya agārasmā anagāriyaṃ[8] pabbajito, so ca[9] me sāmaññattho na bhāvanāpāripūriṃ gacchatī[10]' ti, tenāvuso puggalena so puggalo[11] rattibhāgaṃ vā divasabhāgaṃ vā[12] anāpucchā[13] pakkamitabbaṃ[14] nānubandhitabbo[15].

Tattha yaṃ[2] jaññā puggalaṃ 'imaṃ kho me puggalaṃ sevato akusalā dhammā abhivaḍḍhanti[16], kusalā dhammā parihāyanti[17]; ye[18] ca[19] kho me pabbajitena jīvitaparikkhārā[5] samudānetabbā cīvarapiṇḍapātasenāsanagilānapaccayabhesajjaparikkhārā, te[6] ca[6] appakasirena samudāgacchanti; yassa c'amhi atthāya agārasmā anagāriyaṃ pabbajito, so ca me sāmaññattho na[20] bhāvanāpāripūriṃ gacchatī[10]' ti, tenāvuso puggalena so puggalo saṃkhā pi āpucchā[21] pakkamitabbaṃ[22] nānubandhitabbo[23]. Tattha yaṃ jaññā puggalaṃ 'imaṃ kho me puggalaṃ sevato aku-

---

[1] T. pi ti, then iti kho pan' etaṃ and so on.
[2] omitted by T. [3] T. °va; Ph. pi.
[4] omitted by Ph. T. M_6 M_7. [5] T. °ra.
[6] Ph. appakasirena; M_7 omits ca before ka°
[7] S. samudāharanti throughout.
[8] M. anā° throughout.
[9] omitted by M. [10] T. M_6 M_7 °nti.
[11] S. adds saṃkhā pi. [12] M. adds saṃkhā pi.
[13] S. adds vā. [14] T. M_6 M_7 °tabbo.
[15] T. M_7 na anu° [16] S. parihāyanti.
[17] S. abhivaḍḍhanti.
[18] M_6 sa; M_7 sace I. ya ca; T. omits also me after kho.
[20] T. na; M_7 omits ca. [21] omitted by S.
[22] M. anāpu°; omitted by S., but it has yāvajīvam anubandhitabbo na. [23] S. °tabbo.

sala dhammā parihāyanti[1], kusalā dhammā abhivaḍḍhanti; ye ca kho me pabbajitena jīvitaparikkhārā samudānetabbā cīvarapiṇḍapātasenāsanagilānapaccayabhesajjaparikkhārā, te ca[2] appakasirena[3] samudāgacchanti; yassa c'amhi atthāya agārasmā anagāriyaṃ pabbajito, so ca me sāmaññattho bhāvanāpāripūriṃ gacchatī' ti, tenāvuso puggalena so puggalo saṃkhā[4] pi[5] anubandhitabbo na[6] pakkamitabbaṃ[7]. Tattha yaṃ[8] jaññā puggalaṃ 'imaṃ kho me[9] puggalaṃ sevato akusalā dhammā parihāyanti, kusalā dhammā abhivaḍḍhanti; ye ca[10] kho[11] me pabbajitena jīvitaparikkhārā samudānetabbā cīvarapiṇḍapātasenāsanagilānapaccayabhesajjaparikkhārā, te ca[12] appakasirena samudāgacchanti; yassa c' amhi atthāya agārasmā anagāriyaṃ pabbajito, so ca me sāmaññattho bhāvanāpāripūriṃ gacchatī' ti, tenāvuso puggalena so puggalo yāvajīvaṃ anubandhitabbo na pakkamitabbaṃ[13] api[14] panujjamānena.

Puggalo pi āvuso duvidhena veditabbo: sevitabbo pi asevitabbo pi ti iti yan taṃ vuttaṃ, idam etaṃ paṭicca vuttaṃ.

4. Cīvaram pi[15] āvuso duvidhena veditabbaṃ: sevitabbam pi asevitabbam pi ti iti kho pan' etaṃ vuttaṃ, kiñ c' etaṃ paṭicca vuttaṃ?

Tattha yaṃ jaññā cīvaraṃ 'idaṃ kho me cīvaraṃ sevato akusalā dhammā abhivaḍḍhanti, kusalā dhammā parihāyantī' ti, evarūpaṃ cīvaraṃ na sevitabbaṃ. Tattha yaṃ jaññā cīvaraṃ 'idaṃ kho me cīvaraṃ sevato[16] akusalā dhammā parihāyanti, kusalā dhammā abhivaḍḍhantī' ti, evarūpaṃ cīvaraṃ sevitabbaṃ.

---

[1] T. M₆ M₇ abhivaḍḍhanti; M₆ parih° at the second place; T. M₇ omit ku° dh° pari°
[2] T. M₇ kasirena; M₇ na ka°
[3] M₇ °nti.
[4] M. °khaṃ pi; S. yāvajīvaṃ.
[5] omitted by Ph.
[6] S. na.
[7] S. °tabba.
[8] omitted by T.
[9] omitted by T. M₆ M₇
[10] Ph. pi.
[11] omitted by M. Ph. M₆ M₇ S.
[12] T. M₆ M₇ add me.
[13] M₇ patikk°; S. °tabbaṃ.
[14] T. M. appanu°; S. api manu°; T. M₆ M₇ add pi.
[15] T. M₇ insert kho.
[16] T. M₇ paṭisevato.

Cīvaraṃ pi āvuso duvidhena veditabbaṃ: sevitabbam pi asevitabbam pī ti iti yan taṃ vuttaṃ, idam etaṃ paṭicca vuttaṃ.

5. Piṇḍapāto pi āvuso duvidhena veditabbo: sevitabbo pi asevitabbo pī ti iti kho pan' etaṃ vuttaṃ, kiñ c' etaṃ paṭicca vuttaṃ?

Tattha yaṃ jaññā piṇḍapātaṃ 'imaṃ' kho me piṇḍapātaṃ sevato akusalā dhammā abhivaḍḍhanti, kusalā dhammā parihāyantī' ti, evarūpo piṇḍapāto na sevitabbo. Tattha yaṃ jaññā piṇḍapātaṃ 'imaṃ' kho me piṇḍapātaṃ sevato akusalā dhammā parihāyanti, kusalā dhammā abhivaḍḍhantī' ti, evarūpo piṇḍapāto sevitabbo.

Piṇḍapāto pi āvuso duvidhena veditabbo: sevitabbo pi asevitabbo pī ti iti yan taṃ vuttaṃ, idam etaṃ paṭicca vuttaṃ.

6. Senāsanaṃ pi āvuso duvidhena veditabbaṃ: sevitabbam pi asevitabbam pī ti iti kho pan' etaṃ vuttaṃ, kiñ c' etaṃ paṭicca vuttaṃ?

Tattha yaṃ jaññā senāsanaṃ 'idaṃ kho me senāsanaṃ sevato akusalā dhammā abhivaḍḍhanti, kusalā dhammā parihāyantī' ti, evarūpaṃ senāsanaṃ na sevitabbaṃ. Tattha yaṃ jaññā senāsanaṃ 'idaṃ kho me senāsanaṃ sevato akusalā dhammā parihāyanti, kusalā dhammā abhivaḍḍhantī' ti, evarūpaṃ senāsanaṃ sevitabbaṃ.

Senāsanaṃ pi āvuso duvidhena veditabbaṃ: sevitabbam pi asevitabbam pī ti iti yan taṃ vuttaṃ, idam etaṃ paṭicca vuttaṃ.

7. Gāmanigamo pi āvuso duvidhena veditabbo: sevitabbo pi asevitabbo pī ti iti kho pan' etaṃ vuttaṃ, kiñ c' etaṃ paṭicca vuttaṃ?

Tattha yaṃ jaññā gāmanigamaṃ 'imaṃ' kho me gāmanigamaṃ sevato akusalā dhammā abhivaḍḍhanti, kusalā dhammā parihāyantī' ti, evarūpo gāmanigamo na sevitabbo. Tattha yaṃ jaññā gāmanigamaṃ 'imaṃ' kho me gāma-

---

[1] Ph. idaṃ.
[2] M. *continues:* sevitabbo, *as in the next phrase.*

nigamaṃ sevato akusalā dhammā parihāyanti, kusalā dhammā abhivaḍḍhantī' ti, evarūpo gāmanigamo sevitabbo.

Gāmanigamo pi āvuso duvidhena veditabbo: sevitabbo pi asevitabbo pi ti iti yan taṃ vuttaṃ, idam etaṃ paṭicca vuttaṃ.

8. Janapadapadeso pi āvuso duvidhena veditabbo: sevitabbo pi asevitabbo pi ti iti kho pan' etaṃ vuttaṃ, kiñ c' etaṃ paṭicca vuttaṃ?

Tattha' yaṃ jaññā janapadapadesaṃ 'imaṃ kho me janapadapadesaṃ sevato akusalā dhammā abhivaḍḍhanti, kusalā dhammā parihāyantī' ti, evarūpo janapadapadeso na sevitabbo. Tattha yaṃ jaññā janapadapadesaṃ 'imaṃ kho me janapadapadesaṃ sevato akusalā dhammā parihāyanti, kusalā dhammā abhivaḍḍhantī' ti, evarūpo janapadapadeso sevitabbo.

Janapadapadeso pi āvuso duvidhena veditabbo: sevitabbo pi asevitabbo pi ti iti yan taṃ vuttaṃ, idam etaṃ paṭicca vuttan ti.

VII.

1. Evaṃ[1] me[1] sutaṃ[1]. Ekaṃ samayaṃ Bhagavā Rājagahe viharati Gijjhakūṭe pabbate. Atha kho Sutavā[3] paribbājako yena Bhagavā ten' upasaṅkami, upasaṅkamitvā Bhagavatā saddhiṃ sammodi, sammodanīyaṃ kathaṃ sārāṇīyaṃ vītisāretvā ekamantaṃ[4] nisīdi[4]. Ekamantaṃ nisinno kho[5] Sutavā[6] paribbājako Bhagavantaṃ etad avoca: —

2. Ekaṃ idaṃ[7] bhante samayaṃ Bhagavā idh' eva Rājagahe viharati[8] Giribbaje. Tatra[9] me bhante Bhagavato sammukhā sutaṃ sammukhā paṭiggahitaṃ[10] 'yo so Sutavā[11] bhikkhu arahaṃ[12] khīṇāsavo vusitavā katakaraṇīyo ohita-

---

[1] in T. this phrase is missing.
[2] omitted by M. Ph. S.
[3] T. °va nāma; M. Sutvā.
[4] omitted by T.
[5] omitted by Ph.
[6] T. adds nāma; M. Sutvā.
[7] M. Ph. S. idahaṃ.
[8] Ph. S. viharāmi.
[9] S. adds kho.
[10] M. Ph. S. °hitaṃ [illegible].
[11] S. °va; T. Sutvā.
[12] T. °hataṃ.

bhāro anuppattasadattho parikkhīṇabhavasaṃyojano sammadaññāvimutto[1], abhabbo so pañca ṭhānāni[2] ajjhācarituṃ: abhabbo khīṇāsavo bhikkhu sañcicca pāṇaṃ jīvitā voropetuṃ, abhabbo khīṇāsavo bhikkhu adinnaṃ theyyasaṃkhātaṃ ādātuṃ[3], abhabbo khīṇāsavo bhikkhu methunaṃ dhammaṃ paṭisevituṃ, abhabbo khīṇāsavo bhikkhu sampajānamusā[4] bhāsituṃ, abhabbo khīṇāsavo bhikkhu sannidhikārake[5] kāme paribhuñjituṃ seyyathā pi pubbe agāriyabhūto[6] ti[7]. Kacci me taṃ bhante Bhagavato sutaṃ suggahitaṃ[8] sumanasikataṃ sūpadhāritan[9] ti?

2. Taggha te[10] taṃ[11] Sutavā[12] sutaṃ suggahitaṃ[8] sumanasikataṃ sūpadhāritaṃ[9]. Pubbe cāhaṃ Sutavā[13] etarahi ca evaṃ vadāmi: yo so bhikkhu arahaṃ khīṇāsavo vusitavā katakaraṇīyo ohitabhāro anuppattasadattho parikkhīṇabhavasaṃyojano sammadaññāvimutto, abhabbo so[14] nava ṭhānāni[15] ajjhācarituṃ: abhabbo khīṇāsavo bhikkhu sañcicca pāṇaṃ jīvitā voropetuṃ, abhabbo khīṇāsavo bhikkhu adinnaṃ theyyasaṃkhātaṃ ādātuṃ[3], abhabbo khīṇāsavo bhikkhu methunaṃ dhammaṃ paṭisevituṃ, abhabbo khīṇāsavo bhikkhu sampajānamusā bhāsituṃ, abhabbo khīṇāsavo bhikkhu sannidhikārake[16] kāme paribhuñjituṃ seyyathā pi pubbe agāriyabhūto, abhabbo khīṇāsavo bhikkhu chandāgatiṃ[17] gantuṃ[18], abhabbo khīṇāsavo bhikkhu dosāgatiṃ[19] gantuṃ[18], abhabbo khīṇāsavo bhikkhu mohāgatiṃ[20] gantuṃ[18], abhabbo khīṇāsavo bhikkhu bhayā-

---

[1] M. Ph. sammā° *always*. [2] M. Ph. S. ṭhānāni.
[3] T. M6 ad°. [4] T. °musaṃ me°
[5] M6 °ko; S. °kaṃ.
[6] T. M6 M7 agārika° [7] *omitted by* M. Ph. S.
[8] M. Ph. sugga°; M. Ph. M6 S. °hitaṃ.
[9] M. M6 S. sū°
[10] M6 tvaṃ; Ph. *adds* Sutava.
[11] M. S. etaṃ, Ph. evaṃ me sutaṃ; *omitted by* M6
[12] T. M. °va; M7 Sutvā; *omitted by* Ph. S.
[13] T. M6 M7 S. °va. [14] *omitted by* T.
[15] Ph. T. M6 S. ṭhānāni.
[16] M7 °ko; S. °kaṃ. [17] T. M6 M7 buddhaṃ.
[18] T. M6 M7 paccāvikkhituṃ.
[19] T. M6 M7 dhammaṃ. [20] T. M6 M7 saṃghaṃ.

gatiṃ[1] gantuṃ[2]. Pubbe cāhaṃ Sutavā[3] etarahi ca evaṃ vadāmi: yo so bhikkhu arahaṃ khīṇāsavo vusitavā katakaraṇīyo ohitabhāro anuppattasadattho parikkhīṇabhavasaṃyojano sammadaññāvimutto, abhabbo so imāni nava ṭhānāni[4] ajjhācaritun ti.

VIII.

1. Evaṃ[5] me sutaṃ. Ekaṃ samayaṃ Bhagavā Rājagahe viharati Gijjhakūṭe pabbate. Atha kho Sajjho paribbājako yena Bhagavā ten' upasaṅkami, upasaṅkamitvā Bhagavatā saddhiṃ sammodi, sammodanīyaṃ kathaṃ sārāṇīyaṃ vītisāretvā ekamantaṃ nisīdi. Ekamantaṃ nisinno kho[6] Sajjho paribbājako Bhagavantaṃ etad avoca: —

2. Ekaṃ idaṃ[7] bhante samayaṃ Bhagavā idh' eva Rājagahe viharati[8] Giribbaje. Tatra me bhante Bhagavato sammukhā sutaṃ sammukhā paṭiggahītaṃ 'yo so Sajjha bhikkhu arahaṃ khīṇāsavo vusitavā[9] katakaraṇīyo ohitabhāro anuppattasadattho parikkhīṇabhavasaṃyojano sammadaññāvimutto, abhabbo so[10] pañca ṭhānāni[11] ajjhācarituṃ: abhabbo khīṇāsavo bhikkhu sañcicca pāṇaṃ jīvitā voropetuṃ, abhabbo khīṇāsavo bhikkhu adinnaṃ theyyasaṅkhātaṃ ādātuṃ, abhabbo khīṇāsavo bhikkhu methunaṃ dhammaṃ paṭisevituṃ, abhabbo khīṇāsavo bhikkhu[12] sampajānamusā bhāsituṃ, abhabbo khīṇāsavo bhikkhu sannidhikārakaṃ[13] kāme paribhuñjituṃ seyyathā pi pubbe agāriyabhūto' ti[14]. Kacci me taṃ[15] bhante Bhagavato sussutaṃ suggahītaṃ sumanasikataṃ sūpadhāritan ti?

---

[1] T. M_6 M_7 sikkhaṃ.
[2] T. paccācikkhituṃ; M_6 M_7 vikkhituṃ.
[3] T. M_6 S. °vā.
[4] Ph. S. ṭhānāni.
[5] M. Ph. S. *omit this introductory phrase.*
[6] *omitted by* Ph.
[7] M. Ph. S. idhaṃ.
[8] M. S. viharāmi.
[9] M_6 M_7 pe to sammā°
[10] *omitted by* T.
[11] M. S. ṭhānāni.
[12] M_6 M_7 pe to sannidhikārake.
[13] S. °kaṃ.
[14] *omitted by* M. S.
[15] Ph. sutaṃ.

3. Tagghā te[1] taṃ[1] Sajjha[2] sussutaṃ suggahitaṃ[3] sumanasikataṃ sūpadhāritaṃ. Pubbe cāhaṃ Sajjha etarahi ca evaṃ vadāmi: yo so bhikkhu arahaṃ khīṇāsavo vusitavā katakaraṇīyo ohitabhāro anuppattasadattho parikkhīṇabhavasaṃyojano sammadaññāvimutto, abhabbo so nava ṭhānāni[4] ajjhācarituṃ: abhabbo khīṇāsavo bhikkhu sañcicca pāṇaṃ jīvitā voropetuṃ . . . pe[5] . . . abhabbo khīṇāsavo bhikkhu sannidhikārako[6] kāme paribhuñjituṃ seyyathā pi pubbe agāriyabhūto, abhabbo khīṇāsavo bhikkhu buddhaṃ[7] paccakkhātuṃ[8], abhabbo khīṇāsavo bhikkhu dhammaṃ[9] paccakkhātuṃ[8], abhabbo khīṇāsavo bhikkhu saṅghaṃ[10] paccakkhātuṃ[8], abhabbo khīṇāsavo bhikkhu sikkhaṃ[11] paccakkhātuṃ[8]. Pubbe cāhaṃ Sajjha etarahi ca[12] evaṃ vadāmi: yo so bhikkhu arahaṃ khīṇāsavo vusitavā[13] katakaraṇīyo ohitabhāro anuppattasadattho parikkhīṇabhavasaṃyojano sammadaññāvimutto, abhabbo so imāni nava ṭhānāni[14] ajjhācaritun ti[15].

IX.

1. Nava yime bhikkhave puggalā santo saṃvijjamānā lokasmiṃ. Katame nava?

2. Arahā, arahattāya paṭipanno, anāgāmī, anāgāmiphalasacchikiriyāya paṭipanno, sakadāgāmī, sakadāgāmiphalasacchikiriyāya paṭipanno, sotāpanno, sotāpattiphalasacchikiriyāya paṭipanno, puthujjano.

Ime[16] kho bhikkhave nava puggalā santo saṃvijjamānā lokasmin ti.

---

[1] Ph. adds Sajjha. [2] Ph. evaṃ me sutaṃ.
[3] omitted by Ph. [4] M. Ph. M7 S. ṭhānāni.
[5] M. la, Ph. pa; omitted by M6 M7; T. in full.
[6] S. °kaṃ. [7] T. M6 M7 chandāgatiṃ.
[8] Ph. paccakkhātuṃ; T. M6 M7 gantuṃ.
[9] T. M6 M7 dosagatiṃ.
[10] T. M6 M7 mohagatiṃ.
[11] T. M6 M7 bhaya° [12] omitted by T.
[13] M6 M7 pe | samma° [14] M. Ph. T. S. ṭhānāni.
[15] omitted by M. [16] T. imāni.

X.

1. Nava yime bhikkhave puggalā āhuneyyā pāhuneyyā dakkhiṇeyyā añjalikaraṇīyā anuttaraṃ puññakkhettaṃ lokassa. Katame nava?

2. Arahā[1], arahattāya paṭipanno, anāgāmī, anāgāmiphalasacchikiriyāya paṭipanno, sakadāgāmī, sakadāgāmiphalasacchikiriyāya paṭipanno, sotāpanno, sotāpattiphalasacchikiriyāya paṭipanno[2], gotrabhū.

Ime kho bhikkhave nava puggalā āhuneyyā . . . pe . . . anuttaraṃ puññakkhettaṃ lokassā ti.

Sambodhavaggo[3] paṭhamo.

Tatr' uddānaṃ[4]:

Sambodhi nissayo c'eva Meghiyaṃ[5] Nandakaṃ[6] balaṃ
Sevanā Sutavā Sajjho puggalo āhuneyyo ca ti.

XI[7].

1. Evaṃ[8] me[8] sutaṃ[8]. Ekaṃ samayaṃ Bhagavā Sāvatthiyaṃ viharati Jetavane Anāthapiṇḍikassa ārāme. Atha kho āyasmā Sāriputto yena Bhagavā ten' upasaṅkami, upasaṅkamitvā Bhagavantaṃ abhivādetvā ekamantaṃ nisīdi. Ekamantaṃ nisinno kho āyasmā Sāriputto Bhagavantaṃ etad avoca 'vuttho[9] me bhante Sāvatthiyaṃ vassāvāso, icchām' ahaṃ bhante janapadacārikaṃ pakkamitun' ti. 'Yassa dāni tvaṃ Sāriputta kālaṃ maññasī' ti. Atha kho[10] āyasmā Sāriputto uṭṭhāyāsanā Bhagavantaṃ abhivādetvā padakkhiṇaṃ katvā pakkāmi.

---

[1] T. M_6 M_7 °haṃ. [2] M_6 *adds* hoti.
[3] M_6 °dhi°; T. M_6 M_7 °dhapakkhiyavaggo; Ph. vaggo.
[4] S. *adds* bhavati; *missing in* T. M_6. M_7. *together with the* uddāna. [5] M. Ph. °ya. [6] Ph. °dikaṃ.
[7] S. *has as title* Navakanipāte paṇṇāsakassa dutiyavaggo.
[8] *omitted by* M. Ph. S.; M_6 M_7 *have* Sāvatthinidānaṃ. Atha kho. [9] S. vuṭṭho; Ph. vutto.
[10] M. S. *insert* so.

2. Atha kho aññataro bhikkhu acirapakkante āyasmante Sāriputte Bhagavantaṃ etad avoca 'āyasmā maṃ bhante Sāriputto āsajja[1] appaṭinissajja cārikaṃ pakkanto' ti. Atha kho Bhagavā aññataraṃ bhikkhuṃ āmantesi[2] 'ehi tvaṃ bhikkhu, mama vacanena Sāriputtaṃ āmantehi: Satthā taṃ āvuso Sāriputta āmantetī[3]' ti. 'Evaṃ bhante' ti kho so bhikkhu Bhagavato paṭissutvā[4] yenāyasmā Sāriputto ten' upasaṅkami, upasaṅkamitvā āyasmantaṃ Sāriputtaṃ etad avoca 'Satthā taṃ āvuso Sāriputta āmantetī' ti. 'Evam āvuso' ti kho āyasmā Sāriputto tassa bhikkhuno paccassosi. Tena kho pana samayena āyasmā ca Mahāmoggallāno āyasmā ca Ānando avāpuraṇaṃ[5] ādāya vihārena[6] vihāraṃ[6] anvāhiṇḍanti[7] 'abhikkamathāyasmanto[8] abhikkamathāyasmanto, idān' āyasmā Sāriputto Bhagavato sammukhā sīhanādaṃ nadissatī' ti.

3. Atha kho āyasmā Sāriputto yena Bhagavā ten' upasaṅkami, upasaṅkamitvā Bhagavantaṃ abhivādetvā ekamantaṃ nisīdi. Ekamantaṃ nisinnaṃ kho āyasmantaṃ Sāriputtaṃ Bhagavā etad avoca 'idha te Sāriputta aññataro sabrahmacārī khiyyadhammaṃ āpanno: āyasmā maṃ bhante Sāriputto āsajja appaṭinissajja cārikaṃ pakkanto' ti.

4. Yassa nūna bhante kāye kāyagatā sati anupaṭṭhitā assa, so idha aññataraṃ sabrahmacāriṃ āsajja appaṭinissajja cārikaṃ pakkameyya.

Seyyathā pi bhante paṭhaviyaṃ sucim pi nikkhipanti asucim pi nikkhipanti gūthagatam[9] pi nikkhipanti muttagatam[10] pi nikkhipanti khelagatam pi nikkhipanti[11] pubbagatam pi nikkhipanti lohitagatam pi nikkhipanti, na ca tena paṭhavī aṭṭīyati[12] vā harāyati vā jigucchati vā; evam

---

[1] S. āpajja *throughout*. [2] Ph. °si.
[3] Ph. °si; M. °si *without* ti; T. °ti.
[4] M. Ph. paṭisu° [5] M. āvā°; M. S. apā; Ph. apa°
[6] M. Ph. T. vihāre; S. vihāraṃ.
[7] T. anavāhi°; M. Ph. S. āhi°
[8] T. M_6. M_7 *only once*. [9] T. M_6. M_7 gūthaṃ.
[10] T. M_6. M_7 muttaṃ.
[11] T. M_6. M_7 *insert* muttagataṃ pi ni°
[12] T. aṭṭī° *throughout*, M_7 aṭṭiyati *and* aṭṭīyati.

eva kho ahaṃ bhante pathavīsamena cetasā viharāmi vipulena mahaggatena appamāṇena averena avyāpajjhena. Yassa nūna bhante kāye kāyagatā sati anupaṭṭhitā assa, so idha[1] aññataraṃ sabrahmacāriṃ āsajja appaṭinissajja cārikaṃ pakkameyya.

Seyyathā pi bhante āpasmiṃ[2] sucim pi dhovanti asucim pi dhovanti gūthagatam[3] pi dhovanti[4] muttagatam pi dhovanti[4] khelagatam[5] pi[5] dhovanti[4] pubbagatam pi dhovanti[4] lohitagatam pi dhovanti, na ca tena āpo aṭṭiyati vā harāyati vā jigucchati vā: evam eva kho ahaṃ bhante āposamena cetasā viharāmi vipulena mahaggatena appamāṇena averena avyāpajjhena. Yassa nūna bhante kāye kāyagatā sati anupaṭṭhitā assa, so idha aññataraṃ sabrahmacāriṃ āsajja appaṭinissajja cārikaṃ pakkameyya.

Seyyathā pi bhante tejo sucim pi ḍahati[6] asucim pi ḍahati gūthagatam[7] pi . . . muttagatam pi . . .[8] khelagatam pi . . . pubbagatam pi . . . lohitagatam[9] pi[9] ḍahati, na ca tena tejo aṭṭiyati vā harāyati vā jigucchati vā: evam eva kho ahaṃ bhante tejosamena cetasā viharāmi vipulena mahaggatena appamāṇena averena avyāpajjhena. Yassa nūna bhante kāye kāyagatā sati anupaṭṭhitā assa, so idha aññataraṃ sabrahmacāriṃ āsajja appaṭinissajja cārikaṃ pakkameyya.

Seyyathā pi bhante vāyo sucim pi upavāyati asucim pi upavāyati gūthagatam pi upavāyati[10] muttagatam pi upavāyati[10] khelagatam pi upavāyati[10] pubbagatam pi upavāyati[10] lohitagatam pi upavāyati, na ca tena vāyo aṭṭiyati vā harāyati vā jigucchati vā: evam eva kho ahaṃ bhante vāyosamena cetasā viharāmi vipulena mahaggatena appamāṇena averena avyāpajjhena. Yassa nūna bhante kāye kāyagatā sati anupaṭṭhitā assa, so idha aññataraṃ sabrahmacāriṃ āsajja appaṭinissajja cārikaṃ pakkameyya.

---

[1] T. idham. [2] Ph. āpo. [3] T. M6 M7 gūtham.
[4] *omitted by* M. Ph. S. [5] *omitted by* M6.
[6] M. Ph. da°; T. M6 M7 ḍayhati *throughout*.
[7] T. M7 gūtham. [8] M6 M7 ḍayhati.
[9] *omitted by* M6. [10] *omitted by* M. Ph. M6 M7 S.

Seyyathā pi bhante rajoharaṇaṃ sucim pi puñchati[1] asucim pi puñchati gūthagatam pi puñchati[2] muttagatam pi puñchati[3] kheḷagatam pi puñchati[4] pubbagatam pi[5] puñchati[6] lohitagatam pi puñchati, na ca tena rajoharaṇaṃ aṭṭiyati vā harāyati vā jigucchati vā: evam eva kho ahaṃ bhante rajoharaṇasamena cetasā viharāmi vipulena mahaggatena appamāṇena[7] averena avyāpajjhena. Yassa nūna bhante kāye kāyagatā sati anupaṭṭhitā assa, so idha aññataraṃ sabrahmacāriṃ āsajja appaṭinissajja cārikaṃ pakkameyya.

Seyyathā pi bhante caṇḍālakumārako[8] vā caṇḍālakumārikā[9] vā kaḷopihattho[10] nantakavāsī[11] gāmaṃ vā nigamaṃ vā pavisanto nīcacittaṃ yeva upaṭṭhapetvā pavisati: evam eva kho ahaṃ bhante caṇḍālakumārakasamena[12] cetasā viharāmi vipulena mahaggatena appamāṇena[7] averena avyāpajjhena. Yassa nūna bhante kāye kāyagatā sati anupaṭṭhitā assa, so idha aññataraṃ sabrahmacāriṃ āsajja appaṭinissajja cārikaṃ pakkameyya.

Seyyathā pi bhante usabho chinnavisāṇo sorato[13] sudanto suvinīto[14] rathiyāya[15] rathiyaṃ siṅghāṭakena siṅghāṭakaṃ anvāhiṇḍanto na kiñci hiṃsati pādena vā visāṇena vā: evam eva kho ahaṃ bhante usabhachinnavisāṇasamena cetasā viharāmi vipulena mahaggatena[7] appamāṇena averena avyāpajjhena. Yassa nūna bhante kāye kāyagatā sati anupaṭṭhitā assa, so idha aññataraṃ sabrahmacāriṃ āsajja appaṭinissajja cārikaṃ pakkameyya.

Seyyathā pi bhante itthī vā puriso vā daharo vā[16] yuvā vā[16] maṇḍanakajātiko[17] sīsaṃ nahāto[18] ahikuṇapena vā

---

[1] T. M6. M7 puñjati; S. muñcati *throughout*.
[2] *omitted by* M. Ph. T. S.
[3] *omitted by* M. Ph. S.
[4] *omitted by* M. Ph. M6. S.
[5] *omitted by* T.
[6] *omitted by* M. Ph. T. M6. S.
[7] M6. M7 pe ... āsajja.
[8] T. °kumāro.
[9] T. °kumārī.
[10] Ph. kaḷovi°
[11] M. nantaka°; T. M6. M7 °vāsinī.
[12] M. caṇḍālakumārakacaṇḍālikumārika°
[13] M. S. surato.
[14] S. °sikkhito.
[15] T. M6. M7 rathiya.
[16] *omitted by* M. Ph.
[17] T. maṇḍanam°
[18] *omitted by* S.

kukkurakuṇapena vā manussakuṇapena[1] vā[1] kaṇṭhe āsattena[2] aṭṭīyeyya harāyeyya jiguccheyya; evam eva kho ahaṃ bhante iminā pūtikāyena aṭṭīyāmi harāyāmi jigucchāmi. Yassa nūna bhante kāye kāyagatā sati anupaṭṭhitā assa, so idha aññataraṃ sabrahmacāriṃ āsajja appaṭinissajja cārikaṃ pakkameyya.

Seyyathā pi bhante puriso medakathālikaṃ parihareyya chiddaṃ[3] vichiddaṃ[3] uggharantaṃ paggharantaṃ; evam eva kho ahaṃ bhante imaṃ kāyaṃ pariharāmi chiddaṃ[3] vichiddaṃ[3] uggharantaṃ paggharantaṃ. Yassa nūna bhante kāye kāyagatā sati anupaṭṭhitā assa, so idha aññataraṃ sabrahmacāriṃ āsajja appaṭinissajja cārikaṃ pakkameyyā ti.

5. Atha kho[1] so bhikkhu uṭṭhāyāsanā ekaṃsaṃ uttarāsaṅgaṃ karitvā Bhagavato pādesu[4] sirasā nipatitvā Bhagavantaṃ etad avoca 'accayo maṃ bhante accagamā[5] yathābālaṃ[6] yathāmūḷhaṃ yathā-akusalaṃ, yo 'haṃ[7] āyasmantaṃ Sāriputtaṃ asatā tucchā musā abhūtena abbhācikkhiṃ[8]; tassa me bhante Bhagavā accayaṃ accayato paṭiggaṇhātu[9] āyatiṃ saṃvarāyā' ti. Taggha tvaṃ[10] bhikkhu accayo accagamā[11] yathābālaṃ yathāmūḷhaṃ yathā-akusalaṃ, yo tvaṃ Sāriputtaṃ[12] asatā tucchā musā abhūtena abbhācikkhi; yato ca kho tvaṃ bhikkhu accayaṃ accayato[13] disvā yathādhammaṃ paṭikarosi, tan te[14] mayaṃ paṭiggaṇhāma, vuddhi h' esā[15] bhikkhu ariyassa vinaye yo accayaṃ accayato disvā yathādhammaṃ paṭikaroti āyatiṃ[16] saṃvaraṃ āpajjatī' ti.

---

[1] *omitted by* S. [2] T. āsattha°; S. ālaggena.
[3] M. Ph. S. chiddāvacchiddaṃ; *so also* M_6 (Com.).
[4] T. M_6 pāde.
[5] M. accā°; T. M_6 accayu°; M_7 accayaṃ g°
[6] T. °bālaṃ. [7] M. Ph. S. ahaṃ.
[8] M. Ph. abbhācikkhāmi abbhācikkhiṃ (Ph. °cikkhun).
[9] M. Ph. °hatu. [10] M. S. taṃ. [11] M. accā°
[12] T. °putto; M_6 °putta. [13] T. accato.
[14] S. taṃ; M. bhante *instead of* tan te.
[15] T. M_6 M_7 esā.
[16] T. M_7 *insert* paṭikaroti.

6. Atha kho Bhagavā āyasmantaṃ Sāriputtaṃ āmantesi 'khama Sāriputta imassa moghapurisassa, purā[1] tatth' eva[2] sattadhā muddhā phalissatī[3]' ti. 'Khamāmi' ahaṃ bhante tassa āyasmato, sace maṃ[4] so āyasmā evam āha: khamatu ca[5] me so āyasmā' ti.

XII.

1. Ekaṃ[6] samayaṃ Bhagavā Sāvatthiyaṃ viharati Jetavane Anāthapiṇḍikassa ārāme. Atha kho āyasmā Sāriputto pubbaṇhasamayaṃ nivāsetvā pattacīvaram ādāya Sāvatthiṃ[7] piṇḍāya pāvisi. Atha kho āyasmato Sāriputtassa etad ahosi 'atippago kho tāva Sāvatthiyaṃ piṇḍāya carituṃ, yan nūnāhaṃ yena aññatitthiyānaṃ paribbājakānaṃ ārāmo ten' upasaṅkameyyan' ti. Atha kho āyasmā Sāriputto yena aññatitthiyānaṃ paribbājakānaṃ ārāmo ten' upasaṅkami, upasaṅkamitvā tehi aññatitthiyehi paribbājakehi saddhiṃ sammodi, sammodanīyaṃ kathaṃ sārāṇīyaṃ vītisāretvā ekamantaṃ nisīdi.

2. Tena kho pana samayena tesaṃ aññatitthiyānaṃ paribbājakānaṃ sannisinnānaṃ sannipatitānaṃ ayam antarākathā udapādi 'yo hi koci āvuso sa-upādiseso kālaṃ karoti, sabbo so aparimutto nirayā aparimutto tiracchānayoniyā aparimutto pittivisayā[8] aparimutto apāyaduggativinipātā' ti.

3. Atha kho āyasmā Sāriputto tesaṃ aññatitthiyānaṃ paribbājakānaṃ bhāsitaṃ n' eva abhinandi na paṭikkosi, anabhinanditvā appaṭikkositvā uṭṭhāy' āsanā pakkāmi 'Bhagavato santike etassa bhāsitassa atthaṃ ājānissāmī[9]' ti. Atha kho āyasmā Sāriputto Sāvatthiyaṃ piṇḍāya caritvā

[1] M7 parāssa; M. purā tassa; Ph. nāsanāya; S. punāyaṃ; *omitted by* M6. [2] T. etena 'va; M6. M7 etth' eva.
[3] T. M6. M7 phalati.
[4] M7. S. mamaṃ; M6 *omits* sace maṃ so āy°
[5] *omitted by* M6.
[6] *in* T. M6. M7 *the introductory phrase is missing.*
[7] T. M6. M7 °tthiyaṃ.
[8] M. petti°; T. *omits* apari° pitti° [9] T. M6. M7 ājā°

pacchābhattaṃ piṇḍapātapaṭikkanto yena Bhagavā ten' upasaṅkami, upasaṅkamitvā Bhagavantaṃ abhivādetvā ekamantaṃ nisīdi. Ekamantaṃ nisinno kho āyasmā Sāriputto Bhagavantaṃ etad avoca: Idhāhaṃ bhante pubbaṇhasamayaṃ nivāsetvā pattacīvaraṃ ādāya Sāvatthiṃ[1] piṇḍāya pāvisiṃ[2]; tassa mayhaṃ bhante etad ahosi 'atippago kho tāva Sāvatthiyaṃ piṇḍāya carituṃ, yan nūnāhaṃ yena aññatitthiyānaṃ paribbājakānaṃ ārāmo ten' upasaṅkameyyan[3]' ti; atha khvāhaṃ[4] bhante yena aññatitthiyānaṃ paribbājakānaṃ ārāmo ten' upasaṅkamiṃ[5], upasaṅkamitvā tehi aññatitthiyehi paribbājakehi saddhiṃ sammodiṃ[6], sammodanīyaṃ kathaṃ sārāṇīyaṃ vītisāretvā ekamantaṃ nisīdiṃ[7]; tena kho pana bhante[8] samayena tesaṃ aññatitthiyānaṃ paribbājakānaṃ sannisinnānaṃ sannipatitānaṃ ayaṃ antarākathā udapādi 'yo hi koci āvuso sa-upādiseso kālaṃ karoti, sabbo so aparimutto[8] nirayā[9] aparimutto tiracchānayoniyā aparimutto pittivisayā[10] aparimutto apāyaduggativinipātā[11]' ti; atha khvāhaṃ[4] bhante tesaṃ aññatitthiyānaṃ paribbājakānaṃ bhāsitaṃ neva abhinandiṃ na ppaṭikkosiṃ; anabhinanditvā appaṭikkositvā uṭṭhāyāsanā pakkāmiṃ[12] 'Bhagavato santike etassa bhāsitassa atthaṃ ājānissāmī[13]' ti.

4. Keci[14] Sāriputta aññatitthiyā paribbājakā bālā avyattā, keci[15] sa-upādisesaṃ[16] vā sa-upādiseso[17] ti jānissanti, anupādisesaṃ vā anupādiseso[17] ti jānissanti. Nava yime[18] Sāriputta puggalā sa-upādisesā kālaṃ kurumānā parimuttā nirayā parimuttā tiracchānayoniyā parimuttā pittivisayā[19] parimuttā apāyaduggativinipātā. Katame nava?

---

[1] T. M6 M7 °tthiyaṃ. [2] M. M7 °si. [3] T. °miṃ.
[4] M. Ph. kho ahaṃ; S. kho 'haṃ.
[5] M. Ph. T. M7 °mi. [6] M. Ph. T. M6 M7 °di.
[7] M. Ph. M7 °di.
[8] omitted by M. Ph. M6 S.
[9] omitted by M7. [10] M. T. petti° [11] T. duggati°
[12] M. Ph. °mi. [13] T. ajā°
[14] T. M6 M7 te ca.
[15] T. M6 ke ca. [16] T. savupā° [17] S. °sa.
[18] T. ime. [19] M. petti°

5. Idha Sāriputta ekacco puggalo sīlesu paripūrakārī[1] hoti samādhismiṃ paripūrakārī[2], paññāya na[3] paripūrakārī[3]. So pañcannaṃ orambhāgiyānaṃ saṃyojanānaṃ parikkhayā antarāparinibbāyī hoti. Ayaṃ Sāriputta paṭhamo puggalo sa-upādiseso kālaṃ kurumāno parimutto nirayā parimutto tiracchānayoniyā parimutto pittivisayā[4] parimutto apāyaduggativinipātā.

6. Puna ca paraṃ Sāriputta idh' ekacco puggalo sīlesu paripūrakārī hoti samādhismiṃ paripūrakārī, paññāya na paripūrakārī. So pañcannaṃ orambhāgiyānaṃ saṃyojanānaṃ parikkhayā upahaccaparinibbāyī hoti . . .[5] asaṅkhāraparinibbāyī hoti . . .[6] sasaṅkhāraparinibbāyī hoti . . .[6] uddhaṃsoto hoti akaniṭṭhagāmī. Ayaṃ Sāriputta pañcamo puggalo sa-upādiseso kālaṃ kurumāno parimutto nirayā parimutto tiracchānayoniyā parimutto pittivisayā[4] parimutto apāyaduggativinipātā[7].

7. Puna ca paraṃ Sāriputta idh' ekacco puggalo sīlesu paripūrakārī hoti, samādhismiṃ na paripūrakārī paññāya[8] na[8] paripūrakārī[8]. So tiṇṇaṃ saṃyojanānaṃ parikkhayā rāgadosamohānaṃ tanuttā sakadāgāmī hoti, sakid[9] eva[9] imaṃ lokaṃ āgantvā dukkhass' antaṃ karoti. Ayaṃ Sāriputta chaṭṭho puggalo sa-upādiseso kālaṃ kurumāno parimutto nirayā . . . pa[10] . . . parimutto apāyaduggativinipātā.

8. Puna ca paraṃ Sāriputta idh' ekacco puggalo sīlesu paripūrakārī hoti, samādhismiṃ na paripūrakārī[11] paññāya na paripūrakārī[11]. So tiṇṇaṃ saṃyojanānaṃ parikkhayā ekabījī hoti, ekaṃ yeva mānusakaṃ[12] bhavaṃ nibbattetvā

---

[1] S. paripūri° *throughout*.
[2] T. M_6. M_7 *add* hoti.
[3] M. Ph. S. mattasokārī *always*. [4] M. petti°
[5] M. la; Ph. ayaṃ Sā° dutiyo puggalo | pa | parimutto apāyaduggativinipātā. Puna ca pa° idh' ekacco puggalo pa | asaṅkh° hoti.
[6] M. la; Ph. pa. [7] Ph. *adds* ti.
[8] M. na paripūrakārī; *omitted by* T. M_7.
[9] M. sakiṃ deva.
[10] M. la; Ph. pa; T. M_6. M_7 *in full*.
[11] M. *adds* hoti. [12] T. °sikaṃ.

dukkhass' antaṃ karoti. Ayaṃ[1] Sāriputta sattamo puggalo sa-upādiseso kālaṃ kurumāno parimutto nirayā . . . pe[2] . . . parimutto apāyaduggativinipātā.

9. Puna ca paraṃ Sāriputta idh' ekacco puggalo sīlesu paripūrakārī hoti samādhismiṃ mattasokārī paññāya mattasokārī. So tiṇṇaṃ saṃyojanānaṃ parikkhayā kolaṃkolo hoti, dve vā tīṇi vā kulāni sandhāvitvā saṃsaritvā dukkhass' antaṃ karoti. Ayaṃ[3] Sāriputta aṭṭhamo puggalo sa-upādiseso kālaṃ kurumāno parimutto nirayā . . . pe[4] . . . parimutto apāyaduggativinipātā.

10. Puna ca paraṃ Sāriputta idh' ekacco puggalo sīlesu paripūrakārī hoti samādhismiṃ mattasokārī paññāya mattasokārī. So tiṇṇaṃ saṃyojanānaṃ parikkhayā sattakkhattuparamo[5] hoti; sattakkhattuparamaṃ[6] deve ca manusse[7] ca sandhāvitvā saṃsaritvā dukkhass' antaṃ karoti. Ayaṃ Sāriputta navamo puggalo sa-upādiseso kālaṃ kurumāno parimutto nirayā parimutto tiracchānayoniyā parimutto pittivisayā[8] parimutto apāyaduggativinipātā.

Keci[9] Sāriputta aññatitthiyā paribbājakā bālā avyattā, keci[10] sa-upādisesaṃ vā sa-upādiseso[11] ti jānissanti, anupādisesaṃ vā anupādiseso[12] ti jānissanti.

Ime kho Sāriputta nava puggalā sa-upādisesā kālaṃ kurumānā parimuttā nirayā parimuttā tiracchānayoniyā parimuttā pittivisayā parimuttā apāyaduggativinipātā. Na tāv' āyaṃ[13] Sāriputta dhammapariyāyo paṭibhāsi bhikkhūnaṃ bhikkhunīnaṃ upāsakānaṃ upāsikānaṃ. Taṃ kissa hetu? Mā yimaṃ[14] dhammapariyāyaṃ sutvā pamādaṃ āhariṃsū[15].

---

1 T. M6 M7 pe 2 So tiṇṇaṃ and so on.
3 M. la; Ph. pa.
4 T. M6 M7 So tiṇṇaṃ, omitting the rest.
5 M6 S. sattakkhattump° 6 T. M6 S. °ttumparaṃ
7 M6 M7 manussa. 8 M. petti°
9 M. Ph. te ca; T. M7 ye ca; M6 yaṃ ca.
10 Ph. T. M6 te ca; M7 ke ca. 11 S. °sā.
12 T. anupādisesaṃ vā.
13 T. 'va khvāyaṃ; M7 khvāyaṃ; M6 tāhaṃ.
14 T. M6 M7 imaṃ.
15 M. Ph. S. add ti; Ph. has ārabhiṃsu.

api ca mayā Sāriputta[1] dhammapariyāyo[2] paññādhippāyena bhāsito ti.

XIII.

1. Atha kho āyasmā Mahākoṭṭhito[3] yenāyasmā Sāriputto ten' upasaṅkami, upasaṅkamitvā āyasmatā[4] Sāriputtena saddhiṃ sammodi, sammodanīyaṃ kathaṃ sārāṇīyaṃ vītisāretvā ekamantaṃ nisīdi. Ekamantaṃ nisinno kho āyasmā Mahākoṭṭhito āyasmantaṃ Sāriputtaṃ etad avoca: kiṃ nu kho āvuso Sāriputta yaṃ kammaṃ[5] diṭṭhadhammavedaniyaṃ, taṃ me kammaṃ samparāyavedaniyaṃ hotū' ti etassa atthāya Bhagavati brahmacariyaṃ vussatī ti? No h' idaṃ āvuso. — Kiṃ pan' āvuso[6] Sāriputta yaṃ kammaṃ samparāyavedaniyaṃ, taṃ me kammaṃ diṭṭhadhammavedaniyaṃ hotū' ti etassa atthāya Bhagavati brahmacariyaṃ vussatī ti? No h' idaṃ āvuso. — Kiṃ nu kho āvuso Sāriputta yaṃ kammaṃ sukhavedaniyaṃ, taṃ me kammaṃ dukkhavedaniyaṃ hotū' ti etassa atthāya Bhagavati brahmacariyaṃ vussatī ti? No h' idaṃ āvuso. — Kiṃ panāvuso[7] Sāriputta yaṃ kammaṃ dukkhavedaniyaṃ, taṃ me kammaṃ sukhavedaniyaṃ hotū' ti etassa atthāya Bhagavati brahmacariyaṃ vussatī ti? No h' idaṃ āvuso. — Kiṃ nu kho āvuso Sāriputta yaṃ[8] kammaṃ paripakkavedaniyaṃ, taṃ me kammaṃ aparipakkavedaniyaṃ hotū' ti etassa atthāya Bhagavati brahmacariyaṃ vussatī ti? No h' idaṃ āvuso. — Kiṃ panāvuso Sāriputta yaṃ kammaṃ aparipakkavedaniyaṃ, taṃ me kammaṃ paripakkavedaniyaṃ hotū' ti etassa atthāya Bhagavati brahmacariyaṃ vussatī ti? No h' idaṃ āvuso. — Kiṃ nu kho āvuso Sāriputta yaṃ kammaṃ bahuvedaniyaṃ[9], taṃ me kammaṃ appavedaniyaṃ[9] hotū' ti etassa atthāya Bhagavati brahmacariyaṃ vussatī ti? No h' idaṃ āvuso. — Kiṃ panāvuso[6]

[1] *omitted by* S. [2] S. yo. [3] M. Ph. °ko *throughout*.
[4] T. °unantena. [5] S. dhammaṃ.
[6] T. M6. M7 pana āv° [7] T. M7 pana āv°
[8] T. M6. M7 yaṃ me. [9] T. paripakkhavedaniyaṃ.

Sāriputta 'yaṃ kammaṃ appavedanīyaṃ, taṃ me kammaṃ bahuvedanīyaṃ hotū' ti etassa[1] atthāya Bhagavati brahmacariyaṃ vussati ti? No h' idaṃ āvuso. — Kiṃ nu kho āvuso Sāriputta 'yaṃ kammaṃ vedanīyaṃ, taṃ me kammaṃ avedanīyaṃ[2] hotū' ti etassa atthāya Bhagavati brahmacariyaṃ vussati ti? No h' idaṃ āvuso. — Kiṃ[3] panāvuso Sāriputta 'yaṃ kammaṃ avedanīyaṃ, taṃ me kammaṃ vedanīyaṃ hotū' ti etassa atthāya Bhagavati brahmacariyaṃ vussati ti? No h' idaṃ āvuso.

2. Kiṃ nu kho āvuso Sāriputta 'yaṃ kammaṃ diṭṭhadhammavedanīyaṃ, taṃ me kammaṃ samparāyavedanīyaṃ hotū' ti etassa atthāya Bhagavati brahmacariyaṃ vussati ti: iti puṭṭho samāno 'no h' idaṃ āvuso' ti vadesi. Kiṃ[4] panāvuso[4] Sāriputta 'yaṃ kammaṃ samparāyavedanīyaṃ, taṃ me kammaṃ diṭṭhadhammavedanīyaṃ hotū' ti etassa atthāya Bhagavati brahmacariyaṃ vussati ti: iti puṭṭho samāno 'no h' idaṃ āvuso' ti vadesi. Kiṃ nu kho āvuso Sāriputta 'yaṃ kammaṃ sukhavedanīyaṃ, taṃ me kammaṃ dukkhavedanīyaṃ hotū' ti etassa[5] atthāya Bhagavati brahmacariyaṃ vussati ti: iti puṭṭho samāno 'no h' idaṃ āvuso' ti vadesi. Kiṃ panāvuso Sāriputta 'yaṃ kammaṃ dukkhavedanīyaṃ, taṃ me kammaṃ sukhavedanīyaṃ hotū' ti etassa[5] atthāya Bhagavati brahmacariyaṃ vussati ti: iti puṭṭho samāno 'no h' idaṃ āvuso' ti vadesi. Kiṃ nu kho āvuso Sāriputta 'yaṃ kammaṃ paripakkavedanīyaṃ[6], taṃ me kammaṃ aparipakkavedanīyaṃ[7] hotū' ti etassa[8] atthāya Bhagavati brahmacariyaṃ vussati ti: iti puṭṭho samāno 'no h' idaṃ āvuso' ti vadesi. Kiṃ panāvuso Sāriputta 'yaṃ kammaṃ aparipakkavedanīyaṃ, taṃ me kammaṃ paripakkavedanīyaṃ hotū' ti etassa[8] atthāya Bhagavati

[1] T. M_6 M_7 pe | Kiṃ nu. [2] T. appavedanīyaṃ.
[3] T. pe | Kiṃ nu kho, *as in* § 2; M_6 M_7 *have* pe *and so on after the next phrase.*
[4] T. kiṃ nu kho; M_7 kiṃ nu kho āvuso; M_6 *omits this phrase.* [5] T. M_6 M_7 pe | yaṃ kammaṃ dukkha°
[6] T. pe | yaṃ kammaṃ paripakka°; *also* M_6 M_7, *but without* pe. [7] M_7 parikappa° *and* aparikappa°
[8] T. M_6 M_7 yaṃ kammaṃ *of the next phrase.*

brahmacariyaṃ vussatī ti: iti puṭṭho samāno 'no h' idaṃ āvuso' ti vadesi. Kiṃ nu kho āvuso Sāriputta 'yaṃ kammaṃ bahuvedanīyaṃ, taṃ me kammaṃ appavedanīyaṃ hotū' ti etassa[1] atthāya Bhagavati brahmacariyaṃ vussatī ti: iti puṭṭho samāno 'no h' idaṃ āvuso' ti vadesi. Kiṃ panāvuso Sāriputta 'yaṃ kammaṃ appavedanīyaṃ, taṃ me kammaṃ bahuvedanīyaṃ hotū' ti etassa[1] atthāya Bhagavati brahmacariyaṃ vussatī ti: iti puṭṭho samāno 'no h' idaṃ āvuso' ti vadesi. Kiṃ nu kho āvuso Sāriputta 'yaṃ kammaṃ vedanīyaṃ, taṃ me kammaṃ avedanīyaṃ hotū' ti etassa[2] atthāya Bhagavati brahmacariyaṃ vussatī ti: iti puṭṭho samāno 'no h' idaṃ āvuso' ti vadesi. Kiṃ[3] panāvuso Sāriputta 'yaṃ kammaṃ avedanīyaṃ, taṃ me kammaṃ vedanīyaṃ hotū' ti etassa atthāya Bhagavati brahmacariyaṃ vussatī ti: iti puṭṭho samāno 'no h' idaṃ āvuso' ti vadesi. Atha kim atthaṃ carah' āvuso[4] Bhagavati brahmacariyaṃ vussatī ti?

3. Yaṃ khvassa[5] āvuso aññātaṃ adiṭṭhaṃ appattaṃ asacchikataṃ anabhisametaṃ, tassa ñāṇāya dassanāya pattiyā sacchikiriyāya[6] abhisamayāya[7] Bhagavati brahmacariyaṃ vussatī ti[8]. Kiṃ[9] pan' assa āvuso aññātaṃ adiṭṭhaṃ appattaṃ asacchikataṃ anabhisametaṃ, yassa ñāṇāya dassanāya pattiyā sacchikiriyāya abhisamayāya[10] Bhagavati brahmacariyaṃ vussatī ti? 'Idaṃ dukkhan' ti khvassa[11] āvuso aññātaṃ[12] adiṭṭhaṃ appattaṃ asacchikataṃ anabhisametaṃ, tassa ñāṇāya dassanāya pattiyā sacchikiriyāya abhisamayāya[7] Bhagavati brahmacariyaṃ vussatī ti[13].

---

[1] T. M6 M7 yaṃ kammaṃ *of the next phrase.*
[2] T. M6 yaṃ kammaṃ avedanīyaṃ.
[3] M7 *omits this phrase.*
[4] M. Ph. caritāvuso; S. caratāvuso.
[5] S. kho 'ssa; M. Ph. kho; M7 kavassa *in the place of* yaṃ khvassa.
[6] T. asacchi°
[7] T. M6 M7 °samāya.
[8] *omitted by* M. Ph. S.
[9] *in* M. Ph. S. *this question is wanting.*
[10] M6 °samāya; T. M7 anabhisamāya.
[11] M6 khvassa; S. kho 'ssa; M. kho yaṃ; Ph. kho.
[12] S. *omits all from* aññātaṃ *to* vussati ti.
[13] *omitted by* Ph.

'Ayaṃ dukkhasamudayo' ti khvassa[1] āvuso . . . pe[2] . . . 'Ayaṃ dukkhanirodho' ti khvassa[1] āvuso . . .[3] 'Ayaṃ dukkhanirodhagāminī paṭipadā' ti khvassa[1] āvuso aññātaṃ adiṭṭhaṃ appattaṃ asacchikataṃ anabhisametaṃ, tassa ñāṇāya dassanāya pattiyā sacchikiriyāya abhisamayāya[4] Bhagavati brahmacariyaṃ vussatī ti[5].

Idaṃ[6] khvassa[1] āvuso aññātaṃ adiṭṭhaṃ appattaṃ asacchikataṃ anabhisametaṃ, tassa ñāṇāya dassanāya pattiyā sacchikiriyāya abhisamayāya[4] Bhagavati brahmacariyaṃ vussatī ti.

XIV.

1. Atha kho āyasmā Samiddhi yenāyasmā Sāriputto ten' upasaṅkami, upasaṅkamitvā āyasmantaṃ Sāriputtaṃ abhivādetvā ekamantaṃ nisīdi. Ekamantaṃ nisinnaṃ kho āyasmantaṃ Samiddhiṃ āyasmā Sāriputto etad avoca 'kimārammaṇā Samiddhi purisassa saṅkappavitakkā uppajjantī' ti? 'Nāmarūpārammaṇā bhante' ti. 'Te[7] pana[7] Samiddhi kva[8] nānattaṃ gacchantī' ti? 'Dhātūsu[9] bhante' ti. 'Te[7] pana[7] Samiddhi kiṃsamudayā' ti? 'Phassasamudayā bhante' ti. 'Te pana Samiddhi kiṃsamosaraṇā' ti? 'Vedanāsamosaraṇā bhante' ti. 'Te pana Samiddhi kiṃpamukhā' ti? 'Samādhipamukhā bhante' ti. 'Te pana Samiddhi kim-adhipateyyā[10]' ti? 'Satādhipateyyā bhante' ti. 'Te pana Samiddhi kim-uttarā' ti? 'Paññuttarā bhante' ti. 'Te pana Samiddhi kiṃsārā' ti? 'Vimuttisārā bhante' ti. 'Te[11] pana[11] Samiddhi kim-ogadhā' ti? 'Amatogadhā bhante' ti.

2. 'Kimārammaṇā Samiddhi purisassa saṅkappavitakkā uppajjantī' ti iti puṭṭho samāno 'nāmarūpārammaṇā bhante' ti vadesi, 'te pana Samiddhi kva[12] nānattaṃ gacchantī' ti

---

[1] M. khvassa; S. kho 'ssa; M. Ph. kho yaṃ.
[2] M. la; Ph. pa; omitted by S.
[3] M. la.
[4] T. M. M. abhisamaya.
[5] omitted by S.
[6] M. Ph. iti.
[7] T. tena.
[8] T. M. M. kuṃ.
[9] M. dhatu.
[10] T. S. adhi-
[11] M. tena.
[12] T. M. tvaṃ; M. taṃ.

iti puṭṭho samāno 'dhātusu bhante' ti vadesi. 'te pana Samiddhi kiṃsamudayā' ti iti puṭṭho samāno 'phassasamudayā bhante' ti vadesi, 'te pana Samiddhi kiṃsamosaraṇā' ti iti puṭṭho samāno 'vedanāsamosaraṇā bhante' ti vadesi. 'te pana Samiddhi kiṃpamukhā' ti iti puṭṭho samāno 'samādhipamukhā bhante' ti vadesi, 'te pana Samiddhi kim-adhipateyyā[1]' ti iti puṭṭho samāno 'satādhipateyyā bhante' ti vadesi, 'te pana Samiddhi kim-uttarā' ti iti puṭṭho samāno 'paññuttarā bhante' ti vadesi. 'te pana Samiddhi kiṃsārā' ti iti puṭṭho samāno 'vimuttisārā bhante' ti vadesi, 'te pana Samiddhi kim-ogadhā' ti iti puṭṭho samāno 'amatogadhā bhante' ti vadesi. Sādhu sādhu Samiddhi, sādhu kho tvaṃ Samiddhi puṭṭhaṃ[2] puṭṭho vissajjesi[3], tena ca[4] mā maññāsī[5] ti.

XV.

1. Seyyathā pi bhikkhave gaṇḍo anekavassagaṇiko, tass' assu[6] nava vaṇamukhāni nava abhedanamukhāni, tato yaṃ kiñci pagghareyya, asuci[7] yeva[7] pagghareyya, duggandhaṃ yeva pagghareyya, jegucchiyaṃ[8] yeva pagghareyya, yaṃ kiñci pasaveyya, asuci yeva pasaveyya, duggandhaṃ yeva pasaveyya, jegucchiyaṃ yeva pasaveyya.

2. Gaṇḍo[9] ti kho bhikkhave imass' etaṃ[10] cātummahābhūtikassa[11] kāyassa adhivacanaṃ mātāpettikasambhavassa[12] odanakummāsūpacayassa[13] aniccucchādanaparimaddanabhedanaviddhaṃsanadhammassa[14], tassa[15] nava vaṇamukhāni nava abhedanamukhāni, tato yaṃ kiñci paggharati, asuci yeva paggharati, duggandhaṃ yeva paggharati, jegucchiyaṃ

[1] S. adhi° [2] M. Ph. puṭṭho. [3] M. Ph. visa°
[4] S. va. [5] M. Ph. maññasi.
[6] Ph. tassa; M adds gaṇḍassa.
[7] T. M. M. asuciñ ñeva always.
[8] M Ph. jegucchi throughout. [9] Ph. M. gaṇḍo.
[10] T. M. M. eva. [11] M. Ph. cātumahā°
[12] Ph. mātāpitti° [13] Ph. °kummāsū°
[14] Ph. °maddanabhedana°; T. aniccucchādanaparimaddhana°
[15] M. tass' assu gaṇḍassa; omitted by Ph.

yena paggharati, yaṃ kiñci passavati[1], asuci yeva passavati, duggandhaṃ yeva passavati, jegucchiyaṃ yeva passavati. Tasmā ti ha bhikkhave imasmiṃ kāye nibbindathā ti.

XVI.

1. Nava yimā bhikkhave saññā bhāvitā bahulīkatā mahapphalā honti mahānisaṃsā amatogadhā amatapariyosānā. Katamā nava?

2. Asubhasaññā, maraṇasaññā, āhāre paṭikkūlasaññā, sabbaloke anabhiratasaññā[2], aniccasaññā, anicce dukkhasaññā, dukkhe anattasaññā, pahānasaññā, virāgasaññā.

Imā kho bhikkhave nava saññā bhāvitā bahulīkatā mahapphalā honti mahānisaṃsā amatogadhā amatapariyosānā ti.

XVII.

1. Navahi bhikkhave aṅgehi samannāgataṃ kulaṃ anupagantvā vā nālaṃ upagantuṃ, upagantvā vā nālaṃ nisīdituṃ. Katamehi navahi?

2. Na manāpena paccuṭṭhenti, na manāpena abhivādenti, na manāpena āsanaṃ denti, santaṃ assa pariguhanti[3], bahukam pi thokaṃ denti, paṇītam pi lūkhaṃ denti, asakkaccaṃ denti no sakkaccaṃ, na[4] upanisīdanti dhammasavanāya, bhāsitassa[5] na rasyanti[6].

Imehi kho bhikkhave navah' aṅgehi samannāgataṃ kulaṃ anupagantvā vā nālaṃ upagantuṃ, upagantvā vā nālaṃ nisīdituṃ[7].

3. Navahi bhikkhave aṅgehi samannāgataṃ kulaṃ anupagantvā vā alaṃ upagantuṃ, upagantvā vā alaṃ nisīdituṃ. Katamehi navahi?

4. Manāpena paccuṭṭhenti, manāpena abhivādenti, manāpena āsanaṃ denti, santaṃ assa na pariguhanti[3], bahukaṃ

---

[1] Ph. passati. [2] M. Ph. anabhirati°
[3] T. M₆ M₇ paṭi° and pari°; S. pariguyhanti.
[4] omitted by T. [5] M. Ph. S. bhāsitaṃ assa.
[6] S. rausussanti; M. Ph. sussusanti. [7] T. °ditun ti.

pi bahukaṃ[1] denti, parittam pi paṇītaṃ denti, sakkaccaṃ denti no asakkaccaṃ, upanisīdanti dhammasavanāya, bhāsitassa[2] ramayanti[3].

Imehi kho bhikkhave navah' aṅgehi samannāgataṃ kulaṃ anupagantvā vā alaṃ upagantuṃ, upagantvā vā alaṃ nisīdituṃ ti.

XVIII.

1. Navah'[4] aṅgehi samannāgato bhikkhave uposatho upavattho[5] mahapphalo hoti mahānisaṃso mahājutiko mahāvipphāro. Kathaṃ upavattho ca[6] bhikkhave navah' aṅgehi samannāgato uposatho mahapphalo hoti mahānisaṃso mahājutiko mahāvipphāro?

2. Idha bhikkhave ariyasāvako iti paṭisañcikkhati: yāvajīvaṃ arahanto pāṇātipātaṃ pahāya pāṇātipātā paṭiviratā nihitadaṇḍā nihitasatthā lajjī dayāpannā sabbapāṇabhūtahitānukampī[7] viharanti, aham p' ajja imañ ca rattiṃ imañ ca divasaṃ pāṇātipātaṃ pahāya pāṇātipātā paṭivirato nihitadaṇḍo nihitasattho lajjī dayāpanno sabbapāṇabhūtahitānukampī viharāmi, iminā p' aṅgena[8] arahataṃ anukaromi, uposatho ca me upavuttho bhavissati' ti. Iminā paṭhamena aṅgena[9] samannāgato hoti.

3. . . .[10] yāvajīvaṃ arahanto adinnādānaṃ pahāya adinnādānā paṭiviratā dinnādāyī dinnapāṭikaṅkhī athenena sucibhūtena attanā viharanti, aham p' ajja imañ ca rattiṃ imañ ca divasaṃ adinnādānaṃ pahāya adinnādānā paṭivirato dinnādāyī dinnapāṭikaṅkhī athenena sucibhūtena attanā viharāmi, iminā p' aṅgena arahataṃ anukaromi, uposatho ca me upavuttho bhavissati' ti. Iminā dutiyena aṅgena samannāgato hoti.

---

1 Ph. T. bahuṃ. 2 M. Ph. S. bhāsitaṃ assa.
3 S. ramissanti; M. Ph. sussūsanti.
4 M. navahi bhikkhave aṅgehi.
5 M. °vuttho *throughout*; Ph. *twice*.
6 *omitted by* T. 7 M. Ph. S. °pino.
8 T. pi aṅgena; M. pan' aṅgena.
9 Ph. p'aṅgena; S. c'aṅgena.
10 M. la; Ph. pa; S. pe; M. Ph. S. *leave out* § 3—8 *incl.*

4. . . . 'yāvajīvaṃ arahanto abrahmacariyaṃ pahāya brahmacārī ārācāraviratā methunā gāmadhammā, aham p' ajja imañ ca rattiṃ imañ ca divasaṃ abrahmacariyaṃ pahāya brahmacārī ārācāravirato methunā gāmadhammā, iminā p' aṅgena arahataṃ anukaromi, uposatho ca me upavuttho bhavissatī' ti. Iminā tatiyena aṅgena samannāgato hoti.

5. . . . 'yāvajīvaṃ arahanto musāvādaṃ pahāya musāvādā paṭiviratā saccavādī saccasandhā thetā paccayikā avisaṃvādakā lokassa, aham p' ajja imañ ca rattiṃ imañ ca divasaṃ musāvādaṃ pahāya musāvādā paṭivirato saccavādī saccasandho theto paccayiko avisaṃvādako lokassa, iminā p' aṅgena arahataṃ anukaromi, uposatho ca me upavuttho bhavissatī' ti. Iminā catutthena aṅgena samannāgato hoti.

6. . . . 'yāvajīvaṃ arahanto surāmerayamajjapamādaṭṭhānaṃ pahāya surāmerayamajjapamādaṭṭhānā paṭiviratā, aham p' ajja imañ ca rattiṃ imañ ca divasaṃ surāmerayamajjapamādaṭṭhānaṃ pahāya surāmerayamajjapamādaṭṭhānā paṭivirato, iminā p' aṅgena arahataṃ anukaromi, uposatho ca me upavuttho bhavissatī' ti. Iminā pañcamena aṅgena samannāgato hoti.

7. . . . 'yāvajīvaṃ arahanto ekabhattikā rattūparatā[1] vikālabhojanā, aham p' ajja imañ ca rattiṃ imañ ca divasaṃ ekabhattiko rattūparato[2] vikālabhojanā, iminā p' aṅgena arahataṃ anukaromi, uposatho ca me upavuttho bhavissatī' ti. Iminā chaṭṭhena aṅgena samannāgato hoti.

8. . . . 'yāvajīvaṃ arahanto naccagītavāditavisūkadassanamālāgandhavilepanadhāraṇamaṇḍanavibhūsanaṭṭhānā paṭiviratā, aham p' ajja imañ ca rattiṃ imañ ca divasaṃ naccagītavāditavisūkadassanamālāgandhavilepanadhāraṇamaṇḍanavibhūsanaṭṭhānā paṭivirato, iminā p' aṅgena arahataṃ anukaromi, uposatho ca me upavuttho bhavissatī' ti. Iminā sattamena aṅgena samannāgato hoti.

9. . . . 'yāvajīvaṃ arahanto uccāsayanamahāsayanaṃ pahāya uccāsayanamahāsayanā paṭiviratā nīcaseyyaṃ kap-

---

[1] M. M. add viratā. [2] M. M. add virato.

penti mañcake vā tiṇasanthārake[1] vā, aham p' ajja imañ ca rattiṃ imañ ca divasaṃ uccāsayanamahāsayanaṃ pahāya uccāsayanamahāsayanā paṭivirato nīcaseyyaṃ kappemi mañcake vā tiṇasanthārake vā, iminā p' aṅgena arahataṃ anukaromi, uposatho ca me upavuttho bhavissatī' ti. Iminā aṭṭhamena aṅgena[2] samannāgato hoti.

10. Idha[3] bhikkhave[3] ariyasāvako[3] mettāsahagatena cetasā ekaṃ disaṃ pharitvā viharati, tathā dutiyaṃ . . . tathā tatiyaṃ . . . tathā catutthaṃ[4] . . . iti uddham adho tiriyaṃ sabbadhi sabbattatāya[5] sabbāvantaṃ lokaṃ mettāsahagatena cetasā vipulena mahaggatena appamāṇena averena avyāpajjhena pharitvā viharati, iminā[6] navamena aṅgena samannāgato hoti[7].

Evañ ca upavuttho kho bhikkhave navaṅgasamannāgato uposatho mahapphalo hoti mahānisaṃso mahājutiko mahāvipphāro ti.

XIX.

1. Imañ ca[8] bhikkhave rattiṃ sambahulā devatā[9] abhikkantāya rattiyā abhikkantavaṇṇā kevalakappaṃ Jetavanaṃ obhāsetvā yenāhaṃ ten' upasaṅkamiṃsu, upasaṅkamitvā maṃ abhivādetvā ekamantaṃ aṭṭhaṃsu. Ekamantaṃ ṭhitā kho bhikkhave tā devatā[10] maṃ etad avocuṃ 'upasaṅkamiṃsu no bhante pubbe manussabhūtānaṃ pabbajitā agārāni, tā[11] mayaṃ bhante paccuṭṭhimha[12], no ca kho abhivādimha. tā[11] mayaṃ bhante aparipuṇṇakammantā vippaṭisāriniyo pacchānutāpiniyo[13] hīnaṃ kāyaṃ uppannā[14]' ti.

---

[1] M₇ S. °santharake; M. Ph. °santhārake throughout.
[2] Ph. p' aṅgena; S. c' aṅgena. [3] only in Ph.
[4] T. M₆. M₇ °im. [5] M. Ph. M₈. S. sabbattatāya.
[6] S. iti iminā. [7] T. hoti ti.
[8] omitted by T. M₆. M₇.
[9] T. M₆. M₇ continue: maṃ upasaṃkamitvā etad avocuṃ.
[10] omitted by S. [11] S. te.
[12] Ph. T. M₇ °mha, and so often (also M₆) at every similar verbal ending; T. M₆. M₇ paccupa° throughout.
[13] M. pacchā° throughout.
[14] T. M₆. M₇ uppa° throughout.

2. Aparā pi maṃ bhikkhave sambahulā devatā upasaṅkamitvā etad avocuṃ 'upasaṅkamiṃsu no bhante pubbe manussabhūtānaṃ pabbajitā[1] agārāni. tā mayaṃ bhante paccuṭṭhimha[2] abhivādimha[3], no ca kho[3] āsanaṃ adamha[4]. tā[5] mayaṃ bhante aparipuṇṇakammantā vippaṭisāriniyo pacchānutāpiniyo hīnaṃ kāyaṃ upapannā' ti.

3. Aparā pi maṃ bhikkhave sambahulā devatā upasaṅkamitvā etad avocuṃ 'upasaṅkamiṃsu no bhante pubbe manussabhūtānaṃ pabbajitā agārāni. tā[6] mayaṃ bhante paccuṭṭhimha ca abhivādimha[7] ca āsanañ ca[8] adamha[9], no ca kho yathāsattiṃ[10] yathābalaṃ[11] saṃvibhajimha . . . pe[12] . . . yathāsattiṃ[8] yathābalaṃ[8] saṃvibhajimha[9], no ca kho upanisīdimha dhammassavanāya . . .[13] upanisīdimha[14] dhammassavanāya, no ca kho ohitasotā dhammaṃ suṇimha[15] . . .[12] ohitasotā dhammaṃ suṇimha, no ca kho sutvā dhammaṃ dhārayimha . . .[13] sutvā[16] ca[17] dhammaṃ[17] dhārayimha[14], no ca kho dhatānaṃ dhammānaṃ atthaṃ upaparikkhimha . . .[13] dhatānañ[17] ca[17] dhammānaṃ[17] atthaṃ[17] upaparikkhimha[17], no ca kho atthaṃ aññāya dhammaṃ aññāya dhammānudhammapaṭipajjimha. tā[18] mayaṃ bhante aparipuṇṇakammantā vippaṭisāriniyo pacchānutāpiniyo[19] hīnaṃ kāyaṃ upapannā' ti.

4. Aparā pi maṃ bhikkhave sambahulā devatā upasaṅkamitvā etad avocuṃ 'upasaṅkamiṃsu no bhante pubbe manussabhūtānaṃ pabbajitā[20] agārāni. tā[6] mayaṃ bhante paccuṭṭhimha[21] abhivādimha[22] āsanaṃ[23] adamha[24], yathā-

[1] T. °tānaṃ. [2] M. Ph. S. add ca. [3] M. tesaṃ.
[4] S. adimha.
[5] Ph. S. te; T. M_6 M_7 pe . āsanaṃ adamhā cf § 3.
[6] M. Ph. S. tā. [7] omitted by Ph.
[8] omitted by T. M_6 M_7. [9] Ph. adimhā; S. adimha.
[10] M. Ph. S. °satti. [11] Ph. yathā ca balaṃ.
[12] M. la; Ph. pa; omitted by T. M_6. [13] M. la.
[14] M. Ph. add ca. [15] T. suṇaṃimhā.
[16] omitted by T. [17] omitted by T. M_6. [18] S. te.
[19] Ph. paccā° [20] Ph. °tāsaṃ.
[21] T. M_7 here paccuṭṭh° and S. paccupa°; S. adds ca.
[22] S. adds ca. [24] M. S. adimha.

cittiṃ[1] yathābalaṃ saṃvibhajimha upaṭṭhahimha[2] dhammasavanāya, ohitasotā ca dhammaṃ suṇimha, sutvā[3] ca[4] dhammaṃ dhārayimha, dhatānañ[5] ca dhammānaṃ atthaṃ upaparikkhimha, atthaṃ aññāya dhammaṃ aññāya dhammānudhammapaṭipajjimha. Te[6] mayaṃ bhante paripuṇṇakammantā avippaṭisāriniyo apacchānutāpiniyo paṇītaṃ kāyaṃ upapannā' ti.

Etāni bhikkhave rukkhamūlāni etāni suññāgārāni, jhāyatha bhikkhave mā pamādattha[7], mā pacchā vippaṭisārino ahuvattha, seyyathā pi tā purimikā devatā ti.

XX.

1. Ekaṃ[8] samayaṃ Bhagavā Sāvatthiyaṃ viharati Jetavane Anāthapiṇḍikassa ārāme. Atha kho Anāthapiṇḍiko gahapati yena Bhagavā ten'[9] upasaṅkami, upasaṅkamitvā Bhagavantaṃ abhivādetvā ekamantaṃ nisīdi. Ekamantaṃ nisinnaṃ kho Anāthapiṇḍikaṃ gahapatiṃ Bhagavā etad avoca: api nu te gahapati kule dānaṃ diyyatī ti? Diyyati me bhante kule dānaṃ, tañ ca kho lūkhaṃ kaṇājakaṃ[10] bilaṅgadutiyan ti.

2. Lūkhañ ce[11] pi gahapati dānaṃ deti paṇītaṃ vā, tañ ca asakkaccaṃ deti, acittīkatvā[12] deti, asahatthā deti, apaviddhaṃ[13] deti, anāgamanadiṭṭhiko deti; yattha yattha tassa tassa[14] dānassa vipāko nibbattati, na uḷārāya bhattabhogāya cittaṃ namati, na uḷārāya vatthabhogāya cittaṃ namati, na uḷārāya yānabhogāya cittaṃ namati, na uḷāresu pañcasu kāmaguṇesu bhogāya cittaṃ namati; ye pi 'ssa te

[1] M. Ph. S. °sati. [2] S. adds ca [3] Ph. sutvāna.
[4] omitted by M6 M7 S.
[5] omitted by T. M6 M7.
[6] S. te. [7] T. M6 M7 °dattha.
[8] In T. M6 M7 the first phrase is wanting.
[9] omitted by T. M6.
[10] S. ka°; T. kāṇājakaṃ; M7 khaṇajakaṃ.
[11] M. Ph. ca; S. vā.
[12] M. Ph. acittiṃ k°; S. apacittiṃ k°.
[13] S. apaviṭṭhaṃ. [14] omitted by Ph. T. M6 M7.

honti puttā ti vā dārā ti vā dāsā ti vā pessā[1] ti vā kammakarā ti vā, te pi na sussūsanti na sotaṃ odahanti na aññācittaṃ upaṭṭhapenti[2]. Taṃ kissa hetu? Evaṃ h' etaṃ[3] gahapati hoti asakkaccakatānaṃ[4] kammānaṃ vipāko.

3. Lūkhañ ce[5] pi gahapati dānaṃ deti paṇītaṃ vā, tañ ca sakkaccaṃ deti, cittīkatvā[6] deti, sahatthā deti, anapaviddhaṃ[7] deti, āgamanadiṭṭhiko deti; yattha yattha tassa tassa[8] dānassa vipāko nibbattati, uḷārāya bhattabhogāya cittaṃ namati, uḷārāya vatthabhogāya cittaṃ namati, uḷārāya yānabhogāya cittaṃ namati, uḷāresu pañcasu kāmaguṇesu bhogāya cittaṃ namati; ye pi 'ssa te honti puttā ti vā dārā ti vā dāsā ti vā pessā ti vā kammakarā ti vā, te pi sussūsanti sotaṃ odahanti aññācittaṃ upaṭṭhapenti[9]. Taṃ kissa hetu? Evaṃ h' etaṃ[3] gahapati hoti sakkaccakatānaṃ[10] kammānaṃ vipāko.

4. Bhūtapubbaṃ gahapati Velāmo nāma brāhmaṇo ahosi. So evarūpaṃ dānaṃ adāsi mahādānaṃ: caturāsīti suvaṇṇapātisahassāni adāsi rūpiyapūrāni, caturāsīti rūpiyapātisahassāni adāsi suvaṇṇapūrāni, caturāsīti kaṃsapātisahassāni adāsi hiraññapūrāni, caturāsīti hatthisahassāni adāsi sovaṇṇālaṅkārāni sovaṇṇadhajāni hemajālapaṭicchannāni[11], caturāsīti rathasahassāni adāsi sīhacammaparivārāni vyagghacammaparivārāni dīpicammaparivārāni paṇḍukambalaparivārāni[12] sovaṇṇālaṅkārāni sovaṇṇadhajāni hemajālapaṭicchannāni, caturāsīti dhenusahassāni adāsi dukūlasandhanāni[13] kaṃsūpadhāraṇāni[14], caturāsīti kaññāsahassāni adāsi āmuttamaṇikuṇḍalāyo[15], caturāsīti pallaṅkasahassāni adāsi

---

[1] M. Ph. pessā throughout. [2] M. upadahanti.
[3] M. Ph. S. evaṃ c'etaṃ. [4] M. Ph. asakkaccaṃ k°
[5] S. vā. [6] M. cittiṃ k°; S. pacittiṃ k°
[7] Ph. S. °viṭṭhaṃ. [8] omitted by Ph. T. M₆ M₇.
[9] S. °honti; M. upadahanti. [10] M. sakkaccaṃ k°
[11] M. Ph. S. °paṭicchannāni always; Ph. adds catur° ... adāsi sovaṇṇālaṅkārāni sovaṇṇa° hema°
[12] T. adds sovaṇṇaparivārāni.
[13] Ph. °santhanāni; S. °sunthanāni; M. °sandhanāni; T. °sandanāni (sic); M₆ °sandha (sic); M₇ is spoiled.
[14] T. kaṃsū°; Ph. adds catur° ... adāsi sovaṇṇālaṅkārāni sovaṇṇa° hema° [15] Ph. °liyo.

gonakatthatāni paṭikatthatāni[1] paṭalikatthatāni kadalimigapavarapaccattharaṇāni[2] sa-uttaracchadāni[3] ubhato lohitakūpadhānāni, caturāsīti vatthakoṭisahassāni adāsi khomasukhumānaṃ koseyyasukhumānaṃ[4] kambalasukhumānaṃ[4] kappāsikasukhumānaṃ; ko pana vādo annassa pānassa khajjassa[5] bhojjassa[5] leyyassa[6] peyyassa[7] najjo maññe vissandati[8].

5. Siyā kho pana te gahapati evam assa 'añño nūna[9] tena samayena Velāmo brāhmaṇo ahosi, so taṃ dānaṃ adāsi mahādānan' ti. Na kho pan' etaṃ[10] gahapati evaṃ daṭṭhabbaṃ. Ahaṃ tena samayena Velāmo brāhmaṇo ahosiṃ[11], ahaṃ taṃ dānaṃ adāsiṃ[12] mahādānaṃ. Tasmiṃ kho pana gahapati dāne na koci dakkhiṇeyyo ahosi, na taṃ koci dakkhiṇaṃ visodheti. Yaṃ gahapati Velāmo brāhmaṇo dānaṃ adāsi mahādānaṃ, yo c' ekaṃ[13] diṭṭhisampannaṃ bhojeyya, idaṃ tato mahapphalataraṃ. Yañ[14] ca gahapati Velāmo brāhmaṇo dānaṃ adāsi mahādānaṃ, yo ca sataṃ diṭṭhisampannānaṃ bhojeyya yo c'[15] ekaṃ sakadāgāmiṃ bhojeyya, idaṃ[16] tato mahapphalataraṃ. Yañ[17] ca gahapati Velāmo brāhmaṇo dānaṃ adāsi mahādānaṃ, yo ca sataṃ sakadāgāmīnaṃ bhojeyya yo c'[15] ekaṃ anāgāmiṃ bhojeyya . . . yo ca sataṃ anāgāmīnaṃ bhojeyya yo c'[15] ekaṃ arahantaṃ bhojeyya . . . yo[18] ca sataṃ arahantānaṃ bhojeyya yo c'[15] ekaṃ paccekabuddhaṃ bho-

---

[1] *omitted by* Ph. M6. [2] T. °migapacca°

[3] T. M6 M7 °danāni.

[4] M. Ph. S. *omit* kambala°; T. *omits* koseyya°

[5] M. bhojjassa; Ph. S. bhojanassa. [6] S. lepanassa.

[7] S. seyyassa.

[8] M. Ph. S. visa°; Ph. °date ti; M6. S. °danti; T. M7 vissananti. [9] S. na. [10] T. *repeats* na kho pan' etaṃ.

[11] Ph. T. M7 °si. [12] Ph. M7 °si.

[13] M. Ph. ca ekaṃ; T. M6 M7 ekaṃ.

[14] M. Ph. S. *omit* yañ ca . . . °dānaṃ; *mere repetitions, which are only to be found in* M6 M7, *will not be mentioned expressly in the Notes to this Sutta.*

[15] M. Ph. T. ca; *omitted by* M6 M7.

[16] S. *has* pa *instead of* idaṃ tato mahapph°

[17] *omitted by* T. M7. [18] M6 M7 *omit* yo . . . bhojeyya.

jeyya . . . yo ca satam paccekabuddhānam bhojeyya yo ca[1] Tathāgataṃ arahantaṃ sammāsambuddhaṃ bhojeyya . . . yo ca[2] buddhapamukhaṃ bhikkhusaṅghaṃ[3] bhojeyya yo ca cātuddisaṃ[4] saṅghaṃ uddissa vihāraṃ kārāpeyya . . . yo ca pasannacitto buddhañ ca dhammañ ca saṅghañ ca saraṇaṃ gaccheyya yo ca[5] pasannacitto sikkhāpadāni samādiyeyya[6]: pāṇātipātā veramaṇiṃ[7] adinnādānā veramaṇiṃ kāmesu micchācārā veramaṇiṃ musāvādā veramaṇiṃ surāmerayamajjapamādaṭṭhānā veramaṇiṃ . . . yo[8] ca pasannacitto sikkhāpadāni samādiyeyya: pāṇātipātā veramaṇiṃ . . . pe[9] . . . surāmerayamajjapamādaṭṭhānā veramaṇiṃ yo ca[1] antamaso gaddūhanamattam[10] pi mettacittaṃ bhāveyya. Idaṃ tato mahapphalataraṃ[11]. Yañ ca gahapati Velāmo brahmaṇo dānaṃ adāsi mahādānaṃ, yo c' ekaṃ diṭṭhisampannaṃ bhojeyya . . . yo ca satam diṭṭhisampannānam bhojeyya yo c' ekaṃ sakadāgāmiṃ bhojeyya . . . yo ca satam sakadāgāmīnaṃ bhojeyya yo c' ekaṃ anāgāmiṃ bhojeyya . . . yo ca satam anāgāmīnaṃ bhojeyya yo c'[12] ekaṃ arahantaṃ bhojeyya . . . yo ca satam arahantānaṃ bhojeyya yo c' ekaṃ paccekabuddhaṃ bhojeyya . . . yo ca satam paccekabuddhānaṃ bhojeyya yo ca Tathāgataṃ arahantaṃ sammāsambuddhaṃ bhojeyya . . . yo ca buddhapamukhaṃ bhikkhusaṅghaṃ[3] bhojeyya yo ca cātuddisaṃ[13] saṅghaṃ uddissa vihāraṃ kārāpeyya . . . yo ca[14] pasannacitto buddhañ ca dhammañ ca saṅghañ ca saraṇaṃ gaccheyya yo ca pasannacitto sikkhāpadāni samādiyeyya: pāṇātipātā veramaṇiṃ . . . pe[15] . . . surāmerayamajjapamādaṭṭhānā veramaṇiṃ . . . yo ca antamaso gaddūhanamattam[10] pi mettacittaṃ bhā-

---

[1] *omitted by* M6 M7. [2] *omitted by* T. M6.
[3] T. M6 M7 saṃgham. [4] T. catu°. [5] *omitted by* T. M6 M7.
[6] Ph. samādapeyya. [7] M. Ph. °ṇī; S. °ṇi *throughout*.
[8] M. Ph. *do not repeat this sentence*.
[9] T. *gives it in full*. [10] M. Ph. gandho°
[11] Ph. *adds* yo ca antarasaṅghāṭamattam (*sic*) pi aniccasaññam bhāveyya, idaṃ tato mahapphalataraṃ.
[12] T. ca. [13] T. M6 M7 catu° [14] *omitted by* M7.
[15] M. la; Ph. pe.

veyya yo ca[1] accharāsaṅghātamattam pi aniccasaññaṃ bhāveyya, idam tato mahapphalataran ti.

Sīhanādavaggo[2] dutiyo.

Tatr' uddānaṃ[3]:

Vattho[4] sa-upādiseso ca Koṭṭhitena[5] Samiddhinā
Gaṇḍasaññā kalo mettā[6] devatā Velāmena ca ti.

XXI[7].

1. Tīhi bhikkhave ṭhānehi Uttarakurukā manussā deve ca Tāvatiṃse adhigaṇhanti Jambudīpake ca manusse. Katamehi tīhi?

2. Amamā[8] apariggahā niyatāyukā[9] visesabhuno[10].

Imehi kho bhikkhave tīhi ṭhānehi Uttarakurukā manussā deve ca[11] Tāvatiṃse adhigaṇhanti Jambudīpake ca[11] manusse.

3. Tīhi bhikkhave ṭhānehi devā Tāvatiṃsā Uttarakuruke ca[12] manusse adhigaṇhanti Jambudīpake ca manusse. Katamehi tīhi?

4. Dibbena āyunā dibbena vaṇṇena dibbena sukhena.

Imehi kho bhikkhave tīhi ṭhānehi devā Tāvatiṃsā Uttarakuruke ca manusse adhigaṇhanti Jambudīpake ca manusse.

5. Tīhi bhikkhave ṭhānehi Jambudīpakā manussā Uttarakuruke ca[12] manusse adhigaṇhanti deve ca Tāvatiṃse. Katamehi tīhi?

Sūrā satimanto idhabrahmacariyavāso.

Imehi kho bhikkhave tīhi ṭhānehi Jambudīpakā manussā Uttarakuruke ca manusse adhigaṇhanti deve ca Tāvatiṃse ti[12].

---

[1] *omitted by* M6. [2] Ph. Vaggo.
[3] T. M6. M7 *omit the* uddāna.
[4] Ph. vaṭṭho; M. vatto. [5] M. Ph. °kena.
[6] Ph. matta; S. satta.
[7] S. *has as title* Navakanipāte paṇṇāsakassa tatiyavaggo.
[8] T. amamā; M6 amamaṃ. [9] T. niyatā°.
[10] M. °bhuno; T. °bhāto; M. Ph. °guṇā.
[11] *omitted by* T. [12] *omitted by* Ph. T.

XXII.

1. Tayo ca bhikkhave assakhaluṅke[1] desessāmi tayo ca purisakhaluṅke[1] tayo ca assasadasse[2] tayo ca purisasadasse[2] tayo ca bhadde[3] assājānīye tayo ca bhadde purisājānīye. Taṃ suṇātha sādhukaṃ[4] manasikarotha, bhāsissāmī ti. Evaṃ bhante ti kho te bhikkhū Bhagavato paccassosuṃ. Bhagavā etad avoca: —

2. Katame ca bhikkhave tayo[5] assakhaluṅkā?

Idha bhikkhave ekacco assakhaluṅko javasampanno[6] hoti na vaṇṇasampanno[6] na ārohapariṇāhasampanno. Idha pana[7] bhikkhave ekacco assakhaluṅko javasampanno[8] hoti vaṇṇasampanno[9] na ārohapariṇāhasampanno. Idha pana[7] bhikkhave ekacco assakhaluṅko[10] javasampanno ca hoti vaṇṇasampanno ca[11] ārohapariṇāhasampanno ca.

Ime kho bhikkhave tayo[12] assakhaluṅkā.

3. Katame ca bhikkhave tayo purisakhaluṅkā?

Idha bhikkhave ekacco purisakhaluṅko javasampanno[6] hoti na vaṇṇasampanno na ārohapariṇāhasampanno. Idha pana bhikkhave ekacco purisakhaluṅko javasampanno[13] hoti vaṇṇasampanno[14] na ārohapariṇāhasampanno. Idha pana bhikkhave ekacco purisakhaluṅko javasampanno ca hoti vaṇṇasampanno ca ārohapariṇāhasampanno ca.

4. Kathañ ca bhikkhave purisakhaluṅko javasampanno[15] hoti na vaṇṇasampanno na ārohapariṇāhasampanno?

Idha bhikkhave bhikkhu 'idaṃ dukkhan' ti yathābhūtaṃ pajānati, 'ayaṃ dukkhasamudayo' ti yathābhūtaṃ pajānati, 'ayaṃ dukkhanirodho' ti yathābhūtaṃ pajānati, 'ayaṃ dukkhanirodhagāminī paṭipadā' ti yathābhūtaṃ pajānāti,

---

[1] *always written with* °ṅg *in* M. Ph. S.; *in* T. M7 *sometimes with* °ṅk.   [2] M. Ph. °purasse.
[3] T. M6. M7 bhadre.   [4] M. Ph. S. *continue:* Katame.
[5] T. M6. M7 *insert* ca.   [6] M7 *adds* hoti.
[7] *omitted by* M. Ph.   [8] T. *adds* ca.   [9] M. *inserts* ca.
[10] M7 purisa°, *as below, omitting all the rest.*
[11] T. M7 *add* hoti.   [12] M7 *adds* ca.
[13] M. T. M6. M7 *add* ca.   [14] M. Ph. *add* ca.
[15] T. M7 *add* ca.

Idaṃ assa javasmiṃ vadāmi. Abhidhamme kho pana abhivinaye pañhaṃ puṭṭho saṃsādeti[1], no vissajjeti[2]. Idaṃ assa na vaṇṇasmiṃ vadāmi. Na[3] kho pana lābhī hoti cīvarapiṇḍapātasenāsanagilānapaccayabhesajjaparikkhārānaṃ. Idaṃ assa na ārohapariṇāhasmiṃ vadāmi. Evaṃ kho bhikkhave purisakhaluṅko javasampanno hoti na vaṇṇasampanno na ārohapariṇāhasampanno.

5. Kathañ ca bhikkhave purisakhaluṅko javasampanno[4] hoti vaṇṇasampanno[5] na ārohapariṇāhasampanno?

Idha bhikkhave bhikkhu 'idaṃ dukkhan' ti yathābhūtaṃ pajānāti . . . pa[6] . . . 'ayaṃ dukkhanirodhagāminī paṭipadā' ti yathābhūtaṃ pajānāti. Idaṃ assa javasmiṃ vadāmi. Abhidhamme kho pana abhivinaye pañhaṃ puṭṭho vissajjeti[7], no saṃsādeti[8]. Idaṃ assa vaṇṇasmiṃ vadāmi. Na kho pana lābhī hoti cīvarapiṇḍapātasenāsanagilānapaccayabhesajjaparikkhārānaṃ. Idaṃ assa na ārohapariṇāhasmiṃ vadāmi. Evaṃ kho bhikkhave purisakhaluṅko javasampanno[9] hoti vaṇṇasampanno[1] na ārohapariṇāhasampanno.

6. Kathañ ca bhikkhave purisakhaluṅko javasampanno ca[1] hoti vaṇṇasampanno ca ārohapariṇāhasampanno ca?

Idha bhikkhave bhikkhu 'idaṃ dukkhan' ti yathābhūtaṃ pajānāti . . . pa[10] . . . 'ayaṃ dukkhanirodhagāminī paṭipadā' ti yathābhūtaṃ pajānāti. Idaṃ assa javasmiṃ vadāmi. Abhidhamme kho pana abhivinaye pañhaṃ puṭṭho vissajjeti[11], no saṃsādeti[12]. Idaṃ assa vaṇṇasmiṃ vadāmi.

---

[1] M. saṃsāreti.

[2] T. °si; M. Ph. vissa°; Ph. S. put no sampādeti *after* vissajjeti.

[3] T. M₆ lābhī kho pana hoti; M₈ na lābhī kho p° h°

[4] M. Ph. *add* ca. [5] M. Ph. S. *add* ca.

[6] M. Ph. la; T. M₆ *in full;* M₇ *adds only* 'ayaṃ dukkhanirodho' ti yathā° pa°

[7] T. °si; M. vissa°; Ph. na vissa°

[8] M. saṃsāreti; S. sampādeti, Ph. *omits* no saṃs°

[9] *omitted by* Ph. [10] M. la; Ph. pa; T. *in full.*

[11] T. °si; M. Ph. vissa°

[12] M. °sāreti; Ph. S. sampādeti.

Lābhī kho pana hoti cīvarapiṇḍapātasenāsanagilānapaccayabhesajjaparikkhārānaṃ. Idam assa ārohapariṇāhasmiṃ vadāmi. Evaṃ kho bhikkhave purisakhaluṅko javasampanno ca hoti vaṇṇasampanno ca ārohapariṇāhasampanno ca.

Ime kho bhikkhave tayo purisakhaluṅkā.

7. Katame ca bhikkhave tayo assasadassā[1]?

Idha bhikkhave ekacco assasadasso . . . pe[2] . . . javasampanno ca[3] hoti vaṇṇasampanno ca ārohapariṇāhasampanno ca[4].

Ime kho bhikkhave tayo assasadassā.

8. Katame ca bhikkhave tayo purisasadassā?

Idha bhikkhave ekacco purisasadasso . . . pe[5] . . . javasampanno ca hoti vaṇṇasampanno ca ārohapariṇāhasampanno ca.

9. Kathañ ca bhikkhave purisasadasso[6] javasampanno ca hoti vaṇṇasampanno ca ārohapariṇāhasampanno ca?

Idha bhikkhave bhikkhu pañcannaṃ orambhāgiyānaṃ saṃyojanānaṃ parikkhayā opapātiko hoti, tattha parinibbāyī anāvattidhammo tasmā lokā. Idam assa javasmiṃ vadāmi. Abhidhamme kho pana abhivinaye pañhaṃ puṭṭho vissajjeti[7], no saṃsādeti[8]. Idam assa vaṇṇasmiṃ vadāmi. Lābhī kho pana hoti cīvarapiṇḍapātasenāsanagilānapaccayabhesajjaparikkhārānaṃ. Idam assa ārohapariṇāhasmiṃ vadāmi. Evaṃ kho bhikkhave purisasadasso javasampanno ca hoti vaṇṇasampanno ca ārohapariṇāhasampanno ca.

Ime kho bhikkhave tayo purisasadassā.

10. Katame ca bhikkhave tayo bhaddā[9] assājānīyā?

Idha bhikkhave ekacco bhaddo assājānīyo . . . pe[10] . . . javasampanno ca hoti vaṇṇasampanno ca ārohapariṇāhasampanno ca.

---

1 M. Ph. °parassa *throughout.*
2 M. Ph. pa; *omitted by* T. M6. M7.
3 *omitted by* Ph. 4 T. *adds* hoti.
5 M. la; Ph. pa; *omitted by* T. M6. M7.
6 M. *inserts* la. 7 T. °ti; M. Ph. visa°
8 M. °vareti; Ph. S. sampādeti.
9 T. M6. M7. bhadrā *and* bhadro *throughout.*
10 M. Ph. la; *omitted by* T. M6. M7.

Ime kho bhikkhave tayo bhaddā assājāniyā.

11. Katame ca bhikkhave tayo bhaddā purisājāniyā?

Idha bhikkhave ekacco bhaddo purisājāniyo . . . pe[1] . . . javasampanno ca hoti vaṇṇasampanno ca ārohapariṇāhasampanno ca.

12. Kathañ ca bhikkhave bhaddo purisājāniyo . . . pe[1] . . . javasampanno ca hoti vaṇṇasampanno ca ārohapariṇāhasampanno ca?

Idha bhikkhave bhikkhu[2] āsavānaṃ khayā anāsavaṃ cetovimuttiṃ paññāvimuttiṃ diṭṭh' eva dhamme sayaṃ abhiññā sacchikatvā upasampajja viharati. Idam assa javasmiṃ vadāmi. Abhidhamme kho pana abhivinaye pañhaṃ puṭṭho [illegible] Idam assa vaṇṇasmiṃ vadāmi. [illegible] Idam assa ārohapariṇāhasmiṃ vadāmi. Evaṃ kho bhikkhave bhaddo purisājāniyo javasampanno ca hoti vaṇṇasampanno ca ārohapariṇāhasampanno ca.

Ime kho bhikkhave tayo bhaddā purisājāniyā ti.

XXIII.

1. Nava bhikkhave taṇhāmūlake dhamme desessāmi[5]. Taṃ suṇātha . . . pe[6] . . . Katame ca[7] bhikkhave nava taṇhāmūlakā dhammā?

2. Taṇhaṃ paṭicca pariyesanā, pariyesanaṃ paṭicca lābho, lābhaṃ paṭicca vinicchayo, vinicchayaṃ paṭicca chandarāgo, chandarāgaṃ paṭicca ajjhosānaṃ[8], ajjhosānaṃ paṭicca pariggaho, pariggahaṃ paṭicca macchariyaṃ[9], macchariyaṃ paṭicca[10] ārakkhādhikaraṇaṃ[11], daṇḍādāna-

---

[1] M. la; Ph. pa; *omitted by* T. M₆. M₇.
[2] S. bhaddo purisā°
[3] M. Ph. vim°
[4] M. °āreti; Ph. S. sampādeti.
[5] T. desi°
[6] Ph. pa; *omitted by* M.; T. M₆. M₇ *give it in full.*
[7] *omitted by* M. S.
[8] Ph. °no; T. ajjho.
[9] T. °yo.
[10] M. *adds* ārakkho; M₇ ārakkha.
[11] T. M₆. M₇ *insert* kho pana.

satthādānakalahaviggahavivādā[1] tuvaṃtuvaṃpesuññamusā-vādā[2] aneke pāpakā akusalā dhammā sambhavanti.

Ime kho bhikkhave nava taṇhāmūlakā dhammā ti.

XXIV.

1. Nava yime bhikkhave sattāvāsā. Katame nava?

2. Santi bhikkhave sattā nānattakāyā nānattasaññino, seyyathā pi manussā ekacce ca devā[3] ekacce[4] ca[4] vinipātikā: ayaṃ paṭhamo sattāvāso.

3. Santi bhikkhave sattā nānattakāyā ekattasaññino, seyyathā pi devā Brahmakāyikā paṭhamābhinibbattā: ayaṃ dutiyo sattāvāso.

4. Santi bhikkhave sattā ekattakāyā nānattasaññino, seyyathā pi devā[4] Ābhassarā: ayaṃ tatiyo sattāvāso.

5. Santi bhikkhave sattā ekattakāyā ekattasaññino, seyyathā pi devā Subhakiṇhā[5]: ayaṃ catuttho sattāvāso.

6. Santi bhikkhave sattā asaññino appaṭisaṃvedino, seyyathā pi devā Asaññasattā[6]: ayaṃ pañcamo sattāvāso.

7. Santi bhikkhave sattā sabbaso rūpasaññānaṃ samatikkamā paṭighasaññānaṃ[7] atthaṅgamā nānattasaññānaṃ amanasikārā 'ananto ākāso' ti ākāsānañcāyatanūpagā: ayaṃ chaṭṭho sattāvāso.

8. Santi bhikkhave sattā sabbaso ākāsānañcāyatanaṃ samatikkamma 'anantaṃ viññāṇan' ti viññāṇañcāyatanūpagā: ayaṃ sattamo sattāvāso.

9. Santi bhikkhave sattā sabbaso viññāṇañcāyatanaṃ samatikkamma 'natthi kiñci' ti ākiñcaññāyatanūpagā: ayaṃ aṭṭhamo sattāvāso.

10. Santi bhikkhave sattā sabbaso ākiñcaññāyatanaṃ samatikkamma nevasaññānāsaññāyatanūpagā: ayaṃ navamo sattāvāso.

Ime kho bhikkhave nava sattāvāsā ti.

---

[1] M. °dānaṃ satthādānaṃ ka° [2] T. tuvaṃtuvaṃpe°
[3] omitted by M. Ph. [4] omitted by T.
[5] T. °kiṇṇakā; M. °kiṇṇā; M. °kiṇhakā.
[6] S. asaññi° [7] T. paṭisaññānaṃ.

XXV.

1. Yato[1] kho bhikkhave bhikkhuno paññāya cittaṃ suparicitaṃ hoti, tass' etaṃ bhikkhave bhikkhuno kallaṃ vacanāya 'khīṇā jāti, vusitaṃ brahmacariyaṃ, kataṃ karaṇīyaṃ, nāparaṃ itthattāyā ti pajānāmī' ti[2]. Kathañ ca bhikkhave bhikkhuno paññāya cittaṃ suparicitaṃ hoti?

2. 'Vītarāgaṃ me cittan' ti paññāya cittaṃ suparicitaṃ hoti, 'vītadosaṃ me cittan' ti paññāya cittaṃ suparicitaṃ hoti, 'vītamohaṃ me cittan' ti paññāya cittaṃ suparicitaṃ hoti, 'asarāgadhammaṃ me cittan' ti paññāya cittaṃ suparicitaṃ hoti, 'asadosadhammaṃ[3] me cittan' ti paññāya cittaṃ suparicitaṃ hoti, 'asamohadhammaṃ me cittan' ti paññāya cittaṃ suparicitaṃ hoti, 'anāvattidhammaṃ me cittaṃ [illegible] hoti, 'anāvattidhammaṃ me cittaṃ rūpabhavāyā' ti paññāya cittaṃ suparicitaṃ hoti, 'anāvattidhammaṃ me cittaṃ arūpabhavāyā' ti paññāya cittaṃ suparicitaṃ hoti.

Yato kho bhikkhave bhikkhuno paññāya cittaṃ suparicitaṃ hoti, tass' etaṃ bhikkhave bhikkhuno kallaṃ vacanāya 'khīṇā jāti, vusitaṃ brahmacariyaṃ, kataṃ karaṇīyaṃ, nāparaṃ itthattāyā ti pajānāmī' ti.

XXVI.

1. Evaṃ[5] me[5] sutaṃ[5]. Ekaṃ samayaṃ āyasmā ca Sāriputto āyasmā ca Candikāputto Rājagahe viharanti Veḷuvane Kalandakanivāpe. Tatra kho āyasmā Candikāputto bhikkhū āmantesi[6]: Devadatto āvuso bhikkhūnaṃ evaṃ dhammaṃ deseti 'yato[7] kho āvuso bhikkhuno cetasā cittaṃ[8] suparicitaṃ[8] hoti, tass' etaṃ bhikkhuno kallaṃ veyyaka-

---

[1] T. corr. to yatho.
[2] S. °ti ti; M. °ti; Ph. omits pajānāmi ti.
[3] T. omits this phrase. [4] Ph. S. °ti ti.
[5] omitted by M. Ph. S.
[6] T. M6. M7 insert after āmantesi the usual formula of greeting. [7] Ph. T. M6. M7 insert ca.
[8] M. only cittaṃ, and so repeatedly.

raṇāya: khīṇā jāti, vusitaṃ brahmacariyaṃ, kataṃ karaṇīyaṃ, nāparaṃ itthattāyā ti pajānāmī'[1] ti.

2. Evaṃ[2] vutte[2] āyasmā Sāriputto āyasmantaṃ Candikāputtaṃ etad avoca: na kho āvuso Candikāputta Devadatto bhikkhūnaṃ evaṃ dhammaṃ deseti 'yato[3] kho āvuso bhikkhuno cetasā cittaṃ suparicitaṃ hoti, tass' etaṃ bhikkhuno kallaṃ veyyākaraṇāya: khīṇā jāti, vusitaṃ brahmacariyaṃ, kataṃ karaṇīyaṃ, nāparaṃ itthattāyā ti pajānāmī' ti, evañ ca[4] kho āvuso Candikāputta Devadatto bhikkhūnaṃ dhammaṃ deseti 'yato[3] kho āvuso bhikkhuno cetasā cittaṃ suparicitaṃ hoti, tass' etaṃ bhikkhuno kallaṃ veyyākaraṇāya: khīṇā jāti, vusitaṃ brahmacariyaṃ, kataṃ karaṇīyaṃ, nāparaṃ itthattāyā ti pajānāmī' ti.

3. Dutiyam pi kho . . . pe[5] . . . tatiyam pi kho āyasmā Candikāputto bhikkhū āmantesi: Devadatto āvuso bhikkhūnaṃ evaṃ dhammaṃ deseti 'yato[3] kho āvuso bhikkhuno cetasā cittaṃ suparicitaṃ hoti, tass' etaṃ bhikkhuno veyyākaraṇāya: khīṇā jāti, vusitaṃ brahmacariyaṃ, kataṃ karaṇīyaṃ, nāparaṃ itthattāyā ti pajānāmī' ti. Tatiyam pi kho āyasmā Sāriputto āyasmantaṃ Candikāputtaṃ etad avoca: na kho āvuso Candikāputta Devadatto bhikkhūnaṃ evaṃ dhammaṃ deseti 'yato kho āvuso bhikkhuno cetasā cittaṃ suparicitaṃ hoti, tass' etaṃ bhikkhuno kallaṃ veyyākaraṇāya: khīṇā jāti, vusitaṃ brahmacariyaṃ, kataṃ karaṇīyaṃ, nāparaṃ itthattāyā ti pajānāmī' ti, evañ[6] ca kho āvuso Candikāputta Devadatto bhikkhūnaṃ dhammaṃ deseti 'yato kho āvuso bhikkhuno cetasā cittaṃ suparicitaṃ hoti, tass' etaṃ bhikkhuno kallaṃ veyyākaraṇāya: khīṇā jāti, vusitaṃ brahmacariyaṃ, kataṃ karaṇīyaṃ, nāparaṃ itthattāyā ti pajānāmī' ti.

4. Kathañ ca āvuso bhikkhuno cetasā cittaṃ suparicitaṃ hoti?

---

[1] S. -ti *throughout.*
[2] T. M₇ atha kho; *omitted by* M₈.
[3] T. *inserts* ca. [4] *omitted by* T. M₇ M₈.
[5] M. Ph. S. *in full.*
[6] T. M₇ M₈ *omit all from* evañ ca *to* pajānāmi ti.

'Vītarāgaṃ me cittan' ti cetasā cittaṃ suparicitaṃ hoti, 'vītadosaṃ me cittan' ti cetasā cittaṃ suparicitaṃ hoti, 'vītamohaṃ me cittan' ti cetasā cittaṃ suparicitaṃ hoti, 'asarāgadhammaṃ me cittan' ti cetasā cittaṃ suparicitaṃ hoti, 'asadosadhammaṃ[1] me cittan' ti cetasā cittaṃ suparicitaṃ hoti, 'asamohadhammaṃ me cittan' ti cetasā cittaṃ suparicitaṃ hoti, 'anāvattidhammaṃ me cittaṃ kāmabhavāyā' ti cetasā cittaṃ suparicitaṃ hoti, 'anāvattidhammaṃ me cittaṃ rūpabhavāyā' ti cetasā cittaṃ suparicitaṃ hoti, 'anāvattidhammaṃ me cittaṃ arūpabhavāyā' ti cetasā cittaṃ suparicitaṃ hoti.

3. Evaṃ sammāvimuttacittassa[2] kho[3] āvuso bhikkhuno bhuso[4] ce pi cakkhuviññeyyā rūpā cakkhussa āpāthaṃ[5] [illegible] viññeyyā gandhā . . . jivhāviññeyyā rasā . . . kāyaviññeyyā phoṭṭhabbā . . . manoviññeyyā dhammā manassa āpāthaṃ āgacchanti, n' ev' assa cittaṃ pariyādiyanti, amissīkataṃ ev' assa cittaṃ hoti ṭhitaṃ āneñjappattaṃ[11], vayaṃ c' assānupassati. Seyyathā pi āvuso silāyūpo soḷasakukkuko[12], tassa assu[13] aṭṭha kukkū[14] heṭṭhā nemaṅgamā[15] aṭṭha kukkū[16] upari nemassa; atha puratthimāya ce pi disāya āgaccheyya bhusā[17] vātavuṭṭhi, n' eva naṃ[18] kampeyya[19] na saṃkam-

---

1 T. M6 M7 write asaṃdosa° 2 T. S. °vimutti°
3 omitted by T. 4 Ph. bhusā always.
5 T. apātaṃ.
6 T. M7 gacch°; M6 so throughout.
7 T. na p° 8 M. Ph. S. āneñja°
9 T. M7 bhusa. 10 M. la; Ph. pa; S. pe.
11 Ph. ānañca°; M. S. āneñja°
12 T. M6 M7 °kakkhuko; Ph. S. °kukku.
13 T assa; M7 tassa; omitted by M. S.
14 M. Ph. kukku always; T. M6 M7 kakkhu.
15 M. nemaṃgamā; S. nemaṅgamā; Ph. upaṅkamā.
16 T. kakkhuko; M6 M7 kakkhu.
17 T. M6 M7 omit all from bhusā to atha pacch°
18 omitted by S.
19 M. Ph. sakaṅkapeyya; S. saṃkampeyya.

peyya[1] na sampavedheyya; atha pacchimāya ...[2] atha uttarāya ...[3] atha dakkhiṇāya ce pi disāya āgaccheyya bhusā[4] vātavuṭṭhi, neva naṃ[5] kampeyya[6] na saṃkampeyya[1] na sampavedheyya. Taṃ kissa hetu? Gambhīrattā āvuso nemassa sunikhātattā silāyūpassa. Evam eva[7] kho[7] āvuso! evaṃ sammāvimuttacittassa[8] bhikkhuno bhusā[9] ce pi cakkhuviññeyyā rūpā cakkhussa āpāthaṃ āgacchanti, n' ev' assa cittaṃ pariyādiyanti, amissīkatam ev' assa cittaṃ hoti ṭhitaṃ āneñjappattaṃ[10], vayaṃ c' assānupassati; bhusā[11] ce pi sotaviññeyyā saddā ...[12] ghānaviññeyyā gandhā ... jivhāviññeyyā rasā ... kāyaviññeyyā phoṭṭhabbā ... manoviññeyyā dhammā manassa āpāthaṃ āgacchanti[13], n' ev' assa cittaṃ pariyādiyanti, amissīkatam ev' assa cittaṃ hoti ṭhitaṃ āneñjappattaṃ[14], vayaṃ c' assānupassati ti.

XXVII.

1. Atha kho Anāthapiṇḍiko gahapati yena Bhagavā ten' upasaṅkami, upasaṅkamitvā Bhagavantaṃ abhivādetvā ekamantaṃ nisīdi. Ekamantaṃ nisinnaṃ kho Anāthapiṇḍikaṃ gahapatiṃ Bhagavā etad avoca:—

2. Yato kho gahapati ariyasāvakassa pañca bhayāni verāni vūpasantāni honti, catūhi ca[14] sotāpattiyaṅgehi samannāgato hoti, so ākaṅkhamāno attanā 'va attānaṃ vyākareyya: khīṇanirayo 'mhi khīṇatiracchānayoni[15] khīṇapittivisayo[16] khīṇāpāyaduggativinipāto, sotāpanno 'ham asmi avinipātadhammo niyato sambodhiparāyano[17].

---

[1] S. sampakaṃp°; M. Ph. omit na saṃ°

[2] T. M₆. M₇ ce pi disāya agaccheyya.

[3] T. M₆. M₇ ce pi disāya. [4] M₇ bhūsā.

[5] omitted by S.

[6] M. saṃkappeyya; Ph. saṃk°; S. saṃkampeyya.

[7] omitted by M. Ph. [8] S. °vimutti°

[9] M. bhusā. [10] Ph. ānañca°; M. S. āneñja°

[11] T. M₇ bhusā. [12] S. pa. [13] T. M₆ gacchanti

[14] omitted by T.; M₇ vattāni.

[15] M₆ adds 'mhi; M. S. °yoniyo. [16] M. °petti°

[17] M. Ph. add ti.

3. Katamāni pañca bhayāni verāni vūpasantāni honti? Yaṃ gahapati pāṇātipātī pāṇātipātapaccayā diṭṭhadhammikam pi bhayaṃ veraṃ pasavati, samparāyikam pi bhayaṃ veraṃ pasavati, cetasikam pi dukkhaṃ domanassam paṭisaṃvedeti; pāṇātipātā paṭivirato n'eva diṭṭhadhammikam pi[1] bhayaṃ veraṃ pasavati, na[2] samparāyikam pi[1] bhayaṃ veraṃ pasavati, na cetasikam pi[1] dukkhaṃ domanassam paṭisaṃvedeti. Pāṇātipātā paṭiviratassa evaṃ taṃ bhayaṃ veraṃ vūpasantaṃ hoti.

Yaṃ gahapati adinnādāyī . . . pe[3] . . . kāmesu micchācārī . . . musāvādī . . . surāmerayamajjapamādaṭṭhāyī surāmerayamajjapamādaṭṭhānapaccayā diṭṭhadhammikam pi bhayaṃ veraṃ pasavati, samparāyikam pi[1] bhayaṃ veraṃ pasavati, cetasikam pi dukkhaṃ domanassam paṭisaṃvedeti[4]; surāmerayamajjapamādaṭṭhānā paṭivirato n'eva diṭṭhadhammikam pi[1] bhayaṃ veraṃ pasavati, na samparāyikam pi[1] bhayaṃ veraṃ pasavati, na cetasikam pi[1] dukkhaṃ domanassam paṭisaṃvedeti. Surāmerayamajjapamādaṭṭhānā paṭiviratassa evaṃ taṃ bhayaṃ veraṃ vūpasantaṃ hoti.

Imāni pañca bhayāni verāni vūpasantāni honti.

4. Katamehi catūhi sotāpattiyaṅgehi samannāgato hoti? Idha[6] gahapati ariyasāvako buddhe aveccappasādena samannāgato hoti 'iti pi so Bhagavā arahaṃ sammāsambuddho vijjācaraṇasampanno sugato lokavidū anuttaro purisadammasārathi Satthā devamanussānaṃ buddho Bhagavā' ti; dhamme aveccappasādena samannāgato hoti 'svākkhāto[7] Bhagavatā dhammo sandiṭṭhiko akāliko ehipassiko opanayiko[8] paccattaṃ veditabbo viññūhī' ti; saṅghe aveccappasādena samannāgato hoti 'supaṭipanno Bhagavato sāvakasaṅgho, ujupaṭipanno[9] Bhagavato[9] sāvakasaṅgho[9],

---

[1] *omitted by all MSS. exc. S. but in the next Sutta* M. Ph. *do not omit* pi. [2] T. *omits this passage.*
[3] M. la; Ph. pe.
[4] T. *continues*, dukkham dom° paṭi°
[5] T. M_6. M_7 pe | surāmerayamajjapamādaṭṭhānā paṭiviratassa. [6] T. *adds* pana.
[7] M. Ph. svākkhyāto. [8] M. Ph. °neyyiko.
[9] *omitted by* T.

ñāyapaṭipanno Bhagavato sāvakasaṅgho, sāmīcipaṭipanno Bhagavato sāvakasaṅgho, yad idaṃ cattāri purisayugāni aṭṭha purisapuggalā, esa Bhagavato sāvakasaṅgho āhuneyyo[1] pāhuneyyo[1] dakkhiṇeyyo añjalikaraṇīyo anuttaraṃ puññakkhettaṃ lokassā 'ti; ariyakantehi sīlehi samannāgato hoti[2] akhaṇḍehi acchiddehi asabalehi akammāsehi bhujissehi viññuppasatthehi aparāmaṭṭhehi samādhisaṃvattanikehi.

Imehi catūhi sotāpattiyaṅgehi samannāgato hoti.

6. Yato[3] kho gahapati ariyasāvakassa imāni pañca bhayāni verāni vūpasantāni honti, imehi ca[4] catūhi sotāpattiyaṅgehi samannāgato hoti, so ākaṅkhamāno attanā 'va attānaṃ vyākareyya: khīṇanirayo 'mhi khīṇatiracchānayoni[5] khīṇapettivisayo[6] khīṇāpāyaduggativinipāto, sotāpanno 'ham asmi avinipātadhammo niyato sambodhiparāyano 'ti.

XXVIII.

1. Yato kho bhikkhave ariyasāvakassa pañca bhayāni verāni vūpasantāni honti, catūhi ca[4] sotāpattiyaṅgehi samannāgato hoti, so ākaṅkhamāno attanā 'va attānaṃ vyākareyya: khīṇanirayo 'mhi khīṇatiracchānayoni[7] khīṇapettivisayo[6] khīṇāpāyaduggativinipāto, sotāpanno 'ham asmi avinipātadhammo niyato sambodhiparāyano.

2. Katamāni pañca bhayāni verāni vūpasantāni honti? ...pe[8]... Imāni pañca bhayāni verāni vūpasantāni honti.

3. Katamehi catūhi sotāpattiyaṅgehi samannāgato hoti? ...[9] Imehi catūhi sotāpattiyaṅgehi samannāgato hoti.

---

[1] M. Ph. āhun° pāhun° [2] *omitted by* T.
[3] Ph. *adds* ca. [4] *omitted by* Ph. T. M6 M7
[5] T. M6 M7 S. °yoniyo. [6] M. °patti°
[7] T. M6 S. °yoniyo.
[8] M. Ph. S. *repeat the sentences as we read them in* No. XXVII. *Instead of* gahapati, *of course, we have* bhikkhave, *and also we have no abbreviating mark after* pāṇātipātā paṭivirato, *where immediately follows* evaṃ taṃ bhayaṃ *and so on.*
[9] *also here* M. Ph. S. *repeat the different sentences with some abbreviations.*

4. Yato kho bhikkhave ariyasāvakassa imāni pañca bhayāni verāni[1] vūpasantāni honti, imehi ca[2] catuhi sotāpattiyaṅgehi samannāgato hoti, so ākaṅkhamāno attanā 'va attānaṃ vyākareyya: khīṇanirayo 'mhi khīṇatiracchānayoni[3] khīṇapittivisayo[4] khīṇāpāyaduggativinipāto, sotāpanno 'ham asmi avinipātadhammo niyato sambodhiparāyano ti.

XXIX.

1. Nava yimāni[5] bhikkhave āghātavatthūni. Katamāni nava?

2. 'Anattham me acarī' ti āghātaṃ bandhati, 'anattham me caratī' ti āghātaṃ bandhati, 'anattham me carissatī' ti āghātaṃ bandhati[6], 'piyassa me manāpassa anattham acari[7] ...[8] anattham carati[9] ... carissatī' ti āghātaṃ bandhati, 'appiyassa me amanāpassa atthaṃ acari ... atthaṃ carati ... atthaṃ carissatī' ti āghātaṃ bandhati. Imāni kho bhikkhave nava āghātavatthūnī ti.

XXX.

1. Nava yime[10] bhikkhave āghātapaṭivinayā. Katame nava?

2. 'Anattham me acari[11], taṃ kut' ettha labbhā' ti āghātaṃ paṭivineti, 'anattham me carati[12], taṃ kut' ettha labbhā' ti āghātaṃ paṭivineti, 'anattham me carissati[13], taṃ kut' ettha labbhā' ti āghātaṃ paṭivineti, 'piyassa me manāpassa anattham acari[14] ... anattham carati[15] ...

---

1 omitted by T. M. M. 2 T. M. S. °yoniyo.
3 M. °patti° 4 T. imā. 5 T. °ti ti.
6 S. °ti ti āgh° b°
7 S. inserts here piyassa me manāpassa.
8 S. °ti ti āgh° b°
9 S. inserts appiyassa me amanāpassa. 10 T. yimā.
11 S. °ti ti. 12 S. °ti ti.
13 M. S. °ti ti; T. omits taṃ.
14 S. °ti ti taṃ kut' ettha l° ti āgh° paṭi°
15 S. °ti ti taṃ ku° l° ti āgh° paṭi°

anatthaṃ carissati[1], taṃ kut' ettha labbhā' ti āghātaṃ paṭivineti, 'appiyassa me amanāpassa atthaṃ acari[2] . . .[3] atthaṃ carati[4] . . .[5] atthaṃ carissati[6], taṃ kut' ettha labbhā' ti āghātaṃ paṭivineti.

Ime kho bhikkhave nava āghātapaṭivinayā ti.

XXXI.

1. Nava yime bhikkhave anupubbanirodhā. Katame nava?

2. Paṭhamaṃ[6] jhānaṃ[6] samāpannassa kāmasaññā[7] niruddhā hoti[8], dutiyaṃ jhānaṃ samāpannassa vitakkavicārā niruddhā honti, tatiyaṃ jhānaṃ samāpannassa pīti niruddhā hoti[9], catutthaṃ jhānaṃ samāpannassa assāsapassāsā niruddhā honti, ākāsānañcāyatanaṃ samāpannassa rūpasaññā niruddhā hoti[10], viññāṇañcāyatanaṃ samāpannassa ākāsānañcāyatanasaññā niruddhā hoti[9], ākiñcaññāyatanaṃ samāpannassa viññāṇañcāyatanasaññā niruddhā hoti[11], nevasaññānāsaññāyatanaṃ samāpannassa ākiñcaññāyatanasaññā niruddhā hoti[9], saññāvedayitanirodhaṃ samāpannassa saññā ca vedanā ca niruddhā honti[12].

Ime kho bhikkhave nava anupubbanirodhā ti.

Sattāvāsavaggo[13] tatiyo.

Tass' uddānaṃ[14]:

Ṭhānakhaḷuṅkā[15] taṇhā ca[16] satta[17]-paññā[18] silāyupo
Dve verā dve āghātāni anupubbanirodhena cā ti.

---

[1] T. S. °ti ti. [2] S. °ti ti taṃ kut' ettha l° ti āgh° paṭi°
[3] S. inserts appiyassa me amanāpassa.
[4] S. °ti ti taṃ k° l° ti āgh° paṭi° [5] S. °ti ti.
[6] T. M6 M7 S. °jjh°; and so in every similar case; M. sometimes also as it is given in the text.
[7] S. ānisa° [8] Ph. M. honti; omitted by T.
[9] T. honti. [10] T. M. honti. [11] T. M. honti.
[12] M. hoti. [13] Ph. Vaggo; T. Sattamo vaggo.
[14] Ph. S. add bhavati; T. M6 M7 omit the uddāna.
[15] M. °go; Ph. °ga. [16] omitted by M. S.
[17] S. vavatthā. [18] M. paññā.

XXXII[1].

1. Nava yime bhikkhave anupubbavihārā. Katame nava?

2. Idha[2] bhikkhave bhikkhu vivicc' eva kāmehi vivicca akusalehi dhammehi savitakkaṃ savicāraṃ vivekajaṃ pītisukhaṃ paṭhamaṃ jhānaṃ upasampajja viharati, vitakkavicārānaṃ vūpasamā ajjhattaṃ sampasādanaṃ cetaso ekodibhāvaṃ avitakkaṃ avicāraṃ samādhijaṃ pītisukhaṃ dutiyaṃ jhānaṃ upasampajja viharati, pītiyā[3] ca virāgā . . . tatiyaṃ jhānaṃ upasampajja viharati, sukhassa ca pahānā dukkhassa ca pahānā pubb' eva somanassadomanassānaṃ atthagamā adukkhamasukhaṃ upekhāsatipārisuddhiṃ catutthaṃ jhānaṃ upasampajja viharati . . . pe . . . sabbaso rūpasaññānaṃ samatikkamā paṭighasaññānaṃ atthagamā nānattasaññānaṃ amanasikārā 'ananto ākāso' ti ākāsānañcāyatanaṃ upasampajja viharati, sabbaso ākāsānañcāyatanaṃ samatikkamma 'anantaṃ viññāṇan' ti[4] viññāṇañcāyatanaṃ upasampajja viharati, sabbaso viññāṇañcāyatanaṃ samatikkamma 'natthi kiñci' ti ākiñcaññāyatanaṃ upasampajja viharati, sabbaso ākiñcaññāyatanaṃ samatikkamma nevasaññānāsaññāyatanaṃ upasampajja viharati, sabbaso nevasaññānāsaññāyatanaṃ samatikkamma saññāvedayitanirodhaṃ upasampajja viharati.

Ime kho bhikkhave nava anupubbavihārā ti.

XXXIII.

1. Nava yimā bhikkhave anupubbavihārasamāpattiyo desessāmi[5], taṃ suṇātha . . . po[6] . . . Katamā ca bhikkhave nava anupubbavihārasamāpattiyo?

2. Yattha kāmā nirujjhanti, ye ca kāme nirodhetvā nirodhetvā viharanti, addhā te āyasmanto nicchātā nibbutā

---

[1] S. *has as title* Navakanipāte paṇṇāsakassa catutthavaggo.

[2] M. Ph. S. *have only* paṭhamaṃ jh° du° jh° ta° jh° ca° jh° ākāsānañcā° viññāṇañcā° ākiñc° neva° saññāvedayitanirodha.

[3] T. *omits this phrase.*

[4] T. M. *omit all from* ananto *to* natthi kiñci ti.

[5] T. desi°

[6] M. la; Ph. pa; *omitted by* T. M6. M7.

tiṇṇā pāragatā[1] tadaṅgenā[2] ti vadāmi. Kattha kāmā nirujjhanti, ke ca[3] kāme nirodhetvā nirodhetvā viharanti? Ahaṃ etaṃ na jānāmi, ahaṃ etaṃ na passāmī ti iti yo evaṃ vadeyya, so evam assa vacanīyo 'idh' āvuso bhikkhu vivicc' eva kāmehi . . . pe[4] . . . paṭhamaṃ jhānaṃ upasampajja viharati; ettha kāmā nirujjhanti, te ca kāme nirodhetvā nirodhetvā viharantī' ti. Addhā bhikkhave asaṭho[5] amāyāvī sādhū ti bhāsitaṃ abhinandeyya anumodeyya, sādhū ti bhāsitaṃ abhinanditvā anumoditvā namassamāno pañjaliko payirupāseyya.

3. Yattha vitakkavicārā nirujjhanti, ye ca[6] vitakkavicāre nirodhetvā nirodhetvā viharanti, addhā te āyasmanto nicchātā nibbutā tiṇṇā pāragatā tadaṅgenā[2] ti vadāmi. Kattha[7] vitakkavicārā nirujjhanti, ke ca vitakkavicāre nirodhetvā nirodhetvā viharanti? Ahaṃ etaṃ na jānāmi, ahaṃ etaṃ na passāmī ti iti yo evaṃ vadeyya, so evam assa vacanīyo 'idh' āvuso bhikkhu vitakkavicārānaṃ vūpasamā . . . pe[8] . . . dutiyaṃ jhānaṃ upasampajja viharati; ettha vitakkavicārā nirujjhanti, te ca vitakkavicāre nirodhetvā nirodhetvā viharantī' ti. Addhā bhikkhave asaṭho[5] amāyāvī sādhū ti bhāsitaṃ abhinandeyya anumodeyya, sādhū ti bhāsitaṃ abhinanditvā anumoditvā namassamāno pañjaliko payirupāseyya.

4. Yattha[7] pīti nirujjhati[9], ye ca pītiṃ nirodhetvā nirodhetvā viharanti, addhā te āyasmanto nicchātā nibbutā tiṇṇā pāragatā tadaṅgenā ti vadāmi. Kattha pīti nirujjhati[10], ke ca pītiṃ nirodhetvā nirodhetvā viharanti? Ahaṃ etaṃ na jānāmi, ahaṃ[7] etaṃ[7] na passāmī ti iti yo evaṃ vadeyya, so evam assa vacanīyo 'idh' āvuso bhikkhu pītiyā ca virāgā . . . pe[8] . . . tatiyaṃ jhānaṃ upasampajja viharati; ettha pīti nirujjhati, te ca pītiṃ nirodhetvā niro-

[1] M. Ph. pāraṃg° always. [2] T. taṅgena.
[3] T. te 'va; M. te ca; M6 only te.
[4] omitted by M. M6; M. Ph. S. in full.
[5] M. Ph. asaṭho; T. M. asaṭho throughout.
[6] T. 'va; M. omits ye ca. [7] omitted by T.
[8] M. la; Ph. pe; omitted by T. M. M6.
[9] M6 °jjhanti. [10] T. °jjhanti.

dhetvā viharanti' ti. Addhā bhikkhave asaṭho amāyāvī sādhū ti bhāsitaṃ abhinandeyya anumodeyya, sādhū ti bhāsitaṃ abhinanditvā anumoditvā namassamāno pañjaliko payirupāseyya.

5. Yattha upekhāsukhaṃ[1] nirujjhati, ye ca upekhāsukhaṃ nirodhetvā nirodhetvā viharanti, addhā te āyasmanto nicchātā nibbutā tiṇṇā pāraṅgatā tadaṅgenā ti vadāmi. Kattha upekhāsukhaṃ nirujjhati[2], ke ca[3] upekhāsukhaṃ nirodhetvā nirodhetvā viharanti? Ahaṃ etaṃ na jānāmi, ahaṃ etaṃ na passāmī ti iti yo evaṃ vadeyya, so evam assa vacanīyo 'idh' āvuso bhikkhu sukhassa ca pahānā[4] ... pa[5] ... catutthaṃ jhānaṃ upasampajja viharati; ettha upekhāsukhaṃ nirujjhati, ete ca upekhāsukhaṃ nirodhetvā nirodhetvā [illegible] payirupāseyya.

6. Yattha rūpasaññā nirujjhanti[6], ye ca rūpasaññā[7] nirodhetvā nirodhetvā viharanti, addhā te āyasmanto nicchātā nibbutā tiṇṇā pāraṅgatā tadaṅgenā ti vadāmi. Kattha rūpasaññā nirujjhanti[6], ke ca rūpasaññā[7] nirodhetvā nirodhetvā viharanti? Ahaṃ etaṃ na jānāmi, ahaṃ etaṃ na passāmī ti iti yo evaṃ vadeyya, so evam assa vacanīyo 'idh' āvuso bhikkhu sabbaso rūpasaññānaṃ samatikkamā paṭighasaññānaṃ atthagamā[9] nānattasaññānaṃ amanasikārā ananto ākāso ti ākāsānañcāyatanaṃ upasampajja viharati; ettha rūpasaññā nirujjhanti[8], te ca rūpasaññā[10] nirodhetvā nirodhetvā viharanti' ti. Addhā bhikkhave asaṭho amāyāvī sādhū ti bhāsitaṃ abhinandeyya anumodeyya, sādhū ti bhāsitaṃ abhinanditvā anumoditvā namassamāno pañjaliko payirupāseyya.

---

[1] M. Ph. S. upekkhā° *throughout*. [2] T. °jjhanti.
[3] *omitted by* T.
[4] T. M. M. *add* dukkhassa ca pahānā.
[5] M. la; Ph. pa; *omitted by* T. M. M.
[6] T. M. M. °jjhati. [7] Ph. °saññaṃ.
[8] M. T. M. M. °jjhati. [9] T. M. M. atthag°
[10] M. Ph. °saññaṃ.

7. Yattha ākāsānañcāyatanasaññā nirujjhati, ye ca ākāsānañcāyatanasaññaṃ nirodhetvā nirodhetvā viharanti, addhā te āyasmanto nicchātā nibbutā tiṇṇā pāragatā tadaṅgenā ti vadāmi. Kattha ākāsānañcāyatanasaññā nirujjhati, ke ca ākāsānañcāyatanasaññaṃ nirodhetvā nirodhetvā viharanti? Ahaṃ etaṃ na jānāmi, ahaṃ etaṃ na passāmī ti iti yo evaṃ vadeyya, so evam assa vacanīyo 'idh' āvuso bhikkhu sabbaso ākāsānañcāyatanaṃ samatikkamma «anantaṃ viññāṇan» ti viññāṇañcāyatanaṃ upasampajja viharati; ettha ākāsānañcāyatanasaññā nirujjhati, te ca ākāsānañcāyatanasaññaṃ[1] nirodhetvā nirodhetvā viharantī' ti. Addhā[2] bhikkhave asaṭho amāyāvī sādhū ti bhāsitaṃ abhinandeyya anumodeyya, sādhū ti bhāsitaṃ abhinanditvā anumoditvā namassamāno pañjaliko payirupāseyya.

8. Yattha viññāṇañcāyatanasaññā nirujjhati, ye ca viññāṇañcāyatanasaññaṃ nirodhetvā nirodhetvā viharanti, addhā te āyasmanto nicchātā nibbutā tiṇṇā pāragatā tadaṅgenā ti vadāmi. Kattha[3] viññāṇañcāyatanasaññā nirujjhati, ke ca viññāṇañcāyatanasaññaṃ nirodhetvā nirodhetvā viharanti? Ahaṃ etaṃ na jānāmi, ahaṃ etaṃ na passāmī ti iti yo evaṃ vadeyya, so evam assa vacanīyo 'idh' āvuso bhikkhu sabbaso viññāṇañcāyatanaṃ[4] samatikkamma «natthi kiñcī» ti ākiñcaññāyatanaṃ upasampajja viharati; ettha viññāṇañcāyatanasaññā nirujjhati, te ca viññāṇañcāyatanasaññaṃ nirodhetvā nirodhetvā viharantī' ti. Addhā bhikkhave asaṭho amāyāvī . . . pe[5] . . . namassamāno pañjaliko payirupāseyya.

9. Yattha ākiñcaññāyatanasaññā nirujjhati, ye ca ākiñcaññāyatanasaññaṃ nirodhetvā nirodhetvā viharanti, addhā te āyasmanto nicchātā nibbutā tiṇṇā pāragatā tadaṅgenā ti vadāmi. Kattha ākiñcaññāyatanasaññā nirujjhati, ke ca ākiñcaññāyatanasaññaṃ nirodhetvā nirodhetvā viharanti?

---

[1] T. °saññā.
[2] T. M., M, have here addhā te āyasmanto, as in § 8.
[3] T. kattha, then viññāṇañcāyatanasaññaṃ nirodhetvā; M, kattha °saññā nirodhetvā.
[4] T. *continues*: upasampajja vi°
[5] M. Ph. S. *in full*.

Ahaṃ etaṃ na jānāmi, ahaṃ etaṃ na passāmī ti iti yo, evaṃ vadeyya, so evaṃ assa vacanīyo 'idh' āvuso bhikkhu sabbaso ākiñcaññāyatanaṃ samatikkamma nevasaññānāsaññāyatanaṃ upasampajja viharati; ettha ākiñcaññāyatanasaññā nirujjhati, te ca ākiñcaññāyatanasaññaṃ nirodhetvā nirodhetvā viharanti' ti. Addhā bhikkhave saṭho amāyāvi ... pe[1] ... namassamāno pañjaliko payirupāseyya.

10. Yattha nevasaññānāsaññāyatanasaññā nirujjhati, ye ca nevasaññānāsaññāyatanasaññaṃ nirodhetvā nirodhetvā viharanti, addhā te āyasmanto nicchātā nibbutā tiṇṇā pāragatā tadaṅgenā ti vadāmi. Kattha nevasaññānāsaññāyatanasaññā nirujjhati, ke ca nevasaññānāsaññāyatanasaññaṃ nirodhetvā nirodhetvā viharanti? Ahaṃ etaṃ na jānāmi, ahaṃ etaṃ na passāmī ti iti yo evaṃ vadeyya, so evaṃ assa vacanīyo 'idh' āvuso bhikkhu sabbaso nevasaññānāsaññāyatanaṃ samatikkamma saññāvedayitanirodhaṃ upasampajja viharati; ettha nevasaññānāsaññāyatanasaññā nirujjhati, te ca nevasaññānāsaññāyatanasaññaṃ nirodhetvā nirodhetvā viharanti' ti. Addhā bhikkhave saṭho amāyāvi sādhū ti bhāsitaṃ[2] abhinandeyya anumodeyya, sādhū ti bhāsitaṃ abhinanditvā anumoditvā namassamāno pañjaliko payirupāseyya.

Imā[3] kho bhikkhave nava anupubbavihārasamāpattiyo ti

XXXIV.

1. Evaṃ[4] me[4] sutaṃ[4]. Ekaṃ samayaṃ āyasmā Sāriputto Rājagahe viharati Veḷuvane Kalandakanivāpe. Tatra kho āyasmā Sāriputto bhikkhū āmantesi[5] 'sukham idaṃ āvuso nibbānaṃ, sukham idaṃ āvuso nibbānan' ti.

2. Evaṃ vutte āyasmā Udāyī āyasmantaṃ Sāriputtaṃ etad avoca: —

---

[1] M. Ph. S. in full.
[2] T. continues: abhinanditvā and so on.
[3] T. M, imu.
[4] omitted by M. Ph. S.
[5] T. M. M, insert here the usual formula of greeting.

Kiṃ pan' ettha āvuso Sāriputta sukhaṃ, yad ettha natthi vedayitan ti?

3. Etad eva khv[1] ettha āvuso sukhaṃ, yad ettha natthi vedayitaṃ. Pañc' ime āvuso kāmaguṇā. Katame pañca? Cakkhuviññeyyā rūpā iṭṭhā kantā manāpā piyarūpā[2] kāmūpasaṃhitā rajanīyā[3], sotaviññeyyā saddā . . . pe[4] . . . ghānaviññeyyā gandhā . . . jivhāviññeyyā rasā . . . kāyaviññeyyā phoṭṭhabbā iṭṭhā[5] kantā manāpā piyarūpā kāmūpasaṃhitā rajanīyā.

Ime kho āvuso pañca kāmaguṇā. Yaṃ[6] kho āvuso ime pañca kāmaguṇe paṭicca uppajjati sukhaṃ somanassaṃ, idaṃ vuccat' āvuso kāmasukhaṃ.

4. Idhāvuso bhikkhu vivicc' eva kāmehi[7] . . . pe[4] . . . paṭhamaṃ jhānaṃ upasampajja viharati. Tassa ce āvuso bhikkhuno iminā vihārena viharato kāmasahagatā saññāmanasikārā samudācaranti, svāssa[8] hoti ābādho. Seyyathā pi āvuso sukhino dukkhaṃ uppajjeyya yāvad-eva ābādhāya, evam ev' assa te kāmasahagatā saññāmanasikārā samudācaranti, svāssa hoti ābādho. Yo kho panāvuso ābādho, dukkhaṃ etaṃ[9] vuttaṃ Bhagavatā. Iminā pi kho etaṃ[10] āvuso pariyāyena veditabbaṃ yathā sukhaṃ nibbānaṃ[11].

5. Puna ca paraṃ āvuso bhikkhu vitakkavicārānaṃ vūpasamā . . . pe[12] . . . dutiyaṃ jhānaṃ upasampajja viharati. Tassa ce āvuso bhikkhuno iminā vihārena viharato vitakkasahagatā[13] saññāmanasikārā samudācaranti, svāssa hoti ābādho. Seyyathā pi āvuso sukhino dukkhaṃ uppajjeyya yāvad-eva ābādhāya, evam ev' assa[14] te vitakkasahagatā

---

[1] Ph. khv etthāvuso; T. M₆ khv ettha°; M₇ khuvatthu.
[2] Ph. *adds* sātarūpā. [3] M. Ph. S. °nīyā *throughout.*
[4] M. la; Ph. pa; *omitted by* T. M₆ M₇.
[5] T. pe | rajanīyā. [6] T. yato.
[7] T. *adds* vivicca akusalehi. [8] M. svassa *throughout.*
[9] Ph. idaṃ. [10] M₆ M₇ taṃ; *omitted by* T.
[11] T. M₆ M₇ °ṃ ti *always.*
[12] M. la; Ph. pa; *omitted by* T. M₆.
[13] Ph. °samāgatā.
[14] T. etassa, *and so throughout*; M₆ etassa *and* ev' assa; M₇ assa, etassa, *and* ev' assa.

saññāmanasikārā samudācaranti, svāssa hoti ābādho. Yo kho panāvuso ābādho, dukkham etam vuttam Bhagavatā. Iminā pi kho etam āvuso pariyāyena veditabbam yathā-sukham nibbānam.

6. Puna ca param āvuso bhikkhu pītiyā ca virāgā . . . pe[1] . . . tatiyam jhānam upasampajja viharati. Tassa ce āvuso bhikkhuno iminā vihārena viharato pītisahagatā saññāmanasikārā samudācaranti, svāssa hoti ābādho. Seyyathā pi āvuso sukhino dukkham uppajjeyya yāva-d-eva ābādhāya, evam ev' assa te[2] pītisahagatā saññāmanasikārā samudācaranti, svāssa hoti ābādho. Yo kho panāvuso ābādho, dukkham etam vuttam Bhagavatā. Iminā pi kho etam[3] āvuso pariyāyena veditabbam yathāsukham nibbānam.

7. Puna ca param āvuso bhikkhu sukhassa ca pahānā[4] . . . pe[5] . . . catuttham jhānam upasampajja viharati. Tassa ce āvuso bhikkhuno iminā vihārena viharato upekhāsaha-gatā[6] saññāmanasikārā samudācaranti, svāssa hoti ābādho. Seyyathā pi āvuso sukhino dukkham uppajjeyya yāva-d-eva ābādhāya, evam ev' assa te upekhāsahagatā[7] saññāmana-sikārā samudācaranti, svāssa[8] hoti ābādho. Yo kho pan-āvuso ābādho, dukkham etam vuttam Bhagavatā. Iminā pi kho etam āvuso pariyāyena veditabbam yathāsukham nibbānam.

8. Puna ca param āvuso bhikkhu sabbaso rūpasaññānam samatikkamā paṭighasaññānam atthagamā[9] nānattasaññā-nam amanasikārā 'ananto ākāso' ti ākāsānañcāyatanam upasampajja viharati. Tassa ce āvuso bhikkhuno iminā vihārena viharato rūpasahagatā saññāmanasikārā samudā-caranti, svāssa hoti ābādho. Seyyathā pi āvuso sukhino dukkham uppajjeyya yāva-d-eva ābādhāya, evam ev' assa

---

[1] M. la; Ph. pa. [2] omitted by T. M. M.
[3] Ph. evam; M. panam (sic); omitted by M.
[4] T. M. add dukkhassa ca pahānā.
[5] M. la; Ph. pa; omitted by T. M.
[6] Ph. upekkhāsukha°; T. M. M. upekhāsukha°
[7] Ph. upekkhāsukha°
[8] Ph. svāssa, so also henceforth throughout.
[9] [illegible]

te rūpasahagatā saññāmanasikārā samudācaranti, svāssa hoti ābādho. Yo kho panāvuso ābādho, dukkham etaṃ vuttaṃ Bhagavatā. Iminā pi kho etaṃ āvuso pariyāyena veditabbaṃ yathāsukhaṃ nibbānaṃ.

9. Puna ca paraṃ āvuso bhikkhu sabbaso ākāsānañcāyatanaṃ samatikkamma 'anantaṃ viññāṇan' ti viññāṇañcāyatanaṃ upasampajja viharati. Tassa ce āvuso bhikkhuno iminā vihārena viharato ākāsānañcāyatanasahagatā saññāmanasikārā samudācaranti, svāssa hoti ābādho. Seyyathā pi āvuso sukhino dukkhaṃ uppajjeyya yāvad-eva ābādhāya, evam ev' assa te ākāsānañcāyatanasahagatā saññāmanasikārā samudācaranti, svāssa hoti ābādho. Yo kho panāvuso ābādho, dukkham etaṃ vuttaṃ Bhagavatā. Iminā pi kho etaṃ āvuso pariyāyena veditabbaṃ yathāsukhaṃ nibbānaṃ.

10. Puna ca paraṃ āvuso bhikkhu sabbaso viññāṇañcāyatanaṃ samatikkamma 'natthi kiñcī' ti ākiñcaññāyatanaṃ upasampajja viharati. Tassa ce āvuso bhikkhuno iminā vihārena viharato viññāṇañcāyatanasahagatā saññāmanasikārā samudācaranti, svāssa hoti ābādho. Seyyathā[1] pi āvuso sukhino dukkhaṃ uppajjeyya yāvad-eva ābādhāya, evam ev' assa te viññāṇañcāyatanasahagatā saññāmanasikārā samudācaranti, svāssa hoti ābādho. Yo kho panāvuso ābādho, dukkham etaṃ vuttaṃ Bhagavatā. Iminā pi kho etaṃ āvuso pariyāyena veditabbaṃ yathāsukhaṃ nibbānaṃ.

11. Puna[2] ca paraṃ āvuso bhikkhu sabbaso ākiñcaññāyatanaṃ samatikkamma nevasaññānāsaññāyatanaṃ upasampajja viharati. Tassa ce āvuso bhikkhuno iminā vihārena viharato ākiñcaññāyatanasahagatā saññāmanasikārā samudācaranti, svāssa hoti ābādho. Seyyathā pi āvuso sukhino dukkhaṃ uppajjeyya yāvad-eva ābādhāya, evam ev' assa te ākiñcaññāyatanasahagatā saññāmanasikārā samudācaranti, svāssa hoti ābādho. Yo kho panāvuso ābādho, dukkham etaṃ vuttaṃ Bhagavatā. Iminā pi kho etaṃ āvuso pariyāyena veditabbaṃ yathāsukhaṃ nibbānaṃ.

---

[1] M_6. M_7 *continue:* Yo kho.
[2] *In* T. *this section is missing.*

12. Puna ca paraṃ āvuso bhikkhu sabbaso nevasaññā-nāsaññāyatanaṃ samatikkamma saññāvedayitanirodhaṃ upasampajja viharati, paññāya[1] c'assa[2] disvā[3] āsavā parikkhīṇā honti. Iminā pi kho etaṃ āvuso pariyāyena veditabbaṃ yathāsukhaṃ nibbānan ti.

XXXV.

1. Seyyathā pi bhikkhave gāvī pabbateyyā bālā avyattā akhettaññū akusalā visame pabbate carituṃ, tassā[4] evam assa 'yan nūnāhaṃ agatapubbañ[5] c'eva disaṃ gaccheyyaṃ, akhāditapubbāni ca tiṇāni khādeyyaṃ, apītapubbāni ca pānīyāni piveyyan[6] ti; sā purimaṃ pādaṃ na suppatiṭṭhitaṃ patiṭṭhāpetvā pacchimaṃ pādaṃ uddhareyya, sā na c'eva agatapubbaṃ [illegible] pānīyāni piveyya; yasmiṃ c'assa[12] padese[13] ṭhitāya[14] evam assa 'yan nūnāhaṃ agatapubbañ c'eva disaṃ gaccheyyaṃ, akhāditapubbāni ca tiṇāni khādeyyaṃ, apītapubbāni ca pānīyāni piveyyan' ti, tañ ca padesaṃ na sotthinā paccāgaccheyya[15]. Taṃ kissa hetu? Tathā hi sā bhikkhave gāvī pabbateyyā bālā avyattā akhettaññū akusalā visame pabbate carituṃ. Evam eva kho bhikkhave idh' ekacco bhikkhu bālo avyatto akhettaññū akusalo vivicc' eva kāmehi . . .[16] paṭhamaṃ jhānaṃ upasampajja viharituṃ[17]; so taṃ nimittaṃ na[18] āsevati[18] na bhāveti na bahulīkaroti na[19] svādhiṭṭhitaṃ adhiṭṭhāti, tassa evaṃ hoti 'yan nūnāhaṃ vitakkavicārānaṃ vūpasamā . . . pe[16] . . . dutiyaṃ jhānaṃ

---

[1] T. saññāya. [2] T. M6 M7 c'assaṃ; S. p'assa.
[3] T. M6 M7 twice. [4] T. tassa. [5] T. āga°
[6] T. pivedeyyan. [7] M6 naṃ. [8] T. M7 āga°
[9] T. °pubba; S. adds ca.
[10] T. tinā ca; M6 M7 tiṇāni ca.
[11] T. M6 M7 S. add ca. [12] S. p'assa; T. tassaṃ.
[13] M. Ph. padese; S. dese. [14] Ph. caritāya.
[15] T. M7 paccha° [16] M. Ph. S. in full.
[17] M. Ph. T. M6 M7 viharati. [18] T. M6 M7 sevati.
[19] omitted by T.

upasampajja vihareyyan' ti; so na[1] sakkoti vitakkavicārānaṃ vūpasamā . . .[2] dutiyaṃ jhānaṃ upasampajja viharituṃ; tassa evaṃ hoti 'yan nūnāhaṃ vivicc' eva kāmehi . . . pe[3] . . . paṭhamaṃ jhānaṃ upasampajja vihareyyan' ti; so na sakkoti vivicc' eva kāmehi . . .[2] paṭhamaṃ jhānaṃ upasampajja viharituṃ. Ayaṃ vuccati bhikkhave bhikkhu ubhato bhaṭṭho ubhato parihīno, seyyathā pi sā gāvī pabbateyyā bālā avyattā akhettaññū akusalā visame pabbate carituṃ.

2. Seyyathā pi bhikkhave gāvī pabbateyyā paṇḍitā vyattā khettaññū kusalā visame pabbate carituṃ. tassā evaṃ assa 'yan nūnāhaṃ agatapubbañ c' eva disaṃ gaccheyyaṃ, akhāditapubbāni ca tiṇāni khādeyyaṃ, apītapubbāni ca pānīyāni piveyyan' ti; sā purimaṃ pādaṃ suppatiṭṭhitaṃ patiṭṭhāpetvā pacchimaṃ pādaṃ uddhareyya. sā agatapubbañ[4] c' eva disaṃ gaccheyya, akhāditapubbāni ca tiṇāni khādeyya, apītapubbāni ca pānīyāni piveyya; yasmiṃ c' assā[5] pāde[6] ṭhitāya evaṃ assa 'yan nūnāhaṃ agatapubbañ[7] c' eva disaṃ gaccheyyaṃ, akhāditapubbāni ca tiṇāni khādeyyaṃ, apītapubbāni ca pānīyāni piveyyan' ti, tañ ca pādaṃ sotthinā paccāgaccheyya[8]. Taṃ kissa hetu? Tathā hi sā bhikkhave gāvī pabbateyyā paṇḍitā vyattā khettaññā kusalā visame pabbate carituṃ. Evam eva kho bhikkhave idh' ekacco bhikkhu paṇḍito vyatto khettaññū kusalo vivicc' eva kāmehi . . .[3] paṭhamaṃ jhānaṃ upasampajja viharituṃ[9]; so taṃ nimittaṃ āsevati bhāveti bahulīkaroti svādhiṭṭhitaṃ adhiṭṭhāti, tassa evaṃ hoti 'yan nūnāhaṃ vitakkavicārānaṃ vūpasamā . . .[2] dutiyaṃ jhānaṃ upasampajja vihareyyan' ti; so dutiyaṃ jhānaṃ anabhihiṃsamāno[10] vitakkavicārānaṃ vūpasamā . . .[11] dutiyaṃ jhānaṃ upasampajja viharati; so taṃ nimittaṃ āsevati bhāveti bahulīkaroti svādhiṭṭhitaṃ adhiṭṭhāti, tassa evaṃ hoti 'yan nūnāhaṃ pītiyā ca virāgā

---

[1] T. M. taṃ; M. taṃ na.
[2] M. la; Ph. pa; S. pe.
[3] M. Ph. S. in full.
[4] T. aga°
[5] M. c'assa; S. p'assa.
[6] M. Ph. pade; S. desa.
[7] M. aga°
[8] T. M. pacchā°; M. gaccheyya.
[9] M. Ph. T. M. viharati.
[10] Ph. S. °hiṃsamāno throughout.
[11] Ph. pa; S. pe.

. . .' tatiyaṃ jhānaṃ upasampajja vihareyyan' ti; so tatiyaṃ jhānaṃ anabhihiṃsamāno pītiyā ca virāgā . . .' tatiyaṃ jhānaṃ upasampajja viharati; so taṃ nimittaṃ āsevati bhāveti bahulīkaroti svādhiṭṭhitaṃ adhiṭṭhāti. tassa evaṃ hoti 'yan nūnāhaṃ sukhassa ca pahānā . . .' catutthaṃ jhānaṃ upasampajja vihareyyan' ti; so catutthaṃ jhānaṃ anabhihiṃsamāno sukhassa ca pahānā . . . pe[1] . . . catutthaṃ jhānaṃ upasampajja viharati; so taṃ nimittaṃ āsevati bhāveti bahulīkaroti svādhiṭṭhitaṃ adhiṭṭhāti. tassa evaṃ hoti 'yan nūnāhaṃ sabbaso rūpasaññānaṃ samatikkamā paṭighasaññānaṃ atthaṅgamā[4] nānattasaññānaṃ amanasikārā ananto ākāso ti ākāsānañcāyatanaṃ upasampajja vihareyyan' ti; so ākāsānañcāyatanaṃ anabhihiṃsamāno sabbaso [illegible] . . . pe . . . ākāsānañcāyatanaṃ [illegible] āsevati [illegible] evaṃ hoti 'yan nūnāhaṃ sabbaso ākāsānañcāyatanaṃ samatikkamma anantaṃ viññāṇan' ti viññāṇañcāyatanaṃ upasampajja vihareyyan' ti; so viññāṇañcāyatanaṃ anabhihiṃsamāno sabbaso ākāsānañcāyatanaṃ samatikkamma 'anantaṃ viññāṇan' ti viññāṇañcāyatanaṃ upasampajja viharati; so taṃ nimittaṃ āsevati bhāveti bahulīkaroti svādhiṭṭhitaṃ adhiṭṭhāti. tassa evaṃ hoti 'yan nūnāhaṃ sabbaso viññāṇañcāyatanaṃ samatikkamma 'natthi kiñcī' ti ākiñcaññāyatanaṃ upasampajja vihareyyan' ti; so ākiñcaññāyatanaṃ anabhihiṃsamāno sabbaso viññāṇañcāyatanaṃ samatikkamma 'natthi kiñcī' ti ākiñcaññāyatanaṃ upasampajja viharati; so taṃ nimittaṃ āsevati bhāveti bahulīkaroti svādhiṭṭhitaṃ adhiṭṭhāti. tassa evaṃ hoti 'yan nūnāhaṃ sabbaso ākiñcaññāyatanaṃ samatikkamma nevasaññānāsaññāyatanaṃ upasampajja vihareyyan' ti; so nevasaññānāsaññāyatanaṃ anabhihiṃsamāno sabbaso ākiñcaññāyatanaṃ samatikkamma nevasaññānāsaññāyatanaṃ upasampajja viharati; so taṃ nimittaṃ āsevati bhāveti bahuli-

1 M. Ph. S. in full. 2 Ph. pa; S. pe.
3 M. la, Ph. pa. 4 T. M_6 M_7 atthang°
5 M. la; Ph. pa; T. M_6 M_7 in full.

karoti svādhiṭṭhitaṃ adhiṭṭhāti, tassa evaṃ hoti 'yan nūnā-haṃ sabbaso nevasaññānāsaññāyatanaṃ samatikkamma saññāvedayitanirodhaṃ upasampajja vihareyyan' ti; so saññāvedayitanirodhaṃ anabhihiṃsamāno sabbaso nevasaññānāsaññāyatanaṃ samatikkamma saññāvedayitanirodhaṃ upasampajja viharati[1].

3 Yato[2] kho bhikkhave bhikkhu taṃ[3] tad eva samāpattiṃ samāpajjati pi vuṭṭhāti pi, tassa mudu cittaṃ hoti kammaññaṃ, mudunā[4] cittena[5] kammaññena[6] appamāṇo samādhi hoti subhāvito, so[6] appamāṇena samādhinā subhāvitena yassa[7] yassa[7] abhiññā sacchikaraṇīyassa dhammassa cittaṃ abhininnāmeti[8] abhiññā sacchikiriyāya, tatra tatr' eva sakkhibhabbataṃ pāpuṇāti sati sati āyatane. So sace ākaṅkhati 'anekavihitaṃ iddhividhaṃ paccanubhaveyyaṃ: eko pi hutvā bahudhā assaṃ[9] . . . pe[10] . . . yāva Brahmalokā pi kāyena vasaṃ vatteyyan' ti, tatra tatr' eva sakkhibhabbataṃ pāpuṇāti sati sati āyatane. So[11] sace ākaṅkhati 'dibbāya sotadhātuyā . . . pe[12] . . . sati sati āyatane. So sace ākaṅkhati 'parasattānaṃ parapuggalānaṃ cetasā ceto paricca pajāneyyaṃ: sarāgaṃ vā cittaṃ sarāgaṃ cittan ti pajāneyyaṃ . . . pe[13] . . . vimuttaṃ vā cittaṃ vimuttaṃ[14] cittan[14] ti[14] pajāneyyaṃ[14], avimuttaṃ[15] vā cittaṃ avimuttaṃ cittan ti pajāneyyan' ti, tatra tatr' eva sakkhibhabbataṃ pāpuṇāti sati sati āyatane. So sace ākaṅkhati 'anekavihitaṃ pubbenivāsaṃ anussareyyaṃ, seyyathīdaṃ ekam pi jātiṃ dve pi jātiyo . . . pe[16] . . . iti sākāraṃ sa-uddesaṃ anekavihitaṃ pubbenivāsaṃ anussareyyan' ti, tatra tatr' eva sakkhibhabbataṃ pāpuṇāti sati sati āyatane.

---

1 Ph. vi-ti.
2 Ph. *inserts* ca.
3 T. M_7 naṃ.
4 T. mudu°
5 M. *adds* cittena.
6 *omitted by* T. M_6 M_7.
7 S. yaṃ yaṃ' eva.
8 T. abhinnamāmeti.
9 M. Ph. S. *add* bahudhā pi hutvā eko assaṃ.
10 M. la; Ph. pa; *omitted by* T. M_6 M_7.
11 T. M_6 M_7 *omit this sentence.*
12 M. Ph. pa.
13 M. Ph. S. *give it in full, employing the usual abbreviations.*
14 *omitted by* M. Ph. S.
15 T. M_6 M_7 *omit* avi° . . . cittan ti.

So sace ākaṅkhati 'dibbena cakkhunā visuddhena atikkanta-mānusakena[1] . . . pe[2] . . . yathākammūpage satte pajā-neyyan' ti, tatra tatr' eva sakkhibhabbataṃ pāpuṇāti sati sati āyatane. So sace ākaṅkhati āsavānaṃ khayā . . . pe[3] . . . sacchikatvā upasampajja vihareyyan' ti, tatra tatr' eva sakkhibhabbataṃ pāpuṇāti sati sati āyatane ti.

XXXVI.

1. Paṭhamam p'ahaṃ[4] bhikkhave jhānam nissāya āsavā-naṃ khayaṃ vadāmi, dutiyam p'ahaṃ bhikkhave jhānaṃ nissāya āsavānaṃ khayaṃ vadāmi, tatiyam p'ahaṃ bhik-khave jhānaṃ nissāya āsavānaṃ khayaṃ vadāmi, catuttham p'ahaṃ bhikkhave jhānaṃ nissāya āsavānaṃ khayaṃ va-dāmi, ākāsānañcāyatanam p'ahaṃ bhikkhave nissāya āsa-vānaṃ khayaṃ vadāmi, viññāṇañcāyatanaṃ[5] p'ahaṃ bhik-khave nissāya āsavānaṃ khayaṃ vadāmi, ākiñcaññāyatanaṃ p'ahaṃ bhikkhave nissāya āsavānaṃ khayaṃ vadāmi[6] . . . pe[7] . . . nevasaññānāsaññāyatanaṃ[8] p'ahaṃ bhikkhave nissāya āsavānaṃ khayaṃ vadāmi.

2. Paṭhamam p'ahaṃ bhikkhave jhānaṃ nissāya āsavā-naṃ khayaṃ vadāmi ti iti kho pan' etaṃ vuttaṃ[9], kiñ c' etaṃ paṭicca vuttaṃ?

Idha bhikkhave bhikkhu vivicc' eva kāmehi . . . pe[8] . . . paṭhamaṃ jhānaṃ upasampajja viharati. So yad[9] eva tattha hoti rūpagataṃ vedanāgataṃ saññāgataṃ saṅkhā-ragataṃ viññāṇagataṃ, te dhamme aniccato dukkhato ro-gato gaṇḍato sallato aghato[10] ābādhato parato palokato[11]

---

[1] M. °manusakena.
[2] M. la; Ph. pa; T. M₆. M₇ in full.
[3] Ph. pa; M. T. M₆. M₇ in full.
[4] M. Ph. S. pāhaṃ throughout.
[5] Ph. pa; S. pe | nevasaññā° . . . kh° vadāmi.
[6] M. also adds nevasaññā° . . . vadāmi saññāvedayitani-rodhaṃ . . . vadāmi; Ph. has vadāmi ti, then iti kho, as in § 2. [7] T. uttaṃ.
[8] M. la; Ph. pa; omitted by T. M₆. M₇. [9] T. tad.
[10] T. agh° [11] Ph. paralokato.

suññato anattato samanupassati. So tehi dhammehi cittaṃ paṭivāpeti[1], so tehi dhammehi cittaṃ paṭivāpetvā amatāya dhātuyā cittaṃ upasaṃharati 'etaṃ santaṃ etaṃ paṇītaṃ, yad idaṃ sabbasaṅkhārasamatho sabbūpadhipaṭinissaggo taṇhakkhayo virāgo nirodho nibbānan' ti. So tattha ṭhito āsavānaṃ khayaṃ[2] pāpuṇāti, no ce āsavānaṃ khayaṃ[2] pāpuṇāti, ten' eva dhammarāgena tāya dhammanandiyā pañcannaṃ orambhāgiyānaṃ saṃyojanānaṃ parikkhayā opapātiko hoti tattha parinibbāyī anāvattidhammo tasmā lokā. Seyyathā pi bhikkhave issāso vā issāsantevāsī vā tiṇapurisake[3] vā mattikāpuñje[4] vā yoggaṃ[5] karitvā so aparena samayena dūre[6] pātī[7] ca hoti akkhaṇavedhī[8] ca mahato ca kāyassa padāletā[9]; evam eva kho bhikkhave bhikkhu vivicc' eva kāmehi ... pe[10] ... paṭhamaṃ jhānaṃ upasampajja viharati; so yad eva tattha hoti rūpagataṃ vedanāgataṃ[11] saññāgataṃ[11] saṅkhāragataṃ viññāṇagataṃ, te dhamme aniccato dukkhato rogato gaṇḍato sallato aghato[12] ābādhato parato palokato[13] suññato anattato samanupassati; so tehi dhammehi cittaṃ paṭivāpeti, so tehi dhammehi cittaṃ paṭivāpetvā amatāya dhātuyā cittaṃ upasaṃharati 'etaṃ santaṃ etaṃ paṇītaṃ, yad idaṃ sabbasaṅkhārasamatho sabbūpadhipaṭinissaggo taṇhakkhayo virāgo nirodho nibbānan' ti; so tattha[14] ṭhito āsavānaṃ khayaṃ[2] pāpuṇāti, no ce āsavānaṃ khayaṃ[2] pāpuṇāti, ten' eva dhammarāgena tāya dhammanandiyā pañcannaṃ orambhāgiyānaṃ saṃyojanānaṃ parikkhayā opapātiko hoti tattha parinibbāyī anāvattidhammo tasmā lokā.

---

[1] M. paṭipādeti; Ph. paṭiṭṭhāpeti; S. paṭiṭṭhāpeti, and so throughout. [2] T. khaya.
[3] M. Ph. S. °purisarūpake.
[4] T. mattikā°; M. mattikā vā puñje. [5] Ph. yoggam.
[6] T. dūrena. [7] T. °ti; M. nipāti.
[8] T. akkhaṇe vedhī; M. akkhaṇāvedhī.
[9] M. Ph. S. °lita [illegible].
[10] M. la; Ph. pa; omitted by T. M6 M7.
[11] omitted by T. M6 M7. [12] T. agh°
[13] Ph. paralokato corr. to palokato.
[14] T. M6 M7 tatra.

Paṭhamam p' ahaṃ bhikkhave jhānaṃ nissāya āsavānaṃ khayaṃ[1] vadāmī ti iti yan taṃ vuttaṃ, idam etaṃ paṭicca vuttaṃ.

3. Dutiyam p' ahaṃ bhikkhave jhānaṃ nissāya . . . pe[2] . . . tatiyam p' ahaṃ bhikkhave jhānaṃ nissāya . . . pe[3] . . . catuttham p' ahaṃ bhikkhave jhānaṃ nissāya[4] āsavānaṃ khayaṃ[1] vadāmī ti iti kho pan' etaṃ vuttaṃ, kiñ c' etaṃ paṭicca vuttaṃ?

Idha bhikkhave bhikkhu sukhassa[5] ca pahānā dukkhassa ca pahānā pubb' eva somanassadomanassānaṃ atthaṅgamā adukkham asukhaṃ upekhāsatipārisuddhiṃ catutthaṃ jhānaṃ upasampajja viharati. So yad eva tattha hoti rūpagataṃ vedanāgataṃ saññāgataṃ saṅkhāragataṃ viññāṇagataṃ, te dhamme aniccato dukkhato rogato gaṇḍato sallato aghato ābādhato parato palokato suññato anattato samanupassati. So tehi dhammehi cittaṃ paṭivāpeti[6], so tehi dhammehi cittaṃ paṭivāpetvā[6] amatāya dhātuyā cittaṃ upasaṃharati 'etaṃ santaṃ etaṃ paṇītaṃ, yad idaṃ sabbasaṅkhārasamatho sabbūpadhipaṭinissaggo taṇhakkhayo virāgo nirodho nibbānan' ti. So tattha ṭhito āsavānaṃ khayaṃ pāpuṇāti, no ce āsavānaṃ khayaṃ pāpuṇāti, ten' eva dhammarāgena tāya dhammanandiyā pañcannaṃ orambhāgiyānaṃ saṃyojanānaṃ parikkhayā opapātiko hoti tattha parinibbāyī anāvattidhammo tasmā lokā. Seyyathā pi bhikkhave isāso vā issāsantevāsī vā tiṇapurisake vā mattikāpuñje vā yoggaṃ karitvā, so aparena samayena dūre pātī ca hoti akkhaṇavedhī ca mahato ca kāyassa padāletā[6]: evam eva kho bhikkhave bhikkhu sukhassa ca pahānā . . . pe[7] . . . catutthaṃ jhānaṃ upasampajja viharati; so yad eva tattha hoti rūpagataṃ vedanāgataṃ[8] . . . pe[7] . . . anāvattidhammo tasmā lokā.

---

[1] T. khayā. [2] M. la; Ph. pa; T. M6. M7 in full.
[3] M. la; Ph. pa; omitted by T. M6. M7.
[4] T. M6. M7 insert ākāsānañcāyatanaṃ p' ahaṃ bhikkhave jhānaṃ.
[5] T. M6. M7 continue: sabbaso rūpasaññānaṃ, as in § 4.
[6] readings of the Sinh. MSS. [7] M. la; Ph. pa.
[8] Ph. adds saññāgataṃ saṅkhāra° viññāṇa°

Catuttham p' ahaṃ bhikkhave jhānaṃ nissāya āsavānaṃ khayaṃ vadāmī ti iti yan taṃ vuttaṃ, idam etaṃ paṭicca vuttaṃ.

4. Ākāsānañcāyatanam p' ahaṃ bhikkhave jhānaṃ nissāya āsavānaṃ khayaṃ vadāmī ti iti kho pan' etaṃ vuttaṃ, kiñ c' etaṃ paṭicca vuttaṃ?

Idha bhikkhave bhikkhu sabbaso rūpasaññānaṃ samatikkamā[1] paṭighasaññānaṃ atthaṅgamā[2] nānattasaññānaṃ amanasikārā 'ananto ākāso' ti ākāsānañcāyatanaṃ upasampajja viharati. So yad eva tattha hoti vedanāgataṃ saññāgataṃ saṅkhāragataṃ . . .[3] So . . .[3] pañcannaṃ orambhāgiyānaṃ saṃyojanānaṃ parikkhayā opapātiko hoti tattha parinibbāyī anāvattidhammo tasmā lokā. Seyyathā pi bhikkhave issāso vā issāsantevāsī vā tiṇapurisake vā mattikāpuñje[4] vā yoggaṃ karitvā so aparena samayena dūre pātī[5] ca hoti akkhaṇavedhī ca mahato ca kāyassa padāletā; evam eva kho bhikkhave bhikkhu sabbaso rūpasaññānaṃ samatikkamā[1] paṭighasaññānaṃ atthaṅgamā nānattasaññānaṃ amanasikārā 'ananto ākāso' ti ākāsānañcāyatanaṃ upasampajja viharati; so yad eva tattha hoti vedanāgataṃ saññāgataṃ[6] . . . pe[7] . . . anāvattidhammo tasmā lokā.

Ākāsānañcāyatanam p' ahaṃ bhikkhave nissāya āsavānaṃ khayaṃ vadāmī ti iti yan taṃ vuttaṃ, idam etaṃ paṭicca vuttaṃ.

5. Viññāṇañcāyatanam p' ahaṃ bhikkhave nissāya[8] . . . pe[7] . . . ākiñcaññāyatanam p' ahaṃ bhikkhave nissāya āsavānaṃ khayaṃ vadāmī ti iti kho pan' etaṃ vuttaṃ, kiñ c' etaṃ paṭicca vuttaṃ?

---

1 T. M6. M7 °kkamma.
2 T. M6. M7 atthag° *throughout.*
3 M. Ph. S. *in full.*
4 T. M6 mattika°   5 M7 °ti
6 T. M6. M7 *add* saṅkhāra°, *then they have* So pañcannaṃ orambhāgiyānaṃ saṃy° pari° opa° hoti tattha parini° anāvatti° *and so on.*
7 M. la; Ph. pa.
8 T. M6. M7 *add* āsav° kh° vadāmi ti.

Idha bhikkhave bhikkhu sabbaso viññāṇañcāyatanaṃ samatikkamma 'natthi kiñci' ti ākiñcaññāyatanaṃ upasampajja viharati. So yad eva tattha hoti vedanāgataṃ saññāgataṃ . . . po[1] . . . So . . .' pañcannaṃ orambhāgiyānaṃ saṃyojanānaṃ tasmā lokā . . .[2]

Ākiñcaññāyatanam p' ahaṃ bhikkhave nissāya āsavānaṃ khayaṃ vadāmī ti iti yan taṃ vuttaṃ, idam etaṃ paṭicca vuttaṃ.

Iti kho bhikkhave yāvatā saññāsamāpatti[3], tāvatā aññāpaṭivedho. Yāni ca kho imāni bhikkhave[4] āyatanāni: nevasaññānāsaññāyatanasamāpatti ca saññāvedayitanirodho ca, jhāyī h' ete[5] bhikkhave bhikkhūhi samāpattikusalehi samāpattivuṭṭhānakusalehi[6] samāpajjitvā vuṭṭhahitvā[7] sammā-akkhātabbānī[8] ti vadāmī ti. [illegible]

XXXVII.

1. Evaṃ[9] me sutaṃ. Ekaṃ samayaṃ āyasmā Ānando Kosambiyaṃ viharati Ghositārāme. Tatra kho āyasmā Ānando bhikkhū āmantesi: — Āvuso bhikkhavo[10] ti. Āvuso ti kho te bhikkhū āyasmato Ānandassa paccassosuṃ. Āyasmā Ānando etad avoca: —

2. Acchariyaṃ āvuso abbhutaṃ āvuso, yāvañ c' idaṃ tena Bhagavatā jānatā passatā arahatā sammāsambuddhena sambādhe[11] okāsādhigamo anubuddho sattānaṃ visuddhiyā sokaparidevānaṃ[12] samatikkamāya[13] dukkhadomanassānaṃ atthaṅgamāya[14] ñāyassa adhigamāya nibbānassa sacchikiriyāya, tad eva nāma cakkhuṃ bhavissati, te rūpā[15] tañ[16]

---

[1] M. Ph. S. *in full.*
[2] T. M6. M7 *add* nāsa° kh° vadāmī ti. [3] S. saññā°
[4] M. S. *add* nissāya dve; Ph. dve niss°
[5] Ph. tehi; S. so te. [6] *omitted by* T. M6.
[7] T. vuṭṭha° [8] M. Ph. S. samma-d-akkhā°
[9] M. Ph. S. *omit this phrase.*
[10] M. S. °vo; *omitted by* Ph. [11] T. °de; *omitted by* S.
[12] T. M6. M7 °ddavānaṃ.
[13] M6 M7 °kkamāya; T. °kkamanāya.
[14] T. M6. M7 atthag° [15] T. M6. M7 rūpānaṃ.

cāyatanaṃ[1] no[2] paṭisaṃvedissati[3]; tad eva nāma sotaṃ bhavissati, te saddā[4] tañ[4] cāyatanaṃ no paṭisaṃvedissati; tad eva nāma ghānaṃ bhavissati, te gandhā[5] tañ[5] cāyatanaṃ no paṭisaṃvedissati; sā ca[6] nāma jivhā bhavissati, te rasā[7] tañ[7] cāyatanaṃ no paṭisaṃvedissati; so ca[8] nāma kāyo bhavissati, te phoṭṭhabbā[9] tañ[9] cāyatanaṃ no paṭisaṃvedissatī ti.

3. Evaṃ vutte āyasmā Udāyi[10] āyasmantaṃ Ānandaṃ etad avoca 'saññī[11]-m-eva nu kho āvuso Ānanda tad āyatanaṃ no paṭisaṃvedeti, udāhu asaññī[12]' ti? 'Saññī[11]-m-eva kho āvuso tad āyatanaṃ no paṭisaṃvedeti, no asaññī' ti. 'Kiṃsaññī panāvuso tad āyatanaṃ no paṭisaṃvedetī' ti?

4. Idhāvuso bhikkhu sabbaso rūpasaññānaṃ samatikkamā[13] paṭighasaññānaṃ atthaṅgamā[14] nānattasaññānaṃ amanasikārā 'ananto ākāso' ti ākāsānañcāyatanaṃ upasampajja viharati. Evaṃsaññī pi kho āvuso tad āyatanaṃ no paṭisaṃvedeti.

5. Puna ca paraṃ āvuso bhikkhu sabbaso ākāsānañcāyatanaṃ samatikkamma 'anantaṃ viññāṇan' ti viññāṇañcāyatanaṃ upasampajja viharati. Evaṃsaññī pi kho āvuso tad āyatanaṃ no paṭisaṃvedeti.

6. Puna ca paraṃ āvuso bhikkhu sabbaso viññāṇañcāyatanaṃ samatikkamma 'natthi kiñcī' ti ākiñcaññāyatanaṃ upasampajja viharati. Evaṃsaññī pi kho āvuso tad āyatanaṃ no paṭisaṃvedeti.

7. Ekaṃ idāhaṃ āvuso samayaṃ Sākete viharāmi Añjanavane Migadāye. Atha kho āvuso Jaṭilagāhiyā[15] bhik-

---

1 T. °tanato. 2 omitted by T.
3 M. Ph. °diyati throughout.
4 T. M. saddānañ; M₆ has saddāyatanaṃ.
5 T. M₆ M₇ gandhānañ. 6 M. 'va.
7 T. rasaṃ; M₆ M₇ rasānaṃ.
8 M. 'va; T. M₆ sa va l. so ca; M₇ so va ca.
9 T. M₇ °bbānaṃ; M₆ °bbāyatanaṃ.
10 M. Ph. M₆ °yi. 11 T. M₇ saṃki.
12 T. M₇ asaṃki. 13 T. M₆ M₇ °kkamma.
14 T. M₆ M₇ atthag°.
15 M. Jaṭilavāsikā; Ph. Jaṭilabhatikā; S. Jaṭilabhāgikā *throughout.*

khunī yenāhaṃ ten' upasaṅkami, upasaṅkamitvā maṃ abhivādetvā ekamantaṃ aṭṭhāsi. Ekamantaṃ ṭhitā kho āvuso Jaṭilagāhiya[1] bhikkhunī maṃ etad avoca 'yāyaṃ[2] bhante Ānanda samādhi na cābhinato[3] na cāpanato[4] na sasaṅkhāraniggayhavāritavato[5] vimuttattā ṭhito ṭhitattā santusito[6] santusitattā[6] no paritassati, ayaṃ bhante Ānanda samādhi kimphalo[7] vutto Bhagavatā' ti? Evaṃ vutte ahaṃ[8] āvuso Jaṭilagāhiyaṃ bhikkhuniṃ etad avocaṃ[9] 'yāyaṃ[10] bhagini samādhi na cābhinato na cāpanato na sasaṅkhāraniggayhavāritavato[11] vimuttattā ṭhito ṭhitattā santusito[6] santusitattā[6] no paritassati, ayaṃ bhagini samādhi aññāphalo[12] vutto Bhagavatā' ti.

Evaṃsaññī pi kho āvuso tad āyatanaṃ no paṭisaṃvedetī ti.

XXXVIII.

1. Atha kho dve lokāyatikā brāhmaṇā yena Bhagavā ten' upasaṅkamiṃsu, upasaṅkamitvā Bhagavatā saddhiṃ sammodiṃsu, sammodanīyaṃ kathaṃ sārāṇīyaṃ vītisāretvā ekamantaṃ nisīdiṃsu. Ekamantaṃ nisinnā kho te brāhmaṇā Bhagavantaṃ etad avocuṃ: —

2. Pūraṇo bho[13] Gotama Kassapo sabbaññū sabbadassāvī aparisesañāṇadassanaṃ paṭijānāti 'carato ca me tiṭṭhato ca[13] suttassa ca jāgarassa ca satataṃ samitaṃ ñāṇadassanaṃ paccupaṭṭhitan' ti. So evam āha 'ahaṃ anantena ñāṇena antavantaṃ[14] lokaṃ jānaṃ passaṃ viharāmī' ti.

---

[1] T. M₆. M₇ °kā.
[2] T. svāyaṃ; M₇ savāyaṃ; M₆ yaṃ cāhaṃ.
[3] T. M₇ vābhinato; Ph. cātinato. [4] T. vāpanato.
[5] T. °vārinavato; M. °vārivāvato; Ph. vadivāvato.
[6] M. Ph. santuṭṭhi° [7] T. M₆. M₇ kiṃ °va ph°
[8] Ph. svāhaṃ; M. so 'haṃ; S. tāhaṃ; Ph. adds kho.
[9] Ph. T. M₆. M₇ °ca.
[10] T. M₆ yavāyaṃ; M₇ yumāyaṃ (sic).
[11] M. °vārivāvato; Ph. °vādivāvato; M₇ saṃkhāravāritavato.
[12] Ph. añña°; S. añño ph°
[13] omitted by T. M₆; M₆ omits also Go°
[14] M. Ph. S. add me. [14] M. Ph. S. anantaṃ.

Ayaṃ pi bho Gotama Nigaṇṭho Nātaputto sabbaññū sabbadassāvī aparisesaṃ ñāṇadassanaṃ paṭijānāti 'carato ca me tiṭṭhato ca suttassa ca jāgarassa ca satataṃ samitaṃ ñāṇadassanaṃ paccupaṭṭhitan' ti. So evam āha 'ahaṃ anantena ñāṇena anantaṃ lokaṃ jānaṃ passaṃ viharāmī' ti. Imesaṃ bho Gotama ubhinnaṃ ñāṇavādānaṃ ubhinnaṃ aññamaññaṃ vipaccanikavādānaṃ ko saccaṃ āha ko musā ti?

3. Alaṃ brāhmaṇā, tiṭṭhat' etaṃ: imesaṃ ubhinnaṃ ñāṇavādānaṃ ubhinnaṃ aññamaññaṃ vipaccanikavādānaṃ ko saccaṃ āha ko musā ti. Dhammaṃ vo brāhmaṇā desissāmi, taṃ suṇātha sādhukaṃ manasikarotha, bhāsissāmī ti. 'Evaṃ bho' ti kho te brāhmaṇā Bhagavato paccassosuṃ. Bhagavā etad avoca: —

4. Seyyathā pi brāhmaṇā cattāro purisā catuddisā ṭhitā paramāya gatiyā ca javena ca samannāgatā paramena ca padavītihārena, te evarūpena javena samannāgatā assu, seyyathā pi nāma daḷhadhammo dhanuggaho sikkhito katahattho katūpāsano lahukena asanena appakasirena tiriyaṃ tālacchāyaṃ atipāteyya, evarūpena ca padavītihārena; seyyathā pi nāma puratthimā samuddā pacchimo samuddo, atha puratthimāya disāya ṭhito puriso evaṃ vadeyya 'ahaṃ gamanena lokassa antaṃ pāpuṇissāmī' ti, so aññatr' eva asitapītakhāyitasāyitā aññatra uccārapassāvakammā aññatra niddākilamathapaṭivinodanā vassasatāyuko vassasatajīvī vassasataṃ gantvā appatvā 'va lokassa antaṃ antarā

---

1 M. Ph. S. add hi. 2 M. °ntho; Ph. °ndho.
3 M. T. Nāta°; M. M. Nātha°
4 M. Ph. S. add me. 5 M. adds ma.
6 T. sanataṃ. 7 M. Ph. S. ananteṃ.
8 M. Ph. S. anantaṃ. 9 T. °nivādānaṃ.
10 omitted by S.
11 M. paramā g°; Ph. purimāya g°; S. purisag°; M. only paramena.
12 omitted by M. Ph.; T. na.
13 omitted by Ph. S. 14 M. °diṃ; Ph. °cchāyaṃ
15 Ph. purimāya. 16 S. asitakhāyita°
17 T. M. aññatr' eva.

kālaṃ kareyya[1], atha pacchimāya disāya . . . pe[2] . . . atha[3] uttarāya disāya . . .[4] atha dakkhiṇāya disāya ṭhito puriso evaṃ vadeyya 'ahaṃ gamanena lokassa antaṃ pāpuṇissāmī' ti. So aññatr' eva asitapītakhāyitasāyitā[5] aññatra uccārapassāvakammā aññatra niddākilamathapaṭivinodanā vassasatāyuko vassasatajīvī vassasataṃ gantvā appatvā 'va lokassa antaṃ antarā kālaṃ kareyya. Taṃ kissa hetu? Nāhaṃ brāhmaṇā evarūpāya sandhāvanikāya lokassa antaṃ ñātayyaṃ[6] daṭṭhayyaṃ[7] pattayyan[8] ti vadāmi. Na cāhaṃ brāhmaṇā appatvā 'va lokassa antaṃ dukkhass' antakiriyaṃ vadāmi[9].

5. Pañc' ime brāhmaṇā kāmaguṇā ariyassa vinaye loko ti vuccati[10]. Katame pañca?

6. Cakkhuviññeyyā[11] rūpā iṭṭhā kantā manāpā piyarūpā kāmūpasaṃhitā [illegible] . . .[13] . . . ghānaviññeyyā gandhā . . . [illegible] . . . kāya-viññeyyā phoṭṭhabbā iṭṭhā kantā manāpā piyarūpā kāmūpasaṃhitā rajanīyā.

Ime kho brāhmaṇā pañca kāmaguṇā ariyassa vinaye loko ti vuccati[10].

7. Idha brāhmaṇā bhikkhu vivicc' eva kāmehi . . .[12] paṭhamaṃ jhānaṃ upasampajja viharati. Ayaṃ vuccati brāhmaṇā bhikkhu lokassa antaṃ āgamma[14] lokassa ante viharati. Taṃ añño evam āha 'ayam pi lokapariyāpanno, ayam pi anissaṭo lokamhā' ti. Aham pi[15] brāhmaṇā evaṃ vadāmi 'ayam pi lokapariyāpanno, ayam pi anissaṭo lokamhā' ti.

---

[1] M. *continues:* taṃ kissa hetu, *as below.*
[2] M. la; Ph. pa; T. M. ṭhito puriso evaṃ vadeyya.
[3] *omitted by* S. [4] T. M. ṭhito pu° evaṃ va°
[5] S. asitakhāyita°
[6] M. Ph. S. ñāteyyaṃ; M. ñāṇeyyaṃ.
[7] M. Ph. S. diṭṭheyyaṃ. [8] M. Ph. M. S. patteyyan.
[9] T. M. M. °mi ti. [10] M. Ph. vuccanti.
[11] T. °viññeyyaṃ°, *and so at the other places.*
[12] M. la; Ph. pa; *omitted by* T. M. M.
[13] M. Ph. S. *in full.* [14] Ph. S. agama.
[15] M. Ph. S. *add* hi.

8. Puna ca paraṃ brāhmaṇā bhikkhu vitakkavicārānaṃ vūpasamā . . . pe[1] . . . dutiyaṃ jhānaṃ upasampajja[2] viharati[3] . . . tatiyaṃ jhānaṃ . . . catutthaṃ jhānaṃ upasampajja viharati. Ayaṃ vuccati brāhmaṇā bhikkhu lokassa antaṃ āgamma[4] lokassa ante viharati. Tam aññe evaṃ āhaṃsu 'ayam pi lokapariyāpanno, ayam pi anissaṭo lokamhā' ti. Aham pi[5] brāhmaṇā evaṃ vadāmi 'ayam pi lokapariyāpanno, ayam pi anissaṭo lokamhā' ti.

9. Puna ca paraṃ brāhmaṇā bhikkhu sabbaso rūpasaññānaṃ samatikkamā[6] paṭighasaññānaṃ atthaṅgamā[7] nānattasaññānaṃ amanasikārā 'ananto ākāso' ti ākāsānañcāyatanaṃ upasampajja viharati. Ayaṃ vuccati brāhmaṇā bhikkhu lokassa antaṃ āgamma[4] lokassa ante viharati. Tam aññe evaṃ āhaṃsu 'ayam pi lokapariyāpanno, ayam pi anissaṭo lokamhā' ti. Aham pi[5] brāhmaṇā evaṃ vadāmi 'ayam pi lokapariyāpanno, ayam pi anissaṭo lokamhā' ti.

10. Puna ca paraṃ brāhmaṇā bhikkhu sabbaso ākāsānañcāyatanaṃ samatikkamma 'anantaṃ viññāṇan' ti viññāṇañcāyatanaṃ upasampajja viharati . . . pe[1] . . . sabbaso viññāṇañcāyatanaṃ samatikkamma 'natthi kiñcī' ti ākiñcaññāyatanaṃ upasampajja viharati . . . sabbaso ākiñcaññāyatanaṃ samatikkamma nevasaññānāsaññāyatanaṃ upasampajja viharati. Ayaṃ vuccati brāhmaṇā bhikkhu lokassa antaṃ āgamma[4] lokassa ante viharati. Tam aññe evaṃ āhaṃsu 'ayam pi lokapariyāpanno, ayam pi anissaṭo lokamhā' ti. Aham pi[5] brāhmaṇā evaṃ vadāmi 'ayam pi lokapariyāpanno, ayam pi anissaṭo lokamhā' ti.

11. Puna ca paraṃ brāhmaṇā bhikkhu sabbaso nevasaññānāsaññāyatanaṃ samatikkamma saññāvedayitanirodhaṃ upasampajja viharati, paññāya c'assa[8] disvā āsavā parikkhīṇā honti. Ayaṃ vuccati brāhmaṇā bhikkhu lo-

[1] M. la; Ph. pa; *omitted by* T. M6. M7.
[2] *omitted by* M. Ph. S.
[3] T. M6 *continue:* sabbaso rūpa°, *as in* § 9.
[4] Ph. S. agama. [5] M. Ph. S. *add* hi.
[6] M. °kkamā; Ph. T. M6. M7. °kkamma.
[7] T. M6. M7. atthag° [8] S. p'assa.

kassa aññaṃ āgamma[1] lokassa ante viharati tiṇṇo loke visattikan ti.

XXXIX.

1. Bhūtapubbaṃ bhikkhave devāsurasaṅgāmo[2] samupabbūḷho[3] ahosi. Tasmiṃ kho pana bhikkhave[4] saṅgāme asurā jiniṃsu, devā parājiyiṃsu[5]. Parājitā ca[6] bhikkhave devā apayiṃsveva[7], uttarenābhimukhā[8] abhiyiṃsu[9] asurā. Atha kho bhikkhave devānaṃ etad ahosi 'abhiyant'[10] eva kho asurā, yan nūna mayaṃ dutiyam[11] pi asurehi saṅgāmeyyāmā' ti.

2. Dutiyam pi kho bhikkhave devā asurehi saṅgāmesuṃ. Dutiyam pi kho bhikkhave asurā 'va[12] jiniṃsu, devā parājiyiṃsu. Parājitā [illegible] devānaṃ etad ahosi 'abhiyant' eva kho asurā, yan nūna mayaṃ tatiyam[16] pi asurehi saṅgāmeyyāmā' ti.

3. Tatiyam pi kho bhikkhave devā asurehi saṅgāmesuṃ. Tatiyam pi kho bhikkhave asurā 'va[12] jiniṃsu, devā parājiyiṃsu. Parājitā ca bhikkhave devā[13] bhītā devapuraṃ[14] yeva pavisiṃsu. Devapuragatānañ ca pana[19] bhikkhave devānaṃ etad ahosi 'bhīruttānagatena[20] kho dāni mayaṃ

---

[1] Ph. S. agamā.
[2] S. has °saṃgā° throughout; T. M., M, very seldom.
[3] T. samu°; M. S. °byūḷho; Ph. samuppabyūḷho.
[4] omitted by T. M₇.
[5] M. Ph. °jayiṃsu; T. M., M, °jiniṃsu throughout.
[6] omitted by Ph.
[7] S. apassiṃsvevu; M, apāyaṃsveva; M. apayiṃsu eva; T. apa-aṃsveva; M, apayuṃseva.
[8] T. M., M, uttarena mukhā; S. uttarābhi°
[9] T. M., M, abhiyaṃsu; S. abhibhaviṃsu throughout.
[10] S. abhibhayant' always. [11] M. dutiyakaṃ.
[12] omitted by S. [13] Ph. 'va.
[13] omitted by M. Ph. S.; T. M, omit devā.
[14] T. M., M, apayaṃsveva; M. apayiṃsu yeva; Ph. apayiṃsu yeva; S. apassiṃsveva.
[16] M. tatiyakaṃ. [17] omitted by T. M., M.
[18] S. °pura. [19] M. puna. [20] S. bhīruttāṇa° throughout.

etarahi attanā viharāma akaraṇīyā asurehī' ti. Asurānam pi bhikkhave etad ahosi 'bhīrutāṇagatena kho dāni devā etarahi attanā viharanti akaraṇīyā[1] amhehī'[2] ti.

4. Bhūtapubbaṃ bhikkhave devāsurasaṅgāmo samupabbūḷho[3] ahosi. Tasmiṃ kho pana[4] bhikkhave saṅgāme devā jiniṃsu, asurā parājiyiṃsu[5]. Parājitā ca bhikkhave asurā apayiṃsv eva[6], dakkhiṇenābhimukhā[7] abhiyiṃsu devā. Atha kho bhikkhave asurānaṃ etad ahosi 'abhiyant' eva kho devā, yan nūna mayaṃ dutiyam[8] pi devehi saṅgāmeyyāmā' ti.

5. Dutiyam pi kho bhikkhave asurā devehi saṅgāmesuṃ. Dutiyam pi kho bhikkhave devā 'va[9] jiniṃsu, asurā parājiyiṃsu. Parājitā ca[10] bhikkhave asurā apayiṃsv eva[11], dakkhiṇenābhimukhā[7] abhiyiṃsu devā. Atha kho bhikkhave asurānaṃ etad ahosi 'abhiyant' eva kho devā, yan nūna mayaṃ tatiyam[12] pi devehi saṅgāmeyyāmā' ti.

6. Tatiyam[12] pi kho bhikkhave asurā devehi saṅgāmesuṃ. Tatiyam pi kho bhikkhave devā jiniṃsu, asurā parājiyiṃsu. Parājitā ca bhikkhave asurā bhītā asurapuram[13] yeva pavisiṃsu. Asurapuragatānañ ca pana[14] bhikkhave asurānaṃ etad ahosi 'bhīrutāṇagatena kho dāni[15] mayaṃ etarahi attanā viharāma akaraṇīyā devehī' ti. Devānam pi bhikkhave etad ahosi 'bhīrutāṇagatena kho dāni asurā etarahi attanā viharanti akaraṇīyā amhehī' ti.

7. Evam eva kho bhikkhave yasmiṃ samaye bhikkhu vivicc' eva kāmehi . . . pe[16] . . . paṭhamaṃ jhānaṃ upasampajja viharati, tasmiṃ bhikkhave samaye bhikkhussa evaṃ hoti 'bhīrutāṇagatena kho dānāhaṃ[17] etarahi attanā

---

1 T. kar° 2 T. ammahi.
3 T. sama°; M. Ph. S. samupabyūḷho; M₇ samupabbūḷho.
4 M. Ph. S. ca. 5 T. °jiniṃsu.
6 T. M₆ apayaṃsv eva; M. apayiṃsu yeva; S. apayiṃsveva; M₇ °payaṃsveva.
7 T. M₆ M₇ S. dakkhiṇena mukhā.
8 M. dutiyakaṃ. 9 *omitted by* M. Ph. M₆ S.
10 Ph. 'va. 11 T. *here* ayaṃsv eva. 12 M. tatiyakaṃ.
13 S. °pure. 14 M. puna. 15 T. M₆ M₇ pan' idāni.
16 M. Ph. S. *in full.* 17 T. dānaṃ.

viharāmi akaraṇīyo Mārassā' ti, Mārassāpi bhikkhave pāpimato evaṃ hoti 'bhīruttānagatena kho dāni bhikkhu etarahi attanā viharati akaraṇīyo mayhan' ti.

8. Yasmiṃ bhikkhave samaye bhikkhu vitakkavicārānaṃ vūpasamā . . . pe[1] . . . dutiyaṃ jhānaṃ . . . tatiyaṃ jhānaṃ . . . catutthaṃ jhānaṃ upasampajja viharati, tasmiṃ bhikkhave samaye bhikkhuno evaṃ hoti 'bhīruttānagatena kho dānāhaṃ etarahi attanā viharāmi akaraṇīyo Mārassā' ti, Mārassāpi bhikkhave pāpimato evaṃ hoti 'bhīruttānagatena kho dāni bhikkhu etarahi attanā viharati akaraṇīyo mayhan' ti.

9. Yasmiṃ bhikkhave samaye bhikkhu sabbaso rūpasaññānaṃ samatikkamā[2] paṭighasaññānaṃ atthagamā[3] nānattasaññānaṃ amanasikārā 'ananto ākāso' ti ākāsānañcāyatanaṃ upasampajja viharati, ayaṃ vuccati bhikkhave bhikkhu andham akāsi Māraṃ[4] apadaṃ[5] vadhitvā[6] Māracakkhuṃ adassanaṃ gato pāpimato[7].

10. Yasmiṃ bhikkhave samaye bhikkhu sabbaso ākāsānañcāyatanaṃ samatikkamma 'anantaṃ viññāṇan' ti viññāṇañcāyatanaṃ upasampajja viharati . . .[8] sabbaso viññāṇañcāyatanaṃ samatikkamma 'natthi kiñci' ti ākiñcaññāyatanaṃ upasampajja viharati . . .[8] sabbaso ākiñcaññāyatanaṃ samatikkamma nevasaññānāsaññāyatanaṃ upasampajja viharati . . .[8] sabbaso nevasaññānāsaññāyatanaṃ samatikkamma saññāvedayitanirodhaṃ upasampajja viharati, paññāya c'assa[9] disvā āsavā parikkhīṇā honti: ayaṃ vuccati bhikkhave bhikkhu andham akāsi Māraṃ apadaṃ[10] vadhitvā[11] Māracakkhuṃ adassanaṃ gato pāpimato tiṇṇo loke visattikan ti.

---

[1] M. la; Ph. pa; *omitted by* T. M_6 M_7.
[2] T. M_6 M_7 °kkamma.
[3] T. M_6 M_7 atthag°
[4] M_6 pāraṃ.
[5] Ph. aparaṃ.
[6] S. bandhitvā.
[7] M. Ph. *add* tiṇṇo loke visattikan ti.
[8] S. pe.
[9] S. p'assa.
[10] M. amadaṃ; Ph. aparaṃ.
[11] T. vajitvā; S. bandhitvā.

XL.

1. Yasmiṃ bhikkhave samaye araññakassa[1] nāgassa gocarapasutassa hatthī pi hatthiniyo pi hatthikalabhā[2] pi hatthicchāpā pi purato purato gantvā tiṇaggāni chindanti, tena bhikkhave araññako nāgo aṭṭīyati harāyati jigucchati; yasmiṃ bhikkhave samaye araññakassa nāgassa gocarapasutassa hatthī pi hatthiniyo pi hatthikalabhā[2] pi[3] hatthicchāpā[3] pi[3] obhaggobhaggaṃ sākhābhaṅgaṃ[4] khādanti, tena bhikkhave araññako nāgo aṭṭīyati harāyati jigucchati; yasmiṃ bhikkhave samaye araññakassa nāgassa ogāhaṃ otiṇṇassa hatthī pi hatthiniyo pi hatthikalabhā pi hatthicchāpā pi purato purato gantvā soṇḍāya udakaṃ āloḷenti[5], tena bhikkhave araññako nāgo aṭṭīyati harāyati jigucchati; yasmiṃ bhikkhave samaye araññakassa nāgassa ogāhaṃ[6] otiṇṇassa[7] hatthiniyo kāyaṃ upanighaṃsantiyo[8] gacchanti, tena bhikkhave araññako nāgo aṭṭīyati harāyati jigucchati.

2. Tasmiṃ bhikkhave samaye araññakassa nāgassa evaṃ hoti 'ahaṃ kho etarahi ākiṇṇo[9] viharāmi hatthīhi hatthinīhi hatthikalabhehi[10] hatthicchāpehi[11], chinnaggāni c'eva tiṇāni khādāmi, obhaggobhaggañ ca me sākhābhaṅgaṃ[12] khādanti[13], āvilāni[14] ca pānīyāni pivāmi, ogāhā[15] ca me otiṇṇassa[16] hatthiniyo kāyaṃ upanighaṃsantiyo[8] gacchanti; yaṃ nūnāhaṃ eko gaṇasmā vūpakaṭṭho vihareyyan' ti. So aparena samayena eko gaṇasmā vūpakaṭṭho viharati, acchinnaggāni c'eva[17] tiṇāni khādati, obhaggobhaggañ c'assa[18]

---

[1] M. Ph. ar° throughout.
[2] M. Ph. °kaḷ°; S. °kul° throughout; M₇ °kal° and °kaḷ°
[3] omitted by T.
[4] T. twice; M₇ °bhaggaṃ.
[5] T. M₆ M₇ ālo°; M. Ph. āḷo°
[6] M. Ph. °hā.
[7] M. uti°; Ph. utti°
[8] M. S. upaghaṃs°; Ph. ugghaṃs°
[9] T. aciṇṇo.
[10] T. M₆ kalabhehi.
[11] T. hacchāpehi.
[12] T. °bhaggā; M₇ °bhaggaṃ.
[13] M. Ph. S. °ditaṃ.
[14] T. anāvi°
[15] M. S. °hā pi; Ph. °hassa pi.
[16] M. uti°; Ph. S. utti°
[17] M. ca.
[18] M. Ph. S. ca.

sākhābhaṅgaṃ[1] na[2] khādanti[3], anāvilāni ca[4] pānīyāni pivati, ogāhaṃ[5] c'assa[6] otiṇṇassa[7] na[8] hatthiniyo kāyaṃ upanighaṃsantiyo[9] gacchanti. Tasmiṃ bhikkhave samaye araññakassa nāgassa evaṃ hoti 'ahaṃ kho pubbe ākiṇṇo[10] vihāsiṃ[11] hatthīhi hatthinīhi hatthikalabhehi hatthicchāpehi, chinnaggāni c'eva tiṇāni khādiṃ[12], obhaggobhaggañ ca me sākhābhaṅgaṃ[13] khādiṃsu[14], āvilāni ca pānīyāni apāyiṃ[15], ogāhañ[16] ca me otiṇṇassa[17] hatthiniyo kāyaṃ upanighaṃsantiyo[18] agamaṃsu; so 'haṃ[19] etarahi eko gaṇasmā vūpakaṭṭho viharāmi, acchinnaggāni c'eva tiṇāni khādāmi, obhaggobhaggañ ca me sākhābhaṅgaṃ na[20] khādanti[21], anāvilāni ca pānīyāni pivāmi, ogāhañ ca me otiṇṇassa[22] na hatthiniyo kāyaṃ upanighaṃsantiyo[23] gacchantī' ti. So soṇḍāya sākhābhaṅgaṃ [illegible] sākhābhaṅgena kāyaṃ parimaddjitvā[24] [illegible].

2. Evam eva kho bhikkhave yasmiṃ samaye bhikkhu ākiṇṇo[26] viharati bhikkhūhi bhikkhunīhi upāsakehi upāsikāhi raññā rājamahāmattehi titthiyehi titthiyasāvakehi. Tasmiṃ bhikkhave samaye bhikkhussa evaṃ hoti 'ahaṃ kho etarahi ākiṇṇo viharāmi bhikkhūhi bhikkhunīhi upāsakehi upāsikāhi raññā rājamahāmattehi titthiyehi titthiyasāvakehi, yan nūnāhaṃ eko gaṇasmā vūpakaṭṭho vihareyyan' ti. So vivittaṃ senāsanaṃ bhajati araññaṃ[27]

---

[1] Ph. °bhaṅgāni; M7 °bhaggaṃ.
[2] M. Ph. S. *put* na *before* obhagg°
[3] M. Ph. S. khādati. [4] T. ja. [5] M. Ph. S. °hā pi.
[6] Ph. ca. [7] M. uti°; Ph. S. utti°
[8] S. *puts* na *before* upa° [9] M. Ph. S. upagh°
[10] Ph. ākiṇṇam. [11] Ph. °si.
[12] M. Ph. °li; T. M6 M7 °dāmi. [13] T. °bhaggaṃ.
[14] M. Ph. S. °ditaṃ. [15] Ph. °yi; S. °sim.
[16] M. Ph. S. °hā.
[17] M. uti°; Ph. utti°; T. M6 M7 tiṇṇaggassa.
[18] M. S. upagh°; Ph. uggh° [19] T. M6 M7 S. so 'haṃ.
[20] *omitted by* S. [21] *omitted by* Ph.
[22] M. uti°; Ph. S. utti°; M7 tiṇṇassa. [23] S. upagh°
[24] M. Ph. S. °majjitvā.
[25] T. M6 M7 °ḍa; M. Ph. soṇḍaṃ.
[26] M. Ph. °harati. [27] T. araññā°

rukkhamūlaṃ[1] pabbataṃ kandaraṃ[2] giriguhaṃ susānaṃ vanapatthaṃ[3] abbhokāsaṃ palālapuñjaṃ, so araññagato[4] vā rukkhamūlagato vā suññāgāragato vā nisīdati pallaṅkaṃ ābhujitvā[5] ujuṃ kāyaṃ paṇidhāya parimukhaṃ satiṃ upaṭṭhapetvā[6]; so abhijjhaṃ loke pahāya vigatābhijjhena cetasā viharati, abhijjhāya cittaṃ parisodheti; vyāpādapadosaṃ[7] pahāya avyāpannacitto viharati, sabbapāṇabhūtahitānukampī vyāpādapadosā cittaṃ parisodheti; thīnamiddhaṃ pahāya vigatathīnamiddho viharati, ālokasaññī sato sampajāno thīnamiddhā cittaṃ parisodheti; uddhaccakukkuccaṃ pahāya anuddhato viharati, ajjhattaṃ vūpasantacitto uddhaccakukkuccā cittaṃ parisodheti; vicikicchaṃ pahāya tiṇṇavicikiccho viharati, akathaṃkathī kusalesu dhammesu vicikicchāya cittaṃ parisodheti. So ime pañca nīvaraṇe pahāya cetaso[8] upakkilese paññāya dubbalīkaraṇe vivicc' eva kāmehi . . . pe[9] . . . paṭhamaṃ jhānaṃ upasampajja viharati, so attamano kaṇḍuṃ[10] saṃhanti[11]; vitakkavicārānaṃ vūpasamā . . . pe[12] . . . dutiyaṃ jhānaṃ . . . tatiyaṃ jhānaṃ . . . catutthaṃ jhānaṃ upasampajja viharati, so attamano kaṇḍuṃ saṃhanti; sabbaso rūpasaññānaṃ samatikkamā[13] paṭighasaññānaṃ atthaṅgamā[14] nānattasaññānaṃ amanasikārā 'ananto ākāso' ti ākāsānañcāyatanaṃ upasampajja viharati, so attamano kaṇḍuṃ saṃhanti; sabbaso ākāsānañcāyatanaṃ samatikkamma 'anantaṃ viññāṇan' ti viññāṇañcāyatanaṃ upasampajja viharati . . .[15] sabbaso viññāṇañcāyatanaṃ samatikkamma 'natthi kiñci' ti ākiñcaññāyatanaṃ upasampajja viharati . . . sabbaso ākiñcaññāyatanaṃ samatikkamma nevasaññānāsaññāyatanaṃ upasampajja viharati . . .[16] sabbaso nevasaññānāsaññā-

---

1 T. arañña° 2 S. kaṇḍ°; T. kandh°
3 M. Ph. °pattaṃ. 4 T. ar° 5 Ph. ābhuñj°
6 Ph. upaṭṭhā° 7 T. vya° *throughout.* 8 S. °sa.
9 M. Ph. S. *in full.*
10 T. M. °ḍu; M. Ph. °ḍaṃ *throughout.*
11 Ph. S. °hanati; M. °harati *throughout.*
12 M. la; Ph. pa; *omitted by* T. M. M.
13 T. M. M. °kkamma. 14 T. M. M. atthag°
15 S. pa 16 T. M. M. so att° ka° saṃh°

yatanaṃ samatikkamma saññāvedayitanirodhaṃ upasampajja viharati, paññāya c'assa[1] disvā āsavā parikkhīṇā honti, so attamano kaṇḍuṃ saṃharati ti.

XLI.

1. Evaṃ[2] me sutaṃ. Ekaṃ samayaṃ Bhagavā Mallesu[3] viharati Uruvelakappaṃ nāma Mallānaṃ[4] nigamo. Atha kho Bhagavā pubbaṇhasamayaṃ nivāsetvā pattacīvaram ādāya Uruvelakappaṃ[5] piṇḍāya pāvisi. Uruvelakappe piṇḍāya caritvā pacchābhattaṃ piṇḍapātapaṭikkanto āyasmantaṃ Ānandaṃ āmantesi 'idh' eva tāva tvaṃ Ānanda hohi, yāvāhaṃ[6] Mahāvanaṃ ajjhogāhāmi divāvihārāyā' ti. 'Evaṃ bhante' ti kho āyasmā Ānando Bhagavato paccassosi. Atha kho Bhagavā Mahāvanaṃ ajjhogāhetvā aññatarasmiṃ rukkhamūle divāvihāraṃ nisīdi.

2. Atha kho Tapusso[7] gahapati yenāyasmā Ānando ten' upasaṅkami, upasaṅkamitvā āyasmantaṃ Ānandaṃ abhivādetvā ekamantaṃ nisīdi. Ekamantaṃ nisinno kho Tapusso gahapati āyasmantaṃ Ānandaṃ etad avoca 'mayaṃ bhante Ānanda gihī kāmabhogī[8] kāmārāmā[9] kāmaratā kāmasammuditā[10], tesaṃ no bhante amhākaṃ gihīnaṃ kāmabhogīnaṃ kāmārāmānaṃ kāmaratānaṃ kāmasammuditānaṃ papāto viya khāyati yad idaṃ nekkhammaṃ[11]; sutaṃ me[12] taṃ[12] bhante: imasmiṃ dhammavinaye daharānaṃ daharānaṃ[13] bhikkhūnaṃ nekkhamme[14] cittaṃ pakkhandati pasīdati santiṭṭhati vimuccati 'etaṃ santan' ti passato; tayidaṃ bhante imasmiṃ dhammavinaye bhikkhūnaṃ bahunā janena visabhāgo[15] yad idaṃ nekkhammaṃ[16]' ti.

---

[1] S. p'assa. [2] M. Ph. S. *omit this phrase.*
[3] S. Mallakesu; T. M_6 M_7 Malatesu.
[4] T. M_6 M_7 Malatānaṃ. [5] T. Vuru°
[6] T. vāhaṃ. [7] M. Ph. Taph° *throughout.*
[8] M. Ph. S. °gino *throughout.* [9] M_6 °ragā.
[10] M. Ph. S. samm° *always.*
[11] Ph. nikkhamaṃ *always.* [12] Ph. S. etaṃ.
[13] *omitted by* T. [14] Ph. nikkhame *always.*
[15] T. vinayabh° [16] Ph. *here* nekkhamaṃ.

'Atthi kho etaṃ gahapati kathāpābhataṃ[1] Bhagavantaṃ dassanāya. āyāma gahapati, yena Bhagavā ten' upasaṅkamissāma, upasaṅkamitvā Bhagavato etaṃ atthaṃ ārocessāma[2]; yathā no Bhagavā vyākarissati[3], tathā taṃ[4] dhāressāmā[4]' ti. 'Evaṃ bhante' ti kho Tapusso gahapati āyasmato Ānandassa paccassosi.

3. Atha kho āyasmā Ānando Tapussena gahapatinā saddhiṃ yena Bhagavā ten' upasaṅkami, upasaṅkamitvā Bhagavantaṃ . . . pe[5] . . . Bhagavantaṃ etad avoca 'ayaṃ bhante Tapusso gahapati evam āha: mayaṃ bhante Ānanda gihī kāmabhogī kāmārāmā kāmaratā kāmasammuditā[6]. tesaṃ no bhante amhākaṃ gihīnaṃ kāmabhogīnaṃ kāmārāmānaṃ kāmaratānaṃ kāmasammuditānaṃ[6] papāto[7] viya khāyati yad idaṃ nekkhammaṃ: sutaṃ me[8] taṃ[9] bhante: imasmiṃ dhammavinaye daharānaṃ daharānaṃ[10] bhikkhūnaṃ nekkhamme cittaṃ pakkhandati[10] pasīdati santiṭṭhati vimuccati 'etaṃ santan' ti passato; tayidaṃ bhante imasmiṃ dhammavinaye bhikkhūnaṃ bahunā janena visabhāgo yad idaṃ nekkhamman' ti.

4. Evam etaṃ Ānanda evaṃ[11] etaṃ Ānanda, mayham pi kho Ānanda pubb' eva sambodhā anabhisambuddhassa bodhisattass' eva sato etad ahosi: sādhu nekkhammaṃ sādhu paviveko ti. Tassa mayhaṃ Ānanda nekkhamme cittaṃ na pakkhandati na ppasīdati na santiṭṭhati na vimuccati 'etaṃ santan' ti passato. Tassa mayhaṃ Ānanda etad ahosi: ko nu kho hetu ko paccayo yena me nekkhamme cittaṃ na pakkhandati na ppasīdati na santiṭṭhati na vimuccati 'etaṃ santan' ti passato? Tassa mayhaṃ Ānanda etad ahosi: kāmesu kho[12] me[13] ādīnavo adiṭṭho, so ca me abahulīkato, nekkhamme[12] ānisaṃso anadhigato, so ca me[14]

---

1 T. °pābhataṃ. 2 M. Ph. aroci°
3 M. Ph. byakaṃ, 4 M. Ph. S. karissāma.
5 M. Ph. S. *in full.* 6 T. M6 *here* samu°
7 T. pāpato; Ph. pāpako. 8 Ph. S. etaṃ.
9 *omitted by* T. 10 T. M6. M. upa°
11 M. Ph. T. M6 *do not repeat* evaṃ etaṃ Ā°
12 *omitted by* M. Ph. 13 M. S. *add* ca.
14 T. M6 *add* Ānanda.

anāsevito[1]; tasmā me[2] nekkhamme cittaṃ na pakkhandati nappasīdati na santiṭṭhati na vimuccati 'etaṃ santan' ti passato. Tassa mayhaṃ Ānanda etad ahosi: sace kho ahaṃ kāmesu ādīnavaṃ disvā taṃ[3] bahulīkareyyaṃ[4], nekkhamme ānisaṃsaṃ adhigamma[5] taṃ āseveyyaṃ; ṭhānaṃ kho pan' etaṃ vijjati, yaṃ me nekkhamme cittaṃ pakkhandeyya pasīdeyya santiṭṭheyya vimucceyya 'etaṃ santan' ti passato. So kho ahaṃ Ānanda aparena samayena kāmesu ādīnavaṃ disvā taṃ[6] bahulam akāsiṃ[7], nekkhamme[8] ānisaṃsaṃ adhigamma taṃ āseviṃ[9]. Tassa mayhaṃ Ānanda nekkhamme cittaṃ pakkhandati pasīdati santiṭṭhati vimuccati 'etaṃ santan' ti passato. So kho ahaṃ Ānanda aparena[10] samayena[10] vivicc' eva kāmehi ... pe[11] paṭhamaṃ jhānaṃ upasampajja viharāmi. Tassa mayhaṃ Ānanda iminā vihārena viharato kāmasahagatā saññāmanasikārā samudācaranti, svāssa[12] me hoti ābādho. Seyyathā pi Ānanda sukhino dukkhaṃ uppajjeyya yāvad eva ābādhāya, evam ev' assa[13] me kāmasahagatā saññāmanasikārā samudācaranti, svāssa me hoti ābādho.

5. Tassa mayhaṃ Ānanda etad ahosi: yan nūnāhaṃ vitakkavicārānaṃ vūpasamā . . . pe[14] . . . dutiyaṃ jhānaṃ upasampajja vihareyyan ti. Tassa mayhaṃ Ānanda avitakke cittaṃ na pakkhandati nappasīdati na santiṭṭhati na vimuccati 'etaṃ santan' ti passato. Tassa mayhaṃ Ānanda etad ahosi: ko nu kho hetu ko paccayo yena me avitakke cittaṃ na pakkhandati nappasīdati na santiṭṭhati na vimuccati 'etaṃ santan' ti passato? Tassa mayhaṃ Ānanda etad ahosi: vitakkesu[15] kho me ādīnavo adiṭṭho, so ca me abahulīkato, avitakke[16] ānisaṃso anadhigato, so

---

[1] T. sevi; M, asevivita (sic). [2] omitted by T. M. M.
[3] T. na. [4] M. Ph. bahulaṃ ka°
[5] T. M. M, anadhi° [6] T. M, tabbahu°; Ph. °liṃ.
[7] M. Ph. °si. [8] Ph. adds me. [9] M, °vi; T. °vitaṃ.
[10] omitted by M. Ph. S. [11] M. Ph. S. give it in full.
[12] M. svassa throughout; Ph. svassa and svāssa.
[13] Ph. only assa; T. M. etassa; M, eva tassa.
[14] M. la; Ph. pa, omitted by T. M. M.
[15] S. vitakke. [16] M. S. add ca.

ca me anāsevito; tasmā me avitakke cittaṃ na pakkhandati na ppasīdati na santiṭṭhati na vimuccati 'etaṃ santan' ti passato. Tassa mayhaṃ Ānanda etad ahosi: sace kho ahaṃ vitakkesu[1] ādīnavaṃ disvā taṃ[2] bahulīkareyyaṃ[3], avitakke ānisaṃsaṃ adhigamma taṃ āseveyyaṃ; ṭhānaṃ kho pan' etaṃ vijjati, yaṃ me[4] avitakke cittaṃ pakkhandeyya pasīdeyya santiṭṭheyya vimucceyya 'etaṃ santan' ti passato. So kho ahaṃ Ānanda aparena samayena vitakkesu[4] ādīnavaṃ disvā taṃ[5] bahulaṃ[5] akāsiṃ[6], avitakke ānisaṃsaṃ adhigamma[7] taṃ āseviṃ[8]. Tassa mayhaṃ Ānanda avitakke cittaṃ pakkhandati[9] pasīdati santiṭṭhati vimuccati 'etaṃ santan' ti passato. So kho ahaṃ Ānanda aparena[10] samayena[10] vitakkavicārānaṃ vūpasamā . . . pe[11] . . . dutiyaṃ jhānaṃ upasampajja viharāmi. Tassa mayhaṃ Ānanda iminā vihārena viharato vitakkasahagatā saññāmanasikārā samudācaranti, svāssa me hoti ābādho. Seyyathā pi Ānanda sukhino dukkhaṃ uppajjeyya yāvad-eva ābādhāya, evam ev' assa[12] me[13] vitakkasahagatā saññāmanasikārā samudācaranti, svāssa me hoti ābādho.

6. Tassa mayhaṃ Ānanda etad ahosi: yan nūnāhaṃ pītiyā ca virāgā . . .[14] tatiyaṃ jhānaṃ upasampajja vihareyyan ti. Tassa mayhaṃ Ānanda nippītike cittaṃ na pakkhandati na ppasīdati na santiṭṭhati na vimuccati 'etaṃ santan' ti passato. Tassa mayhaṃ Ānanda etad ahosi: ko nu kho hetu ko paccayo yena me nippītike cittaṃ na pakkhandati na ppasīdati na santiṭṭhati na vimuccati 'etaṃ santan' ti passato? Tassa mayhaṃ Ānanda etad ahosi: pītiyā kho me ādīnavo adiṭṭho, so ca me abahulīkato, nippītike[15] ānisaṃso anadhigato, so ca me anāsevito; tasmā me nippītike cittaṃ na pakkhandati na ppasīdati na san-

---

1 S. °takke; T. *adds* ku me; M. kho me.
2 M. tabbahulaṃ k°; Ph. taṃ bahulaṃ k°
3 T. *adds* taṃ. 4 M. S. °kke. 5 M. Ph. tabbah°
6 Ph. T. °ni. 7 T. M. anadhi° 8 T. M. °vi.
9 T. na pa° 10 *omitted by* M. Ph. S.
11 M. la; Ph. pa; *omitted by* T. M. M.
12 T. M. M. *only* sama. 13 *omitted by* T. M. M.
14 M. Ph. S. *in full*. 15 M. S. *add* ca.

tiṭṭhati na vimuccati 'etaṃ santan' ti passato. Tassa mayhaṃ Ānanda etad ahosi: sace kho ahaṃ pītiyā ādīnavaṃ disvā taṃ[1] bahulīkareyyaṃ[1], nippītike ānisaṃsaṃ adhigamma taṃ āseveyyaṃ[3]; ṭhānaṃ kho pan' etaṃ vijjati, yaṃ me nippītike cittaṃ pakkhandeyya pasīdeyya santiṭṭheyya vimucceyya 'etaṃ santan' ti passato. So kho ahaṃ Ānanda aparena samayena pītiyā ādīnavaṃ disvā taṃ[2] bahulaṃ[2] akāsiṃ[4], nippītike[5] ānisaṃsaṃ adhigamma taṃ āseviṃ[5]. Tassa mayhaṃ Ānanda nippītike cittaṃ pakkhandati pasīdati santiṭṭhati vimuccati 'etaṃ santan' ti passato. So kho ahaṃ Ānanda aparena[7] samayena[7] pītiyā ca virāgā ... pe[8] ... tatiyaṃ jhānaṃ upasampajja viharāmi. Tassa mayhaṃ Ānanda iminā vihārena viharato pītisahagatā saññāmanasikārā samudācaranti, svāssa me hoti ābādho. Seyyathā pi Ānanda sukhino dukkhaṃ uppajjeyya yāvad eva ābādhāya; evam ev' assa[9] me pītisahagatā saññāmanasikārā samudācaranti, svāssa me hoti ābādho.

7. Tassa mayhaṃ Ānanda etad ahosi: yan nūnāhaṃ sukhassa ca pahānā ...[10] catutthaṃ jhānaṃ upasampajja vihareyyan ti. Tassa mayhaṃ Ānanda adukkhamasukhe cittaṃ na pakkhandati na ppasīdati na santiṭṭhati na vimuccati 'etaṃ santan' ti passato. Tassa mayhaṃ Ānanda etad ahosi: ko nu kho hetu ko paccayo yena me adukkhamasukhe cittaṃ na pakkhandati na ppasīdati na santiṭṭhati na vimuccati 'etaṃ santan' ti passato? Tassa mayhaṃ Ānanda etad ahosi: upekhāsukhe kho me ādīnavo adiṭṭho, so ca me abahulīkato, adukkhamasukhe[11] ānisaṃso anadhigato, so ca me anāsevito; tasmā[12] me adukkhamasukhe cittaṃ na pakkhandati na ppasīdati na santiṭṭhati na vimuccati 'etaṃ santan' ti passato. Tassa mayhaṃ Ānanda etad ahosi: sace kho ahaṃ upekhāsukhe ādīnavaṃ disvā

---

[1] M. Ph. tabbahulaṃ k°; T. °yyan ti. [3] T. M, °yya.
[2] M. Ph. tabbah° [4] T. °si. [6] T. M6. M7, °tiyā.
[5] T. °vi. [7] *omitted by* M. Ph. S.
[8] M. la; Ph. pa; *omitted by* T. M6. M7.
[9] M. *only* asse. [10] M. Ph. S. *in full.*
[11] M. Ph. S. *add* ca. [12] T. M6. M7. tasmā.

taṃ[1] bahulīkareyyaṃ[1], adukkhamasukhe ānisaṃsaṃ adhigamma taṃ āseveyyaṃ; ṭhānaṃ kho pan' etaṃ vijjati, yaṃ me adukkhamasukhe cittaṃ pakkhandeyya pasīdeyya santiṭṭheyya vimucceyya 'etaṃ santan' ti passato. So kho ahaṃ Ānanda aparena samayena upekhāsukhe ādīnavaṃ disvā taṃ[2] bahulaṃ[2] akāsiṃ, adukkhamasukhe ānisaṃsaṃ adhigamma taṃ āseviṃ[3]. Tassa mayhaṃ Ānanda adukkhamasukhe cittaṃ pakkhandati pasīdati santiṭṭhati vimuccati 'etaṃ santan' ti passato. So kho ahaṃ Ānanda aparena samayena sukhassa ca pahānā[4] . . . pe[5] . . . catutthaṃ jhānaṃ upasampajja viharāmi. Tassa mayhaṃ Ānanda iminā vihārena viharato upekhāsahagatā[6] saññāmanasikārā samudācaranti, svāssa me hoti ābādho. Seyyathā pi Ānanda sukhino dukkhaṃ uppajjeyya yāva-d-eva ābādhāya, evam ev' assa me upekhāsahagatā[7] saññāmanasikārā samudācaranti, svāssa me hoti ābādho.

6. Tassa mayhaṃ Ānanda etad ahosi: yan nūnāhaṃ sabbaso rūpasaññānaṃ samatikkamā[8] paṭighasaññānaṃ atthaṅgamā[9] nānattasaññānaṃ amanasikārā 'ananto ākāso' ti ākāsānañcāyatanaṃ upasampajja vihareyyan ti. Tassa mayhaṃ Ānanda ākāsānañcāyatane cittaṃ na[10] pakkhandati na[10] pasīdati na santiṭṭhati na vimuccati 'etaṃ santan' ti passato. Tassa mayhaṃ Ānanda etad ahosi: ko nu kho hetu ko paccayo yena me ākāsānañcāyatane cittaṃ na pakkhandati na pasīdati na santiṭṭhati na vimuccati 'etaṃ santan' ti passato? Tassa mayhaṃ Ānanda etad ahosi: rūpesu[11] kho me ādīnavo adiṭṭho, so ca me abahulīkato, ākāsānañcāyatane[12] ānisaṃso anadhigato, so ca me anāsevito; tasmā[13] me ākāsānañcāyatane cittaṃ na pakkhandati na pasīdati na santiṭṭhati na vimuccati 'etaṃ santan'

---

1 Ph. tabbah°; M. tabbahulaṃ k°
2 M. Ph. tabbah°; T. bahulīkaṃ.
3 Ph. M. °vi.
4 omitted by M. Ph.
5 M. la; Ph. pa; omitted by T. M_6. M_7.
6 T. M_6. M_7 upekhāsukhasah°
7 Ph. T. M_7 upekkhāsukhasah°
8 T. M_7 °kkamma throughout; M_7 °kkamma and °kkamā.
9 T. M_6. M_7 atthag° throughout.
10 omitted by T. M_7.
11 M_7 rūpe.
12 M. Ph. S. add ca.
13 T. tassa.

ti passato. Tassa mayhaṃ Ānanda etad ahosi: sace kho ahaṃ rūpesu ādīnavaṃ disvā taṃ bahulīkareyyaṃ[1], ākāsānañcāyatane ānisaṃsaṃ adhigamma[2] taṃ āseveyyaṃ[3]; ṭhānaṃ kho pan' etaṃ vijjati, yaṃ me ākāsānañcāyatane cittaṃ pakkhandeyya pasīdeyya santiṭṭheyya vimucceyya 'etaṃ santan' ti passato. So kho ahaṃ Ānanda aparena samayena rūpesu ādīnavaṃ disvā taṃ bahulaṃ akāsiṃ[4], ākāsānañcāyatane ānisaṃsaṃ adhigamma[5] taṃ āseviṃ[6]. Tassa mayhaṃ Ānanda ākāsānañcāyatane cittaṃ pakkhandati pasīdati santiṭṭhati vimuccati 'etaṃ santan' ti passato. So kho ahaṃ Ānanda aparena[7] samayena[8] sabbaso rūpasaññānaṃ samatikkamā paṭighasaññānaṃ atthaṅgamā nānattasaññānaṃ amanasikārā 'ananto ākāso' ti ākāsānañcāyatanaṃ upasampajja viharāmi. Tassa mayhaṃ Ānanda iminā vihārena viharato rūpasahagatā saññāmanasikārā samudācaranti, svāssa me hoti ābādho. Seyyathāpi Ānanda sukhino dukkhaṃ uppajjeyya yāva-d-eva ābādhāya, evam ev' assa me rūpasahagatā saññāmanasikārā samudācaranti, svāssa me hoti ābādho.

9. Tassa mayhaṃ Ānanda etad ahosi: yan nūnāhaṃ sabbaso ākāsānañcāyatanaṃ samatikkamma 'anantaṃ viññāṇan' ti viññāṇañcāyatanaṃ upasampajja vihareyyan ti. Tassa mayhaṃ Ānanda viññāṇañcāyatane cittaṃ na pakkhandati na ppasīdati na santiṭṭhati na vimuccati 'etaṃ santan' ti passato. Tassa mayhaṃ Ānanda etad ahosi: ko nu kho hetu ko paccayo yena me viññāṇañcāyatane cittaṃ na pakkhandati na ppasīdati na santiṭṭhati na vimuccati 'etaṃ santan' ti passato? Tassa mayhaṃ Ānanda etad ahosi: ākāsānañcāyatane kho me ādīnavo adiṭṭho, so ca me abahulīkato, viññāṇañcāyatane ānisaṃso anadhigato, so ca me anāsevito; tasmā me viññāṇañcāyatane cittaṃ na pakkhandati na ppasīdati na santiṭṭhati na vimuccati 'etaṃ santan' ti passato. Tassa mayhaṃ Ānanda etad ahosi: sace kho ahaṃ ākāsānañcāyatane ādīnavaṃ disvā taṃ

---

1 M. Ph. bahula° 2 T. M. āgamma. 3 T. °yya.
4 T. M. °si. 5 M. āgamma. 6 T. M. °vi.
7 *omitted by* M. Ph. S. 8 S. *adds* ca.

bahulīkareyyaṃ[1], viññāṇañcāyatane ānisaṃsaṃ adhigamma taṃ āseveyyaṃ; ṭhānaṃ kho pan' etaṃ vijjati, yaṃ me viññāṇañcāyatane cittaṃ pakkhandeyya pasīdeyya santiṭṭheyya vimucceyya 'etaṃ santan' ti passato. So kho ahaṃ Ānanda aparena samayena ākāsānañcāyatane ādīnavaṃ disvā taṃ bahulaṃ akāsiṃ[2], viññāṇañcāyatane ānisaṃsaṃ adhigamma taṃ āseviṃ[3]. Tassa mayhaṃ Ānanda viññāṇañcāyatane cittaṃ pakkhandati pasīdati santiṭṭhati vimuccati 'etaṃ santan' ti passato. So kho ahaṃ Ānanda aparena samayena[4] sabbaso ākāsānañcāyatanaṃ samatikkamma 'anantaṃ viññāṇan' ti viññāṇañcāyatanaṃ upasampajja viharāmi. Tassa mayhaṃ Ānanda iminā vihārena viharato ākāsānañcāyatanasahagatā saññāmanasikārā samudācaranti, svāssa me hoti ābādho. Seyyathā pi Ānanda sukhino dukkhaṃ uppajjeyya yāvad-eva ābādhāya, evam ev' assa me ākāsānañcāyatanasahagatā saññāmanasikārā samudācaranti, svāssa me hoti ābādho.

10. Tassa mayhaṃ Ānanda etad ahosi: yan nūnāhaṃ sabbaso viññāṇañcāyatanaṃ samatikkamma 'natthi kiñcī' ti ākiñcaññāyatanaṃ upasampajja vihareyyan ti. Tassa mayhaṃ Ānanda ākiñcaññāyatane cittaṃ na pakkhandati na ppasīdati na santiṭṭhati na vimuccati 'etaṃ santan' ti passato. Tassa mayhaṃ Ānanda etad ahosi: ko nu kho hetu ko paccayo yena me ākiñcaññāyatane cittaṃ na pakkhandati na ppasīdati na santiṭṭhati na vimuccati 'etaṃ santan' ti passato? Tassa mayhaṃ Ānanda etad ahosi: viññāṇañcāyatane kho me ādīnavo adiṭṭho, so ca me abahulīkato, ākiñcaññāyatane[5] ānisaṃso anadhigato, so ca me anāsevito; tasmā me ākiñcaññāyatane cittaṃ na pakkhandati na ppasīdati na santiṭṭhati na vimuccati 'etaṃ santan' ti passato. Tassa mayhaṃ Ānanda etad ahosi: sace kho ahaṃ viññāṇañcāyatane ādīnavaṃ disvā taṃ bahulīkareyyaṃ[6], ākiñcaññāyatane ānisaṃsaṃ adhigamma taṃ āseveyyaṃ[7]; ṭhānaṃ kho pan' etaṃ vijjati, yaṃ me ākiñcaññā-

[1] M. Ph. tabbahu° [2] Ph. °vi. [3] Ph. T. M. °vi.
[4] omitted by M. Ph. S. [5] S. adds ca.
[6] M. tabbahu°; Ph. tabbahulaṃ kar° [7] T. °yya.

yatane cittaṃ pakkhandeyya pasīdeyya santiṭṭheyya vimucceyya 'etaṃ santan' ti passato. So kho ahaṃ Ānanda aparena samayena viññāṇañcāyatane ādīnavaṃ disvā taṃ[1] bahulaṃ[1] akāsiṃ[2], ākiñcaññāyatane ānisaṃsaṃ adhigamma taṃ āseviṃ. Tassa mayhaṃ Ānanda ākiñcaññāyatane cittaṃ pakkhandati pasīdati santiṭṭhati vimuccati 'etaṃ santan' ti passato. So kho ahaṃ Ānanda aparena[3] samayena[3] sabbaso viññāṇañcāyatanaṃ samatikkamma 'natthi kiñci' ti ākiñcaññāyatanaṃ upasampajja viharāmi. Tassa mayhaṃ Ānanda iminā vihārena viharato viññāṇañcāyatanasahagatā saññāmanasikārā samudācaranti, svāssa me hoti ābādho. Seyyathā pi Ānanda sukhino dukkhaṃ uppajjeyya yāvad-eva ābādhāya, evam ev' assa me viññāṇañcāyatanasahagatā saññāmanasikārā samudācaranti, svāssa me hoti ābādho.

11. Tassa mayhaṃ Ānanda etad ahosi: yan nūnāhaṃ sabbaso ākiñcaññāyatanaṃ samatikkamma nevasaññānāsaññāyatanaṃ upasampajja vihareyyan ti. Tassa mayhaṃ Ānanda nevasaññānāsaññāyatane cittaṃ na pakkhandati na ppasīdati na santiṭṭhati na vimuccati 'etaṃ santan' ti passato. Tassa mayhaṃ Ānanda etad ahosi: ko nu kho hetu ko paccayo yena me nevasaññānāsaññāyatane cittaṃ na pakkhandati na ppasīdati na santiṭṭhati na vimuccati 'etaṃ santan' ti passato? Tassa mayhaṃ Ānanda etad ahosi: ākiñcaññāyatane kho me ādīnavo adiṭṭho, so ca me abahulīkato, nevasaññānāsaññāyatane[4] ānisaṃso anadhigato, so ca me anāsevito; tasmā me nevasaññānāsaññāyatane cittaṃ na pakkhandati na ppasīdati na santiṭṭhati na vimuccati 'etaṃ santan' ti passato. Tassa mayhaṃ Ānanda etad ahosi: sace kho ahaṃ ākiñcaññāyatane ādīnavaṃ disvā taṃ[1] bahulīkareyyaṃ[1], nevasaññānāsaññāyatane ānisaṃsaṃ adhigamma taṃ āseveyyaṃ[5]; ṭhānaṃ kho pan' etaṃ vijjati, yaṃ me nevasaññānāsaññāyatane cittaṃ pakkhandeyya pasīdeyya santiṭṭheyya vimucceyya 'etaṃ santan' ti passato.

---

[1] M. Ph. tabbahu° [2] Ph. °si.
[3] *omitted by* M. Ph. S. [4] S. *adds* ca.
[5] T. M. °yya.

So kho ahaṃ Ānanda aparena samayena ākiñcaññāyatane ādīnavaṃ disvā taṃ[1] bahulaṃ[1] akāsiṃ[2], nevasaññānāsaññāyatane ānisaṃsaṃ adhigamma taṃ āseviṃ[3]. Tassa mayhaṃ Ānanda nevasaññānāsaññāyatane cittaṃ pakkhandati pasīdati santiṭṭhati vimuccati 'etaṃ santan' ti passato. So kho ahaṃ Ānanda aparena[4] samayena[4] sabbaso ākiñcaññāyatanaṃ samatikkamma nevasaññānāsaññāyatanaṃ upasampajja viharāmi. Tassa mayhaṃ Ānanda iminā vihārena viharato ākiñcaññāyatanasahagatā saññāmanasikārā samudācaranti, svāssa me hoti ābādho. Seyyathā pi Ānanda sukhino dukkhaṃ uppajjeyya yāvad-eva ābādhāya, evam ev' assa me ākiñcaññāyatanasahagatā saññāmanasikārā samudācaranti, svāssa me hoti ābādho.

12. Tassa mayhaṃ Ānanda etad ahosi: yan nūnāhaṃ sabbaso[4] nevasaññānāsaññāyatanaṃ samatikkamma saññāvedayitanirodhaṃ upasampajja vihareyyan ti. Tassa mayhaṃ Ānanda saññāvedayitanirodhe cittaṃ na pakkhandati na ppasīdati na santiṭṭhati na vimuccati 'etaṃ santan' ti passato. Tassa mayhaṃ Ānanda etad ahosi: ko nu kho hetu ko paccayo yena me saññāvedayitanirodhe cittaṃ na pakkhandati na ppasīdati na santiṭṭhati na vimuccati 'etaṃ santan' ti passato? Tassa mayhaṃ Ānanda etad ahosi: nevasaññānāsaññāyatane kho me ādīnavo adiṭṭho, so ca me abahulīkato, saññāvedayitanirodhe[5] ānisaṃso anadhigato, so ca me anāsevito; tasmā me saññāvedayitanirodhe cittaṃ na pakkhandati na ppasīdati na santiṭṭhati na vimuccati 'etaṃ santan' ti passato. Tassa mayhaṃ Ānanda etad ahosi: sace kho ahaṃ nevasaññānāsaññāyatane ādīnavaṃ disvā taṃ[6] bahulīkareyyaṃ[6], saññāvedayitanirodhe ānisaṃsaṃ adhigamma taṃ āseveyyaṃ; ṭhānaṃ kho pan' etaṃ vijjati, yaṃ me saññāvedayitanirodhe cittaṃ pakkhandeyya pasīdeyya santiṭṭheyya vimucceyya 'etaṃ santan' ti passato. So kho ahaṃ Ānanda aparena samayena nevasaññānāsaññāyatane ādīnavaṃ disvā taṃ[1] bahulaṃ[1] akā-

---

1 M. Ph. tabbahul° 2 Ph. T. M. °si.
3 Ph. T. °vi; M. °vitaṃ. 4 *omitted by* M. Ph. S.
5 S. *adds* ca. 6 M. tabbahul°; Ph. tabbahulak°

siṃ[1], saññāvedayitanirodhe ānisaṃsaṃ adhigamma taṃ āseviṃ[2]. Tassa mayhaṃ Ānanda saññāvedayitanirodhe cittaṃ pakkhandati pasīdati santiṭṭhati vimuccati 'etaṃ santan' ti passato. So kho ahaṃ Ānanda aparena[3] samayena[3] sabbaso nevasaññānāsaññāyatanaṃ samatikkamma saññāvedayitanirodhaṃ upasampajja viharāmi, paññāya ca me disvā āsavā parikkhayaṃ agamaṃsu.

13. Yāvakīvañ c' āhaṃ Ānanda imā nava anupubbavihārasamāpattiyo na[4] evaṃ anulomapaṭilomaṃ samāpajjiṃ[5] pi[6] vuṭṭhahiṃ[7] pi[8], neva tāvāhaṃ Ānanda sadevake loke samārake sabrahmake sassamaṇabrāhmaṇiyā pajāya sadevamanussāya anuttaraṃ sammāsambodhiṃ abhisambuddho[9] paccaññāsiṃ. Yato[10] ca kho ahaṃ Ānanda imā nava anupubbavihārasamāpattiyo evaṃ anulomapaṭilomaṃ samāpajjiṃ[11] pi[12] vuṭṭhahiṃ pi, athāhaṃ Ānanda sadevake loke samārake sabrahmake sassamaṇabrāhmaṇiyā pajāya sadevamanussāya anuttaraṃ sammāsambodhiṃ abhisambuddho paccaññāsiṃ. Ñāṇañ ca pana me dassanaṃ udapādi 'akuppā me cetovimutti[13], ayaṃ antimā jāti, natthi dāni punabbhavo' ti.

Mahāvaggo[14] catuttho.

Tatr' uddānaṃ[15]:

Dve ca[16] vihārā[17] nibbānaṃ gāvī[18] jhānena pañcamaṃ
Ānando brāhmaṇā[19] devā[20] nāgena[21] Tapussena[22] cā ti.

---

1 M. °si. 2 Ph. °vi.
3 omitted by M. Ph. S.
4 M. Ph. put na (Ph. neva) before samā°
5 Ph. °jji; T. °jjaṃ; M. °jjāmi. 6 M. na.
7 Ph. °hi; M. °hāmi. 8 T. hi; omitted by M.
9 M. Ph. add ti.
10 T. M₆. M, omit this whole phrase.
11 Ph. °jji; M. °jjāmi 12 omitted by M.
13 Ph. T. vimutti. 14 M. Ph. Vaggo.
15 S. adds bhavati; in T. M₆. M. the udd° is missing.
16 omitted by S. 17 Ph. S. °re; S. adds ca.
18 Ph. S. bhāvī. 19 S. °ṇo. 20 M. Ph. devo.
21 Ph. nāgo. 22 M. Ph. Tapu°

XLII[1].

1. Evaṃ[2] me[3] sutaṃ[4]. Ekaṃ samayaṃ āyasmā Ānando Kosambiyaṃ viharati Ghositārāme. Atha kho āyasmā Udāyi[5] yenāyasmā Ānando ten' upasaṅkami, upasaṅkamitvā āyasmatā Ānandena saddhiṃ sammodi, sammodanīyaṃ kathaṃ sārāṇīyaṃ[6] vītisāretvā ekamantaṃ nisīdi. Ekamantaṃ nisinno kho āyasmā Udāyi āyasmantaṃ Ānandaṃ etad avoca 'vuttam idaṃ āvuso Pañcālacaṇḍena devaputtena:

Sambādhe[7] gataṃ[8] okāsaṃ avidā[7] bhūrimedhaso[8]
yo[9] jhānaṃ abujjhi[10] buddho patilīnanisabho muni ti.

Katamo nu[5] kho[5] āvuso sambādho, katamo sambādhe okāsādhigamo vutto Bhagavatā' ti?

2. Pañc' ime āvuso kāmaguṇā sambādho vutto[11] Bhagavatā. Katame pañca?

Cakkhuviññeyyā rūpā iṭṭhā kantā manāpā piyarūpā kāmūpasaṃhitā rajanīyā, sotaviññeyyā saddā . . .[12] ghānaviññeyyā gandhā . . . jivhāviññeyyā rasā . . . kāyaviññeyyā phoṭṭhabbā iṭṭhā kantā manāpā piyarūpā kāmūpasaṃhitā rajanīyā.

Ime kho āvuso pañca kāmaguṇā sambādho vutto[11] Bhagavatā.

3. Idh' āvuso bhikkhu vivicc' eva kāmehi . . . pe[13] . . . paṭhamaṃ jhānaṃ upasampajja viharati. Ettāvatā pi kho āvuso sambādhe okāsādhigamo vutto Bhagavatā pariyāyena. Tattha[14] p' atthi[15] sambādho, kiñ ca tattha sambādho?

---

[1] S. has as title Narakaṃpūto paṇṇāsakassa pañcamavaggo. [2] omitted by M. Ph. S.
[3] M. °yi throughout; Ph. °yi and °yī. [4] M. Ph. sāra°
[5] T. °de. [6] Ph. kataṃ; T. ca taṃ; M₆ M₇ vata ma.
[7] M. avidvā; Ph. avaiddhā; M₆ avidhā. [8] T. °medaso.
[9] omitted by T. M₆.
[10] S. anubujjhi; Ph. abuddha; T. M₆ budhā; M₇ buddhā.
[11] T. utta. [12] M. la; S. pe. [13] M. la; Ph. pa.
[14] M. tatra; Ph. S. tatra throughout.
[15] M. Ph. T. patti throughout.

Yad[1] eva[1] tattha vitakkavicārā aniruddhā[2] honti, ayam ettha sambādho.

4. Puna ca paraṃ āvuso bhikkhu vitakkavicārānaṃ vūpasamā . . . pe[3] . . . dutiyaṃ jhānaṃ upasampajja viharati. Ettāvatā pi kho āvuso sambādhe okāsādhigamo vutto Bhagavatā pariyāyena. Tattha p' atthi sambādho, kiñ[4] ca[4] tattha sambādho?

Yad eva tattha pīti aniruddhā hoti, ayam ettha sambādho.

5. Puna ca paraṃ āvuso bhikkhu pītiyā ca virāgā . . . pe[5] . . . tatiyaṃ jhānaṃ upasampajja viharati. Ettāvatā pi kho āvuso sambādhe okāsādhigamo vutto Bhagavatā pariyāyena. Tattha p' atthi sambādho, kiñ[4] ca[4] tattha sambādho?

Yad eva tattha upekhāsukhaṃ aniruddhaṃ hoti, ayam ettha sambādho.

6. Puna ca paraṃ āvuso bhikkhu sukhassa ca pahānā . . . pe[6] . . . catutthaṃ jhānaṃ upasampajja viharati. Ettāvatā pi kho āvuso sambādhe okāsādhigamo vutto Bhagavatā pariyāyena. Tattha p' atthi sambādho, kiñ[4] ca[4] tattha sambādho?

Yad eva tattha rūpasaññā aniruddhā hoti, ayam ettha sambādho.

7. Puna ca paraṃ āvuso bhikkhu sabbaso rūpasaññānaṃ samatikkamā[7] paṭighasaññānaṃ atthaṅgamā[8] nānattasaññānaṃ amanasikārā 'ananto ākāso' ti ākāsānañcāyatanaṃ upasampajja viharati. Ettāvatā pi kho āvuso sambādhe okāsādhigamo vutto Bhagavatā pariyāyena. Tattha p' atthi sambādho, kiñ ca tattha sambādho?

Yad eva tattha ākāsānañcāyatanasaññā aniruddhā hoti, ayam ettha sambādho.

8. Puna ca paraṃ āvuso bhikkhu sabbaso ākāsānañcāyatanaṃ samatikkamma 'anantaṃ viññāṇan' ti viññāṇañ-

---

[1] T. deva. [2] T. aniruddhā.
[3] M. la; Ph. pe (sic); omitted by T. M₆ M₇. [4] T. kiñci.
[5] M. la; Ph. pa; omitted by T. M₆ M₇.
[6] M. la; Ph. pa.
[7] Ph. °kkamma; T. M₆ M₇ °kkamā.
[8] T. M₆ M₇ atthaṅ°

yatanaṃ upasampajja viharati. Ettāvatā pi kho āvuso sambādhe okāsādhigamo vutto Bhagavatā pariyāyena. Tattha p' atthi sambādho, kiñ ca tattha sambādho?

Yad eva tattha viññāṇañcāyatanasaññā aniruddhā hoti, ayaṃ ettha sambādho.

9. Puna ca paraṃ āvuso bhikkhu sabbaso viññāṇañcāyatanaṃ samatikkamma 'natthi kiñcī' ti ākiñcaññāyatanaṃ upasampajja viharati. Ettāvatā pi kho āvuso sambādhe okāsādhigamo vutto Bhagavatā pariyāyena. Tattha p' atthi sambādho, kiñ ca tattha sambādho?

Yad eva tattha ākiñcaññāyatanasaññā aniruddhā hoti, ayaṃ ettha sambādho.

10. Puna ca paraṃ āvuso bhikkhu sabbaso ākiñcaññāyatanaṃ samatikkamma nevasaññānāsaññāyatanaṃ upasampajja viharati. Ettāvatā pi kho āvuso sambādhe okāsādhigamo vutto Bhagavatā pariyāyena. Tattha p' atthi sambādho, kiñ ca tattha sambādho?

Yad eva tattha nevasaññānāsaññāyatanasaññā aniruddhā hoti, ayaṃ ettha sambādho.

11. Puna ca paraṃ āvuso bhikkhu sabbaso nevasaññānāsaññāyatanaṃ samatikkamma saññāvedayitanirodhaṃ upasampajja viharati, paññāya c' assa[1] disvā āsavā parikkhīṇā honti. Ettāvatā pi kho āvuso sambādhe okāsādhigamo vutto[2] Bhagavatā nippariyāyenā ti.

XLIII.

1. 'Kāyasakkhī kāyasakkhī' ti āvuso vuccati[3]. Kittāvatā nu kho āvuso kāyasakkhī vutto Bhagavatā ti[4]?

2. Idh' āvuso bhikkhu vivicc' eva kāmehi . . . pe[5] . . . paṭhamaṃ jhānaṃ upasampajja viharati, yathā yathā ca[6] tad āyatanaṃ tathā[6] tathā[6] naṃ[6] kāyena phassitvā[7] viharati. Ettāvatā pi kho āvuso kāyasakkhī vutto Bhagavatā pariyāyena.

[1] S. p'assa. [2] T. vatta. [3] T. vuccati.
[4] omitted by S. [5] M. la; Ph. pa.
[6] omitted by T.; M₆. M₇ omit only ca.
[7] T. passitva; M. Ph. S. phusitvā.

3. Puna ca paraṃ āvuso bhikkhu vitakkavicārānaṃ vūpasamā ... pe[1] ... dutiyaṃ jhānaṃ ...[2] tatiyaṃ jhānaṃ ...[2] catutthaṃ jhānaṃ upasampajja viharati, yathā yathā ca tad āyatanaṃ tathā tathā naṃ kāyena phusitvā[3] viharati. Ettāvatā pi kho āvuso kāyasakkhī vutto[4] Bhagavatā pariyāyena.

4. Puna ca paraṃ āvuso bhikkhu sabbaso rūpasaññānaṃ samatikkamā[5] paṭighasaññānaṃ atthaṅgamā[6] nānattasaññānaṃ amanasikārā 'ananto ākāso' ti ākāsānañcāyatanaṃ upasampajja viharati, yathā[7] yathā ca tad āyatanaṃ tathā tathā naṃ kāyena phusitvā viharati. Ettāvatā pi kho āvuso kāyasakkhī vutto Bhagavatā pariyāyena ... pe[8] ...

5. Puna ca paraṃ āvuso bhikkhu sabbaso nevasaññānāsaññāyatanaṃ samatikkamma saññāvedayitanirodhaṃ upasampajja viharati, paññāya c' assa disvā āsavā parikkhīṇā honti, yathā yathā ca tad āyatanaṃ tathā tathā naṃ kāyena phusitvā[9] viharati. Ettāvatā pi kho āvuso kāyasakkhī vutto Bhagavatā nippariyāyenā ti.

XLIV.

1. 'Paññāvimutto paññāvimutto' ti āvuso vuccati. Kittāvatā nu kho āvuso paññāvimutto vutto Bhagavatā ti?

2. Idhāvuso bhikkhu vivicc' eva kāmehi ... pe[10] ... paṭhamaṃ jhānaṃ upasampajja viharati, paññāya ca[11] naṃ[11] pajānāti. Ettāvatā pi kho āvuso paññāvimutto vutto Bhagavatā pariyāyena ... pe[12] ...

---

[1] M. la; Ph. pa; *omitted by* T. [2] T. M6. M7 pa.
[3] M. Ph. S. phassitvā. [4] T. utto.
[5] T. M6. M7. °kkamma. [6] T. M6. M7. atthaṅg°
[7] T. M6. M7. *have* pe | sabbaso ākāsānañcāyatanaṃ *and so on till* viharati, *then* sabbaso viññāṇañcāyatanaṃ *till* viharati, *then* sabbaso ākiñcaññāyatanaṃ *till* viharati, yathā *and so on till* pariyāyena, *then as in* § 5.
[8] M. Ph. pa. [9] S. p'assa.
[10] M. la; Ph. pa. [11] S. pana.
[12] M. la; Ph. pa; T. M6. M7 *give it in conformity with the preceding Sutta, but they too omit* rūpasaññānaṃ, ākāsānañcāyatanaṃ, *and* viññāṇañcāyatanaṃ.

5. Puna ca paraṃ āvuso bhikkhu sabbaso nevasaññānāsaññāyatanaṃ samatikkamma saññāvedayitanirodhaṃ upasampajja viharati, paññāya c'assa[1] disvā āsavā parikkhīṇā honti, paññāya ca[2] naṃ[2] pajānāti. Ettāvatā pi kho āvuso paññāvimutto vutto Bhagavatā nippariyāyenā ti.

XLV.

1. 'Ubhatobhāgavimutto ubhatobhāgavimutto' ti āvuso vuccati[3]. Kittāvatā nu kho āvuso ubhatobhāgavimutto vutto Bhagavatā ti?

2. Idh' āvuso bhikkhu vivicc' eva kāmehi . . . pe[4] . . . paṭhamaṃ jhānaṃ upasampajja viharati, yathā yathā ca tad āyatanaṃ tathā tathā naṃ kāyena phassitvā[5] viharati, paññāya ca[6] naṃ[6] pajānāti. Ettāvatā pi kho āvuso ubhatobhāgavimutto vutto Bhagavatā pariyāyena . . . pe[7] . . .

3. Puna ca paraṃ āvuso bhikkhu sabbaso nevasaññānāsaññāyatanaṃ samatikkamma saññāvedayitanirodhaṃ upasampajja viharati, paññāya c'assa[1] disvā āsavā parikkhīṇā honti, yathā yathā ca tad āyatanaṃ tathā tathā naṃ kāyena phassitvā[5] viharati, paññāya ca[6] naṃ[6] pajānāti. Ettāvatā pi kho āvuso ubhatobhāgavimutto vutto Bhagavatā nippariyāyenā ti.

XLVI.

'Sandiṭṭhiko dhammo sandiṭṭhiko dhammo' ti āvuso vuccati . . .[8]

XLVII.

'Sandiṭṭhikaṃ nibbānaṃ sandiṭṭhikaṃ nibbānaṃ' ti āvuso vuccati . . .[8]

[1] S. p'assa. [2] T. M. ca na; S. pana.
[3] T. vuccati. [4] M. la; Ph. pa.
[5] M. Ph. S. phassitvā. [6] S. pana.
[7] M. la; Ph. pa; T. M6. M7 *as on p.* 452 *n.* 13.
[8] M. Ph. S. *give it in conformity with* 44, *but read* sandiṭṭhiko dhammo *and* sandiṭṭhikaṃ nibbānaṃ *instead of* diṭṭhadhammanibbānaṃ.

XLVIII.

'Nibbānaṃ nibbānan' ti āvuso vuccati . . .'

XLIX.

'Parinibbānaṃ parinibbānan' ti āvuso[2] vuccati[3] . . .'

L.

'Tadaṅganibbānaṃ tadaṅganibbānan' ti āvuso vuccati . . .'

LI.

1. 'Diṭṭhadhammanibbānaṃ diṭṭhadhammanibbānan' ti āvuso vuccati. Kittāvatā nu kho āvuso diṭṭhadhammanibbānaṃ vuttaṃ Bhagavatā ti?

2. Idh' āvuso bhikkhu vivicc' eva kāmehi . . . pe[4] . . . paṭhamaṃ jhānaṃ upasampajja viharati. Ettāvatā pi kho āvuso diṭṭhadhammanibbānaṃ vuttaṃ Bhagavatā pariyāyena . . . pe[5] . . .

3. Puna ca paraṃ āvuso bhikkhu sabbaso nevasaññānāsaññāyatanaṃ samatikkamma saññāvedayitanirodhaṃ upasampajja viharati, paññāya c'assa[6] disvā āsavā parikkhīṇā honti. Ettāvatā pi kho āvuso diṭṭhadhammanibbānaṃ vuttaṃ Bhagavatā nippariyāyenā ti.

Pañcālavaggo[7] pañcamo.

Tatr' uddānaṃ[8]:

---

[1] M. la; Ph. pa; S. pe.
[2] omitted by M. Ph. S.
[3] M. la; S. pe.
[4] M. la; Ph. pa.
[5] M. la; Ph. pa; omitted by T. M., M.
[6] M. tassa; S. p'assa.
[7] M. Ph. Vagga.
[8] S. adds bhavati; in T. M. M. the udd° is missing.

Pañcālo[1] Kāyasakkhi[2] ca[3] ubho[4] sandiṭṭhikā dve[5]
Nibbānaṃ parinibbānaṃ tadaṅgadiṭṭhadhammikena cā ti.

Navakanipāte[6] paṭhamaṃ[7] paṇṇāsakaṃ samattaṃ.[8]

LII[9].

'Khemaṃ khemaṃ' ti āvuso vuccati . . .

LIII.

'Khemappatto khemappatto' ti āvuso vuccati . . .[10]

LIV.

'Amataṃ amataṃ' ti āvuso vuccati . . .

LV.

'Amatappatto amatappatto' ti āvuso vuccati . .

LVI[11].

'Abhayaṃ abhayaṃ' ti āvuso vuccati . . .

LVII.

'Abhayappatto abhayappatto' ti āvuso vuccati . . .

LVIII.

'Passaddhi passaddhi' ti āvuso vuccati . . .

---

[1] M. sambādho.
[2] M. kāyasakkhi paññā; Ph. kāma so pañca; S. kāma-bhavañ ca. [3] M. ubhatobhāgo. [4] Ph. °ko.
[5] Ph. dove.
[6] M. Ph. navani°; T. M. M. omit these words at all.
[7] omitted by S.
[8] S. has as title Navakanipāte paṇṇāsakāsaṅgahito paṭhamavaggo.
[9] M. Ph. S. give it as before, read khemaṃ instead of diṭṭhadhammanibbānaṃ.
[10] S. pa. [11] missing in Ph. S.

LIX.

'Anupubbapassaddhi anupubbapassaddhī' ti āvuso vuccati . . .

LX.

'Nirodho nirodho' ti āvuso vuccati . . .

LXI.

1. 'Anupubbanirodho anupubbanirodho' ti āvuso vuccati. Kittāvatā nu kho āvuso anupubbanirodho vutto Bhagavatā ti?

2. Idhāvuso bhikkhu vivicc' eva kāmehi . . . pe[1] . . . paṭhamaṃ jhānaṃ upasampajja viharati. Ettāvatā pi kho āvuso anupubbanirodho vutto Bhagavatā pariyāyena . . . pe[2] . . .

3. Puna ca paraṃ āvuso bhikkhu sabbaso nevasaññānāsaññāyatanaṃ samatikkamma saññāvedayitanirodhaṃ upasampajja viharati, paññāya c' assa[3] disvā āsavā parikkhīṇā honti. Ettāvatā pi kho āvuso anupubbanirodho vutto Bhagavatā nippariyāyena ti.

LXII.

1. Nava bhikkhave dhamme appahāya abhabbo arahattaṃ sacchikātuṃ. Katame nava?

2. Rāgaṃ dosaṃ mohaṃ kodhaṃ upanāhaṃ makkhaṃ palāsaṃ[4] issaṃ[5] macchariyaṃ.

Ime kho bhikkhave nava dhamme appahāya abhabbo arahattaṃ sacchikātuṃ.

3. Nava bhikkhave dhamme pahāya bhabbo arahattaṃ sacchikātuṃ. Katame nava?

4. Rāgaṃ dosaṃ mohaṃ kodhaṃ upanāhaṃ makkhaṃ palāsaṃ[4] issaṃ macchariyaṃ.

Khemavaggo[6] chaṭṭho[7].

---

[1] M. la; Ph. pa.
[2] M. la; Ph. pa; T. M$_6$. M. as on p. 452 n. 13.
[3] S. p'assa.
[4] M. pal°
[5] M$_6$. M. issā; T. icchā.
[6] M. Ph. Vaggo.
[7] M. Ph. S. paṭhamo.

Tatr' uddānaṃ[1]:

Khemo ca amataṃ c'eva abhayaṃ[2] passaddhiyena ca
Nirodho anupubbo c'eva dhammaṃ pahāya bhabbena cā ti.

LXIII[3].

1. Pañc' imāni bhikkhave sikkhādubbalyāni[4]. Katamāni pañca?

2. Pāṇātipāto, adinnādānaṃ, kāmesu micchācāro, musāvādo, surāmerayamajjapamādaṭṭhānaṃ.

Imāni kho bhikkhave pañca sikkhādubbalyāni[5].

3. Imesaṃ kho bhikkhave pañcannaṃ sikkhādubbalyānaṃ[6] pahānāya cattāro satipaṭṭhānā bhāvetabbā. Katame cattāro?

4. Idha bhikkhave bhikkhu kāye kāyānupassī viharati, ātāpī sampajāno satimā vineyya loke abhijjhādomanassaṃ; vedanāsu vedanānupassī[6] viharati[6] ... pe[7] ... citte cittānupassī[6] viharati[6] ... dhammesu dhammānupassī viharati, ātāpī sampajāno satimā vineyya loke abhijjhādomanassaṃ.

Imesaṃ kho bhikkhave pañcannaṃ sikkhādubbalyānaṃ[8] pahānāya ime cattāro satipaṭṭhānā bhāvetabbā ti.

LXIV.

1. Pañc' imāni[9] bhikkhave nīvaraṇāni[10]. Katamāni[11] pañca?

2. Kāmacchandanīvaraṇaṃ, vyāpādanīvaraṇaṃ, thīna-

---

1 in T. M_6 M_7 the udd° is missing. 2 S. abhaya.
3 S. has as title Navakanipāte papañcasaddanaṅguttaro dutiyavaggo.
4 T. M_7 °bbalāni; M_6 °bbalāni.
5 M_6 °bbalāni; M_7 °bballāni.
6 omitted by M. Ph. S.
7 M. la; Ph. pa; omitted by T. M_6 M_7.
8 M_6 °bbalāni. 9 T. M_6 M_7 ima.
10 T. M_7 °ṇā; M_6 °nā.
11 T. M_6 M_7 katame.

thīnamiddhanīvaraṇaṃ, uddhaccakukkuccanīvaraṇaṃ, vicikicchānīvaraṇaṃ.

Imāni[1] kho bhikkhave pañca nīvaraṇāni[2].

3. Imesaṃ[3] kho bhikkhave pañcannaṃ nīvaraṇānaṃ pahānāya cattāro satipaṭṭhānā bhāvetabbā. Katame cattāro?

4. Idha bhikkhave bhikkhu kāye kāyānupassī viharati, ātāpī sampajāno satimā vineyya loke abhijjhādomanassaṃ; vedanāsu . . . pe[4] . . . citte . . . dhammesu dhammānupassī viharati, ātāpī sampajāno satimā vineyya loke abhijjhādomanassaṃ.

Imesaṃ kho bhikkhave pañcannaṃ nīvaraṇānaṃ pahānāya ime cattāro satipaṭṭhānā bhāvetabbā ti.

LXV.

1. Pañc' ime bhikkhave kāmaguṇā. Katame pañca?

2. Cakkhuviññeyyā rūpā iṭṭhā kantā manāpā piyarūpā kāmūpasaṃhitā rajanīyā[5], sotaviññeyyā saddā . . . pe[6] . . . ghānaviññeyyā gandhā . . . jivhāviññeyyā rasā . . . kāyaviññeyyā phoṭṭhabbā iṭṭhā kantā manāpā piyarūpā kāmūpasaṃhitā rajanīyā.

Ime kho bhikkhave pañca kāmaguṇā.

3. Imesaṃ kho bhikkhave pañcannaṃ kāmaguṇānaṃ pahānāya . . .[7] ime cattāro satipaṭṭhānā bhāvetabbā ti.

LXVI.

1. Pañc' ime bhikkhave upādānakkhandhā. Katame pañca?

2. Rūpūpādānakkhandho, vedanūpādānakkhandho[8], saññūpādānakkhandho, saṅkhārūpādānakkhandho, viññāṇūpādānakkhandho.

---

[1] T. M6. M7. ime. [2] T. °ṇaṃ; M6 °ṇā; M7 °ṇo.
[3] in T. M6. M7. here immediately follows the concluding phrase. [4] M. la; Ph. pa. [5] T. °neyyā.
[6] M. la; Ph. pa; omitted by T. M6. M7. [7] M. la.
[8] T. vedanānupā°

Ime kho bhikkhave pañc' upādānakkhandhā.

3. Imesaṃ kho bhikkhave pañcannaṃ upādānakkhandhānaṃ pahānāya . . .[1] ime cattāro satipaṭṭhānā bhāvetabbā ti.

LXVII.

1. Pañc' imāni bhikkhave orambhāgiyāni saṃyojanāni. Katamāni pañca?

2. Sakkāyadiṭṭhi, vicikicchā, sīlabbataparāmāso, kāmacchando, byāpādo.

Imāni kho bhikkhave pañc'[2] orambhāgiyāni saṃyojanāni.

3. Imesaṃ kho bhikkhave pañcannaṃ orambhāgiyānaṃ saṃyojanānaṃ pahānāya . . .[3] ime cattāro satipaṭṭhānā bhāvetabbā ti.

LXVIII.

1. Pañc' imā bhikkhave gatiyo. Katamā pañca?

2. Nirayo, tiracchānayoni, pittivisayo[4], manussā, devā.

Imā[5] kho bhikkhave pañca gatiyo.

3. Imāsaṃ kho bhikkhave pañcannaṃ gatīnaṃ pahānāya . . .[1] ime cattāro satipaṭṭhānā bhāvetabbā ti.

LXIX.

1. Pañc' imāni bhikkhave macchariyāni. Katamāni pañca?

2. Āvāsamacchariyaṃ, kulamacchariyaṃ, lābhamacchariyaṃ, vaṇṇamacchariyaṃ, dhammamacchariyaṃ.

Imāni kho bhikkhave pañca macchariyāni.

3. Imesaṃ kho bhikkhave pañcannaṃ macchariyānaṃ pahānāya . . .[1] cattāro satipaṭṭhānā bhāvetabbā ti

---

[1] M. ja; Ph. pa.
[2] M. Ph. S. pañca.
[3] M. ja.
[4] M. Ph. petti-
[5] T. ima.

LXX.

1. Pañc' imāni bhikkhave uddhambhāgiyāni saṃyojanāni. Katamāni pañca.

2. Rūparāgo, arūparāgo, māno, uddhaccaṃ, avijjā. Imāni kho bhikkhave pañc' uddhambhāgiyāni saṃyojanāni.

3. Imesaṃ kho bhikkhave pañcannaṃ uddhambhāgiyānaṃ saṃyojanānaṃ pahānāya . . .[1] ime cattāro satipaṭṭhānā bhāvetabbā ti.

LXXI.

1. Pañc' ime bhikkhave cetokhilā. Katame pañca?

2. Idha bhikkhave bhikkhu Satthari kaṅkhati vicikicchati nādhimuccati na sampasīdati. Yo so bhikkhave bhikkhu Satthari kaṅkhati vicikicchati nādhimuccati na sampasīdati, tassa cittaṃ na[2] namati ātappāya anuyogāya sātaccāya padhānāya. Yassa[3] cittaṃ na[2] namati ātappāya anuyogāya sātaccāya padhānāya, ayaṃ paṭhamo cetokhilo.

3. Puna ca paraṃ bhikkhave bhikkhu dhamme kaṅkhati . . . pe[4] . . . saṅghe kaṅkhati . . .[5] sikkhāya kaṅkhati . . .[5] sabrahmacārīsu kupito hoti anattamano āhatacitto[6] khilajāto[7]. Yo so bhikkhave bhikkhu sabrahmacārīsu kupito hoti anattamano āhatacitto[6] khilajāto, tassa cittaṃ na namati ātappāya anuyogāya sātaccāya padhānāya. Yassa[8] cittaṃ na[2] namati ātappāya anuyogāya sātaccāya padhānāya, ayaṃ pañcamo cetokhilo.

Ime[9] kho bhikkhave pañca cetokhilā.

4. Imesaṃ kho bhikkhave pañcannaṃ cetokhilānaṃ pahānāya . . .[1] ime cattāro satipaṭṭhānā bhāvetabbā ti.

---

[1] M. la. [2] *omitted by* T.
[3] *from* yassa *to* padhānāya *missing in* S.
[4] M. la; Ph. pa. [5] T. M₆ M₇ pe.
[6] Ph. akata° [7] T. °jāti.
[8] *from* yassa *to* padh° *missing in* M₆.
[9] M. Ph. S. *omit this phrase.*

LXXII.

1. Pañc' ime bhikkhave cetaso vinibandhā. Katame pañca?

2. Idha bhikkhave bhikkhu kāmesu avītarāgo hoti avītacchando[1] avītapemo avītapipāso avītapariḷāho avītataṇho. Yo so bhikkhave bhikkhu kāmesu avītarāgo hoti avītacchando avītapemo avītapipāso avītapariḷāho avītataṇho, tassa cittaṃ na namati ātappāya anuyogāya sātaccāya padhānāya. Yassa cittaṃ na namati ātappāya anuyogāya sātaccāya padhānāya, ayaṃ paṭhamo cetaso vinibandho.

3. Puna ca paraṃ bhikkhave bhikkhu kāye avītarāgo hoti . . . rūpe avītarāgo hoti . . . yāvadatthaṃ udarāvadehakaṃ bhuñjitvā seyyasukhaṃ passasukhaṃ[2] middhasukhaṃ anuyutto viharati . . . aññataraṃ devanikāyaṃ paṇidhāya brahmacariyaṃ carati 'iminâhaṃ sīlena vā vatena vā tapena vā brahmacariyena vā devo vā bhavissāmi devaññataro vā' ti. Yo so bhikkhave bhikkhu aññataraṃ devanikāyaṃ paṇidhāya brahmacariyaṃ carati 'iminâhaṃ sīlena vā vatena vā tapena vā brahmacariyena vā devo vā bhavissāmi devaññataro vā' ti, tassa cittaṃ na namati ātappāya anuyogāya sātaccāya padhānāya. Yassa[3] cittaṃ na namati ātappāya anuyogāya sātaccāya padhānāya, ayaṃ pañcamo cetaso vinibandho.

Ime kho bhikkhave pañca cetaso vinibandhā.

4. Imesaṃ kho bhikkhave pañcannaṃ cetaso vinibandhānaṃ pahānāya . . .[4] ime cattāro satipaṭṭhānā bhāvetabbā ti.

Satipaṭṭhānavaggo[5] sattamo[5].

Tatr' uddānaṃ[6]:

---

[1] T. avigata° throughout in this phrase, afterwards avītarāgo, avītacchando, but avigatapemo and so on; M. has avītarāgo, but avigatacchando and so on; M. avigata° always, exc. § 3 where it has avītarāgo. [2] M. phassa°

[3] from yassa to padh° missing in S.

[4] M. Ph. S. give it as in LXIII. § 3.

[5] M. Ph. S. Vaggo dutiyo.

[6] S. adds bhavati; in T. M. M. the udd° is missing.

Sikkhā nīvaraṇā kāmā khandhā ca[1] orambhāgiyā
Gati maccheraṃ[2] c'eva[3] uddhambhāgiyā[4] aṭṭhime
Cetokhila-vinibandhā[5] ti.

LXXIII—LXXXI[6].

1. Pañc' imāni bhikkhave sikkhādubbalyāni. Katamāni pañca?

2. Pāṇātipāto . . . pe[7] . . . surāmerayamajjapamādaṭṭhānaṃ.

Imāni kho bhikkhave pañca sikkhādubbalyāni.

3. Imesaṃ kho bhikkhave pañcannaṃ sikkhādubbalyānaṃ pahānāya cattāro sammappadhānā[8] bhāvetabbā. Katame cattāro?

4. Idha bhikkhave bhikkhu anuppannānaṃ pāpakānaṃ akusalānaṃ dhammānaṃ anuppādāya chandaṃ janeti vāyamati viriyaṃ ārabhati cittaṃ paggaṇhāti padahati, uppannānaṃ pāpakānaṃ akusalānaṃ dhammānaṃ pahānāya chandaṃ janeti vāyamati viriyaṃ ārabhati cittaṃ paggaṇhāti padahati, anuppannānaṃ kusalānaṃ dhammānaṃ uppādāya chandaṃ janeti vāyamati viriyaṃ ārabhati cittaṃ paggaṇhāti padahati, uppannānaṃ kusalānaṃ dhammānaṃ ṭhitiyā asammosāya bhiyyobhāvāya vepullāya bhāvanāya pāripūriyā chandaṃ janeti vāyamati viriyaṃ ārabhati cittaṃ paggaṇhāti padahati.

Imesaṃ kho bhikkhave pañcannaṃ sikkhādubbalyānaṃ pahānāya ime cattāro sammappadhānā bhāvetabbā.

(Yāva[9] vaggā sammappadhānavasena vitthārentu[10].)

---

[1] omitted by Ph.
[2] S. maccheriyaṃ; Ph. only yañ.
[3] omitted by M.
[4] S. °yānaṃ.
[5] M. S. °dho; M. adds kuttakam pi ca; Ph. dukam pi ca.
[6] S has as title Navakanipāte paṇṇāsakāsaṅgahito tatiyavaggo; in T. M₆. M₇ only the words ime cattāro sammappadhānā bhāvetabbā are to be found.
[7] M. la; Ph. pa.
[8] Ph. sammappaṭṭhāna° throughout.
[9] Ph. pavagga; S. yāvatā.
[10] M. vitthāretabbā.

LXXXII.

1. Pañc' ime bhikkhave cetaso vinibandhā. Katame pañca?

2. Idha bhikkhave bhikkhu kāmesu avītarāgo hoti . . . pe[1] . . .

Ime kho bhikkhave pañca cetaso vinibandhā.

3. Imesaṃ kho bhikkhave pañcannaṃ cetaso vinibandhānaṃ pahānāya cattāro sammappadhānā bhāvetabbā. Katame cattāro?

4. Idha bhikkhave bhikkhu anuppannānaṃ pāpakānaṃ akusalānaṃ dhammānaṃ anuppādāya chandaṃ janeti vāyamati viriyaṃ ārabhati cittaṃ paggaṇhāti padahati, uppannānaṃ pāpakānaṃ akusalānaṃ dhammānaṃ pahānāya . . .[2] anuppannānaṃ kusalānaṃ dhammānaṃ uppādāya . . . uppannānaṃ kusalānaṃ dhammānaṃ ṭhitiyā asammosāya bhiyyobhāvāya vepullāya bhāvanāya pāripūriyā chandaṃ janeti vāyamati viriyaṃ ārabhati cittaṃ paggaṇhāti padahati.

Imesaṃ kho bhikkhave pañcannaṃ cetaso vinibandhānaṃ pahānāya ime cattāro sammappadhānā bhāvetabbā ti.

Sammappadhānavaggo[3] aṭṭhamo[3].

LXXXIII—XCI[4].

1. Pañc' imāni bhikkhave sikkhādubbalyāni. Katamāni pañca?

2. Pāṇātipāto . . . pe[1] . . . surāmerayamajjapamādaṭṭhānaṃ.

Imāni kho bhikkhave pañca sikkhādubbalyāni.

3. Imesaṃ kho bhikkhave pañcannaṃ sikkhādubbalyānaṃ pahānāya cattāro iddhipādā bhāvetabbā. Katame cattāro?

---

[1] M. la; Ph. pa. [2] S. pa.

[3] M. Ph. S. Vaggo aṭṭhamo.

[4] S. has as title Navakanipāte paṇṇāsakasaṅgahito vatthuvaggo; *for* T. M. M. *see p.* 452 *n.* 6, *only read* ime cattāro iddhipādā bhāvetabbā.

4. Idha bhikkhave bhikkhu chandasamādhipadhānasaṅkhārasamannāgataṃ iddhipādaṃ bhāveti, viriyasamādhi° . . .[1] cittasamādhi° . . .[1] vīmaṃsāsamādhipadhānasaṅkhārasamannāgataṃ iddhipādaṃ bhāveti.

Imesaṃ kho bhikkhave pañcannaṃ sikkhādubbalyānaṃ pahānāya ime cattāro iddhipādā bhāvetabbā ti.

(Sesaṃ[2] iddhipādavasena vitthāretabbaṃ[3].)

XCII.

1. Pañc' ime bhikkhave cetaso vinibandhā. Katame pañca?

2. Idha bhikkhave [illegible] . . . pe . . .

Ime kho bhikkhave pañca cetaso vinibandhā.

3. Imesaṃ kho bhikkhave pañcannaṃ cetaso vinibandhānaṃ pahānāya ime cattāro iddhipādā bhāvetabbā. Katame cattāro?

4. Idha bhikkhave bhikkhu chandasamādhipadhānasaṅkhārasamannāgataṃ iddhipādaṃ bhāveti, viriyasamādhi° . . . cittasamādhi° . . . vīmaṃsāsamādhipadhānasaṅkhārasamannāgataṃ iddhipādaṃ bhāveti.

Imesaṃ kho bhikkhave pañcannaṃ cetaso vinibandhānaṃ pahānāya ime cattāro iddhipādā bhāvetabbā ti.

Iddhipādavaggo[5] navamo[5].

Cattāro satipaṭṭhānā padhānā[6] caturo pade[7]
Cattāro iddhipādā[8] pi[9] parimehi ca[9] yojaye ti[10].

[1] S. in full. [2] Ph. avasesaṃ; S. iddhipādassa.
[3] S. °tabbaṃ. [4] M. in; Ph. pa.
[5] M. Ph. S. Vaggo catuttho.
[6] Ph. paṭhānā. [7] M. pare.
[8] Ph. °dāni; M. omits pi.
[9] omitted by Ph. S.
[10] in T. M., M, this add° is missing.

XCIII.[1]

1. Rāgassa bhikkhave abhiññāya nava dhammā bhāvetabbā. Katame nava?

2. Asubhasaññā, maraṇasaññā, āhāre paṭikkūlasaññā[2], sabbaloke anabhiratasaññā[3], aniccasaññā, anicce dukkhasaññā, dukkhe anattasaññā, pahānasaññā, virāgasaññā.

Rāgassa bhikkhave abhiññāya ime nava dhammā bhāvetabbā ti[4].

XCIV.

1. Rāgassa bhikkhave abhiññāya nava dhammā bhāvetabbā. Katame nava?

Paṭhamaṃ jhānaṃ, dutiyaṃ jhānaṃ, tatiyaṃ jhānaṃ, catutthaṃ jhānaṃ, ākāsānañcāyatanaṃ, viññāṇañcāyatanaṃ, ākiñcaññāyatanaṃ, nevasaññānāsaññāyatanaṃ, saññāvedayitanirodho.

Rāgassa bhikkhave abhiññāya ime nava dhammā bhāvetabbā ti[4].

XCV—C.

1. Rāgassa bhikkhave pariññāya ...[5] parikkhayāya ...[5] pahānāya ...[5] khayāya ...[5] vayāya ...[5] virāgāya ...[5] nirodhāya ...[5] cāgāya ...[5] paṭinissaggāya ime nava dhammā bhāvetabbā.

2. Dosassa ... mohassa kodhassa upanāhassa makkhassa palāsassa issāya[6] macchariyassa māyāya sāṭheyyassa[7] thambhassa sārambhassa mānassa atimānassa madassa pamādassa abhiññāya ... pariññāya ... parikkhayāya ... pahānāya ... khayāya ... vayāya ... virāgāya ...

---

[1] B. has as title Navakanipāte paṇṇāsakāsaṅgahito pañcamavaggo.
[2] Ph. T. M6. M7 °kūla°
[3] M. Ph. °rati°
[4] T. M6. M7 omit ti.
[5] M. pa.
[6] Ph. issassa.
[7] M. Ph. sāṭh°

nirodhāya . . . cāgāya . . . paṭinissaggāya ime nava dhammā bhāvetabbā ti.

Idam[1] avoca Bhagavā. Attamanā te bhikkhū Bhagavato bhāsitaṃ abhinandun ti.

Navakanipātaṃ[2] samattaṃ[2].

---

[1] M. Ph. omit this phrase.

[2] Ph. Navanipātaṃ sa° and adds a few words in Burmese; M. Nava Aṅguttaranipātaṃ niṭṭhitaṃ; T. M6. M7 Navakaṃ niṭṭhitaṃ; T. M6 add Siddhār satta.

INDICES.

(The numbers refer to the pages.)

I. Index of Words

II. Index of Proper Names.

III. Index of Gāthās

CORRECTIONS.

—

Page 65 the words brahmakayika, abhassara and subhakinha are to be written with a great initial on account of conformity

" 70 l. 5 fr. the b. delete the comma after brahmana

" 86 l. 5 fr. the b. omit dibba and santusi

" 87 l. 11 fr. the b. put a comma instead of the point before tam, and l. 9 fr. the b. a mark of [illegible]

" 88 l. 8 fr. the b. [illegible]

" 89 l. 3 [illegible] (so also the Com.) = [illegible]

" 89 l. 13 read abhoditum

" 97 l. 3 [illegible] and [illegible] being, of course, the genitive for [illegible] (Notes 15 and 16 are to be corrected accordingly)

" 97 l. 1 fr. the b. I prefer the reading [illegible] (= [illegible]), which moreover is confirmed by the Commentary

" 117 l. 7 the Commentary has [illegible] and renders it by [illegible]

" 151 l. 3 separate pahosam [illegible]

l. 6 read [illegible] instead of upaniyaya

" 158 l. 7 read [illegible]; the Commentary has [illegible] ti [illegible] (sic) [illegible]

" 170 l. 12 fr. b. I note from the Commentary the reading [illegible] for [illegible]

" 173 l. 1 the Commentary has [illegible] ti [illegible], yam [illegible] ti [illegible]. The reading will be, I suppose, [illegible] (add. instead of [illegible], or [illegible], to [illegible], which corresponds to [illegible] line 5

l. 10 separate [illegible] and [illegible]

" 195 l. 6 separate [illegible] and [illegible]

" 209 l. 6 fr. b. I prefer the reading [illegible], which is confirmed by the Commentary

" 240—11 the words [illegible], which are wanting in all MSS. exc. M., are explained in the Commentary by [illegible]

Page [illegible] l. 1 fr. b., the Commentary while commenting on kamaniya [illegible] khamaniyo ti vā pātho

l. 2 fr. b. (also p. 268 l. 6 fr. b.) the Commentary reads kamalahi vaccamanagatassa, not kamalahi vaccamanalhassa [illegible] + [illegible] + [illegible] + a + [illegible], as I have adopted from the Burmese MSS., but the explanation given there, viz. ye [illegible] kamala [illegible] [illegible] vaditassa seems to be in perfect accordance with our reading

" [illegible] l. 10 fr. b. (also p. 270 l. 13 fr. b.; p. 271 l. 2 fr. b.; p. 272 l. 9 fr. b.) read ayam and so (ayam for ayam ca)

" 273 l. 12 read hoti instead of hoti. B MS. has hoti; but on p. 480 l. 9 where likewise all MSS. have hoti, the Commentary corrects hoti into hoti.

www.ingramcontent.com/pod-product-compliance
Lightning Source LLC
Chambersburg PA
CBHW052332110726
47901CB00005B/1210

* 9 7 8 3 3 3 7 3 8 4 7 9 1 *